情系雅砻

——安徽援藏工作纪实（2011—2022）

◎王 忠 侯锋平 主编

时代出版传媒股份有限公司
安徽教育出版社

图书在版编目（CIP）数据

情系雅砻：安徽援藏工作纪实：2011—2022 / 王忠，侯锋平主编. —合肥：安徽教育出版社，2023.7（2023.11重印）
ISBN 978-7-5336-9874-4

Ⅰ.①情… Ⅱ.①王… ②侯… Ⅲ.①纪实文学－作品集－中国－当代 Ⅳ.①I25

中国版本图书馆CIP数据核字（2022）第221753号

情系雅砻——安徽援藏工作纪实（2011—2022）
QINGXI YALONG —— ANHUI YUANZANG GONGZUO JISHI（2011—2022）

出 版 人：费世平
质量总监：武常春
策划编辑：谢明礼　黄　文
责任编辑：姜　好　陈彩霞　张智学　周大勤
装帧设计：何宇清
责任印制：陈善军

出版发行：安徽教育出版社
地　　址：合肥市经开区繁华大道西路398号　邮编：230601
网　　址：http://www.ahep.com.cn
营销电话：(0551)63683012，63683013
排　　版：安徽时代华印出版服务有限责任公司
印　　刷：安徽新华印刷股份有限公司

开　　本：787毫米×1092毫米　1/16
印　　张：25
字　　数：476千字
版　　次：2023年7月第1版
印　　次：2023年11月第2次印刷
定　　价：98.00元

（如发现印装质量问题，影响阅读，请与本社营销部联系调换）

弘扬"老西藏精神"，
谱写皖藏友谊新篇
章！

陈法庆
2022.4.5

贺《情系雅砻》第二部出版
全面贯彻新时代党的治藏方略

吴昌期 二○二二年九月

◀ 2010年7月10日,安徽省援藏成员单位欢送第四批援藏干部赴藏工作。

◀ 2011年2月16日,安徽省委常委、组织部部长段敦厚召集第四批援藏干部座谈。

▶ 2011年4月16日,安徽省委常委、合肥市委书记孙金龙会见西藏山南旅游局赴皖推介团一行。

▶ 2012年1月19日,安徽省委常委、省纪委书记王宾宜会见在肥第四批援藏干部。

情系雅砻——安徽援藏工作纪实（2011—2022）

▶ 2010年9月2日，合肥市党政考察团赴错那县慰问选派的援藏干部。

▶ 2014年8月17日，淮北市委书记、市人大常委会主任肖超英赴西藏错那县调研援建项目，慰问援藏干部；山南地委副书记、安徽省第五批工作队领队张明陪同调研。

◀ 2015年9月，安徽省委常委、省纪委书记王宾宜，安徽省委组织部常务副部长何军等领导同志慰问山南地区第三小学师生并合影留念。

◀ 安徽省第五批援藏干部开展结对认亲活动时与藏族群众合影。

◀ 2015年10月，安徽省首批医疗人才"组团式"援藏医疗队开展巡回义诊活动。

◀ 安徽省第五批援藏工作队合影留念。

▶ 2018年7月，安徽省委副书记、省政府省长李国英，安徽省委副书记信长星率安徽省党政代表团在安徽援藏家园看望慰问安徽省第六批援藏干部人才代表并合影。

▶ 2018年7月17日，西藏自治区党委副书记、区政府主席齐扎拉陪安徽省委副书记、省政府省长李国英，安徽省委副书记信长星率领的安徽省党政代表团在山南市浪卡子县打隆镇调研安徽项目援藏工作。

▶ 2018年10月19日，安徽省第六批援藏项目暨援藏助力扶贫推进会议在山南市召开。

▶ 2019年3月31日，合肥⇌拉萨直航顺利首航，山南市委副书记、市政府常务副市长，安徽省第六批援藏工作队领队方旭，西藏自治区旅游发展厅副巡视员周荣、民航西藏区局副局长四郎泽培等领导出席活动。

◀ 2018年5月，六安市委副书记、市政府市长叶露中接见措美县党政代表团。

◀ 安徽省第六批援藏工作队临时党委书记、领队方旭赴措美县督导援藏项目建设。

◀ 安徽省第七批援藏工作队全体援藏干部人才合影。

◀ 2020年5月30日，西藏自治区党委常委、组织部部长陈永奇到援藏家园慰问安徽省第七批援藏工作队队员合影留念。

▶ 2022年3月19日，安徽省第七批援藏工作队开展"雅砻植树造林、共建绿色山南"活动。图为全体参加植树活动的安徽援藏干部人才合影留念。

▶ 安徽省第七批援藏工作队承办2021年"建设美丽新山南，圆梦幸福新时代"雅砻文化旅游节活动演职人员合影留念。

▶ 2021年7月1日，安徽省第七批援藏工作队全体党委委员和优秀党员代表到错那县开展巡边活动。

▶ 2021年7月10日，安徽省发展和改革委员会党组成员、安徽省合作交流办公室主任侯锋平在西藏山南市措美县调研乡村人居环境整治项目。

◀ 2022年7月21日，安徽省第七批援藏工作队与安徽省第八批援藏工作队工作交接合影留念。

◀ 2017年8月25日，西藏自治区政府原副主席、安徽省人大常委会原副主任、安徽省建藏援藏工作者协会第二届会长吴昌期，安徽省建藏援藏工作者协会秘书长俞先虎赴北京看望慰问西藏自治区原党委书记阴法唐同志并合影留念。

▶ 2020年1月12日，安徽省建藏援藏工作者协会在承担西藏学生培养任务的合肥市三十五中开展新中国成立70周年暨西藏民主改革60周年庆祝联谊活动。图为第四届协会会长江太平、三十五中校长顾晓惠与藏族师生合影。

▶ 2022年1月27日，安徽省建藏援藏工作者协会第五届会长王忠，安徽省退役军人事务厅厅长林海慰问18军进藏老战士刘万祥（94岁）、宋尔怡（93岁）夫妇。

◀ 2021年11月20日，安徽省建藏援藏工作者协会第五次会员代表大会在合肥召开，会议特邀吴昌期、李继学、周郁夫、金明生、孙广成、支道友、姚维平、章美丽、钟平、余大兴、贾江、王丽融等协会老领导、老会员、十八军进藏时期的老同志和曾经担任过安徽省援藏领队的潘发祥、张明、张健、方旭等同志出席。图为出席第五次会员代表大会人员合影。

◀ 2022年6月17日，安徽省建藏援藏工作者协会组织副会长单位宣城广德阳光口腔医院到西藏山南开展第二批医疗设备捐赠和义诊活动，协会副会长李晓清、吴建福、杨光和安徽省第七批援藏工作队领队、山南市委副书记、常务副市长汪华东参加捐赠仪式。

《情系雅砻——安徽援藏工作纪实(2011—2022)》编审人员名单

编审委员会主任：吴昌期
编审委员会委员：

李继学	江太平	王　忠	侯锋平	方志宏	叶露中
潘法祥	张　健	张　明	方　旭	汪华东	单　强
李晓清	汪正洋	李定松	俞先虎	宋志华	李茂凯
胡锦望	费勤艺	陈　静	陈学刚		

编辑人员：

主　编　王　忠　侯锋平
副主编　汪正洋　俞先虎　宋志华
编　辑　李定松　吴建福　胡卫星　夏智明　侯化林　李茂凯
　　　　方国胜　马西荣　马玉宏　章雄军　周江林　徐　涛
　　　　张　亮　何　伟　李　俊　贾相洲　张志胜　杨　光
　　　　何世文　汪红纲　王俊文　黄大明　刘海泉　罗　强
　　　　范　超　许建兵　张家银　林　伟　刘　峰　甄大勇
　　　　孙建华　刘师衡　胡孝武　闫文昭　张奇志　吴晓莉
　　　　张嘉芮　吕金波　江　勇　吴秋莎　国金林

序

2021年7月,习近平总书记在西藏考察期间,亲切会见了援藏干部人才代表,并对援藏工作给予了高度评价。习近平总书记指出:"援藏精神是中国共产党的一个崇高精神,是中国特色社会主义的一个显著优势。缺氧不缺精神,这个精神就是革命理想高于天。你们在高原上,精神是高于高原的。这个事情必须一茬接一茬、一代接一代干下去。"安徽对口支援西藏山南的援藏事业正式启动于2002年,迄今已走过20年的光辉历程。值此安徽援藏20周年之际,喜逢党的二十大胜利召开,安徽省发展改革委对口支援办公室和安徽省建藏援藏工作者协会联合编辑出版了《情系雅砻——安徽援藏工作纪实》(2011—2022),这是值得庆贺的,是一件十分有意义的事,可喜可贺!

本书主要辑录了第四批至第七批安徽援藏干部人才十余年间百余篇回忆文章。这些文章以饱含深情的笔触记录了援藏干部人才扎根西藏山南、奉献雪域高原的奋斗历程、思想感悟和生命体验,字里行间充满着对党的事业的忠诚、责任和担当,充溢着浓烈的"舍小家、顾大家"的家国情怀,弘扬着"缺氧不缺精神,革命理想高于天"的新时代援藏精神,是一批批来自江淮大地的援藏干部人才与西藏各族干部群众携手建设美丽西藏过程中写下的动人诗篇,践行了援藏干部人才"特别能吃苦、特别能战斗、特别能忍耐、特别能团结、特别能奉献"的"老西藏精神"。

本书紧扣新时代主题。这十余年,正是党的十八大以来,以习近平同志为核心的党中央对西藏的发展倾注大量心血、安徽省委省政府对口支援西藏力度最大、西藏实现跨越式发展最快的十余年。十余年来,安徽援藏干部人才不负重托,同全国兄弟省市援藏干部人才一道,在维护西藏社会和谐稳定上勇于担当,在推动西藏经济高质量发展上积极作为,在改善西藏民生、凝聚人心上苦干实干,在促进皖藏交往、对口交流交融上用心用情,助力西藏历史性告别绝对贫困,同全国人民一道迈入全面小康社会,阔步奔向第二个百年奋斗目标。

一次援藏行,终生西藏情。一批一批安徽援藏干部人才在雪域高原艰苦跋涉、无私奉献,让民族团结进步之花越开越鲜艳,让皖藏交往交流交融的路越走越宽广。建藏援藏,锤炼了作风,提高了才干,树立了安徽的美好形象,党和人民不会忘记。安徽援藏干部人才传承的"老西藏精神"、谱写的皖藏友谊新篇章,是一笔丰厚的精神财富,将会通过这本书载入史册,将会在奋进新征程、走好赶考路、建设新时代中国特色社会主义实践中,焕发出更加耀眼的光芒。

吴昌期

2022年10月15日

前　言

　　2022年是党的二十大召开之年，也是安徽省开展对口援藏工作20周年。为深入学习宣传贯彻落实习近平总书记关于西藏工作的重要论述和新时代党的治藏方略，安徽省发展改革委对口支援办公室与安徽省建藏援藏工作者协会联合编撰《情系雅砻——安徽援藏工作纪实(2011—2022)》一书，系统回顾党的十八大以来安徽省援藏工作取得的光辉业绩和成功经验，再现我省援藏干部人才的无私奉献精神和辉煌历程，激励更多援藏干部人才厚植家国情怀、传承"老西藏精神"、投身建藏援藏事业，向党的二十大献礼。

　　安徽省对口支援西藏山南始于2001年，2002年正式选派干部进藏。2010年，为总结和展示前三批援藏工作的经验和成效，安徽省建藏援藏工作者协会与安徽省援藏工作领导小组办公室共同编辑出版了《情系雅砻——安徽援藏工作纪实(2001—2010)》。此书内部发行后，引起了广泛关注和好评。今年，为承前启后，我们编写了第二部，即本书《情系雅砻——安徽援藏工作纪实(2011—2022)》，在保持基本体例不变的前提下，对部分篇章进行了适当调整。第二部书稿主要收录了领导题词、援藏图片、纪实文章和援藏大事记等内容，记载了安徽援藏干部人才的学思践悟，充分展现了党的十八大以来，在以习近平同志为核心的党中央的坚强领导和亲切关怀下，安徽省加大对口支援西藏力度，援藏干部人才在维护西藏社会和谐稳定上勇于担当、在推动高原经济高质量发展上积极作为、在改善西藏各民族生活水平上苦干实干、在促进交往交流交融上用心用情，助力西藏同全国人民一道迈入全面小康社会。本书收集多幅援藏珍贵照片，力求图文并茂、视角新颖，集中呈现党的十八大以来安徽援藏的活动场景，再现安徽援藏工作的永恒瞬间，生动地反映我省援藏干部人才艰苦不怕吃苦、缺氧不缺精神、海拔高工作标准更高的初心和使命境界。本书用朴实无华的文字，描述了作者在西藏工作中的所见、所闻、所思、所行，再现了作者在援藏期间的工作、学习和生活状态，体现了安徽援藏干部人才公而忘私、甘于奉献的高尚品格和"皖藏一家亲"的中华民族"石榴籽"情结。

　　援藏是一份政治责任，也是一种历史使命；援藏是一次人生历练，更是一次心灵升华。援藏的经历是干部人才"一次援藏，终生难忘"的宝贵人生财富。我们相信，本书的出版发行，将对宣传党的民族政策、增进民族团结、了解高原风土人情、进行爱国主义教育、促进援藏工作研究具有积极的意义;将对激发广大建藏援藏工作者弘扬"特别能吃苦、特别能战斗、特别能忍耐、特别能团结、特别能奉献"的"老西藏精神",在新时代再立新功具有积极意义;将对引导广大青少年树立正确的世界观、人生观、价值观,感召一批又一批、一代又一代社会主义事业接班人为雪域高原的长治久安和高质量发展奉献青春、智慧和力量具有积极意义。

安徽省合作交流办公室
安徽省建藏援藏工作者协会
2022年10月15日

目录

综合纪实

书写新时代安徽援藏工作崭新篇章 / 3
种好石榴籽　共铸皖藏情 / 8
十年倾情帮扶　助力精准援藏 / 12
地质人的雅砻情结 / 15
援藏路上的接力与坚守 / 19
把忠诚担当写在雪域高原 / 21
安徽省第四批援藏工作队工作综述 / 23
安徽省第五批援藏工作队工作综述 / 27
安徽省第六批援藏工作队工作综述 / 31
安徽省第七批援藏工作队工作综述 / 36
安徽省第七批短期援藏工作队工作综述 / 40
凝心聚力谋发展　服务中心开新局 / 45
安徽省第四批援藏工作队大事记 / 48
安徽省第五批援藏工作队大事记 / 56
安徽省第六批援藏工作队大事记 / 63

安徽省第七批援藏工作队大事记 / 71
安徽省建藏援藏工作者协会大事记(2012—2022) / 75

学思践悟

巍巍高原思　悠悠雪域情 / 87
托举生命的火炬 / 91
西藏民族团结进步模范 / 94
安徽最美退役军人 / 98
深情满西藏　歌颂新时代 / 102
雪域高原守初心　扎根西藏担使命 / 106
二度援藏担使命　奉献边疆再升级 / 109
援藏工作的长期性与创新性 / 113
弘扬援藏精神　书写青春华章 / 117
仰望星空　根深千尺 / 120
一段难忘的援藏经历 / 124
服务边陲洛扎　情洒雪域高原 / 127
2013年援藏纪实 / 131
我爱雪域格桑花 / 134
为高原而生　为教育而来 / 139
深情系雅砻　皖藏一家亲 / 142
远隔千山万水　我依然念着你 / 144
一次援藏　终生援藏　奉献青春　感悟青春 / 147
服务"生命禁区"　情系雪域高原 / 152
援藏一年　情深一世 / 155
医疗帮扶尽显皖藏一家亲 / 158
搏击奉献在雪域 / 161
在雪域高原绽放梦想 / 163
党的光辉照边疆　藏族患者复光明 / 166
一次援藏　终生难忘 / 169
用责任诠释使命担当 / 172
情系山南　筑梦高原 / 176
有幸为援藏干部　无愧做皖北儿女 / 179
四十多年前援藏工作散记 / 185

高原情怀

一年援藏行　一生援藏情 / 191
山南之南 / 194
奉献雪域　不负韶华 / 197
最忆是雅砻 / 201
我的援藏工作纪实 / 204
情系雅砻　不忘初心 / 208
不负组织重托　倾心法律援助 / 212
再走川藏线 / 217
西藏——我心中永远的香巴拉 / 223
誓做格桑花　铿锵绽高原 / 227
远水也能解近渴 / 229
做新时代援藏的"徽骆驼" / 233
我的援藏之行 / 236
站好援藏工作的每班岗 / 240
我心中的"文成公主" / 243
安徽专技援藏行　终生难忘汉藏情 / 246
一年援藏路　一生高原情 / 249
让藏族学生体验实验探究的乐趣 / 252
忆山南　援藏行 / 255
我在西藏进行"虫癌"之战的那些时光 / 258
情系山南　无悔援藏 / 261
三年援藏寄深情 / 264
雪域高原黄牛情 / 270
云端上的第二故乡 / 274
愿为林芝献青春 / 277

心灵火花

山之南　梦之源 / 281
诗词四首 / 283
站在世界之巅 / 285
因为援藏 / 287
羊卓雍措 / 289
来或不来，您就在那里 / 292

援藏有感 / 295
致女儿的一封信 / 297
跑着跑着就长大了 / 299
我的成长之路 / 302
措美一日 / 306
雪域中秋记感 / 308
感恩西藏 / 311
留下的不只是记忆 / 313
走了那么远,只为温暖一瞬间 / 317
措美援藏两三事 / 319
润物细无声 / 322
一次难忘的劳动 / 325
感谢　感动　感恩 / 327
痼疾一朝去　汉藏永同心 / 330
山南雅砻情 / 333
援藏是我今生无悔的选择 / 338
圣洁蓝天下　浓浓皖藏情 / 340
心中的故乡 / 342
山南情结　缘伴一生 / 344
梦回雪域　情定山南 / 347
飘在西藏的一粒种子 / 350
青春正当时　愿为援藏人 / 352
让青春盛开在雪域高原 / 354
我的援藏故事 / 356
青春在雪域高原闪耀 / 358
在藏那半年 / 361
我心中的山南 / 363
救治援友 / 366
倾"心"共建山南医院 / 368
我的援藏时光 / 371
致平凡而厚重的援藏岁月 / 374
从南山到山南 / 378
我的援藏总结 / 381
一次援藏行　一世西藏情 / 383

后记 / 388

综 合 纪 实

书写新时代安徽援藏工作崭新篇章

安徽省对口支援办公室

党的十八大以来,我省深入贯彻落实习近平总书记考察安徽重要讲话指示批示精神,推动现代化美好安徽建设取得显著成效。同时,完整准确贯彻新时代党的治藏方略,围绕西藏稳定、发展、生态、强边"四件大事",紧扣民族团结进步,改善民生和凝聚人心,用心用情用力帮扶山南市及错那①、措美、浪卡子三县,拨付省级财政援藏资金十几亿元,选派援藏干部和专业技术人员逾千人,有力助推受援县提前脱贫摘帽,促进山南市经济持续快速健康发展,凝聚起不断铸牢中华民族共同体意识的磅礴力量。

一、坚持以机制建设为基础,实现高位推动

坚决扛牢对口援藏政治责任,注重加强党对援藏工作的领导,做到中央有要求、安徽有落实,落实见行动、行动出成效。

一是加强统筹谋划。 2016年4月,省委、省政府决定将省援藏工作领导小组与省援疆工作领导小组合并,成立以省委、省政府主要负责同志为"双组长"的省援藏援疆工作领导小组,将援藏援疆工作列入省委常委会年度工作要点和省政府重点工作部署。省委、省政府主要领导高度重视援藏工作,多次作出批示,要求扬皖所长、尽皖所能,不断提高对口援藏综合效益。省委、省政府分别召开省委常委会会议、省政府常务会议,学习贯彻新时代党的治藏方略和援藏工作新部署、新要求。省援藏援疆工作领导小组多次召开会议,专题研究部署有关工作,先后出台一系列文件,确保党中央、国务院决策部署在我省落地生根。省党政代表团多次赴受援地考察调研,对接援藏工作,推动解决当地"急难愁盼"问题。2021年10月,省第十一次党代会将"提升援藏对口支援综合效益"列入以后五年主要任务。2022年8月,省委常委会会议、省政府常务会议分别传达学习第三次对口支援西藏工作会议精神,对我省贯彻落实工作作出部署。

二是突出规划引领。 紧密结合受援地所需和安徽所能,回应受援地人民盼稳定、盼

---

① 2023年4月,经党中央、国务院批准,撤销错那县,设立县级错那市,以原错那县的行政区域为错那市行政区域。错那市人民政府驻麻麻门巴民族乡。错那市由西藏自治区直辖,山南市代管。本书写于2023年之前,仍沿用错那县称呼。

发展的强烈愿望,编制新一轮援藏规划,聚焦工作总目标,提出乡村振兴、产业发展、民生改善、生态建设、民族团结等方面的阶段目标,援藏项目资金向基层倾斜,明确在人才智力、产业发展、民生改善、文化教育、乡村振兴、交往交流交融等领域持续发力。

三是强化协同联动。省援藏援疆工作领导小组办公室与山南市人民政府联合印发《对口援藏项目资金管理工作办法》,受援方承担发展主体责任、前方压实工作责任、后方发挥统筹作用的协调联动机制不断健全。领导小组成员单位会商机制不断完善,推动助力受援地防疫紧缺物资筹措、援藏教师支教年限延至3年、柔性"小组团"支援、西藏雅砻文化节联合举办、西藏籍高校毕业生来皖就业协调机制建立等重大工作落实。

二、坚持以智力援藏为龙头,有效补齐人才短板

注重按照受援地需求,精准选派急需人才,特别是后备干部、优秀年轻干部、有基层工作经历干部,投身援藏一线。

一是充分发挥援藏干部人才的作用。自2010年以来,第4至第8批省援藏工作队接续奔赴雪域高原无私奉献。2022年,共有413名干部人才在藏辛勤工作。广大三年期党政干部在受援单位任实职、有实权、能分管,压实责任担当。

二是创新"小组团"支援。自2013年起我省每年安排50名左右专业技术人才开展为期半年的援藏工作,同时依托省内技术人才智力资源,精准灵活选派10余个3~5人组成的"党政+专技"团队,有效补齐山南农业关键技术攻关、专项债券申报、道路交通、城市管理、各类审计等技术领域短板。

三是突出卫生人才帮扶。我省先后选派优秀医务人员约400人赴受援地和洛扎县医院开展医务帮扶,推动医疗资源下沉,帮助建立市县医联体,常态化开展送医下乡、帮带培训、健康扶贫等活动。紧密贴合山南市人民医院"强三甲"需求,开展"组团式"医疗援藏队员选拔,选派人数位居西藏自治区七市之首,高级职称队员占比过半,覆盖该医院短板学科。

四是多渠道开展培训帮扶。通过挂职锻炼、集中培训、实地考察等途径加大受援地一线干部的培训工作力度,累计培训1.1万人次。安徽蚌埠商贸学校与山南职业技术学校共建工艺美术专业,设立示范性实训基地。安徽商贸职业技术学院协助山南市第二中等职业技术学校完成电子商务专业建设方案、人才培养方案,形成"两校两地"培养模式。安徽工程大学对口援助错那镇完全小学,为不断深化援藏交流合作、创新援藏模式、丰富援藏内涵起到了积极作用。

三、坚持以"造血"能力为导向,加快培育优势产业

注重以技术为支撑、以产业为主导开展精准帮扶,因地制宜发展高原特色农牧产业

和旅游产业,引进和培育龙头企业,补齐产业短板,做长产业链条。

一是现代农牧业方面,帮蔬菜、茶叶、蜂蜜、绵羊短期育肥等援藏项目产生效益。打造山南市果蔬育苗、种植、销售、观光基地2 000亩,日产高品质果蔬2万余斤,带动群众就业400余人。改造错那县"勒仓莲"茶叶基地700亩,建成后面积超千亩,年产值可达3 000万元;引进安徽黄山毛峰茶苗10万株,帮助培育的"雪域勒红"和"雪域毛峰"分获中国茶叶协会特别金奖和金奖。野花蜂蜜产业年产值超2 000万元,带动100余户农牧民家庭年均增收3万余元。绵羊短期育肥推广、澳寒羊品种改良初见成效,进入集中产羔期,产业化发展正在推进。

二是旅游产业方面,注重宣传推介。打响山南"藏源旅游目的地"文旅品牌,开通"藏源山南号"航班、"西藏山南安徽援藏号"高铁、"安徽援藏号"地铁,在黄山风景区常年展示山南旅游宣传图片。在提高受援地乡村发展"硬实力"的基础上,大力开展乡村旅游业务、民宿从业技能等"软实力"培训,扶持边境观光、藏式民宿、非遗展示、民俗表演、房车营地等乡村旅游新业态。错那县麻麻村、勒村、乃东区扎西曲登社区、琼结县强吉(钦)村等一批"网红打卡点"获批全国乡村旅游重点村,接待游客4万余人,百余户群众吃上了"旅游饭",年均增收3万余元。

三是国企援藏方面,就地用工提升群众就业技能。八宿海螺水泥公司、安徽建工集团下属西藏新瑞公司等先后招录当地员工665人,雇用当地农牧民2 300余人次,带动周边商贸、物流、餐饮服务就业近千人。水安公司常年开展大型设备操作技能培训,先后为当地农牧民发放挖掘机操作手、装载机操作手、压路机操作手合格证58个。开源路桥等公司结合用工需求常年组织对当地群众技术培训,已培训300余人次,让当地农牧民掌握一技之长。

四、坚持以民生保障为重点,幸福山南底色更加鲜亮

将推进援藏工作与助力山南脱贫攻坚深度结合,在补齐基础设施短板、易地搬迁扶贫、医疗卫生扶贫等方面下大气力,规划内投入资金约7亿元,助力受援县累计脱贫3 905户、12 624人。

一是助力兴边富民行动向纵深推进。把践行"绿水青山就是金山银山、冰天雪地也是金山银山"理念与保障改善民生紧密结合,规划内建成农牧民安居工程500余户,改造51个村庄基础设施,新建10个边境小康示范村。计划外投入9 490万元支持措美县人居环境综合整治,打造哲古湖"草原明珠",发展文化旅游产业;投入4 000万元建设错那县边境小康村,改善93户农牧民的生产生活条件;投入4 500万元建设浪卡子县边境小康村1 227户住房和70个村(居)基层党群服务中心标准化达标工程。

二是加大医疗卫生帮扶投入。"组团式"帮扶山南市人民医院完成新院区搬迁,实现"创三甲",迈向"强三甲",建成西藏首家高级脑卒中中心、国家消化道早癌防治中心,开通5G移动急救信息平台,开展新技术、新项目100余项,2022年实现527种大中病不出市治疗,患者满意度达98.6%。投入资金2.57亿元,建成山南市妇幼保健院康复中心,改善受援三县人民医院的基础设施,解决村(居)卫生室短缺和简陋问题。全面实施儿童"先心病"、包虫病、骨关节病免费筛查救治等项目,防止脱贫户因病致贫返贫。配齐受援地乡村医务人员"智医助理",使基层诊疗、防疫能力进一步提高。2022年西藏疫情期间,安徽倾力支持受援地抗疫,筹备700余万元物资,调集省内146名流调专家和医务人员驰援,整建制接管山南市鲁琼方舱医院,救治患者297人。

三是促进西藏籍高校毕业生来皖稳定就业。省委统战工作领导小组制订方案,提出优化招生专业结构、落实创业就业补贴政策、加大住房保障力度、放宽落户政策、加强关心关爱等举措,帮助西藏籍少数民族高校毕业生在皖稳定就业。2023年初突破200人。

五、坚持以民族团结为使命,交往交流交融持续深化

皖藏两地党政负责同志带头推动安徽和山南合作交流,省委、省政府负责同志多次赴藏调研援藏工作,省直有关单位和16个省辖市赴山南考察慰问,受援地党政代表团多次来安徽考察,推动皖藏各族群众交往交流交融。

一是不断丰富交往交流交融的内容和形式。常态化开展援受双方对口部门和市县结对帮扶。每年分批组织受援地各族青少年学生、农村致富带头人、优秀基层干部、教育医疗人才、民族团结模范等社会各界代表来安徽交流交往、学习培训,努力把皖藏民族团结手拉手"情感十进"工程打造成安徽援藏品牌。安徽省建藏援藏工作者协会助力援藏工作,充分发挥桥梁纽带作用,组织会员赴藏开展各类捐赠和义诊活动。

二是注重向青少年等群体倾斜。实施"中小学生'手拉手'结对书信交流""皖藏'一家亲'关爱联谊行动""青年人才互访交流"等项目,省内多所学校与山南市中小学结对共建,有序开展帮扶工作。

三是支持基层一线人才来皖培训。组织受援地基层治理、农牧业技术、电商扶贫、园区发展、自然资源、教育医疗等方面基层一线人才来省内学习交流,在培训理论实践技能、传授先进管理理念的同时,不断增进民族感情。

四是坚持将少数民族均等化服务向基层延伸。在省内建成142个少数民族服务中心(站、点),为各少数民族群众提供常态化窗口式服务。

五是常年开通皖藏两地直航。安排专项资金给予合肥至拉萨航班直飞补贴,架起两地"空中桥梁",开启皖藏交往交流交融新航程。

六、坚持以文化教育为基础，中华民族共同体意识不断铸牢

从硬件设施完善到教育理念提升，从教育扶贫到人才培养，从"组团式"帮扶到教育资源共享，帮助受援地基础教育实现跨越式发展，各族群众的受教育权利得到保障。

一是推动受援地义务教育均衡发展。投入资金超 2 亿元，实施教育类项目 10 余个，促进教育质量提升和基层人才培养，整体提升基础教育承载力。

二是"组团式"帮扶促进受援学校内涵式发展。坚持把德育教育作为教育援藏重点，建成大数据教研中心和标准化智慧课堂，促进山南市第二高级中学教学教研水平明显提升。2019 年 6 月，山南市第二高级中学顺利通过自治区重点示范学校评估验收，成为山南市唯一一所自治区级示范高中。2022 年其高考达本率、重本达线率、总上线率均创建校以来最好成绩，本科率达到 62.43%，重点本科率达到 26.47%。

三是利用学校阵地弘扬中华优秀传统文化。每逢中国传统节日，省援藏工作队都组织开展主题活动，和藏族师生一起"唱同样的歌、吃同样的饭、跳同样的舞"，将"徽风皖韵"与当地少数民族共享；将中华传统书画与西藏民族文化元素相融合，举办师生"永远跟党走"主题美术作品展，为西藏全区美术教师上示范课；为山南市完全中学创作校歌《共创新辉煌》，组建该校首届音乐高考特训班；将黄梅戏引入校园，首创"藏汉双语黄梅戏"。

四是高质量推进在皖西藏班工作。在省内"西藏班"的基础上，开办初高中"代培班"。2022 年在皖西藏籍学生达 3 569 人，其中初高中 956 人，高职高专 2 613 人。各办班学校以立德树人为根本，针对学生文化课基础薄弱问题，总结出"放低起点，严格要求，加强训练，夯实基础，循序渐进，讲求方法，全面提高"的教学方法。其中铜陵市第五中学"代培班"的高考成绩在共援三省（湖南、湖北、安徽）"代培班"中连续五年领跑，2022 年高考升学率达 100%。

五是坚持以文化促交流融合。与山南市多次联合举办西藏雅砻文化旅游节并在安徽设置分会场，创作推广以社会主义核心价值观为引领、浸润中华文化、反映皖藏交融和受援地巨变的优秀文化作品，推动徽文化与雅砻文化广泛交流和学习互鉴，以文化交流促情感交融。安徽一系列的援藏创新举措促进了各民族在中华民族大家庭中手足相亲、守望相助，得到《人民日报》、新华社、中央电视台等中央主流媒体广泛宣传。

（本文由郑重执笔）

种好石榴籽　共铸皖藏情
——安徽教育援藏"这十年"

安徽省教育厅支教办

民族团结是社会和谐的基础,是社会主义民族关系的核心内容之一,是实现中华民族伟大复兴的必由之路。抓好民族教育是推进民族团结的有效途径,是党和国家民族工作的重要组成部分,是巩固和发展"平等、团结、互助、和谐"的社会主义民族关系、维护社会稳定和国家统一的必然要求。

为推动西藏长治久安和社会经济高质量发展,安徽省委教育工委、省教育厅坚定贯彻落实党中央、国务院及省委、省政府关于对口援藏工作的各项部署要求,把维护祖国统一、加强民族团结作为教育援藏工作的着眼点和着力点,始终将民族教育作为德育工作的重中之重,坚持铸牢中华民族共同体意识,增强各族群众"五个认同"。自2002年承担对口援藏工作以来,安徽省委、省政府精心组织,突出重点,狠抓落实,积极探索建立健全民族团结进步教育长效机制。"十三五"以来,一批又一批教育援藏工作组深入对口支援山南市及错那县、措美县、浪卡子县,把文化教育支援作为对口援藏工作的落脚点,将大爱播洒在雪域高原。

一、领导重视,是教育援藏顺利推进的先决条件

教育援藏工作是一项长期的政治任务。要坚持以习近平新时代中国特色社会主义思想为指导,牢牢把握依法治藏、富民兴藏、长期建藏、凝聚人心、夯实基础的重要原则,系统谋划新时代教育援藏工作。安徽省委、省政府高度重视教育援藏工作,出台了一揽子关于进一步做好对口援藏工作的实施意见,印发了《安徽省"十四五"对口支援西藏山南市经济社会发展规划》并优先安排资金和项目。中共安徽省委教育工委、安徽省教育厅落实省委、省政府教育援藏援疆重点工作,支持受援地教育高质量发展,积极与西藏自治区教育厅沟通,加强对受援地及安徽省教育援藏工作队的支持。省委教育工委、省教育厅主要负责人与山南市政府互访拜会,多次深入受援地开展实地调研,帮助解决实际问题,还定期会同人社、财政等部门对援藏教育人才进行年度考核;关心关爱援藏教师,为全部援藏教师配备制氧机,下大力气保障教师待遇,形成了安徽省教育援藏以上率下

整体推进的工作格局。

二、部门协作，是教育援藏形成合力的重要抓手

教育援藏是一项系统工程。安徽省教育厅成立领导小组，建立完善领导协调机制和工作推进机制，强化工作落实。每年年初研究制定安徽省教育援藏援疆重点工作清单及任务分工，明确各处室单位责任，从而增强计划性和针对性；每年年中召开工作推进协调会，及时掌握工作进展情况，发现存在问题，协调工作推进；每年年底召开总结部署会，加强重点工作推进，加大难点问题解决力度，确保年度工作顺利完成。同时加强日常工作督查，为年度重点任务的落实落地奠定基础。先后从省教育厅选派3名素质过硬的处级干部任山南市教体局副局长，作为前方与后方联系的纽带，加强联系，凝聚合力，扎实做好文化教育支援工作，完善教育基础设施，持续推进对口支援。

三、加大投入，是教育援藏提升水平的根本保证

2012—2021年，我省省级财政已投入教育援藏资金6亿余元，省教育厅安排援藏经费及西藏班补助经费5 000多万元。"十三五"期间，我省投入教育援藏资金2.73亿元。其中，以"组团式"教育人才援藏为重点，共实施13个教育援藏项目，投入资金约2.29亿元。同时加大投入力度，强化错那、措美和浪卡子三县学校基础设施建设，有力地改善了当地学校的办学条件。2017年，安徽对口援建的错那、措美和浪卡子三县顺利通过国家推进县域义务教育均衡发展评估认定。"十四五"期间，我省提前谋划并及时划拨援藏资金用于完善山南二高智慧校园等教育基础设施、持续推进对口支教、强化安徽省西藏班和代培班建设等，全力为教育援藏水平再上新台阶提供有力支撑。

四、多措并举，是教育援藏稳步前行的重要保障

(一)以项目建设为中心，提升教育基本公共服务水平

改善受援地基础设施，完善配套设施及必要教学设备，不断提升受援地教育基本公共服务水平。常态化开展跟岗培训，先后接收5批87名受援地教学管理人员、骨干教师到安徽脱产学习、跟岗培训，提升教育水平。举办山南初高中"代培班"，更好地满足西藏山南人民群众对优质教育资源的不断需求，取得了良好的社会效应和民生效应。

(二)以"组团式"支教为主题，助推山南教育发展

每年通过"万名教师支教计划"、选派"组团式"教育援藏人才帮扶山南市第二高级中学。狠抓内涵，夯实教研，锻炼队伍，通过"传帮带"、送教下乡、空中课堂、高考加油站、民族团结进步教育等形式强化学校内涵式发展，打造示范标杆学校。《中国教育报》头版

对学校德育工作进行了专题报道,山南二高2022年高考达本率超过60%,总上线率99.6%,取得建校以来的最好成绩。2022年4月,新华社专稿报道山南二高德育思政工作并刊登于《内部参考》第25期。

(三)以东西部协作为纽带,助力职业教育发展和人才培养

落实职业教育东西部协作计划。一方面扩大职业教育招生规模,实施"走进来"。在"十三五"末年招收西藏生近千人的基础上,2021年继续扩大招生规模,达1 487人,助力西藏急需专业技术人才培养。另一方面强化职业培训,落实"走出去"。围绕落实职业教育东西协作行动计划,聚焦西藏山南市职业教育实际,印发《关于对口支援西藏山南市职业教育工作有关事项的通知》,指导蚌埠市教育局、芜湖市教育局对口帮扶西藏山南市教育局(市体育局),安排安徽机电职业技术学院等四所职业学校与山南市两所中等职业学校结对共建,帮扶指导专业、课程、实训基地及师资队伍建设。蚌埠商贸学校与山南市职业技术学校共建工艺美术专业,设立示范性实训基地,开展教师跟岗学习;拉萨市第二中等职业技术学校委托安徽国际商务职业学院管理"物流管理专业",并建立安徽教学点,接收交换生来校学习,实行互认学分;依托安徽粮食工程职业学院每年面向西藏地区粮食系统,承接中高级粮食储备、检验管理、物流管理等培训。

(四)以对口帮扶为契机,加强交往交流交融

建立"百校手拉手"关系,开展校际结对帮扶。为加强交往交流交融,安徽地市教育部门及学校每年赴西藏山南开展调研慰问,加强学校间在管理模式、办学特色、课程改革、师资培训、信息化等方面的合作交流,促进共同发展。捐赠电脑和双语点读笔,帮助开展双语和信息技术教育,支持山南市城域网及市级数字中心机房建设,选派电教专家进藏指导编制建设方案,进一步提升信息化建设水平。

五、凝练特色,是教育援藏提质增效的必要举措

(一)举办安徽省初高中"代培班"

为满足西藏山南学生上优质学校的需要,我省在教育部安排的内地西藏班的基础上于2016年和2017年先后开办高中、初中代培班,由我省财政出资,每年各招收40名山南市初中和小学毕业生来皖就读。截至2022年秋季学期,初中"代培班"已招收6届,高中"代培班"已招收7届,且70%是农牧民子女,相当于在国家招生计划的基础上增加32%的招生规模。2016年9月,时任中共中央政治局委员、中央统战部部长孙春兰专程来到合肥市第三十五中学调研并慰问全体藏族师生,对学校在民族教育方面取得的成绩给予高度肯定。该校初中毕业生99%能如愿考取内地各散插班(校)或普通高中,高中毕业生98%考取理想高校。铜陵市第五中学西藏插班生100%升入全国高等院校继续

深造。2019年9月,芜湖市田家炳实验中学荣获"全国民族团结进步模范集体"称号,合肥市第三十五中学校长顾晓惠荣获"全国民族团结进步模范个人"称号。

(二)开设周末"学习加油站"

我省"组团式"援藏教师自发组建义务辅导队,开设"学习加油站",利用双休日时间,无偿为学生答疑解惑、补差补缺。4年来,先后有60多名教师为2 300多人次藏族学生进行了面对面的细心辅导。虽然雪域高原寒意逼人,但是校园"学习加油站"里始终温暖如春。对此,人民网、中国西藏新闻网等媒体以"安徽省教育援藏为西藏雅砻孩子创造未来"为题,给予专题报道。

(三)打造民族教育新高地

合肥市第三十五中学聚焦爱国主义和民族团结进步教育两条主线,通过建设"红石榴"校园文化、特色课程,精心涵养学生家国情怀,促进共学共助共融共进,推进家校协同育人,助力学生全面发展,形成"八个一"思政课模式,躬身践行习近平总书记提出的"各民族像石榴籽一样紧紧抱在一起"的要求,着力打造民族教育新高地,呈现出蓬勃向上的办学活力,形成了广受赞誉的"合肥三十五中现象"。

(四)出台援藏援疆待遇保障措施"十五条"

省教育厅出台援藏援疆待遇保障措施"十五条"。为免除援派教师的后顾之忧,激发其内生动力,提升工作实效,省教育厅从援派教师待遇保障入手,明确了组织集中考核、职称评审、工资福利、生活补贴、休假探亲等方面的要求及标准,为做好援派教师的服务保障工作提供了坚实后盾。

近年来,安徽省委教育工委、安徽省教育厅认真贯彻落实新时代党的治藏方略和中央第七次西藏工作座谈会、全国教育大会精神,按照教育部及省委省政府对口援藏工作部署,加强组织领导,狠抓任务落实,教育援藏工作成绩显著,山南市及错那、措美、浪卡子三县的教育事业取得长足发展。2020年,国家开展援藏工作综合绩效考评,评定安徽教育援藏工作绩效为"优秀"。安徽教育干部群众与西藏各族群众共同写下了"中华民族一家亲"的佳话,见证了"同心共筑中国梦"的深厚伟业。

十年倾情帮扶　助力精准援藏
——安徽财政支持援藏工作情况

安徽省财政厅

2022年,山南市第二高级中学高考达线率为99.6%,刷新校史纪录;山南市人民医院在全国三级综合医院考核中名列全区市(地)级医院第一名;边境小康村建设,自来水通到了家家户户,结束了上千年来牧民们背水喝的历史……在安徽的援助与支持下,西藏山南市发生了巨大变化。党的十八大以来,安徽省财政厅认真贯彻落实习近平总书记关于西藏工作的重要指示精神,完整准确贯彻新时代党的治藏方略,紧盯西藏稳定、发展、生态、强边"四件大事",聚焦民生援藏、产业援藏、智力援藏和文化润藏等。省级财政累计拨付援藏资金13.65亿元,支持实施规划内项目154个,保障选派援藏干部人才1 074人次,用心用情用力帮扶西藏。受援地提前脱贫摘帽,经济健康快速发展,社会大局和谐稳定,中华民族共同体意识不断铸牢。

一、聚焦民生保障,助力精准脱贫攻坚

"十三五"期间,规划的47个援藏项目中,民生和精准扶贫类项目占39个,总投资5.8亿元,占规划资金的88.9%。援建的山南市人民医院,是山南市唯一一家"三甲"综合性医院,已建成西藏自治区首家高级卒中中心、国家消化道早癌防治中心,开通5G移动急救信息平台,开展新技术、新项目400余项,患者满意率达98.5%。持续加大医疗基础设施投入,先后支持实施医疗卫生援助项目7个,投入资金1.4亿元,解决39个村(居)卫生室短缺和简陋问题,新增床位近200张。支持全面实施儿童"先心病"、包虫病、骨关节病免费筛查救治等项目,坚决防止脱贫户因病致贫返贫。支持开展"组团式"医疗援藏,创新实施"院包科""师带徒"模式,培养一支带不走的高素质医疗队伍。在错那、措美、浪卡子三县规划投资1.6亿元,建设10个边境小康示范村,持续推进边境小康示范村建设,使其基层生产生活条件明显改善。

二、聚焦"造血"能力,助力优势产业培育

长期以来,受海拔高、基础薄弱等因素束缚,山南市产业发展滞后,严重影响当地经济

社会发展。我们结合山南市农畜牧业特色优势,支持建成措美现代农业科技示范园和绵羊短期育肥项目,扶持山南市推进黄牛品种改良,实施牦牛肉深加工项目,解决山南农畜牧业发展技术瓶颈。支持挖掘山南市文旅资源,以"旅游+农牧生产""旅游+雪山草原""旅游+藏族文化"串联旅游风景线,推动旅游与农牧产业深度融合,发展旅游文化产业。支持发挥西藏雅砻文化节、徽商大会、安徽农交会等平台载体作用,开展各类招商引资活动,推介山南的优势资源和环境,帮助拓展市场,促进产业加快发展,进一步增强山南"造血"功能。目前,"十三五"期间的产业项目已经全部建成并发挥效益,措美县哲古镇特色旅游小镇已经建成并投入运营,措美现代农业科技示范园已种植精品蔬菜40多种,错那县勒布沟茶产业基地引进数万株"黄山大叶种翠绿1号"优质茶苗,"雪域毛峰""雪域勒红"分别获得中国茶叶协会特别金奖和金奖,地产茶园全部建成后年产值有望超3 000万元。

三、聚焦引才赋能,助力智力援藏

按照山南需求,支持精准选派受援地急需人才,特别是有基层工作经历的优秀年轻干部到西藏培养锻炼。"十三五"期间,累计支持选派636名援藏干部人才赴山南市及错那县、措美县、浪卡子县开展对口支援工作。其中,省市两级财政部门共选派2名干部赴山南市财政局挂职。省财政厅干部情系西藏,多次组织全厅干部职工,以实际行动助销西藏山南特色农产品5.78万元。加大受援地干部人才培养培训力度,通过挂职锻炼、集中培训、实地考察等途径加大受援地基层干部教育培训工作扶持力度,累计实施培训项目78个,培训受援地各类干部人才5 900余人。依托省内技术人才智力资源,探索创新柔性"小组团"支援模式,精准选派10余个3~5人组成的"党政+专技"工作团队,涵盖专项债、城建规划、农业、招商等领域,帮助山南市首次建立地方政府专项债券申报储备项目库,完成措美县哲古镇人居环境整治项目前期规划,引入企业建设运营生态农业基地,有效补齐山南相关行业的技术短板。

四、聚焦文化润藏,助力增进民族团结

"十三五"期间,省财政投入资金2.29亿元,共支持实施受援三县完全小学和规范化学校建设等教育类项目13个,目前所有项目都已竣工并交付使用,有力改善了受援地办学条件,促进了教育质量提升和优秀人才培养。受援三县顺利通过国家推进县域义务教育均衡发展评估认定。"组团式"帮扶的山南市第二高级中学面貌焕然一新,教学教研水平明显提高,于2019年6月顺利通过西藏自治区重点示范学校评估验收,德育教育荣获西藏自治区首届"两融杯"教育教学成果交流及展示活动一等奖,2022年高考达线率和重点本科达线率实现双提升。

下一步,省财政将继续全面贯彻落实习近平总书记关于西藏工作的重要指示批示精

神，按照省领导"忠诚尽职、奋勇争先"的要求，落实好省委、省政府关于对口援藏工作的各项决策部署，立足山南实际、受援县所需，拓展对口支援的广度、深度，不断深化智力、产业、文化教育等支援工作，全力推动受援地长治久安和高质量发展，努力交出安徽援藏的高分答卷。

综合纪实

地质人的雅砻情结
——记安徽地质工作者援藏故事

安徽省自然资源厅

在西藏，有一种美丽、顽强的花朵叫格桑花，花语释义为幸福，寄托着西藏各族人民期盼幸福吉祥的情感，鼓舞着人们追求幸福生活。格桑花的美丽，总是被世人称赞，而它生生不息、在艰苦环境中依然骄傲绽放的顽强精神更是为世人所传颂。支援西藏，成为大家执着的信念、坚定的信仰和铿锵的誓言。

在支援西藏的队伍中，有这样一群人，他们手持三宝——铁锤、罗盘、放大镜。那一个个钻孔、一张张图纸、一个个坐标都是他们用脚步绘出的动人画卷，用青春写就的美好诗篇；他们克服高原缺氧、环境恶劣等困难，跋山涉水，填图测量，为西藏寻找着宝贵的矿藏；他们不计个人得失和辛劳，把智慧和汗水奉献给了青藏高原；他们发扬"特别能吃苦、特别能战斗、特点能忍耐、特别能团结、特别能奉献"的"老西藏精神"，在这片格桑花盛开的大地上砥砺前行。他们就是安徽援藏地质人！

"恒心"秉持，四上高原，青藏高原的"老牦牛"

地质工作者最大的梦想就是为国家找大矿、找富矿。郑友林是安徽省地矿局311地质队地质矿产高级工程师，为了实现这个梦想，他四进青藏高原，一干就是十几年。干燥、高寒、缺氧的气候，锤炼了他的体魄，高原的阳光给了他古铜色的皮肤和特有标志"高原红"，这是驻足青藏高原的岁月印记，终将铭刻在他的灵魂深处。

2000年和2004年，郑友林先后两次前往西藏第六地质大队帮助工作，担任地质项目技术负责人。初到西藏，他经历高原反应，头痛、胸闷、气喘、腹泻，感觉浑身无力，严重时伴有发烧、呕吐等症状。他克服高原反应和恶劣气候条件，主动要求到野外勘探一线开展工作，圆满地完成了各项任务，获得西藏地勘局颁发的"地质找矿优秀成果二等奖"，为安徽地质队争得了荣誉。

援藏工作结束后，郑友林又转战青海，主持开展"青海省都兰县哈茨谱山北铜矿预查"项目。他把帐篷安扎在海拔近4 000米处，工作区则位于海拔4 000～5 000米。工作和生活区强烈的紫外线照射，使人皮肤紫黑干裂，且昼夜温差极大，人们只能白天顶着骄阳酷暑上山,夜晚披着藏袍窝在帐篷里。那里降水稀少,干旱缺水,蒸发量是降水量的10倍,地表和地下找不到一滴水,所有用水需到几十公里外的县城购买;洗脸、洗脚水要留着洗衣服,洗头、洗澡成为奢望。荒原风沙大,大风天多,白天风沙迷眼,早晨醒来后帐篷里到处是一层尘土;没有电,没有手机信号,生活极其枯燥。郑友林和项目组的同志们克服重重困难,提交铜资源量近4万吨。

2011年,郑友林再次赴藏,担任"西藏山南浪卡子县也金嘎波金矿普查"项目负责人。该矿区在海拔5 600米以上,山高路险,高寒缺氧,气候异常恶劣。在海拔这么高的地区工作,每前进一步都困难重重。每天凌晨,他带领大家背着干粮出发,行走在雪地里,深一脚、浅一脚,摔倒了就爬起来继续前行,渴了吃一口雪,饿了就啃一口冷馒头。晚上,他们披星戴月,穿着被汗水浸湿的工作服,背着上百斤重的样品和地质资料返回营地。他以严谨、科学的态度,分层采集样品,白天认真观察记录,从不放过每一处细微变化,晚上借助昏暗的烛光整理资料。

从33岁踏上雪域高原,到如今55岁,他秉持一颗"恒心",四上高原,始终脚踏实地,一步一个脚印地苦干实干,成就了梦想。他像吃苦耐劳的高原牦牛一样,勤恳奉献,把生命中最宝贵的年华留在了青藏高原,奉献给了祖国的找矿事业。正如温家宝在《地质笔记》中写道:"我坚信,没有翻不过去的山,也没有到不了的岭。山越高,意志愈坚;岭越远,胸怀愈宽。一个不畏艰难困苦的人,一定会到达光辉的顶点。"

"雄心"壮志,不畏艰难,雅砻大地的"敢死队"

为贯彻中央关于西部大开发战略,填补青藏高原中比例尺区域地质调查空白,中国地质调查局于1999年和2000年先后在青藏高原北缘,部署了首批38幅1∶25万区域地质调查图幅,这是青藏高原有史以来最大规模的区域地质调查。

2000年,成立未满两年的安徽省地质调查院要选派首批进藏区调队伍。这对年轻的安徽省地质调查院既是一次严峻的考验,也是一次促进其成长的历史性机遇。任务下达后,该院迅速组建了由钟华明、夏军、童劲松等14人组成的调查队伍赴藏开展工作。

在那个年代进藏开展地质调查工作,条件十分艰苦。很多工作区都处在无人区,多数时间大家住在帐篷或废弃的牛棚里,"打游击"时住进毡篷或石头垒成的羊圈里。夜晚肆虐的狂风常常将积雪吹进帐篷内,早晨醒来时被褥上是一层厚厚的积雪。由于高原缺氧,项目组大多数人员有严重的高原反应,吃不下饭,睡觉常常在半夜被憋醒,回程时每人平均瘦十几斤。陷车是家常便饭,所以车中常备木枕、铁锹。由于高山阻隔常无信号,一次野外陷车时油料消耗殆尽,大家只好拆卸下车电瓶、车载电台,将其扛至山顶呼叫,才成功等来救援。

藏北无人区常年积雪,开展野外调查时,三五成群的野狼几乎在每条路线都能遇见。野外调查要求一公里一条地质路线,有的图幅没有一条路线涉及,研究程度极低,工作等于从零开始。在严重缺氧的条件下,每个人都感觉头上好像戴了紧箍儿,特别难受,体力、脑力都面临严峻的考验。国务院参事、国土资源部(今自然资源部)原总工程师张洪涛曾在一篇文章中写道:"在雪域高原上搞研究工作,是长期的、艰苦的,需要用青春的时光丈量每一寸冰冷的岩石。这种驱动力绝非金钱能抵,而是决胜青藏高原的信念;这种成就感,绝非功利,而是对'青藏高原精神'的信仰!青藏地质科研工作本质上是思维品质的提升,是科学空间的拓展,是精神价值的升华!"

六年的青藏高原地质调查,发生了许许多多的感人故事,如深夜救险故事、陷车救援故事、驻地被洪水围困脱险故事、夜宿农牧民毡篷故事、护送病人紧急撤离故事、补给遇险故事等。在地质调查中,安徽省地质调查院被国土资源部授予"青藏高原地质理论创新与找矿重大突破"先进单位称号,充分体现出安徽省地质调查院西藏项目组是一个特别能吃苦、特别能战斗、特别能忍耐、特别能团结、特别能奉献的战斗集体,无愧于高原上的"敢死队"称号。

"初心"如磐,坚韧如丝,西域之巅的"格桑花"

刘小燕,女,1984年生,安徽岳西人。她于2016年进藏,是西藏山南市错那、措美、浪卡子三县1∶5万地质灾害调查项目措美县项目负责人。

俗话说"父母在,不远游",要告别父母亲人,她是不舍的:进藏后,家里的一切都顾不上,老人已迟暮垂垂,正是需要女儿尽孝之时。面对至亲至爱的人,她不知如何诉说自己的决定……父母得知后,对她的选择给予了理解、支持和无限的包容,只是心疼一个女孩子到那么远的地方工作,充满了担心;兄弟姐妹们让她放心,父母由他们来照顾,让她只管照顾好自己。"一人援藏,全家援藏。"她感动又感叹,深知是亲人们的理解与支持才使她走得更远,于是暗下决心一定不辜负亲人的嘱托与期望,一定要以骄人的业绩回报所有理解和支持她的人。

进藏后,她始终坚持在藏区一线开展地质灾害调查及地质灾害防治宣讲。她经常说:"地质灾害防治工作是一项生命工程,地质灾害防治工作人员就应该在最危险的时期去最危险的地方。"

2019年5月,根据山南市自然资源局的要求,刘小燕借调至该局生态修复科支援工作。工作期间,她出色地完成了地质灾害防治、地质环境生态修复的所有工作,并将两方面的管理制度完善并推广至全市12个区县。近三年时间的努力工作,使她得到局领导和同事们的一致好评,充分展现了新时期女地质工作者的风采。2019年,她被评为"安庆好人"。

像千千万万的地质工作者一样，她无怨无悔地奉献着。藏区的地质工作环境比一般的地方要恶劣、要艰辛，可她毅然选择了援藏。她有自己的理想，想在西藏这个大熔炉里经受千锤百炼，把自己锻造一番，最终炼成钢铁战士；她想把自己的青春和热血挥洒在这片雪域高原之上，踏遍山南的山山岭岭，为西藏的地质工作作出积极贡献；她想真心诚意为西藏服务，为西藏的跨越式发展和长治久安贡献自己的智慧和才干。她用实际行动诠释着一位优秀共产党员对边疆发展的责任担当，用实际行动谱写着一曲援藏的奉献之歌，以亲身经历描绘了西藏格桑花之美。

2022年是党的二十大召开之年，也是安徽对口援藏20周年，如何在接下来的工作中继续做好对口援藏工作？我们要保持援藏政策的连续性；提升援藏政策的系统性、科学性、针对性，强化需求导向；加强援藏政策的可操作性，明确目标和任务；提高援藏政策的执行效果。

一、加强项目支持，促进西藏经济社会跨越式发展

自然资源部门要不断加大地质矿产勘查支持力度，通过地质矿产调查评价专项等项目，积极支持西藏地区矿产资源勘查工作；要不断加强地质灾害防治和地质环境保护，加强生态文明建设，注重生态环境修复治理，助力"双碳"目标实现。

二、加强技术支撑，提升西藏自然资源系统专业技术水平

加强信息化建设，为西藏自然资源管理提供重要技术支撑，完善西藏自治区自然资源部门信息化基础设施；加强卫片执法、地灾防治等专业监测设备、信息系统建设，提升现代化管理水平。

三、加强人才交流，不断提升自然资源干部的能力水平

进一步加大人才援藏工作力度，不断为西藏自然资源管理事业注入新鲜血液；自然资源系统大力开展接受西藏自然资源系统干部到内地挂职锻炼工作，促进双向交流；持续开展"送教上门"活动，赠送自然资源政策法规书籍，加大人才培训力度。

援藏工作，我们一直在路上，安徽地质人身体力行地践行着地质"三光荣"精神，为深入贯彻落实党的二十大精神，全面建成社会主义现代化强国贡献一份安徽力量。

（本文由陆婷婷执笔）

援藏路上的接力与坚守

安徽省住建厅

一提到西藏,很多人的第一印象就是美,那里有祖国壮美的山河、蔚蓝的天空、迷人的藏族风情。有人说,如果人此生一定要去一个地方,那里一定是西藏。但有这样一群人,西藏之于他们,是挥洒热血的梦想之地。他们远离故乡,远离亲人,克服高寒缺氧、道路艰险、语言不通等困难,把丰富的建设理念、管理经验和专业技术,带到祖国最需要的地方。他们把对口支援事业当作一场接力赛,一棒接着一棒跑下去。他们,就是我省住建系统最可爱的援藏干部人才。

2016年以来,安徽省住房和城乡建设厅党组认真贯彻落实党的十九大和中央第六次、第七次西藏工作座谈会,第三次全系统对口援藏工作座谈会精神,坚决把对口支援西藏住房城乡建设事业改革发展的政治责任扛在肩上。省住建厅党组按照省委组织部有关文件要求,围绕受援地实际需求,精准选派受援地急需人才,特别是优秀年轻干部到山南培养锻炼。2016年7月,省住建厅选派有丰富实践经验的城市建设处原副处长赵新泽,赴西藏担任山南地区住建局副局长,分管建筑领域质量安全管理。

现任省住建厅城市建设处处长的赵新泽在回忆当初报名援藏时动情地说,当初第一时间报名参加对口援藏,是因为情怀。在担任山南地区住建局副局长的三年时间里,他默默承受高原缺氧的不良反应,始终不忘进藏的初心,以山南为家,舍小家顾大家,不辱使命,抓建设、管安全、传帮带,使受援地的建筑工程质量施工安全生产形势明显好转,同时为山南地区打造了一支带不走的人才队伍。"一腔热血洒边关,壮志未酬誓不还",他用实际行动郑重回答了援藏不仅是一种情怀,更是一种责任和使命。

援藏期间,赵新泽建立了建筑工程质量施工安全监督检查制度,每月组织开展工程质量施工安全巡查,每季度开展工程质量施工安全监督检查,对重大安全隐患实施"零容忍"。他积极引入我省信息化监管的成功做法和经验,在山南市、县两级住建局建立信息化监管平台,及时发现、消除安全隐患,破解了山南地区建筑工程面广点散、路途遥远、监管不便等难题。山南市建筑工地信息化监管试点工作取得良好效果,相关工作情况入选安徽援藏工作纪录片素材。他积极推进"厕所革命"建设,使列入西藏自治区"厕所革命"建设项目的136个厕所全部建成。他推进雅砻风景名胜区规划管理工作,做好国家林草局和中国城市规划设计研究院相关协调工作,历时四个多月,终于2019年1月完成雅砻风景名胜区规划调整工作任务,并积极推进风景名胜区规划实施。

"作为援藏干部,我们不仅要亲力亲为地做事,还要发挥好传帮带作用。授人以鱼不如授人以渔,我们要为当地培养一批人才,储备一批人才,实现从输血到造血的转变。"工作中,赵新泽经常与当地同事进行交流,结合自己的工作经历和感悟,主动分享业务工作中一些好的做法和经验,指导、帮助当地工作人员完成相关工作。2018年9月12日,他联系安徽省建设干部学校和中国建材工业出版社,向山南市县区住建系统捐赠了一批价值八万余元的建筑施工技术及建筑质量安全监督管理类图书,旨在通过技术扶贫、知识扶贫,助力深度贫困地区脱真贫、真脱贫。他还先后组织实施来皖培训项目2个,培训山南市及所辖各县(区)住建系统负责同志和业务骨干32人,有效提升了山南住建系统干部的业务能力水平。

援藏三年,对于赵新泽而言是人生的一次洗礼。西藏山南地区,地域辽阔,建筑工程面广点散,很多县乡之间山高路险,交通条件极为恶劣。有时候,一次例行出行检查,就是一次对生命的考验。2016年9月1日,进藏第50天,赵新泽陪同西藏自治区房屋质量安全检查组从平均海拔4 400米的错那县赶往措美县。在途经海拔5 100米的无人区时,由于道路狭窄,又恰逢雨季,路面泥泞不堪,车辆时而陷入泥沼,时而出现侧滑,稍有不慎就会滑入路旁的万丈深渊。这是他有生以来第一次感受到生命受到威胁。三年来,为了抓好建筑工程质量安全工作,像这样克服重重困难,甚至冒着生命危险,在边境县乡间来回穿梭的经历,他自己都记不清有多少次了。但是他说,这些都不是最苦的,最苦的是对家乡的思念,对亲人的牵挂。毕竟援藏那一年,父母已是耄耋之年,而女儿还在上幼儿园。"生命的长短,用时间来计算;生命的价值,用贡献来衡量。"三年来,他把这句话当成座右铭,时刻激励自己克服困难,奉献山南。赵新泽说,援藏三年,一生无悔。

为充分发挥援藏干部人才的引领带动作用,安徽省住房和城乡建设厅先后从系统内选派7名专业基础扎实、业务能力强、实践经验丰富的干部人才开展短期技术援助,有效补齐了山南地区相关行业的技术短板。

这就是我省住建系统全力支援西藏工作的真实写照。正是有了援藏干部人才的接力与坚守,我们欣喜地看到受援地群众的生产生活面貌发生了巨大变化。大美边疆,大有作为。以习近平同志为核心的党中央对新时代治藏方略作出了重大决策部署。当前,援建路上的接力棒还在继续传递,我们相信,会有更多的年轻干部接过接力棒,肩负起新时代的使命担当,继续谱写援藏的恢宏乐章!

把忠诚担当写在雪域高原
——安庆市援藏综述

安徽省安庆市

仲夏的西藏,水草肥美。安庆市一批又一批援藏工作者在这片土地上播撒下希望的种子,收获累累硕果:项目扎实推进,交流联系日益频繁,教学质量持续提升,医疗水平不断提高……

安庆市对口支援西藏山南市浪卡子县。多年来,安庆市把对口援藏作为一项重要政治任务,精心谋划,大力推进,精心选派援藏工作人员,明确工作思路,创新工作方法,真心实意为当地群众谋福利,把智慧和汗水留在雪域高原。

送教送学育人才,授人以鱼更授人以渔

"党的光辉照边疆,人人当自强,勤劳致富家家忙,幸福满心上。"每当夜幕降临,在西藏山南市广场上,藏族同胞们伴着这首欢快的歌曲《幸福吉祥》翩翩起舞,歌唱小康幸福生活。这首歌的创作者是安庆市正在援藏的音乐教师韩龙,目前他在雪域高原已创作出《幸福吉祥》《行走的界碑》《星光》《援藏好儿郎》等7首音乐作品。

2018年8月,韩龙响应党中央号召,开启跨越5 000多公里的援疆之路;2019年9月,援疆结束后,他再次带着梦想、背起行囊踏上援藏之路,到西藏山南市完全中学任教,为期3年。

在海拔3 500多米的雪域高原,站在西藏山南市完全中学的讲台上,韩龙教孩子们基础乐理知识。他在完全中学组建了首届音乐高考特训班,进行专业、系统的音乐教学,发现并培养少数民族音乐人才。他精心备课,设计有趣的教学环节,将家乡安庆的黄梅戏引入雪域高原,探索适合西藏孩子的教学方式。社团活动时间,人们常听到美妙的钢琴声从教学楼里缓缓传出,灵动的琴音和着孩子们清脆的歌声,宛如纯粹的天籁,回荡在雪域高原上空。

"我深深感受到雪域高原上的孩子们对音乐的极度渴望,我下定决心一定要为这群孩子照亮追寻音乐的道路。我也积极学习当地的舞蹈和音乐风格,不断提升音乐素养,将更多的音乐知识教给孩子们。"韩龙说。

西藏要发展,必须先发展教育。近5年来,安庆市教育系统选派40余名教师援藏。他们与其他省市的援藏教师一起,积极开展"周末大讲堂"、送教下乡、师徒结对帮扶等活

动。我市投资3 900万元建设了6所完全小学，投资2 500万元完成规范化学校建设项目，不断完善当地教学基础设施。同时，我市援藏工作队助力卫生扶贫，帮助当地建设浪卡子县卫生服务中心，建设医技综合楼、传染病房楼、院内道路、绿化亮化工程及附属设施，大力开发实施"智慧"医院项目，实现全程网络视频指导医疗救治，总投资3 000万元，全部由安徽援藏资金承担。通过争取计划外资金2 000多万元为浪卡子县建立6个乡镇卫生院，为10个乡镇卫生院配备标准救护车，大幅改善浪卡子县医疗卫生条件，进一步解决了全县3.8万名农牧民看病就医难问题，使浪卡子县广大群众真正享受到优质、高效、便捷的医疗服务。

送智送项目促发展，以为民之心解决突出问题

2016年，时任太湖县副县长的王国林与另外2名干部对口支援西藏山南市浪卡子县。"浪卡子县是西藏自治区深度贫困县之一，我们工作组3名同志进藏后，不断加强对浪卡子县民风民俗、社情民意和西藏历史及民族宗教政策、边防政策的学习，聚焦民生和扶贫导向，立足浪卡子县实际，调整和完善安徽省'十三五'项目内容，积极争取计划外项目资金，实施援藏项目扶贫。"王国林说。

2018年11月19日，西藏相思羽实业有限公司在浪卡子县注册成立，主要从事羽绒和皮毛制品生产及牛羊肉加工销售等，带动当地约100人就业。该公司由安庆市安徽天羽纺织品有限公司投资建设，其成立离不开安庆市援藏工作队的牵线搭桥。

安庆市援藏工作组将推动经济发展和改善民生作为工作重心，扭住项目建设这个"牛鼻子"，聚焦扶贫项目建设，总投资4 120万元，推动推瓦村扶贫旅游开发项目建设和羊卓古镇广场、大道建设，健全浪卡子县游客服务中心、观景平台等旅游配套硬件设施，提升普姆雍措景区的接待能力。同时通过完善村（居）道路及农田灌溉等基础设施，进一步带动农牧民生产增长增收，惠及打隆镇六个村（居）近2 000名农牧民。

多年来，安庆市智力援助不间断，采取"请进来"与"走出去"相结合的方式，积极做好智力援藏工作，选派业务精、素质高、技术过硬的干部进藏开展工作和实施培训。组织浪卡子县10余名年轻干部、专技人员来我市挂职锻炼和培训1个月，培养更多本土化实用型、技能型、应用型专业技术人才。

交流交融日益频繁。先后组织安排浪卡子县3批136名村级组织负责人到桐城、怀宁、太湖、望江4县（市）围绕村级党建标准化建设、美丽乡村建设和脱贫攻坚工作进行实地学习培训；组织浪卡子县22名农牧民致富带头人、农业技术人才到太湖县就农业产业化及规模化种养进行考察学习，深化两地交往交流。

多年来，安庆市一批又一批援藏干部人才深耕浪卡子县，他们把受援地当故乡，以受援地群众利益为重，不忘初心，善始善终，通过大量扎实有效的工作和默默无闻的奉献连接着皖藏友谊。

安徽省第四批援藏工作队工作综述

安徽省第四批援藏工作队

2010年至2013年,安徽省第四批援藏工作队25名队员,肩负省委、省政府重托,承载全省人民祝福,秉持"有志而来、有为而归"理念,在藏文化发源地——山南,倾真情、洒汗水,展智慧、创业绩。

一、立足干部援藏,聚力创业绩

全体队员立足本职岗位,敬业勤业,尽职尽责,争创一流。

一是求真务实抓规划。在西藏期间,大家克服高原头痛、心慌、失眠等不良反应,转换角色,调查研究,熟悉情况,掌握地情。三年时间,大家跑遍全地区12个县,走访对口三县(错那、措美、浪卡子)所有乡镇和80%的村庄,了解群众的生产生活情况和所求所思所盼。根据中央精神、按照省里要求、结合山南实际,确定"一二三四五"三年援藏工作思路,即秉持"有志而来、有为而归"的一种工作理念,树立"为安徽添光彩、为山南作贡献"的两个目标追求,对照"进藏为什么、在藏干什么、离藏留什么"三个问题检视自己,构建"干部援藏、经济援藏、智力援藏、技术援藏"四轮驱动工作格局,实施"社会民生、基础设施、特色产业、人才治理和维稳平安"五大工程。编制了三年援藏项目规划,拟订了援藏项目五年规划建议方案。

二是勤勉敬业作贡献。援藏队员视西藏为第二故乡,坚持"工作上高标准,作风上严要求,能力上展风采,业绩上创一流"。三年来,援藏队员坚持发扬"老西藏精神",舍小家顾大家,把工作当事业,勤勉敬业,无私奉献。工作中,克服高血压、心肌缺血等常见高原病甚至生命风险,坚守阵地,牢守一线;驻村中,住藏家房、睡藏家床、吃藏家餐,野外作业睡在阴暗潮湿的羊圈里;生活中,克服高原缺氧、环境迥异、孤独寂寞,甚至因为常年在藏,留下忠孝不能两全的遗憾。浪卡子县委常委、县委办公室主任陶恩春,因缺氧肠胃长期鼓胀,体重下降12斤,一度缺氧休克。

三是立足一流创业绩。围绕强作风、提能力、创一流,制定《安徽省第四批援藏干部内部管理规定》《关于做好宣传学习工作的有关规定》《关于开展互学互动主题交流活动的通知》等,每月召开一次全体队员会议、编发一期工作简报,开展常态学习交流,集聚大家智慧,结合岗位建功立业。山南地区发改委副主任曾宪彬牵头拟订了《山南地区新能源产业发展规划》等,提出了建设集光热电、光伏电和风电为一体的新能源基地设想,被地委、行署列入"四大基地"发展战略。措美县委常委、副县长何世文在编制哲古镇村镇规划时,充分考虑海拔高、气温低、风沙大等因素,在房屋朝向、结构、用材、采光、保温等方面因地制宜,使该规划获得2012年全国人居经典规划金奖和全国人居经典环境金奖。山南地区团地委副书记林伟牵线搭桥,促成山南地区12所学校与池州市12所学校12 000名学生"手拉手"。山南地区农牧局专业技术干部周斌主持起草了《关于对兽药品市场可追溯性经营行为规范》等文件,解决了过去销售假药"售完即止、难以追查"等难题。

二、立足项目援藏,着力抓民生

援藏项目是造福山南各族群众的重要载体,是展示安徽形象的重要平台。

一是着眼优质,精心组织。专门成立安徽省第四批援藏项目建设管理领导小组,下设三县工作组和地直组,负责项目组织实施。制定印发《关于加强项目建设管理的实施意见》,规范项目实施的组织领导、招投标、监理检查、安全施工、竣工验收、资料归档等工作,优化工作流程,落实责任到人,确保项目监管全过程、责任可追溯。

二是着眼高效,精准调度。确立"三年援藏项目两年完成"的工作目标。对项目实施"分头作业、交替跟进",克服了海拔高、施工期短等难题。领队及三县县委书记先后百余次深入项目工地一线,通过现场察看、提问和校检等方式,检查施工质量、操作程序等是否达到设计标准、是否合乎规范要求。工作队共召开22次专题会议,听取三县和地直项目组关于项目前期工作、工程实施进度、投资完成情况等汇报,研究解决项目建设过程中存在的问题,确保项目顺利实施。

三是着眼民生,精选项目。围绕安居工程、就业工程、健康工程、教育工程、文化工程"五大工程"项目,积极争取政策支持,精选优选民生项目,三年总投资2.46亿元,建成援藏项目58个,使受援地基础设施、新农村建设、社会民生等大为改善。其中,实施新农村建设项目26个,总投资4 338万元;改善办学条件项目5个,总投资1 480万元,培训骨干教师162人;新建21个村级卫生室、15个乡镇文化站、43个寺庙书屋、103个"农家书屋"。

三、立足产业援藏,竭力促发展

结合各县资源特点,坚持"输血"与"造血"相结合,推动产业发展。

一是巩固提升一产。投入2 600万元资金,新修水渠36.2公里,改善灌溉面积6万多亩。调整畜牧品种结构,压缩山羊、绵羊数量,利用冻配技术改良黄牛品种,引进优质牦牛5 300多头。建立蔬菜大棚基地、藏药种植基地、农畜产品基地,提高农牧民收入。发挥农牧民科技特派员作用,在青稞品种改良、青饲玉米种植、紫花苜蓿播种等方面,引进新技术,培育新品种,极大地提高了质量和产量。

二是着力加强二产。三县多措并举,积极争取,努力改变二产落后状况。错那县挖掘本地水力资源,新建小型水电站6座,总装机35.8万千瓦;高度重视民族手工业品——卡达藏刀(区级非物质文化遗产)的保护和开发,成立错那县卡达乡民族特色手工业专业合作社,规范铸造标准,统一制作流程,扩大生产规模。措美县着眼风能、光能等资源优势,推动风电、光伏电和光热电开发;扶持黑青稞加工厂扩大规模,实施藏医院藏药制剂室改扩建,扩大藏药产能。浪卡子县对工布学乡藏毯加工厂进行改扩建,新增60多人进厂务工;组建浪卡子县卡龙乡甜奶渣加工协会,注册商标,统一标准,统一包装。

三是推动做活三产。抓住中央关于"把西藏打造成世界重要旅游目的地"这一契机,围绕三县丰富的自然资源和人文资源,突出雪山、圣湖、草原、寺庙等特色,努力把旅游业打造成支柱产业。错那县推动勒布沟景区成为自治区级风景名胜区,完成18个旅游项目的策划编制,为打造"旅游名县"发挥了支撑作用;创办了首届"仓央嘉措情歌(门巴萨玛)文化旅游节"。措美县在哲古湖畔修建观景台、停车场、牧家乐等设施,提升哲古湖景区旅游接待能力。浪卡子县加大羊卓雍措旅游设施投资力度,兴建2处观景台及配套设施,改变了羊湖景区粗放无序状况;结合打隆镇传统边贸习俗,成功举办"打隆物资文化节"。

四、立足社会援藏,合力架桥梁

民族团结是西藏工作的"生命线",援藏工作队充分发挥桥梁纽带作用,协调各方关系,构建八方支持的援助格局。

一是爱心助学见真情。合肥市安排1 000万元资金,支持错那县实施县完全小学电教中心、勒布沟完全小学综合楼和浪卡子县沿河景观等项目改造;芜湖市安排420万元资金,支持措美县建设措美完全小学综合楼;援藏工作队先后捐款28.6万元,捐赠学习和生活用品2 600多件。

二是对口支持促发展。全体队员推动皖藏双方36个单位合作交流,形成常态交流机制。黄山市安排380万元资金,支持措美县实施措美镇政务中心项目。省法院等30多家省直单位和合肥、芜湖、马鞍山、黄山4市及相关县区,先后安排4 800万元资金,分别对口支援山南地区相关县乡和部门。

三是立足长远育人才。三县先后选派了16名县级干部、52名乡镇干部、93名村干部、260名专业技术人员、160名农牧民等36批人员,到合肥及省内其他地市学习挂职培训。为三县培养技术能人,举办手工编织、民族手工艺品加工、建筑施工等61期技能培训班,培训农牧民 8 000 多人。提高三县群众的劳动技能,组织劳务输出 1.2 万人,占三县劳动力总数的 28%。

真诚付出,无私奉献,援藏干部用实际行动践行了工作理念,用工作作风体现了责任担当,赢得了普遍赞誉。山南地委原书记其美仁增表示:"安徽省第四批援藏干部,大局观念强,发展思路清,工作作风实,自律意识好,赢得了山南各级党政组织和各族人民的尊敬和信任。"援藏干部分别获得科技部先进个人、西藏自治区优秀援藏干部、西藏自治区民族团结先进个人、西藏自治区优秀公务员等荣誉称号。

安徽省第五批援藏工作队工作综述

安徽省第五批援藏工作队

2013年7月,安徽省第五批援藏工作队30名援藏干部和210名短期专业人才进藏开展工作。三年来,在皖藏两地党委政府的坚强领导下,安徽省第五批援藏工作队牢记组织重托,精心谋划援藏工作,建立健全规章制度,加快援藏项目建设,全面推进立体援藏,为山南地区跨越式发展和长治久安作出了积极贡献。

主要做法

一是强化调查研究,理清援藏工作思路。进藏伊始,工作队克服高寒缺氧、交通不便、语言不通等困难,深入错那、措美、浪卡子3县24个乡(镇)80多个行政村和地直机关单位,在广泛调查研究、掌握大量第一手资料的基础上,明确了"政治是前提、稳定是关键、项目是重点、安全是底线、纪律是保障"的援藏工作思路,制订了援藏工作计划。成立领导小组,下设综合服务组、项目管理组、财务管理组、学习宣传组和督查考核组5个专项工作组,全体援藏干部人才分别编入相应工作小组,明确职责、协同干事,加强工作队内部管理,形成了团结互助合作的浓厚氛围。

二是强化项目建设,增添经济发展动力。按照援藏项目向基层倾斜和向民生倾斜的"两个倾斜"要求,充分尊重地区和3个县的发展实际与需求,科学制订3年援藏项目规划,确定了总投资3.108亿元的30个援藏项目,其中84.62%的资金用于改善民生。研究制定《援藏项目建设管理实施意见》《援藏建设项目监督管理办法》等,对援藏项目建设各个环节作出明确规定、严格管理,做到责任到位、程序到位、监管到位,确保项目"质量不出问题、经济不出问题"。工作队抓住项目立项、开工、监管、验收等关键环节,抢抓有效施工期,集中人力、物力、财力,严格项目施工程序,加快项目建设进度,严把工程质量关。截至2015年10月,30个项目全部竣工,通过验收并投入使用,提前发挥了经济社会效益,实现了"三年援藏项目两年完成"的目标,圆满完成了安徽省"十二五"对口援藏规划。从严审批概算资金,第五批援藏项目节省资金1 020万元,通过重新立项实施民生项目,确保了所有资金用在刀刃上,发挥出援藏资金的最大效益,为山南经济发展注入了新动力。

三是强化智力援藏,巩固经济发展支撑。坚持采取"请进来、走出去"的双向交流方式,在皖举办了山南地区组织、宣传系统干部和乡(镇)长、村(居)第一书记培训班16批次,培训各类干部人才1 380人,不断提高他们的理论素养和业务能力。先后选派3批150名卫生、农牧、国土、环保、住建、水利、交通、广电、教育、林业、发改、财政等领域的专业技术人才,进驻山南开展为期半年的短期技术援藏工作,充分发挥"传帮带"作用,传授先进理念和成功经验,为山南专业技术领域注入了新活力。积极推进"组团式"医疗援藏,首批20名安徽医疗专家于2015年8月20日进驻山南地区人民医院,开展"三年一周期、一年一轮换"的医疗"组团式"对口支援工作,力争用三年时间创建"三级甲等医院",极大地提高了山南地区医疗卫生水平,有效解决了群众看病难问题,为山南群众的生活带来了新实惠。

四是强化招商引资,增强经济发展后劲。充分发挥援藏干部的桥梁纽带作用,通过招商项目推介、组织企业家考察等方式,积极促进内地企业到山南投资兴业。先后组织北京、南京、合肥、铜陵等地企业家到山南地区实地考察。目前,中国国电集团有限公司投资6亿元光伏发电项目落户措美县;浪卡子县与铜陵新九鼎铜文化产业有限公司签署拟投资3 000万元的投资协议;北京中煤神州节能环保技术开发有限公司与错那县达成光伏发电初步意向,与科大讯飞股份有限公司、合肥荣事达集团有限公司等企业达成合作意向协议,有力促进了山南的资源优势转变为经济优势,提升了自身"造血"能力,为山南经济发展增添了新动力。

五是强化交流交往,增进皖藏人民感情。积极搭建交流合作平台。2015年9月,省委常委、省纪委书记王宾宜同志率安徽省援藏工作调研组进藏深化对口援藏合作,看望慰问安徽援藏干部人才。省委、省政府主要领导会见了山南地区党政代表团,加深了两地交流交往。三年来,山南地区和错那、措美、浪卡子3县党政代表团15批次赴皖考察;省纪委、省委组织部、省委宣传部、省发改委等省直单位和淮北、铜陵、宿州、蚌埠、滁州、宣城等市县党政代表团及社会爱心人士60余批次赴藏考察交流,捐赠款物6 100万元;加强项目资金跑办工作,落实到位计划外援藏资金1.1亿元。积极协调组织皖藏两地医院、学校和部门结成对子,加强交流,有力地促进了两地人民的交往交流交融。援藏工作队组织开展"援藏情•一家亲"活动,走访乡村、企业、寺庙、社区,深入敬老院、社会福利院慰问送温暖,与困难群众结对认亲交朋友,看望慰问困难群众650人次,结对认亲130户,为民办实事好事300余件,发放慰问金和慰问品折合人民币190余万元。为4•25地震日喀则受灾群众捐款10万元,进一步加深了两地感情,维护了社会稳定,促进了民族团结,为藏区基层建设注入了新活力。

六是强化维稳工作,促进社会和谐安定。坚决贯彻落实区党委、地委关于维护社稳定的一系列重要决策部署,牢固树立稳定压倒一切的思想,全体队员在思想上、政治上、行动上同党中央保持高度一致,一切行动听从党中央指挥,在反分裂斗争这个重大原则问题上做到旗帜鲜明、立场坚定、认识统一、表里如一、态度坚决、步调一致。严格按照地委部署要求,在维稳敏感时期和重要节点,援藏干部主动带班、值班,多次深入各县、各重点寺庙开展督促检查指导维稳工作。各县援藏干部充分发扬不怕苦、不怕累、连续作战的作风,带头进驻乡镇、深入基层一线开展维稳工作,发挥骨干和中坚作用,既稳定了社会局势,也锻炼了援藏干部队伍,为山南社会稳定注入了新力量。

七是强化队伍管理,树好安徽干部形象。制定下发干部管理制度、理论学习制度、干部请销假制度、财务管理制度、援藏干部行为规范"八不准"等11项内部管理制度,组织集体学习25次,开展参观烈士陵园、重温入党誓词、走访慰问困难群众等实践活动,加强对援藏干部和专业技术人员的教育管理,做到了用制度管人、管事、管项目,确保了全体队员不出问题、发挥作用。全体援藏干部人才坚决克服各种困难,特别是20余名援藏干部患肺水肿、心肌缺血等高原疾病,除个别病情较重的住院治疗外,大部分干部人才边治疗边工作,带病坚守岗位。全体援藏干部人才自觉把山南当作第二故乡,把山南人民当作自己的亲人,讲政治、顾全大局,讲学习、注重实干,讲团结、情洒高原,讲奉献、建功西藏,把对党忠诚和服务人民的理想信念、宗旨意识融入援藏工作中,把安徽改革开放和现代化建设的好经验、好办法、好作风带到山南,做到了政治上跟党走、工作上争上游,切实保证了在岗率、在藏率,打造了"快、准、细、严、廉"的工作作风,树立了良好形象。

三年来,在全体援藏干部人才中先后开展"讲政治、重团结、比奉献""援藏为什么、在藏干什么、离藏留什么""践行三严三实准则、传承安徽援藏精神"等主题教育活动,引导援藏干部守牢"三条底线",即守牢廉政建设底线,守牢民族团结底线,守牢维护稳定、反对分裂底线。安徽省对口支援的错那县被评为"全国民族团结进步先进集体"、措美县被评为"地区民族团结进步先进集体"。安徽省第五批援藏工作队有11人分别受到安徽省和西藏自治区及山南地区的表彰,马玉宏、李全棉等4人获安徽省对口支援西藏先进个人称号,王萍、周会明两位同志获得安徽省"五一劳动奖章",杨安成等3人获得西藏自治区和山南地区民族团结进步模范个人称号,短期援藏医疗人才王志芳被评为第三届"感动山南十大人物"之一。安徽立体援藏的做法被中央统战部《每日汇报》采用,新华社、《经济日报》、《安徽日报》、安徽电视台、《西藏日报》、西藏电视台等媒体对安徽省第五批援藏工作队宣传报道140余次。山南地委、行署主要领导同志先后五次对第五批援藏工作队作出肯定批示,认为安徽援藏工作队开展的工作特色鲜明、亮点纷呈、成效明显,为援藏工作做出了表率,起到了"领头雁"作用。

回顾三年来的援藏工作,我们的收获和体会有:一、领导重视是关键。省委、省政府的高度重视和各级各部门的大力支持,是我们做好援藏工作的强大动力和重要保障。时任省委书记王学军等省领导亲自会见了山南地区党政代表团,对做好援藏工作提出明确要求;时任省委副书记、省长李锦斌,时任省委常委、副省长詹夏来,时任省委常委、省委组织部部长邓向阳,时任省委常委、省委宣传部部长曹征海分别对第五批援藏工作队工作作出重要批示,为我们做好援藏工作指明了方向、增强了动力。省纪委、省委组织部、省发改委、省援藏办、省人社厅、省卫计委、省财政厅、省教育厅、省总工会等部门的大力支持,为我们做好援藏工作提供了坚实保障。山南地委、行署对援藏干部政治上充分信任、工作上大力支持、生活上关心照顾、纪律上严格要求,为我们干事创业提供了舞台,为干部锻炼提供了熔炉。二、精准援藏是目的。按照省委的要求,我们着力在基层民生,着力在精准发力,补齐短板上下功夫,坚持做到"两个倾斜",把84.6%的资金向基层和农牧区倾斜,对国家项目覆盖不到、地方财力解决不了、基层和农牧区亟待解决的困难给予大力支持,得到了当地干部群众的充分认可。三、团队协作是基础。全体队员牢记省委、省政府要求,坚持把援藏干部的身体健康和生命安全放在心上,以人文关怀凝聚团队力量,牢记使命,勇于担当,克服高寒缺氧等困难,团结奉献、履职尽责,相互关心、相互支持,保持了良好的团队精神,展现了安徽援藏工作队风采,留下了许多感人的故事。四、干部得到了锻炼。西藏需要干部,干部需要锻炼,共同的使命和职责把援藏干部人才凝聚在一起。

　　三年的援藏经历,使我们的意志得到了磨炼,才干得到了锻炼,干部得到了成长。三年援藏,终身受益,它是我们一生最宝贵的财富。

安徽省第六批援藏工作队工作综述

安徽省第六批援藏工作队

2016年7月11日,作为首批平级择优选派的安徽省第六批援藏干部,我们438名干部人才肩负安徽省委、省政府和6 000多万江淮儿女的殷殷嘱托,告别了同事,告别了亲人,告别了故乡,奔赴雪域高原,开启了新时代安徽援藏的崭新征程……2019年7月和8月,我们分两期登上返乡的飞机,至此,历时三年的安徽省第六批援藏工作结束。

在这三年里,我们438名援藏干部人才,作为"神圣国土的守护者、幸福家园的建设者",倾情倾心倾力融入山南、建设山南、奉献山南,圆满完成了安徽省第六批对口支援西藏山南及错那、措美、浪卡子县的目标任务,书写了新时代安徽援藏的崭新篇章。这段皖藏同心、筑梦山南的历程,已成为我们438名援藏干部人才生命旅程中难以割舍的最美记忆,也成为安徽与雅砻儿女真情交融、共谱华章的最美见证。

真情交融　共谱华章

2015年8月,习近平总书记在中央第六次西藏工作座谈会上指出,"必须坚持治国必治边、治边先稳藏的战略思想""坚持依法治藏、富民兴藏、长期建藏、凝聚人心、夯实基础的重要原则"。在2016年7月至2019年8月这三年里,我们认真贯彻习近平总书记关于"治边稳藏"的重要论述,坚持把西藏山南当作第二故乡、把西藏山南各族群众视为亲人,坚持秉承"宁愿生命透支、不让使命欠账""缺氧不缺精神""海拔高,工作标准更高"信念,勇当新时代对口支援工作的亲历者、奋斗者、奉献者,争做推动西藏山南经济社会发展的参与者、实践者。

一、牢记使命、严格管理,淬炼安徽援藏对党忠诚

这三年里,我们认真贯彻落实习近平总书记"援藏干部要纳入当地管理,不能当客人,不能搞特殊"的重要指示,针对全面从严治党新要求,在总结安徽省前5批援藏干部人才管理经验的基础上,坚持把援藏干部人才纳入受援地干部队伍同等对待、严格要求、严格管理。一是加强党的领导。进藏之初,及时上报并经安徽省委组织部批准,我们成立了安徽省第六批援藏工作队临时党委,并下设7个临时党总支(支部),切实加强党的领导。二是强化分级管理。根据安徽省第六批援藏干部人才在山南市及错那、措美、浪

卡子县对口支援三县的岗位分工和属地分布，工作队及时成立了17个援藏工作组，明确各组职责及目标，强化分级分组管理。三是强化建章立制。工作队出台15项援藏规章制度，重点实行"周例会、月调度、季总结、年述职"工作机制，有效实现工作队自我教育、自我服务、自我监督、自我管理的制度化、规范化、科学化。四是强化学习引导。工作队开展形式多元的"讲看齐、见行动""重温入党誓词""讲重作"和"讲严立"等活动，彻底认清达赖集团"高度自治"的本质并深入开展反分裂斗争，进一步增强"四个意识"，坚定"四个自信"，坚决做到"两个维护"。五是强化示范带动作用。2016年9月，我省援藏医疗人才赵炬同志在山南因公牺牲，根据其生前意愿，捐献全部可用器官。我们认真学习贯彻省委主要领导关于"赵炬同志主动援藏、志愿捐献器官的感人事迹，诠释了人间大爱，彰显了无私奉献的人生境界"的重要批示，弘扬赵炬精神，化悲痛为力量，攻坚克难，继续前行。六是强化廉政建设。工作队坚持每年年初召开党风廉政建设工作会议，与全体干部人才签订"确保廉洁自律责任状"和"三个安全责任状"；坚持开展年度述职述德述廉考核，切实做到援藏工作与党风廉政建设同安排、同部署、同考核、同落实。

这三年里，我们438名援藏干部人才先后获得国家级表彰3人（次）、省部级表彰51人（次）、地市级表彰240人（次）、县（区）级表彰140人（次），充分展现了安徽省第六批援藏干部人才的铁军形象。

二、不辱使命、攻坚克难，助力山南建设美丽家园

爱得有多真，扎根就有多深。这三年里，我们438名援藏干部人才满怀对西藏山南人民的深厚感情，舍小家、顾大家，积极投身于山南改革发展稳定的各项事业中，诚心诚意为山南各族人民办实事、谋福利、作贡献。一是突出抓项目助脱贫。工作队第一时间完成了《安徽省对口支援西藏山南市经济社会发展规划（2016—2020年）》的修订、审批、颁布和贯彻工作，及时确定安徽省"十三五"援藏规划项目46个；序时实施计划内援藏项目33个，超额完成序时任务；实施计划外援藏项目107个，创安徽计划外援藏项目数量新高，有效实现了错那、措美、浪卡子安徽对口援藏三县3 905户和12 624人如期脱贫的历史性突破。二是突出抓组团惠民生。经过4批123名安徽医疗人才"组团式"援藏的勠力同心，山南市人民医院于2018年6月顺利获评"三级甲等综合医院"、12月成功挂牌西藏首个"国家级胸痛中心"。经过3批135名安徽教育人才"组团式"援藏的众志成城，山南市第二高级中学于2019年6月成功跻身"西藏自治区（省级）示范高中"行列，近三年高考上线率连年创新高。三是突出抓固边守国土。主动担当作为，协调安排计划内外资金，合力推进完成山南市10个边境小康村科学规划和如期建成。四是突出抓园区促"造血"。根据山南市委、市政府统一部署，我省第六批援藏工作队拓荒筹建山南高新区（工业园区），先后完成园区的产业发展规划、总体规划、控制性规划、土地利用规划及

山南市级高新区(工业园区)审批,完成园区15项机制建设及管委会办公区、生活区规划和序时建设目标。五是突出抓招商补短板。推动30个招商项目签约落户山南市,签约资金37.06亿元,实现11个招商落地项目到位资金4.59亿元。六是突出抓履职促发展。坚持围绕中心,着力打造全域旅游,实现山南市旅游接待人数和收入连续3年两位数高速攀升;着力提质山南市烟草专卖局(公司)工作,实现山南卷烟销售和利税连续3年快速增长;着力夯实山南市地震局(台)工作,实现山南市2016、2017年度连续获评"全国地市级防震减灾工作综合考核先进单位";着力提升山南市法制办工作效率,实现山南市荣获"2017年度西藏自治区法治政府建设年度考评第一名"目标;着力拓展山南市外侨办和医保局工作,助推山南市经济发展、民生改善和边境管控有新作为;着力开展驻县维稳督导,有力有效维护山南市及对口支援县和谐稳定。

这三年里,安徽省第六批援藏工作队荣获"全国2017年度对口支援西藏工作绩效考评优秀等次",被评为"2018年安徽省劳动竞赛先进集体""2018年山南市民族团结进步模范集体""2019年安徽省直机关第五届工人先锋号"。2018年3月31日、4月1日《西藏日报》《安徽日报》分别在头版专题报道了安徽省第六批援藏工作队事迹。

三、肩负使命,铸牢意识,促进皖藏两地交流交融

这三年里,我们认真贯彻落实习近平总书记关于"促进各民族像石榴籽一样紧紧抱在一起"的重要指示,铸牢中华民族共同体意识,不断深化皖藏交流交融,争当促进民族团结的模范。一是搭建平台,有序拓宽公益援藏。坚持"皖藏一家亲",构建立体化、广覆盖、有影响的安徽社会公益援藏平台。三年实施计划外援藏项目107个,创安徽援藏项目数量新高。此外,推荐和组织安徽对口支援的山南市及三县百余种当地商品赴林芝鲁朗全国援藏超市长期展销。二是凝心聚力,深耕细作文化援藏。2018年9月圆满完成"2018中国西藏雅砻文化节"山南主会场和安徽分会场的筹备与主办工作,全方位深化了皖藏文化交流;全力做好安徽援藏展览和安徽援藏博物分馆(林芝)建设,会同安徽广播电视台、合肥电视台有序完成安徽援藏纪实专题片《皖藏同心 筑梦山南》《雪域之恋》拍摄工作;编撰完成《神圣国土守护者,幸福家园建设者》安徽省第六批援藏工作队工作掠影,系统展现了安徽省第六批援藏工作队的风采;规划建设安徽对口援藏三县的城市道路文化墙、农牧民文化活动中心等项目,较好地发挥了安徽援藏的导向作用;有效推动皖藏群团组织合作交往,大力培训山南市村(居)两委和第一书记,全面夯实了山南基层政权建设。三是皖藏互动,着力深化交往交流。推动安徽150批党政代表团、1 800人次干部人才赴山南对口援助;组织山南96批党政代表团、2 850余人次干部人才赴安徽交流、培训和挂职。四是开通直航,高位推动互联互通。2019年3月31日,在皖藏两地党委和政府的高度重视下,经安徽省第六批援藏工作队和省援藏办、省民航集团的全力谋

划与合力推动，合肥至拉萨直飞航线顺利开通，结束了皖藏两地没有直航的历史，成功首开并架起皖藏两地交往交流交融的"民心直通桥"。

"感人心者，莫先乎情，莫始乎言，莫切乎声，莫深乎义。"情之所至，金石为开。这三年里，我们与山南广大干部群众从相遇、相识到相知、相助，一路同甘共苦，一路并肩战斗，一路挥洒汗水，在干事创业中加深了解、形成默契，在雪域高原留下了安徽援藏人的铁军现象，结下了血浓于水的皖藏情谊。"一次援藏行，终身西藏情。"一幅幅追梦的画卷、一幕幕奋斗的场景、一个个拼搏的日子、一张张熟悉的面孔，仿佛就在眼前，清晰鲜活，令人难以忘怀。

皖藏情深　雪域之悟

有一种生活，没有经历就不知道其中的艰辛；有种艰辛，没有体会就不知道其中的快乐。这三年，就像一本书，读得不经意，就会留下遗憾；读得太认真，就会满含热泪。

这三年里，在雅鲁藏布江畔，在雪山草原峡谷，在祖国西南最前哨，在世界海拔最高乡普玛江塘，都留下了我们奋斗的足迹。这三年里，我们经历过失去年轻援友的悲痛，面对过"夜深缺氧难入眠，孤灯常伴清影前"的孤寂，见证了山南经济社会快速发展和民生民计大幅改善。这三年里，我们与并肩作战的山南干部群众建立了深厚的感情，从农牧民群众那里收获了最真挚的感动。这三年里，缺氧不缺精神的援藏生活，有血，有泪，有欢笑，更有不舍，这终将伴随着糌粑和酥油味镌刻在我们438名援藏干部人才的记忆深处。

这三年里，我们有四点最深切的感悟。

一、以习近平同志为核心的党中央的亲切关怀是我们做好援藏工作的根本遵循。党的十八大以来，党中央高度重视西藏工作，提出了"治边稳藏"的重要论述，作出了"加强民族团结、建设美丽西藏"的重要指示，特别是习近平总书记在百忙之中，亲自给山南市隆子县玉麦乡牧民卓嘎、央宗姐妹回信，深情勉励西藏各族干部群众像格桑花一样扎根在雪域边陲，做神圣国土的守护者、幸福家园的建设者。习近平总书记的一系列重要论述和指示批示精神，为做好新时代安徽援藏工作指明了前进方向、提供了根本遵循。

二、各级领导的高度重视是我们做好援藏工作的关键。这三年里，中组部、皖藏两省区各级领导都对安徽省第六批援藏工作队给予了高度重视和无微不至的关怀，多次作出重要讲话、批示，并进行调研。安徽省直各单位及各对口支援市、县（区）领导多次赴山南实地调研指导慰问，为我们做好安徽援藏工作注入了强大动力。

三、弘扬"老西藏精神"是我们做好援藏工作的基础。西藏山南受自然环境制约，工作、生活条件相对艰苦，我省对口援藏的三县平均海拔在4 300米以上，高寒和缺氧、高海拔和强辐射对身体的伤害始终伴随。438名援藏干部人才克服高原反应带来的身体不适以及远离同事、亲人、故土的心理缺失,坚持"忍常人所不能忍,受常人所不能受",始终坚守在雪域高原上。高山峡谷、冰天雪地、草原牧区、施工现场、维稳一线、边界前哨,留下了我们昼夜奋斗的足迹,记录了我们惊心泪目的瞬间,有的同志甚至付出了年轻的生命。2016年7月,滁州市援藏医生赵炬进藏第五天脑血管突然破裂,大家第一时间将其送往西藏自治区医院抢救,第一时间联系北京顶尖专家联合对其救治,第一时间安排专机"床对床"护送至合肥稳定治疗。遗憾的是,皖藏两地虽不惜代价全力抢救,但终因病情严重而未能挽回他41岁的年轻生命。2016年11月,六安市援藏干部李和敏在海拔4 242米的措美县因劳累和缺氧昏迷在办公室,生命垂危,被紧急送往山南市抢救。2017年6月,短期援藏专业技术人才姚孝平在海拔4 485米的浪卡子县突发急性胃穿孔,情况危急,被连夜送往军区总医院治疗。"组团式"教育援藏人才夏国良在藏患有中度呼吸障碍和高原美尼尔氏综合征,每天靠服用药物来缓解病症和维持睡眠。"组团式"医疗援藏干部、时任山南市人民医院院长虞德才在援藏三年期满并顺利完成山南市人民医院"三甲创建"时,因十二指肠出血紧急住院抢救。此等事例,不胜枚举。这三年里,我们438名援藏干部人才,坚持"轻伤不下火线",在雅砻大地谱写了一曲曲动人的生命赞歌,用实际行动展现了安徽援藏的铁军形象。

四、系统完善的政策支持是我们做好援藏工作的保障。这三年里,中组部,皖藏两省区党委、政府及组织部门,安徽省援藏领导小组各成员单位,安徽省各对口支援市和中央第八(六)批援藏总队,西藏自治区山南市委市政府及有关对口援藏县等,积极创造条件、克服困难,谋划出台了一系列援藏政策,尤其在援藏项目谋划、援藏资金安排、援藏干部人才任用、援藏干部人才后顾之忧解决等方面给予了无微不至的指导与关怀,使我省第六批援藏干部人才倍感温暖、倍增干劲。

岁月不居,时节如流。这三年里,我们438名援藏干部人才在雪域高原,用坚守检验了忠诚,用实践映照了初心,用奋斗谱写了华章。我们438名援藏干部人才对雅砻人民的感情、对西藏的热爱已深深熔铸在血脉里。如今的山南,日新月异,我们为山南取得的成绩感到高兴,感到欣慰,感到骄傲!

安徽省第七批援藏工作队工作综述

安徽省第七批援藏工作队

根据中央组织部和省委、省政府统一安排,我省第七批援藏工作队于2019年7月进入西藏。三年来,工作队瞄准"集体第一、单打冠军"的目标,统筹项目实施和干部管理,推动援藏工作提质增效,实现安徽援藏多项突破。一是综合考核位列全国第一方阵。在国家发展改革委"十三五"援藏工作绩效考核中,我省综合考核和4个单项考核等次为优秀,在17个援藏省市中名列第三。二是援助规模保持稳定增长。"十三五"和"十四五"期间,我省分别安排援藏资金6.36亿元、7.1亿元,第七批援藏工作队还争取了4个对口援藏市投入计划外资金2.1亿元,同比增长80%。三是教育援藏实现历史性突破,以德育教育为引领,全面推动教学质量提升。2021年对口支援的山南市第二高级中学高考录取率为98.93%,本科达线率同比增长28个百分点,取得建校以来最好水平。德育教育成果获得西藏自治区首届"两融杯"评比一等奖第一名。四是医疗援藏位居全区首位。坚持把扩大优质医疗服务供给与培养本地专业技术力量结合起来,推动"创三甲"到"强三甲"转变,山南市人民医院在国家卫生健康委全国三级综合医院考核中名列全区市级医院第一。五是单项工作全面领跑全区。就业援藏提供岗位数、产业援藏建成项目数、交流交往交融规模等,均在全区各援藏省份中处于前列。山南干部群众对安徽援藏的评价就是"安徽援藏是最实在的"。

我们具体做了以下七个方面的工作:

一、**抓党建强管理,全面提升团队形象**。把管队伍作为基础性工作来抓,全面加强党建工作、业务培训、人员管理和服务保障,确保援藏干部人才精神状态饱满、业务工作熟练、队伍纪律严明。坚持党建工作常态化,工作队进藏之初就成立了临时党委,并根据工作需要成立了3个党支部,定期开展党员教育和党组织活动。为提高党员参与的热情,党委探索、创新活动方式,相继开展在中国海拔最高乡普玛江塘重温入党誓词、雅江植树造林、义务献血、一周年成果汇报会、读书漂流、党史专题教育、巡边等活动,加强党性锤炼,凝聚团队力量。坚持日常管理规范化,制定、完善工作规章制度20余项,涵盖项目管理、资金使用、后勤保障、队内纪律和党建工作等领域,特别是围绕项目管理和资金使用,根据省援藏援疆办和省财政厅要求,不断丰富和完善现有制度体系,确保各项工作在制度框架内运行。坚持服务保障人性化,成立12个工作组,让干部人才参与日常管理,实现自我服务、自我监督,团队的向心力和归属感进一步增强。结合援藏工作实际,落实谈心谈话制度,党委书记带头与队员谈心谈话,了解队员的工作、生活和心理状况,帮助其解决在藏工作困难。

二、抓收官强开局,全面落实建设任务。"十三五"期间,我省共安排援藏项目47个、资金6.36亿元。为使项目顺利实施,工作队严格落实项目审批、组织实施、质量监管和竣工验收等程序,全面加强施工进度和质量管理,目前所有项目全部完工。除此之外,工作队争取的计划外资金涉及的所有项目全部交付使用。本批次援藏恰逢两个五年规划的过渡期,在确保"十三五"圆满收官的同时,工作队把精准谋划、强势开局"十四五"作为重中之重,2020年初就成立了规划工作组,多次赴受援地对接,加强项目谋划。援藏工作队按照精准聚焦、契合实际、切实可行的原则,把民生改善、产业发展、交往交流交融作为重点,汇总梳理出52个规划项目,总投资7.1亿元,涉及智力支援、产业支援、保障和改善民生、交往交流交融、文化教育支援等领域,符合山南实际,切合群众需求。截至目前,2021年和2022年规划内项目全部开工建设,部分项目2022年7月底前交付使用。

三、抓招商强产业,增强内生发展动力。坚持一手抓援藏产业项目实施,一手抓区外企业招商引资,通过产业合理布局,增强受援地发展内生动力。目前,"十三五"期间的产业项目已经全部建成并发挥效益,措美县哲古镇特色旅游小镇已经建成并投入运营;措美现代农业科技示范园已种植精品蔬菜40多种,各类蔬菜已被端上当地群众餐桌。错那县勒布沟茶产业基地引进数万株"黄山大叶种翠绿1号"优质茶苗,700亩茶园正在升级改造,建成后茶园面积超千亩,年产值有望超3000万元,"藏茶进京"活动已经将勒布沟茶叶推向全国。山南市千亩蔬菜基地已经建成投产,目前日产蔬菜8万余斤,并在山南市设立蔬菜直销点,其市场保供、平抑物价的作用已经显现。同时,抓好招商引资工作,成立招商专班,围绕现代农业、旅游产业、文化展演、电子商务四个方向,梳理重点招商项目,编制项目策划书和招商手册,目前已洽谈或签约项目13个,总投资12.65亿元,雅投农业、高原特色蜂蜜等项目已经落地。特别是旅游产业发展方面,开通了"藏源山南号"航班、"西藏山南号"高铁、"安徽援藏号"地铁,在黄山景区展示90幅山南宣传图片,构建了山南旅游的立体宣传格局。在工作队的积极推动下,山南市相继推出扎西曲登、强钦村等一批网红打卡点,真正让当地群众吃上了旅游饭。

四、抓思政强教学,打造德育教育高地。山南市第二高级中学是安徽对口援藏学校,也是西藏自治区规模最大的示范高中。三年来,工作队积极推动山南市第二高级中学内涵式发展,探索"高考加油站""名师讲堂"等教学模式,建设"皖藏课堂"信息化教学平台,与合肥一六八中学、巢湖二中等开展常态化结对共建活动,指导当地教师参与教学创新,使当地教育教学水平明显提高。2022年,山南市第二高级中学的高考录取率达99.6%,本科达线率同比提高10个百分点,创建校以来最好水平。当地家长说:"现在在山南二高考不上大学已经成为一件难事。"

坚持把德育教育作为教育援藏的重点,制订山南市第二高级中学德育教育体系建设三年行动方案,挂牌了5个德育教育基地,开展了10个主题教育月活动,组建了5个特色学生社团,创新了巢湖民歌与锅庄舞相结合的特色课间操。首次将黄梅戏带进藏族学生课堂,并聘请市委领导同志、援藏干部和12所安徽高校思政教授担任辅导员,全方位、常态化推进爱国主义和民族团结教育。组织开展的"开学第一课""我和我的祖国""粽驶千万里·皖藏一家亲""皖藏两地一家亲·同心共筑中国梦"等活动,得到《人民日报》、新华社、中央广播电视台等中央主流媒体的广泛宣传。教育部专门派出工作组到学校总结民族地区思政教育工作经验。

五、抓管理强服务,增加优质医疗供给。山南市人民医院是安徽对口援藏医院,是山南市唯一一家"三甲"综合性医院。工作队坚持把人民医院作为医疗援藏的主战场,顺利完成新院区搬迁,建成西藏自治区首家高级卒中中心、国家消化道早癌防治中心,开通5G移动急救信息平台,开展新技术、新项目400余项,患者满意率达98.5%。新冠肺炎疫情期间,援藏医疗队队员从正月初三开始陆续返岗,参与疫情防控工作,筹建市核酸检验实验室,落实100余万元的防控物资。在此基础上,援藏医疗队积极推动医疗资源下沉,建立市县医联体,常态化开展送医下乡、师带徒培训、健康扶贫等活动,在对口支援三县推广"智医助理",帮助浪卡子县和错那县卫生服务中心成功创建"二级医院"。援藏医疗队利用节假日,开展先心病、骨关节病、多血症筛查等义诊活动,两年多来共开展义诊40次,惠及农牧民群众8 000多人。

六、抓交往强融合,扩大皖藏交流成果。进藏后,工作队制订了《手拉手"情感十进"工作方案》,重点推动青少年学生、专技人才、致富带头人、农牧民代表等赴内地交流学习,让西藏干部群众亲身感受祖国的强大,增强中华民族共同体意识。三年来,工作队已经组织60余批1 200余人到安徽开展各类交往交流活动。措美县艺术团在合肥连续演出6场,观众人数超过1万人;错那县先后举办异地培训、跟岗学习和考察交流等活动,培训各级各行业干部人才11批140人次,并组织农牧民群众到黄山学习茶叶生产技术、民宿标准化管理等;浪卡子县安排28名党政干部到芜湖市进行为期一个月的挂职锻炼,还安排114名同志到相关领域开展跟班学习,且建立了民间艺术长期交流机制;山南市160名青少年学生到安徽访学交流,与对口援藏市的青少年学生开展各类交流活动,受到新华社、法新社、共同社等媒体的高度关注。三年来,省委组织部、省委宣传部、省教育厅、省发展改革委、省卫生健康委、省自然资源厅、省审计厅、省总工会、省直机关工委和合肥、芜湖、马鞍山、黄山等50多个单位派出专项工作组、媒体采访团、产业考察团到山南帮助工作，有效地推动了工作交流、情感交融。同时，针对山南市相对薄弱的工作，协调省内相关单位成立农业关键技术攻关、专项债申报、开发区建设管理、道路交通、城市管理、审计等10余个柔性团队进藏工作，帮助山南市完成了一批批急难险重任务。

七、抓供给强创新，实现就业援藏突破。一方面，协调省委组织部、省人力资源和社会保障厅、省国资委增加岗位供给，提高岗位适配性，每年落实40个事业岗位、16个公务员岗位和千余个企业岗位，确保更多藏族高校毕业生在安徽顺利就业。2021年，芜湖市成立山南市大学生就业指导中心，"组团式"就业工作取得实质性进展。另一方面，积极探索就业模式创新，协调山南市与对口援藏4市工商联签订就业合作协议，每年面向山南提供800个民企就业岗位；从受援县选派有创业意愿的高校毕业生到相关企业跟班学习，返藏后提供创业政策支持，以创业带就业，目前已有18名高校毕业生到内地企业跟班培训。

安徽省第七批短期援藏工作队工作综述

安徽省第七批短期援藏工作队

安徽省第七批短期援藏工作队共有专业技术人才39人,其中包括医疗卫生15人、经济管理6人、政法4人、农牧畜专业3人、新闻传播3人、交通工程2人、教育教学2人、环境保护2人、党校1人、网络工程1人。短期援藏工作队于2019年6月11日晚抵达山南市,6月17日全部到岗到位。人员分布:浪卡子县7人、洛扎县6人、措美县7人、错那县7人、贡嘎县(高新区)5人、山南市区7人。

半年来,全体短援队员认真践行习近平总书记关于治边稳藏的重要论述,在支援单位和安徽省援藏工作队的坚强领导下,克服高原反应和生活困难,珍惜机会,多作贡献,争干创新的工作,争干急切的工作,争干当地干部群众认可的工作,争干有价值、有意义、值得人生回忆的工作,在促进山南经济社会全面发展、维护边疆稳定、推动民族融合中作出了应有贡献,取得了良好业绩。

一、医护队员挽救生命诊疗病痛,"白衣天使"显身手。共抢救危重病人89人,开展重大手术33起,缝合伤口122人次,诊治病人达4 321人次,义诊和疾病筛查上万次。据统计,安徽援助各县半数以上的居民都从安徽援藏带来的公共卫生服务中受益。刘庆元、赵仕浩等完成浪卡子县人民医院2019年第一例阑尾炎手术;赵田勇、赵仕浩完成浪卡子县人民医院第一例无痛人流手术、第一例无痛分娩术、第一例无创分娩术;陈智等人完成第一例无创呼吸机治疗新生儿肺炎手术;张磊等人完成措美县首例臂丛神经根性撕脱伤清创缝合手术,完成措美县第一例腰麻下肛周脓肿切排+预防性肛瘘挂线术。首次在4 000米以上高海拔地区成功为两名胆囊结石患者实施全麻下"腹腔镜下胆囊切除术",实现高原缺氧气压低等困难条件下的手术、麻醉、康复的重大突破。张慧完成四例剖宫产手术,并成功为两例新生儿脐静脉注射维生素K1,使其顺利出生。史图龙成功完成洛扎县首例"脊柱骨折切开复位椎弓根螺钉固定术"手术。浪卡子县援藏医疗队还在世界海拔最高乡普玛江塘乡开展义诊。张慧个人联合妇联和计生部门在觉拉乡、卡达乡、曲卓木乡开展了妇女"两癌"筛查工作。张坤、王成、张慧为全县女性干部职工开展公益知识讲座。张磊给当地中小学生进行健康讲座。

二、专技人才科研创新增产提效,推动当地发展。安徽3名农林畜牧专家短时间内引进培育改良品种21个,助增销售仓储物流渠道8处。来自舒城县的农业科技专家高久清偷偷地将自家的红薯带上飞机,在洛扎县牧民的大棚里粗放试种。没想到它长势良好,喜获丰收,得到普遍应用推广。高久清还成功试种了安徽上海青、矮脚黄等蔬菜新品种。他在洛扎县洛扎镇嘎波村农户蔬菜大棚里指导辣椒、西瓜种植技术,提高产量。来自阜阳的畜牧专家郑玉才悉心钻研高原养殖技术,改良犏牛等3个品种。他向国家专利局申报"畜牧养殖用粪便清理装置"专利,在《畜禽业》上发表论文《浅析西藏山南市地方土种高原黄牛资源保护》。在缺少交通工具的情况下,郑玉才徒步走村串户进养牛场指导35次,指导人工冻精配种改良50头牛,培训农牧民45人次。他还参与奶牛生产性能评定,参与山南市首届"最美雅砻高原牛"评选活动。来自肥东县的援藏农业技术干部赵万远成功种活措美县第一棵桑树,成功试种莴笋等7个蔬菜品种,推动"措美县现代农业科技示范园"在县城闹市区开设直营店。来自淮北市濉溪经济开发区的工程师周华东申报的"园林用树木固定支架",获国家专利局颁发的实用新型专利。

三、政法人才尽心履职硕果多,让公平正义阳光普照。来自省高院的胡四海撰写了山南市中院近十年工作总结,在《西藏日报》整版刊登。他撰写的稿件6次被最高院《人民法院报》刊登,创山南市中院历史纪录。《人民司法》专门报道了胡四海的事迹。在胡四海的帮助下,乃东县法院的工作首次刊登在《人民法院报》上。来自淮北的法官黄磊审理案件15起,帮助困难群众争取利益520万元,争取资金10万元。胡四海、黄磊还在工作之余到桑吉林小区建筑工地开展"情系农民工,送法进工地"普法宣传活动。律师都勇通过代理和咨询,帮助困难群众争取利益(避免损失)390余万元,经辩护让一当事人减少刑期9个月,为一当事人争取重新做人机会1次,为市政府及相关部门提供法律服务12次,审核地方立法草案4件,普法宣讲13场,受邀开展法治讲座3场,离藏前2天又进琼结县普法2场,解答法律咨询近千次,争取援藏资金50万元。他在实践中开创的有奖问答式普法被山南市普法办推广,倡言将法治精神融入藏传佛教教义受到宗教界欢迎。来自铜陵的特警王永安,在藏期间累计完成维稳执勤备勤160余天,先后完成"雅砻文化节""庆祝中华人民共和国成立70周年系列文艺演出"等大型活动的安检安保及涉爆警情的应急处置工作,累计完成73 000余人的人身安检工作。

四、短援人才积极参与社会事务管理,优化了发展和营商环境。朱黎生、肖龙、张成碧、周华东、刘顺平等人帮助多家企业办理入园手续,联络并完成安徽欣叶安康门窗幕墙股份有限公司等多家企业考察投资的接洽工作,配合国家发改委经济研究所调研组在高新区调研,帮助调整高新区规划,汇编完成《山南市高新技术产业开发区"共建发展"建设性建议报告书》。他们共联络59家投资企业,帮助企业办理手续27次,提出优化发展环境措施23条。在圆满完成山南高新区(昌果乡)指挥部工作之后,5名队员又参与到贡嘎县发改委、住建局、统计局等部门的工作中。交通管理工程师郑墅起亲自踏勘边境通道项目占用公路现场，在大雪天气上路执法执勤，指导开展养护生产日志编制，进行养护生产计量支付工作，撰写调研报告《错那县交通应急工作思考与建议》。郑墅起、钱爱忠巡查路段5 700公里，参与工程建设148次，参与技术方案制订11次。环保工程师刘高完成了《水污染治理方案》《声环境质量调查报告》等4篇调研报告，起草了《山南市2019年度生态环境考核自查报告》，参与了迎接中央环保督查和西藏自治区本级环保督查准备工作。环保工程师王斌多次参与执法检查，规范执法档案管理，对桑日县大古水电站等多个建设项目的生态环境提出整改意见。两位环保工程师合计参与指导环保执法58件次。宣城市信息工程学校的援藏教师韩莉长途跋涉，到错那县曲卓木乡、觉拉乡、卡达乡宣讲解读学生资助政策，让近千名藏族群众了解了国家的惠民举措。

五、短援专家注重"传帮带"，积极培养本土不走人才。共"传帮带"176人，分享讲座85场次。浪卡子县人民医院每周末都开展学术交流讲座，援藏医疗队员轮流授课，为当地医生示范讲解呼吸道大出血的抢救流程、气管插管等各项技术。措美县援藏医疗队队员张磊等人对当地医生进行了系统的临床、护理、影像讲座培训，护士长詹海侠制订了针对护理实习生的带教计划。错那县援藏医生张坤、王成、张慧对全院医护人员进行人工心肺复苏培训。援藏特警王永安立足受援单位专业人才建设实际，发挥自身专业特长，为受援单位开展安检排爆理论授课和排爆专业训练带教工作，协助当地特警队组建了第一支专业化排爆队伍，为山南特警排爆队后期对涉爆现场的处置及完成大型活动的安检安保打下了坚实基础。播音员鲁斌刚到错那县就收了两个播音主持徒弟（卓玛、索曲），并当起了错那县"唱支山歌给党听"红歌大赛主持人。山南中院召开首次案例研究编写专题经验交流会，援藏干部胡四海就司法案例编写方法等为市县区法官集体授课。环保工程师刘高对山南市生态环境系统干部进行120多人次业务知识培训。律师都勇受邀对全市行政执法人员培训授课，为琼结县领导干部讲授法治政府建设。教师陶鹏海、韩莉经常开展教研活动，并上公开示范课157堂次。中共安徽省委党校教师殷明完成6个乡镇的"不忘初心、牢记使命"主题教育流动党校宣讲。农牧专家郑玉才受邀到桑日县开展犏牛经济杂交技术培训。农技专家高久清到国道219线旁给树木浇水，现场传授洛扎县农牧气象支部党员干旱地浇水技术。

六、短援人才形象好、事迹多，向社会传播了正能量。三位记者共采编新闻作品196篇，主持节目策划活动42次。安徽广播电视台记者鲁斌于2019年7月8日晚上跟随错那县三位援藏医生出急诊。一位急性肾功能衰竭的病人情况十分危急，经过40多分钟抢救，援藏医生终于控制住病人病情。鲁斌全程亲历这次救援，有感于援藏医生的奉献精神，连夜向安徽广播电视台领导汇报，并做了一档特别节目，以记者的视角讲述援藏人才鲜为人知的故事。8分钟的节目《生死一线》在《安徽之声》《新闻晚高峰》中播出,反响热烈。此后,鲁斌以张慧、韩莉等人的先进事迹为原型,制作了8期节目在安徽广播电视台播出。记者郭芹策划了系列电视专题《我们读书吧》,由措美县四大班子领导诵读《习近平新时代中国特色社会主义思想学习纲要》等原文并谈读后感,然后由主持人点评收尾。每期15分钟左右,共播出近20期。节目播出后掀起了措美县主题教育高潮,很多县领导主动利用休息时间来措美电视台录制节目,赢得了全县干部群众的广泛赞誉。郭芹还完成了两期访谈节目《我与新中国同岁》的录制,开创了措美县电视台录制系列访谈节目的先河。洛扎县广播电视台记者周京辉拍摄了纪录片《程明全》。周京辉、郭芹还多次被安徽援藏工作队抽调,参加多次大型活动宣传。短短半年,各类媒体平台报道(刊载)安徽省第七批短期援藏工作队专业技术人才事迹的文章130多篇。

七、短援人才同当地干部群众并肩战斗,民族团结续写新篇章。2019年7月19日17时22分,错那县附近发生5.8级地震,震感明显,房子里的电脑、茶杯持续晃动近15秒钟。7月20日6时54分,错那县再次发生4.9级地震。两次地震中间和震后,支援错那县的宣城市信息工程学校教师韩莉、安徽广播电视台记者鲁斌、宿州市立医院副主任医师张坤、皖北煤电集团总医院主治医师王成、宿州市埇桥区蕲县镇卫生院全科医师张慧、六安市环保局工程师王斌等,尽管从来没有经历过地震,但在突如其来的地震面前,依然坚守工作岗位,同错那县干部群众一起与自然灾害作斗争,谱写了民族融合的新篇章。洛扎县援藏队员在离别之际自发赴边境村慰问,捐赠大米、色拉油、牛奶、面粉等物资。安徽电视台记者郭芹、安徽省高院法官胡四海在离别之际,共同向措美县中学学生捐赠21 000元,播撒爱的种子。医生张慧、吴肖波视藏族病人如亲人,收到藏族同胞敬献的锦旗。赵田勇医生披着星星出门,迎着朝霞回舍,抢救产后大出血产妇。医生史图龙、吴肖波临走前还去边巴乡美秀村义诊。高新区分队长朱黎生在工作之余,走进当地牧民家中,帮助牧民修理电线等,受到当地群众的赞誉。教师韩莉结对帮扶贫困农牧民。半年间,短援队员结交藏族同胞823人。离别之际,许多藏族干部群众向短援队员敬献哈达,并设宴为他们送行。

八、短援人才积极牵线搭桥,皖藏合作交流不断加深。在援藏干部胡四海的推动下,2019年8月,安徽省高院派出考察团到山南中院开展对口援助工作,并捐赠资金100万元。10月,人民法院新闻传媒总社安徽记者站副站长周瑞平来到山南,给当地法院系统开展新闻宣传专题授课并调研采访。11月,宣城中院、人民法院出版社向山南法院捐赠价值近10万元的图书。在法官黄磊的推动下,淮北中院、烈山法院向乃东县法院分别援助资金5万元,合计10万元。在律师都勇的推动下,安徽省司法厅派出考察团到山南市司法局开展对口援助工作,并捐赠资金40万元。合肥市司法局派出考察团到山南市、隆子县司法局交流慰问并捐赠物资。安徽省司法厅举办的法律援助培训班专门邀请山南基层法律援助工作者参加培训。安徽"1+1法律援助"志愿律师倪立峰正式到山南执业,山南律师增加至7人。在教师韩莉的积极推动下,宣城市信息工程学校和错那县教育局开展"藏汉一家亲,温情冬日行"捐助学生公益活动,近百位教师踊跃捐款19 196.5元。来自宿松县的陶鹏海老师联系促成了安徽宿松二中与措美县中学的"牵手"活动,捐赠了价值近4万元的图书。在农业科技专家高久清的推动下,舒城县农业农村局、舒城县城关镇党委政府到洛扎县开展交流并捐款4万元。在朱黎生的推动下,宣城市旌德县经济开发区管委会向贡嘎县昌果乡敬老院捐助1万元。

2019年8月,安徽省人社厅分五个专题,即"生命无价 救死扶伤""创新改良 造福边疆""扶贫赈弱 正气浩荡""传授帮带 功德无量""不忘初心 永远跟党",为第七批短援工作组印制了工作画册。

短援工作队主要采取以下管理措施:一是建群抓联络。分别建立了包含全体成员的微信群和骨干成员参加的队长议事群。全员群着重引导激励,议事群着重商量沟通和决策。重要事情先在议事群达成共识再在全员群宣布,拿不准的事情先不说,通过两个群解决各自相距几百公里联络不便的问题。二是救助展关怀。在藏期间,先后有8名队员出现高原反应被送进医院。远离家庭,组织就是家庭;远离亲人,队员就是亲人。一人住院,数名队员端水送药。救治动态时时发到群里,让大家感动,让大家相互扶持和依赖,让大家对团队有归属感。三是工作重引导。从到山南的第一天开始,短援工作组就号召大家珍惜机会,多干工作,多出成绩。把工作情况发到群里,把成果展示在群里,让大家共享,让大家学习。引导大家在本职岗位上多干事,想方设法去干事、干成事。四是宣传编简报。讲好援藏故事,让派出单位知道援藏人才在干什么,让家属、朋友、社会和更多的人知道援藏干部人才的付出。工作队共编发短期援藏工作动态简报10期,效果良好,很多省直单位的领导纷纷转发。五是周志加报表。每周五晚队员向分队长报告工作,由分队长汇总整理,再向队长议事会报告,然后由专人整理,为每位队员建立连续的工作记录。设计工作报表,分10个共性指标和35个行业特色指标,每月月底累计汇总统计通报。六是纪律常提醒。反复向全体队员提示注意事项,严格工作纪律,严格网上纪律,严格生活纪律。在重大节庆日和休息日前,先强调纪律,把规矩讲清楚,把纪律摆在前面。

综合纪实

凝心聚力谋发展　服务中心开新局
——安徽省建藏援藏工作者协会工作综述

安徽省建藏援藏工作者协会

党的十八大以来，安徽省建藏援藏工作者协会坚持以习近平新时代中国特色社会主义思想为指导，深入贯彻落实习近平总书记系列讲话精神和中央第六次、第七次西藏工作座谈会精神，在省人大民族宗教侨务外事委员会、省民政厅的指导、关心、帮助下，协会以服务我省建藏援藏工作者为己任，围绕中心、服务大局，团结带领广大会员，履职尽责、务实进取，在助脱贫、战疫情、促发展、增活力等方面，充分发挥协会的桥梁纽带作用，努力汇聚发展合力，积极主动靠前服务，为西藏的经济建设和社会发展、我省建藏援藏工作作出了积极贡献。

深化理论学习，加强政治引领

一、深入推进思想政治建设。协会深入贯彻学习习近平新时代中国特色社会主义思想，坚持把政治引领作为首要任务，教育引导广大会员深刻领悟"两个确立"的决定性意义，增强"四个意识"，坚定"四个自信"，做到"两个维护"，在政治立场、政治方向、政治原则、政治道路上始终同以习近平同志为核心的党中央保持高度一致。

二、不断加强政治理论学习。为切实提高协会会员的政治理论水平，协会结合工作实际，举行了"学习党的十九大精神""纪念改革开放四十周年"专题报告会；组织学习了中央第六次、第七次西藏工作座谈会精神，习近平总书记在建党100周年大会上和视察安徽、西藏时的重要讲话精神；开展"三严三实""两学一做"和"不忘初心、牢记使命""党史学习"主题教育活动；组织了"中华人民共和国成立70周年暨西藏民主改革60周年"庆祝活动。通过学习活动，广大会员切实提高了理论素养。

三、发挥支部引领作用。按照"功能型"党支部工作的要求，落实"一岗双责"、支委成员分工负责的工作机制，支部遵循"小型、灵活、多样"的原则开展工作，组建了协会党员活动室，严格落实"三会一课"，每逢重大节日，组织开展"主题党日"活动，引导协会会员积极参与群防群控，坚决打赢疫情防控阻击战。充分发挥党支部的战斗堡垒作用，加强党建引领，推动工作开展。

完善各项制度，推动协会发展

一、**完善对协会章程的修改**。为认真落实习近平总书记关于将社会主义核心价值观融入社会组织建设的重要指示精神，根据省民政厅《关于在社会组织章程增加党的建设和社会主义核心价值观有关内容的通知》要求，协会分别于2020年1月、2021年11月两次召开会员代表大会，对协会章程进行了修改，将习近平新时代中国特色社会主义思想和社会主义核心价值观相关内容写入章程。

二、**主动参与全省性社会组织评估工作**。依据省社会组织管理局的相关文件要求，协会积极参加社会组织等级评估，并荣获"中国社会组织等级评估AAA"称号。它标志着今后协会具有接受社会捐赠，可以按照规定申请公益性捐赠税前扣除资格，并且具有接受中央财政支持、中央社会组织专项社会资金申请资格，可以享受优先接受政府职能转移、优先获得政府购买服务、优先获得政府奖励等政策优惠。

三、**制定下发了《关于进一步加强和规范协会工作的意见》《安徽省建藏援藏工作者协会驻各市办事处管理暂行规定》《协会财务管理规定》等文件**（以下简称《意见》《规定》）。《意见》和《规定》的实施，规范了协会各项工作的开展，促进了驻外办事处按章办事能力的提升，使驻外办事处的工作取得明显成效。

强化奉献意识，提高服务效能

一、**拓展宣传载体，促进信息交流**。为适应建藏援藏工作新形势、新任务的需要，切实宣传援藏政策、讲好援藏故事、服务广大会员，协会设计开通了"安徽省建藏援藏工作者协会"微信公众号，建立了安徽省建藏援藏工作者协会会长工作平台、理事会工作平台、秘书处工作平台，及时准确地为广大会员做好援藏信息推送和服务保障工作。

二、**积极开展联谊交流活动**。党的十八大以来，协会坚持以活动为载体，积极组织会员开展活动。一是在中国共产党成立95周年和100周年、中国工农红军长征胜利80周年、西藏和平解放66周年之际，组织会员和西藏在皖学习的藏族同志参观李克农故居、李克农将军生平事迹陈列厅、渡江战役总前委旧址，赴诞生59位开国将军的金寨县参观红军广场、红军纪念堂等革命遗址。二是深入贯彻学习党的十八大以来习近平总书记关于西藏工作的重要论述和新时代党的治藏方略，系统梳理我省援藏工作取得的辉煌成绩和成功经验、援藏干部和专业技术人员无私奉献的光辉历程，激励更多干部人才厚植家国情怀、传承"老西藏精神"，投身建藏援藏事业。在我省开展对口援藏工作10周年和20周年之际，协会会同有关部门分别组织编写了《情系雅砻——安徽援藏工作纪实》第一部和第二部；在我省开展对口援藏工作15周年之际，协会与合肥市委宣传部联合摄制了大型高清纪录片《雪域之恋》。三是组织会员观看了安徽省第六批援藏工作队开展的"2018中国西藏雅砻文化节"在安徽分会场的大型藏族歌舞诗《雅鲁藏布》，参观西藏山南文物精品展，组织会员赴中国科学技术大学先进技术研究院、东华农林科技园、联友集团开展参观学习，组织协会党员赴协会会员单位安徽东超科技有限公司、安徽天立泰科技股份有限公司开展"主题党日"活动。四是与合肥市第三十五中学藏族班师生联合开展"民族团结一家亲　同心共筑中国梦"暨中华人民共和国成立70周年、西藏民主改革60周年庆祝活动。五是结合中华人民共和国成立70周年、西藏民主改革60周年、中国共产党成立100周年、西藏和平解放70周年等重大纪念日，组织看望慰问十八军进藏和解放西藏时期在皖的老党员、老同志。

三、**积极协调资金和物品，助力西藏发展**。协会坚决贯彻落实习近平总书记"改变藏区面貌，根本要靠教育"的指示精神和安徽省《关于进一步引导社会组织参与脱贫攻坚的通知》要求，积极助力西藏脱贫攻坚工作。一是协会与安徽中烟工业有限责任公司联系，由安徽中烟工业有限责任公司先后捐资40万元，向我省对口支援的西藏山南市错那县100名贫困学生、铜陵市第五中学西藏班的贫困学生和合肥市第三十五中学西藏班组建的"飞羚"足球队进行资金赞助。二是协会会员单位广德阳光口腔医院有限公司向我省对口支援的西藏山南市人民医院口腔科开展口腔诊疗设备捐赠暨牙科医疗技术援助活动。此项活动分三个阶段、三年时间完成，援助的医疗设备和物资总价值220余万元，同时还计划免费向山南市人民医院口腔科开展牙齿正畸、种植、热牙胶填充技术等口腔医学培训工作。三是2022年元旦、春节和藏历新年期间，协会联系省退役军人事务厅，协调6万元资金，对目前生活在我省的十八军老战士、老党员及从西藏退役的优秀士兵进行慰问，让他们切身感受到组织的关怀与温暖。四是很多会员资助我省对口支援的山南市多名在读贫困大学生，如次旺多吉、格桑、达娃等。五是协会驻各市办事处积极协助政府相关部门，圆满完成西藏山南市来我省开展的各类专业技术人员和青年干部培训。

四、**注重人文交流，凝聚皖藏深情**。每逢藏汉传统节日，协会就组织看望、慰问困难会员。藏历新年，协会领导都会去合肥市第三十五中学，同藏族班同学欢度藏历新年。协会领导参加了我省第六批援藏医疗队牺牲的赵炬同志和安徽省人民检察院选派的我省第一批援藏检察业务专家、连续两次挂任西藏自治区检察院山南检察分院副检察长、因积劳成疾去世的周会明同志的吊唁活动。协会编发简报，宣扬他们情系高原、践行宗旨、无私奉献的精神。

安徽省第四批援藏工作队大事记

2010 年

7月9日,省委组织部组织进藏培训,举行援藏干部人才欢送仪式。

7月10日,省援藏领导小组成员、省委组织部副部长陈松林率领援藏队员进藏——自骆岗机场经成都中转,与湖南、湖北援藏干部人才会合后抵达拉萨贡嘎机场。山南地委、行署组织西藏干部群众夹道欢迎。

7月11日,山南地委、行署举行欢迎欢送"三省"援藏干部人才大会,山南地委委员、安徽省第四批援藏工作队领队张健在大会上发言。

7月21日,张健等接待省人大工作研究会朱成林副会长一行;合肥市政协主席、党组书记董昭礼考察山南并看望合肥援藏干部人才。

7月22日,省检察院副检察长鲍国友与山南地区检察院就受援项目座谈。

7月25日,省政协副主席王鹤龄一行考察山南。

8月2日,省援藏办出台《安徽省援藏项目管理办法》。

8月4日,省人大工作研究会会长孟富林一行考察山南。

8月7日,肥东县政府代表团(财政金融系统)一行看望合肥援藏干部人才;省青年企业家协会会长王琦一行考察山南,与援藏工作队座谈。

8月15日,援藏工作队部分干部参加纪念"印度独立日"中印边境会晤活动。

8月18日,合肥市卫生局领导看望援藏医生。

8月8日至15日,《安徽省对口支援西藏山南经济社会发展规划(2011—2015年)》编制组赴西藏山南地区调研,实地考察错那、措美和浪卡子三县,并组织召开规划编制座谈会。

8月24日,省卫生厅副厅长武琼宇一行考察山南。

8月25日,肥东县人大领导看望合肥援藏干部人才。

8月28日,援藏工作队首次全体队员会议召开。

8月29日,省公安厅副厅长周礼明与山南地区公安处举行对口援藏工作座谈会。

9月1日,合肥市委副书记熊建辉带队考察山南,看望合肥市选派的援藏干部人才;山南地区行署专员会见熊建辉一行。

9月3日,援藏工作队出台《安徽省援藏资金管理办法》。

9月4日,合肥市政协副主席王明杰一行考察山南。

9月10日,省建设厅厅长倪虹一行考察山南。

9月11日,省检察院检察长崔伟与山南检察院就援藏工作举行座谈会;合肥市工商局领导一行考察山南。

9月14日,省质监局副局长高宗宏一行考察山南。

9月18日,肥东县委常委、撮镇镇党委书记张生看望合肥援藏干部人才。

9月21日,合肥市瑶海区区长常业军带队看望合肥援藏干部人才。

9月23日至30日,张健等接待安徽省综治考察团、马鞍山市花山区法院考察团、马鞍山市政协考察团、安徽马钢集团考察团。

10月10日,安徽省援藏项目论证会召开。

10月17日,援藏工作队全体队员会议召开。

10月30日,张健主持召开援藏工作队专题会议,讨论修改《安徽省第四批援藏工作队援藏项目建设管理实施意见》。

10月31日,援藏工作队欢送安徽省卫生援藏干部人才。

11月11日,淮南市国资委领导一行考察山南。

11月12日,援藏工作队全体队员会议召开。

11月下旬,"神奇西藏 藏源山南",走进安徽援藏对口五市巡回推介周活动。

11月27日,合肥援藏干部人才向驻守错那县边防军赠送物品。

2011年

1月12日,安徽省工程咨询协会在合肥组织召开专家评审会,通过《安徽省对口支援西藏山南经济社会发展规划(2011—2015年)》。

1月12日至15日,省援藏办慰问援藏干部人才。

1月24日,省委常委、合肥市委书记孙金龙会见合肥援藏干部人才。

2月15日,合肥市召开援藏工作座谈会。

2月16日,省委组织部组织召开安徽省援藏援疆工作汇报会。

3月5日,援藏工作队队员与藏族干部群众欢度藏历新年。

3月18日,援藏工作队全体队员会议召开。

3月19日,援藏工作队研究讨论在皖举办旅游推介会工作方案。

3月30日至31日,西藏自治区发改委组织召开安徽省"'十二五'援藏项目规划"专家论证会。

3月26日,山南地委、行署领导欢迎安徽省第九批援藏医疗队。

4月15日,合肥市委副书记、市长吴存荣等会见山南错那县党政代表团。

4月16日,省委常委、合肥市委书记孙金龙出席"西藏山南旅游安徽合肥推介会";合肥与山南签订旅游合作战略协议。

5月9日,安徽省人民广播电台赴藏采访安徽援藏工作队,编制"错那县2011年旅游形象整合营销传播项目"执行方案,编撰整理安徽援藏十年大事记。

5月21日,《援藏会刊》主编王树云一行采访安徽援藏工作队。

5月22日,张健主持召开援藏工作队全体队员会议。

5月26日,马鞍山市总工会考察团考察山南。

5月27日至29日,中国国际广播电台赴错那县采访安徽援藏工作队,了解安徽多年援藏工作成就。

5月31日,安徽省建藏援藏工作者协会会长李继学一行赴山南考察。

6月29日,合肥市畜牧水产局及安农大专家赴山南考察。

7月2日,淮南市工商联赴山南商务考察团洽谈两地合作事宜。

7月10日,援藏工作队全体队员会议召开。

7月11日,省审计厅纪检组长吴毅一行考察山南。

7月13日,《情系雅砻——安徽援藏工作纪实(2001—2010)》一书新闻发布会暨首发式在山南举行,省援藏办和山南地委、行署有关领导出席。

7月17日,省委常委、省纪委书记王宾宜听取援藏工作汇报。

7月29日至31日,合肥市人大常委会主任黄同文一行在藏考察。

8月4日,省政协副主席李卫华一行考察山南。

8月5日,合肥市委常委、市纪委书记雍成瀚一行考察山南。

8月6日,黄山市党政代表团考察山南。

8月7日,合肥市法院代表团考察山南。

8月8日,山南地区卫生局领导与省卫生厅副巡视员王宇铭一行座谈。

8月9日,山南地区法院领导与六安市委常委、政法委书记田淮武及六安法院代表团一行座谈。

8月10日,山南地区司法处领导与省司法厅副厅长沙奇志一行座谈。

8月11日,合肥市教育局代表团考察山南。

8月13日,合肥市旅游局代表团同山南地区旅游局举行座谈会;瑶海区党政代表团慰问合肥援藏干部人才。

8月14日,合肥市青年联合会代表团考察山南。

8月15日,合肥市蜀山区党政代表团到山南考察;安徽江淮园艺科技有限公司工作人员赴藏考察。

8月17日,省公安厅与山南地区公安处就对口支援工作进行座谈;山南地区经济合作局与合肥市企业家联合会就对口交流工作进行座谈。

8月19日,省政协副主席李宏塔和省民政厅考察团赴藏考察;山南地区国土资源局与省国土资源厅座谈。

8月30日,肥东县政法委领导看望援藏队员。

9月3日,省新闻出版局到山南考察。

9月11日,援藏工作队参加措美县哲古牧人节。

9月13日,芜湖市党政代表团考察山南。

9月17日,马鞍山市市长考察浪卡子县,看望援藏干部人才。

9月23日,省委组织部一行进藏调研。

9月24日至26日,和县党政代表团考察山南。

10月8日,张健向省委组织部副部长陈松林汇报援藏工作,会同团省委书记李红、省委组织部处长王忠看望在安徽省社会主义学院培训的山南共青团干部并举行座谈会。

10月10日,浪卡子县党政代表团来皖考察。

10月12日至28日,措美县党政代表团来皖考察。

10月15日,张健等人在马鞍山市举办"情系雅砻 藏源圣地"马鞍山招商引资说明会,接洽山南地区与马鞍山市经贸发展合作。

10月16日,合肥援藏干部举办肥东县援助错那县信息化工程设备发放仪式。

10月30日,张健主持召开援藏工作队项目组会议。

11月5日,援藏工作队举办安徽省援藏工作队集体生日活动。

11月6日,省旅游局副局长张雪平主持西藏山南旅游行政管理人员赴合肥培训开班仪式。

11月6日,张健主持召开援藏工作队全体队员会议,讨论全年工作总结文稿。

11月20日,张健向安徽省援藏办汇报衔接地区党政代表团赴皖接待方案。

2012年

1月15日,省委组织部召开安徽省援藏援疆工作汇报会。

1月19日,省委常委、省纪委书记王宾宜会见第四批援藏干部人才;省委组织部、合肥市委组织部慰问援藏干部人才。

2月22日,援藏工作队与藏族群众欢度藏历新年。

3月3日,援藏工作队全体队员会议召开。

3月14日,省青年联合会资助错那县教育。

3月28日,援藏工作队参加百万农奴解放纪念日活动。

4月5日,省委常委、副省长詹夏来听取"徽韵文化科技中心项目"资金情况汇报。

4月9日,省委副书记孙金龙听取援藏工作汇报。

5月4日,合肥市举办援助错那县畜牧业发展培训班。

5月7日,安徽省建藏援藏工作者协会举行慰问援藏干部座谈会。

5月7日,援藏工作队开展安徽省"启航·爱心雅砻行"错那县捐赠仪式;省建藏援藏工作者协会和安徽精英房车旅游有限公司、安徽太阳伞儿童慈善救助中心、中国麦田计划合肥团队组织开展"启航·爱心雅砻行"对口捐助三县教育系统专题活动。

5月21日、23日,马鞍山医疗集团一行、安徽中烟工业有限责任公司一行考察山南。

5月25日,蚌埠市质监局与山南地区质监局举行座谈会。

6月4日至9日,桐城市市长一行、安徽中烟工业有限责任公司一行在山南考察。

6月11日,安徽国元投资银行"雪莲花爱心基金"捐赠仪式在错那县中学举行。

6月13日,省发改委农村经济处考察山南。

6月19日,安徽省法院系统对口支援山南法院系统座谈会在泽当召开。

6月21日,张健主持召开援藏工作队全体队员会议,学唱藏歌。

6月24日,省药监系统对口支援山南地区药监系统座谈会在泽当召开。

6月25日,安徽公安机关智力援藏队员赴山南公安处工作。

7月1日至5日,马鞍山市党政代表团考察山南。

7月8日,庐江县党政领导慰问援藏干部人才;合肥市桐城商会与山南地区经贸企业举行座谈会。

7月10日,省药监局与山南地区药监局举行对口支援座谈会。

7月11日至12日,省政协《江淮时报》一行考察山南。

7月13日,安徽省高速公路投资有限公司工作人员考察山南。

7月16日,省纪委与山南纪委举行对口支援座谈会。

7月17日至18日,省高院院长周溯一行、省发改委援藏项目稽查组一行考察山南。

7月29日,援藏工作队全体队员会议召开。

8月,省旅游局主要负责人赴山南旅游局开展旅游援藏活动。

8月1日,团省委副书记汪华东一行赴藏考察,对口援助山南地区团委。

8月2日,合肥市蜀山区人大考察山南。

8月3日,芜湖市党政代表团考察山南。

8月6日至7日,亳州市副市长王锁一行考察山南。

8月8日,合肥市包河区党政代表团考察山南。

8月11日,省科技厅副厅长罗平一行考察山南。

8月13日,马鞍山市政法委系统代表团考察山南。

8月14日,合肥市蜀山区党政代表团考察山南。

8月15日,省粮食局局长孙良龙一行、安徽职业技术学院党委书记方徽聪一行考察山南;部分援藏队员到错那县参加纪念"印度独立日"中印边境会晤活动。

8月16日,省卫生厅副厅长李劲风一行、省工商联企业家考察团一行考察山南。

8月17日,合肥市副市长江洪赴藏考察,慰问合肥援藏干部人才。

8月18日,肥东县党政代表团考察错那县。

8月23日,省政法委与山南地区政法委举行对口支援座谈会。

8月24日,省林业厅考察团、省卫生厅副厅长高超一行、合肥市妇联考察团、合肥市瑶海区党政代表团考察山南。

8月25日,安徽省公路投资有限责任公司工作人员考察山南。

8月27日至30日,省人口计生委主任孙爱民一行、歙县党政代表团一行、合肥市瑶海区党政代表团一行考察山南。

8月31日,省体育局纪检组长徐晓明一行考察山南。

9月2日,援藏工作队全体队员会议召开。

9月3日,省纪委常委、省监察厅副厅长何一枫一行,安徽电视台采访团一行考察山南。

9月5日,安徽省赴藏先心病儿童诊断专家组一行考察山南。

9月8日,省质监局与山南地区质监局举行对口支援座谈会。

9月10日,休宁县党政代表团赴藏考察。

9月13日,省党政代表团到山南慰问援藏干部人才。

9月18日,张健主持召开援藏工作队全体队员会议,学习省委书记张宝顺慰问信和省委常委、省委组织部部长王炯有关讲话精神;安徽省考核组抵达山南考核第四批援藏干部人才。

9月19日,合肥市环保局赴山南对口支援错那县环保局。

9月20日,省水利厅厅长纪冰一行赴藏考察。

10月8日,省委副书记孙金龙听取援藏工作汇报。

10月20日,援藏工作队全体队员会议召开。

10月21日,《西藏日报》采访安徽援藏工作人员。

10月,《合肥晚报》与合肥派出援藏干部人才共同策划"喜迎十八大,合肥援藏十年"系列报道。

11月,安徽援建的山南地区首个旅游接待中心——错那县勒布沟江淮宾馆投入运营。

2013 年

2月3日,省委组织部举行援藏援疆工作汇报会。

3月16日,援藏工作队在拉萨召开"省建藏援藏工作者协会西藏分会""合肥之友西藏联谊会"及"西藏安徽商会"成立筹备会。

3月28日,援藏工作队参加庆祝"3·28"西藏百万农奴解放日纪念活动。

3月31日,援藏工作队全体队员会议召开。

4月1日,援藏工作队上报西藏自治区党委组织部编印的有关安徽省援藏工作队员基本情况的图书《援藏人》。

4月13日,省审计厅一行在西藏考察,就安徽省援藏项目审计报告初稿与援藏工作队进行沟通。

5月10日,庐江县党政领导赴浪卡子县看望援藏干部人才,并捐资280万元援建浪卡子县县城沿河景观工程。

5月17日,援藏工作队全体队员会议召开。

5月22日,张健主持召开援藏工作队专题会议,讨论西藏安徽商会、合肥之友西藏理事会、安徽省建藏援藏工作者协会西藏分会三个机构的成立及接待工作有关事宜。

5月26日,马鞍山市公安、政法代表团一行考察山南。

5月28日,安徽省《安徽园林》杂志社一行考察山南。

5月30日至31日,合肥市庐阳区党政考察团一行考察山南。

6月6日,安徽省工程咨询研究院在合肥组织召开《安徽省对口支援西藏经济社会发展规划(2011—2015年)中期评估报告》评审会。

6月9日下午,西藏自治区在拉萨召开优秀援藏干部人才表彰大会,我省第四批援藏工作队领队张健和部分优秀援藏干部人才参加表彰大会。

6月15日,援藏工作队牵头协调在拉萨迎宾馆召开了成立西藏安徽商会(筹备)、合肥之友西藏理事会及安徽省建藏援藏工作者协会西藏分会(驻拉萨办事处)的会议,在藏近200家企业参加,选举阜康医药、阜康医院董事长王斌为会长,张健出席会议并讲话。

7月4日,错那县召开欢送安徽省第四批援藏干部人才座谈会。

7月5日,错那县举办盛大仪式欢送合肥市四位援藏干部许华、吴立新、张平、甄大勇。

7月7日,山南举行欢迎欢送援藏干部暨表彰优秀援藏干部大会。

7月8日,庐江县党政代表团考察浪卡子县援藏工作,并捐赠300万元援建浪卡子县县城广场。

7月10日,安徽省第四批援藏工作队圆满完成任务,除两名队员留任,其余23名队员在省委组织部有关同志的陪同下凯旋。

安徽省第五批援藏工作队大事记

2013 年

7月6日,安徽省第五批援藏工作队30名干部人才赴西藏山南地区开展为期三年的援藏工作,援建错那县、措美县、浪卡子县。他们分别来自安徽省省直机关及6市(淮北、宿州、蚌埠、滁州、铜陵、宣城),领导干部19名、专业技术人员11名,其中女同志2名,平均年龄41岁。

8月14日,山南地委副书记、安徽省第五批援藏工作队领队张明同志主持召开安徽省第五批援藏工作队全体队员会议,并成立安徽省第五批援藏工作队领导小组,制定下发援藏干部人才内部管理规定。

8月23日,宣城市党政代表团一行到山南地区浪卡子县考察援藏工作并慰问援藏干部人才。工作队领队张明与代表团座谈交流。

9月1日,省人大常委会副主任沈卫国到山南地区看望慰问援藏干部人才,听取了张明有关援藏工作情况的汇报。

9月22日,援藏工作队干部人才开展无偿献血活动。

9月26日,援藏医疗队在措美县人民医院实施首例剖宫产手术。

10月9日,根据安徽省"十二五"对口支援山南地区规划要求,经省援藏办与山南地区行署共同研究决定,安徽省第五批援藏工作队实施30个项目,总投资3.1亿元。

11月22日,援藏工作队组织开展"进藏为什么、在藏干什么、离藏留什么"的思想大讨论活动。

11月26日,共青团淮北市委通过视频向山南地区错那县勒布完全小学举行捐赠保暖衣物活动。

12月11日,山南地委书记其美仁增同志在《安徽省第五批援藏工作队2013年度工作情况汇报》上批示:"感谢安徽省委、省政府对山南经济社会发展的关心和对山南各族人民的关怀。以张明副书记为领队的安徽第五批援藏干部人才讲政治、讲团结、顾大局,援藏思路清、工作实、措施硬、成效好。感谢全体援藏干部人才为山南发展稳定作出的贡献。"

2014 年

1月17日,省委组织部在合肥召开援藏援疆干部迎春座谈会,省委常委、省委组织部部长王炯出席会议并作重要讲话。

1月20日,省委常委、省委宣传部部长曹征海对援藏宣传工作作出重要批示:"安徽援藏同志克服困难,尽职尽责,援藏半年做了不少工作,应予肯定。"

2月27日,援藏工作队制定并下发《安徽省第五批援藏干部管理八项规定》《安徽省第五批援藏干部行为规范八不准》《安徽省第五批援藏干部工作队接待管理制度》等文件。

3月18日,安徽省第五批援藏项目——错那县麻麻乡江淮大道项目开工建设,这是山南地区此轮援藏工作首个开工的援藏项目。

3月25日,安徽省第12批援藏医疗队进藏开展为期8个月的援藏工作,本批援藏医疗队由10名人员组成。

3月26日,安徽省选派援建西藏山南地区专业技术人才,淮北中医院副主任医师王志芳成为对口援建山南地区的湖南、湖北、安徽和中粮集团有限公司"三省一公司"首位荣获"感动山南十大人物"称号的援藏干部人才。

5月13日,安徽省选派50名短期专业人才到山南地区开展为期6个月的援藏工作。

5月20日,由援藏工作队实施的总投资4 000万元的山南地区妇幼保健院康复中心项目开工建设。

6月15日,援藏工作队全体队员在山南地区烈士陵园举行了"重温入党誓词,缅怀革命先烈"活动。

6月20日,援藏工作队召开专题理论学习会议,传达学习全国援藏干部领队第二次座谈会精神,安排部署下一阶段工作。

6月25日,省委常委、省委组织部部长王炯在《安徽援藏简报》(第8期)上批示:援藏工作队认真学习习近平总书记重要讲话和张宝顺书记坚持"三严三实"推进作风建设的重要文章,认真开展援藏工作实践活动,推进援藏任务顺利进行,工作值得肯定。

7月20日,援藏工作队开展"转作风、比奉献、树形象"专题实践活动。

8月8日,省直机关工委到山南地区慰问援藏干部人才。

8月15日,《西藏组工信息》援藏专刊刊载了2002年以来安徽省对口援藏工作情况。

8月16日,省委宣传部考察团、省青联经贸考察团赴西藏山南地区考察交流。

8月17日,淮北市党政代表团赴西藏山南地区错那县考察交流援藏工作并看望慰问援藏干部人才。山南地委书记其美仁增,山南地委副书记、安徽省第五批援藏工作队领队张明,山南地委委员、秘书长姜太强等会见了代表团一行。

8月19日,安徽省组派20名演职人员参加"2014中国西藏山南雅砻文化节"演出。

9月3日,宿州市委一行到山南地区错那县考察交流并看望慰问援藏干部人才,向错那县政府捐赠320万元。

9月19日,铜陵市委一行到山南地区浪卡子县考察交流并看望慰问援藏干部人才,向浪卡子县政府捐助200万元。

9月29日,省委常委、省委组织部部长邓向阳在《安徽省第五批援藏工作队工作汇报》上批示:第五批援藏工作队的30名同志牢记省委、省政府的重托,不辱使命,克服困难,履职尽责,扎实推进各项工作,立体援藏的做法得到了中央的肯定,在山南地区对口援藏工作中走在了前列。同时,在援藏工作中,切实转变作风,经受锤炼,加强沟通,全心全意为藏区人民服务,树立了安徽援藏干部的良好形象。在此,向同志们致以崇高的敬意!希望同志们发扬成绩,争取把后面的工作做得更好,圆满完成任务,造福藏区人民。

11月2日,张明同志带领援藏干部人才走访慰问山南地区福利院和乃东县敬老院,并送去了慰问金。

11月29日,错那县党政代表团在淮北市、宿州市考察交流。

12月4日,省委书记张宝顺,省委副书记、省长王学军在合肥稻香楼宾馆亲切会见山南党政代表团成员。李锦斌、詹夏来、唐承沛、邓向阳等领导参加了会见。

12月11日,《西藏日报》刊载题为"大爱铭刻藏汉情谊——安徽省对口援藏工作综述"的文章。

12月26日,其美仁增在《安徽省第五批援藏工作队2014年度工作情况汇报》上批示:2014年度,安徽省第五批援藏工作围绕地区中心工作,解放思想,开拓创新,求真务实,履职尽责,团结一致,奋发进取,为山南地区发展稳定作出了贡献。望继续加大力度,不断推动援藏工作向纵深发展。

2015年

1月14日,《西藏日报》刊载文章《安徽对口援藏山南,谱写科学援藏新篇章》。

2月11日,省委副书记李锦斌在《安徽省第五批援藏工作队2014年度工作汇报》上作出重要批示:2014年,广大援藏干部扎根山南,忘我工作,在项目建设、合作交流、结对帮扶、队伍建设等方面取得了可喜的成绩,谨向同志们表示感谢和慰问!新的一年,希望同志们深入学习习近平总书记系列重要讲话精神,始终坚持"一个中心、两件大事、四个确保"的新时期西藏工作指导思想,按照省委、省政府的部署要求,大力推进产业援藏、教育援藏、就业援藏、人才援藏,为推进西藏跨越式发展和长治久安作出新的更大的贡献。

2月12日,省委组织部在合肥召开2015年援藏援疆干部人才迎春座谈会,省委常委、省委组织部部长邓向阳出席会议并作重要讲话。

2月28日,省委常委、副省长詹夏来在《安徽援藏简报》(第12期)上作出重要批示:2014年,省第五批援藏工作队认真贯彻落实中央精神和省委省政府、西藏自治区党委政府的部署,牢记重托,克服困难,奋发进取,各项工作都取得了新的显著成绩,为受援地区经济社会发展和长治久安作出了积极贡献,谨向同志们致以诚挚问候和崇高敬意!希望在新的一年里,再接再厉,再创佳绩!

3月27日,援藏工作队队员马玉宏、李全棉、周飞、鲍童德四名同志被授予安徽省"对口支援西藏先进个人"荣誉称号。

3月27日,安徽省第十三批援藏医疗队一行10人在山南地区开展为期8个月的援藏工作。

3月28日,援藏工作队和山南各族人民参加同庆百万农奴解放56周年活动。

4月13日,安徽省"十三五"援藏规划编制工作启动。

4月30日,援藏工作队队员周会明、王萍荣获"安徽省五一劳动奖章"。

5月1日,援藏工作队向西藏日喀则4·25地震灾区捐款10万元。

5月20日,安徽省第三批短期援藏49名专业技术人才对山南地区错那、措美、浪卡子三县开展为期6个月的援藏工作。

7月4日,安徽省医疗人才"组团式"调研评估小组一行4人到山南人民医院开展调研评估,并就下一步做好医疗"组团式"援藏工作举行座谈会。

7月9日,宿州市党政代表团赴西藏山南地区考察。

7月10日,省公安厅考察组赴山南地区考察对口援藏工作并座谈,张明出席会议。

7月12日,铜陵市政协代表团在浪卡子县考察援藏工作并看望慰问援藏干部人才。

7月13日,由合肥、芜湖、安庆、宿州、六安、蚌埠及安庆石化工会组成的安徽省工会考察团赴山南地区考察交流,向山南地区工会捐助200万元。

7月26日,淮北市考察慰问团赴西藏山南地区考察调研对口援藏工作,看望慰问援藏干部人才。

8月2日,滁州市党政代表团到措美县考察对口支援工作,慰问援藏干部人才。

8月3日,安徽省"十三五"对口援藏规划调研组在山南地区调研,张明同调研组就科学做好安徽省"十三五"对口援藏规划进行了座谈交流。

8月6日,淮北市党政代表团赴错那县考察对口援藏工作,看望慰问援藏干部人才,向错那县政府捐助200万元。

8月7日,《西藏日报》刊载文章《燃情雅砻"逐梦人"——安徽省第五批援藏工作队援建山南纪实》。

8月13日,《西藏日报》刊载文章《携手共绘雅砻幸福图景——安徽省援藏工作队开展"援藏情·一家亲"活动》。

8月14日,省发改委考察团赴浪卡子县考察对口援建项目。

8月15日,省委宣传部考察团赴山南地区考察。

8月16日,省纪委及淮北、芜湖、六安、蚌埠四市纪检监察系统人员赴藏考察交流,看望慰问援藏干部人才,并向山南地区纪委捐助资金40万元。

8月20日,共青团安徽省委、省青联考察团赴山南地区开展考察交流活动,并看望慰问援藏干部人才和安徽省大学生西部计划志愿者。

8月21日,根据中组部、人社部和国家卫计委工作部署,由安徽省委组织选派的20名"组团式"援藏医疗人才到达山南,开展对山南地区人民医院"一年一轮换,三年一周期"的援藏工作(工作组由安徽省立医院牵头,成员为淮南、淮北、六安、滁州医疗系统医疗专家)。

8月25日,安徽援建浪卡子县投资6 700万元的8个项目竣工验收并交付使用。

8月28日,援藏工作队援建项目——山南地区妇幼保健院投入使用。

9月9日,安徽援建错那县投资6 700万元的8个项目竣工验收并交付使用。

9月10日,中央政治局委员、中央统战部部长孙春兰一行到山南参加庆祝西藏自治区成立50周年活动,并看望慰问援藏干部人才。安徽省委常委、省纪委书记王宾宜等参加庆祝活动,并与援藏干部人才代表合影留念。《西藏日报》刊载文章《皖藏深情 誉满雅砻——安徽省对口支援山南地区经济社会发展纪实》。

9月11日,省委常委、省纪委书记王宾宜率领由省委组织部、省发改委、省援藏办、省教育厅、省人社厅、省卫计委等组成的安徽省援藏工作调研组在西藏山南地区考察调研,并向山南地区捐助2 000万元。

9月11日,省委常委、省纪委书记王宾宜到山南纪委考察调研,并向山南地区纪委捐助50万元。

9月12日,省委常委、省纪委书记王宾宜率领的安徽省援藏工作调研组在山南地区召开援藏干部人才座谈会。张明汇报第五批援藏工作队工作开展情况和下一步援藏工作安排。

9月13日,省委常委、省纪委书记王宾宜率领安徽省援藏工作调研组赴浪卡子县考察援藏工作,看望慰问援藏干部人才,并向浪卡子县捐助100万元。

9月17日,山南地委副书记、行署专员普布顿珠在《安徽省援藏工作情况汇报》上作批示:"安徽省援藏工作队进藏以来,工作积极主动,调查研究深入,工作理念先进,队伍管理严格,工作成效显著,为山南地区稳定和发展作出了积极贡献,应给予充分肯定。望继续抓好后续工作,为山南稳定发展作出更大的贡献。"

9月19日,由安徽省委组织部牵头的赴藏考核组一行10人,对西藏山南地区地直部门及错那、措美、浪卡子三县安徽省第五批援藏工作队干部人才进行工作考核。

9月22日,安徽省教育厅厅长程艺率省教育厅相关处室负责人赴西藏山南地区对接交流教育援藏工作。

9月23日,铜陵市党政代表团赴山南地区考察援藏工作并看望慰问援藏干部人才。

9月25日,省卫计委副主任张青率领省立医院及淮北、滁州、六安三市卫生计生委负责人,赴西藏山南地区开展调研。山南地委副书记、安徽省第五批援藏工作队领队张明,山南地区行署副专员张福臣同代表团就下一步做好医疗人才援藏工作进行了座谈交流。

10月8日,省委常委、省纪委书记王宾宜在合肥稻香楼会见了以山南地委委员、纪委书记吴维为团长的山南地区纪委考察交流团一行,张明参加会见。

10月14日,山南地委副书记、安徽省第五批援藏工作队领队张明,山南地区行署副专员张福臣及地区发改委受援办、教育、卫生等部门负责人一行10人赴皖衔接安徽省"十三五"对口援藏规划项目,安徽省委常委、省纪委书记王宾宜会见了代表团一行。省援藏办主任、省发改委主任张韶春,省援藏办副主任、省发改委巡视员余群,省援藏办副主任、省合作交流办主任方宏胜等参加了会见。

11月10日,安徽援建措美县投资6 700万元的8个项目竣工验收并交付使用。

11月18日,山南地区浪卡子县党政代表团赴安徽考察交流。

11月25日,安徽省第五批对口援建的27个工程类项目全部竣工验收并交付使用。

12月18日,援藏工作队圆满完成了《安徽省对口支援西藏经济社会发展规划(2011—2015年)》全部项目。

2016年

2月29日,为认真总结宣传援藏工作,留下理论成果、精神成果、实践成果,按照西藏自治区党委组织部安排部署,援藏工作队开始编写《山南梦·援藏情》文集、画册。

3月8日,山南地区措美县首批三年期援藏卫生专业技术人员王萍荣获全国"三八红旗手"荣誉称号。

5月4日,山南地区浪卡子县常务副书记李全棉荣获安徽"优秀青年五四奖章"。

5月15日,安徽省教育"组团式"援藏工作全面实施。

5月21日,中国共产党山南市委一届一次全会召开,选举产生首届市委领导班子。

5月27日,经国务院批准,撤销山南地区,设立地级山南市。安徽省委、省政府向山南市委、市政府发去贺电。

6月14日,安徽省选派38名短期专业技术人才到山南市开展为期6个月的援藏工作。

安徽省第六批援藏工作队大事记

2016 年

7月11日,以方旭同志为领队的安徽省第六批援藏工作队及迎送团抵达西藏山南。

7月15日,援藏工作队会同西藏自治区有关部门组织协调救治援藏医生赵炬同志。

7月26日,援藏工作队召开各援藏工作组组长会议和第一次全体队员会议。

7月29日,援藏工作队研究部署安徽"组团式"医疗援藏工作。

8月2日,安徽省工商局考察团考察山南。

8月6日,援藏工作队项目领导小组召开援藏项目推进会。

8月15日,安徽省"组团式"教育援藏欢迎会召开。

9月1日,方旭率援藏工作队项目组和综合组负责同志返安徽省发改委和援藏办衔接援藏工作。

9月8日,淮南市党政代表团赴山南考察援藏工作、慰问援藏干部人才。

10月1日,援藏工作队临时党委组织学习省委书记李锦斌关于赵炬同志先进事迹的重要批示精神。

10月8日,方旭率队赴滁州市看望慰问安徽省第二批"组团式"医疗援藏医生以及因公殉职的援藏医生赵炬同志家属。

10月15日,太湖县党政代表团到访山南。

10月20日,六安市党政代表团到访山南。

11月26日,方旭代表省援藏工作队在拉萨参加全国第八(六)批援藏领队第一次座谈会。

12月9日,山南市召开安徽援藏"十三五"规划修订座谈会。

12月10日,安徽省"组团式"医疗援藏工作汇报会召开。

12月12日,安徽省第四批短期援藏专业技术人才欢送会召开。

2017 年

1月10日,李锦斌等省领导在合肥稻香楼宾馆接见援藏工作队部分队员代表。

1月10日,安徽省援藏援疆干部人才迎春座谈会在合肥稻香楼宾馆召开。

1月11日至13日，方旭率队赴安徽省淮南市、六安市、淮南市洽谈衔接援藏工作。

2月7日至8日，援藏工作队与省教育厅、省卫计委、省财政厅衔接援藏工作。

2月22日上午，山南市副市长张福臣一行赴皖对接安徽援藏"十三五"规划修订工作。

2月22日上午，援藏工作队与省发改委、省援藏办衔接援藏工作。

2月22日下午，安徽省档案局组织召开省援藏援疆档案工作座谈会。

2月28日至3月1日，援藏总领队郭强在拉萨召开全国各省市(区)援藏领队会议和各县(区)援藏常务副书记会议，方旭、李大卫、祁畅出席会议并发言。

3月28日，安徽省"组团式"医疗援藏队完成西藏自治区首例内科胸腔镜术。

4月9日下午，方旭主持召开全体队员会议暨全体援藏干部人才廉政教育报告会。

5月8日至10日，西藏自治区山南市浪卡子县党政代表团赴安徽省池州市考察。

5月16日下午，省委副书记、省长李国英主持召开会议，审议和通过了《安徽省对口支援西藏山南市经济社会发展规划(2016—2020年)》。

5月19日，援藏工作队与安徽省经济和信息化委员会衔接援藏工作。

6月2日，安徽省第六批援藏工作队召开临时党委(扩大)会议。

6月5日，山南市欢迎安徽短期援藏专技人才座谈会召开。

7月6日，安徽首批教育人才"组团式"援藏工作期满座谈会召开。

7月20日，38名安徽省第三批医疗人才"组团式"援藏队员抵达山南市。

7月20日至22日，安徽省8家省属"三甲"医院和5个市属9家专科特色明显的"三甲"医院负责人及评估专家团赴山南市人民医院各科室，开展"以院包科"深度对口支援对接活动。

7月22日，山南市召开座谈会，欢迎欢送安徽省第三批、第二批"组团式"援藏医疗人才。

7月23日至24日，安徽省委组织部人员在西藏山南市错那县、措美县调研。

7月28日，省援藏包虫病筛查工作队赴西藏山南开展2个月现场筛查工作。

7月31日，安徽第六批援藏项目推进暨援藏助力扶贫誓师大会召开。

7月31日至8月4日，池州市党政代表团赴浪卡子县考察慰问。

7月31日至8月5日，淮南市党政代表团赴措美县调研慰问。

8月8日，安徽省赴藏考察团抵达山南市，推进安徽省对口支援工作，看望慰问安徽省第六批援藏干部和"组团式"医疗援藏专家。

8月14日，措美县援藏工作组获措美县"民族团结进步模范集体"荣誉称号。

8月16日，安徽省民政系统赴藏代表团与山南市政府对口支援座谈会召开。

8月18日,安徽省援藏工作推进会召开,方旭汇报一年来援藏工作情况。

8月21日,淮北市两级检察机关代表团到浪卡子县考察对口支援工作。

8月22日,铜陵市卫生系统代表团在浪卡子县考察医疗"组团式"援藏工作。

8月24日,淮南市规划设计研究院专家组赴措美县开展小城镇建设规划论证前期调研工作。

8月28日,纪录片《雪域之恋》创作座谈会召开。

8月29日,六安市党政代表团一行考察山南。

8月30日,共青团安徽省委、省青年联合会代表团赴措美县敬老院开展义诊。

9月2日,山南市召开湖北、湖南、安徽公安机关代表团座谈会,方旭参会并介绍安徽对口支援情况。

9月6日至11日,安徽省委考核组赴山南市及浪卡子、错那、措美三县,对安徽省第六批援藏工作队干部人才开展年度集中考核考察工作。

9月13日,山南市与铜陵市党政代表团座谈会召开。

9月13日,安徽省儿童医院与山南市人民医院正式建立医疗联合体并揭牌。

9月14日,省统计局调研组到山南市考察。

9月14日,安徽医科大学第二附属医院、六安市卫计委赴山南市人民医院调研医疗人才"组团式"援藏工作、对接"以院包科",并召开座谈会。

9月17日,山南市与到访的安庆市党政代表团召开对口支援座谈会。

9月23日,山南市与到访的阜阳市党政代表团召开对口支援座谈会。

9月24日,山南市与到访的安徽海螺集团召开对口支援座谈会。

9月27日,山南市"民族团结进步表彰大会"在泽当召开。安徽省医疗人才"组团式"援藏工作队荣获"2017年山南市民族团结进步模范集体"称号,安徽省援藏队员张毅荣获"2017年山南市民族团结进步模范个人"称号。

9月30日,太湖县党政代表团一行考察浪卡子县。

10月24日,全国第八批援藏工作队总领队郭强赴山南市看望生病的安徽援藏医生。

11月1日,方旭主持召开工作队临时党委(扩大)会议,作十九大会议精神宣讲。

11月19日至20日,山南市党政代表团一行到池州市考察交流。

11月20日下午,安徽省委书记李锦斌,安徽省委副书记、省长李国英,在合肥会见由西藏山南市委副书记、市长普布顿珠率队的西藏山南市党政代表团。

11月20日下午,省委常委、省委组织部部长严植婵在合肥主持召开安徽省对口援藏工作座谈会,与山南市党政代表团一行亲切会谈。

11月21日上午,山南市党政代表团一行到合肥市第三十五中学慰问西藏班学生。

11月22日上午,安徽阜阳市委、市政府主要负责人会见了山南市党政代表团。

11月22日下午,安徽省委常委、六安市委书记孙云飞在六安市会见西藏山南市党政代表团。

11月29日,山南市召开安徽省第五期短期援藏专业技术人才期满欢送会。

12月1日,省委书记李锦斌对安徽省第六批援藏工作队工作作出重要批示。

12月4日,省委副书记、省长李国英对安徽省第六批援藏工作队工作作出重要批示。

12月19日,安徽省第六批援藏工作队召开临时党委(扩大)会议。

12月25日,山南市委书记许成仓就安徽省委、省政府主要领导对安徽省第六批援藏工作的重要批示给予高度肯定,并作出批示。

2018年

1月4日,山南市错那县与阜阳市颍上县在八里河召开旅游座谈会。

1月5日,山南市委副书记、市长普布顿珠就安徽省委、省政府主要领导对援藏工作的重要批示给予高度肯定,并作出批示。

1月8日至12日,安徽省扶贫成效审计交叉考核组赴西藏山南市考察。

2月7日,2018年安徽省援藏援疆干部人才迎春座谈会在安徽合肥召开,方旭作安徽省第六批援藏工作汇报发言。

2月23日,方旭率队赴安徽省文化厅就2018年8月中旬安徽省将承办的中国西藏雅砻文化节筹备工作与省文化厅领导及相关处室负责同志进行了专题对接。

3月2日,由安徽"组团式"医疗援助的山南市人民医院顺利通过创"三甲"综合医院预评审。

3月21日下午,山南市委召开教育卫生"组团式"援藏工作专题会,安徽省第六批援藏工作队"组团式"教育、医疗工作组有关负责同志参会。

3月22日上午,方旭主持召开山南市与安徽省文化厅工作组座谈会,对接将由安徽省承办的2018年中国西藏雅砻文化节相关筹备工作。

3月27日至29日,省委常委、省委组织部部长严植婵在合肥会见第八(六)批援藏干部人才总领队郭强一行,并就安徽省医疗人才"组团式"援藏工作和山南市人民医院"三甲"医院创建工作进行对接洽谈。

5月7日至12日,援藏工作队派出援藏项目专项督查组,深入浪卡子县、错那县、措美县开展援藏项目专项督查工作。

5月15日上午,方旭率队赴安徽省旅发委就进一步落实安徽旅游对口援藏工作及2018年中国西藏雅砻文化节期间山南市赴皖旅游推介工作进行深入对接。

5月15日下午,雅砻文化节总体方案意见征询会在安徽省文化厅举行。

5月15日至21日,以措美县委副书记、县长巴桑欧珠为团长的考察团,赴安徽省六安、淮南、滁州等有关市县(区)进行考察交流。

5月23日,山南市召开安徽省第六批短期援藏专业技术人才欢迎座谈会。

6月3日,省卫计委考察组到山南市人民医院调研"组团式"医疗援藏工作。

6月3日至10日,山南市错那县委书记余胜能率党政代表团赴安徽省阜阳市、亳州市进行考察交流。

6月19日上午,安徽省对口支援西藏新疆工作领导小组会议在安徽合肥召开,方旭参会并汇报安徽省第六批援藏工作。

7月16日至18日,李国英省长率安徽省党政代表团深入山南市浪卡子县等地,考察安徽对口援建工作。西藏自治区党委书记吴英杰出席座谈会,西藏自治区党委副书记、自治区人民政府主席齐扎拉陪同考察。

7月16日,省卫计委主任于德志出席山南市人民医院举行"三级甲等"综合医院揭牌仪式。

7月18日,山南市召开安徽省第二批"组团式"教育援藏人才期满总结欢送会。

7月20日,援藏工作队召开临时党委(扩大)会议,传达学习安徽省党政代表团赴藏慰问援藏干部人才和皖藏对口支援工作会议重要精神,研究贯彻落实意见。

7月26日至30日,安徽省第四批"组团式"援藏医疗人才抵达西藏山南市,与安徽省第三批"组团式"援藏医疗人才进行压茬交接。

7月31日,西藏山南市措美县干部赴安徽六安市霍邱县挂职。

8月1日下午,李国英省长在合肥亲切会见西藏自治区人大常委会副主任、山南市委书记许成仓率领的西藏山南市党政代表团。

8月1日至2日,西藏自治区人大常委会副主任、山南市委书记许成仓率队在皖开展招商引资和工商联系统援藏对接工作。

8月5日,太湖县党政代表团在浪卡子县考察对口支援工作。

8月8日,池州市党政代表团赴浪卡子县考察对口支援工作。

8月11日,山南市召开欢迎安徽省第三批"组团式"暨首批"万人计划"援藏教育人才座谈会。

8月22日,安徽省红十字会专家医疗队赴错那县开展"援藏光明行"活动。

8月22日,西藏山南市组织召开安徽省第六批援藏干部人才集中考核民主测评会。

8月25日,阜阳市党政代表团赴西藏山南市考察对口援藏工作。

8月25日至28日,阜阳市党政代表团在错那县考察并捐赠计划外援藏资金1 220万元。

8月26日,西藏自治区人大常委会副主任、山南市委书记许成仓与安徽省副省长王翠凤一行就联合举办2018中国西藏雅砻文化节进行交流。

8月26日晚,以"藏源·藏缘——开放山南·幸福家园"为主题的2018中国西藏雅砻文化节开幕式在西藏山南市举行。

8月27日,许成仓会见安徽省阜阳市党政代表团。

8月27日,安庆市考察团赴西藏山南市浪卡子县考察对口支援工作。

9月,医疗援藏人才吴晓莉获"自治区民族团结模范个人"荣誉称号。

9月3日上午,以"藏源·藏缘——开放山南·幸福家园"为主题的2018中国西藏雅砻文化节安徽分会场系列活动在合肥正式开幕。

9月4日至9日,2018中国西藏雅砻文化节赴皖答谢活动先后在安徽亳州、阜阳、六安、淮南、安庆、池州举行。

9月8日,安徽省工商联企业考察团到山南市调研。

9月13日、14日晚,2018中国西藏雅砻文化节赴安徽省答谢演出在安徽大剧院上演。

9月14日,山南市发改委受援办组织评估组赴浪卡子县开展安徽省"十三五"对口援藏规划中期评估调整工作。

9月18日,六安市党政代表团到措美县考察对口援藏工作。

9月25日,舒城县党政代表团到措美县考察对口援藏工作。

9月30日,援藏工作队获"2018年山南市民族团结进步模范集体"荣誉称号,援藏队员丁传立获"2018年山南市民族团结进步模范个人"荣誉称号。

10月17日,安徽省工商局赴山南市工商局考核工商援藏干部。

10月19日,安徽省第六批援藏项目实施暨援藏助力扶贫工作推进会召开。

10月29日,淮南市党政代表团到山南市及措美县考察援藏工作。

10月31日,亳州市人大常委会考察组在山南市考察援藏工作。

11月2日,第八届中国胸痛中心大会在厦门隆重举行,由安徽省医疗人才"组团式"援藏对口支援的山南市人民医院胸痛中心正式通过中国胸痛中心认证。

11月11日,西藏自治区召开全国第八(六)批援藏领队座谈会暨全国各省市(区)援藏品牌成果工作交流座谈会,方旭出席会议并汇报安徽援藏工作。

11月12日,援藏工作队召开临时党委(扩大)会议。

11月12日,方旭在山南市主持召开安徽"十三五"对口支援西藏经济社会发展规划中期评估调整征求意见会。

12月12日至14日,西藏自治区党政代表团赴安徽回访考察,省委书记李锦斌13日主持召开安徽·西藏对口支援工作座谈会。

11月13日,山南市召开安徽省第六批短期援藏专业技术人才欢送座谈会。

12月13日上午,西藏自治区党政代表团在合肥召开安徽省援藏干部人才和家属代表座谈会。

12月15日至21日,山南市措美县代表团分别赴安徽淮南、六安两市考察。

12月22日,方旭主持召开援藏工作队临时党委(扩大)会议。

12月28日,山南市人民医院被正式授予"中国胸痛中心"牌匾,成为自治区首家国家级标准版胸痛中心。

2019年

1月2日至10日,措美县村(社区)书记基层组织建设及精准扶贫培训班在安徽省凤台县开班。

1月29日,2019年安徽援藏援疆干部人才迎春座谈会在安徽合肥召开。

3月7日,安徽省医疗人才"组团式"援藏工作组组长吴晓莉荣获"安徽省三八红旗手"称号。

3月23日,援藏工作队召开全体队员会议。

3月31日上午,"合肥⇌拉萨直航首航开通仪式"在拉萨贡嘎机场顺利举行。

4月1日,全国援藏展览馆在西藏林芝鲁朗国际旅游小镇举行揭牌仪式。

4月12日,山南市委召开全市农村工作暨脱贫攻坚工作会议,安徽省援藏队员闫文昭荣获"山南市脱贫攻坚先进个人"荣誉称号。

4月12日至13日,安庆市政协一行赴浪卡子县考察对口援助工作。

4月25日上午,安徽省直机关庆祝"五一"暨表彰先进大会召开,安徽省第六批援藏工作队荣获2019年"安徽省直机关第五届工人先锋号",援藏队员查晓陆荣获2019年"安徽省直机关第五届五一劳动奖章"。

4月29日上午,安徽省庆祝"五一"暨劳动和技能竞赛先进集体先进个人表彰大会召开,援藏队员丁步春荣获"安徽省五一劳动奖章"。

4月30日,安徽省第22届"安徽青年五四奖章"颁奖仪式在合肥举行,援藏队员张毅荣获"安徽青年五四奖章"。

5月20日至26日,安徽省委组织部赴藏考核组会同西藏自治区党委组织部,在西藏山南市开展安徽第六批援藏干部人才三年援藏期满考核工作。

5月21日,山南市与安徽省自然资源厅调研组一行举行对口支援座谈会。

5月24日至27日,安徽省人民检察院一行在山南考察调研检察系统对口援藏工作,欢送2019年安徽"双百计划"短期援藏干部进藏工作。

5月27日,山南市召开安徽省审计厅对口支援座谈会;山南市召开安徽企业对口招商会;山南市召开安徽省红十字会对口支援座谈会。

5月29日,六安市党政代表团考察山南。

5月31日,六安市霍邱县党政代表团考察山南。

6月1日,六安市党政代表团赴措美县调研援藏工作。

6月4日,舒城县经济技术开发区考察团赴措美县调研援藏工作。

6月12日,合肥市中级人民法院赴山南调研对口支援工作。

6月12日至13日,安徽省第四批医疗人才"组团式"援藏工作队在山南市举办西藏自治区首届"雅砻医学"论坛。

6月16日至17日,安徽省副省长何树山率队赴林芝参加深化对口援藏扶贫工作会议。

6月18日上午,安徽省卫健委一行赴山南市调研医疗人才"组团式"援藏工作。

6月20日,省发改委党组成员、省合作交流办公室主任侯锋平一行赴藏考察调研。

6月30日,山南市召开安徽省第七批短期援藏专业技术人才代表座谈会。

6月,吴晓莉获"西藏自治区第八批优秀援藏干部人才"荣誉称号。

7月9日,错那县隆重召开安徽省第六批优秀援藏干部人才表彰大会。

7月11日,浪卡子县隆重召开安徽省第六批优秀援藏干部人才表彰大会。

7月12日,措美县召开欢送安徽省第六批援藏干部人才座谈会。

7月13日至14日,安徽省迎送团和安徽省第七批援藏工作队抵达西藏山南。

7月14日,山南市召开第八(六)批优秀援藏干部人才表彰暨欢迎欢送援藏干部人才大会。

7月16日,安徽省第六批援藏工作队圆满完成三年援藏工作,先期19名干部人才顺利返回安徽。

7月17日,山南市召开安徽省第六批、第七批援藏工作交接会,方旭、汪华东出席会议。

8月14日,安徽省第六批援藏干部人才三年期满欢迎会在合肥举行。

安徽省第七批援藏工作队大事记

2019年

7月13日,以汪华东同志为领队的安徽省第七批援藏工作队进藏开展工作。工作队由12个省直部门和4个市选派干部人才35名组成。

7月14日上午,安徽省委组织部副部长王炜率安徽省援藏干部人才迎送团考察调研市人民医院并慰问援派医疗队员。

7月17日,安徽省第六批、第七批援藏工作队进行工作压茬交接。

7月29日,安徽省第七批援藏工作队临时党委成立并召开第一次会议,学习习近平总书记在中央第六次西藏工作座谈会上的讲话精神,明确临时党委委员的责任分工,并成立了3个党支部。

8月15日下午6点05分,雅砻文化节开幕式举办在即,轮值承办方湖北省党政代表团一成员突然脑干出血无生命体征。第五批医疗队员在吴晓莉的带领下顶住压力,争分夺秒组织诊断救治,成功抢救并转上级医院继续治疗,为雅砻文化节顺利进行提供了坚强医疗保障,受到山南市委及湖北援藏工作队由衷赞扬。

9月,吴晓莉获"西藏自治区民族团结模范个人"荣誉称号。

11月11日晚,援藏医疗队成功抢救失血性休克、开放性骨盆骨折(右侧耻骨上下支、坐骨支严重粉碎性骨折)、会阴大面积撕裂、右下肢皮肤软组织广泛脱套伤的病人一名。这是山南历史上第一例、全国罕见报道的多学科会诊抢救危重疑难病例。

11月19日,山南市产业发展和招商引资工作安排部署会召开,明确三省(湖北、湖南、安徽)工作队各自成立招商小分队。安徽省第七批招商工作组由张中鑫、李亮、王霆芜三名队员组成。

11月28日,中组部第九(七)批援藏总领队、西藏自治区党委组织部副部长杨晓林一行到安徽援藏工作队视察调研工作开展情况。

12月1日,西藏首台5G急救车在山南市人民医院投入使用,实现院前院内急救流程无缝对接,缩短急救时间窗,提升急救"加速度"。这标志着安徽医疗援藏迈出智慧医院建设第一步。

2020 年

1月20日,新冠疫情袭来,国家卫健委刚宣布存在人群传播病例,医疗队领队、山南市人民医院院长吴晓莉即于当天火速储备400套防护服及一批医用口罩。山南市人民医院成为西藏自治区内储备最早、数量最多的医疗机构。

1月30日,西藏自治区内新冠疫情第一例病情出现,吴晓莉逆行出征,连夜辗转回岗。全体医疗队员于2月5日返岗投入抗疫。

6月21日,在端午节来临之际,援藏工作队组织了以"讲好传统文化、凝聚皖藏亲情"为主题的端午文化系列交流活动,将从安徽采购的1 000多斤新鲜粽子,免费送到西藏山南有关学校师生、医院住院藏族同胞、基层农牧民群众手中,并开展了端午文化宣讲、徽文化与藏文化阐释会演、与师生一起包粽子品粽子等丰富多彩的活动。

6月29日,在中国共产党成立99周年之际,援藏工作队临时党委组织党委委员、部分优秀党员代表,前往西藏山南市浪卡子县打隆镇调研边境小康村建设,赴世界海拔最高乡——普玛江塘乡开展主题党日系列活动。

7月29日上午,合肥市计划外援建西藏山南市措美县哲古镇人居环境综合整治项目正式开工,项目总概算9 489.74万元。项目一期民生基础设施类项目总概算7 576.39万元,二期旅游基础设施类项目1 913.35万元。项目建成后将极大改善当地人居环境,助推当地旅游业提档升级和经济社会发展。

8月,在国家卫健委首次发布的全国三级公立医院绩效考核中,山南市人民医院以全国第562名的成绩位列西藏自治区地市级医院榜首,有力证明了安徽"组团式"援藏医疗队推动受援医院管理全面提质增效取得显著业绩。

8月25日,由西藏山南市冠名的"藏美之行 源起山南"高铁列车正式运行首发仪式在上海虹桥站成功举办。这是西藏旅游营销首次登上高铁,由安徽援藏工作队牵头推动、山南市旅发局组织协调、华铁传媒集团具体实施,创新营销模式,开拓京津冀、长三角、华中等地区旅游市场的又一重大举措。

9月10日上午,中组部第九(七)批援藏总领队、西藏自治区党委组织部副部长杨晓林一行至山南市人民医院调研指导安徽省医疗人才"组团式"援藏工作。安徽省第七批援藏工作队领队汪华东陪同。

9月24日,中华口腔医学会会长俞光岩一行前往西藏口腔医学会副主委单位山南市人民医院口腔科考察指导工作,并慰问安徽医疗专家。

10月13日,国家卫健委医政医管局副局长刑若齐一行赴山南人民医院调研指导工作。院长吴晓莉陪同。

综合纪实

10月17日,安徽省卫健委主任陶仪声一行赴山南市人民医院调研指导医疗人才"组团式"援藏工作并召开座谈会。吴晓莉汇报安徽援藏工作。

10月,"2020雅砻文化旅游节"期间,经安徽省第七批援藏工作队精心谋划、统筹协调、有力推动,招商引资推介会共成功签订项目5个,签约意向资金逾24.7亿元。这些项目都是贴合山南需求、民生期盼的,也是高质量发展的优质生态环保项目,有利于建设团结富裕文明和谐美丽的社会主义新山南。

2021年

1月19日下午,安徽省委书记、省对口支援西藏新疆工作领导小组组长李锦斌主持召开省对口支援西藏新疆工作领导小组会议,听取我省援藏援疆情况汇报,研究部署下一阶段重点工作。安徽省第七批援藏工作队领队汪华东同志参加会议。

3月16日下午,由西藏山南市人民政府、安徽省文化和旅游厅、安徽省第七批援藏工作队共同举办的"皖藏人民一家亲·对口援藏送真情"——2021年西藏山南春季旅游推介会启动仪式在安徽合肥隆重举行。来自安徽省内外的多家旅行社和新闻媒体共250余人参加了推介会。

4月,山南市人民医院自动发药机和单剂量摆药机正式投入使用,成为自治区首家实现智慧药房的医院,实现"让信息多跑路,患者少跑腿"智慧医院建设的目标。

4月9日,西藏自治区举行抗击新冠肺炎疫情表彰大会。安徽对口支援的山南市人民医院荣获西藏自治区抗击新冠肺炎疫情先进集体荣誉称号,院长吴晓莉代表医院在拉萨参加主会场会议并接受表彰。

5月7日,安徽省卫健委一行6人到山南考察调研医疗人才"组团式"援藏工作。山南市人民医院党委副书记、院长吴晓莉主持会议并汇报"组团式"医疗援藏工作。

6月,安徽省医疗人才"组团式"工作队领队、山南市人民医院院长吴晓莉荣获"西藏自治区脱贫攻坚先进个人"荣誉称号。

7月3日至4日,为深入贯彻落实习近平总书记在庆祝中国共产党成立100周年大会上的重要讲话精神,安徽省第七批援藏工作队第一时间召开临时党委会传达学习,并对下一步贯彻落实工作作出具体部署。结合安徽对口支援县实际,在错那县开展"我为祖国巡边"活动,旨在强化守边意识,锤炼党性,考验意志,凝聚援藏工作合力,为进一步做好新时期援藏工作夯实思想基础。

7月23日,习近平总书记在拉萨亲切接见全国优秀援藏干部人才,安徽省第七批援藏工作队代表汪华东、李敏参加见面会。

8月19日,在中央代表团与西藏各族人民隆重庆祝西藏和平解放70周年之际,省委、省政府向投身雪域高原建设的安徽省第七批援藏工作队发去慰问信,表达对我省全体援藏干部人才的关心与问候,充分肯定他们的大局意识、奉献精神和取得的成绩。

9月13日,由安徽承办的"2021雅砻文化旅游节"在山南市举办。

2022年

7月20日,安徽省第七批、第八批援藏工作队召开工作压茬交接会议。至此,安徽省第七批援藏工作队圆满完成工作任务。

安徽省建藏援藏工作者协会大事记(2012—2022)

2012年

1月15日,协会常务理事会暨新年茶话会在合肥浙商国际假日酒店召开。会议的主要任务是总结换届一年多来的工作、研究部署下一步工作。协会在合肥的顾问、名誉会长、执行会长、副会长、秘书长、副秘书长、常务理事及部分理事代表40余人出席会议。

4月28日,"爱心雅砻行"慰问捐赠活动发车仪式在合肥港澳广场举行。本次活动主要是进藏慰问我省第四批援藏干部,为安徽对口帮扶的措美、错那、浪卡子三个县的学校及贫困学生送去急需的学习、生活用品等,活动共从民间筹集到50余万元的钱物,其中有3.5吨实物。发车仪式由协会副会长、"爱心雅砻行"领队孙广成主持,省人大常委会原副主任、省建藏援藏工作者协会驻会名誉会长吴昌期出席并讲话。省委常委、省纪委书记王宾宜,省委宣传部副部长、省广电局局长车敦安,省人民检察院原检察长、省法人权益保护协会会长刘生及活动主协办单位代表和进藏工作组成员,省市各新闻媒体负责人及记者等出席仪式。

10月20日,协会组织由合肥晚报、加乐集团联合推出的"喜迎十八大 合肥援藏十年"大型报道活动。

10月29日至30日,"建藏援藏协会(联谊会)自身建设研讨会"在上海举行。热地、阴法唐、毛如柏、吴昌期、杨晓渡、漆世贵、曹旭、李维伦、武继烈及12个省市建藏援藏组织负责人出席会议,协会常务副会长孙广成、副会长兼秘书长姚维平应邀参加会议,姚维平作了大会发言。

11月20日,协会组织看望在省立医院、省立儿童医院、安医大一附院、安医大二附院接受免费手术治疗的西藏山南地区22名先心病患儿。

2013年

1月6日,协会在合肥举行新年联欢会。副会长兼秘书长姚维平代表协会作新年致辞。

1月13日下午,由省援藏办主办,省文艺评论家协会、省建藏援藏工作者协会和铜陵市文联承办的《雪域歌行:一位安徽援藏干部的手记》首发式暨评论会在合肥举行。专家学者30余人出席会议,并就作品展开深入点评和交流。作者侯化林介绍了写作过程,20多名专家学者就该书发表评论。协会名誉会长吴昌期出席会议并发表讲话。

1月20日,协会会长李继学主持召开会长办公会,研究安排2013年协会工作和"两节"慰问工作。

2月18日,协会下发了《关于开展全省建藏援藏工作者情况普查及会员登记工作的通知》,开展全省建藏援藏工作者情况普查及会员登记工作。

4月16日,协会召开会长、顾问联席会议,分析一季度形势,研究部署协会二季度工作。吴昌期、陈传银、金明生、周郁夫、孙广成、姚维平等出席会议。

5月23日,应省委领导邀请,正在安徽省考察访问的第十届全国人大常委会副委员长热地,在省委常委、省纪委书记王宾宜,省人大常委会副主任宋卫平的陪同下,在合肥稻香楼宾馆亲切会见了我省建藏援藏工作者协会领导和不同时期的建藏援藏人员代表。参加会见的有吴昌期、周郁夫、李继学、陈传银、孙广成、姚维平、李晓清、陈希冉、刘锦茵、王瑞广、张晋安、范德标等。西藏自治区政府原副主席、江苏省政协副主席、江苏省援藏联谊会筹备组组长武继烈应邀出席。

6月3日,湖北省建藏援藏工作者协会会长袁善腊、常务副会长兼秘书长熊吉平等一行5人,在名誉会长蒋大国的带领下到合肥参观考察。协会领导在合肥稻香楼宾馆与湖北建藏援藏工作者协会考察团进行了座谈交流,会长李继学、执行会长陈传银、常务副会长孙广成、副会长兼秘书长姚维平、常务副秘书长李晓清等参加了会见。

9月28日,协会在合肥召开工作汇报会,向协会老领导、老会员汇报协会工作开展情况。会议由会长李继学主持。

11月22日,协会在合肥召开会长办公会,安排部署协会工作。会议由会长李继学主持。

2014年

1月18日,协会召开会长办公会,研究安排"两节"慰问工作,会议由会长李继学主持。

1月22日,协会组织开展了元旦、春节和藏历新年的慰问活动。

3月2日,协会与合肥市第三十五中学藏族班举行藏历木马年新春联欢会。合肥市市长凌云出席,联欢会由会长李继学主持。

5月10日,协会组织开展合肥一日游活动。协会领导李继学、孙广成、支道友、李传志、姚维平、吴建福及部分会员参加了活动。

5月9日,滁州市召开传承"老西藏精神"暨滁州市援藏35周年纪念座谈会,协会副会长支道友、副秘书长张玉霞和滁州市1979年5月援藏的有关人员参加了会议。

6月4日,协会召开会长办公会,决定设立阜阳、六安、安庆、滁州、蚌埠、淮南、铜陵、池州办事处。

8月27日,协会驻安庆办事处成立。来自安庆市属五县及市直会员代表25人参加了成立大会。安庆市人大常委会主任康正和、市委组织部副部长桂锐、市人大民宗侨外委员会主任马广平出席会议并讲话。会议由办事处名誉主任、望江县委书记李跃云主持。

10月9日,协会组织会员赴安庆市太湖县五千年文博园参观。活动由姚维平组织。

11月28日,协会完成新编《建藏援藏人员通讯录》工作。

12月25日,协会召开会长办公会,研究安排"两节"慰问困难会员工作。

2015年

1月20日,协会在合肥组织召开三届五次理事会。会议由会长李继学主持,80余人参加会议。会议审议通过了关于修改协会章程的提案,变更了协会法定代表人,探索交流驻市办事处工作。

2月8日,协会参加合肥市第三十五中学欢度藏历新年活动,慰问藏族班学生。

4月14日,协会换届工作领导小组召开第一次组长会议,研究换届工作。会议由李继学主持。

6月20日,李继学主持召开会长办公会,组织学习相关文件材料,安排"七一"慰问协会困难党员工作。

8月18日,为纪念抗日战争胜利70周年,协会组织80多名建藏援藏工作者赴皖西龙井沟苏维埃革命旧址参观。

9月20日,李继学主持召开协会换届工作领导小组第二次会议,通报换届工作准备情况,研究换届工作。

10月25日,协会第四次会员代表大会在合肥华都宾馆召开。协会第三届理事会名誉会长(顾问)、正副会长、正副秘书长、常务理事、理事及第四届理事会候选成员、协会驻各市办事处负责人等140人出席了会议。会议选举江太平为第四届协会会长。

12月27日,协会会长江太平主持召开会长办公会,研究部署元旦、春节和藏历新年慰问工作。

2016年

1月20日,协会组织看望慰问协会老领导、困难会员。

2月27日，协会第四届理事会第一次会长会议在合肥召开。会议由会长江太平主持，主要研究部署第四届协会工作。

5月10日，协会组织会员开展纪念西藏和平解放65周年活动。常务副会长田素娥负责活动的组织工作。

7月20日，为庆祝第89个建军节，协会组织曾在藏服役的部分安徽籍战友参观李克农故居、李克农将军生平事迹陈列展和革命老区"将军县"——金寨县红军广场、红军纪念堂，缅怀革命先烈。

8月27日，协会副会长兼秘书长陈功发等赴西藏看望拉萨、山南等地的安徽省建藏援藏工作者。

9月24日，协会为纪念建党95周年、红军长征胜利80周年，组织在合肥的新老会员参观"安徽省爱国主义教育基地""国家安全教育基地"，游览了郁金香高地、月亮湾湿地公园。

9月29日，安徽省第六批"组团式"援藏医疗队队员赵炬同志在西藏山南市工作期间突发重病医治无效，因公殉职。遵照其遗嘱，捐献其身体全部可用器官。赵炬同志的行为受到中央国家机关、安徽省、西藏自治区及社会广泛赞誉。协会副会长王元社代表协会与驻滁州市办事处的全体同志前往吊唁并向赵炬同志遗体告别，对其家属表示最诚挚的慰问。

10月10日，协会在合肥华都宾馆举行向协会老领导、老同志汇报工作会。吴昌期、李继学、李传志、周郁夫等老领导、老同志参加。

12月26日，协会在合肥召开茶话会，协会老领导及会员代表参加。会议由会长江太平主持。

2017年

1月14日，协会在合肥市八一宾馆召开新春茶话会。省援藏办公室、省政府合作交流办有关同志应邀出席会议。吴昌期、李继学等协会老领导、联络组成员和上届秘书处副秘书长、本届驻会会长、常务理事、理事及会员代表出席茶话会。茶话会由会长江太平主持。

1月19日，协会组织开展春节慰问活动。活动由常务副会长田素娥负责组织。

5月23日，协会组织开展西藏和平解放66周年纪念活动。活动由常务副会长田素娥组织。

6月30日，副会长胡善银在合肥华都宾馆主持召开常务理事会议，总结二季度以来工作，研究下一步工作。

8月25日,西藏自治区政府原副主席、安徽省人大常委会原副主任、协会第二届会长吴昌期,协会秘书长俞先虎赴北京看望慰问95岁高龄的西藏自治区原党委书记阴法唐同志。

9月10日,江太平会长主持召开驻会会长办公会。会议研究了协会人事安排事项和接受外部审计相关工作。

10月25日,江太平会长主持召开会长办公会,研究确定11月份赴藏参加"捐资助学"仪式人员,研究协拍电视纪录片《雪域之恋》事宜,安排参加"2017年度全省性社会组织评估工作"相关事宜。

11月1日,协会接受安徽中烟工业有限责任公司捐赠款20万元。捐赠款主要用于资助安徽省对口支援的西藏山南市部分品学兼优的贫困学生。

12月9日,协会在合肥召开驻会会长办公会,安排部署学习十九大精神工作,研究协会成立20周年及"两节"期间相关联谊活动。会议由会长江太平主持。

2018年

1月12日,协会在合肥华都宾馆召开"学习党的十九大精神专题报告会"。江太平会长主持报告会,并对协会进一步学习党的十九大精神、推进协会健康发展提出了要求。

1月24日,省民政厅社会组织管理局组织专家组对协会进行现场评估。协会常务副会长田素娥主持汇报评估工作。

2月8日,协会组织开展节前慰问活动。活动由常务副会长田素娥组织。

4月28日,协会召开协会部分老领导、老会员座谈会,就协会工作和有关人事安排听取意见。协会老领导吴昌期、李继学、周郁夫等参加。

5月9日上午,协会组织省直、合肥市部分会员赴中国科学技术大学先进技术研究院开展参观见学活动。

5月26日至27日,协会在安庆召开四届四次会长会议。会议由江太平会长主持。

8月26日,协会接受安徽中烟工业有限责任公司20万元捐赠款。捐赠款主要用于帮助生活困难的建藏援藏工作者和继续开展西藏山南"扶贫助学"活动。

9月13日,协会组织省直、合肥市的部分会员参加"中国西藏雅砻文化节"安徽分会场大型藏族歌舞诗《雅鲁藏布》表演会和参观西藏山南文物精品展。

9月15日,协会会长江太平与省政府副秘书长、省第六批援藏工作队领队、山南市委常委、山南市副市长方旭进行工作交流。

10月8日,协会会长江太平主持召开工作汇报会。协会老领导吴昌期、李继学等出席。

12月18日,协会召开会长会议,研究安排元旦、春节(藏历新年)慰问工作。

2019年

1月18日,协会在合肥华都宾馆举行"纪念改革开放四十周年"报告会暨2019年新春联谊会。会议由常务副会长田素娥主持。

2月1日,协会常务副会长田素娥带队慰问协会老领导和困难会员。

2月2日,协会常务副会长田素娥应邀出席合肥市第三十五中学举行的"欢度2019年春节和藏历土猪年"联欢会。

5月6日,协会副会长、铜陵办事处主任侯化林代表协会赴铜陵市五中开展"扶贫助学"活动,对该校品学兼优的藏族学生和生活困难家庭进行慰问。

5月9日,协会滁州办事处组织召开传承"老西藏精神"暨1979年滁州市干部援藏40周年纪念会。会议由协会副会长、滁州办事处主任王元社主持。

6月2日,协会组织省直、合肥市部分会员赴"东华家科现代农业示范基地"开展参观见学活动。

6月27日至7月2日,协会副会长兼秘书长俞先虎、常务理事王振宇赴拉萨办事处开展调研工作。

9月27日,协会在合肥召开向协会联络组成员汇报工作会。有关人员吴昌期、李继学、王忠、方旭等参加。

10月12日,协会四届五次会长会议在铜陵召开。

12月27日,协会在合肥华都宾馆举行迎新年座谈会。协会新老领导、省直有关领导、省直和合肥市部分会员出席。

2020年

1月12日,协会在合肥市第三十五中学组织召开四届二次会员代表大会。会议审议通过了新修订的协会章程,同时组织召开党员大会,成立协会功能型党支部。

1月17日,协会常务副会长田素娥带队慰问协会老领导和协会困难会员。

1月29日,协会党支部转发《中共安徽省委致各级组织和广大党员干部的一封信的通知》,号召广大会员党员,服从命令,听从指挥,积极投身到防疫抗疫中去。

6月20日,协会组织开展"七一"慰问困难党员活动。

9月20日,四届六次会长会议在合肥召开。会议由江太平主持。

12月31日,"安徽省建藏援藏工作者协会"微信公众号上线运行。

2021年

2月8日，在农历辛丑年春节和藏历铁牛新年前夕，协会常务副会长田素娥带队慰问协会老领导和困难会员。

3月28日，协会党支部召开2020年度组织生活会。

3月29日，协会组织召开换届工作领导小组办公室第一次主任办公会。会议由办公室主任俞先虎主持。

4月17日，协会在合肥召开换届工作领导小组办公室全体成员会议。会议由办公室主任俞先虎主持。

5月27日，协会召开专题会议，研究布置"党史学习教育"工作，安排建党100周年纪念活动。

6月20日至25日，协会会长江太平带队慰问在皖的十八军老战士、老党员。

10月18日，协会副会长单位广德阳光口腔医院向西藏山南市捐赠的第一批医疗设备、价值59.8万元的口腔诊疗机安全运抵山南市人民医院。

11月4日，协会组织召开换届工作领导小组会议。江太平、王忠等有关人员出席。

11月9日，协会换届工作领导小组在合肥召开向协会历届老领导汇报工作会。吴昌期、李继学、周郁夫、孙广成等参加会议。

11月10日，曾任西藏自治区党委第一书记、西藏军区党委第一书记、原成都军区副政委兼西藏军区第一政委、西藏自治区第三届政协主席阴法唐寄语协会：预祝协会换届和第五次会员代表大会圆满成功！祝愿协会在新的领导班子带领下，努力学习习近平新时代中国特色社会主义思想，践行新时代"老西藏精神"，努力做好建藏援藏工作！祝愿新一届协会取得更好的成绩！

11月19日，协会在合肥召开四届七次会长会议。会议由江太平主持。

11月20日上午，协会在合肥召开第五次会员代表大会。会议选举省纪委原常委、省委第三巡视组原组长王忠为安徽省建藏援藏工作者协会第五届会长。

11月20日下午，协会在合肥组织召开五届一次会长（常务理事）会议，研究部署第五届协会相关工作。会议由王忠主持。

12月3日，会长王忠赴省民政厅对接汇报协会工作。省民政厅党组成员、纪检监察组组长江良接待了王忠一行，并组织召开了座谈会。

12月6日，会长王忠、副会长李晓清、副会长兼秘书长俞先虎赴协会阜阳办事处调研。阜阳市委副书记、市长刘玉杰及胡明文、吕国平、黄琦等市领导先后接待了调研组一行。

12月26日,会长王忠、副会长李晓清、吴建福等赴池州市调研建藏援藏工作。池州市委书记方正,市委常委、市纪委书记张勇,市委常委、常务副市长张杰华,市委常委、市委组织部部长廖强接待调研组一行。

12月28日,会长王忠与省退役军人事务厅退役军人服务中心主任江勇在协会办公室洽商元旦、春节(藏历新年)慰问十八军老战士和我省优秀建藏援藏工作者事宜。

2022年

1月1日,王忠会长代表协会通过微信公众号"安徽省建藏援藏工作者协会"向全体会员致新年贺词。

1月6日,王忠会长主持召开五届协会2022年第一次会长办公会。在合肥的副会长、常务理事和秘书处人员参加。

1月12日,王忠会长在合肥会见我省第七批援藏工作队领队、西藏自治区山南市委副书记、常务副市长汪华东一行,洽商建藏援藏工作。

1月16日,协会召开迎新春老同志座谈会。会议由王忠主持,在合肥的副会长,协会老领导吴昌期、李继学、江太平等出席,秘书处人员参加。

1月20日至27日,协会会同省退役军人事务厅组织对十八军进藏老战士、我省优秀的建藏援藏工作者和困难会员进行慰问。会长王忠、退役军人事务厅厅长林海、副厅长高峰及在合肥的副会长等参加慰问工作。协会驻外办事处会同各市相关部门同步开展了本地区的慰问活动。

2月18日,协会组织在合肥的部分会员到合肥市高新区走访调研天立泰科技股份有限公司。吴昌期、李继学等协会老领导参加。

2月23日,王忠会长赴省人大民宗侨外委员会汇报工作。民宗侨外委员会主任黄小求、副主任杜玉山在会议室听取了工作汇报,并对协会工作的开展情况给予高度肯定。

3月9日,协会领导应邀到合肥市第三十五中学参加西藏学生藏历新年活动。

3月10日,王忠会长赴滁州办事处调研指导工作,并在滁州市政府政务中心主持召开座谈会。滁州市副市长、公安局局长熊言松出席会议。

4月19日,协会召开2022年第二次会长办公会。因疫情,会议采用线下加线上的方式召开。

5月9日至10日,会长王忠、副会长兼秘书长俞先虎、副会长宋志华等赴芜湖调研建藏援藏工作,在芜湖市政府行政中心听取了芜湖办事处(筹备组)工作汇报。芜湖市委常委、市委组织部部长杨志斌,芜湖市委常委、市纪委书记黄干接待了调研组一行。

5月19日,协会与省对口援助办公室联合下发《安徽援藏工作纪实主题征文活动的通知》。

6月14日，协会党支部组织党员赴安徽省东超科技有限公司开展"学习高科技　感受新发展"主题党日活动。

6月17日，协会副会长李晓清带队，协会副会长、广德阳光口腔医院院长杨光，协会副会长吴建福等有关人员赴西藏山南市人民医院开展第二批"医疗设备捐赠和义诊"活动。

6月24日至26日，会长王忠、副会长兼秘书长俞先虎、副会长宋志华一行到宣城办事处调研指导工作。

6月30日，协会党员活动室正式启用。

7月5日，王忠会长等协会领导与即将赴任的安徽省第八批援藏工作队领队单强及援藏干部孙科、肖峦等同志交流建藏援藏工作。

7月10日，协会副会长、铜陵办事处主任侯化林主持召开铜陵市援藏干部人才座谈会。

7月24日，协会驻滁州办事处召开会员代表会议。会议由协会副会长、滁州办事处主任李骏主持，协会副会长宋志华出席。

8月26日，协会副会长、宣城办事处主任杨光，协会常务理事张家银在宣城组织开展"迎中秋　送清凉"活动，并会同市直有关部门与在宣城市挂职的藏族干部座谈。

9月15日，会长王忠赴安徽中烟工业有限责任公司洽谈联合开展对口援藏事宜。安徽中烟公司党组书记、总经理王志彬热情接待了王忠一行并组织召开座谈会。安徽中烟公司副总经理程良华、办公室主任陈林、协会副会长兼秘书长俞先虎参加会议。

9月25日，协会在合肥市高新区天立泰科技股份有限公司召开2022年第三次会长办公会暨支部扩大学习会。吴昌期出席会议并讲话。

学 思 践 悟

巍巍高原思　悠悠雪域情
——难忘雅鲁藏布江畔的第二故乡

张　明

不知不觉,距离我那段援藏时光已过去了九年。九年间,我们见证了中华人民共和国成立七十周年的盛世华章,打赢了脱贫攻坚战,实现了第一个百年奋斗目标……如今,我们正在向着第二个百年奋斗目标勇毅前行,而我也已在新的岗位上继续奋斗。三年援藏路,一生山南情。多少个午夜,梦中那片留下奋斗足迹的雪域高原,总会在不经意间激起我前行的动力。

既然来援藏,就要做好吃苦奉献的准备

2013年7月6日,是我人生中一个难以忘怀的日子。当飞机降落在"世界屋脊"上的贡嘎机场时,我生平第一次踏足西藏这片神奇的土地。按照组织安排,我作为安徽省第五批援藏工作队领队,担任西藏自治区山南地委副书记,负责安徽对口的错那、措美、浪卡子三县的援藏工作,分管地区思想意识形态工作。

未进藏之前,我的心里总是惴惴的,亲友们送别时的嘱咐"千万注意安全""小心高原反应"犹在耳畔。但当我和援藏工作队的同志们一起看到穿着节日盛装、跳起欢快的锅庄舞的藏族同胞时,看到雪域高原壮美奇幻的景观时,看到大街上忙碌的人们脸上那发自内心的安定、祥和、从容时,感受到直率、热情、大度的西藏人发自内心的欢迎之情时,我和援藏的同志们在深受感动的同时,也暗下决心,要加倍珍惜这来之不易的机会,一定竭尽所能,在藏期间一方面在经济和社会发展上做好帮扶援建工作,另一方面当好民族交往交流交融的桥梁纽带,为西藏、为山南全面建成小康社会贡献力量。

我所工作的山南地区,位于举世闻名的雅鲁藏布江畔,雪域高原的美景以神秘空灵、圣洁高远闻名天下。但没到过西藏的人很难想象,高原美景之下是相对落后的基础设施以及常人难以忍受的特殊自然地理环境。山南地区平均海拔3 700米左右,其中浪卡子县的普玛江塘乡海拔5 373米,空气含氧量不足海平面的40%,是我国海拔最高的乡。在这种恶劣的自然条件下开展工作,首先要克服的就是身体和心理上的巨大压力。"既然来援藏,就要做好吃苦奉献的准备。"我暗自下定决心。

虽然有高原反应,但是为了尽快进入工作角色,我依然要求开展调研工作。短暂休息几天,我便轻车简从,奔赴安徽援藏最艰苦的错那、措美、浪卡子三县开展调研走访,摸家底、察实情。随后的日子里,为保证实现"三年援藏项目两年完成"的既定目标,我放弃了几乎所有的休息时间,马不停蹄地开展调研。不仅在安徽援藏的三县,我的足迹也遍布山南地区其他9个县40多个乡镇200多个行政村,几年来下乡里程达2万公里。西藏自治区地广人稀,交通不便,一个乡镇就相当于内地几个县的面积,而且很多地方道路崎岖难行。这些道路基本上建在高山峡谷之中,汽车在惊险狭窄的山路上盘旋,抬头是看不到山顶的盘山路,低头是看不到底的万丈悬崖,一路转上去,一个弯接着一个弯,弯弯相扣,车的方向盘左回右转,忙个不停。如果赶上阴雨天,真可谓"云雾半山绕,车在云中游"。遇到雪崩、泥石流、轮胎爆裂等险象环生的情况,我由最初的惧怕到后来习以为常,起早贪黑、露宿野餐更是成为家常便饭。

经过几个月深入细致的调研,我深深地感受到藏族同胞勤劳、善良、厚道、朴实的高贵品格,同时心中为他们办好事、办实事的信念也更加坚定,我作为安徽援藏干部的心与藏族同胞的心贴得更近了。

不怕条件艰苦,只怕做不好援藏工作

从2002年起,安徽省对口支援措美、浪卡子和错那三县。那里平均海拔在4 400米以上,且交通比较闭塞,基础条件差,群众生产、生活水平低。措美县城虽然近年来面貌有了不少变化,但条件还是很简陋;浪卡子是山南地区海拔最高的县,那里天寒地冻,山路难行;错那县的情况也不比上述两个县好,由于气候寒冷,县城里竟连一棵树也长不出来。近年来当地干部群众尝试着栽树,用棉絮、破衣将树苗裹了几层,可还是过不了冬。三个县的自然环境之恶劣,由此可见一斑。在这里工作,既要忍受远离家乡、亲人的孤独,更要承受身体上的伤害。有的援藏干部一进藏就病倒了,不得不住院治疗;有的援藏干部急性高原肺水肿反复发作;还有的援藏干部被医生下了通知,要求不能再上高原。但大家仍然克服困难,坚守岗位。三年来,忍受远离家乡对精神的折磨、高寒缺氧对身体的影响,同志们既深感生命在大自然中的脆弱,也更加珍惜为西藏做事的机会。面对艰苦的工作和生活条件,安徽援藏干部们没有被吓倒,他们说得最多的一句话就是:"不怕条件艰苦,只怕做不好援藏工作。"

在如此艰难的工作环境中,安徽援藏工作队的党性修养、精神意志得到磨炼和提升。同志们一个比着一个干,不等、不靠、不懈怠,尤其是三个县的领队及地区有关项目单位人员,全都动了起来。大家与高原反应做斗争,与孤独寂寞相抗衡,没有一个人脱岗,没有一个人提前离藏,没有一个人甘当"逃兵",大家一直坚守在工作岗位上,一起战斗到春

节前几天。

援藏三年,安徽省第五批援藏工作队坚持"充分对接、突出重点、民生优先、体现特色"的原则,抢抓总投资3.1亿元的30个援藏项目建设进度。截至2015年10月,27个工程类项目全部竣工验收,圆满实现了"三年援藏项目两年完成"的工作目标,提前发挥了经济社会效益,有效改善了山南地区错那、措美、浪卡子三县的基础设施条件。"老西藏精神"在新一代安徽援藏干部身上得到充分体现,得到发扬光大。

"安徽援藏干部也和我们融为一体了"

从踏上西藏这片高原热土的那天起,安徽援藏干部就视西藏人民为父母和兄弟姐妹,把山南作为自己的第二故乡,与当地干部群众同呼吸、共命运、心连心,真心实意为山南人民办实事、谋福祉,赢得了广泛赞誉。错那县安徽广场、迎宾大道,浪卡子县的县人民医院、村居卫生室,措美县乡村完备的卫生网络服务体系、棚户区改造等一个个"民生民心"项目,在安徽援藏干部人才的真诚付出和努力奉献中拔地而起,在雅砻大地生根发芽。

从来到西藏的那天起,我们援藏干部就自觉遵守党的民族政策,把巩固民族团结时刻记在心上。到达各县后,我们便与藏族干部倾心交谈,还抽空登门拜访。每次到群众家中走访,淳朴的农牧民都会捧上热腾腾、香喷喷的酥油茶……路上偶遇交通事故,不论是否相识,我们都会主动停下车,提供帮助。在西藏,在山南,我们感受最深的,就是互不相识的陌生人之间那种毫无隔阂、亲如一家的帮助扶持。工作队不少同志还主动学习藏语、藏族歌曲和舞蹈。藏族同胞高兴地说:"安徽援藏干部也和我们融为一体了!"对于我们来说,没有比这更值得骄傲的褒奖了,因为我们的工作得到了藏族同胞的肯定。

三年来,安徽各级领导对援藏工作和援藏干部都高看一眼、厚爱三分。每次休假返回内地,省委、省政府、省委组织部和各市各单位的领导见到援藏干部,都亲切地叮嘱大家要保重身体、注意安全。每年安徽有关单位都派人赴藏看望慰问援藏干部,接洽对口援藏工作;西藏自治区和山南的干部群众对援藏干部也非常关心,视如兄弟,亲如一家人。安徽援藏20年,努力为西藏的经济发展、长治久安、民族团结、农牧民生活改善作出积极贡献,也逐渐打造出安徽援藏品牌。

身为党员干部,三年的时光让我深深感受到:西藏需要我们内地的援藏干部,需要技术力量的支持;我们内地干部更需要西藏,党员干部的党性修养需要在艰苦的地方历练。这段援藏的时光,既是我为山南人民工作的三年、奉献的三年、服务的三年,也是我不断学习提高、得到锻炼的三年。我珍惜来藏区工作的机会,珍惜援藏的经历,把援藏当作提升自己的宝贵精神财富,始终保持对工作的责任感和使命感,深刻体会到中央对口支援西藏的英明决策带给西藏的翻天覆地的变化,深刻体会到习近平总书记"治国必治边、治边先稳藏"的战略思想在西藏熠熠生辉,更加体会到西藏与内地密不可分、血浓于水的亲情牢不可破、坚不可摧。

　　雅砻大地,积厚流光。我很庆幸自己加入了援藏队伍,我自豪为山南的发展作出了自己的贡献,我无悔在山南度过的难忘岁月!但我也深知,西藏很多地方与内地相比还存在差距,我多么渴望继续为藏族同胞服务,为加强民族团结、建设美丽西藏做点事、尽份力。我永远不会忘记山南,那片雅砻大地是我曾经生活、工作了三年的第二故乡,我早已把自己当作山南人,我也将永远是一名山南人。山南的发展成就、山南的前进步伐,我将始终关注。

　　2016年1月,国务院批复同意西藏自治区撤销山南地区和乃东县,设立地级山南市。有党中央的关心、全国的支援,西藏人民自力更生、奋发进取,各族人民团结一致,边疆将会更加巩固,社会将会更加和谐,人民将会更加富裕。

　　站在新的历史起点上,一批又一批安徽援藏干部人才将与雅砻各族儿女一起,牢记习近平总书记的殷殷嘱托,持之以恒抓好习近平总书记关于西藏工作的重要指示和新时代党的治藏方略,推动山南市各项事业不断取得新成绩。我们坚信,山南的明天将会更加美好!

　　作者系安徽省第五批援藏工作队领队,时任西藏自治区山南地委副书记、淮北市委常委、濉溪县委书记。

托举生命的火炬
——赵炬同志先进事迹

滁州市中西医结合医院

援藏是一次理想信念的远行。思想有多远,路就有多远。

赵炬同志是安徽省滁州市中西医结合医院口腔科的一名普通医生,他在平凡的41年生命中,用自己的职业操守,在雪域高原绽放了温情和关怀,以自己的生命为炬,点燃了他人的希望。

无悔的决定

2016年,时年41岁的赵炬在听到安徽组建又一批援藏医疗队的消息后,兴奋不已。在他心底,到高原去,守护那里的蓝天、白云与生命,是他怀揣已久的梦想。没有多想,他第一时间主动报名,申请加入援藏队伍。

当天下班,他坐在办公室里没有回家,思索着该如何与妻子商量去援藏的事情。

"丁零零……"一阵急促的手机来电铃声响起。

"还在加班吗?"同在医院上班的妻子问道。

"没有……"赵炬欲言又止。

顿了顿,赵炬的妻子说道:"去吧,去援藏吧!"

原来赵炬的妻子已经得知他申请援藏的事情。"我太了解你了,你想去高原尽己所能,让更多的疾病患者摆脱病痛折磨的决心谁也动摇不了。快回来吃饭吧,女儿在等你。"妻子的理解与支持让赵炬心中的大石头落了地。

7月10日,赵炬收拾行囊,准备启程。妻子拉着刚满11岁的孩子,饱含深情地说:"你放心去工作,照顾好自己,家里有我!"赵炬依依不舍地将妻儿揽入怀中,对妻子说:"家里就拜托你了,我一定会在雪域高原留下安徽医生的足迹!"

赵炬带着嘱托和期待,怀揣着满腔热情和奉献的决心,作为安徽省第六批"组团式"援藏医疗队成员,毅然决然地奔赴西藏山南。

坚守的初心

西藏高寒缺氧，紫外线辐射非常强烈。一到医院，同志们还没有适应高原气候，在调理身体的时候，赵炬却踌躇满志，不顾身体疲惫和高原反应带来的不适，放下行囊，坚持先去医院熟悉情况。

他听说对口支援的山南市人民医院希望在2019年建成三级甲等综合性医院，而他作为安徽中医药大学附属滁州中西医结合医院口腔科的中坚力量，正好经历过该院申办三级甲等医院的全过程。

当晚，他就在那本有些年头的笔记本上梳理出情况报告："山南市人民医院承担当地大量的医疗救治工作，但基础设施不完善，人力资源严重不足，病区设置不规范，每个科室床位数不但少而且不集中，医务科经验相对不足，医院尚无专业人员处理医患关系，医疗质控人员缺乏工作经验、质控体系不完善……"梳理出的文字不长，却让他辗转反侧，彻夜未眠。他在脑海中一遍又一遍地制订着工作计划。

7月12日，赵炬更新了朋友圈，发的是进藏后培训会上的桌签照片，席卡上写的是他的汉语和藏语名字。他兴奋地写道："原来，我的名字藏语是这样写的！"

谁知，这是赵炬同志发的最后一条朋友圈信息。

生命的延续

接下来的几天，同事们都觉得赵炬的脸色不太好，让他多休息，但赵炬依然坚持工作。

7月15日上午9点，援藏同事李少杰发现赵炬迟迟没去食堂吃早餐，便给他打了电话。赵炬说身体不舒服，李少杰便去房间找他。李少杰推开门时，看见赵炬躺在床上。赵炬说："头天晚上出了好多汗，想喝点水。"李少杰转身去倒水时，赵炬却昏了过去。随即，赵炬被送往山南市人民医院抢救。在山南市人民医院，赵炬被确诊为颅内夹层动脉瘤突然破裂并蛛网膜下腔出血导致昏迷。

当晚6点，载着赵炬的120急救车驶入西藏自治区人民医院。在被转运到拉萨时，赵炬已经陷入深度昏迷，呼吸、心跳和血压全部靠设备维持。国务院、中组部、国家卫计委以及西藏自治区党委、政府，安徽省委、省政府对赵炬的病情高度重视，要求不惜一切代价全力抢救。然而，天妒英才，因病情危重，2016年9月29日凌晨，赵炬走完了自己短暂的一生。

赵炬的妻子回忆道："我清晰地记得赵炬在得知自己可以去西藏工作时的欢呼雀跃。他也总说：'我总有告别的一天。如果有一天，我离开这个世界，我想把我的器官捐献出去,救助更多的人。'没想到,曾经无心的一句话,竟一语成谶。"

按照赵炬生前的愿望,他的父亲、母亲、妻子、哥哥强忍悲痛作出决定:捐献赵炬的器官,让更多人获得帮助。赵炬的器官成功地救助了5个人:他的肾脏,挽救了一名33岁的尿毒症晚期男性患者;他的一双眼角膜,让两位失明的患者重见光明……他用生命中的最后一点光亮,诠释了"医者仁心"的大爱情怀。

当组织问起赵炬的妻子、父亲有什么要求时,他们的回答竟然完全一致:"家里一切都好,没有任何要求。"赵炬的父亲说:"我儿子是医生,他生前救死扶伤,死后也将造福他人。"他欣慰儿子将以另一种方式活下来。

赵炬走了,他生命的火炬却生生不息。临终前,他没有留下只言片语,但他用实际行动回答了人生的重大课题:一个医务工作者应该给患者留下什么身影？一个公民应该给社会留下什么形象？一个平凡的人应该给时代留下什么印记？他用毕生的爱和奉献找到了生命的意义,完成了人生的使命,书写了生命的永恒。

赵炬同志被授予"全国民族团结进步模范个人""最美医生""安徽好人""滁州市先进工作者""第四届滁州市道德模范""滁州好人""2017年西藏自治区民族团结进步模范个人""2016年山南市民族团结进步模范个人"等荣誉称号及安徽省五一劳动奖章。

西藏民族团结进步模范

周会明,男,汉族,1964年7月出生,中共党员,大学学历,安徽肥西人,生前系安徽省宣城市人民检察院党组成员、副检察长。2011—2016年,在西藏自治区人民检察院山南分院开展对口援藏工作。2018年1月,因积劳成疾去世,年仅54岁。先后荣立二等功2次、三等功1次,荣获"全国模范检察官""中国好人""西藏自治区民族团结进步模范个人""安徽省优秀共产党员"等称号及安徽省五一劳动奖章。

援藏山南

西藏自治区人民检察院山南分院(现为山南市人民检察院)是安徽省人民检察院对口援助单位。2011年,时任合肥市人民检察院反渎职侵权局局长的周会明作为安徽省第一批援藏检察业务专家,到对口支援单位——西藏自治区人民检察院山南分院挂职党组成员、副检察长。

刚到山南分院时,周会明同志发现,由于历史和自然等原因,山南地区检察机关办公办案条件落后、检察科技力量薄弱、经费不足,现有执法办案条件和人员素质等与内地相比差距较大。周会明立刻与诸多亲朋好友联系,通过他们的支持,帮山南分院购置了价值近20万元的办公电脑。随后,他又从自己的工作经费中给所驻地错那县卡达乡支援3万元的基本建设费用;给咸阳民族学院藏族班困难学生捐助了万元生活费。这些具体的帮助,迅速拉近了周会明与藏族同胞间的距离,增进了彼此间的信任与友谊。

山南所辖的措美、错那、浪卡子三县地处高寒地区,条件极为艰苦,每年10月份以后,晚上奇冷,若水电不通,根本无法生活。面对此种情况,周会明同志向上级汇报,从安徽省人民检察院援助资金中拿出600万元,为三县人民检察院干警建周转房。2013年,周转房全部完工,被评为优质工程。2014年,西藏自治区人民检察院决定在全区推广全国检察机关统一办案应用系统,但是山南地区缺少相应的信息技术人才。周会明将情况向安徽省人民检察院汇报后,得到省人民检察院的大力支持。后来他本人亲自带队,经过6个月的辛苦工作,山南地区检察机关终于建成了统一办案的应用系统,并完成了软件培训等工作。

规范程序

周会明深知,援藏的时间有限,而建设西藏的任务无限,如何建设一支过硬的检察队伍至关重要。于是他边工作边思考。在山南分院党组的领导下,通过对重视初查、以案带训、规范流程等工作方法的探索和实践,刷新理念、教会方法、理顺程序,山南地区检察机关队伍的素质明显得到提升。

由于过去办案较少,当地一些干警有些畏难情绪,周会明便给他们打气鼓劲。周会明常对他们说:"我们办案是法律赋予的职责,我们代表的是正义,维护的是法律的尊严。更何况我们还有事实证据在手,要挺起胸膛大胆办案……"

办案子带队伍,刚开始很辛苦,从线索分析、办案人员搭配到组织、调度,周会明样样亲力亲为,晚上还跟着干警们一道熬夜。在高原上加班与内地不同,一个晚上下来,心脏就受不了。而通过一年多的办案实践,干警们学会了方法,理顺了程序,渐渐成熟起来。

为了提高干警们的能力水平,周会明提出了"请进来、走出去"的思路。"请进来",就是请安徽省人民检察院选派检察业务专家到山南挂职。一个部门组织多名干部集中挂职,开创了"组团式"援藏的先河。这些援藏干警就是山南分院的办案干警,与山南及其县级人民检察院的检察干警共同办案。"走出去",就是选派6名山南检察干警到安徽省检察机关进行业务培训和岗位锻炼,开展为期3个月的面对面指导。

周会明还从完善办案机制、抓办案规范化建设入手,从举报中心的线索管理到线索交办,初查环节如何围绕案件线索制定初查预案,审讯环节如何运用讯问技巧、制订问话方案,技术支持和后勤保障如何为办案服务,等等,建立了一整套规范化操作流程。

从"输血"到"造血",通过几年的双渠道业务带动,经过学习和锤炼,山南地区检察机关的办案能力得到了质的飞跃。

反腐建功

在西藏工作,身体和心理对高海拔地区的反应是每个援藏干部都会面临的问题。然而即使面临低压缺氧的考验,周会明履职尽责从不畏缩。

2013年,山南分院党组决定让周会明同志分管反贪、反渎和技术工作。由于山南分院过去办案较少、办案经验缺乏,办案力量相当薄弱。经过认真思考和调研,周会明向院党组和检察长提出了"搭好框架、夯实基础、立足本职、服务大局"的建议。为做好反贪、反渎等工作,周会明首先抓规范化办案,规定从举报线索的受理到交办,严格按最高检规范化流程操作,同时向安徽省人民检察院争取支援。2013年,安徽省人民检察院派出8名业务骨干赴山南进行为期半年的业务援藏。周会明将干警分成几组,每组由一名安徽援藏干警、一名办案骨干和两名当地干警组成。同时还建立讯问交接制度,每组之间紧密衔接,保持了整个问话过程的连贯性。

周会明援藏期间,创造了"三个第一":一是查办了山南分院建院以来第一个处级领导干部案件,二是查办了山南地区第一个因受贿罪被判刑的少数民族处级领导干部案件,三是查办了第一起厅级领导干部案件。"三个第一"为山南分院打出了声威和气势,办出了检察机关的自信与威严。2013年,该院办理自侦案件10件11人;2014年、2015年,山南分院共查办贪污贿赂案件近60件,其办案量占整个自治区检察机关立案数的50%以上;查办和预防职务犯罪工作连续3年位居西藏检察机关第一;通过办案为国家挽回经济损失2 000多万元。

援藏情深

西藏有着纯净的蓝天白云和美丽的自然风光,但是高寒低压缺氧的恶劣环境,也给人的身体带来了挑战。周会明庆幸自己年少时经历过艰苦环境,身体素质好,适应能力强,但是他的身体还是经历过一次危机。

有一次他感冒了,到诊所打了两天点滴,感觉好些了,便回院里上班。可是,将近两个月时间,他总感到不舒服、浑身无力,结果在与一名同事散步时差点晕倒。第二天周会明再去诊所,医生说:"好危险!感冒根本没好,多亏身体素质好,否则真要倒下了。"后来,周会明回到内地,躺了整整一个星期身体才恢复。

工作中,周会明对干警的要求非常严格,但对干警的关心也一样发自肺腑。有一次干警到那曲办案,路途遥远又无高速公路,恰逢十一、十二月份,气温降到零下30多摄氏度。大家出门,周会明反复叮嘱:"路上开慢点,千万不要疲劳驾驶;路上若结冰,不能走就不要走……"直到干警们平安归来,他才放下心来。

还有一次,周会明到洛扎县办案,看到当地一位检察官患病,身体极度虚弱。回到泽当后,他立即让洛扎县人民检察院的司机将自己房间里的制氧机带到洛扎,送给那位检察官。周会明说:"制氧机虽然我也需要,但是高海拔地区的患病干警更需要。"

在西藏,周会明不仅关心干警,而且尽力将自己的关爱给予更多需要帮助的人。在得知浪卡子县有个贫困的教学点缺少文体用品后,他便和朋友们一起捐助1万多元的电教用品、体育用品,开了四五个小时的车,把东西送到那个海拔4 000多米的山村教学点。

周会明说,他与西藏结缘是因为一次自由行,看到西藏的天那么蓝、水那么清,但是发展与内地比相对滞后,就想为西藏做些什么。在援藏五年多的时间里,周会明克服高寒缺氧、远离亲人等各种困难,创新援藏方式、做实援藏项目,与那里的汉藏干部群众结下了难以割舍的深情厚谊。2017年9月28日,周会明被最高人民检察院评为第二届"守望正义——群众最喜爱的检察官"之一。

风范长存

2016年下半年,五年的援藏工作结束,周会明回到了原单位——合肥市人民检察院。

考虑到周会明的身体状况,为了让他很好地恢复健康,领导没有安排他去负责具体业务,只是作为检委会专职委员参加一些会议和案件讨论。但是,在自己的岗位上,他依然一丝不苟,踏踏实实地完成组织交给他的每一项工作。

2017年8月,周会明接受组织安排,担任宣城市人民检察院党组成员、副检察长,分管侦监、案管、计装工作。面临新工作、新环境、新挑战,周会明沉下心来,一心扑到工作上,积极参与一线办案。虽然到宣城的时间不长,但他"观念新、作风实、勤学习"的形象深深地印在干警们的心中。

就在周会明准备在新的岗位上继续奋斗,为检察事业作出新的贡献时,突然发作的病魔,无情地夺走了他的生命……

斯人已去,风范长存。

(安徽省建藏援藏工作者协会秘书处根据有关材料整理)

安徽最美退役军人

徐开锋,男,汉族,1978年11月生,中共党员,安徽省宣城市宣州区人。1996—1999年在西藏山南军分区服役,退役后从事环保工作。20多年来,徐开锋同志扎根基层环卫工岗位,甘于平凡、无私奉献,展现着新时代优秀退役军人的风采,先后获得安徽青年"五四"奖章及安徽省劳动模范、全国劳动模范、安徽省"最美退役军人""安徽好人""安徽省优秀共产党员"、敬业奉献类"中国好人"等荣誉称号,当选安徽省第十届党代表。

扮靓道叉河

1996年,正值青春年华的徐开锋,应征远赴西藏度过了三年军旅生涯。退伍回到宣城后,秉持着"特别能吃苦、特别能战斗、特点能忍耐、特别能团结、特别能奉献"的"老西藏精神"的他,成为一名环卫工人。而他接手的第一项工作就是清理道叉河。

道叉河,当时被人们称为宣城北城区的"龙须沟",到处是又脏又臭的垃圾,河水发黑,腥恶难闻,很难清理。别人都是捂着鼻子经过河边,徐开锋却迈着坚毅的步伐,毫不退缩地向脏乱臭的河道"宣战"。这是一场不容易打赢的硬仗,需要勇气和耐心。从第一天上班起,徐开锋就扛着沉重的工具,穿着齐膝深的胶靴,沿着弯曲的河道,一段段、一节节地全力清理。一锹锹的垃圾,被徐开锋铲起;一件件漂浮物,被徐开锋捞起。无论是夏日的高温和腥臭味,还是冬日里的寒风和冰冷的河水,都没有将他"征服",他从早到晚,从夏到冬,日复一日,从不间断地清理河道。他经常蹚着污水到河里清垃圾,有时不小心掉进深水坑,弄得一身污臭。有一年冬天,他掉进了齐颈脖深的冰冷刺骨的污水坑里,整个人就像在冰窖里一样,连气都透不过来。幸好河边的一位居民把他救了上来,用热水给他洗了洗,换上了干的衣服和鞋子。可没过一会儿,他又回到河道里继续清理垃圾。

在这里工作,一年到头都得穿长筒胶靴,夏天热得慌,冬天长冻疮。2004年7月,骄阳似火,酷热难当。一天,他穿着深胶靴在道叉河里清理淤泥。齐膝深的淤泥,穿胶靴也没用,他干脆赤着脚在淤泥中行走。突然,他的左脚踩上一根4寸长的大铁钉。大铁钉从他的脚底穿通脚背,很快血就染红了一大片河水,他痛得晕倒在岸边。附近的居民发现后立即将他送到医院进行救治。一个星期后,脚还肿得不能穿鞋,他用毛巾裹一裹,一跛一跛地又去上班了。人们都说他是"拼命三郎"。2005年隆冬,他的脚长冻疮被胶靴擦破流血化脓,疼得他嘴唇直打战。一次河道清污,实在疼痛难忍,他又把胶靴一脱,光着脚走进了河道。可还没走多远,他的另一只脚就被淤泥里的一块尖玻璃扎了个大窟窿,可他连吭都没吭一声。

就这样,他在道叉河一干就是5年。河里的垃圾渐渐少了,河水渐渐变清了,臭气也渐渐没了。河畔居民看着被扮靓一新的道叉河,对徐开锋赞不绝口。

美容锦城路

2007年环卫体制改革之后,徐开锋的"战场"也随之改变。他被调到了锦城路上担任环卫工,负责老十字街到当时的供销大厦的路段。这条路是当时城区最繁华的商业地段,工作量大,卫生环境较差,工作也最难做。这位退伍老兵没有胆怯,向锦城路的脏乱差"开战"。

每天凌晨4点,人们就可以看到他在锦城路清扫街道的身影。这一扫,就是三个多小时,哪怕是寒风凛冽的寒冬,他也始终如一。街道扫完后,他并没有休息,而是一手拎畚箕一手拿扫帚,行走在人群中、巡回在马路边,用敏锐的眼光紧盯着街面,一张纸片、一个塑料袋、一块果皮也不放过。在烈日当空的大热天,徐开锋身上的衣服经常是湿了又干、干了又湿,白色的盐渍积了一层又一层,而他全然不顾。

"小伙子,街上有点垃圾不碍事,天这么热,快歇歇吧,何必这么认真!"看着徐开锋如此辛苦,街边商铺的老板这样劝他。"谢谢了,我不累。环境卫生是城市的脸面,我就是为这个脸面做美容的,这是我的职责啊!"徐开锋憨憨一笑,继续清理垃圾。

当时,全城正在开展文明创建活动,推广垃圾袋装化,要求各居民户将入袋的垃圾摆在门口,由环卫工定时上门收取。有一次,一个商店老板将垃圾随意往大街上扔,刚好被路过的徐开锋看到。他上前笑着对老板说:"请把垃圾装进垃圾袋,不要随意扔。"谁知这话激怒了店老板,他恶狠狠地说:"你不就是个扫地的吗?我家的垃圾,我高兴怎么扔就怎么扔。这街上没垃圾,你不是要失业吗?"徐开锋听了一声不吭,默默地将垃圾一一清理干净。从此以后,他每天都定时到这家商店门口清扫垃圾。最后,这个老板终于被感动了,他不但把垃圾装袋,还经常给徐开锋端茶递水。

为了方便群众,徐开锋还天天推着一个大铁桶,沿街逐户收垃圾。随着铁桶收垃圾的推进,垃圾袋装化也推进了,全民抓保洁的意识增强了,锦城路上的环境卫生状况与当年相比也有了非常大的改观。整洁的街道、干净的路面、和谐的人居,为宣城市创建全国文明城市和全国优秀旅游城市大大增添了光彩。

奋战垃圾场

因为工作需要,2009年徐开锋又被调到离城区十几公里的城南郊区垃圾场当推土机驾驶员。2010年该垃圾场封闭不用了，他和同伴们又转战到离城区二十多公里的城西郊区新的无害化垃圾处理场。金子放在哪里都闪闪发光，也许是由于在西藏3年高原军营生活的磨炼，身为共产党员的徐开锋特别能战斗。他在垃圾场工作的6年里，与垃圾奋战，与恶臭奋战，与污水、烈火奋战，他的青春之花越开越灿烂。

　　徐开锋家里的条件不好，父母和妻子没有工作，一家五口人全指望他生活。十几年前父亲在建筑工地做工，颈椎被砸伤后至今还夹着钢板；女儿正在上高中。全家都靠他的工资维持生活，经济上很困难。垃圾场离家远，为了按时上班，不耽误工作，徐开锋下决心买了辆摩托车。每天清晨，当人们还在甜梦中时，他就骑着摩托车出发了，而晚上6点多钟才能回家。天天如此，风雨无阻。在垃圾场，他每天的工作就是用推土机把300多吨的生活垃圾推平、压实。有时倒垃圾的工人很随意，垃圾堆放得高低不平，不好开推土机，他就下车用脚踩平再开机。有一次，徐开锋正在用力踩垃圾，突然一阵刺痛从脚底直蹿上来，他全身汗水直冒，鲜血迅速地灌满了胶靴，原来又是一根铁钉穿通他的脚背。铁钉到了医院才取出，可他一直一声没吭，没有丝毫怨言。因为铁钉两次穿通脚背，加上两脚多次严重受伤，现已留下后遗症，每逢天气变化，他的两脚就像针扎一样疼。

　　到新的垃圾场后，工作环境虽有了很大改善，但污水和臭气仍然是严峻的考验。2012年6月，连降暴雨，垃圾场污水调节水池的污水就要外溢，这将对周边的自然环境造成严重污染。只有堵住污水处理池的出口，使其不再向调节池排放污水，才能确保调节池不会污水外溢。但污水处理池太深，水压太大，人在岸上根本使不上劲。突然，"扑通"一声，只见徐开锋纵身跳进污水处理池，如同一名正在冲锋的英勇战士，"扎猛子"一般将一包包泥袋堵住污水处理池出水口。在他的带动下，另一位工友也跳进污水处理池，两个人接连奋战两个小时，才把出水口完全堵住。等上岸时，他俩全都成了腥臭的泥人。徐开锋憨厚地笑着对在场的人说："现在我最狠（宣城话，意思是现在我最脏、最臭），谁敢碰我？脏死你，臭死你！"第二天，雨还在下，污水还在涨。为避免污水外溢，只有把又粗又大的排沼气的导气管切开，让污水进入管道。可是管道下面位置狭小，只能容纳一人操作。徐开锋又是一马当先，承担了切管任务。当管道被切开的一刹那，又臭又有毒的甲烷气体喷发而出，他中毒晕倒在地，脸色苍白，呼吸困难，被送进医院抢救才慢慢苏醒过来。

　　垃圾场失火是常有的事，在这里工作，不仅要斗臭斗脏，还要斗水斗火。每次失火，徐开锋都是第一个冲向火场。有一次，他的头发、眉毛被火烧了许多，但他毫不在意，风趣地说："这样好，还省得理发呢！"

　　2020年初，徐开锋主动请缨，利用垃圾场自有的膜焊接设备自学膜焊接技能，带着填埋场的工作人员，在恶劣的环境中进行膜覆盖焊接。经过一个多月的奋战，他们完成了约 20 000 平方米 HDPE 膜（高密度聚乙烯膜）的覆盖，垃圾库区全部实现雨污分流，确保了垃圾填埋场安全度汛，未发生垃圾渗滤液外泄污染环境事件。

就这样，这个曾在雪域高原锤炼过的军人，传承着"特别能吃苦、特别能战斗、特别能忍耐、特别能团结、特别能奉献"的"老西藏精神"，在最脏、最苦、最累的环卫岗位上一干就是 20 多年，将满腔的情和爱无私地倾注到他所热爱的环卫事业上，用辛勤的汗水诠释着平凡而伟大的人生。

（安徽省建藏援藏工作者协会秘书处根据有关材料整理）

深情满西藏 歌颂新时代

韩龙,男,汉族,1986年12月28日出生,中共党员,安徽省第七批援藏干部人才、安徽省第九批援疆干部人才。安徽省征兵宣传形象大使,民政部《中国双拥》年度人物提名奖获得者,获得"全国优秀指导教师"、全国"最美教师"等荣誉称号,原创音乐作品《石榴红》荣获教育部表彰。

援藏教师韩龙用嘹亮的歌声在高原学子的心中绽放出音乐之花,用指尖的琴键为边疆教育谱写出动人的希望之歌。在乡村,在戈壁滩,在雪域高原,演绎着一个又一个平凡而感人的故事!

从怀揣着音乐梦想的普通大学生蜕变为屡获嘉奖的部队文艺兵,韩龙用了4年;从前程似锦的职业音乐人转行为扎根基层的乡村音乐教师,韩龙用了8年。一年援疆,三年援藏,从青春年少至而立之年,韩龙义无反顾地做出数次坚定的抉择。青春在淬炼中发出夺目的光辉,他心中的教育梦想愈加璀璨。韩龙,以青春誓言践行着一名党员教师的庄严承诺,用崇高的师德印证着自己对教育事业的热爱。

2019年7月,韩龙结束援疆工作后回到了家乡,与久别的家人团聚。那些天,韩龙为弥补心中的愧疚,带着年幼的孩子做游戏,陪伴年迈的父母聊家常,替心爱的妻子分担家务。

那是他们一家人分别一年之后享受到的最幸福的时光。但很快这种温馨、团圆的氛围就因为韩龙的又一次抉择而散去。当年8月,韩龙得知教育部正在选调援藏教师,没有丝毫犹豫就报名了。经过组织审核,他被批准援藏。启程前夕,儿子含泪问他:"爸爸,你才回来,怎么又要走?你啥时再回来?"韩龙的眼里也含着泪,他抱着儿子说:"爸爸要去很远的地方教书,那里的孩子们缺少老师,所以更需要爸爸……"

2019年8月26日,安徽援藏教育工作组46名教师奔赴西藏。韩龙再次告别故乡和亲人,怀揣着梦想和使命踏上了自豪的援藏征程。这是韩龙人生中的又一次重大抉择。从皖西南大地到西部戈壁再到雪域高原,韩龙仿佛在进行着时空穿越,他的生活节奏和规律也在不停地进行切换。

踏上西藏山南的土地不久,韩龙就接到了一个繁重的任务。10月9日,由国家体育总局、中央人民广播电视台主办,山南市人民政府承办的第二届跨喜马拉雅国际自行车极限赛在山南举行。韩龙接到任务后,拼搏了10天10夜,协助市政府和市教育局(体育局)负责方案流程细化、场地布置、路线规划、开幕式文艺演出、闭幕式颁奖仪式五个部分。每一个部分都精心策划、高质量完成,最终零失误完成了此次赛事活动,得到了国家体育总局和西藏自治区体育局的高度肯定和认可。

2019年5月31日,"不忘初心、牢记使命"主题教育工作会议在北京召开。作为一名援藏党员教师,从9月26日开始,韩龙参加了学校党支部组织的六次"不忘初心、牢记使命"主题教育理论学习。通过不断学习,他对守初心、担使命的感受愈加强烈。他结合学习内容和个人创作特长,将主题教育艺术化,写成词谱成曲,创作了一首朗朗上口的曲子《为人民》,用铿锵有力的音符记录了这一历史新篇章。2019年11月,他又完成了校歌《共创新辉煌》的创作,使得一所新建学校有了自己的灵魂和精神之歌。

2019年12月15日,山南市完全中学"不忘初心、牢记使命"主题教育艺术化大型现场展演活动拉开了序幕。学校推荐韩龙作为本次展演活动的总导演和总策划。历经20天的集中排练和设计,展演活动成功开展,新华网、人民网、《人民日报》《中国青年报》和西藏各大媒体都予以了报道。山南市完全中学崭新的藏式现代化教学楼,在蓝天和白云的映衬下,显得庄重又充满活力。

普布央金是一名来自海拔4 500米边境县牧区的孩子。她从小生长在牧区,儿时与牛羊为伴,以雪山白云为友。第一次上韩龙的钢琴课时,她显得无比激动,黝黑的双手与洁白的钢琴键形成了鲜明的对比。她端坐在钢琴前,好奇地摸着琴键,眼睛里充满着渴望。看到这一幕,韩龙泪眼蒙眬,感受到藏区孩子对学习音乐的强烈渴望,也在心底默默坚定信念:一定要为这群孩子照亮追寻音乐的道路。自从韩龙来到这里,大家时常听到美妙的钢琴声从教学楼里缓缓流出,灵动的琴音和着孩子们清脆的歌声,宛如纯粹的天籁,回荡在这片雪域高原上空。在这之前,这里的孩子们做梦都没有想到,自己也可以穿着洁白的礼服坐在钢琴旁放声歌唱。在西藏山南市完全中学的两年多时间里,韩龙不仅使学生们受到音乐的熏陶,更凭借杰出的工作能力让这所学校的音乐教育水平迈上了新台阶。

2022年,韩龙创办了完全中学首届音乐高考特长班,和同事们连续奋战了200多个日夜,为祖国培养、输送了一批优秀的少数民族高等音乐人才。在2022年西藏艺术统考中,该校15名艺考生全部达到本科线,学生德吉仓决总分位居山南市第一名,创造了山南市音乐高考的历史。

韩龙始终记得电视剧《士兵突击》中驻守五班的老马班长说过的一句话:"人活着就是做有意义的事情,做有意义的事情就是好好活着。"韩龙一直在努力做着有意义的事。

2019年12月18日清晨,伴着皎洁的月光,韩龙带领着6人小组驱车前往海拔4 510米的浪卡子县张达乡小学,开展帮扶活动,为143名小学生和13名教师送去他在内地筹集的1 000件新棉衣和4 500元善款。2020年8月,韩龙再次筹备帮扶活动,这次帮扶的对象是海拔4 460米的措美县谷堆乡小学。他为该校69名小学生、30名幼儿园学生以及14名小学教师、5名幼儿园教师送去价值5万元的物资,其中包括新衣服、学习用品、护手霜、面霜、营养品等。自支教西藏以来,韩龙始终在工作之余做着这些力所能及的事情,先后为孩子们在内地筹集新衣物5 000件,个人资助贫困学生5人。

在韩龙看来,那不仅是给西藏人民的一份关爱,也是他心中浓浓的一份民族情谊。高原缺氧,使韩龙的身体遭受了严峻的考验。到达山南以后,他先后两次因为工作劳累过度而住院抢救治疗。但一出医院,他又打起精神,投入工作。作为音乐教研组组长,为了把教学经验传授给更多的同事,他在学校坚持开展"公开课"展示活动,每个月安排所有的音乐教师上公开课,相互听课、评课;每个星期都开展音乐组教研活动,总结和研讨音乐教学,通过不断的磨课、总结,达到传帮带的目的。2021年底,韩龙带领当地音乐教师顺利地完成了山南市2020年市级课题"援藏背景下少数民族中学生普通话和朗诵表演现状及策略研究",大大提高了山南学子的朗诵表演水平和普通话水平。

韩龙还别出心裁地将安徽的黄梅戏文化引入受援学校,并建立黄梅戏社团,将其打造成皖藏文化的连接带。韩龙与受援学校达成黄梅戏教学合作意向,合作开展"爱我中华 传承黄梅"项目,使黄梅戏正式进入课堂。他协调各方面资源,捐助黄梅戏教材1 000余本、黄梅戏服1 000余件,在学校设立黄梅戏练功房和排练厅。与此同时,他还在学校建立三个校级援藏教师工作室,分别为"合唱表演工作室""音乐制作工作室""钢琴爱好者工作室",创办了黄梅戏社团、舞蹈社团、礼仪社团、话剧社团四大社团,不仅传承了中华民族的历史文化,促进了民族文化的交往交流交融,更为西藏地区播下艺术的种子。

进藏近三年来,韩龙亲身感受到在党中央的领导下,西藏人民生活的巨大变化以及经济社会的飞跃发展。他除了完成繁重的教学教研任务之外,还在空闲时间深入西藏多个地方采风。在了解藏区真实生活的情况下,他创作了西藏脱贫攻坚歌曲《幸福吉祥》。2020年,这首歌成功入选西藏自治区电视台春晚和山南市藏晚,获得一致好评。全曲通过朗朗上口的旋律、朴实无华的歌词、幸福欢快的曲调,完美诠释了西藏人民在党的领导下步入小康社会的美好画面,受到了国家民委、安徽省委组织部、西藏自治区党委宣传部的高度认可,荣登"学习强国"等各大国家级平台或媒体,并荣获安徽省总工会年度歌曲评比"金曲奖"。同时,由此作品编成的"合唱作品"于2022年3月代表西藏自治区教育厅上报教育部,入围"全国第七届中小学生艺术展演"合唱表演类作品评选。

2021年7月21日至23日,习近平总书记来到西藏,庆祝西藏和平解放70周年。习近平总书记特地看望了全国援藏干部人才代表并发表重要讲话,极大地鼓舞了援藏人才的士气。会见结束后,安徽省第七批援藏工作队组织全体干部人才深入学习习近平总书记的讲话精神,并且委托韩龙专门创作了援藏歌曲《援藏好儿郎》。这首歌曲唱出了全国援藏人的心声和士气,并在西藏2021年雅砻文化节上,由安徽省、湖北省、湖南省、中粮集团有限公司四大援藏队代表倾情演绎,向党中央和全国人民展现了援藏人不怕苦、不怕牺牲的"援藏精神"。作品由新华社专门拍摄了MV,向全国推广,得到了中央组织部和全国援藏队员的高度认可。

援藏三年中,韩龙不仅在教育教学上取得了巨大成功,还创作了多首音乐作品。中国边防之歌《行走的界碑》,民族团结歌曲《雅拉香布雪山下的姑娘》,建党百年歌曲《星光》《和谐中国梦》《平凡的路》,喜迎二十大主题歌曲《担当》等多首文艺作品,多次登上"学习强国"平台和国家级媒体。这些作品不仅传递了西藏的幸福声音、促进了民族大团结,更歌颂了人民百姓、英雄典型以及党的丰功伟绩。2021年,韩龙事迹成功入选安徽省电视台纪念建党100周年、西藏和平解放70周年《奉献西藏典型人物》纪录片。该纪录片还获得国家广电总局2021年度"优秀纪录片"荣誉。韩龙的家庭因在促进民族团结中作出了巨大贡献,成功荣获2022年度安徽省"最美家庭"称号。从军代表着韩龙对国家怀揣满腔热血,从教表明韩龙始终坚守教育情怀,援疆和援藏更象征着韩龙无私奉献、勇于牺牲的崇高师德师行。三年的援藏工作还未结束,韩龙仍然战斗在雪域高原。这位刚过而立之年的青年教师,依然行走在祖国最艰苦的边疆大地上,歌唱着,创造着,奋斗着……

(韩龙供稿,安徽省建藏援藏工作者协会秘书处节选)

雪域高原守初心　扎根西藏担使命
——安徽建工集团所属安徽路桥集团王俊文同志援藏工作纪实

把壮志刻在雪域高原的无瑕蓝天，把生命嵌入艰苦卓绝的施工一线。八年征战青藏高原，他把无悔的青春投入西藏交通基础设施建设中，把自己的理想根植于路桥建设事业，用汗水和坚韧铸造了属于路桥建设者的奇迹……他就是安徽路桥集团总经理助理，西藏新瑞公司党支部书记、董事长、总经理王俊文。

克服困难　扎根西藏

2015年7月，远在湖南新溆高速18标项目工地的王俊文，接到上级电话："西藏有块'硬骨头'，敢不敢去'啃一啃'？""只要组织信任我，我就去！"随后，一张机票、一个行李箱，怀揣着一颗坚定的心的王俊文从湖南前往西藏，这一去便是八年多。原来安徽路桥集团刚中标的拉萨北环项目是西藏自治区重点工程，这也是安徽建工集团在西藏地区的第一个项目——工期短、工作量大、施工难度高。刚到西藏的时候，高原反应让他入睡困难。当地流传着一句话："在高原上工作，最稀缺的是氧气，最宝贵的是精神。"正是凭着一股不怕苦、不服输的精神，他白天工作，晚上吸氧，用顽强的毅力克服身体不适，对工作没有丝毫懈怠。他带领团队逐个分析、解决施工难题，科学谋划，精心布局。当清晨第一缕阳光还未照向大地时，项目部会议室早已亮起了灯，这是项目部每日的例行会议。会上，技术骨干们仔细研究施工图纸和方案，把握施工整体方向。会后，他们深入项目一线，紧盯施工过程，从最细微处了解实际情况。"艰难困苦，玉汝于成。"在这样反复的研究和实践中，他们摸索出西绕城隧道双头进洞的施工办法，解决了项目最大的进度难题，顺利实现了拉萨市政府提出的提前八个月通车的要求，圆满完成了各项施工任务。该项目在多次考评中排名第一，并获得西藏自治区"安全文明标准化工地"荣誉，充分彰显了安徽建工"诚信为本、敬业至上"的核心价值理念。

立足项目　扶贫攻坚

"所有发展都要赋予民族团结进步的意义，都要赋予维护统一、反对分裂的意义，都要赋予改善民生、凝聚人心的意义，都要有利于提升各族群众获得感、幸福感、安全感。"

这是新时代党的治藏方略的重要指导思想,也是习近平总书记对做好西藏工作作出的重要指示。无论是在机关单位还是在项目工地,王俊文带领新瑞公司全体员工,始终抱着一个信念,那就是和藏族同胞想在一起、干在一起,利用有限的时间,最大限度地做实事、办好事,用真心真情真意拉近与藏族同胞的距离,用实干实绩实效赢得藏族同胞的认可。

一提起王俊文,北环项目指挥部副指挥长次达就赞不绝口:"王俊文这个项目负责人是我见过的最入乡随俗之人。他来之后,既不拿自己当外地人,也不拿我们当异乡人,和我们藏族群众迅速打成一片,吃到一起、住到一起、学在一起。他还时常向藏族职工学习藏语,虽然说得不是很地道,但是我们觉得很亲切、很暖心。他想走近我们、了解我们,想知道当地群众真正需要的是技术还是收入。拉萨的基础设施建设时间较晚,发展也有很多局限性,为了解决我们的实际困难,他和项目班子经常沟通到深夜,不出结果就不散会。在他的带领下,项目部全体职工手把手教会了60多名当地工人过硬的施工技术。"

诚如次达所讲,西藏新瑞公司始终发挥主责主业优势,参与建设农村公路项目33个,实现了46个行政村从土路到混凝土路、沥青路,从木式便桥到混凝土拱桥的转变,解决了当地群众出行难问题。施工项目所在的康马县、定日县、左贡县、南木林县都是国家重点贫困县,为帮助当地老百姓顺利脱贫,各个项目部都尽可能雇用当地农牧民,租赁当地农牧民的机械、车辆,解决当地民众的就业问题,提高当地农牧民收入。据统计,西藏新瑞公司各项目自开工以来,帮助农牧民增收近6 000万元。

提质增效 拓展市场

2016年,为积极响应国家"一带一路"和支援西部建设的号召,紧紧抓住西藏大建设、大开发的历史机遇和建工集团"向西、向西、再向西"的战略部署,集团及公司党委研究决定成立西藏新瑞交通建设有限公司(以下简称西藏新瑞公司),由王俊文出任公司总经理。

建筑资质关乎施工企业发展,王俊文自上任以来,就带领大家着手开展建筑资质申报工作。经过不懈努力,新瑞公司于2017年先后取得了公路工程、市政公用施工总承包二级资质及安全生产许可证,2018年又成功取得水利水电施工总承包三级资质。资质升级的同时,新瑞公司坚持"研究政策、创新模式、整合资源、提升内功"的经营思路,先后进入拉萨、日喀则、昌都、山南等地市场,2021年又成功打入四川省市场。与此同时,公司的经营模式也不断创新。在集团的带领下,公司首次进军西藏EPC工程总承包领域,实现了公司在EPC项目上历史性的突破;首次参与景区房项目建设;首次中标援藏项目……新瑞公司自成立以来,秉承集团"诚信为本、敬业至上"的核心价值观,提出"用最高水平修最高公路,造福西藏人民;以一流工作建一流工程,展示路桥集团风采"的理念,凝聚合力,深耕细作,历经5年时间,经营合同累计金额约23亿元。

甘于奉献　争当先锋

身为一名党员干部,王俊文同志处处以党员的标准严格要求自己,在理论学习、联系群众、吃苦耐劳等各方面充分发挥共产党员的先锋模范作用,以求真务实的工作作风、细致入微的工作态度,出色地完成了各项工作。在其努力下,西藏新瑞公司党团建设及各项工作广受赞誉。拉萨市环城路(北段)市政工程建设项目成功获评西藏自治区"雪莲杯"优质工程奖;国道219项目成功获得安徽建工集团"党员先锋号""工人先锋号"荣誉;西藏新瑞公司党支部荣获安徽路桥集团"先进基层党组织"称号;西藏新瑞公司荣评安徽建工集团"青年文明号标兵单位",并获得"2019年度安徽省属企业青年文明号"等荣誉称号。在西藏工作期间,王俊文同志荣获集团公司"最美建工人"称号,并多次荣获集团及公司"优秀共产党员""杰出管理奖""劳动模范""先进生产(工作)者""特别贡献奖"等荣誉和称号。

"路漫漫其修远兮,吾将上下而求索。"面对新时期援藏工作的更高标准和要求,作为企业在西藏的先行者,王俊文同志将以高度负责的精神、精益求精的态度,带领团队挥洒汗水、施展才华,在雪域高原上迸发出催人奋进的绚丽火花,绽放出耀眼的青春光芒。

(安徽省路桥集团供稿)

二度援藏担使命　奉献边疆再升级

世界屋脊，一去已是艰难，何况二上高原。周建威两次援藏，去而复返，心中无悔。在他看来，援藏寄托着去远方建功立业的理想和初心。

周建威原本在安徽省宿松县住建局工作，当得知山南需要技术人才时，他毅然报了名，自己年轻，拥有专业技术，应该到祖国最需要的地方去。就这样，在做好全家人的思想工作之后，周建威踏上了"天路"。

首次进藏，实施多项创新举措

西藏，既美丽干净、令人神往，又是一片充满挑战和未知的地方。山南市，位于冈底斯山至念青唐古拉山脉以南，雅鲁藏布江干流中下游地区，是西藏古文明的发祥地之一。山南位于中国的西南边陲，拥有600多公里长的边界线，战略位置十分重要，也是国家生态文明建设示范市。

2017年6月2日，周建威从富氧的内地赶来，初到山南，还没来得及细细感受雪域高原的风土人情，便因为"高反"而病倒。

住院的那段日子，组织上曾问过他能否适应这里的生活，建议实在不行的话还是尽快回去，但被他回绝了。一周后，身体好转，周建威便主动要求出院，急忙奔赴"战场"。

西藏大部分地区空气的含氧量只有内地的50%～60%，是"生命禁区"。"缺氧不缺精神，奉献更要贡献。"周建威努力学习藏文化和了解藏族生活习俗，以便更好地融入当地的工作和生活中。同时，他努力去做主人，不当客人，俯下身子好好工作。

第一次援藏，周建威就实施了多项创新举措。他理顺了监管关系，制定了一系列规章管理制度，建立了长效机制，组织开展了山南市历史上首次两个项目的省级建筑工程安全质量标准化示范工地观摩暨警示教育培训会议。这两个项目被西藏自治区认定为"省级建筑工程安全质量标准化示范工地"。周建威花费大量心血和精力做出一例样板工程，让前来参观的领导感受更加直观，这是山南市建筑业零的突破，起到了积极示范带动作用。

周建威将内地工作的好做法用于山南市的实践。他先后起草拟定了多部规范性文件，为进一步规范和提升山南市建筑施工质量安全管理提供了科学依据；同时狠抓施工现场管理，建立样板引路制度。在推动措美县建筑工程安全质量标准化示范工地建设期间，周建威收集大量的教材和案例，采取案例分析、事故通报、讲解现场管理等方式，制作了针对各建筑施工、监理企业的安全生产警示教育培训PPT课件等培训资料，通过警示教育培训，强化了技能培训和安全教育工作，促进山南市建筑施工安全工作进一步走上正轨。为做好PPT课件，周建威克服高原反应，深入多个乡镇、施工现场调研指导，收集一手资料。他还经常早出晚归到更高海拔的乡镇调研，回到驻地后两天吃不下饭、睡不着觉。为了让警示教育培训更真实、生动，有关工作人员能入脑入心，他克服重重困难，在透支身体的同时，发挥出自己最大的能量。

周建威先后开展和参与5次专项检查、60多次日常巡查，涵盖300多项检查项目和18个液化气站。为协调做好迎检工作，他在长达4个多月的时间里加班加点整理迎检和整改资料，多次奔赴现场督促整改，迎接了国务院安全生产巡查第8、20、21巡查组和中央环保第6督查组，顺利通过国家级多项检查。

周建威积极参与市政府中心工作，先后4次参与由市政府组织的安全生产专项检查和维稳督查工作，对国家重大项目的安全生产提出40多条整改意见。

"检查了很多工地，但是发现基本存在管理混乱和操作不规范等问题，我就想能不能把大家都集中起来，统一讲解。"周建威回忆着当时的情况，把在山南市举行现场观摩会及警示教育会的想法逐级向市住建局相关领导进行反映，最终得到首肯。

为了开好现场观摩会，周建威提前做准备，每天在工地现场加班加点，对施工现场的质量安全管控体系、安全体验馆、样板房、实体控制、文明施工及扬尘污染防治等进行指导，做到每一个细节都不放过。这是全市各建筑施工领域学习交流的最好机会，要让观摩会发挥最大效益。在乃东区泽当镇结莎棚户区改造项目和市人民医院异地搬迁项目施工现场，全市首次自治区级建筑工程安全质量标准化示范工地观摩会成功举办。在全市建筑施工领域警示教育培训会上，周建威深入浅出地介绍了高原地区建筑工程管理的特点，从如何抓好安全生产、如何创建省级示范工地等方面进行了警示教育，使参加培训的全市建筑施工领域人群受益匪浅，获得西藏自治区住建厅和市政府领导的高度赞扬。

山南市住建局质安科科长次仁朗杰说："周建威工作认真、专业性强，将内地的先进经验和做法带来了，对全市建筑领域管理工作起了很大作用，加快推进了全市文明施工创建工作。他是一位真正做事的短期援藏好干部。"

在这个连平地走路都要"两步缓作四步走"的环境中，周建威以务实、敬业的工作作风，理性、科学的工作思路，创造性地运用内地带来的"标尺"，短短的时间内，就使工作结结实实地上了一个新台阶。

再度入藏，激活一池春水

周建威第一次进藏做出的出色成绩，得到了山南市领导和市住建局领导的高度肯定。2020年，在征得山南市分管住建工作的常务副市长同意后，山南市住建局发文借调周建威同志到山南市住建局工作。他们都认为：周建威同志援藏期间，在多个领域进行创新突破，工作取得较好成绩。当前山南市工程建设项目审批制度改革工作正在推行，信息化监管工作调整深化，周建威同志在该方面具有较为成熟的技术经验，为更好地开展工作，特致函商借周建威同志到市局工作。而安徽省住建厅考虑到二次援藏不用再去长时间适应，就动员周建威同志再次援藏，而这次是平均海拔4 500米、条件更艰苦的措美县。

周建威到山南后，主动提出两头兼顾，两头跑。他一个人做多份工作，每个星期都往返于山南市与措美县之间，单边车程4小时左右。而且山高路远，基本没有周末，也没有节假日。

分内事周建威主动上手，分外事他也责无旁贷，积极协调做好迎检工作。在此期间，他分别迎接了自治区、山南市等有关检查、督查工作，顺利通过了多项检查；先后开展和参与了3次专项检查、20多次日常巡查，涵盖检查项目30多个，下发停工通知2份，下发整改通知12份。周建威注重调研，对主城区多个路段及建筑垃圾消纳场和市政设施不完善等情况进行了现场排查，并拿出整改方案；同时加强内业管理，整理规范内业资料，建立档案管理制度，分门别类管理档案，进一步规范了科室档案管理工作，激活了"一池春水"。

援藏以前，周建威每年都会陪着父母过春节，陪着孩子过生日，可这几年这些都不能实现，算是个遗憾。说到家事时，平日里热情爽朗的周建威声音低了下来。为了支持他的援藏工作，家人付出了太多太多。妻子为了支持他援藏，关闭了打字复印店专门照顾孩子。正是有了家人的支持和鼓励，他才有了工作的动力。他不仅人在西藏，心也在西藏，成功树立起了"有红旗就扛、有荣誉就争"的住建精神，多次被山南市电视台、《山南日报》等媒体进行专题报道。

把远方变成家、把家变成远方，周建威交出了一份精彩的答卷。他学会了说简单藏语、吃糌粑、喝酥油茶，投入了真挚的感情。

二度援藏担使命，奉献边疆再升级。虽然即将踏上归乡之路，但周建威对援藏无怨无悔。如果有机会，他愿意继续为西藏建设事业出谋划策、添砖加瓦。

周建威当过兵，不仅有着军人特有的吃苦耐劳精神和超出常人的坚强意志与毅力，而且勤学肯钻，专业能力很强。自2003年起，周建威一直在安徽省宿松县住建局工作，先后在很多岗位上工作过。在路灯所工作期间,他的创新举措和经验做法得到了住建部的认可及《中国建设报》的推介。他是系统内难得的"秀才",是安徽省建设科技专家委员会、安徽省房屋建筑和市政工程质量安全专家库、安徽省工程建设标准化专家库专家委员,参与安徽省地方标准编制工作,是多项地方标准的主编人员。

无论是援藏,还是回到地方,周建威就像一棵经历风霜的草茎,虽不善言说,但无碍其坚强。

(周建威供稿,安徽省建藏援藏工作者协会秘书处节选)

学思践悟

援藏工作的长期性与创新性

李全棉

西藏和平解放以来,中央始终高度重视援藏工作,从政策、物资、资金、技术、智力等各个方面源源不断地支援西藏发展。尤其是在1994年第三次西藏工作座谈会上,中央制定了"分片负责、对口援藏、定期轮换"的"对口援藏"新政,为20年来我国援藏工作又好又快发展提供了坚强有力的政策保障。实践证明,对口援藏20年所产生的巨变举世公认,成就鼓舞人心,经验极其宝贵。

在对口援藏开展20年之际,少数同志也产生了援藏工作已经完成历史使命的模糊认识。援藏工作要不要长期开展下去?现有的对口援藏模式要不要适时调整?这两个问题,事关中央对西藏工作的战略决策,事关西藏地区的发展与稳定,事关民族团结与国家安全。对此,我们必须要有一个清醒的认识,要有一个基本的判断。

一、坚持援藏工作的长期性是由西藏特殊的条件、地位与作用决定的

(一)不断改善西藏人民的生产生活条件,实现西藏经济社会跨越式发展,需要坚持援藏工作的长期性。西藏社会发展的历史起点低、基础差,加上高寒缺氧,自然条件十分恶劣。西藏的现代化发展程度与国内其他地区相比还存在相当大的差距,至今仍然是国内比较落后的地区。在2012年中国各省(区、市)GDP排名中,广东省位居榜首,西藏地区位居末位,广东省的GDP总量是西藏的88倍。就西藏而言,一方面是地域辽阔、自然环境十分恶劣,另一方面是经济社会发展相对落后。在这种特殊条件下,西藏的发展仍然受到诸多方面的制约,自我发展能力在短期内不会得到显著提高。为此,不断改善西藏人民的生产生活条件,实现西藏经济社会跨越式发展,需要坚持援藏工作的长期性。

(二)促进西藏地区民族团结与社会稳定,确保国家安全和西藏长治久安,需要坚持援藏工作的长期性。一是西藏地区是藏族同胞密集居住的地区,藏族占总人口的90%以上;二是西藏社会历史情况特殊,藏族群众几乎都信仰藏传佛教;三是西藏与缅甸、印度等国接壤,边境线长达4 000多公里,战略位置尤为重要;四是达赖集团不时在国外闹"西藏独立"。长期以来,除达赖集团不时制造"西藏独立"的非法活动外,西方反华势力

借口"宗教问题""人权问题"干涉我国内政,遏制我国发展,威胁我国安全。此外,西藏境内仍有一小撮人和达赖集团相呼应,不断挑起事端,破坏西藏地区的民族团结和社会稳定。为此,促进西藏地区民族团结与社会稳定,确保国家安全和西藏长治久安,需要坚持援藏工作的长期性。

（三）体现中央对西藏工作的特别重视,对西藏各族人民的特别关爱,需要坚持援藏工作的长期性。1955年11月底,毛泽东提出在经济上长期补贴西藏发展的"特殊办法",明确了中央从经济上长期援助西藏的方针。1987年6月29日,邓小平指出:"中央决定,其他省市要分工负责帮助西藏搞一些建设项目,而且要作为一个长期的任务……"1994年7月20日,江泽民指出:"关心西藏、支援西藏是党和国家的一贯政策,是全国各族人民的共同责任。这件事要坚持不懈地长期做下去。"胡锦涛要求全党同志必须把中央关心、全国支援同西藏各族干部群众艰苦奋斗紧密结合起来,推进西藏跨越式发展和长治久安。习近平总书记提出做好援藏工作要努力做到"五个始终",并着重强调:"做好对口支援工作意义重大,责任重大,使命光荣,必须长期坚持和不断完善。"由此可以看出,中央历来特别重视援藏工作,并始终强调必须长期坚持和不断完善援藏政策方针。为此,体现中央对西藏工作的特别重视,对西藏各族人民的特别关爱,需要坚持援藏工作的长期性。

二、加强援藏工作的创新性是由援藏工作的目标与西藏的现实需要决定的

（一）实现援藏工作的目标,需要加强援藏工作的创新性。援藏工作的政治目标是实现西藏地区的长治久安、民族团结以及国家安全,经济目标是缩小西藏地区与内地的发展差距,不断改善西藏人民群众的生产生活条件。在经济社会发展方面,统计数据显示,西藏与内地省(区、市)的发展差距有逐渐拉大的趋势,西藏在人才、技术和资本引进方面优势不足的局面没有得到改观,实现西藏经济社会跨越式发展仍然存在诸多障碍。实践表明,现有的对口援藏措施过多侧重援藏工作经济目标的实现,一定程度上忽视了援藏工作政治目标的实现。为此,既要实现好援藏工作的经济目标,又要实现好援藏工作的政治目标,需要创新援藏工作。

（二）实现西藏经济社会跨越式发展,不断改善西藏基层群众的民生福祉,需要加强援藏工作的创新性。中央第五次西藏工作座谈会提出了促进西藏经济社会跨越式发展的重大决策。从西藏的现实情况看,实现西藏经济社会跨越式发展的重点和难点都在基层。不断改善西藏基层群众的民生福祉,已成为当前援藏工作的重中之重。过去,多数援藏资金投入集中在市政交通、安居工程、办公用房、城市大型公共活动场所等基础设施

建设方面,在特色产业发展、农村实用技术推广和民生工程方面投入明显不足。在这方面,创新援藏工作,就是要坚持以人为本,把资金和项目进一步向农牧民倾斜,不断改善基层干部群众的生产生活条件,扎实推进教育、医疗、就业、社会保障等民生工程建设,使西藏各族人民得到更多实惠。

三、坚持援藏工作的长期性,需要在两方面形成长效机制

一是建立中央层面长期支援西藏的长效机制。西藏特殊的自然环境与战略地位,特殊的经济社会发展状况,独特的传统民俗与佛教文化,决定了援藏工作的长期性。在第五次西藏工作座谈会上,中央决定将"对口援藏"模式延长至2020年。不管2020年之后中央采取何种援藏模式,援藏工作都是长期的,这一点应成为一种战略共识。建立中央层面长期支援西藏的长效机制,就是在对口援藏工作开展20年之际,从中央政府的高度,在经贸、金融、科技、基础设施建设、民生和社会事业、特色产业发展、干部与人才引进和培养等方面,制定出台特殊政策,并坚持到中华人民共和国成立100周年甚至在更长一段时间内保持基本不变。

二是建立市场在促进西藏经济发展中发挥主导作用的长效机制。重视市场在配置资源方面的决定性作用,重视建立健全市场经济制度,是做好下一阶段援藏工作的关键。建立市场在促进西藏经济发展中发挥主导作用的长效机制,就是要从国际、国内市场需求出发,结合西藏经济发展实际和资源、生态、环境特点,制定出台鼓励内地企业参与西藏产业发展的特殊政策,促进具有浓郁地方特色的农牧产业、旅游产业、文化产业、藏药产业和民族手工业又好又快发展。

四、加强援藏工作的创新性,需要从三方面取得突破

一是创新援藏工作理念。创新援藏工作理念,就是要以习近平新时代中国特色社会主义思想为指导,认真贯彻新时代中央治藏方略和中央历次西藏工作座谈会精神,结合中国国情和西藏实际,坚持"五个始终",形成具有中国特色的援藏工作理念。

二是健全援藏干部选用办法。健全援藏干部选用办法,就是要确保将最优秀的干部、最有培养前途的干部、最适合岗位需要的干部选派到受援地;就是要加强对援藏干部的科学管理与考核,形成激励先进和惩处落后的有效办法;就是要健全鼓励优秀援藏干部在藏留任或转任办法,确保援藏工作在干部人才方面的连续性。

三是完善援藏工作措施。完善援藏工作措施,就是确保既要有利于实现援藏工作的经济目标,更要有利于实现援藏工作的政治目标;既要有利于改善西藏地区水利、交通等

基础设施条件,更要有利于发展地方特色产业与改善基层群众民生福祉。

作者系安徽省第五批援藏干部人才,时任西藏自治区山南地区浪卡子县委常务副书记、安徽省铜陵市委副秘书长。

(编者注:该文写于2014年,曾在《西藏日报》理论版刊载,收录本书时略作修改)

学思践悟

弘扬援藏精神　书写青春华章

陈云飞

"人是要有一点精神的。"伟大领袖毛主席曾这样说过。在庆祝西藏和平解放70周年之际，习近平总书记提到了一种精神。他十分动情地说："'援藏精神'是中国共产党的一个崇高精神，是中国特色社会主义的一个显著优势。缺氧不缺精神，这个精神就是革命理想高于天。"近期，本人深入学习了习近平总书记的重要文章《努力成为可堪大用能担重任的栋梁之材》，结合工作实际，深感作为一名青年审计援藏干部要在工作中继承和发扬"援藏精神"，要"特别能吃苦、特别能战斗、特别能忍耐、特别能团结、特别能奉献"，在援藏工作中努力放飞青春梦想，在审计事业中奋力书写青春华章。

无私奉献，做坚定勇毅的"信仰者"。奉献是"援藏精神"的价值底色，其根源是对理想信念的无比坚定、对党的绝对忠诚。年轻同志要树立远大理想和坚定信念，解决好为什么活着和怎样做人这两个问题，这是青年成才的思想基础。我们每个人实际上都是十分渺小的，就像大海里的一滴水；每个人的生命也是很短暂的，在地球大约46亿年的生命长河中，仅是很短暂的一瞬。一滴水怎样才能永不干涸？那只有融入大海。短暂的生命怎样才能永恒？那就要投入中华民族伟大复兴的事业中去。马克思说："如果我们选择了最能为人类谋福利而劳动的职业，那么重担就不能把我们压倒，因为这是为大家而献身。那时我们所感到的就不是可怜的、有限的、自私的乐趣，我们的幸福将属于千百人，我们的事业将默默地、永恒发挥作用地存在下去。"我们这一代人是幸福的、幸运的，我们恰逢中华民族走向伟大复兴的伟大时代，祖国大地从贫穷落后走向繁荣富强。这一切正是因为有中国共产党的正确领导、全体人民的共同努力，找到了一条正确的发展道路。我们为生为中国人而骄傲，我们为身为共产主义事业接班人而骄傲。当然，在前进的道路上，困难和问题还有很多，我们每位青年同志都应该自觉增强历史责任感和使命感，自觉献身于实现中华民族伟大复兴的伟大事业。只要有了这种奉献精神，什么困难都能克服，什么工作都可以做好。

勤思好学，做求知若渴的"修行者"。献身事业，就要掌握本领；要增长本领，就要勤于思考，善于学习。"路漫漫其修远兮，吾将上下而求索。"在"审计全覆盖"的背景下，青年审计干部的学习应该是全面的、系统的、富有探索精神的。既要抓住学习重点,也要注意拓展学习领域;既要与时俱进地学习党的路线、方针、政策,也要广泛全面地学习财政经济、法律法规、现代科技等审计相关知识;既要做熟悉财经知识的"行家里手",又要做了解各行各业的"多面手"。做到审什么学什么,缺什么补什么。在学习过程中,还要善于思考。悬梁刺股,孙敬、苏秦终成政治名家,是勤学之力;一日三省,荀子成为朴素唯物主义思想集大成者,是善思之功。既要依法审计和查处,也要充分考虑当时当地的具体情况,按照"三个区分开来"的要求实事求是地分析研判。要把微观审计和宏观服务、解剖麻雀与综合分析、项目审计与审计调查结合起来,要在分类审计、专题报告的基础上,将同一领域的不同问题以及不同领域的不同问题联系起来加以分析研究,找出其中内在联系,发现一些政策、制度、体制等方面存在的普遍性、深层次问题,向政府和上级领导机关提出有情况、有分析、有见解的意见和建议,为政府宏观决策搞好服务。

创新创造,做担当有为的"拓荒者"。"坚持开拓创新,努力追求卓越"是"援藏精神"的时代内核。青年审计干部既要谦虚谨慎,又要朝气蓬勃,保持"初生牛犊不怕虎"的朝气,勇于开拓创新。审计"小组团"在援藏工作中,注重把援派单位的新思路、新理念、新方法带到西藏,科学嫁接到受援单位各项工作中:为缓解人员少与任务重的矛盾,在山南市财政预算执行审计中,积极运用数字化审计方法和大数据分析技术,实现市直一级预算部门的非现场审计全覆盖,提高了审计工作质量和效率,得到山南市主要领导的批示肯定;为补齐受援单位信息化硬件基础薄弱的短板,积极申报审计专网和机房升级改造项目,多渠道筹措市财政资金和援藏资金约200万元,项目设计和招标等前期工作已完成,即将开工建设。项目建成后,将大幅度提高受援单位信息化水平,为开展大数据审计和审计监督全覆盖提供有力支撑。这些成果践行着"敢于担当、开拓创新"的"援藏精神"。新时代呼唤新担当,新时代需要新作为。年轻干部就是要以攻坚克难的精神破解难题,以争创一流的劲头走在前列,才能征服新的"雪山"和"草地"。

伟大的时代,召唤着有情有义的援藏人;辉煌的事业,期待着有志有为的审计人。青年审计干部要以"功成不必在我,功成必定有我"的远大胸怀,以"缺氧不缺精神、海拔高境界更高"的精神气概,在急难险重中勇毅前行,一步一个脚印,努力书写不负党、不负人民、不负青春的精彩华章!

作者系安徽省第七批援藏干部,时任西藏自治区山南市审计局副局长。

仰望星空　根深千尺
——努力在援藏审计实践中放飞青春梦想

陈　波

"为有牺牲多壮志，敢教日月换新天。"在加入中国共产党的第 16 个年头，我积极响应党的号召，接受组织挑选，投身祖国雪域高原，始终不忘初心、牢记使命，按照厅党组的要求，坚持做到"立足本职有热度，对口帮扶有温度，坚守岗位显力度"，始终保持"仰望星空的精神高度，根深千尺的精神厚度"，"志之所趋，无远弗届；志之所向，无坚不入"，努力在审计援藏实践中放飞青春梦想。

一、着眼西藏发展，立足本职有热度

管好援藏资金，审计是一道重要防线。我们一定要明确政治责任，积极把审计作为了解情况、改进问题、推进团结、促进融合的工作过程。

一是准确把握角度，及时指出援藏项目资金管理的问题。援藏辛苦、过程艰难，审计"小组团"代表的是安徽审计的形象、安徽审计的作风、安徽审计的精神。具体到项目审计，要善于从全局去考量，抓住援建项目的实施效果。

二是善于抓大放小，努力提高援藏资金的使用效益。要善于找出重点问题，抓一些事关全局的事项，揭示问题、分析原因、提出建议，规范援藏资金管理。鸡毛蒜皮的事情，及时促进整改。政策性强的资金，重点看精准度，看能不能按照政策使用。比如，山南市幸福家园项目的资金用好了，就能通过这个项目体现共产党的伟大，彰显社会主义优越性。

三是争当参谋助手，积极探究问题产生的深层次原因。审计不仅要揭示问题，更重要的是分析问题产生的根源，把原因找准、找清、找全，才能更好地发挥参谋助手的作用。山南市正值加速发展时期，我们要抓住契机，推动市委、市政府完善决策，善于从宏观和全局提出建议。比如针对招投标问题，积极建议市政府出台招投标管理实施细则、违规违纪追究办法，规范招投标行为。

四是坚持群策群力，努力凝聚审计"小组团"集体智慧。"十三五"期间，安徽提供

6亿多元援藏资金；未来"十四五",安徽计划支援近8亿元,所表达的意义非同一般。把这些钱管好用好,帮到点子上,是安徽的政治责任,更是中央安排的政治任务。审计"小组团"要充分发挥集体智慧,对审计揭示的问题,要搞深搞透,把好钢用在刀刃上,齐心协力,想办法、出智慧,共同把援藏项目做好。

二、立足当地实际,对口帮扶有实效

加强受援地审计干部"传帮带",是安徽审计援藏"小组团"的使命。援藏审计事业发展,关键是帮助受援地青年审计干部增强本领、提高水平。

一是要在审计援藏实践中做到爱岗敬业。援藏就要爱藏。既然选择了援藏,就要做到爱岗敬业,心无旁骛地干好本职工作,在援藏岗位上做出一番事业,在神圣的援藏审计事业发展中实现人生理想。要始终保持逢山开路、遇水搭桥的闯劲,淡泊名利的心劲,心无旁骛埋头苦干的憨劲,竭尽全力奉献援藏审计事业。

二是要引导当地审计干部练就过硬本领。学习是成长进步的阶梯,实践是提高本领的途径。审计援藏要引导受援地青年审计干部把学习作为首要任务,用"燕子垒窝"的韧劲悟初心,用"水滴石穿"的恒劲践初心,用"抓铁留痕"的狠劲护初心,用"九牛爬坡"的拼劲守初心。三年时间一定要尽自己最大的努力,用业务表现感染和带动藏族审计干部"比学赶超"、人人争先进。

三是要在审计援藏事业中不断推动当地发展。要通过审计援藏项目资金,最大限度调动积极性,坚决摒弃"你好我好大家好"的思想,坚决不搞无原则的"一团和气"。始终保持"衣带渐宽终不悔"的钻劲,"不破楼兰终不还"的韧劲,"绝知此事要躬行"的实劲。要多思考来西藏为了什么、该干什么,西藏需要什么,下一步要怎么干。要在山南市的条件和环境下来思考,多从对方的角度去思考问题、解决难题,推动发展。

三、勇挑重任重担,坚守岗位显力度

春节前夕,罗建国厅长对审计援藏"小组团"专门作出推进工作批示要求,召开专题座谈会听取对口援藏工作情况汇报,专项研究审计援藏精准措施,专门慰问审计援藏"小组团",返藏前夕又再次叮嘱注意身体健康,为我们鼓劲加油,让我们感受到厅党组的关心和温暖。离本批援藏任务完成还有半年时间,时间很短,时不我待,要加速推进对口援藏审计工作,站好"最后一班岗",守住"最后一块责任田";要尽快熟悉厅机关审计工作推进情况,以便回来尽快转变角色,尽早进入工作状态。

一是精神状态始终要时刻在线。对口援藏审计工作是西藏工作和对口援藏工作的重要组成部分，政治性、政策性都非常强。党中央、国务院把开展对口援藏审计的重大政治任务交给我们审计机关，援藏审计干部必须坚决提高政治站位，牢记援藏初心使命，努力在蓬勃的朝气、冲锋的激情和青春的活力中主动作为、增强本领、干事创业，坚决做到思想不松、力度不减、要求不变、标准不降，拿出切实有效措施，圆满完成对口援藏审计任务，努力为安徽审计争光。

二是审计业务始终要对标高线。要坚持主动拉高标杆，自我对标对表，对援藏审计中发现和收集的经验做法、问题不足、意见建议，加速梳理盘点，加快讨论研究，为我省深入做好下一批对口援藏工作、助推更精准对口支援山南审计积累经验。同时，要完善审计项目收尾工作，对审计发现问题的整改落实做好跟踪问效；对发现的共性问题、整改的同类建议加快梳理，积极发挥审计对宏观问题的"放大镜"功能、对微观问题的"显微镜"功能，努力在制约发展上查找问题，在体制机制上分析原因，在服务改革上提出建议，提炼、归纳、总结，形成"穿透性"的审计综合报告；还要继续讲好援藏故事，擦亮安徽审计援藏金字招牌，展现安徽审计形象。

三是工作作风始终要守好底线。还有几个月就要完成本批援藏任务，我们一定要继续发扬"老西藏精神""两路精神""援藏精神"，勤勤恳恳、兢兢业业，在援藏这个既平凡又伟大的事业中贡献自己的光和热，决不做"躺平式"干部，拒绝任何"躺平"行为。要敢于挺身而出、敢于担当负责，把难点、堵点一个一个破解掉，把援藏审计工作任务一步一步向前推，做到干一件成一件，做一桩成一桩；要有"功成不必在我"的胸襟，不图虚名，不骛虚声，埋头苦干，少说多做，在对口援藏中诠释忠诚，在推动发展中体现担当。离家八千里，慎独、慎微很重要，必须始终坚持"打铁必须自身硬"，坚决严守清正廉洁底线，忠诚干净履职担当，力求把辛勤的汗水留给自己，把认可的掌声留给山南的干部和百姓。

四是身体健康始终要守好红线。西藏地域广袤，到处是雪域高原，当前经济发展相对落后，自然环境恶劣，生活条件艰苦，长期低压缺氧。三年援藏对身体影响较大，我们为此付出了青春和汗水，磨炼了意志和耐力。眼下援藏工作即将结束，我们一定要继续保重身体，守护好健康"红线"，珍惜"革命本钱"，确保人身安全，一个都不能少，每个人都要平平安安回家。

伟大的时代，召唤着有情有义的援藏人；辉煌的事业，期待着有志有为的审计人；光荣的使命，需要一茬又一茬安徽援藏审计干部人才致力于建功立业，努力在援藏审计实践中放飞青春梦想。

学思践悟

作者系安徽省第七批援藏干部,时任西藏自治区山南市审计局局长。

一段难忘的援藏经历

管毓骅

经安徽省审计厅安排,受马鞍山市审计局选派,我于 2017 年 7 月 18 日至 8 月 10 日赴西藏山南市审计局开展援藏审计工作。根据西藏自治区审计厅统一部署,我参加了由山南市审计局承担的那曲地区巴青县党政主要负责同志同步经济责任异地交叉审计项目,与藏族审计干部一起,互助互学,共同经历了 16 天终生难忘的日子。

一、战胜高原,战胜自己

虽然在进藏之前我做了充分的思想准备,但是当我只身一人来到山南后,头痛、咽喉痛、流鼻涕、失眠等高原反应仍让我痛苦不堪,每天都像得了重感冒似的浑身不适,一种无助的感觉油然而生。当山南市审计局领导告诉我即将要到比山南市海拔还要高 1 000 米的那曲地区开展审计工作时,我顿时有立马离藏的念头:那可是被公认为西藏条件最恶劣的地区,海拔 4 500 多米,我的身体能适应吗?如果得了感冒怎么办?……但是我知道,即便条件再艰苦,我也要去,因为这是我的使命和责任:既然主动报名援藏审计,我就不能当一个审计的逃兵。

从山南市到那曲地区巴青县约 900 公里,从藏南到藏北,一路上地势险峻、道路崎岖,有的是土路,非常颠簸,有的是盘山路,路边就是悬崖和江水。当我来到那曲县城时,我看到的是无树无草之城。住在那曲县城的那一晚,我彻底失眠了,第二天早早起来,独自一人来到饭店门口来回踱步,盼着去巴青县的时间早点到来。历经两天的行程,我们终于来到了目的地巴青县——一个被群山围绕的小县城。在那里,我告诉自己:这就是我要工作的地方,我必须适应,我也一定会适应。历经了 900 公里的耳濡目染,我知道:这就是西藏,我要在这片远离尘嚣的净土上考验意志、磨砺心智。在巴青县的日子,我的心态越来越平和,面对各种高原反应也不再恐惧,看得更多的是那里的蓝天、白云、高山、牦牛,还有那些可爱的放牧人,品味着在山上追逐山鼠的快乐时光。如果没有这次那曲之行,我又怎么能感受到大自然带来的那么多愉悦呢?

二、藏汉情深，互助互学

山南市审计局赴巴青县审计组由5名同志组成，带队的领导是经济责任审计处索处长——一位工作非常认真又很谦虚的资深女审计人。主审是南京审计学院毕业的年轻人刘永凯，科长是两位非常美丽的藏族女干部德庆、达曲和一位藏族大汉巴次。从见到他们的那一天起，我就被他们善良、直率、谦虚的人格魅力所吸引，从一个个小细节中我感受到了他们对我的无微不至的关爱。还记得来巴青县的第一天，由于宾馆没有热水器，索处特地为我买了一个新脸盆；由于空气干燥，德庆科长看到我嘴角起皮，非要送我一支润唇膏；巴次科长还为我买了苹果；为了让我少些高原反应，他们自己住在三楼，一直让我住在二楼……藏族同胞的关心和鼓励，增加了我适应环境的勇气，他们乐观的精神更激发了我的工作热情。

在审计实施现场，我早已忘却高原反应，不但对如何开展党政主要负责同志同步经济责任异地交叉审计提出自己的观点、思路、路径，而且对藏族同人在审计中遇到的实际问题及时答疑解惑。此外，我还主动承担了总预算和扶贫资金、退牧还草资金、草原生态保护奖励补助资金等重点资金、重大项目审计事项，探索尝试了生态环境保护和自然资源资产管理责任审计，累计查出问题13个，编写审计取证、底稿40多份。在审计中，我与藏族同人共同学习、共同思考、共同讨论，一起分享审计心得和经验，在交流中增进情谊，在启发中增进互信。

三、援学并进，收获真情

此次援藏之行，虽然时间短暂，但是对我来说收获满满。一是西藏的党政主要负责同志同步经济责任异地交叉审计的先进理念让我深受启发。他们创新性地将党政主要负责同志审计报告合并成一个，创新性地把履职责任的审计评价和发现问题综合表述，尤其是经济责任审计事项的归类更加精准、更加具有操作性，使原本复杂的党政主要负责同志同步经济责任审计脉络变得非常清晰。二是藏族干部善良淳朴、吃苦耐劳、乐观向上的精神深深地感染了我。西藏有句俗语："远在阿里，苦在那曲。"巴青县的很多藏族干部常年在高度缺氧和条件艰苦的环境下工作，和内地干部相比，看上去的年龄比实际年龄大了至少10岁。他们没有抱怨、后悔，从眼神中能看到他们的坚韧、淡定、平和，让我更加珍惜在内地的工作、生活条件，更加懂得生命的意义。三是与藏族审计干部结下深厚的情谊。在巴青县工作、生活的日子里，我们知无不言、言无不尽，相处得融洽和谐。

还记得走的那一天,我们相互拥抱告别,相约未来相聚的时刻。在回去的车上,我收到索处给我发来的短信:"非常感谢您在此克服高原反应坚持工作,谢谢您!祝您一路平安!"这才是我此次援藏之行的最大收获!

作者系安徽省审计厅统一选派短期援藏干部,时任西藏自治区山南市审计局项目主审。

服务边陲洛扎 情洒雪域高原
——援藏工作点滴

吴志龙

一、入藏篇

2021年4月底,局长召开了动员会,主要讲述了水利局有个援藏任务,为期半年,需要3名人员参与体检,最终选择1名援藏,大家自愿报名。要求当天下午上班前完成报名。会后我与妻子商量,我们梳理了一下需要面对的问题与困难:离开马鞍山市半年,家里上小学和幼儿园的两个孩子上学接送、学习上的辅导,生活上的安排,老丈人患肺癌住院照顾等。妻子想了想说:"既然水利局有需要,那你去报名吧。家里有困难,我来想办法。"当时我想,这是马鞍山市水利局成立以来第一次援藏,是一项政治任务,既然我有资格报名,那就报个名。这期援藏工作的地点是在山南市洛扎县水利局。洛扎在藏语里是南方大悬崖的意思。洛扎县县城夹在两条山脉中间,县城街道的大小就跟内地的乡镇差不多。

二、工作篇

(一)小水电,大意义

有一次,洛扎县水利局局长深夜接到县委书记的电话,说拉郊乡的一台水力发电机发生故障无法正常供电,要求第二天一早赶去维修,确保及时恢复供电。第二天早晨,我与局长赶往拉郊乡,这是我开始援藏工作以来的第一次下乡。需要维修的发电机在边境的原始森林深处,当时正值雨季,行进道路的状况存在不确定性,是什么原因造成发电机不能正常工作、什么时候能修好发电机并返回,我们谁都说不准,于是我们准备了方便面和矿泉水。

汽车行驶在崎岖不平的盘山路上,越是深入边境道路条件越差,部分路段汽车在满载的情况下无法通过,甚至还有两处山体滑坡,造成汽车无法通行。电是驻边、守边人员饮食生活、通信安全的基本保障,其重要性不言而喻。而且当地交通不方便、物资紧缺,据说还出现过熊和狼等野生动物,以前还有巡边人员遇到过放冷枪的情况。因此我们没有任何犹豫,立即决定步行前往,在克服高原反应走了大约50分钟后到达现场。

水力发电机为什么出水这么小,达不到工况要求?是不是有什么东西堵住了进水口?拆进水管得先把水源切断,发电机可进不得水。水源在山上,没有现成的路,我们就爬上去!湿滑的山石、树根、木条都是着力点,好不容易爬了上去,怎么堵住进水口?找找看有什么东西能用得上。恰好边上有块大小合适的模板。我站在冰冷的山水中顶着水压用力压下模板,再用土袋封堵。故障一一排除后,水力发电机恢复了工作,手机信号和生活用电又有了。驻边和守边人员的脸上露出了笑容,他们连声说"谢谢"。

有困难不怕,想办法解决,办法总比困难多。

(二)寻水源,保供水

为解决洛扎镇周边小康移民村自来水供应问题,我们在219国道沿线山上勘察饮用水水源。通过对三处水源地反复对比论证,我们最终选定次麦村山顶的一处水源。该处水源通过了45项水质检测,水质合格,是周边地区水质、水量保证率较高的水源之一。三处水源那就意味着我们顺着盘山路爬了三座山。

(三)水工程,惠万家

有一次,我们到拉康镇检查门切水库建设情况,现场察看了水库大坝的碾压混凝土施工质量、溢洪管道施工质量、施工机械数量等。我与局长交流后提出下一步工作建议:一是加强现场施工监督管理,确保水库工程建一处,成一处,发挥一处效益;二是进一步完善施工图纸变更手续,确保建设程序符合规范和规程要求;三是及时划定水库管理范围,设置库区管理界桩等标志及水情、雨情等测量设施;四是水库建成后及时办理移交手续,落实管理单位,加强运行管理,保障及时发挥效益。

(四)强交流,传经验

洛扎县水利局的工作人员非常少,编制核定的只有3人(一正二副),通过"三支一扶"等渠道也只增加了4人,全部人员才7人。但工作量跟内地县水利局一样,项目建设、水土保持、防汛抗旱、河湖管理等都有。虽然人少,但是传授经验、互相交流的会议不少,就我参加的国家安全、项目审批制度改革、应对新冠疫情、森林草原防火、土地违法问题、统计工作、经济工作、自然灾害综合风险普查、民族团结、人大建议、政协提案交办等各类会议就有14次之多。会议结束后,要传达会议精神,一些与水利关系密切的内容要及时与局长及相关工作人员交流探讨。

同时,我还在农村饮水项目实施、河湖管理、水土保持、水旱灾害防御、灌区建设与运行管理、水库建设管理等方面传授内地的做法与经验。

(五)慰边民,巡边境

我们洛扎县援藏技术干部,自筹3万元资金,购买了羽绒服和保暖鞋等,慰问色乡公漳浦村 30 名巡边员,并开展了一次巡边活动。当时边境正下着雪,一点草木都没有,一片荒凉,但那是我国的土地,必须守住。

(六)维稳定,保平安

西藏自治区地理位置特殊,喜马拉雅山脉部分在境内,周边国家有不丹、印度、尼泊尔、缅甸,洛扎县紧邻不丹。稳定发展,须先保稳定才能发展。洛扎县水利局常年需要维稳值班,实行 24 小时值班制,因局里人少值班任务较重,特别是建党百年、西藏和平解放 70 周年、习近平总书记视察西藏等重大活动期间,要求更加严格。

三、生活篇

我们是安徽省第九批短期援藏人员,全省共 50 人,有合肥、芜湖、马鞍山、黄山、蚌埠等地和省直部门的人。6 月 24 日下午 6 点半,我们抵达贡嘎机场。机舱门刚一打开,就有一位同志因高原反应瘫软在座位上了。医护人员赶紧上前救治,他才慢慢地缓了过来。然后中巴车带着我们直奔山南市,阳光明媚的天气,让人心情不错,可是中巴车没窗户,据说空调也坏了,好吧,也该流点汗了。

西藏接待人员一直告诫我们,晚上千万不要洗澡,防止肺水肿情况出现。在西藏高原地区,肺水肿是很难康复的,只好过几天等身体适应了再说。晚上 10 点钟用过晚餐,想早点休息,可脚也不敢洗了,就这么躺着吧。开窗冷,不开窗热,睡不着啊。夜里 12 点,山南市人民医院派人给我检查身体:血氧饱和度 85%,心率 105 次/分。正常血氧饱和度为 95%～99%,心率为 60～100 次/分,过两天适应就好了。伴随着头疼和胸闷,迷迷糊糊中也不知道几点钟睡着了。因高原反应,到达西藏的第一天有强烈的头疼,第二天要好一些,虽然一个月内有间歇性头疼,但在承受范围内,腹胀一直都有。

第三天,我们 5 位援助洛扎县的同志在经历 6 个半小时的车程后终于到达县城,一路上不是盘山公路就是颠簸的土路,途中我们简单地吃了些干粮。进入住宿的房间,我一看,傻眼了:地上满是灰尘,只有一张床,还是损毁的,没有被子,其他生活用品一样也没有。怎么办?刚到洛扎,哪里卖生活用品都不知道。正好对面住的也是我们这批援藏工作人员,他那里多了一张床和被褥,刚好搬过来用。县水利局两位同志帮我打扫房间,整理床铺,也算是有地方休息了,其他生活用品就上街买吧。我来这里是援藏的,能自己解决的就不给别人添麻烦了。自来水有点混浊,我就买矿泉水和电水壶烧水喝。洗澡没有热水用,援助医院医生的住处有电热水器可以借。食堂荤素菜都放花椒,挑着吃。周末食堂不供应,大家合伙烧着吃。上四楼住房直喘气,那我就走慢一点。

洛扎县水利局离我住的地方有点远,每天上下班得走 1 万多步。当时正值县城施工自来水管道、供氧管道等,各种施工机械、大货车来往,加上长条形峡谷地形风很大,扬尘严重，只好戴上口罩走吧。局里没有自来水，洗手间关停使用，那就上公共卫生间吧。局里没有准备开水，自己带上一杯水吧。

如果无法改变环境，那就改变自己，试着去适应环境。

四、援藏工作意义思考

国家这么多年来一直坚持援藏、援疆，有什么意义？结束援藏工作前，我就一直在思考这个问题了。我觉得技术、智力援藏有以下几点意义：一是加强内地与西藏的交往交流，为各行业各领域带去内地的工作经验与做法。二是在道路建设、水力发电等方面给予西藏项目和资金支持，帮助西藏发展。三是促进民族团结与交流，营造各民族友好交融的氛围，保障西藏稳定发展。四是强化西藏与内地工作人员交往交流，逐步改进和完善工作方式和方法等。

作者系安徽省第九批短期援藏专业技术人才，时任西藏自治区山南市洛扎县水利局工程师。

2013年援藏纪实

张 胜

一提起西藏,人们马上就会联想到湛蓝的天空、洁白的白云、高耸的雪山、广袤的草原、深邃的湖泊……这些都让我们对那片神秘的雪域高原充满了无尽的憧憬和向往。

按照安徽省卫生厅安排,第11批省援藏医疗队共有成员11人。我和阜阳中心血站的常喜东同志开展对口支援山南地区中心血站的采供血工作,重点帮助开展献血者招募和血液成分制备工作。

一、进藏

2013年3月25日下午,我们一行抵达西藏山南的贡嘎机场,同行的还有湖南、湖北医疗队的同人,连同安徽医疗队共有31名队员。

在飞机打开舱门的一刹那,我立即感受到空气的稀薄,呼吸频率明显加快,身上的行李感到明显加重,动作节奏比正常速度要慢很多。走出机舱,其中几名队员的脸色苍白,只得放下行李,稍作休息。这就是突如其来的高原反应。

走出机场,高原的阳光格外耀眼夺目,美丽的风景让人目不暇接。山南地区卫生局局长桑巴早已领队在机场等候我们,并在门口拉起欢迎横幅,以藏族礼仪热情地迎接我们。当热情的桑巴局长献上洁白的哈达的时候,我真切地感受到来到了西藏!

二、支援山南地区人民医院

3月27日,我们来到山南地区人民医院,医院领导安排我们住进了职工宿舍。28日,我们来到地区医院检验科,罗桑大庆主任带领我们参观并介绍地区中心血站的一些基本情况。虽说是地区中心血站,但目前仍隶属于山南地区人民医院检验科。工作人员仅有一名采血护士,血液检测工作由检验科负责,没有固定医生和无偿献血招募人员,也没有血液成分制备人员,更没有血液成分制备的大容量低温离心机、低温储血冰箱、分浆夹等必需的设备。据说整个西藏自治区都没有开展成分输血工作。

三、申请开展工作

根据初步了解的中心血站现状，以及安徽省卫生厅交给我们开展成分输血和无偿献血者招募的工作任务，4月2日，我们向山南地区卫生局、人民医院提出申请报告，要求配置必需设备和关键岗位工作人员。报告基本得到有关领导的答复，所有事宜都在筹备中。目前我们主要协助血液检测工作，以及街头无偿献血的采集和宣传，提高街头300毫升、400毫升血液采集的比例。

四、西藏山南地区首次开展世界献血者日活动

在第十个世界献血者日来临之际，我们安徽援藏队员于5月底主动申请着手策划6·14世界献血者日活动。在山南地区中心血站隶属单位地区人民医院领导的大力支持下，我们邀请了山南地区广播电台、电视台以及《山南晚报》记者亲临现场进行专题报道。这是山南地区中心血站首次安排的世界献血者日活动，取得了非常理想的无偿献血宣传效果，得到山南地区人民的肯定。医院领导将此活动情况上报卫生部医政司、西藏自治区卫生厅以及安徽省血液管理中心。

五、县城开展无偿献血者招募

7月18日，天空晴朗，万里无云。我们驱车前往30公里以外的桑日县县城，开展无偿献血者招募，宣传无偿献血知识，促进藏族同胞自愿参与无偿献血。这也是首次在山南地区所辖县城开展宣传招募。通过我们的宣传和积极讲解，活动得到藏族同胞的大力支持，这也使我们对宣传招募无偿献血工作产生了充分的信心。当天，我们共采集血液12袋，400毫升的采集了5袋。

六、义诊哲古草原牧民，宣传无偿献血知识

8月26日，我们在山南地区人民医院的14名援藏医务人员，在班巴院长的带领下，来到海拔4 600多米高的美丽高原——哲古草原，为牧民现场义诊、送药，受到牧民的热烈欢迎，也得到措美县领导的高度赞许。我们当天共接待、诊治数百人，发放药物价值一万余元，同时让高原牧民初步了解了无偿献血知识，认识到无偿献血无损健康，也是救人性命的行善佛缘之举。

七、开展《中华人民共和国献血法》施行15周年庆典活动，安徽援藏队员参与无偿献血

为了促进山南地区居民参与无偿献血，强化无偿献血意识，我们组织在藏的安徽援

藏队员参与无偿献血,践行"情系山南,血济苍生"。这也是山南地区中心血站在《中华人民共和国献血法》开展庆典活动之际首次开展的无偿献血宣传活动,也是我们来到山南地区开展的第二次大型无偿献血宣传和招募活动。当天,在藏安徽援藏队员有十几人参与了活动,献血9人,预约登记造册9人(库存血液不能过量,避免血液报废),还带动当地居民数十人参与无偿献血。

八、开展成分输血知识讲座

为了推广成分输血,促进山南地区临床医疗机构合理使用血液成分,我们两次在山南地区人民医院对全地区医疗单位的临床医务人员进行成分输血知识培训,有效促进了成分血得到临床应用和认可,使成分血更加有效地医治了患者,减轻了患者的病痛和负担,也节约了宝贵的血液资源。

九、开展成分血制备

由于购置血液成分制备设备缺乏资金,大容量低温离心机、低温储血冰箱等关键设备直到11月中旬才购置到位,因此,直到援藏工作结束之际,我们才开展血液成分制备技能的传授和培训,这项工作也算开局起步了。

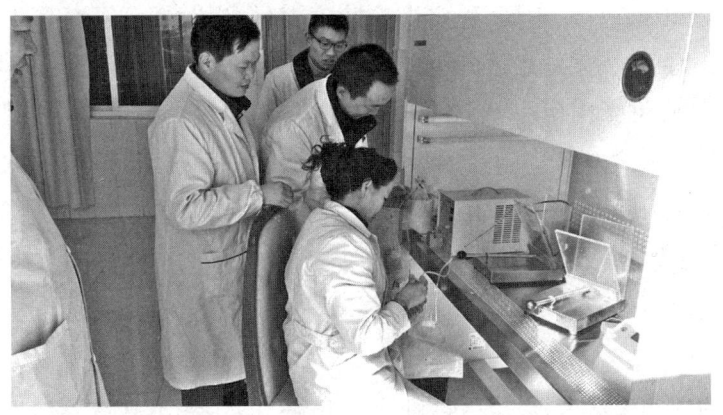

作者系安徽省短期援藏医疗队队员,援藏时在西藏自治区山南地区中心血站工作。

我爱雪域格桑花
——写在西藏和平解放 70 周年之际

吴 迪

2021 年是西藏和平解放 70 周年，这勾起了 8 年前我支援西藏与藏族同胞结下深厚情谊的回忆。在雪域高原上的 1 000 多个日日夜夜，那些人，那些事，我仍记忆犹新！

2013 年初夏，安徽省委组织部从省直机关、对口援建市中选派 30 名干部人才组成安徽省第五批援藏工作队赴西藏接力开展援建工作。而我有幸成为其中一员，于 2013 年 7 月离开家乡进驻西藏山南地区广播电视台。作为唯一一名新闻宣传战线上的援藏队员，我在担任山南地区广播电视台副台长的三年里，面对氧气少、环境苦、任务重的艰苦复杂环境，以顽强的毅力和务实的作风，经受住了身体、心理、意志等各方面的考验，组织策划了各种主题采访活动，深入挖掘了山南发展典型事例，通过正确的舆论引导和正面的宣传报道，为山南改革、发展、稳定汇聚磅礴力量，生动展现了各族干部群众牢记嘱托跟党走、团结一心创造美好生活的精神风貌。作为彼时山南 35 万人口中的一员，3 年的援藏生涯中，我走遍了山南 12 个县的主要乡镇，翻越过无数的雪山与垭口，与当地藏族同胞同吃、同住、同劳动，目睹了在中国共产党的坚强领导下，西藏各族干部群众像格桑花一样扎根雪域边陲，守护神圣国土、建设幸福家园，创造了一个又一个人间奇迹，取得了经济社会发展的伟大飞跃。

边陲秘境的涅槃

在安徽省的广阔大地上，以"江淮"命名的道路、酒店数不胜数。殊不知远在万里之外的西藏自治区山南地区错那县的边陲小镇勒布沟，也有着以"江淮"命名的道路和宾馆。

勒布沟（沟，即峡谷），藏语意为"好的地方"。这里是中印边境第一乡，与印度、不丹接壤，是西藏山南的绝美秘境。一望无际的原始森林、吞珠吐玉的流泉飞瀑、萌萌可爱的野生动物……如诗如画般的美景并没有让峡谷底的门巴族群众过上殷实富足的生活。因地处喜马拉雅山脉南麓、亚热带山地湿润气候区，每年雨季，丰沛的降雨带来的泥石流、山土滑坡会造成道路中断，当地的药材、茶叶等土特产品运不出去，同时峡谷中的门巴族村落还要频繁遭受山洪侵扰。

为了改善勒布沟农牧民群众的出行条件,安徽省第五批援藏工作队在这里接力开展援建,坚决担负起对口援助山南的重大政治责任。经过多次走访和勘察,安徽援藏工作队决定修建一条贯通谷底的混凝土公路。2014年3月18日,在勒布沟的勒门巴民族乡勒村,身着节日盛装的藏族、门巴族同胞欢聚一堂,载歌载舞,共同庆祝情系皖藏两地人民的援建项目——江淮大道正式施工。临水而建的江淮大道全长1.4公里,总投资1535万元,它的建设改变了勒村的河道走向,彻底消除了洪涝隐患,让闭塞的边陲小镇从此走上了康庄大道。

江淮大道建成后,西藏自治区为提升边境农牧民群众的生活水平和国门形象,稳边固边,于2015年推出了新型特色小城镇示范点项目,勒村入选山南地区首批20个新型特色小城镇示范点。为了给项目建设营造浓厚的舆论氛围,分管新闻业务的我主动请缨,肩负起宣传报道任务,带领宣传组走进大山采风。在采访过程中,我与当地藏族、门巴族同胞同吃同住,和宣传组的同志走门串户,详细了解当地的风土人情和百姓的生活变化。

此次陪同采访的错那县委宣传部的同志向我介绍:勒村因地制宜,顺利完成规划设计、搬迁安置、群众自筹资金收缴等工作,33户村民全部搬进新房,离勒村不远的贤村22户村民也全部入住新房。至此,勒乡全乡55户148人不落一人喜迁新居,群众生活环境和居住条件得到大幅改善,这也为勒乡旅游业提供了保障。

我采访的勒乡属于半农半牧乡,独特的地理环境和气候条件,为种植上好的高原茶提供了良好的生态条件。然而,以往由于分散种植,再加上没有先进的种茶、制茶技术和营销理念,村民的茶叶收入并不可观。为增加茶农收入,安徽省援藏工作队专门协调皖南茶叶种植专家赴藏提供种茶、制茶技术。在援藏地市和当地党委、政府的大力支持下,勒乡茶叶农牧民专业合作社正式成立。合作社采用"党支部+合作社+群众"的运行模式,成功打造出"勒仓莲"茶叶品牌,村民们的腰包渐渐鼓了起来。

有了茶产业做支撑,勒布沟的特色旅游得以开发。这里植被茂密、物种丰富、气候宜人,拥有森木扎等多处旅游景点。进沟的柏油路修通后,乡党总支、政府深挖旅游资源,采用"农业+旅游+农家乐"方式,沿江淮大道建设、完善特色小镇基础设施,打造原始生态游、魅力边境游、门巴特色文化游、小康乡村游等。安徽援藏工作队还利用援建资金,专门建起了用于接待游客的首个边境宾馆——江淮大酒店,助力当地旅游产业做大做强,帮助当地村民吃上"旅游饭"。

援藏期间,我曾多次沿着悬崖上的柏油路进入勒布沟,与藏族同事一起在云雾缭绕的山谷中采访门巴族群众,用镜头记录着边境小镇的发展变化,目睹着固边与富民并重、安居与乐业并举的边境小康村建设成果,见证着边陲小镇的涅槃新生:栋栋别墅式的新居相继建成,农家乐、餐饮店、超市等随处可见;村民经营家庭旅馆和农家乐最高年收入有10万余元,少的也有3万多元。依托自然地理环境和优质旅游资源,村民们种上了"高山茶",吃上了"旅游饭",走上了"富裕路",过上了小康生活,人人争做"神圣国土的守护者、幸福家园的建设者",各族群众的幸福感、获得感和安全感与日俱增。

"生命禁区"的变迁

2014年清明时节,内地已经暖意融融、繁花似锦,而西藏山南依然寒风刺骨、冰天雪地。因为要采访浪卡子县普玛江塘乡为当地牧民群众发放牲畜饲草料的情况,所以4月4日早上6点(与淮北时差约2个小时),我就带着采访小组兵分两路,驾驶着两辆越野车风尘仆仆地赶往采访点。普玛江塘乡距离我的常住地乃东县泽当镇不到300公里,途中要翻越岗巴拉山等多座海拔5 000米以上的雪山,还要穿过高山草甸及多年冻土区,道路险峻难行。经过一路艰难跋涉,下午2点我们终于赶到了目的地。此时的我头痛欲裂、呼吸急促,看着同事们乌紫的嘴唇和手指,这才切身体会到这里为啥被称为"世界第三极"。

普玛江塘乡生存环境恶劣,这里空气稀薄,含氧量只有内地的一半,但这挡不住当地人对幸福生活的渴望和追求。身处令人生畏的"生命禁区",却时时处处可以感受到他们乐观向上的生活态度。陪同采访的乡党委书记格桑向我们介绍说,西藏民主改革前,普玛江塘全乡仅有100多户牧民,基本没有固定的住房。一顶毡篷,赶着牛羊,四处辗转,就是牧民主要的生活方式。西藏民主改革后,为了防寒保暖,牧民结合当地特点,充分发挥聪明才智,掘地而居,建起了仅能容身的"地窝子"。所谓"地窝子",就是往地下挖半人多深、三四米见方的坑,用草皮封住顶,留一个仅能弓腰进出的口子,这就是当时的"房子"。这样的"房子",低矮、狭窄、阴暗,通风和采光条件都很差。改革开放后,普玛江塘乡渐渐富裕起来的牧民就地取材,用草和着泥土建起了有柱子、门窗和院墙的"草坯房"。

格桑书记的一番介绍,令我心潮澎湃。随后,我扛着摄像机,背着照相机,发扬"脚底板下出新闻"的优良传统,把镜头对准普通农牧民,让新闻报道聚焦平凡人物,用摄像机记录山南变迁,反映人们对美好生活的期盼。

走进白雪皑皑的扎布村,洛桑正坐在家门口数着钱,脸上笑开了花:就在刚刚,一个拉萨客商专门跑来收走了他家的10头牦牛。洛桑告诉我,党和政府惠农利民的政策越来越好,每年冬季都会为牧区群众举办养殖技术培训,发放牲畜过冬的饲草料,为牧业健康良性发展提供可靠保障,使农牧民的日子越过越红火。

德吉是村里第一个开商店的人。走进商店,德吉忙不迭地用电动搅拌器打好香喷喷的酥油茶,并端出年节油炸食品"卡塞"和风干牛肉请大家品尝。商店里从零食到水果蔬菜,从日常生活用品到衣服鞋帽,从儿童玩具到家用电器,应有尽有。琳琅满目的商品摆放得满满当当,井井有条。德吉高兴地向大家介绍,在中央关心、全国支援下,依托各项优惠政策,越来越多的农牧民靠勤劳的双手致富,家底越来越厚实,过上了几乎和城里人一样的生活。

近年来,在党中央的关怀下,政府相继投资帮助普玛江塘乡百姓建起了"安居房""小康房",水、电、路、信等相关配套设施一应俱全,牧民群众的居住环境和生活条件实现了历史性的飞跃。农牧民脸上洋溢的幸福笑容,房顶上迎风招展的鲜艳国旗,教学点孩子们琅琅的读书声……处处带给我强烈的感受。西藏在变,变得越来越富裕,变得越来越强大,从"地窝子""草坯房"到"安居房""小康房",展现的是西藏边境高寒地区牧民群众住房的变迁,折射出的是党和政府对西藏群众的关心关怀。

物交会的壮大

鳞次栉比的帐篷,琳琅满目的商品,摩肩接踵的人群,讨价还价的争议声……每年12月初,在山南地委行署所在地乃东县泽当镇都会如期上演一场商品交易盛会。这样规模盛大的帐篷集市,内地已极为少见,但雅砻物资交流会(以下简称物交会)在山南已经连续举办了几十届,不仅山南地区的农牧民积极参与,西藏其他地市的商贩们也会赶来参加。

西藏,其特殊的气候环境,注定形成了其与内地迥然不同的饮食习惯和生活方式。高原的冬季,多风、紫外线强、气温低,没有细菌虐生的滋扰,恰恰适合制作可口的风干牛羊肉。按照当地传统习俗,每到这个季节,牧民们就会如约集中宰杀牛羊,制作风干牛羊肉,多余的牛羊则被送到农区换回青稞等生活必需品,因此为满足交换需求的物资交易活动应运而生。西藏的冬季,无论是对于农业生产还是对于牧业生产来说都属于闲暇时节,正好适合物资的交流交换。因此,从1982年开始,山南物交会的时间便定在了每年的12月初,这也成为农牧民开展物资交易最重要的平台。

亲眼见证物交会发展历程的斯达,每谈及过去参加物交会的情景,眼中总会闪现着感慨的光芒。1982年,风华正茂的斯达随家人第一次参加物交会,当时的情形令他终生难忘。20世纪八九十年代的山南,交通极为不便,从斯达所住的措美县哲古镇扎扎村到乃东县泽当镇物交会举办地,需要步行穿过哲古草原和海拔4 880米的鲁古拉山口。每年为了赶在物交会举办前赶到泽当,斯达都会在家人的帮助下,提前把交易物资绑扎在牦牛背上,天不亮就踏上征程,一路披星戴月、风餐露宿,两天后才能走到交易地。斯达说,如今受益于党和国家的好政策,山南的交通条件得到了极大的改善。步行参加物交会的时代一去不复返了,开着私家车参加物交会已成为一种普遍选择。今年,斯达就开着自家的皮卡车运来了一整车的牦牛腿。"现在交通方便了,家里也有车了,带来参加物交会的商品越来越多,买回去的商品也越来越丰富了。"斯达说。

高大魁梧的加查县农牧民拉巴次仁是物交会的忠实"粉丝"。在物交会上,他除了出售牛肉,还会带来采集到的山核桃、藏土豆等土特产。一周下来,卖出这些土特产能赚两万多块钱。拉巴次仁说,以前农牧民生活物资匮乏,腰包里也没有钱,在物交会上仅限于通过最原始的物物交换买点糌粑、农具等最基本的生活用品。现在西藏农牧民的生活越来越好,家底也越来越厚实,能拿到物交会上交易的商品数量和种类越来越多。虽然平时也有商贩到村里收购牛羊肉等土特产,但是来参加物交会依然是重要的交易方式。

岁月更替,华章日新。物交会的规模和交易量逐年刷新着历史纪录。物交会期间,加查的核桃、扎囊的氆氇、措美的牛羊肉、错那的石锅……不仅山南本地的商品受到当地群众的青睐,阿里普兰的木碗、林芝波密的水果、那曲当雄的虫草,也受到大家的热捧。

历经几十年的发展,无论是参会物资的运输方式,还是交易物品的数量,抑或是交易方式,都产生了脱胎换骨般的迭代更新。

现如今,除西藏当地商户之外,物交会也吸引了来自甘肃、青海、四川的商户踊跃参与。物交会每年的交易金额超过5亿元,成为山南集物资交易、投资促进、人文交流、特色展品展示为一体的规模最大、参与人数最多、最具影响力的综合性经贸盛会,对推动山南农牧业产业化发展进程,促进农牧业增效、农牧民增收发挥着无可替代的重要作用。

勒布沟和普玛江塘的变化,物交会的发展壮大,仅仅是西藏改革发展的缩影。

今天的西藏,政治安定,社会和谐,边疆稳固,宗教和顺,人民群众生活水平大幅提高。中央第七次西藏工作座谈会后,西藏又迎来和平解放70周年,这为西藏实现新的伟大跨越注入了新动力,为雪域儿女创造更加美好的生活激发了新希望。援藏的1 000多个日日夜夜,我与藏族同胞跨越山海的情谊融入了血脉,历历在目。而今,如果西藏需要、祖国召唤,我将毫不犹豫地再次奔赴西藏,将我生命的余年奉献给西藏,甘做西藏的一朵格桑花,再为西藏建设出一把力!

作者系安徽省第五批援藏干部,时任西藏自治区山南地区广播电视台副台长、淮北市传媒中心社会新闻部副主任。

为高原而生　为教育而来

李　敏

永生难忘的日子

2021年,伟大的中国共产党建党百年,西藏和平解放70周年。这一年,大事多,喜事多。7月的西藏,和风送暖,万里浩荡,习近平总书记来到雪域高原,带来党中央的亲切关怀。7月23日,我作为全国优秀援藏干部人才代表,在西藏首府拉萨受到习近平总书记亲切接见,这注定是我永生难忘的日子,这一天,是我援藏的第744天。和我一同受接见的还有山南市委副书记、常务副市长,安徽省第七批援藏工作队领队汪华东同志。

"援藏精神是中国共产党的一个崇高精神,是中国特色社会主义的一个显著优势。缺氧不缺精神,这个精神就是革命理想高于天。你们在高原上,精神是高于高原的。"时至今日,习近平总书记动情的话语始终在我的耳畔萦绕,不断激励着我,让我牢记嘱托,以更大的努力去开拓进取,为西藏长治久安和高质量发展作出更大贡献。

到祖国人民最需要的地方去

2019年7月,我服从组织安排,怀着"我不去,总要有人去"的朴素想法,跟随安徽省第七批援藏工作队远赴雪域高原,担任山南市第二高级中学党委副书记、校长,安徽省新一批"组团式"教育人才援藏工作队队长,开始为期三年的教育援藏工作。

进藏后,我克服高寒缺氧之艰苦、生活条件之清苦、远离亲人之孤苦,主动谋事、用心干事、努力成事,和援藏教师一起努力,为越来越多的西藏孩子插上梦想的翅膀。

创新工作思路,开展特色工作

山南二高是山南市唯一一所自治区级示范高中,学生来自全区7个地市,教师来自全国20多个省市,师生人数3 000余人,办学规模处于全区前列。我紧紧围绕"立德树人"的根本任务,制订德育实施方案,构建具有山南二高特色的大德育工作体系,努力形成德育品牌,打造雪域高原上的德育高地。

2019年9月,我组织山南二高全体师生开展"我和我的祖国——庆祝中华人民共和国成立70周年大型主题展演活动"。在海拔3 700多米的雪域高原,3 000多名藏汉师生同唱一首歌、共跳一支舞,以饱满的热情为中华人民共和国生日送上祝福。活动受到新华社、中央广播电视总台等各级媒体的广泛报道,反响热烈。《新华每日电讯》引用活动中的一幅照片作为报道习近平总书记在全国民族团结进步表彰大会上的重要讲话的压题照片。

"只有打动学生,才能影响学生。"为加强学校汉藏文化交流交融,我充分发挥安徽援藏人才优势,在学生中组建、开展了黄梅戏、锅庄舞、美术书法剪纸、太极拳等文化社团活动。我创意筹划的藏汉双语黄梅戏社团和融入巢湖民歌元素的特色大课间舞操,成为学校对外展示形象的亮丽名片,被新华社等媒体专题报道。

把爱我中华的种子深深埋入每个藏族青少年心灵深处

青少年阶段是人生的"拔节孕穗期",最需要精心引导和栽培。为把爱我中华的种子埋入每个藏族青少年的心灵深处,我多渠道为思政教育注入"源头活水"。积极联系对接安徽省第七批援藏工作队,高规格聘请安徽省12所高校的马克思主义学院院长和安徽省第七批援藏工作队临时党委书记、委员作为校外思政辅导员,邀请他们定期走进课堂,把党的创新理论带进课堂,融入学生头脑。

为了把思政小课堂同社会大课堂结合起来,我有针对性地引进山南当地公安、国防、部队等单位的政工人员和市、区级"民族团结先进个人"进校园,采用学生喜闻乐见的方式进行授课,从而教育引导学生立鸿鹄志、做奋斗者。我还配齐建强思政课专职教师队伍,打造了一支可信、可敬、可靠,乐为、敢为、有为的思政课教师队伍,让思政课实现从"点名课"到"网红课"的转变。

"德育的本质是生活。"真正的道德教育存在于鲜活的生活中,存在于孩子们的社会交往中。我多方开辟校外德育基地,把山南市革命烈士陵园作为革命传统教育基地,将西藏民主改革第一村——克松村作为民主改革教育基地,带领学生从封闭的校园走向广阔的社会,进而增强了民族地区青少年对中华民族、中华文化的认同。

2020年10月7日,新华社以"穿行:贡布日山下的校园守望者"为题对我的援藏事迹进行报道;由我主研的德育阶段性成果——"用主题实践活动强化学校'立德树人'功能"的工作案例获得西藏自治区首届"两融杯"教育教学成果交流及展示活动一等奖第一名。我先后荣获"安徽省五一劳动奖章"及"合肥十大教育人物"等称号,还被评为安徽省第八批"特支计划"优秀校长;2019、2020、2021年连续三年考核优秀。受援校山南二高连续三年被授予"山南市民族团结进步先进集体"荣誉称号,2021年被评为自治区"铸牢中华民族共同体意识示范校",学校德育思政工作得到新华社、中央广播电视总台、《中国教育报》等国家级媒体宣传报道,并被刊载于《内部参考》。2021年8月,《中国教育报》

以"'只有打动学生,才能影响学生'——西藏山南市第二高级中学德育工作掠影"为题,对受援校在铸牢中华民族共同体意识教育方面取得的亮点和经验向全国教育系统宣传推广。

既是教书育人的教师,更是守土固边的战士

2021年的寒假,我是饱含热泪返回西藏的。2020年底,老父亲被查出肺癌,身为家中独子,我多么渴望能日夜陪伴在病重的父亲身边,尽一尽孝道。但身为一名党员、一名援藏人,我更加深知,在雪域高原,还有3 000名藏族学子在盼望着我回去。在矛盾和担忧中,我将父母托付给亲朋好友。

我积极争取安徽援藏资金5 000万元,筹划与中国高科技企业科大讯飞联合打造全区一流的智慧校园;协调安徽援藏医疗队为藏族学生进行义诊,捐赠价值60万元的眼镜……伴随着一个个不眠之夜,汗水和辛劳没有白费,一项项谋实谋深的工作举措得到落实,为学校跨越式发展抢占了先机。体育馆、宿舍楼、运动场修葺一新,山南二高迎来了脱胎换骨的变化。

不忘初心,不负时代

万水千山援藏路,最浓最真雪域情。在剩下的援藏时间里,我将继续牢记使命担当,做好"压茬对接"工作,带好教育援藏团队,发扬"老西藏精神"和"援藏精神",不负组织重托,站好最后一班岗,为安徽人民争光,为皖藏交融出力!

作者系安徽省第七批援藏干部,时任西藏自治区山南市第二高级中学校长、安徽省巢湖市第二中学副校长。

深情系雅砻　皖藏一家亲
——我的援藏纪实

侯志峰

本人于2019年7月18日参加安徽省第五批"组团式"援藏医疗队。我们医疗队队员"不忘初心、牢记使命",立足岗位,甘于奉献,系民心、惠民生,努力提高医疗技术和服务水平,为治边稳藏和维护民族团结进步作出积极贡献,不负安徽省委和六千万江淮人民的殷殷重托。

入藏后,我积极参加山南市人民医院的各项党支部学习活动,提高党性修养水平。临床上,我积极配合院部强"三甲"工作,开展山南市人民医院首例脑血管造影术,先后被山南网、《西藏商报》《光明日报》等媒体报道,产生了良好的社会反响。

我参加医疗保障2次("雅砻文化节"安徽党政代表团医疗保障、跨喜马拉雅国际自行车赛医疗保障),接受专业授牌2次,加入安徽省神经内科疑难罕见病联盟及安徽省脑病专科联盟,签署"帮扶带教"藏族同胞2人,举办讲座近10场、院内MDT(多学科会诊)5场,参加西藏自治区、山南市学术会议3场和高原保健手册专家论证会1场,主持山南市市级课题1项(脑血管造影术在山南市卒中中心中的应用)、西藏自治区自然课题1项(脑动脉支架术在西藏自治区缺血性卒中中的应用),牵头创建山南市卒中中心。经过层层选拔和推荐,我非常荣幸地被中共西藏自治区委员会、西藏自治区人民政府聘为"组团式"援藏医疗人才首席专家。

自2019年7月援藏以来,感人的事情不胜枚举、历历在目。2019年10月29日刚入藏,考虑到世界卒中日即将来临,在向院部汇报后,我就准备开展世界卒中日义诊活动,开始紧锣密鼓地策划和安排。

科室准备制作条幅、展板和各种义诊宣传手册,联系广告公司,协调交警和义诊地点,联系相关兄弟科室联合参与义诊……各种准备工作有条不紊地进行着。我作为策划人之一,心里一直犯嘀咕:义诊会不会人很少?汉藏老百姓会不会认可?义诊会不会冷场?到了义诊当天,出乎我的意料,各族老百姓踊跃咨询,整个百日街排的队伍很长。虽然人多,但是老百姓很有礼貌,也很善良,没有吵闹,更没有插队现象。给他们量血压、免费发药、听诊体检及提供咨询,共有400多人次,我们也累得够呛,满头大汗。义诊开展得相当顺利,得到院部的肯定与认可,山南电视台也赶来采访,产生了良好的社会影响。面对此情此景,我心中感慨:"藏族老百姓还是缺医少药,需要我们援藏医务人员。我们一定要好好工作,为山南医疗卫生事业发展作出贡献,为民族团结献出自己的一份力量!"

上述成绩的取得离不开皖藏两地领导的关心、同事的帮助和个人的努力。

转眼间,短短一年的援藏工作结束了,我离开山南,回到了内地。援藏过程中,既有许多欢乐,也有许多满足。我与当地藏族同胞结下了深厚的友谊,分别时难舍难分。每每想到此处,我禁不住心潮澎湃:我永远不会忘记西藏山南人民!

千言万语汇成一句话:皖藏一家亲,祝愿我们藏族同胞,日子越来越红火,越来越美满,越来越幸福。扎西德勒!

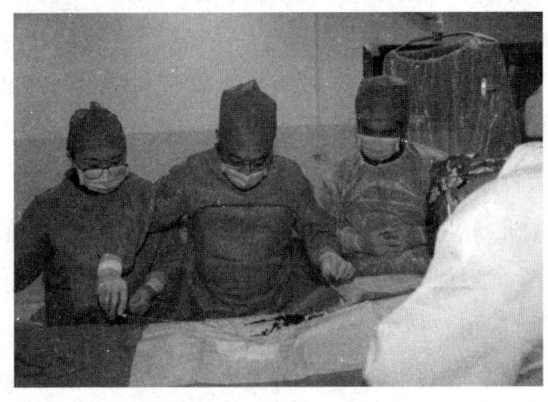

作者系安徽省第五批"组团式"援藏医疗队队员,时任西藏自治区山南市人民医院内二科主任、安徽中医药大学第一附属医院脑病二科主任。

远隔千山万水　我依然念着你

束少剑

"碧绿的哲古,是雅鲁藏布里的浪花一朵……哲古草原,西藏山之南,最美的星座……"一曲《哲古草原》,那清澈嘹亮的旋律不断地在我耳边回响。

2018年,我作为安徽省第六批短期援藏专业技术人员来到西藏,在山南市措美县水利局工作。半年的援藏工作与生活,如同烙印一般铭刻在我的记忆里,久久难忘!到山南的第二天,我就踏上赴措美县的行程,车辆行驶在泥泞不堪、陡峭险峻的盘山公路上。虽然山路崎岖、路途颠簸,但怀着对西藏和措美的向往,我依然满怀憧憬。翻过海拔4 880米的鲁古拉山口,我眼前一亮,远远地就看见一片草原和湖泊。驾驶员师傅说,那就是草原明珠——哲古湖。湛蓝、洁白的蓝天白云,雄阔、巍峨的圣洁雪山,形似"弯刀"的哲古湖,湖畔草原上绿意盎然,散落着成群的牛羊,一片水草丰美的景象。神奇的雪域高原风光展现在我的面前,我忽然爱上了这片净土!

从海拔几十米的六安市来到平均海拔4 500米的措美县,头痛、胸闷、失眠、心率加快、呼吸困难、鼻孔出血等高原反应毫不留情地向我袭来。我默默忍受着高原反应的折磨,把高原反应作为我来到西藏后的第一个考验。高原缺氧,大部分地区空气的含氧量只有内地的50%～60%,我快走几步就大口喘粗气,上个楼梯就气短乏力。我的宿舍在四楼,自来水每天定时供应,水压达不到,还要拎水上楼,而自来水沉淀后桶底是一层泥浆。措美县城是个小县,县城只有2 000余人,四周都是大山,东西朝向只有七八百米,南北朝向也不超过1 000米,一条街只有几家小商店,商品数量少、品种也少。但我没有被这些困难吓倒,也没有被艰苦条件难倒,我积极地适应环境,努力战胜高原反应。

在短暂适应高原环境后,按照摸实情、理思路、明目标、多学习、干实事的要求,我迅速地投入水利建设工作中,学习领会"老西藏精神"和"两路精神",向藏族同事虚心请教,向援藏三年的干部取经,学习《西藏水利概况》,了解西藏自治区以及措美县的水利工程,对当地的水土流失防治工作情况有了一定的认识。在工作中,我一是积极献计献策,助推措美水利建设。我结合工作实际,围绕科学规范治水、推进水利工程建设、加强工程监管、注重工程维护、开展防汛演练五个方面,给县水利局领导撰写了一篇2 500字左右的工作建议。结合县情,从安全工程、供水工程、绿色工程、智慧工程四个方面,思考县水利

"十四五"发展规划,提出了12条建议。就措美县的水利项目建设管理,从程序化、规范化、标准化等方面,提出自己的思考。二是熟悉县情局情,积极投身水利建设工作。措美县是一个以牧业为主的县,地广人稀,荒山多,植被稀疏、矮小,土壤贫瘠,适宜种植的土地少。县水利建设项目因高原气候因素,工程的有效施工期很短,主要以水土保持、农田水利建设等小型水利工程为主,虽然规模小,但量大、投资大、要求高。我克服高原反应,深入施工现场,先后参加水利专项县项目和措龙水库维修加固、乡镇水利项目改造维修等工程的验收,负责全县四个片区水利项目的质量监督、工程进度管理等,跑遍了措美的东西南北。很多水利工程位于海拔较高的山坡上,去工地要爬一大段山路,总是大口喘气、头疼欲裂。但我还是咬牙坚持,听从领导安排,做到认真负责、随叫随到,及时指出施工、监理等方面存在的内业、外业以及安全生产的问题,为措美县的水利建设与管理提供了技术支撑。

从6月进藏到11月返乡,短短的半年时间,西藏给我留下了深刻的印象。

一是西藏的爱党爱国的氛围浓厚。讲团结、讲政治、讲正气一类的宣传标语覆盖面广,道路两边、单位门口随处可见党的十九大以及"四讲四爱"等宣传标语,各个单位和农牧民家门口都升起国旗,办公室以及各农牧民家里都悬挂着国家领导人的画像。可以感受到,西藏人民特别重视和维护祖国统一与民族团结,全力发展经济,积极改善民生。我们与藏族同胞交流,他们说亲身感受到了过去与现在的巨大差别,所以对中国共产党、毛主席和习近平总书记发自内心的崇敬。

二是西藏的工作很艰辛。措美县平均海拔4 500米,氧气稀少,紫外线非常强烈,内地同志来了基本会心跳加快、血压升高、胸闷头痛等,一般都要经过一周时间才能适应。我们上下班一般都是缓缓地走,动作一快就气喘吁吁。因为气压低,人经常失眠、流鼻血,一些援藏干部因为高原反应留下了病根。和我们一起来措美县的还有几位援藏医生,他们也都先后产生了较大的高原反应,被送往县医院进行急救。西藏每年的旱季和雨季非常分明,7、8、9这三个月的降雨量非常多,早晚温差非常大。内地7、8月份高温三十多摄氏度的时候,措美还在下雪,早晚只有五六摄氏度,中午出太阳的时候只有不到20 ℃。当地的自然条件很恶劣,山头上草木不生,道路狭窄险峻,我们去工地和下乡要翻山越岭,经常途经荒漠、草原,穿越海拔5 000多米的山口,碰上路边山崖上滚下的风化的石块,有时候还能遇到泥石流。有一次我们来到一处山口时,遥望远处的雪山,藏族同事介绍说,有位援藏干部形容措美的山路是"车在云上开,鸟在车下飞"。车行驶在高高的盘山公路上,山高陡峭,一边是悬崖另一边是峭壁,坐在车上人心都提到嗓子眼⋯⋯这里地广人稀,路途遥远,我们往往是一早就出发,天黑才收工,中午在野外吃馒头充饥,经常晚上九十点钟才能回到县城,累得晚饭都不想吃。作为一名援藏干部,我始终咬牙坚持，克服困难，适应环境。

三是援藏工作任重道远。20年来，各对口援藏省、市和单位依托西藏实际，不断创新形式，加大援助力度，使雪域高原有了巨大的发展变化。措美县在党中央和内地人民的关心、关怀下，呈现出一片欣欣向荣的景象。措美小学、措美中学和措美政府机关、文化活动中心等各办公建筑井然有序，皖美广场、安徽广场、淮河大道干净整洁，安徽小康示范村、农业科技示范园欣欣向荣。但山南以及措美经济发展水平低，经济不发达，底子薄、起点低，技术性人才比较缺乏，为了促进边疆民族地区安定团结、和谐稳定，推动西藏经济社会持续健康发展和长治久安，仍需要内地加大对口支援的力度。

西藏很美，我很庆幸有这样一次机会，为了西藏的建设，为了祖国边疆的统一稳定，来到雪域高原，参与援藏工作。离开措美已经四年了，但感觉仍像是昨天一样。援藏是一种磨砺，这段援藏经历，它是我终生难忘的一次人生历练。

措美，如果有机会，我一定还来看你！

作者系安徽省第六批短期专业技术人才援藏干部，时任西藏自治区山南市措美县水利局高级工程师，淠史杭灌区淠河总干渠戚家桥分局局长、高级工程师。

一次援藏 终生援藏 奉献青春 感悟青春

薛东升

2015年5月,我有幸成为安徽省第三批短期援藏技术人才队伍中的一员,与来自安徽省医疗、住建、环保系统的其他48名同志一道,按照安徽省委组织部的统一安排,怀着忐忑而又坚定的心,开始了为期半年的援藏之行。

进藏前,省委组织部的领导给我们援藏技术人才提了三个问题:进藏为什么?在藏干什么?离藏留什么?经过半年的援藏工作与生活,现在我想就这三个问题交出我的答卷。

一、进藏为什么?

1994年7月,中央召开第三次西藏工作座谈会,确定了"分片负责、对口支援、定期轮换"的12字援藏工作新方针。其中,安徽省、湖南省、湖北省和中粮集团负责对口支援西藏山南地区,安徽省重点对口支援山南地区的三个县——浪卡子县、措美县、错那县。

对口援藏20年来,中央先后选派7批6 000余名优秀干部、技术人才进藏工作。20年来,广大援藏干部人才不断创新援藏模式、拓宽援藏领域、丰富援藏内涵,大力开展经济、科技、教育、卫生、就业等援藏工作,为西藏跨越式发展和长治久安提供了强大动力,发挥了不可替代的历史作用。这就是援藏目的之所在。

进藏前,我对西藏的认识大多停留于网上看到的旅游图片和视频资料。西藏给我的印象,就是风景秀丽、蓝天白云,是一生值得去、必去的地方。但只有真正踏足这片土地,呼吸间感受着如影随形的高原反应,才能真正体会到在当地工作和生活的不易。恶劣的环境、艰苦的条件都被壮阔的景观所掩盖。"一年无四季,一日见四季"的西藏高原空气稀薄,大部分地区空气含氧量只有内地的50%~60%,夏季早晚温差在10℃左右。在这种环境下,即便是最坚强的人也难免要"英雄气短"。在进藏的飞机上,一位二次援藏的老同志用一句形象的话来概括进藏的人有"三不知":不知饿了没有,不知生病了没有,不知睡着了没有。当时,同行的人都把这"三不知"当笑话。但当你经历过,就再也没法把它当笑话听。刚到山南的第一周,一起援藏的49名同志都产生了高原反应,轻则乏力、胸闷,重则头疼、眼花、呕吐、失眠……20多名同志血压升高,6名同志靠吃药维持,

3名同志住院治疗,1名同志住进了ICU(重症加强护理病房)。援藏日常工作生活中的衣食住行,对于我们来说是一种考验。喝凉水,吃生饭,"全副武装"冻难眠,可谓真实写照。衣,由于紫外线强烈,西藏地区气候变化无常,可能从穿衬衫到穿羽绒袄仅仅10分钟时间。食,山南地区多吃川菜和藏餐。川菜,吃几顿还行,每天都吃会上火严重;至于藏餐,内地人短期内基本吃不惯。更何况西藏气压低,烧水80多摄氏度就开了。住,空气干燥,海拔高,每天都失眠,早晨鼻孔被血痂堵住。最大的考验,还是行。虽说山南地区县与县之间基本通了双向柏油路,但是路程长、路况险。譬如从拉萨到山南全程也就150多公里,但开车行驶至少需要3个小时。出差途中,要时刻面对险峻的地形和路况,雪崩、泥石流、塌方、滑坡等自然灾害往往突如其来,可谓险象连连。有时从山南地区到稍微偏远的县,要坐一整天的车,只能带着午饭在路边吃。县与县之间还好,但一般水库等水利工程都建在非常偏僻的山里,只有泥路、土路甚至没有路。为了掌握第一手资料,我们有时不得不顶着高原反应,一步一喘,徒步几个小时到山沟里去察看现场。但我想,既然选择了进藏援藏,就得做好这份工作,就得为西藏的发展贡献自己的一份力量。

二、在藏干什么?

"我能为山南水利做点什么?"这是进藏后我经常问自己的一个问题。

西藏的艰苦,环境是一方面,做事上的难,更是亟须解决的问题。我对口支援的单位是山南地区水利局,全局职工有40余人。但因为西藏的特殊情况,有18人在驻村,各科室基本仅一两人主持正常工作。山南地区水利局全局没有高级职称以上专业技术人员,且水利专业相关人员缺失太多,水工、地质、概算等专业均无专门技术人才。同时,技术人员的数量严重不足,大部分科室仅一两人且均身兼数职,有的科室甚至一个技术人员都没有。

我对口支援的科室是山南地区水利局规划建设管理科,主要负责西藏山南地区水利项目的规划、审查及建设管理工作。规划建设管理科是山南地区水利局的窗口科室,承担了山南地区水利局绝大部分业务。例如,在2015年确定的山南地区"十三五"时期400余项水利规划中,有60余项要在2016年实现项目开工。因此我们必须在2015年底之前完成审查批复,可谓人员少、任务重、时间紧。

赴山南地区水利局上班的第一天,我翻阅了以前藏族同事办理的各种审查批文及水利工程资料。随着对西藏山南地区水利项目的了解,我更加感觉到自己肩上担子的分量,因为西藏的水利建设工作更多偏向在民生工程上。原来在安徽省,我从事的工作更多的是审查建设单位开展工程对防洪安全的影响,但在西藏项目审查的重点是项目本身的投资及工程质量。西藏很多的水利项目依靠国家投资，基本上是为了解决当地居民的生活用水、农业灌溉用水问题，治理沙化严重、危害民众安全的荒山、河滩等。每年国家都花费巨资投在西藏的水利工程上。由于西藏在水利工程项目审批、审查依据法规、具体程序方面完全不同，我在上班的前几天，主要是研究《西藏自治区水利工程管理条例》《西藏自治区水利工程建设质量与安全监督管理暂行办法》《西藏自治区水利工程建设规划同意书制度管理办法实施细则》等法规、规章。

既然选择来援藏，就要沉下心，实实在在做点事情。因为是对口援藏，我在山南地区水利局的工作和水政科工作类似，上手较快。随着对工作环境及相关政策法规的熟悉，我慢慢接手具体的工作，先后参与了山南地区结巴子灌区支沟工程、东西干渠工程、阿扎村水库工程、曲松县2015年农业专项县项目工程、山南乃东县多颇章乡布麦村合作社砂石厂工程、洛扎县边巴乡雪玛村砂石厂工程、隆子县热荣乡水土保持综合治理实施方案、加查县洛林河小流域水土保持工程、措美县县城防护工程的可行性研究报告及初步设计等40余个项目的审查、审批工作，并利用自己在内地所学知识结合具体工程对相关项目的设计方案提出建议并给予优化，以达到确保质量和节省投资的双赢目的。

为掌握第一手现场资料，了解项目建设的具体情况，我先后出差措美、加查、隆子县，察看工程现场，针对现场具体情况，提出具体的工程措施，利用自己的工作经验，解决当地水利工程在规划、初设、施工中遇到的难题。

工作的同时，我也坚持学习。西藏是个民众基本信仰藏传佛教的地方，许多地方有着独特之处。要做好援藏工作，就要学习党的民族和宗教政策，了解当地的风土人情；学习落实中央第六次西藏工作座谈会精神，充分发扬"特别能吃苦、特别能战斗、特别能忍耐、特别能团结、特别能奉献"的"老西藏精神"；同时要抓住机会向当地藏族领导和同事学习他们处理具体问题的方式方法。在注重学习的同时，我积极认真思索，自觉地将学习的体会和成果转化为谋划工作的思路、促进工作的措施、完成工作的本领，真正在援藏工作中做到学有所思、学有所悟、学有所用。山南地区与印度、不丹接壤，边境线长600多公里，维稳任务是第一位的。因此，在工作中更需要加强关于民族、宗教政策的学习，随时注意自己的一言一行，注意团结少数民族干部，积极同藏族同胞友好交往，用他们习惯并能够接受的方式方法进行沟通交流。我深知，自己的言行不仅代表个人形象，还代表我们淮河人的形象，同时更代表整个安徽省援藏技术人才的形象。

援藏的老同志说，选择了援藏就是选择了寂寞和坚强，选择了援藏就是选择了敬业和奉献。对于我来说，自己主动申请赴藏工作的那一刻，就意味着自己将离开熟悉的环境，远赴他乡工作、学习和生活。每当想起家中的父母，想起四岁的孩子，愧疚之情油然而生。但既然选择了援藏工作，就是选择了奉献，用自己的青春和汗水去为西藏的跨越式发展和长治久安贡献自己的绵薄之力。半年来的援藏生活、工作和学习，让我觉得这奉献是值得的，虽然告别了熟悉的工作环境，但是拥有了崭新的学习机会；虽然没有时间陪伴家人，但是我熟悉了藏区，结识了新朋友；虽然工作生活条件艰苦，但是磨炼了我的意志，丰富了我的人生阅历。一次援藏，终生援藏，奉献青春，感悟青春，这就是我对"在藏干什么"交出的答卷。

三、离藏留什么？

我们专技援藏人员，不仅要帮助西藏解决具体的技术问题，还要传授内地先进的技术知识给当地的藏族同胞。刚到科室，单位领导特别重视，专门抽调了一名藏族同事配合我的工作，跟班学习。我结合山南地区水利局的实际情况，根据本地藏族同胞基本知识欠缺、基本技能薄弱的特点，在日常工作中言传身教，放手不放眼，结合西藏典型的水利工程讲解基本知识、基本理论、基本技能，做到"做几件事，讲几堂课，带几个徒弟"。离藏前，该同志已基本掌握与工作相关的水利技术知识，可熟练使用相关办公软件和制图软件，基本胜任规划建设管理科的具体工作。同时，为研究解决水利局管理工作中遇到的技术难题，做好水利项目技术审查工作，按山南地区水利局领导安排，我负责筹备成立了援藏人员技术审查小组，并担任技术审查小组副组长，组织水利局援藏人员做好技术审查工作、培训工作，并将内地先进的水利知识传授给当地藏族同胞。于我而言，最大的成就不是我审查通过了多少个项目，而是我审查未通过多少项目、带出了几个徒弟。那些审查未通过的项目，有的是有着极大的安全隐患，有的是工程措施不合理，达不到建设的目的。虽然离开了西藏，但是回来后我仍多次与西藏设计部门联系、沟通，帮助他们对设计报告进行修订完善。临回来前，我针对规划建设管理科存在问题的一些规章制度、技术措施并结合半年援藏工作所见所做所闻，提出了自己的建议，并与单位领导沟通，以期能够尽快解决问题，提高工作效率。

援藏，既是一种勇气，也是一种信念；既是一种奉献，也是一种收获。去西藏之前，在内地的城市里工作生活节奏很快，不能静下心来思考问题；去西藏之后，我的心态更平和了，能沉下心来好好工作。我觉得我们在年轻的时候，应该要有这样一个阶段，能静下心来好好地思考：自己目前是什么状况？自己现在应该做些什么？自己未来想要什么？回顾半年来的援藏经历，对于我来说，既是一次心灵的震撼、灵魂的洗涤、意志的锤炼、理想的坚定，更是身心的磨砺、友情的培养、能力的提升、思想的升华。

扎西德勒！

作者系安徽省第三批短期专业技术援藏人才,时任西藏自治区山南地区水利局规划建设管理科科员、安徽省淮河河道管理局水政水资源科科员。

服务"生命禁区" 情系雪域高原
——记援西藏洛扎县藏医院

项高波

2019年国家中医药管理局、国务院扶贫办制定《加强三级中医医院对口帮扶贫困县县级中医医院工作方案》,将全部贫困县县级中医医院纳入对口帮扶,有效提升贫困地区中医药服务能力,积极助力农村贫困人口脱贫。西藏自治区洛扎县藏医院为安徽中医药大学第一附属医院的对口帮扶医院之一。2020年4月,我院发布《招募援西藏自治区洛扎县藏医院》的通知。作为一名有着近20年党龄的党员,我的第一反应是报名。这绝不是一时的冲动,是早就在我心中萌发的念头。我从小就有保家卫国的梦想,虽然现在不能一身绿色戎装守卫边疆,但身披"白色战衣"同样可以为建设祖国贡献力量!带着坚定的信念,我主动请缨参加此次援藏工作。

家人的支持为我的援藏工作保驾护航。望着年幼的孩子和年迈的母亲,我心中委实不舍。但是妻子说:"你放心吧,我替你守好后方。"孩子说:"爸爸,加油!"这个时候,我的心中充满了力量。他们很支持我的决定,我也希望自己能够为孩子树立一个榜样。

2020年6月15日,我带着组织的重托,带着对藏族同胞的关爱,带着对援藏事业的忠诚奔赴西藏自治区洛扎县藏医院。

初来乍到,头痛、胸闷、心悸、疲惫等一系列高原反应就给我来了个下马威。但来了就意味着选择了奉献和责任,无论条件多么艰苦、任务多么艰巨,我都要牢记使命,完成任务。我还没有从高原反应中缓解过来就很快地投入了工作。

践行医者仁心,饱含民族团结深情。洛扎县地处西藏自治区南部、喜马拉雅山脉南麓,南边与不丹王国接壤。考虑到有些乡村位置偏僻,当地农牧民出行看病比较困难,我和同事就一起前往扎日乡蒙达村、洛扎镇、边巴乡等交通不发达的村庄进行慰问及义诊。活动中携带的简易氧气罐用完了,虽然开始出现高原反应,但是我仍然坚持给一位居住在海拔5 300米的癫痫患者送去药物并进行诊治。虽然头痛胸闷,但是当我看到村民亲切的眼神和淳朴的笑容时,我觉得一切努力都是值得的。这也让我对援藏工作有了更深层次的理解——做实事。半年时间转瞬即逝,我一定要尽自己所能,解除藏族同胞的病痛。

潜心研究病历，发挥中医所长。入藏后，我与同事们一起对当地藏族同胞疾病的特点展开调研，总结了当地常见疾病，发现骨关节疾病高发。针对这类疾病，藏医院一般采用藏药、针灸、理疗等治疗手段进行治疗，虽可以缓解部分症状，但容易复发。针对此问题，我将我院的院内制剂"消瘀接骨散"纳入治疗方案中，有效缓解了骨关节疾病的症状。56岁的藏族大妈其米常年关节疼痛，反复住院治疗。我在其2020年6月29日住院治疗方案中增加"消瘀接骨散"外敷关节，第二天其米自述疼痛明显缓解、夜间睡眠改善，后继续治疗5天疼痛症状消失出院。当时正值春末夏初，我就想到，受追捧的"三伏贴"治疗是不是也可以推广呢？于是，我通过在藏族同胞中进行宣传，手把手教当地医生进行"三伏贴"药物制作，并进行现场教学，让藏族同胞了解了"三伏贴"的功效，既弘扬了国粹，又造福了百姓。当年就有200余名藏族同胞接受了"三伏贴"治疗，据洛扎县藏医院阿旺旦增院长、赤列措姆医生等人反馈，疗效良好。经过我的指导，现在藏医院的年轻医生能够独立完成"三伏贴"的药物制作及治疗了。2021年接受"三伏贴"治疗的有500余人，我相信"三伏贴"这种传统中医治疗方法一定会在西藏地区推广开来。

传授神经外科急诊知识，强化急救流程。洛扎县属于高原山林地区，颅脑损伤及脑出血疾病较多。因为硬件及软件条件有限，医院无神经外科，所以对神经外科病人的处理是转院到拉萨市或山南市医院。但转院路程远、路况差，到达转入医院前需要对病人进行紧急处理。针对此问题，我充分发挥专业特长，对急诊科医生进行了颅脑损伤及脑出血急诊抢救流程的培训，制订治疗方案，为此类急诊病人转院赢得宝贵时间。此外，神经疾病的早期康复治疗同样也很重要，于是我将多年积累的早期康复经验传授给洛扎县藏医院康复科的医生们。

发挥党员模范带头作用，做好传帮带。要让内地的先进技术在高原开花结果，还得依靠当地医生。我将我的技术尽可能传授给他们，我们离开西藏后就得靠他们来坚守了。医院从各科室和乡镇卫生院挑选骨干人员建立师徒关系，我通过"一对一，一对多"方式进行带教，利用每天查房和每周科内讲座、每月病例讨论、解读CT（医学影像）片子、手术示教、专题授课等形式，强化专业对接，帮助洛扎县藏医院培养了一批用得上的医疗技术人员。

六个月的时间是短暂的，同时也是充实的。我积极利用自身优势，充分弘扬中医药特色，传授中医药知识，建立神经外科急诊疾病抢救流程制度，传授神经外科早期康复理念，带出来一支可以留下来的医疗团队。

六个月稍纵即逝，不期望六个月建立丰功伟绩，但是总归要脚踏实地，为藏族同胞办实事。如果下次西藏需要我，我仍然会义无反顾。

以上是我对援藏工作的总结，也是我用实际行动践行着一名共产党员的神圣使命——全心全意为人民服务。

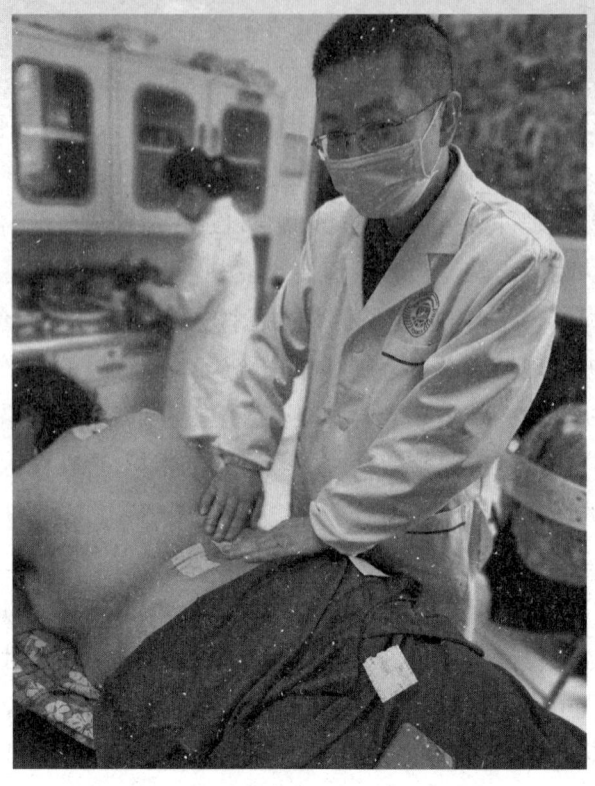

作者系国家中医药管理局第一批中医援藏技术人才,时任西藏自治区山南市洛扎县藏医院副主任医师、安徽中医药大学第一附属医院神经外科医生。

援藏一年　情深一世

张万高

安徽省是落实中组部、国家卫健委"1+7"医疗人才"组团式"援藏工作中最早开展"以院包科"的省份,通过实行结对共建和成批次"组团式"选派医疗骨干,支持西藏山南市人民医院重点学科建设、人才培养和管理能力建设,帮助山南市人民医院完成了"三甲"医院创建。本人有幸成为"组团式"援藏医疗队中的一员,倍感荣幸!光阴似箭,日月如梭。转眼间援藏归来已整四年了,回想一年的援藏经历,有着辛勤的付出、有着满满的收获,同时也有着深深的感悟!

我来自安徽中医药大学第一附属医院,2017年7月为响应中组部、安徽省政府、安徽省卫计委号召,本人克服多种困难参加了安徽省第三批医疗人才"组团式"援藏工作队,来到西藏自治区山南市人民医院工作。一直以来,我只能通过书籍、电视及网络了解西藏,对这片神秘而美丽的雪域高原充满了好奇与向往,总盼望着有机会去那里看一看。同时我也知道那里是缺医少药的地方,是空气稀薄可以使人产生高原反应,甚至可能付出生命的地方。看到医院援藏报名通知的那一刻,我很兴奋,终于有机会去那遥远、神秘的雪域高原了,终于有机会为这片藏文化发祥地的医疗卫生事业作出自己的贡献了!但紧接着又涌现出些许的忧虑:担心科室工作是否会受到影响,担心妻子能否挑起家庭的重担,担心女儿的学习会不会被耽误,担心自己能不能适应高原环境,毕竟当时的我也属于"大龄"援藏队员了……

在山南市人民医院工作的这一年本人都是以大局为重,做有利于民族团结的事,说有利于民族团结的话,为维护西藏地区的稳定繁荣作出了自己的贡献;在具体工作中,想藏族同胞之所想、急藏族同胞之所急,把新的技术、新的理念带到了山南市人民医院,带给了西藏人民。因为我的到来,因为以我为首建立的介入导管室的投入使用,以往在此地不治或难治的疾病得到有效治疗,比如可能随时危及患者生命的肺栓塞、深静脉栓塞在山南可以做介入微创治疗了,晚期肝癌等恶性肿瘤患者可以不用跋涉千里到内地做介入治疗了……可以说本人用自己的行动践行、助力了"三不出"(指400多种"大病"不出西藏自治区、2 000多种"中病"不出地市、绝大多数"小病"在县域就可以得到治疗,各族群众不离乡背土就能看病就医)、"两降一升"(指西藏的婴儿死亡率和孕产妇死亡率下降、孕产妇住院分娩率上升），为山南市人民医院创"三甲"添了砖、加了瓦。介入治疗项目是"三甲"医院评审条件的必备项和加分项，因为我的到来，该拿的分拿了，该加的分加了！"三甲"医院不仅是一种称号，更是一种使命和示范。安徽省"组团式"援藏医疗队坚持以人民为中心的服务理念，始终心系农牧民群众，大力开展公益活动，争做联系服务群众、加强民族团结、维护社会稳定的实践者和促进者。

我所在的学科——介入放射学是一门新兴学科，在内地的医院尚没有完全普及开展，在西藏自治区鲜有开展，在山南市人民医院更是空白的学科。本人来到山南市人民医院后，在院领导的大力支持下，积极投入介入导管室的筹备建设工作中：一切从零开始，没有现成的机房，想办法改造了老旧废弃的CT机房；没有会做介入的工作人员，自己授课加送人回本单位培训；没有有介入意识的临床医生，本人就不断跑科室慢慢沟通、灌输理念。从选址、设计、改造到机器的安装验收本人都亲力亲为，把关每一个细节，始终不敢大意。冬、春季节的西藏时有风沙，细沙进入机房容易造成机器受损，因此机器安装后的保洁工作丝毫不能马虎，本人亲自和科室同道一起加班加点搞好机房的卫生及机器防护工作，从而保证了导管室及机器的顺利使用。同时本人严格按照"三甲"医院导管室建设、管理要求，高标准、严要求地制定出了各种规章制度、诊疗流程，打造出了一个高标准介入导管室的同时，也为山南市人民医院创"三甲"工作的顺利验收写上了浓重的一笔。

介入治疗已经成为现代医院临床治疗的主要手段之一，日益成为一些疾病的首选治疗方法，为许多既往被认为高风险、高死亡率的疾病或不治之症的治疗开辟了新的思路。没有介入诊疗的现代综合医院是不可想象的。我在导管室建成后发挥专业技术特长，积极与相关科室沟通、协调，在一些棘手问题上提出本学科观点、优势，广泛传授血管、非血管介入技术，开展了一系列填补山南市乃至西藏地区空白的项目，如：深静脉血栓的可回收滤器置入治疗、肝癌的介入治疗、肝血管瘤的介入治疗、下肢静脉曲张的介入治疗、腰椎间盘突出症的介入治疗、髂静脉狭窄综合征的介入治疗等。这些项目的开展，帮助山南市人民医院内科、外科、骨科、神经科等众多科室提升了业务水平。这些介入诊疗技术的发展，使一些肿瘤、血管和疼痛性疾病的患者不必再到市外或区外就诊，造福了山南百姓，在本人援藏工作的后期已经有区内其他地市包括拉萨的病人慕名来山南市人民医院就诊了。

在山南市人民医院工作期间，我注重发挥传帮带作用，采取专家带骨干、师傅带徒弟的培养方式，大力培养本地医疗人才，并邀请当地医生来我院进修学习，变"输血"为"造血"，在山南打造出了一支优秀的带不走的介入队伍。不但手把手带教学员，为提高当地医护人员的介入诊疗意识，提高他们的理论水平，我还邀请了安徽一批影像诊断和介入治疗方面的专家于2018年6月下旬在山南市人民医院举办了"影像学进展暨介入诊疗培训班",从而实现了"由感性认识到理论升华,再用理论指导工作实践"的目标。2018年7月本人被山南市卫计委授予"先进个人"荣誉称号;2019年本人很荣幸地被中共山南市委员会、山南市人民政府评为"优秀援藏干部",这也说明了当地政府对我援藏期间工作的认可和肯定。

虽然短短一年的援藏工作已完成,但山南市人民医院的介入事业不会就此停止,"一年援藏行,一世援藏情",我愿意尽自己的学识,继续为培养山南的介入人才而努力!期盼介入事业这朵"格桑花"在西藏大地越开越美,越开越艳!我坚信,我们安徽一批批"组团式"医疗骨干的辛勤付出,必将有利于推进西藏的跨越式发展,有利于维护祖国统一和民族团结,对于促进区域协调发展、实现西藏长治久安、确保边疆安宁稳固发挥重大作用,产生深远影响。

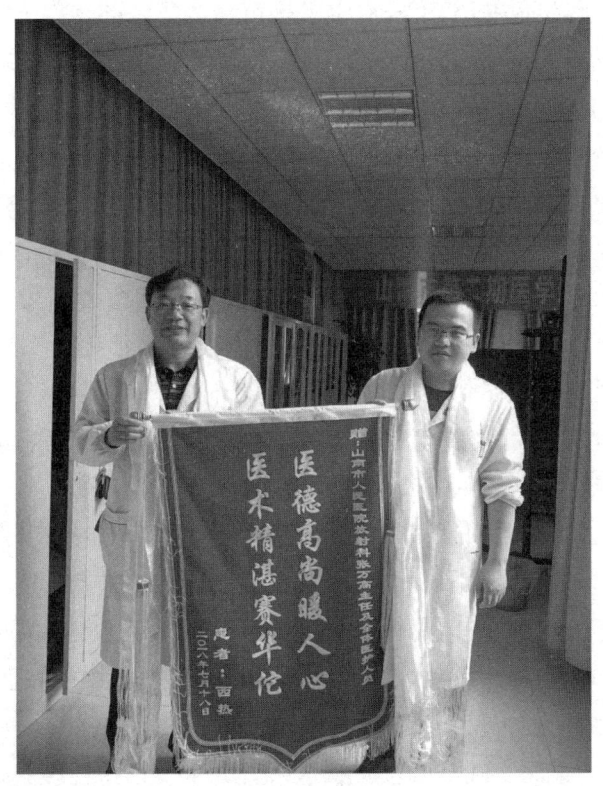

作者系安徽省第三批援藏医疗队队员,时任西藏自治区山南市人民医院影像中心主任、安徽中医药大学第一附属医院介入中心主任。

医疗帮扶尽显皖藏一家亲

金 华

2020年7月,我参加中组部第六批"组团式"援藏医疗队工作,担任西藏自治区山南市人民医院内一科(肾病内分泌专科)主任。我们克服了旅途的艰辛疲劳,以及高海拔、低氧、低气压所引起的高原反应,来到西藏自治区山南市,在安徽省第七批援藏工作队领队,西藏自治区山南市委副书记、市政府常务副市长汪华东的领导下,在雪域高原上坚守一年,开展了一系列富有成效的医疗援藏工作,用高度的责任心、新项目及技术切切实实地为藏族同胞提供了医疗援助。

阿旺旦增是一名16岁的男性藏族患者,因持续蛋白尿在西藏自治区多家省市级医院就诊,诊断为"慢性肾炎",长期予以激素及免疫抑制剂口服治疗,效果较差,蛋白尿持续增加,肾功能出现损害并逐步进展,且患者还受到激素等药物副作用的困扰。2020年10月患者就诊于山南市人民医院,10月21日在详细询问患者病史后,我得知患者还伴有轻度听力下降、视力减弱等表现,通过这些蛛丝马迹,我推测患者既往诊断可能出现差错,于是当日给患者进行肾穿刺活检术。10月26日病理结果提示"Alport综合征",为一种罕见的遗传性肾病。我们商量后立即调整治疗方案,停用激素,改用中药保肾治疗,现患者肾功能得以稳定,也避免了口服激素带来的副作用困扰。

曲妮桑姆是一名39岁的女性藏族患者,因尿毒症就诊于山南市人民医院,当时患者病情很严重,还伴有心慌胸闷、恶心呕吐、不能进食等症状。告知患者需要接受透析治疗后,患者及家属拒绝。于是,我耐心地向患者及家属详细交代病情,告知尿毒症并非不能治疗,正规透析治疗后可以过上接近正常人的生活。考虑到患者居住在边远的洛扎县,距离山南市人民医院血透中心(山南市仅此一家透析中心)有7小时的路程,无法方便有效地进行血液透析治疗,故对曲妮桑姆实施了低位腹膜透析置管术及维持性腹膜透析治疗,从而挽救了曲妮桑姆的生命,提高了她的生活质量。曲妮桑姆再次复诊时高兴地握住我的手,并献上洁白的哈达,激动地说:"谢谢您,让我活了下来,我现在可以大口地啃牦牛肉、吃糌粑、喝酥油茶啦!"

对于危重患者,我们医院会充分发挥派出单位的医疗优势,协助患者转至内地进一步诊治。63岁的藏族同胞多吉因"咳嗽伴胸闷、气喘三个月"就诊于山南市人民医院,患者病情复杂严重,心衰、感染等症状持续不能缓解,山南市人民医院建议患者转入内地医院治疗。"金主任,你好！我们这边有个病人病情很严重,想转到你们医院去治疗。"2020年2月26日上午,山南市人民医院内一科德娃庆布主任给正在合肥休假的我打来电话,介绍患者情况。我说:"山南医院和患者那么信任我们医院,我真的很自豪。"随后我就赶紧跟院领导及科室主任联系安排治疗。经过积极准备,3月3日多吉乘坐飞机飞至安徽省合肥市,并于当日14时赶至安徽中医药大学第一附属医院,在医院领导和专家的全程陪同下,及时顺利地办理了入院手续。经过积极抢救、细心诊治和护理,患者病情得到有效缓解。整个救治过程使患者及家属非常感动,真情演绎了皖藏一家亲。

我不仅在科室开展教学查房,尽心尽力做好传帮带教工作,竭尽自己所学所能,开展亲自指导仓吉、白玛色珍等多位藏族医生的人才培养工作,同时还结合本科室高原病特点,开展科研工作,承担了西藏自治区自然科学基金组团式医学援藏项目[项目编号XZ2021ZR-ZY37(Z),下达经费9.15万元]。此外,我还和同事到海拔更高、条件更艰苦的县医院以及边防部队进行义诊,指导当地医疗工作,得到了当地农牧民的热情欢迎。错那县为西藏自治区海拔比较高的边境县城,县域人口1万余人。2020年11月13日至15日,我所在的援藏医疗队一行20余人携带相关医疗设备及药品,克服高海拔缺氧、路途艰险等困难,沿着雪域高原一路前行,历经6个多小时,来到该县边防部队哨所及营地。由于是临冬之际,气温低至零下十几摄氏度,再加上高海拔缺氧,许多队员出现了胸闷、头痛、恶心,我们发扬"艰苦不怕吃苦、缺氧不缺精神、海拔高境界更高"的精神,尽管精疲力竭,但稍作休整后就投入义诊活动中,为官兵们检查身体。针对一些因慢性病需长期用药的官兵,我们发挥专业特长,积极为广大官兵开展合理用药知识宣传、健康用药指导,并主动留下联系方式,做起他们的"家庭医生",让他们能够更放心、更安心、更踏实地守好祖国的"大门",受到了边防官兵的赞誉与好评。这次巡边义诊活动虽然条件艰苦,但只要边防官兵有需要,条件再艰苦、困难再多也是值得的。我觉得此次活动既是去送医送健康的,更是去接受爱国主义教育的,要向"最可爱的人"致敬和学习,不辜负安徽中医药大学第一附属医院党委的关心与嘱托,努力做好援藏工作。

由于长期在高原地区低压、低氧环境中工作和生活,我不可避免地出现高原反应,经常受到失眠、头痛、脱发、心慌、胸闷等困扰,甚至需要长期口服药物(美托洛尔、红景天口服液等)来克服症状。

事实上,我们不仅需要克服身体困难,还需要克服家庭困难。由于长期不能回家,所以不能照顾家庭,不能陪伴家人。母亲骨折不能尽孝心照顾,妻子生病不能陪在身边,两个孩子的生活学习和成长没有父亲的陪伴……这一件件家事的缺席已成为我不可诉说的心痛。妻子虽然给予了充分的理解和关心,但有时也忍不住抱怨:"你什么时候回来呀！孩子和父母需要你呀！我怕自己快扛不住了……"尽管心中充满愧疚和痛苦，我依然无怨无悔。我告诉身为老党员的父亲，自己作为一名中共党员和医疗工作者，需要积极响应党的号召，全心全意为人民服务，这是自己义不容辞的责任和义务，只有深入最需要自己的地方为人民服务，才能感到无上光荣。我告诉妻子，援藏工作是一种经历，也是一种财富，要积极乐观对待；虽然我们距离遥远，但是我并没有减少对你的感情和关爱；虽然很多事情我不能尽职，但是党组织和单位给了我很多慰问和支持。我告诉孩子们，爸爸虽然不在你们身边，但是爱你们的心无法阻挡；爸爸要履行自己的义务和使命，每天都在经受近 4 000 米海拔高原的考验，时刻都在克服身体和心理的重重困难辛苦工作，爸爸的选择与功名利禄无关，爸爸想给你们做个榜样，希望你们要像爸爸一样坚强、勇敢和努力，以爸爸为荣，不管是学习还是生活，任何时候都不能停止奋斗和努力，要时刻保持积极向上、永不放弃的精神。

对口支援西藏是党中央的重大战略决策，是西部大开发战略的重要组成部分，也是一项光荣的政治任务，能为藏族同胞们服务，减轻病痛对他们的痛苦，我感到很光荣，付出再多也是值得的。在山南市人民医院的这段时间里，我严格要求自己，坚持自己的信念，贯彻中央第七次西藏工作座谈会精神，发扬"老西藏精神"，不忘援藏初心，高质量地做好援藏工作，以高度的工作责任心、先进的服务理念和精湛的业务技术，得到了藏族同行们的一致好评。

作者系中组部第六批"组团式"援藏医疗队队员，时任西藏自治区山南市人民医院内一科（肾病内分泌专科）主任、安徽中医药大学第一附属医院主任医师。

搏击奉献在雪域

徐玉梅

雪域边关有深情,高山峡谷映初心。本人徐玉梅,主管护师,从事儿童护理工作17年,曾经在北京儿童医院进修学习半年。我从第一天踏入西藏的儿科病房,看到孩子们天真纯粹的眼神里流露出痛苦的表情起,便在心里暗自决定要尽己所能提升这里儿科的护理水平,让孩子们减少痛苦,早日康复。

雪域高原见证精彩答卷

2016年7月至2017年7月,我主动参加安徽省第二批"组团式"援藏医疗队支援西藏山南市人民医院儿科工作。刚进藏时强烈的高原反应让我倍感痛苦,但是我知道这里的孩子们需要我,我强忍着身体的不适,第一时间积极投入工作中去。在对科室进行了一个星期的观察了解后得知,儿科从内科分出才半年,护理人员普遍年轻,没有经过系统的儿童专科护理培训,只能进行普通患儿的护理,对危重症患儿的护理缺乏理论基础和实践经验。我立即做出计划,对全科护士进行系统的儿科专业知识和技能培训。在短短的一年时间里,成功开展的新技术、新项目有无创呼吸机使用、有创呼吸机使用、新生儿"鸟巢式"卧位、腋静脉留置针穿刺技术、桡动脉穿刺采血等。全科的护士水平有了明显的提高。我在做好本职护理工作的同时积极主动做好帮扶工作,将自己所学的护理知识及技能奉献给藏区。我牢记自己的工作重点是"安全、发展、创新",为广大患儿提供高效、优质、安全的护理服务,受到患儿及家属的一致好评。每次遇到危重病人,不管是白天还是深夜,我总是第一时间赶到医院,积极参与抢救。在此期间我还协助科室护士长落实各项"三甲"资料,如各项规章制度、护理人员职责、儿科常见病护理常规、应急预案,按"三甲"要求做好病历的质控等。在我的建议下,科室将护士站前移,以便于护患沟通;加强了护理人员手部卫生及无菌操作的管理;配备吸痰车,以便于抢救病人;做好患儿家属的宣教工作;明确护工及护理员的职责;做好病房卫生及各种仪器的消毒工作;制定合理的带教计划和制度,安排有经验的老师带教实习、进修,做到严格带教,对学生放手不放眼等。

当机立断创"奇迹"

2016年9月,一名患有严重新生儿呼吸窘迫综合征的早产儿在无创辅助通气情况下,生命体征仍不稳定,急需上有创呼吸机,小小的生命危在旦夕。其实儿科有一台呼吸机,但由于没有使用经验,长期闲置,大家都以为是坏的。同批援藏的主任得知后,在千钧一发之际,把放在库房的呼吸机推出来,在我们的协助操作下,配合这台不被看好的呼吸机成功地保住了这名危重患儿的生命,这在当地是首例。以前遇到危重患儿都是转上级医院,因为路途远,没有完善的转运设施,转运难度大,很难保证患儿路途中的生命安全。通过利用闲置设备和加强护理人员培训全方面提高医疗护理水平,把新生儿科打造成山南市人民医院重点科室,有效提高了当地危重患儿的救治水平。在理论培训和实践指导下,新生儿科整体的护理水平得到了很大的提高,打造了一支带不走的护理团队。

友谊的"格桑花"天长地久

援藏期间,我严格按照医院各项规章制度要求自己,尊敬领导,服从安排,团结同事,吃苦耐劳,以优质、高尚的服务理念,服务藏区每一位患儿。在援藏的一年里我获得了第二批"组团式"援藏医疗队先进个人、优秀援藏干部等荣誉称号及贡献奖。尽管护理工作很平凡、很烦琐,但我深信把每一件平凡的事做好就是不平凡,把每一件简单的事做好就是不简单,所以每时每刻我都在努力工作、勤奋学习,尽自己最大努力献身儿科护理事业。在西藏工作,为西藏而歌,我对这一片土地充满热爱,对这一片土地上的人民饱含深情。我希望通过自己的努力工作,能够在西藏当地医务人员和藏族患者的心中留下美好的印象,就像种下一朵美丽的格桑花,祝愿藏汉友谊地久天长。

作者系安徽省第二批"组团式"援藏医疗队队员,时任西藏自治区山南市人民医院护理部副主任、儿科护士长,安徽省儿童医院新生儿科主管护师。

学思践悟

在雪域高原绽放梦想

吕维春

看到情系雅砻的援藏征文通知时,我的思绪一下就飞回到了当年。2021年4月,得知单位将选派一名同志赴西藏山南市进行半年短期援藏时,作为一名党员和援藏二代,我没有丝毫犹豫,第一时间报了名。西藏,对我来说是一个神圣美丽、陌生却又熟悉的地方,说它陌生,是因为在援藏之前我从未踏上过那片土地;说它熟悉,是因为我的父母、爱人也曾在那里挥洒过热血,奉献过青春。援藏就像一粒种子,一直深深埋藏在我内心深处,时刻等待着发芽。

经过层层选拔,6月份我如愿奔赴西藏山南市,成为山南市卫健委的一名援藏干部,主要负责全市的卫生监督执法以及行政许可、食品安全风险监测等工作。入藏后的第一次集体大会上,我们得知了一个令人悲痛的消息:就在我们来的上个月,芜湖市中铁设计院一名年仅29岁的援藏技术人员因高原反应离世。看着脉氧仪上只有80%多的血氧饱和度和130多次每分钟的心率,我不由得也有些紧张。经过短暂的休整,秉承着"缺氧不缺精神"的信念,我积极调整自己的身体状态,全身心投入援藏工作中去。

尽职尽责,守护人民健康

来到山南市的第一个重要任务,就是为中国共产党成立100周年和西藏和平解放70周年大庆活动顺利开展提供保障。卫健委没有专门的执法车辆,监督科的米玛科长每天骑着电动车带着我顶着强烈的紫外线把全市数百家公共场所和医疗机构跑了个遍:发放疫情防控承诺书,张贴疫情防控宣传海报,宣传疫情防控注意事项……由于机构设置、人员配备等多方面原因,山南市整体卫生监督执法的力量有限,我针对摸底检查的实际情况,参考内地先进的工作方法,组织公开讲课,播放我自制的饮用水生产过程短视频,把内地一整套先进的工作模式复制到山南市,和他们共同完成了打击非法医疗美容、中小学教室采光照明检测、职业卫生监督检查等一系列专项检查工作。当检查中发现的问题逐步落实整改且讲课得到大家一致好评时,一种自豪感油然而生,因为西藏的建设发展有我贡献的一份力量。

义诊巡边,情系边境同胞

边境的医疗条件相对有限,尤其是像玉麦这样人口稀少的偏远地方。为了给当地农牧民开展医疗服务,短援队组织开展了义诊巡边活动。玉麦乡位于山南市隆子县,从山南出发,要历经7小时才能到达。几十年来,卓嘎、央宗两姐妹和父亲一直坚守在这个曾经的"三人乡"。任风吹雨打、花开花落,姐妹俩始终高举爱国守边的旗帜,坚如磐石地守护着玉麦。短援队的医生给农牧民测血压、问诊、普及高原地区常见病和多发病的防治基本知识,我们则发放常备药品和口罩,仔细告诉他们正确的用药方法和注意事项,虽然有的农牧民听不懂汉语,还需要村书记帮忙翻译,但看到他们接过药品时感动的眼神和翻箱倒柜找哈达献给我们的场景,我的眼睛也湿润了。

助民为乐,挥汗雪域高原

单位的门卫师傅普布次仁是一位和蔼可亲的藏族大爷,8月份,又到了藏区麦子成熟的季节,然而面对家里的一大片麦田,普布次仁师傅可犯了难。于是,趁着周末,委里组织大家一起去普布次仁师傅家帮忙收麦子。对于从小在城市长大的我来说,这可是我第一次近距离地观察麦子。我们需要将收割下来的麦子一捆一捆地扎好再立起来。工作看似简单,但经常会因为没捆好或没扎紧,麦子散落在地上。天很蓝,太阳却很毒,金黄的麦穗在微风下拂动。火辣辣的太阳晒在脸上,滚烫滚烫的,裸露的手臂也会不小心被麦芒划出一道道红印,不过大家齐心协力,割完这边收那边,不一会儿,一大片麦子就变成了一捆捆麦束。到了午餐时间,大家找了一处阴凉地,席地而坐,啃着牛肉,蘸着辣椒,就着饼子,吃着土豆,尽情地享受劳动后朴实的快乐和收获的喜悦。

援藏的过程不是一帆风顺的,这期间有远离家人的思念、有不能照顾家庭的愧疚、有融入当地工作生活的困难、有高反身体不适的折磨,有时还有与同事们理念观念不同的摩擦,但我始终没有放弃过,我始终记得汪华东书记在迎接短援队时说过的话:来到西藏,半年过去,总要留下些什么。半年的援藏生活,是我人生中一段难得的经历,更是一笔宝贵的财富,这里有我和在藏干部并肩战斗的点点滴滴,是它让我走进了西藏、认识了西藏、爱上了西藏,也让我在艰苦的环境中开阔了视野,提升了自己的综合素质,特别是锻炼了我在艰苦复杂环境下工作的能力。援藏是一份事业,用心付出才有担当;援藏是一种见证,用心维护才能谱写民族团结的乐章。这段时间的所学、所想、所得、所知,使我终身受益。

作者系安徽省第九批短期援藏工作队队员,援藏时在西藏自治区山南市卫生健康委员会工作。

党的光辉照边疆　藏族患者复光明

朱云喜

作为一名眼科医生,最大的愿望就是在祖国最需要我的地方,给眼疾患者带来光明。通过严格的体检,2021年7月21日我如愿加入了安徽省第七批"组团式"援藏医疗队,在山南市人民医院眼科开启了为期一年的援藏工作。

我接诊的第一例患者是次仁群培老人,就在三个多月前,老人突发左眼视物不清,由于尚且能够忍受,距离医院路途遥远,又适逢农耕繁忙,就想着等闲一点的时候再来医院就诊。殊不料,近三天来,病情日益加重,疼痛无法忍受,于是前来就诊。

在门诊室第一次见他时,他面容憔悴、眼红眼痛、头痛欲裂,嘴巴里不停发出的呻吟声直接穿透了我的心扉。老人的家人告诉我,他已经三天滴水未进。由于体力不支,他只能由家人背着来就诊,瘫坐在就诊椅上,如果没人扶持着,估计都很难坐稳。经过仔细询问,得知老人有高血压病史,但是没有规律服药,血压控制欠佳;进一步详细检查,发现左眼已经没有光感了,角膜重度水肿,虹膜表面隐约可见新生血管,如果不仔细检查很容易漏诊,眼压非常高,眼球触之如石,眼底窥之不见。我诊断:这是典型的新生血管性青光眼。

新生血管性青光眼是一种极难医治性青光眼,继发于眼球缺血性疾病,尤其是缺血性视网膜中央静脉阻塞;通常在视网膜静脉阻塞三个月后发病,又称"百日青光眼"。山南市地处冈底斯山脉南麓高海拔地区,高血压发病率高,很多患者又远在牧区,就医不方便,血压控制欠佳,导致视网膜静脉阻塞发病率高;如果是缺血性视网膜静脉阻塞,就会继发新生血管性青光眼。新生血管性青光眼眼压很难控制,治疗效果差,很多患者在疾病终末期,由于复明无望,眼痛、头痛,甚至已经超过抗痛极限,严重影响生活,最后无奈只能选择摘除眼球解除病痛。

我看着眼前这位佝偻着身子的羸弱老人,拍了拍他的肩膀,痛心之余,倍感责任重大。我猜测,三个月前次仁群培老人突然视力下降,可能就是因为高血压没有规范吃药,导致了缺血性视网膜静脉阻塞;由于没能及时治疗,三个月后就继发了新生血管性青光眼。我也很清楚,如果不能及时有效地治疗,次仁群培老人的左眼很快就会失明,最终要摘除眼球。

我要尽全力保住次仁群培老人的眼球。针对老人的特殊情况，我脑海里放电影般搜索着治疗的最佳方案。目前国际上最新的治疗新生血管性青光眼的方案是采取综合治疗的方式，即先抗新生血管及降眼压治疗，再予眼底激光光凝或者玻璃体切除术。我向科室的几位年轻医生详细地讲解了新生血管性青光眼的治疗手段，因为我知道，他们才是雪域高原带不走的"护眼天使"。一位年轻的医生问我，她咋从来没听说过呢。我详细地向她解释道，由于抗新生血管药物价格高昂，一般的家庭无法承受这样的经济压力，直到两年前，抗新生血管药物被划入医保报销范围，这种疗法才真正走入临床。我国也是近两年才开始逐步普及这种治疗方式。

所幸，次仁群培老人新生血管性青光眼发病时间相对较短，处于发病早期，视神经可能还没有完全损伤，如果治疗及时，也许会恢复一定的视力。我们一边揪心一边庆幸，立即着手给次仁群培老人从全身到局部双管齐下，进行降眼压治疗，同时给予保护视神经、降血压等治疗。

但是一个难题很快让治疗陷入了僵局——由于医院目前没有抗新生血管的药物，正常采购需要一到两周的时间，这么长时间的等待，视神经怕是早就死亡了，视力恢复无望，甚至直接做眼球摘除术都有可能。如果在没有抗新生血管药物的情况下，直接做降眼压手术，术中这些新生血管大概率会破裂，可能导致大量的眼内出血，出现爆发性脉络膜出血的概率也会增大很多，而一旦爆发性脉络膜出血，可能术中就要摘眼球了。

怎么办？看着老人痛苦的样子，我的内心有如火烧一般。当务之急就是尽快找来抗新生血管药物。我们向院领导紧急汇报了这种情况，立刻得到了大力支持。时间就是视力，和时间赛跑，才能最大限度恢复次仁群培老人的视力！全院上下都在争分夺秒，为了能尽快采购到抗新生血管药物，我们四处询问药源。

众人拾柴火焰高。两天后一支抗新生血管药物终于抵达山南。在给老人眼球内注射抗新生血管药物三天后，又顺利实施了小梁切除术降眼压治疗。术后第一天，次仁群培老人眼压就恢复了正常，眼睛也不那么疼了，虹膜新生血管完全退去后，视力也明显恢复了一部分，终于能看见东西了！看到术后疗效显著，除了眼睛里的线头有点磨眼睛，没有并发症，我们眼科全体同志都松了一口气，相视之时露出了久违的笑容。

术后一周拆线出院时，老人并没有任何不适症状，患眼视力恢复到了0.4，眼压比较平稳，虹膜新生血管也完全退去。次仁群培老人激动得双手合十，作揖感谢我们援藏专家带来的先进治疗方式让他重获光明，感谢党对边疆地区的好政策；他也感受到中华民族大家庭的温暖。

目前我们不仅将新生血管性青光眼的综合治疗纳入山南市人民医院诊疗常规，而且对缺血性视网膜静脉阻塞常规注射抗新生血管药物，不仅提高了视网膜静脉阻塞的治疗效果，同时降低了新生血管性青光眼的发病率，达到了治未病的目的，取得了很好的社会效益。

作者系安徽省第七批"组团式"援藏医疗队队员，时任西藏自治区山南市人民医院眼科主任、安徽省马鞍山市人民医院眼科副主任医师。

一次援藏 终生难忘

童来平

援藏虽然已经过去四年多了,但在西藏的每一个日夜,每一次翻山越岭,每一幕工作场景,都历历在目,难以忘怀。

2017年5月,应西藏山南市审计局的请求,根据省厅部署和市局安排,我被选派赴藏援助投资审计。进藏之前,我的心情是忐忑不安的。赴藏,人生地不熟,投资审计又是一项地域性、专业性很强的工作,怎么援审?如何才能援审好?去之前,这些问题一直在心头萦绕。

经与山南市审计局充分沟通,精心准备,5月26日中午,当我们援审小组一行3人在机场和前来接队的安徽省第八批援藏干部之一丁传立副局长会合时,兴奋之情难以言表。兴奋于顺利抵达,兴奋于拉萨那么蓝的天、那么白的云、那么干净的空气。

我们此行援审的主要任务是协助山南市审计局开展两个工程项目的审计,通过审计,摸清山南市政府投资建设项目管理情况,为下一步建立山南市投资审计体制机制,寻找合适的投资审计方式方法做探索。丁局长语重心长地跟我们说,希望我们高度重视,服从指挥,克服困难,用安徽尤其是马鞍山市的先进经验做好这次援藏审计工作,通过对具体审计项目的实际操作,从各个环节发挥"传、帮、带"作用,把内地的审计理念、方式、方法带给山南市审计人员,帮助山南市审计局推动投资审计事业发展。

看着丁局长消瘦的脸颊、憔悴的气色,我想这里环境确实艰苦,此行一定困难重重。我们的援藏干部能在这里如此辛苦工作,更加迫使我们这次一定要不负众望,攻坚克难,完成任务,为我们安徽审计人争光。

5月27日一早,山南市审计局王显琼总审计师召开碰头会,介绍了这次我们参与援助审计两个项目的基本情况和实施安排,对人员进行分工,明确了审计重点,并提醒有关安全注意事项。王总师是一位在西藏长大的汉族女干部,分管投资审计,经常下乡,日行千里的舟车劳顿,对她来说是家常便饭,长期的上山下乡,铸就了她吃苦耐劳、乐观向上的性格,给我留下了深刻的印象。

随后,联合审计组一行8人翻越3座海拔5 000多米的雪山,驱车6个多小时抵达第一个审计项目现场——隆子县斗玉珞巴民族乡。稍作休整用完晚餐后,审计组便立即召开了建设、监理、施工等单位共同参加的审计进点见面会。

2014年,在3个县建设了3个民族生态文明小康示范村,隆子县的小康示范村竣工决算审计是我们援审的第一个项目。

现场审计工作连续开展了5天,安徽援审人员克服水土不服、缺氧干燥等困难,借助于西藏日落晚的自然条件加班加点,不辞辛苦,在短短的5天时间内完成了3 000多万的工程量抽查复核,我本人负责工程管理方面的审计,针对每一个审计事项,指导山南市审计局投资科审计人员进行取证、核算、编制底稿和起草报告。

记得有一天,我和援审工程师们进村工作,也许是由于连续的繁忙,加之水土不服、睡眠不足,那天的高原反应特别的强烈,原本1个多小时的山路,我们停停歇歇走了近3个小时。一路上,我们相互搀扶,彼此鼓励。当我们拖着疲惫的身体回到宿舍,刚坐下,电话响了,儿子可爱的声音传了过来:"爸爸,端午节安康,你在西藏要记得按时吃饭,保重身体,我和妈妈等着你回来……"挂了电话,一屋子的人陷入了沉思,为了西藏的审计事业,我们放弃了和家人团聚的时光,忍受着高原反应和艰苦的环境。然而,一次援藏,终生难忘。每当我想起援藏期间审计组同事们的亲密无间,想起藏区老百姓雪山般纯净的笑脸,我总是满心温暖,倍感自豪。

6月1日,审计组圆满完成任务返回山南市。援藏的工程师们无不激动地说,终于可以洗个热水澡了。

6月2日,审计组立即奔赴山南市水利局,了解加查县江南灌区核桃产业基地项目基本情况,指导结算编制,确定审计方式。第二天是周六,审计组顾不上休息,驱车赴加查县勘测现场。我们沿着雅鲁藏布江盘旋蜿蜒,惊叹一路风景,惊呼一路险情,在路况差、海拔高等条件艰难的情况下,历时9小时完成现场勘测,这在内地几乎是无法想象的,我们都为自己的拼劲而感动。接下来审计组用6天时间完成了项目投资、建设程序、工程管理等方面的内业审计。援审小组按计划于6月11日返回安徽。

这次援藏审计,是山南市审计局有史以来第一次大规模开展投资审计,也是安徽审计对口支援首次采取"以审代训"的形式开展智力援藏,通过面对面的交流、手把手的教学,既为山南市投资审计提供了宝贵的经验,同时也增进了民族感情。

这次援藏,让我见识了西藏基层公务人员的艰辛。斗玉乡人民政府驻地在一个高山山沟里,每年11月到次年4月,日照时间非常短,夜晚经常是风雪交加。斗玉乡的乡长是个珞巴族女子,带领着七八个年轻人。他们除了工作,就是在食堂吃饭、球场打球。尽管没有丰富的业余生活,但我发现他们始终都很开心,笑声很是爽朗。这帮90后的年轻人,质朴、率真,目光平和,他们在祖国边疆默默坚守,燃烧着激情的青春岁月。

这次援藏,让我见识了援藏的伟大。安徽援藏干部克服巨大的生理和心理困难,不辱使命支援西藏建设。援藏就是一场战争、一场持久战,而援藏干部就是伟大的战士,他们的勇敢和奉献让我感动,值得我们学习。援藏犹如一场接力赛,重在真情、重在付出。在接续援藏的征程上,安徽援藏干部人才用踏实的行动诠释着人间大爱。

这次援藏,让我认识到西藏投资审计的巨大发展空间。西藏目前基础设施正处于大建设、大发展阶段,建设项目审计尚未全面、全过程触及覆盖,随着与内地的交流增多,加之西藏自治区政府意识提高、观念更新,西藏投资审计一定会跨越式发展,在我们内地的经验基础上,必将摸索出具有西藏特色的投资审计方式,服务西藏的经济社会发展。

这次援藏,既是一次行为创造,也是一次深情阅览;既是一次工作任务,也是一次人生历练。难忘雪域高原的神圣,难忘藏皖两地的情深。愿今后,传承这次援审的使命,不忘初心,做新时代的审计人,为安徽审计增光添彩,共创辉煌!

作者系安徽省审计厅统一选派短期援藏干部,援藏时在西藏自治区山南市审计局工作。

用责任诠释使命担当

蒲明海

20世纪50年代,十八军将士响应毛主席"为了各兄弟民族,努力筑路"的伟大号召,边修路边解放西藏。经过11万军民艰苦卓绝的奋战,付出了3 000多条鲜活的生命,以险著称的川藏公路于1954年建成通车。将士们战天斗地铺路架桥,舍生忘死解放西藏的革命精神名扬全国,被称为"铁军"。然而,受历史条件、技术水平等因素制约,川藏公路西藏段工程等级低、施工粗糙,加之沿线水文气象、地形地质条件十分复杂,各种山地灾害频发,堵车、断通经常发生。特别是西藏境内竹巴笼至东久桥782.5公里路段,崖高谷深、坡陡弯急,地质活跃、气候多变,灾害频发。1996年10月,武警交通四支队奉党中央、国务院、中央军委命令,担负川藏线竹巴笼至东久桥段800公里最为艰险的道路养护和抢险保通任务。在这条路上,无论是零下40多摄氏度、冰雪交加的寒冬,还是风沙肆虐、毫无生机的春夏,你总能看到一名名面色黝黑、精神抖擞的武警官兵挥舞着铁镐铁锹在忙碌,这就是我所在的部队,而我只是其中普通的一员。我叫蒲明海,1996年12月入伍,是一名在西藏服役13年的转业干部。

26年前,我从景色秀美的南方小镇来到白雪皑皑的雪域高原。在西藏,我和我的战友们爬冰卧雪、坚守天路,用青春和汗水践行了军人的铮铮誓言,自己也从一个懵懂的少年成长为一名在危急时刻敢于亮剑的老兵。

16年的军旅生涯,让我深深地体会到:军人只有平时如磐石般忠诚,关键时刻才能如猛虎般一往无前。忠诚是大是大非面前的考验,也是日常工作中的点点滴滴,听从命令责任担当是忠诚,干好本职履职尽责是忠诚,牺牲小我奉献大家也是忠诚。作为守护天路的高原交通兵,我认为忠诚就是要与海拔比高度,与雪山比坚守,与太阳比炽热,把根深扎在部队,用坚如磐石的信念书写军旅人生。

1996年,部队奉命上勤西藏,担负川藏公路的道路养护任务。当年从四川成都出发,历经9个昼夜,行程1 300多公里,到达所在中队西藏昌都八宿县。9天的行程让我经历了生死考验,尤其是当车队翻越界山达坂时,海拔陡然增加到5 000多米,剧烈的高原反应开始发作,同车的战友们一个个蓬头垢面、面色青紫、昏昏欲睡,有好几个同志抱着头嗷嗷大叫。到达中队驻地后,原本我以为条件会好些,但由于部队刚上勤,营房还没有建起来，部队的临时驻地是当时运输队留下来的四面透风的木板房，没有照明电，没有干净饮用水，甚至找不到购买生活用品的商店。我所在的六中队担负八宿县至然乌段100多公里道路养护任务，这里平均海拔4 000多米，氧气含量只有内地的40%，就算不劳动，也相当于负重40斤。当时，中队既要自己动手修建营房，又要组织道路养护，由于任务重、时间紧，我们只能住在简易帐篷里，啃饼干、吃榨菜、喝雪水，超强度的劳动，让很多战士累倒在了工作岗位上。很多人看到这种场景，都潸然泪下。然而，就是在这种高山不长树、平地不长草、半年冰雪路、风吹石头跑的环境下，部队官兵一坚持就是几年、十几年、二十几年。这就是作为军人的忠诚，作为天路守护者的忠诚。

16年的军旅生涯，在生死川藏线上，一次次的救援行动让我深刻体会到：军人只有如柱石般可靠，才能如老黄牛般攻坚克难。部队天生要打仗，军人天生要勇敢，尤其是在部队调整转型后，抢险救援成为常态任务的情况下，我们更要有过硬的本领，危险面前不畏惧，困难面前不退缩，敢上一线，敢打头阵。

2000年4月4日，藏东高原普降暴雪，300多台军地车辆、300多名乘客被堵在途中。支队领导率领"党员突击队"开始了紧张的搜救工作。我和中队官兵们历经重重危险和10多个小时的艰苦跋涉，终于爬上海拔4 800米的安久拉山顶，找到了翻进路沟的客车和被困4天4夜的8名藏汉司乘人员。下山的路上，为了保证藏族同胞的安全，背着群众的官兵走在里面，其他人则围成一个保护圈走在外面。就这样，官兵们轮流把8名遇险群众背下山，以最快的速度将他们送到八宿县医院。后来，这8名群众经抢救全部脱险。在这场暴雪肆虐的10余天中，官兵们奋力拼搏，被困千余名群众无一伤亡。西藏自治区政府专门给支队发来慰问电，赞扬部队在大暴雪中抢险及时，创造了生命的奇迹。德国画家威廉和彼得夫妇被官兵冒险救出后，写来一封感谢信：非常感谢你们无私的关怀和照顾，你们的品德像雪山一样美丽，你们是中国军人的骄傲！

16年的军旅生涯，13年的高原生活让我懂得，军人只有如青山般顽强坚守，才能如路石般纯粹付出。奉献是军人应有的担当，交通兵与路为伴与路结缘，就像路石一样甘于平凡默默驻守，托起行人的脚步，体现的是品格，突显的是价值。

人生因奉献而壮美，生命因付出而伟大。2002年7月，藏东高原连降暴雨，八宿县境内怒江沟、牛踏沟、然乌沟等路段频频告急，泥石流、塌方随处可见，受江水浸泡的路基瞬间垮塌，有3名官兵被卷进了汹涌湍急的帕隆藏布江。这是一个没有硝烟的战场，随时面临着生与死的考验，为了千里川藏线的畅通，武警交通四支队参加抢险5 200多次，修理、救助被困车辆近2万余台次，抢救遇险群众近3万人次，为驻地单位、群众及过往司乘人员挽回经济损失上亿元。川藏路漫漫，这里的每一米路基都饱含着养路官兵的血汗。官兵们用热血融化永冻层的土,用生命打通无人区的路,养路官兵的传奇一代代流传。在这些功绩的背后,官兵们付出了血汗甚至生命的代价,先后有12名官兵在抢险救灾中英勇献身,8人落下终身残疾,384人负伤,患高原性红细胞增多症、高原性心脏病、高原性指甲凹陷、脱发以及记忆力减退等疾病的官兵比比皆是。但我想作为军人既然选择了,就要风雨无阻;既然选择了,就要牺牲奉献;既然选择了,就要一往无前。

16年酸甜苦辣的军旅生涯让我体会到,只有意志如金石般坚定,人生才能如枫叶般色彩斑斓。意志是取之不尽、用之不竭的精神源泉,是战胜一切私心杂念和夺取桂冠的不竭动力,更是我们高原军人淡泊名利、坚忍不拔、顽强战斗的高尚品格。

由于部队常年执行道路养护任务,夏季大部分时间在路上刷边坡、掏涵洞、清边沟、填坑槽、补路面,常年在野外作业风吹日晒,脸上的皮脱了一层又一层,嘴唇一裂开,几个月都好不了,官兵们都有一张与实际年龄不相符的苍老的脸,一双布满老茧皲裂的手。就这样,天天干着同样的事,重复走着同样的路,不得不说,这对人的意志是一种非常大的考验。让我感到骄傲和自豪的是,考验面前高原官兵没有退缩,我们二十年如一日,一步步用双脚丈量忠诚,一次次用行动检验意志,没有辜负上级的期望。冬季,为了抢通道路,官兵们在零下二三十摄氏度的环境下一干就是数十个小时在部队是常有的事。风雪中最需要的就是顽强的意志,没有顽强的意志,我们无法二十多年如一日坚守川藏线,无法一次次在风雪中完成急难险重的战斗任务。"海拔高斗志更高,缺氧气不缺志气。"就是靠着这种精神,支队在进驻当年,官兵们就清除了堆积多年的塌方、流沙,清理整修了边沟,使这段险路的年通车时间从接养前的不足6个月增加到11个月,事故率降低了40%,创造了冬季无断通的奇迹。

在支队养护的800公里川藏线上,究竟有多少惊天动地的壮举,有多少平静如水的淡然,有多少感人肺腑的真情?只是在岁月的洗礼下,只留下日月轮回,岁月沉淀的那份厚重与质地了。历史的车轮永不停歇,奋斗者的脚步永远向前,中国共产党的精神内涵不断丰富:"老西藏精神""两路精神""孔繁森精神"……它们一茬接一茬激励着援藏人。操着天南地北的口音,带着高原特有的古铜色,他们同300多万雪域高原儿女一道奋斗、一道跋涉,用八方汇聚之力改变着高原,诠释着彰显中国特色社会主义显著优势的"援藏精神"。

作者于 1998 年至 2013 年在西藏自治区武警交通部队服役,现为安徽省退役军人事务厅干部。

情系山南　筑梦高原
——雪域高原的援藏记忆

陈　亮

2013年6月,我有幸成为安徽省选派的首批50名短期援藏专业技术人才之一,肩负组织重托在西藏山南地区开展为期半年的援藏工作。

初到山南,困知勉行

六月底的山南绿树成荫,花草繁盛,正值一年中最美的时节。刚下飞机踏上这片美丽的雅砻大地,山南地区人民就向我们献上了洁白的哈达,表达他们虔诚的祝福、希望和期许。面对雅砻儿女的浓浓热情,我深感使命光荣、责任重大,也更加坚定了对未来工作的信心。

山南地区位于冈底斯山至念青唐古拉山的南部,雅砻河与雅鲁藏布江的交汇处,古老而又神秘,平均海拔在3 700米左右。不同于以往的选派锻炼,高海拔下的援藏工作条件艰苦、任务艰巨,工作人员不仅要克服如影随形的高原反应,还要面临语言不通、社情复杂以及各种突如其来的地质灾害等诸多困难,同时承受生理和心理的双重考验。

回想进藏之初,为了能够快速适应并融入当地的工作环境,我坚持学习西藏历史和民族宗教政策、边防政策,深入研读有关西藏自治区情况介绍的书籍,增强对西藏区情的特殊性和复杂性的认识。随时注意自己的一言一行,注意团结少数民族同事,积极同藏族同胞友好交往,用他们习惯并能够接受的方式、方法进行沟通、交流,注意了解、学习藏族同胞的风俗、习惯。在援藏的半年里,我与单位各族同志结下了深厚的情谊。

深入一线,奋战高原

山南地区属于典型的藏南谷地,地势险峻多变,成为我们开展一线工作所面临的首要挑战。记得有一次,为了解决附近的在建项目施工现场地质、路基排水、桥涵等出现的一些问题,我和同事们打算前往施工现场进行设计回访。由于项目所在地道路蜿蜒曲折,车辆一路颠簸,我最终还是没能抵御住高反的侵袭,产生剧烈的眩晕感,腿脚发软。

为了不影响工作进度，我强打精神，坚持和同事在泥泞的施工现场来回奔走，努力用意志力来克服身体的不适。再后来，我又跟随同事对加查县洛林乡几个乡村道路进行了实地勘测、调查。由于乡村道路位于大山深处，进出道路都是乡村盘山砂石路，山高地险，弯多路急，且部分路段被水冲毁，只剩下了2.5米宽的路基，另一侧就是悬崖，道路安全性很差。历经2个多小时的车程，我们一行人终于抵达目的地，并在当地藏族村民的带领下开始了沿线的测量和调查。路线位置海拔约4 500米，高差有100多米，整条路线基本上在山间盘旋展线。受限于高原气压和地形，虽然勘察路线全程约5公里，但是结束时已经是下午2点多了，强烈的饥饿感和疲惫感如洪水猛兽般袭来，我的呼吸也变得不再均匀，嘴唇发紫，脚步绵软，豆大的汗珠顺着脸颊流下来……"坚持、再坚持"，我默默地告诉自己，唯有坚持，才能对得起自己援藏的初心。

乃东县亚堆乡才朋村公路是一条13公里的四级公路，终点高程4 200米，沿线地形、地质、气候复杂多变，艳阳高照和雷雨冰雹的切换往往只在转瞬之间，不仅如此，路线还要通过多处泥石流堆积体，使得外业测量和调查工作变得更加艰难。那段时间里，我作为本项目的负责人，每天都是忙碌而又充实的。白天和同事们一起翻山越岭，确定路线方案，晚上则要进行内业资料的整理。山南设计院的电脑比较老旧，又经常停电，所以在整个内业阶段整理资料工作量很大，为了完成工作，我不得不挑灯夜战，把当天的测量数据整理好输入电脑，同时还把软件图库中的标准图制作好方便山南设计院的同事使用。由于缺氧和疲惫，常常到后半夜也无法踏实入眠，导致第二天面部浮肿。好在功夫不负有心人，项目最终的设计成果得到了大家的一致认可和好评，这让我倍感振奋。

山南水澈湖清，山青岭秀，格外美丽却也清冷孤寂。在这里，除了要面对繁重的工作和艰苦的环境外，还要难以忍受的孤独以及对家人的思念。夜深人静的时候，我时常会想起家里两个幼小的孩子，他们正处在需要父母陪伴玩乐的年纪，如今却只能通过电话来和我诉说这份思念之情。进藏一段时间后，在家照顾孩子的岳父因冠心病突发血管破裂，病危住院多日。那时我的心情无比沉重，是"去"还是"留"的问题在脑海里不断地出现。一想到家中的妻儿、重病的岳父，心中就感到愧疚不已，但考虑到自己不仅代表个人，也是安徽省和设计总院援藏力量的一分子，一番思想斗争之后，我决定先联系亲友帮忙照顾家中老小，而自己则继续坚守在千里之外的援藏岗位上，以求不负组织的殷切重托和家人的全力支持。

回想那些在西藏的日子里，虽然工作艰苦，但想到广袤无垠的旷野、碧蓝澄澈的天空、披云戴雪的山川，想到当地农牧民对我们这些援藏技术工作者所表现出的满腔热情和满怀期待的眼神，我就觉得所有经历都是值得的，所有付出都有意义。作为一名党员，我愿意继承前辈的意志，在这片苍凉纯净的土地上，循着他们坚定的足迹走下去，用坚韧和汗水为当地经济的发展、民生的改善添砖加瓦。也是在这片苍凉纯净的土地上,我获得了精神世界的宁静与满足。

一次援藏,终生援藏

援藏期间,为了更有效地支持西藏山南地区交通设计院的发展,我主动充当起了两地交通设计院沟通的"桥梁"。原安徽省交通投资集团有限公司和安徽省交通规划设计研究院有限公司还专程派人赶到山南进行考察交流,与当地交通运输局及设计院就两地的项目管理、建设、设计等方面进行了全面交流,并对山南交通设计院相对简陋的办公环境提供了设备及资金上的援助。我个人也因为工作成绩突出,得到了山南交通运输局、山南交通设计院的领导和同事的高度认可,获得了山南交通运输局"优秀专业技术援藏干部"及"技术援藏先进个人"荣誉称号。

半年的援藏经历漫长而又短暂,于我而言,这不仅是一次艰苦的考验,更是一次涤荡心灵的旅程。半年的援藏经历,已经彻底融入我的血液、渗进我的灵魂,成为我生命中不可或缺的一部分,平凡而厚重。回到公司后,我还会时不时和同事谈及那些在雅鲁藏布江边散步、值班的日日夜夜,怀念在烈日下坚持测量的同事身影,以及援藏工作的点点滴滴。雪域高原特有的自然环境,锤炼了我的意志、涤荡了我的灵魂,生命和胸怀也因此变得厚重宽广。和同龄人相比,我无疑是幸运的,作为援藏干部的一员,能够在缺氧极寒的世界屋脊上,和一群志同道合、胸怀赤诚的伙伴为国家援藏事业贡献一份力量,将是我一生引以为傲的事。

作者系安徽省第一批援藏专业技术人才之一,时任西藏自治区山南地区交通运输局交通规划公路勘察设计院技术副总工、安徽省交通规划设计总院股份有限公司三分院高级工程师。

有幸为援藏干部　无愧做皖北儿女

张　亮

2004年6月,我有幸成为安徽省第二批援藏干部中的一员,从皖北平原来到雪域边境错那县,担任错那县委常委、县委办主任、县直机关党委第一书记,开始了三年的援藏工作。三年的西藏时光,我与其他援藏干部一道,在错那县委、县政府的领导下,认真落实"不辱使命、不负重托"的工作目标,始终保持缺氧不缺志气、海拔高目标更高、艰苦不叫苦、气压低对自己要求不能低的精神状态,朴朴实实做儿女,认认真真干工作。回想起在错那县日日夜夜的风霜雪雨、辗转难眠的寒夜,盘旋陡峭的高原路,青稞酒、酥油茶的香甜和藏族同胞一张张纯朴善良的笑脸,不禁心潮澎湃、热泪盈眶……我已与西藏结下不解之缘:三载援藏心,一生西藏情。

一、严于律己,树好形象

作为安徽援藏干部,作为在宿州市工作20多年的党员领导干部,我始终牢记进藏前领导和同志们的要求和嘱咐,经常提醒自己"进藏为什么?在藏干什么?离藏留什么?",坚决做到政治上跟党走、工作上争一流、经济上不伸手、生活上不丢丑。

我自觉按照《安徽省第二批援藏干部内部管理规定》约束自己,从工作上、经济上、生活上严格要求自己,没有在生活上要求任何特殊照顾。我积极参加以"政治坚定、服务人民、艰苦奋斗、团结协作、廉洁自律"为主题的树援藏干部良好形象活动,协助县委书记建立两市援藏工作队内部工作制度、生活管理制度、项目管理制度、财务制度。

我先后为错那镇二组的贫困户扎西曲珍捐助800元,帮助其解决生活上的困难,并与办公室的同志一起帮助他垒好了围墙,改善了居住条件。每次下乡见到藏族小朋友,我总是给他们一些零钱和练习本、笔等学习用品,鼓励他们好好学习,早日成才。2007年5月我还从自己的经费中拿出5 000元帮助曲卓木乡贫困户改造住房。2006年7月山南地区中考结束后,曲卓木乡七村贡桑尼玛同学获得错那县第一名的好成绩,被西藏重点高中——拉萨中学鸿志班录取,而其家庭经济十分困难。我得知这个情况后与错那县教育局的同志一起到拉萨中学看望贡桑尼玛同学,并从我的工资中取出2 000元送到其班主任手中,资助该同学完成高中学业。每学期贡桑尼玛同学都会写信向我报告学习情况。三年高中毕业后,贡桑尼玛同学被福州大学录取,至今我仍保留着和他的联系信件。

二、尽职尽责,乐于奉献

作为县委常委、县委办主任,我既是县委领导班子的一员,又是县委主要办事机构的负责人,工作职责和任务特殊而艰巨。我自觉围绕县委的中心任务,努力做好本职工作,发挥协调配合、综合服务的职能,当好县委的参谋助手。

县委办的工作具有综合性、服务性职能,承担着上传下达、掌握县情动态、督查工作落实、服务全县工作大局等各项工作职责。工作任务和责任繁杂而重大,没有一套行之有效的制度约束、规范办公室的工作程序,就可能延误工作时机,降低工作效率,甚至造成工作失误,影响县委中心工作的开展。因此,我多次在县委办全体工作人员会议上强调,办公室每一位同志都代表着错那县委的形象,每一件工作的落实都事关县委中心工作的开展。我主持制定了"学习制度""接发文制度""请销假制度"等一系列制度,进一步使县委办工作走上正规化轨道。2006年初,在山南地委、行署召开的全区党办、政办系统工作会议上,错那县委办代表党办系统作工作经验发言。

三年的时间,我与机关党委的同志一道,在机关8个支部、178名党员中开展"星期五义务劳动"等多项活动,发展党员34名,为机关党委增添了新鲜血液,增强了机关党委的工作活力。

刚到错那县的时候,县委办、机要室、档案室的办公条件相对较差。每年休假回内地,我总是及时向市、区领导汇报援藏工作,争取内地领导的支持,先后支援资金6万元,为三个部门购买了空调5台,并添置了电脑、复印机、地毯等办公设备。

2004年至2007年这三年,是错那县实施"十五"计划和制定"十一五"规划承上启下的三年。为做好三年规划,我们进藏伊始在充分调查研究的基础上,配合政府办、发改委等部门制定了三年规划,报地委、行署批准后全面实施。同时,结合错那县实际,我们又研究制订近期工作思路:以错那县城"四化"(美化、绿化、硬化、净化)为中心,以"三个乡镇办"(错那镇、浪波乡、勒布办事处)小康示范建设为重点,努力将"勒布四乡"打造成"山南边境第一乡",将浪波乡打造成"山南过境红旗乡",将错那镇打造成自治区十个整乡推进的"小康示范镇"。小康示范村建设受到自治区时任党委书记张庆黎同志的高度评价。错那县也在2005—2006年中分别被评为自治区"社会治安综合治理先进县",被山南地委命名为"农牧区党的建设先进县"。

淮北、宿州两市高度重视援藏工作,十分关心援藏干部,先后两次组成党政代表团进藏考察慰问。在整个考察活动之前,我作为县委办主任,承担接待工作的主要任务,认真制订接待方案,撰写援藏工作汇报材料,及时向地委、行署有关领导进行汇报,并会同有关单位做好接待服务的相关工作。虽然累了一些、忙了一些，但代表团在藏期间顺利圆满地完成了考察任务。

《送阅材料》是我们援藏干部和错那县向内地领导汇报工作情况的载体，也是加强藏、汉民族团结和友谊，扩大宣传错那的平台。我承担着编写和印发《送阅材料》的任务。援藏期间，我共编写31期《送阅材料》，分别寄送给安徽省委、省委组织部，淮北、宿州两市援藏领导小组成员及援藏干部所在单位主要领导。《送阅材料》邮递到内地后，各级领导非常重视，多次作出专门批示，要求加大援藏力度，解决援藏干部实际困难，为援藏工作提供强有力的支持，同时也加深了内地对西藏错那县的了解和认识。

"错那在线"网站在我主持下，经过县委办、机要室及有关部门的通力协作，历时近一个月的时间进行各种材料的准备和网页制作。主要分为错那美景、援藏天地、门巴风情、文化节日四大版块，并包含社会事业、经济发展、历史文化等栏目和错那县各乡镇简介，在内容上定期进行充实更新，全面反映错那县的自然资源、人文景观、援藏动态、发展情况。"错那在线"在2005年6月正式上传到互联网后，成为宣传错那，加强内地了解西藏、了解错那的重要平台，也是我们向各级领导汇报工作的重要阵地。

三、战胜寂寞，丰富自我

一踏上西藏这块高原土地，我就深深地被雪域的风光所吸引，而藏族人民千百年来创造的灿烂文化又如此博大精深，于是我利用业余时间学习西藏的历史、文化，以便更好地适应新环境、新任务；学习摄影知识，用手中的相机留下祖国这块神圣土地的壮丽景色，记录我们三年的援藏工作和生活。

为了更多地了解西藏的历史文化，我购买了《西藏工作文献选编》《西藏风土志》《西藏的魅力》《西藏通史》等书籍，进一步了解藏族的风土人情和其历史发展轨迹。我先后根据自己的所见所闻、所思所想，写下了十余篇文章，如《要援藏了、要进藏了》《去错那县，到新的工作岗位》《错那的风、错那的天》《援藏第一课》《在西藏的一次下乡》《夜行高原》《横渡天河》《我的藏族同事》《中秋抒怀》等文章，其中《过林卡》等文章还被西藏山南地区《山南报》和宿州市《拂晓报》刊登发表。

雪域高原风光无限，置身这块神奇的土地，你会被西藏人文风光和自然景观的魅力所震撼。我自费购置了摄影器材，订阅了《摄影之友》《摄影世界》《大众摄影》等杂志，在业余时间爬山登高拍下错那早晨的第一缕阳光、夕阳映照下牛羊成群的一幅幅画面。我对自己拍下的大量照片进行分类，分别命名为《援藏图片》《西藏民居》《藏传佛教》等。2005年是西藏自治区成立40周年，在由中国西藏文化保护与发展协会（香港）、《中国西藏》杂志社（北京）、西藏自治区文联（拉萨）三地举办的"新西藏摄影展"中，我的《欢度望果节》《翻身不忘毛主席》两幅作品获奖,并被收录于《西藏画卷》。在2006年"藏金珠杯'爱我西藏'"双拥摄影展览中,我的作品《边防会晤》被中国新闻摄影学会、西藏自治区党委宣传部、西藏摄影家协会、武警西藏总队政治部等单位评为"优秀奖"。

四、援藏感受和体会

（一）党中央的英明决策和安徽省委、省政府的重视支持是我们做好援藏工作的重要保证。党中央关心西藏、全国支援西藏的英明决策,极大推动了西藏经济社会的发展。特别是中央第三、四次西藏工作座谈会以后,全国对口支持省市不断从人才、技术、资金、项目等方面加大援藏力度,西藏已发生了翻天覆地的变化。2002年6月,安徽省开始承担援藏任务,对口支持山南地区及错那、措美、浪卡子三个高寒县,全省一、二批援藏项目利用5年时间,安徽省共投入资金2个亿,建设安徽大道、地委办公大楼和错那、措美、浪卡子三县一大批惠及干部群众的基础设施。时任安徽省委书记郭金龙多次对援藏工作作出重要批示,省领导分别亲自率团赴藏视察援藏项目、慰问援藏干部,所有这些都为我们做好援藏工作提供了重要保证,增强了我们做好援藏工作的决心和信心。

（二）淮北、宿州两市人民的无私援助和两市领导对援藏干部的关怀爱护是我们做好援藏工作的强大动力。淮北、宿州地处安徽北部经济欠发达地区,但两市领导和800多万人民怀着对藏族同胞的深情厚谊,除完成安徽省统筹项目资金任务外,还从两市财政资金中拿出200万元,筹建了错那县青少年活动中心和职工之家,进一步完善了错那县的城市功能设施。特别是两市领导对援藏干部无微不至的关心爱护,更是让我们每一位援藏干部倍感亲切,深受鼓舞。时任宿州市委书记唐承沛同志在我们寄送的《送阅材料》上作出批示,要求各有关单位通力协作,做好援藏资金、项目的落实。市委、市政府领导同志分别带队进藏考察援藏项目、慰问援藏干部,市委负责同志每年中秋、春节期间都亲自到援藏干部家中嘘寒问暖,帮助解决援藏干部家庭中的实际困难。家乡领导的关怀和爱护使我们这些远离内地的援藏战友,时刻感受到组织的温暖,下定决心不断战胜困难,完成好援藏任务。

（三）藏族干部群众的理解支持是我们做好援藏工作的坚实基础。藏族同胞纯朴善良,和我们朝夕共处三年的藏族同事更是讲政治、顾大局。他们生于斯、长于斯,对改革开放以来西藏的历史性变化感受最深,因此他们用满腔的热情欢迎拥护援藏干部,支持理解援藏工作。我们一到错那县,县委三大班子的主要领导就把县里最好的房子腾出来给我们住、最好的车辆交给我们使用,担心我们不适应高原环境还为我们配备了各种抗缺氧的药物、器材。在工作中他们是好领导、好战友,在生活中他们是好兄弟、好姐妹,下乡时他们又是警卫员、翻译员。在工作中我们结下了深厚的战斗情谊。三年来我们取得的每一点成绩都是与藏族同胞的理解支持分不开的。

　　(四)高寒缺氧、艰苦环境的磨炼是援藏生活给我们留下的宝贵精神财富。错那县是西藏山南地区的高寒、贫困的边境县,全县平均海拔4 200米以上,县城所在地海拔4 386米,年平均气温−0.6 ℃,极端最低气温−37 ℃,年无霜期仅有49天。常年天气寒冷潮湿,自然条件十分恶劣,自然灾害频繁发生,经济发展相对落后,农牧民收入和县财政收入均位于全山南地区十二个县之尾。同时错那县又与印度、不丹两国接壤,边境线长,占山南地区边境线近一半,是中印边境东段的一个重要门户,战略地位十分重要。我们几位援藏干部一到错那县就受到了错那县党员干部群众的热烈欢迎,但同时,高原缺氧低气压又给我们实实在在上了援藏生活的第一课。头痛、胸闷、气喘、流鼻血自不待言,严重的失眠始终伴随着我的援藏生活。我曾经写道:错那海拔四千三,头痛胸闷气难喘。辗转反侧夜难眠,唯有亲朋常思念。在西藏的第三年,山南地区人民医院安排县级干部体检,我被查出心脏右心室变大、脾脏变大、心脏不规律性早搏。入睡困难和睡眠时间少造成头发脱落、白发增多,记忆力也明显减退。而远离家乡亲朋的寂寞,更是时时刻刻折磨着我们。作为人子不能尽孝,作为人夫不能尽之责,作为人父不能尽为父之道,这使我们每一位援藏战友承受着愧对亲情的心理压力和负担。在藏工作的三年时间,我们五位援藏战友都经历了道路险峻、发生车祸的生死瞬间。我们失去了很多,但三年的援藏生活给予我们更多,它丰富了我们的人生阅历,磨练了我们的意志品质,积累了在少数民族地区和反分裂斗争前沿的工作经验。不在边境县工作无法深刻理解"祖国"这个词的真正含义。

　　可以说,三年的援藏生活是我们每一位援藏战友人生中浓墨重彩的一笔。回顾三年的援藏工作,我们可以骄傲地说:"有幸为援藏干部,无愧做皖北儿女。"这笔宝贵的人生经历,会永远鼓舞、激励着我为党和人民的事业奋发努力,永远保持和发扬"特别能吃苦、特别能战斗、特别能忍耐、特别能团结、特别能奉献"的"老西藏精神",做好本职岗位上的各项工作。

皖北男儿赴边疆,
风霜雪雨为援藏。
高寒缺氧何所惧?
磨炼意志激情扬。
毡房同饮青稞酒,
共叙牧区奔小康。
君看今日错那县,
城乡面貌变了样!

作者系安徽省第二批援藏干部,时任西藏自治区山南地区错那县委常委、县委办主任、县直机关党委第一书记。

四十多年前援藏工作散记

刘 林

1979年初,中组部从全国抽调几千名干部和技术人员进藏工作,支援边疆"四化"建设。我作为滁县(今滁州市)地委组织部选调的10名干部之一,在平均海拔4 500米以上的日喀则地区(今日喀则市)昂仁县工作、生活了5年零4个月。时光荏苒,40多年过去了,每当回忆起援藏经历,许多事情仿佛就在昨天。

踏上援藏路慢慢

那时我刚从部队转业到滁县地区二轻局工作不久,结婚成家才两个来月。为响应组织号召,我积极报名要求去西藏工作,最终得到了组织批准。4月下旬,单位为我举行欢送会。5月8日晚上,滁县地委组织部领导为我们10名援藏同志饯行,勉励我们到了西藏好好工作,为滁县地区争光。9日上午我们在稻香楼宾馆参加学习培训。11日上午,时任安徽省委第一书记的万里同志接见了我们并讲话。14日上午,省、市领导亲自到合肥火车站欢送安徽省援藏的82名党政干部和73名技术干部乘火车离开合肥,前往兰州。坐了三天三夜的火车,18日上午到达进藏人员集中地——甘肃省西端的柳园镇。西藏自治区党委组织部负责同志和日喀则地委派来的4名医生,携带医疗用品和氧气袋专程护送援藏干部进藏。我们乘坐大客车从柳园出发,沿青藏公路向拉萨前进,穿越了举世闻名的柴达木盆地,于19日到达敦煌市。24日,我们到达青海省格尔木休整。27日我们从格尔木继续西行,经过了长江正源沱沱河,翻越了海拔5 300米的唐古拉山口和海拔5 010米的小唐古拉山口。进入西藏境内的羌塘高原后,当天晚上我们住宿在那曲镇。

经过17天的长途跋涉,30日我们终于到达拉萨。

走马观花看拉萨

到达拉萨,我们住进了西藏自治区第三招待所。西藏自治区党委组织部召开了欢迎大会,西藏自治区的领导同志接见了我们。值得一提的是,当年山东省援藏干部、"时代楷模"孔繁森同志也和我们在一起。我们在拉萨休整了5天,参观游览了西藏革命展览馆和布达拉宫、大昭寺、罗布林卡等景点。我们在拉萨逗留时间虽短，但对这座有着1 300多年历史的高原古城留下了深刻印象。6月5日，我们中的一部分人留在拉萨市工作，我和其他人则乘车到达了西藏第二大城市日喀则。

从日喀则到昂仁

日喀则地委组织部安排安徽、山东和陕西的援藏同志集中在日喀则地委食堂的餐厅学习，之后我们5个人被分配到昂仁县工作。昂仁县位于日喀则地区的西部，县域平均海拔4 513米，总面积为2.746万平方公里。那里高寒缺氧，环境恶劣。由于海拔高，大气压力低，不用高压锅就烧不熟饭，空气含氧量低，在这里即便是患了感冒这样的小病，也容易转变成肺水肿。那时昂仁县城没有一栋楼房，街上只有一个供销社、一家农业银行、一个邮电所、一家新华书店，没有其他商店。当地生活条件差，副食品匮乏。每个干部每年可以分到一只羊，常年见不到绿色蔬菜。县里看不到电视，只有一座电影院，每周六晚上放映一部老影片。当时县里只有三辆汽车，与外界不通公共汽车，机关干部到各区开展工作主要是骑马。昂仁县委、县政府，包括各区乡，只有藏汉族干部100多人，当时包括人武部干部在内汉族干部也只有13人。我在昂仁县委纪委任副书记，由于人少，后来除了负责纪委工作，还同时兼管县委组织部、县委宣传部和县人事局的工作。在藏期间，我们注意与藏族同胞搞好团结，尽自己的最大力量为藏族同胞服务，像修桥铺路、修建水电站等工作都做过。

昂仁五年高原情

当地政府和藏族干部群众处处关怀汉族干部，尽可能改善我们的工作和生活条件，每月除了供应汉族干部大米和白面外，额外多供应半斤菜油，还发给我们办公桌椅、铁皮床、炉子等物品。为照顾援藏干部，组织部门规定，汉族干部在藏工作期间，每满1年零3个月，可以回内地休假探亲一次，假期3个月，途中时间不算，让我们的身体得以休息和恢复。1980年秋天，我参加县里组织的工作组去边远牧区帮助当地干部群众搞秋收分配，途中在山上露营。由于气候严寒，早晨醒来，被子上覆盖的塑料布上满是冰霜。从查孜区到措迈区途中，为节省时间抄近路，我与安徽省青阳县援藏干部，时任昂仁县革委会副主任的朱晓阳，在藏族区委书记的带领下，翻越了6 100米高的乌祖拉雪山，使我们的心理和生理又经受了一次挑战和检验。

在昂仁县，我还发挥过去在部队从事新闻报道工作的专长，积极为《西藏日报》撰写稿件。1984年1月，我将有关昂仁县的资料进行整理，写出一篇6 000多字的《昂仁县简志》，并配了两幅图片，被《西藏日报》刊登在1984年1月28日第二版。

学思践悟

1984年8月10日,当我们完成了5年援藏工作任务时,县委、县政府机关的同志与当地群众很多人来送行,给我们的脖子上挂满了哈达,藏族县长一直把我们送到日喀则,那依依不舍的感人场面令人至今难忘。2013年5月份,我爱人参加国家林业局在西藏林芝举办的林业工作培训班,我陪她去西藏,先后到了拉萨、日喀则,还到了阔别多年的昂仁县,亲眼见到了那里的发展和变化。如今的昂仁县城面貌焕然一新,商铺高楼林立,物资供应丰富,乡乡通宽带、村村通电话、人人用手机。县里新建了电影院、图书馆、公园,极大程度上满足了广大农牧民日益增长的精神文化需求。

40多年来,中央先后召开了八次西藏工作座谈会,专门研究讨论西藏的建设与发展问题,一批又一批的援藏干部,都以孔繁森同志为榜样,发扬"特别能吃苦、特别能战斗、特别能忍耐、特别能团结、特别能奉献"的"老西藏精神",开拓创新,团结实干,无私奉献,克服重重困难,推动了西藏的建设与发展。昂仁县也开创了经济和社会各项事业发展的新局面,经济实力有了明显增强,群众生活条件得到了明显改善,基层组织建设和干部队伍建设得到了进一步加强,城乡面貌发生了巨大变化。这其中有我的辛劳和汗水,我一生自豪。

刘林,时任滁县地区二轻局政工科干部、滁县地委组织部选调干部,1979年5月9日至1984年8月10日任西藏日喀则地区昂仁县纪委副书记。

187

高 原 情 怀

一年援藏行　一生援藏情

汪浩淼

一句情深问候

2018年10月18日,我响应国家号召毅然踏上了援藏之路。虽然来之前,做护士的妻子已经给我普及了很多如何应对高原反应的科学方法,我也下定了长期扎根西藏的决心,但当机舱门打开的瞬间,呼吸变得有些急促,我有点心慌,湛蓝的天空,纯净、深邃,仿佛在质疑我能否根植在这神秘、遥远的西部圣洁的高原上。

走出机场,同事前来迎接我并献上洁白的哈达,我低下昏沉沉的脑袋迎接哈达时,顿时感到满满的温暖。夜阑人静,山风烈烈,高反让我头痛辗转,夜不能寐。好不容易熬到天亮,想到食堂去弄点吃的。当我坐到餐桌旁吃早饭时,学生们看到我一个人在吃早饭,都凑过来问我:"老师,你是新来的援藏老师吗?"我点了点头。学生们又问:"老师,你来西藏想家吗?"我这个大男人一下绷不住了,眼泪哗哗流了下来。"我想,我想我的两个儿子了。"细心的女生立马递给我餐巾纸,还安慰我说:"老师,没事的。我们也是离家很远的,一学期回家一次。冬天如果遇到大雪封山就回不去了。以后放学后没事了可以和我们到操场上聊聊天,我们相互介绍各自的家乡。周末可以一起跳锅庄舞。""噢,可以啊,那你们得教我跳哦。"我回答。"老师,你放心,我们教你跳。老师,你喜欢吃糌粑吗?"学生们高兴地问我。就这样在学生们的欢声笑语中,我感觉我的高反好了许多。在接下来的一年中,放学后我经常和几个学生到操场上席地交谈;周末时常和他们跳跳锅庄舞,有时还特意去市体育中心广场看藏族大爷大妈们跳舞。这里人们敬畏自然,敬畏神灵,和我们一样热爱这片辽阔的土地,虽然他们满脸高原红,但你看到的永远是他们对你的微笑,对援藏教师由衷的友善。我不知不觉地喜欢上了山南。

一段不了的师生情

高原反应持续了近一周,一周的时间,我瘦了近5斤,每当头痛彻夜不眠的时候,我总是想,再这样我就回去,可第二天看到向我热情问好的孩子们,我又坚定了自己支教的初心。最令我割舍不下的,自然是这里最让我热爱的孩子们。每天上课时,孩子们那种强烈的求知欲望和高原孩子特有的坚韧深深感染了我。

这里还有个小插曲,让我们师生彼此信任,增加了情谊。山南二高一直缺老师,我一到,学校立刻分给我高二两个班级的数学课。没过一周就迎来了月考,考出来的成绩非常差。高二(7)班倒数第一,高二(14)班文科倒数第一。学生们急得捶胸顿足,有的甚至写信到校长室,问学校还管不管他们了,这样的成绩怎么能考上大学。我当时觉得自己压力很大,学生基础有所欠缺,我原来的教法不适合孩子们。现实的情况就是这样,怎么办?我私下找班级里的学生代表谈话,时常也找班主任了解情况。班主任很支持我的工作,学生们学习的动力也很足,这就好办。孔子说:"不愤不启,不悱不发。"只要他们愿意学,因材施教是我的强项。我认真分析原因,找出适合学生们的教学方法,上课时争取照顾到每一位同学,尤其是有一个叫其美德吉的女孩,有时听课听不懂,急得直哭,我就特意放慢节奏,甚至再讲一遍,直到她听明白后我才往下讲。晚自习我就在教室,有问必答,课后作业力争做到面批,就是铆足一股劲,要摘掉倒数第一这顶帽子。每当我看到他们渴望的眼神时,我上课的热情越发高涨。功夫不负有心人,到了期末考试,成绩一出来,班主任立刻给我打电话,他首先替孩子们谢谢我,说高二(7)班上升到第7位(12个理科班级),高二(14)班上升到第2位(6个文科班级)。电话这头,我的眼里又一次噙满了泪水,我连说了几个"好",就匆匆挂了电话。我是真替孩子们高兴,这也是对我支教的最好奖励吧。更值得高兴的是2020年,山南二高我带的高二(14)班高考百分之百达本,当我从班主任那知道这一消息后,我又一次激动得哭了。

一阵熟悉的山南的风

那天夜里,依然山风呼啸,撕扯着高原上每一棵树、每一根草,我在宿舍静卧听着,感受着这高原上每一个不屈的生命,每一个抗争的灵魂,以及她厚重的历史和璀璨的文明。这些不都需要我们这些教师培养的学生去守护、去热爱、去坚守吗?此刻山南的风似乎是贝多芬的《命运交响曲》,是荡气回肠的《将军令》,让灵魂激荡,没有比这更让人心潮澎湃的风了。

这一年寒假回家过春节,我特意到我以前带的班级开展了一次讲座,我把藏族学生刻苦学习的场景用幻灯片展示给学生们看。我说,藏族学生们的那股干劲,你们有吗?他们的基础可能不如你们,但他们肯吃苦、不服输,他们坚毅果敢,让我们看到不一样的人生奋斗历程,我觉得我支教的这一年值。

春节后回到山南,一样的高反我又体验了一遭,不一样的是,我有了期盼,更有了动力。这一年临近高考时,我们援藏队利用周末时间在体育馆建了一个小小的"高考加油站",为孩子们答疑解惑。学生们早早地就在体育馆里等着我们到来,一个接着一个地问问题,忘记了时间,忘记了吃午饭,好像要把所有的问题都问一遍。其他班的很多孩子也来问问题,有的不知道我姓什么,就直接称呼我"援藏老师"。功夫不负有心人,2019年,山南二高毕业班高考达本率突破新高,得知消息后我激动得哭了。

一年的支教工作很快就要结束了。当我去班级上最后一个晚自习时,孩子们都从书包里掏出洁白的哈达,把他们的祝福献给我,为我歌唱,虽然歌词我听不懂,但唱出的歌声我的心是懂的,心里有说不出的感动,我很爱他们,最后我用蹩脚的藏语祝福他们扎西德勒……

临别之时,援藏队领导说"一年援藏行,一生援藏情",我深深地理解这十个字的分量,我想我的余生都会挂念着山南,我相信山南的孩子们也会记得我和无数援藏的老师。回来的三年里,时常梦到我又回到了山南,和许多熟悉的老师打招呼,和二高的孩子们在操场上跳锅庄舞,品甜茶,还有那刚劲凛冽的山风。多么希望背负行囊再次去山南支教,延续这一生援藏情。

和学生们谈心

作者系安徽省第三批短期援藏人才之一,援藏时为西藏自治区山南市第二高级中学教师、安徽省马鞍山市和县第三中学教师。

山南之南

陈 帅

  西藏在党和国家全局中具有特殊、重要的战略地位,关系到全国发展稳定大局和中华民族核心利益,做好援藏工作,意义重大。按照"省市联动、结对帮扶、以院包科"的工作原则,通过省内8家省级医院和5个医疗资源较丰富的地市级三甲医院,实行结对共建和成批次"组团式"选派医疗骨干,对口支援山南市人民医院。为配合山南市人民医院完成三甲创建最后的冲刺工作,2018年3月,在医院的统一选派下,我和医院同事一道踏上了为期一个月的援藏之路。

  作为一名在医院工作的行政人员,我具体从事一些外事工作,经常会接触到很多援外和援藏队员,自己总是会不由自主地心生敬佩,钦佩他们的精神与勇气,羡慕那份战士出征般的光荣与骄傲。当接到短期援藏的通知时,我的内心泛起了层层涟漪,就像是理想与现实在猛烈地发生着碰撞。我的内心告诉自己:"这是一个实现理想与价值的宝贵机会。"而现实却提醒自己:"你手上的工作怎么办?你的家庭生活怎么办?这么仓促的时间你能准备好吗?"其实每一位援藏的队员都会经历这样的思想斗争,既然选择了远方,便只顾风雨兼程。我们都应该感谢家人的无私支持。

  经过体检初检、复检等必要手续,我有幸成为此次短期援助西藏山南市人民医院的一名队员,与我一起出征的同事来自医院的临床、医技、行政等各个部门,我们的任务只有一个——帮助山南市人民医院通过四月份即将到来的三甲评审。

  山南,是指冈底斯山脉和念青唐古拉山脉以南的大片土地。山南也因为拥有众多"第一"而被公认为"西藏民族文化的摇篮"。如西藏第一代藏王——聂赤赞普,第一座宫殿——雍布拉康,第一块农田——萨热索当,第一座寺庙——桑耶寺,第一部经书——《邦贡恰加》,均诞生在山南。

  山南市人民医院始建于1956年8月,是山南市集医疗、预防、教学、科研、保健和急救于一体的综合性医院,医院托管山南市中心血站、山南市急救中心和山南市保健中心,也是安徽省医疗人才"组团式"援助医院和安徽省立医院山南市人民医院网络成员单位。2015年4月被评定为"三级乙等"综合性医院。

  3月23日,经过整整一天的飞行,我们顺利抵达拉萨贡嘎机场。刚出机场,就看到了早已等候多时的杨田军主任,他是我们医院选派的长期援藏队员,这里强烈的紫外线在杨主任的脸上似乎留下了一些印记。从机场到山南市的高速公路上,透过车窗,我看到了一望无垠的高原荒漠、巍峨耸立的重重山脉以及碧空如洗的蓝天白云,体会到大自然的秀美与厚重。来到驻地,部分队员已经出现了不同程度的高反,大家赶紧坐下来吸氧休息。没想到来到这里的第一天,大自然就给了我们一个下马威。

次日,我们来到山南市人民医院报到,见到了熟悉的虞德才院长,还有我们医院第三批的长期援藏队员,在这个与合肥相距近4 000公里的陌生地域,再次见到可爱的同事,我们每个人都很激动。

大家很快奔赴各自科室和部门报到,抓紧时间尽快融入这里的工作环境。因为临近三甲评审的最后阶段,我们每天晚上还有两个小时的加班时间,回到驻地快到十点了,并且周六也是正常上班。这里的工作有些忙碌,生活比较规律。我强迫症的小毛病依然没能改掉,每天都要把办公室和驻地收拾整齐才会觉得安心。我们队员都很团结,就像兄弟姐妹一样无话不说,每天一起上班、一起下班、一起吃饭、一起外出。在这个地方,我们没有太多的娱乐活动,每天都过着"医院—驻地"两点一线的生活,队员们在一起交流着工作经历和生活感受,充满了快乐,一种简单的快乐。

每当夜晚来临,我站在驻地窗前,瞭望远处家的方向,此时外面的世界寂静无声,让人感觉到难得的平静。这份平静让我暂时放下平日工作的匆匆忙忙、人前人后的滔滔汩汩、电话短信的狂轰滥炸。没有了恼人的喧嚣,只留给自己一片空白,任由心灵放飞。巧合的是在我的求学经历中,无论是本科学校、研究生学校还是后来的见习医院,它们的名字中都有一个"南"字。这次来到山南,想必也是一种缘分吧。

安徽省"组团式"援藏医疗队从2015年开始,已经连续7年派出了204名援藏队员,对口帮扶山南市人民医院。安徽援藏医疗队从学科建设、医院管理、技术提升等方面,对医院进行整体式帮扶。目前,山南市人民医院拥有的临床科室达到20个,一级科室达到12个,取得跨越式发展。山南市还以市人民医院为龙头,正在与1区11县推进紧密型医联体的建设,以更好地发挥"组团式"医疗援藏的作用。希望通过紧密型医联体的建设,安徽省"组团式"援藏医疗队能更好地为各个区县的老百姓,特别是偏远区县的农牧民提供更好的医疗服务。

诚如习近平总书记在中央第六次西藏工作座谈会上指出的,"在高原上工作,最稀缺的是氧气,最宝贵的是精神"。精神是什么? 精神是人的意识形态的外在表现,是人执着于某种行为的内在动力。特别钦佩许戈良院长,他多次赴藏,现场指导山南市人民医院的三甲创建工作。虽然援藏过程艰苦,但精神振奋。援藏对我也是一种磨炼,一次难得的体验,激励我珍惜工作、主动作为。

作者系安徽省短期援藏干部,时任西藏自治区山南市人民医院组织人事科干部、安徽省立医院人力资源部八级职员。

奉献雪域 不负韶华

李素霞

人的一生总会有一段特殊的经历让你无法忘怀，让你魂牵梦萦，而我为期一年的援藏经历终将永远铭记在我的心中。难忘在藏工作期间院领导无微不至的关怀，难忘无影灯下和同事们携手奋战的情景，难忘援藏队友们真诚炽热的情谊，难忘藏族同胞淳朴信任的目光……

2019年7月18日是我一生中刻骨铭心的日子，带着对西藏的无限热爱和真情，我加入了安徽省第五批"组团式"援藏医疗队，踏上雪域高原这片神奇的土地，开启了人生一段全新的征途。在援藏医疗队员登上飞机之前，安徽省委书记李锦斌百忙之中亲切接见了我们，李锦斌书记与大家一一握手，叮嘱我们在藏期间要注意身体，发扬"老西藏精神"，发挥专业特长，强化责任担当，在服务好西藏人民的工作中努力提高自己，以实际行动践行初心使命。李锦斌书记的讲话使大家深受鼓舞，我也暗下决心一定要努力奉献，不辱使命，圆满完成援藏任务。

当飞机平稳地降落在拉萨贡嘎机场时，映入眼帘的是洁白无瑕的云朵、纯净湛蓝的天空和连绵如画的远山，怎一个美字了得！可是还没来得及仔细欣赏美景，脚就像踩了棉花，头痛、头晕、心悸、气短等高原反应随之而来，队友们也各有轻重不同的表现。之前听朋友说西藏是"眼睛在天堂、身体在地狱"，此言果然不虚。当安徽省援藏医疗队领队、山南市人民医院院长吴晓莉带领医院部分领导为我们献上洁白的哈达迎接我们的时候，心中油然生起圣洁的信念，感受到援藏任务的光荣与责任，高原反应也减轻不少。

山南地区是西藏古文明的发祥地之一，拥有灿烂悠久的历史文化，经过多年的建设与发展，整个城市面貌一新，人民安居乐业，但在医疗方面仍然存在医疗人员匮乏、技术薄弱的现象，尤其高海拔地区藏族同胞常常缺医少药。我们第五批援藏医疗队队员克服高原反应，仅休整了一周就积极投入山南市人民医院各自的工作岗位中。山南市人民医院是山南地区主要的综合性公立医院，妇产科承担着山南地区疾病诊疗、妇女保健和计划生育等各项工作，任务重，医生却明显短缺。来到医院后我被任命为妇产科主任，责任就是使命，使命就要担当，妇产科工作繁忙却又责任重大，我不顾时不时出现的高原反应，很快和科室同志融为一体，全身心地投入妇产科工作中。我努力协助当地的科主任搞好科室管理，对不规范的规章制度进行完善，带领科室医务人员进行各项诊疗工作，规范操作技能，通过教学查房、业务学习并结合学术讲座等对妇产科常见的疾病诊疗规范进行传授，通过科室微信群定期发布妇产科临床指南及疾病诊治新进展情况；通过病例讨论、病例点评等形式加强病例书写规范化，提高病例书写质量；落实"师带徒、一带多"工作，指导科室主治医师和住院医师做好各项医疗工作，主动承担科室2名年轻住院医生临床带教任务，指导疑难病例术前讨论，通过手术带教、手术指导，提高手术操作技能，通过言传身教把自己的工作经验及手术技能毫无保留地传授给妇产科医务人员。西藏地大物博，但是缺氧也缺人员，每平安出生一名新生儿都尤为珍贵。为了提高产科工作质量，降低孕产妇生产风险和新生儿死亡率，我指导科室医生和助产士正确医治危重孕产妇，讲解产程观察和如何处理异常产程，手把手传授产钳助产、会阴切口缝合、会阴裂伤修复、新生儿窒息复苏等技能。一年的援藏工作中，没有一例孕产妇和新生儿死亡，产后出血发生率也明显下降。

犹记得第一次听藏族同胞叫我"安吉拉"（与"天使"的英文单词angel读音类似），在她们眼中医生就是天使，每当看到她们淳朴和充满信任的眼神，每当听到她们在诊疗结束和痊愈出院时真诚地说声"谢谢"，一种自豪感就会油然而生，一种使命感就会顿然在胸。患者的信任和支持既是我们努力工作的动力，也是对我们援藏工作最大的肯定。工作中我努力克服语言沟通障碍，认真对待每一位藏族同胞，热情为其服务，急患者所急，想患者所想，针对每一位患者病情的不同，制订有效又经济实用的治疗方案，节约医疗资源，为患者谋福利。援藏期间，我一直参与门诊、病房及二线值班工作，主动加班值班，最忙时和其他科室主任轮流24小时值二班，夜间科室有特殊或疑难病患我也是随叫随到，节假日也常常带领一线医生奔波在病区。我是带着对西藏的深深热爱而来的，为了满足藏族同胞的需要而来，从不敢懈怠，自进入雪域高原的那一刻起我就明白援藏就是责任和担当，就是奉献和付出，传承"老西藏精神"，汉藏一家亲，能尽我所能为藏族同胞服务，我无怨，我无悔。

犹记得初到山南开展的那例20厘米巨大宫颈黏膜下肌瘤全子宫切除的手术，这是我行医生涯中经历的困难手术之一。因为没有操作空间只能一点点行进，手术历经近4小时，虽然操作困难但整个过程很顺利，下台时我才发现全身衣服已经湿透，加上缺氧环境，有种快虚脱的感觉。但患者术后恢复得非常好，没有任何并发症发生，出院那天患者还开心地和我一起合了影，我觉得一切都是值得的。这台手术不仅是我行医生涯中一次难得的经历，使我的手术能力得到一次质的飞跃，也是对我援藏工作一次极大的考验，为我的援藏之行提供了一个良好的开端，使我更加自信地投入后期的工作中。

犹记得抢救胎盘早剥并发凝血功能障碍患者的那次经历。在西藏缺血是比较严重的现象,患者因"重型胎盘早剥、死胎"入院时大量流血,如不及时消除妊娠失血性休克、凝血功能障碍,患者随时会有生命危险。而山南市缺乏同型血,治疗凝血障碍的药物也缺乏,患者情况紧急,病情危重,转院至拉萨需要2个多小时的车程,转院风险也极高,而因为患者年轻还没有孩子,家属希望尽量保留子宫。时间就是生命,和家属以及院领导沟通后,决定为患者紧急实施剖宫取胎术,医院派车前去拉萨调血。虽然术前做好了各项准备工作,取胎过程很顺利,但术后还是很快出现凝血功能障碍,子宫出血持续不止,在医疗条件有限的情况下我果断地为患者进行双侧子宫动脉结扎,加强子宫缝合,宫腔放置压迫球囊,配合宫缩剂应用以减少子宫出血,并和医院领导一边组织多学科讨论治疗方案,一边积极补液、止血、输血浆。我一直寸步不离地守候在患者身旁,观察病情计算出血量,连午饭都忘了吃。由于治疗得当,在外调血液到达之前患者出血已经得到控制,补充血液后病情很快好转,无并发症发生。我也每天去ICU查看患者,家属虽然不会讲汉语却对我竖起了大拇指,看到患者脸上的笑容我的内心也是充满了自豪。

犹记得宫腔镜下6厘米黏膜下肌瘤切除的经历,腹腔镜下严重粘连、巨大输卵管积水切除输卵管的经历,还有和骨科援藏医生成功抢救外伤后骨盆骨折、重度外阴撕裂伤并发失血性休克危重患者的经历,抢救臀位后出头困难新生儿的经历……西藏的医疗条件有限,但是援藏队员常常创造条件也要开展手术,为的是方便患者不用转院,为的是能让当地医务人员学习到更多新的手术技能。

犹记得我们援藏医疗队深入山南各个地县的每一次义诊。因为交通不便有些高海拔的地方非常缺医少药,当地藏族同胞患者听说有援藏专家送医送药,不论刮风下雨或下雪,都早早地赶来排队等候,看到他们热切期盼的眼神,我们也常常顾不上休息和高原反应,耐心为患者诊病送药,提供治疗方案。每次义诊都收获无数感谢的话语,有的患者还为我们送来了暖暖的甜茶和香喷喷的手抓羊肉,那一刻除了感动还是感动。患者的信任让我们更加意识到援藏工作的重要性和切实的意义,让我们把责任使命看得越来越重,让我们越来越愿意担当和承受磨砺。缺氧不缺精神,犹记得当山南市缺血情况严重时,我毫不犹豫地参加了无偿献血活动,我愿意把自己的热血留在山南这片土地,让汉藏情缘得以延续。我把对西藏的热爱埋在心里,把最炽热的情感奉献给藏族同胞。

说实话,在藏环境和工作条件与内地相比还是有一定差距的,虽然常常失眠,白发多了,视力下降了,健康问题也越来越明显了,但我收获了藏族同胞蓝天白云般淳朴的信任,收获了辛勤劳动带来的快乐和光荣,收获了来自相互鼓励并肩战斗的援藏队友的真挚情谊。一次次的工作经历磨炼了我的意志,增强了我的韧性,丰富了我的人生,让我的内心变得更加纯净,为藏族同胞服务的信念更加坚定。我也曾把自己的热血奉献给山南人民,我也曾把自己的真情留在雅砻大地,这一年我奉献雪域高原,无愧于心,不负韶华。

一年援藏路，一生西藏情，祝愿汉藏情谊像雅鲁藏布江水一样源远流长，永不停息！

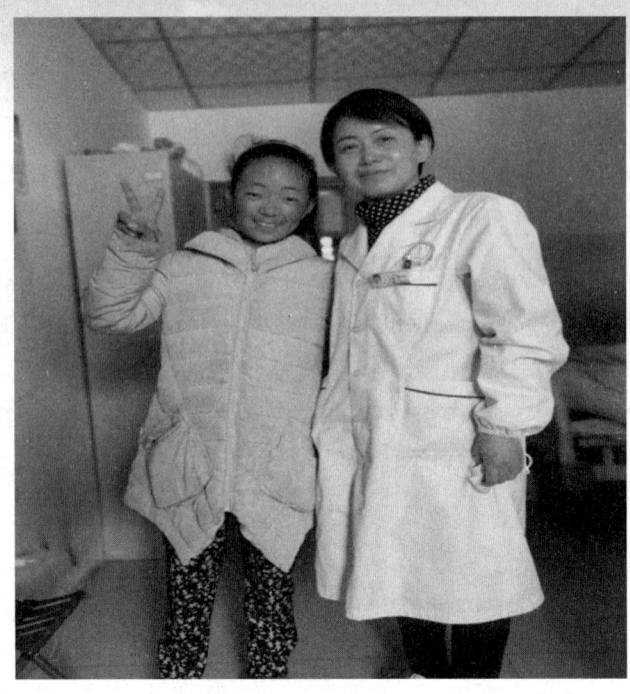

作者系安徽省第五批"组团式"援藏医疗队队员，时任西藏自治区山南市人民医院妇产科主任。

高原情怀

最忆是雅砻

戴倩文

一直以来总想写一点援藏期间的经历和感受,恰逢安徽省第七批援藏工作队圆满完成援藏任务凯旋之际,援藏群里,有援友提议大家写一写共同奋斗的岁月,身在徽州,夜深人静时,思绪慢慢地把我从江南水乡带入那魂牵梦萦的雪域高原。

带上嘱托,奔赴高原

2020 年 5 月 14 日,我跟随安徽省第八批短期援藏工作队,从合肥飞往拉萨,带着组织的嘱托和期望,一路向西,踏上了援藏之路。落地拉萨贡嘎机场后,长期援藏队员欧阳鸣部长一行等候在机场迎接我们,简短的欢迎仪式后,我们跟随车队,向着目的地山南进发,行驶一个多小时后,我们在泽当酒店临时入住,等到入住后,高原反应明显,感觉到从未有过的头痛欲裂,有些队员更有恶心呕吐、脸色苍白等强反症状。

第二日,山南市召开了欢迎安徽省第八批短期援藏专业技术人才座谈会,汪华东书记给我们短援队做了动员讲话,要求我们积极转变角色,主动融入集体,在山南市争做友谊的"连心桥"、稳定的"压舱石"、发展的"助推器",主动学习藏族文化,充分尊重民族风俗,积极加入建设美丽山南队伍中。短援队员们神情专注,精神饱满地听完讲话后,带着会议精神和工作要求,投入各自的工作岗位中。

在西藏,一个不可回避的问题就是高原反应。从未到过高原的我低估了大自然的威力,以为高反很快就会过去,谁曾想,头疼、恶心、胸闷等高原反应持续了近半个月,并经常因缺氧、胸闷而整夜失眠,鼻子也因为空气干燥而流血,嘴唇变得乌青脱皮,受援单位的领导知道后,帮助我解决生活困难。为了能尽快适应当地环境,我放弃了可能会产生依赖性的吸氧、吃药等减轻高原反应的辅助措施,运用在内地干项目的冲劲和执着精神,边工作边适应高原环境,很快进入了工作状态。

广阔天地,大有作为

援藏,如果说去的时候是组织需要,那么去之后才会发现技术人员是"真的被需要"。和内地相比,山南市工程建设领域专业技术人员短缺。如果说自己在内地能发挥八分的作用,同样的岗位,在山南就能发挥十二分的作用。正应了那句话:广阔天地,大有作为。

根据工作需要,我被安排在西藏山南市交通运输局公路建设项目管理中心,主要从事在建项目管理工作。山南,雅砻文化所在地,位于中印边境。在祖国的边陲工作,更体会到责任重大,工程项目的质量、安全、进度管控,将会直接影响到道路的交工日期,对当地物资运输、人员流通至关重要。

作为交通战线的"老兵",我遇到的最大困难恰恰也是交通。因为工作关系,我经常奔走在山南交通建设一线施工项目上,经过蜿蜒曲折的盘山公路,路旁就是陡峭的悬崖和奔腾汹涌的雅鲁藏布江,让人看着不寒而栗;雨季,路途中突遇泥石流和滑坡滚石是常有的事;去海拔4 000多米的浪卡子建设项目,走上十多米就会气喘吁吁,听觉下降,头重脚轻。有一次参加外业审计,为了便于观察路况,我坐在副驾驶座上,车在山顶掉头,由于刚下过雨,道路湿滑,车辆前轮差一点滑落,我透过前方挡风玻璃清楚地看见下方就是悬崖陡坡,深谷激流,脚下一道道盘山公路看得人头晕目眩,不由得惊出一身冷汗。

"缺氧不缺精神、艰苦不怕吃苦、海拔高境界更高",这是援藏人牢记心中的话,我也把这当作座右铭。援藏期间我主要负责国道349线泽当路政超限检测站机电系统改造工程项目办工作,对山南市唯一的一座超限检测站进行土建、机电系统、检测设备等升级改造,有力地提升了检测站的执法效能,超载超限车辆进一步减少,有效维护了国道349线山南至拉萨道路的路产路权。此外,我还参与巡查管辖的在建项目,发现问题及时提出整改方案,推动项目建设;协助项目中心办公室解决交通建设项目信访纠纷,维护管辖项目和谐稳定;在部门领导的统筹部署下,组织、负责多个建设项目的审计工作;参与协助长援领导和同事做好山南市交通运输局"小组团援藏"日常工作,认真执行落实安徽省援藏工作队、山南市交通运输局对援藏工作的部署要求。

梦回雅砻,永远的故乡

梦中经常回到雪域高原,回到雅砻大地。那一幕幕熟悉的情景,那一张张微笑的脸庞、一个个真诚的眼神,刻在了我的记忆深处,感觉自己还身在祖国西南边疆,正与在藏的干部和同事,制订工作计划,商讨项目方案,与藏族同胞叙家常、聊理想,聆听藏区风土人情。在藏的干部群众和一批批援藏干部人才,默默地付出和坚守,与藏族同胞一起凝心聚力、团结拼搏,成就了山南今天社会的稳定、经济的发展、人民的安居乐业。援藏经历也成为我人生的宝贵财富,无论走到哪里,都会让我不畏艰难、忠于职守、团结奋进。我将一如既往地情牵山南,争做皖藏一家亲的宣传员和两地友谊的"连心桥",尽自己的绵薄之力影响身边更多的人关心、支持山南的发展,为美好山南建设添砖加瓦。

　　作者系安徽省第八批短期援藏专业技术人才之一,时任西藏自治区山南市交通运输局公路建设项目管理中心项目办负责人、安徽省高路建设有限公司项目经理。

我的援藏工作纪实

黄菊霞

2013年3月25日,本人积极响应党和国家号召,支援海拔4 380米的西藏山南地区边境县错那县人民医院,开展为期一年的技术援藏工作。援藏期间,我坚决贯彻落实党的民族宗教政策,坚定维护祖国统一、民族团结。回顾工作历程,我竭尽所能、勇于担当、不辱使命,怀着缺氧不缺精神的信念,克服高寒、高海拔、高度缺氧等困难,用医疗技术服务西藏,努力为援藏事业贡献自己力量。

初到医院,积极理顺工作思路

到达错那县人民医院,我和队友便与院领导进行充分沟通,了解医院现状,并实地了解医院的医疗水平和医疗设施,结合医院实际情况,制订工作计划和初步进行教学安排。我们对当时的边多院长说:"我们将要在医院工作一年时间,坚决服从医院领导安排,我们不仅仅是来做援医工作的,更重要的是想为本院培养更多自己的医务人员"。同时提交了工作计划和培训工作安排。当时医院只安排了刘霞医生学习超声,我向院长建议:"医院至少要培养两名左右超声医师,这样就避免了下乡给农牧民体检或其他特殊情况下医院超声科室无人上班的情况。"边多院长一脸无奈地说:"老师,医院没人,人员安排不过来。"我说:"边境县城人口少,可以根据实际工作情况及医院人员结构,培养医师一人多岗模式。"最后边多院长采纳了我的建议,相关工作如期开展。

努力克服困难,积极适应环境

首先是对高原环境极度不适应。5月中下旬,我明显感觉心慌、胸闷、心跳加速,心率从进藏前71次/分、进藏时97~99次/分,到5月中下旬117~123次/分。从医院到食堂,一般情况下正常步行15分钟(10月份,我血红蛋白上升到165克/升),当时从医院到食堂我用了足足57分钟,中途不得不停下来歇息多次,才能继续行走。记得当时在路上遇见县公安局张玉涛书记一行,张书记好奇地问:"黄医生,你怎么这么走路,像过去八九十岁小脚老太一样。"我冲他一笑,说:"今天周末,没事,慢慢走。"我不能告诉他们实情,因为我在这里做的是援藏工作,不能给当地有关部门增加一点负担和麻烦。迫于无奈,我还是赶紧请示队里,提前下到海拔3 400多米的山南。到达山南后,按照常理,情况会有所好转,事实是反而更糟。第二天队友们一大早到我住的地方来看我,我隐约听到外面有队友喊我,我就是没气力答应,半天也起不来,好半天才开门。队长说"你才开门,把我们急坏了"。开门后我看到的队友们都是重影,我掐掐自己,还活着。"走走走,赶紧去抽血化验一下",在队友们的陪同下,我去山南地区人民医院做了检查,测血氧饱和度和进行血液生化检查,检查结果是血氧饱和度98％,血红蛋白68克/升。作为一名医务工作者,我深知这么低的血红蛋白在高原条件下是重度贫血。队里第一时间把我的检查结果向省、市及院有关部门进行了汇报,相关部门领导非常关心,我院人事科科长把化验报告交给血液科专家进行会诊,专家在第一时间给了我治疗建议和方案。我考虑再三,选择在低海拔地区进行药物治疗,不输血,给自己一个20天左右期限,等到6月中旬,儿子中考结束后再做决定。在此期间,我小心谨慎,一再告诫自己,不能出问题。在队友和安徽援藏干部的关心及帮助下,我在山南休整了20天。20天过去了,我感觉状况有所好转,到医院检查,血红蛋白上升到79克/升,这么短的时间内血红蛋白有所上升,我一颗悬着的心终于放下来,心想不会有大问题,可能是缺氧导致胃肠道出血的缘故,我很庆幸我的身体状况允许我留下来,继续完成援藏工作。在此后的6个月,我坚持药物治疗,一直到10月份血红蛋白上升至165克/升。

其次,取用生活用水,对瘦弱的我来说也是一大挑战。住在医院职工宿舍,房间不通自来水,平时用水就只能到医院室外用水桶接水提回来用,每次只能提小半桶水。有一天傍晚,我正在接水,一个藏族小伙子跑过来说:"老师,您好,水太重了,您提不动,以后提水您叫我,我给您提。老师,我是大学毕业后分配过来的,学藏医的,几天都没一个病号,我想跟您学B超,可行?""行呀,只要你学,我就教。"就这样,我收下了我的第二个学生,一个康巴族的学藏医的大学生——才让。

初愈回到工作岗位,重新投入工作

6月中下旬,化验结果出来的第二天,我执意回到错那县人民医院超声工作岗位。全县农牧民体检工作迫在眉睫,超声检查是体检工作极其重要的一环,我要带头指导我带教的两名医生参加这次体检工作,培养他们的动手能力。这是一次难得的检验带教效果的机会,同时带教是手把手教,对每一个病例细致讲解,教他们学会查阅资料,正确书写超声检查报告。在高原边远地区,带教与学习都不容易,通过与当地医生共同努力,我们如期完成了体检工作。援藏工作期间,我开展了一系列超声检查新项目,首次在错那县人民医院开展了心血管超声检查,及时对产科急诊、妇产科及外伤患者进行检查,为临床收治住院或转院患者提供可靠依据,受到当地农牧民及县直机关工作人员一致好评。

在藏工作期间,我始终牢记把维护民族团结与稳定放在首位,尊重藏族同胞的生活习惯和宗教信仰,友善传播内地的文化,让汉藏文化在错那融为一体。同时来自安徽各地的医务工作者,在艰苦环境下紧密团结协作,完成了多项错那县之前没有开展的工作,取得一定实效。援藏期间,我们多次受到地区领导慰问,即便生活条件再艰苦,也没有向相关部门提过多要求,搞特殊化,而是把自己看成是当地医院的一员,把艰苦化作动力,投身于带教工作中。唯一的要求就是,多派些学生来学习超声知识,因为在高原地区,尤其是在高海拔的边境县,医务人员极其紧缺。

努力工作,为援藏工作画上圆满句号

2013年11月底,为期一年的援藏工作即将结束。在卫生局举办的欢送会上,县政府领导对我说:"黄医生,我们最对不住的人就是你,没能很好地照顾你。"在县短期技术援藏总结报告大会上,我作为技术援藏代表,向全县各级主管部门汇报我们的援藏工作。县委副书记说:"黄医生,是你让我们认识了安庆,你积极工作、乐观生活的态度,代表了安徽女性的形象",并点了一个大大的赞,这是对我作为一名安徽人在外工作、维护安徽人形象的最好赞美。

在藏工作期间,我把心定在错那、服务于错那卫生事业。错那县许多老百姓都认识我,但不知道我叫什么名字,只知道我是来自安徽安庆的医生。这正是医者仁心,不逐名利,默默奉献的体现。为期一年的援藏工作结束,我圆满完成援藏各项工作,为援藏工作画上了圆满句号。

11月28日,我们安徽第十一批援藏医疗队一行11名队员坐上了山南地区开往拉萨的大巴。我透过车窗回望身后渐渐远离的雅砻大地,一年来的一幕幕往事浮现在眼前,成为我终生难忘的回忆。援藏短暂,援藏情深,我们将深情大爱洒在雅砻大地,将医者仁心洒遍错那人间。

时光荏苒,一转眼离开雅砻快十年了。我至今仍工作在超声一线,无怨无悔。

高原情怀

　　作者系安徽省援藏医疗队队员,援藏时在西藏自治区山南地区错那县人民医院工作。

情系雅砻　不忘初心

黄守定

170多个日日夜夜，相隔3 000多公里的距离，山南"老西藏精神"和六安"大别山精神"交相辉映……回首过往，我有幸代表省财政系统参加安徽省第八批专业技术人才短期援藏，丰富了人生阅历，开阔了眼界视野，锻炼了党性修养，留下了人生印记。那些在山南援藏工作、学习和生活的情景，历历在目，记忆犹新。

坚定初心赴西藏

西藏，一个熟悉而又陌生的地域，在2020年4月之前，我从来没想过我会跟它产生什么联系。

"惊闻援藏"时的不安。4月20日上午，市财政局主要领导找我谈话，计划派员代表省厅参加为期半年的短期援藏，单位经过综合考察初步推选我前往援藏，征求我的意见。一听到消息，刚开始我也很犹豫：家里小孩很快上小学，平时夫妻俩带小孩都有点吃力，我这要是去半年，家里怎么办？家属能不能支持？我能不能适应？

短暂犹豫后的决定。杂乱的思绪稳定后，我深刻地认识到我是一名共产党员，也是一名财政干部，应服从组织安排，哪里需要我，我就去哪里，关键时候一定要冲锋在前不能往后退。在简单安排好家中事务后，我立即向组织报告我愿意参加援藏工作。

确定赴藏时的勇敢。经过层层审核和考察，我最终被省厅选中。那段时间，心中百感交集，对陌生环境的猜想、对未来工作的担忧、对父母妻儿的不舍等纷纷涌上心头。欢送会上，局领导对我提出殷切期望并进行谆谆嘱托，我牢记心中，坚定地表态将服从安排听指挥，牢记使命赴他乡。

不懈奋斗在西藏

入藏后，我始终把"进藏为什么、在藏干什么、离藏留什么"作为人生考题之一，努力实现思想转型、身份转换、生活转轨和工作转变，把热爱山南、学习山南、融入山南、建设山南深深根植于心、外化于行。

初到西藏的不适。2020年5月13日，我终于来到曾憧憬过、向往过，也让很多人魂牵梦萦的"诗和远方"。可一下飞机,高原反应立马就给我一个下马威,高寒缺氧、身体不适、语言不通、远离亲人等困难一起袭来,我用了将近半个月才慢慢适应。随后,我便主动学习藏文化和地方习俗,与山南群众、同事和领导交流交心交友,了解山南地区的发展历程,特别是党的十八大后发生的巨大变化,熟知山南财政发展,同时,也向山南推介美好安徽和幸福六安,真真切切融入当地的工作和生活,增强进藏使命担当。

认识西藏的感动。一是藏区面貌变化之巨大。在以往的印象中,西藏遥不可及且贫穷落后,但通过深入实地的接触,我发现现实中的西藏基础设施优、群众生活富、文明风尚好。尤其是去了一趟玉麦乡,那个曾经与世隔绝的"三人乡",如今道路通畅、生机盎然、人丁兴旺,习近平总书记"神圣国土的守护者、幸福家园的建设者"的嘱托正在践行,让我切实感受到了西藏的变化。二是在藏干部工作之艰辛。西藏高寒缺氧、环境恶劣,工作条件艰苦、压力很大,很多在藏干部背井离乡、夫妻分居、父子分离,但他们不计个人得失,把自己的一切都奉献给雪域高原,西藏的快速发展正是得益于他们的艰辛付出。三是安徽援藏成效之显著。安徽援藏以来,特别是党的十八大以来,安徽援藏一批批重大项目落地、一件件民生好事落实、一批批干部人才进藏,以绣花功夫和钉钉子精神支援山南发展,得到藏族干部群众一致肯定,皖藏一家亲不断升华。

服务西藏的努力。在山南市财政局预算科的170多天,在安徽省援藏工作队和山南市财政局领导、同事的关心支持下,我克服方方面面的困难,认真学习西藏"适当变通、税收全留"的特殊财政政策;学习山南市委市政府关于财政工作的部署要求;熟悉当地风土人情和民族风俗习惯,积极主动熟悉环境、团结同事、融入当地,援藏工作取得明显成效。一是立足日常性业务。牵头负责2019年山南市本级预算执行审计整改,撰写整改报告和收集各类附件资料;负责办理30余家单位预算追加调整,涉及脱贫攻坚、教育、生态环保、边境小康村等预算追加100余批次,下达及审核预算资金指标300余条,金额涉及5亿元;负责5~9月债务监测平台填报及配合部分专项债券项目申报;督促、整理县区填报存量资金、直达资金统计等报表50余个。二是做好重点性工作。起草《山南市2020年上半年财政预算执行报告》《山南市政府债务工作情况汇报》等各类综合材料、财政信息20余篇;参与配合市委组织部对全市55个村级活动场所标准化建设逐村验收,起草《关于全市村级活动场所标准化建设验收的情况报告》,获得市委组织部领导高度肯定。三是助推规范化建设。交流和参与业务档案管理、指标台账分类、存量资金管理、项目资金绩效评价等,参与整理归档2001年以来预算科档案300余盒、账册200余册。四是参与全局性活动。积极参加山南市财政局和安徽工作队集体学习、卫生清扫、"七一"活动、国庆活动等志愿性及集体性活动40余次。五是搭建常态化交流平台。交流、引入内地做法,提供六安市债务管理、预算编制、直达资金管理、专项债券储备发行等方面文件30余个,交流两地财政预算工作新理念和做法,努力搭建皖藏一家亲财政交流平台。

缺氧不缺精神。艰苦不怕吃苦,海拔高境界更高。在藏期间,我严守纪律规矩,尊重民族习俗,规范言行举止,主动汇报请示,扎实开展工作,树立安徽援藏好形象。援藏期满考核,被安徽工作队和山南市委市政府评定为"优秀"等次。

传承精神忆西藏

不舍之情。格桑花有开有落,雅砻河有丰有枯。时间如白驹过隙,离别的时刻很快就到来了。2020年10月底,援藏工作结束。170多个日日夜夜,留下了最深刻的记忆,经历了太多的人生之最——最频繁的难以入眠、最长久的孤独寂寞、最刻骨的思乡之情、最难忘的高原情结、最永恒的"皖藏一家亲"。

泰戈尔说,天空不留下飞鸟的痕迹,但我已飞过。援藏半年,我不敢说自己作出了多大的贡献,只是希望留下的是团结同志、认真严谨的财政人形象,希望留下的是援藏干部艰苦奋斗的良好口碑,更希望留下的是财政业务工作上的新思路、新做法。

传承精神。高原工作最稀缺的是氧气,最宝贵的是精神。印象最为深刻的是一次出差到隆子县玉麦乡。卓嘎、央宗姐妹数十年如一日坚守在每年有6个多月时间与世隔绝的边境乡,以抵边放牧的方式守卫着祖国的神圣国土,国旗挂遍迢迢巡边路,诠释"老西藏精神"的丰富内涵。而我从革命老区六安,跨越数千公里来到这里,从事援藏工作,在这里学习"老西藏精神"、"两路"精神、援藏精神,这与皖西革命老区六安大别山精神、淠史杭精神共生互补、相得益彰。这些伟大精神也将一直伴随我,激励我砥砺前行。

永葆初心,将援藏的所习所得应用到工作和生活中。按照有关规定,援藏返程后本有1个月的假期,但考虑到年关将至,我仅仅在家休整半个月,就主动申请上班,参加财政社保工作,主要服务卫健系统和人社系统20个单位经费管理等工作。两年来,我恪尽职守、埋头苦干、谋事创业,不断在履职尽责、担当作为上努力"奔跑"。一是全力保障疫情防控。2021年5月、2022年4月,六安市发生两次疫情。作为经费保障人员,我始终处于应急临战状态,把疫情防控保障作为日常工作重中之重,累计分配下达卫生健康及疫情资金逾5亿元,从医保基金中足额上解省厅疫苗款67 866万元等,全力做好资金、政策、服务保障。二是落实就业创业保障。全面落实"人才新政15条",支持就业促进、技能提升,累计拨付中央就业补助资金、省职业技能资金1.3亿元,市级预算安排2 000余万元,落实援企稳岗政策,助力经济高质量发展。三是抓好预算执行管理。落实"过紧日子"思想,指导单位使用新一体化系统,及时做好卫健、人社部门上级转移支付,市本级预算安排需二次分配资金的分配、下达工作,定期督促、通报单位加快资金支出进度,发挥资金效益。四是配合做好其他工作。履行支部委员职责,发挥"党员先锋岗"作用,疫情期间下沉社区参与防控值班、铲雪除冰、义务献血等志愿活动20余次;参与局关工委工作,参与策划"扶贫助学"关爱帮扶、夏令营等系列活动方案……局领导交办事项、单位经费保障事项、兄弟科室配合事项,时间上都能打提前量,效果上做到高质量,事事有着落、件件有回音。

习近平总书记指出,新时代中国青年要成为有理想、敢担当、能吃苦、肯奋斗的好青年,用青春的能动力和创造力激荡起民族复兴的澎湃春潮,用青春的智慧和汗水打拼出一个更加美好的中国。作为一名财政青年干部,我将发扬传承好"老西藏精神",践行好老区大别山精神,立足具体岗位工作,聚焦"速度、位次、奖项",把状态提起来、标杆立起来、劲头鼓起来、本领强起来、作风实起来,用心用力办好民生大事,真心真意做好关键小事,心中有戒、心存敬畏,以忠贞的品格、优质的服务、务实的姿态、实际的行动,不断努力"奔跑",展现财政青年干部"英雄本色",在新时代新征程中努力争创新业绩。

作者系安徽省第八批短期援藏专业技术人才之一,援藏时为西藏自治区山南市财政局预算科工作人员、六安市财政局(国资委)农财办副主任。

不负组织重托　倾心法律援助

都　勇

　　我曾是一名监区民警,长期工作在基层监管改造一线。2019年6月,我接到一项特殊的任务:援藏——以一名律师的身份。容不得半点犹豫,我就被通知到省立医院体检。6月9日、10日仍然在监区连续48小时值班,11日凌晨,脱下执勤服,拖着行李箱,就奔向动员会场。经过简短的培训,中午我同37名来自各行各业的队员一起,乘上两辆大巴车,直奔机场。晚9时,被"空投"在拉萨贡嘎机场。

　　去西藏的第一感觉是什么?恐惧。因为在此之前,我也查过很多资料,大体了解西藏高原缺氧,去了会有高原反应。果不其然,晚上10时到达山南泽当饭店后,宾馆工作人员很快告知我们,行李不用搬到房间了,先休息,第二天再搬。有人不信,但很快就信了。从自助餐厅到房间仅仅三层楼,每上一步楼梯,都要喘一口气,中间还要停下来休息一会。此后,我们逐步了解到,不仅我们援藏队员,藏族本地人也是这样。原因只有一个,那就是缺氧。不仅爬楼梯,甚至说长句话也不行,只能说短句,中间停顿呼一口气。到西藏的第一感觉是什么?茫然无措。远离亲人、远离同事、远离家乡、远离熟悉的工作场所,一时间不知所措。

　　但是,这些有什么办法呢?只能勇敢去面对。我们是国家公职人员,我们是人民警察,就要完成国家赋予的任务,就要坚决执行党组织分配的任务。我们必须要适应当地的生存环境,勇敢去面对。我下定决心,藏族人能生存、藏族干部能生活能战斗的地方,我们援藏干部也一定能。

　　此后,我开始效仿藏族同胞的生活饮食习惯,早上喝酥油茶,吃糌粑、藏包子,晚上吃藏面。我们到的季节是夏季,是西藏一年中环境最好的时节,但即便如此,早晚依然很凉,我也从来不穿短袖,总是穿着长袖长裤。无风的时候,西藏的天空很蓝,与此美景相伴的是紫外线很强烈,一天晒下来脸上会起水泡。我也像藏族同胞一样,整日戴一顶帽子。不能剧烈运动,但警察还是要保持体质第一,我坚持每天散步慢跑。晚上气候干燥,就在卧室里放一盆水。气压低,鸡蛋煮不熟,面条煮不烂,就用高压锅。晚上大风能把嘴唇吹裂,就一直戴口罩。不能感冒,一感冒就可能面临生命危险,因此就常备着药品。

　　很快,这些措施就起了作用,我适应了高原生活。但我的战友们有的可就没那么幸运了。我们先期到达的37名短援队员分配在山南市6个县区,按惯例到县里工作的队员到达山南市区后休整一星期,然后再上去。就在休整期间,3名队员住进了医院。后来到达的淮北烈山区法院法官黄磊,在去错那县的途中翻越雅拉香布雪山,一激动,脱下外套摆个姿势拍照,一阵风吹来头就有点晕,当天晚上就住进了医院,被诊断为肺水肿,住院一周。我做了个统计,安徽省第七批39名短期援藏专业技术人才在藏半年,共有8名队员住进医院治疗,每不到5人就病倒1人。

国家是一盘大棋,边疆需要人去守卫,国土需要人去耕耘,文化需要人去传播,民族需要人去融合。

环境恶劣、语言不通、认知差异难不倒我们,再大的困难也难不倒我们。安徽援藏队领队经常说:海拔高,境界更高;光照强,信念更强。缺氧不缺精神。如果没有青藏高原,长江会怎样?黄河会怎样?中华民族会怎样?作为一名援藏队员,我要用法律手段帮助藏族同胞实现美好生活的愿望!

就援藏专业技术人员法律援助律师而言,基本的工作职责是接受法律援助中心指派,为受援人提供代理、辩护和咨询服务。但在西藏,这是远远不够的。因为当地法律专业人员极其缺乏,在山南市,所辖12个县区,总计本地注册的执业律师不足7人,常驻的不到5人,县里根本没有律师。这就意味着凡是法治建设所需要的专业性工作,法援律师都要去承担。凡是藏区安全稳定所需要的工作,政法干警责无旁贷。同时,援藏队员还兼具促进民族团结融合的使命。我是这样想的,也是这么做的。6月12日,到达西藏的第二天,我就着手制订工作计划,瞄准6项目标开展工作。之后,又相继承担了安徽援藏工作队短期援藏工作组的管理服务工作。

尽责办理每一起法律援助案件。在藏半年,我共计办理法律援助案件13件,其中民事案件7件,刑事案件6件,均未收取当事人任何费用。在藏族同胞洛桑次仁工伤案二审庭前答辩中,我依据有关政策,为其请求增加近3万元的赔偿费,最终庭前调解获集中赔偿121万元。在入职三天即遭工伤的四川民工李杰案中,我在仲裁庭上一方面论证了用人单位的责任,另一方面善意提醒民营企业要注意防范劳动法律风险,最后公司主动提出支付20万元。在山南第一起恶势力案庭审中,我据理力争,最终为当事人巴桑减少9个月刑期。在尼玛次仁敲诈勒索案中,我提出的其和妹妹、女朋友不宜被定性为恶势力的意见被公安机关采纳,为其减轻了罪行。

尽心解答每一起法律咨询。每天办公室一开门,前来咨询的群众就络绎不绝,涉及农民工讨薪、工伤、民间借贷、交通肇事、公司事务、婚姻关系、城市拆迁等多方面。对每一个咨询,我都免费耐心解答,分类处理。先后免费代拟起诉状、申请仲裁鉴定等法律文书 9 件。2019 年 11 月 5 日下午,浪卡子县人民政府副县长斯嘎和县住建局局长、司法局局长等数十人来到山南市司法局法律援助中心咨询。经询问得知县住建局、安居办一工程项目发包后再经层层转包,工程款被包工头挥霍一空,承包商账户被冻结,几十位农民工因工资拖欠而到县政府上访。认真分析法律关系后,我否决了承包商委托县政府协调解决矛盾的方案,建议将农民工工资与其他债权债务问题分开,将剩余工程款中工资部分打入人社局农民工工资保证金专用账户,委托人社局发放,其余债权债务问题走法律程序,得到了采纳,最终 194 万元农民工工资圆满发放。

无酬劳为政府部门提供法律顾问服务。虽然大多数市直部门聘请了法律顾问,但遇到问题他们还是习惯到司法局来求助。我先后为市委统战部历史遗留房产担保问题、市委宣传部宣传片合同问题、市广电局工程承包合同解除赔偿问题、市卫健委 PPP 项目合同、市水利局和发改委西巴霞曲流域环评和规划委托书等提供了法律途径解决的建议和咨询;审查市人大立法 1 件和市政府规章 3 件;审核了市政府与西藏高驰科技公司、中国农业银行西藏分行等合作框架协议;参与了市信访局重大信访案件的会商讨论,向经办人员告知了法律的底线和解决的途径。在山南老政协片区市场拆迁中,部分商户拒不搬迁,市政府限定的期限又很紧,承担拆迁工作的市发改委领导十分着急。我接到局里下达的任务后,仔细审查相关资料,发现"钉子户"的房子是转租的且装修未经房主同意。由此我提出了通过民事法律途径强制搬迁的法律解决方案,迅速得到了采纳,最终拆迁任务圆满完成。

示范性做好值班律师工作中的认罪认罚和速裁程序见证工作。新修改刑事诉讼法确立了认罪认罚从宽制度和速裁程序,但是这两项制度均需值班律师作见证,而山南市的部分区县却连一个律师也没有。我到岗后,先后参与和见证了琼结县检察院办理首例刑事速裁案、隆子县检察院办理首例认罪认罚案、桑日县检察院办理首例认罪认罚案件。每起案件,我都按照司法部有关文件要求,详细解答犯罪嫌疑人咨询,告知合法权益,询问非法取证情况,解释法律援助的范围和条件,并向检察院提出量刑建议。每起案件,都达到了当事人满意、检察院也满意的效果。10 月 30 日,在我的帮助下,涉嫌虚开增值税专用发票罪的犯罪嫌疑人杨博宇自愿认罪认罚,未被检察院起诉,避免了牢狱之苦。11 月 26 日,诈骗 50 多万元的犯罪嫌疑人索朗穷达在我的帮助下自愿认罪认罚,检察院给予了 4 年有期徒刑的量刑建议。

大力开展普法宣传。先后参加安全生产日、民族宗教团结宣传日、国际禁毒日、卫生日等普法宣传活动 9 场,进村居普法宣传活动 6 场。受邀给全市行政执法培训班、琼结县领导干部、烟草专卖局开展法治讲座 3 起。参与山南民营企业法治讲座,用实践案例为30多位民营企业家讲授劳动人事等法律风险防范。在11月1日随市普法办到乃东泽当镇郭沙社区普法,面对熙熙攘攘的群众,我灵机一动,将往常普遍发放普法小礼品的方式,改为有奖问答式。给答对法律问题的群众发放小奖品,对提出法律问题的群众也发放小奖品,得到了现场藏族群众的热烈响应。该方式被市普法办普遍推广。

积极承担公共法律服务科部分行政工作。山南市司法局大多数科室仅1名工作人员,平时我也积极参与法律援助管理工作;策划在山南行政服务中心大厅设立免费公共法律服务值班室,建设市公共法律服务中心,策划出台党政机关法律顾问聘请操作办法;协调1名同志到安徽参加法援培训;参与协调合肥市司法局与隆子县司法局、措美县司法局之间建立远程法律顾问和咨询解决机制;参与起草《山南市办理农民工讨薪案件情况报告》《山南市公共法律服务调研报告》《自治区民营企业法治营商环境督查汇报》等。

团结带领安徽第七批短期专业技术人才共谱援藏交响曲。除法援律师外,我还被委任为安徽省第七批短期援藏临时党总支书记、安徽省第七批援藏工作队短期援藏工作组组长。工作中,我始终注重调动队员工作积极性。第一,建群抓联络。通过微信群解决39名队员相距几百公里联络不便的问题。第二,救助展关怀。安排对8名因高原反应住院的同志悉心照顾,让队员相信和依赖组织,对团队有归属感。第三,工作重引导。号召大家珍惜机会,多出成绩。把工作的情况发到群里,把成果展示在群里。第四,宣传编简报。讲好援藏故事,编辑简报10期,各类媒体平台报道150多篇。第五,周志加报表。队员每周末报工作周志,每月底累计汇总工作成果。第六,纪律常提醒。经常提醒注意事项,严格纪律。配合主题教育开展,以县区为单位建立党员互助学习组,培养入党积极分子5人。

经过努力,我本人和安徽省第七批短期援藏工作队都取得了一些成绩。我的工作被人民网、《法制日报》、《中国律师》、《西藏日报》、自治区及安徽司法厅微信公众号、中央统战部中国西藏网、《安徽日报》客户端、《安徽法制报》、法制网、安徽网等宣传报道近50篇次。离藏前,山南市司法局的罗布局长专门主持召开座谈会,全局工作人员为我献哈达,局党组给我记三等功,这也是山南市司法局首次给援藏干部记功表彰。

半年援藏工作结束了,我常常不自觉回忆那段艰难但很有意义的时光。我深感荣幸,自己能够参与到一次国家的战略任务中去,没有辜负组织的期望。

作者系安徽省2019年短期援藏技术人才,援藏时在西藏自治区山南市司法局工作。

再走川藏线

邱军强

夏季的高原,阳光热烈,雨水充沛,草长莺飞,百花盛开,姹紫嫣红,特别是格桑花迎风绽放,风姿绰约。2008年7月底,我所在的西藏区域地质调查大队1∶5万类乌齐县等四幅区域地质调查项目组做好了东征的准备,对我来说,时隔28年,再走川藏路,又燃激情。

第一天

8月2日清晨,我们项目组向藏东开拔,八个人两辆车披着星光,向着微明的东方前进(这里与内地有两小时时差)。离开日光城(拉萨),就上了川藏公路(318国道),两车你追我赶,保持在目视距离。打算第一天到达波密(县城),第二天到昌都(地区),第三天到类乌齐(县城)。

前一段路沿着拉萨河的南岸行驶,并穿过达孜县城,一路挺拔的白杨,整齐地静立在路边,似乎在夹道欢迎;一路金黄色的油菜花和碧绿的青稞随风荡漾,散发着阵阵芳香;一路播放着悦耳的歌曲,让人陶醉。

离开宽阔的拉萨河谷,车子在依山临溪的沟谷中行驶,山形变化,溪水潺潺,我们如同行过在山水画廊中。在墨竹工卡县城吃了早饭,不久,便进入了高山牧场,连绵起伏,绿草如茵,各种野花争奇斗艳;羊群像朵朵白云在绿色的草原上游移,牦牛像黑珍珠般洒落在绿地毯上,骏马奔腾,鸟儿欢唱,远处的雪山在云雾缭绕中若隐若现,充满着诗情画意,我不由得想起多年前的经历。

这条公路我1980年就走过。那年6月底或7月初(期末考试考完了),我们7名长春地质学院地质系的大三同学经体检、考核和政审,从多名自愿报名的同学中被选拔为藏北科考队(即地矿部青藏高原地质调查大队三分队或长春地院分队)的队员。我们带上枪支弹药(经特别批准,为防范猛兽和不法分子),乘火车从长春到西安再到成都,再转乘成都—昌都的班车,穿越了三江地区,在昌都再转道到丁青县城,与先期到达的老师们会合,经过两个月的地质调查,还走川藏线回去。1981年5月初,我们3名大四同学(我是原成员,另两位是新选的),乘火车从长春到成都,转坐车门上写有"地矿部青藏高原地质调查大队三分队"的汽车,仍走川藏线,主要任务是押车,从成都到拉萨竟走了13天(其中2天修车)。老师们则乘坐飞机先到拉萨等候我们,会合后到阿里地区进行野外地质考察。

以前的川藏线是最惊险的公路,横跨三江地区,路况差,车速慢,特别在二郎山、雀儿山等路段,山高路险、坡陡弯急,经常发生塌方和泥石流等,每天都惊心动魄,时有危险发生,但都化险为夷,沿路有许多汽车残骸,每年不知道有多少车毁人亡,媒体也常报道发生的严重事故。后来经过多次整修,降坡、加宽、缓弯、改善排水设施等,现在的路况大大改观,在二郎山等处早已修通了穿山隧道,大部分路段已是柏油路。

两小时后便爬上了著名的米拉山口,风马旗(由大量经幡组成)五彩缤纷,迎风飘扬,山口处已经停了不少大小汽车,许多游客正在拍照或观赏风景。米拉山口是林芝和拉萨的地理交界处,标志牌上写的海拔是5 013.2米。我们也停车拍照观景,一览群山无限风光。大地广袤无边,远山近岭,景色壮观,天路蜿蜒,使人心胸开阔。而主峰高耸,冰封雪裹,气势雄伟,白云缭绕,令人敬畏之情油然而生。车过米拉山口,顺坡而下,那S形的盘山弯道让人赞叹不已。米拉山的西边植被稀疏,而东边则植被茂盛。

米拉山下,雅鲁藏布江的五大支流之一——尼洋河出现在我们面前,它在山崖间穿行,急流翻滚,汹涌澎湃。正当我们一路急驶时,越野车出了故障,修了修,勉强开到工布江达县城,在这里修车并吃午饭,然后继续沿尼洋河左岸东去。我们在中途观景点"中流砥柱"处停下,见两边青山列布、天空透蓝,河水经长途奔腾至这里时,河心有巨大岩块挡着,形成了迂回急湍之势,满眼激流沸腾,撞击岸边浓墨色的岩石,喷珠溅玉,雨雾迷蒙。此后尼洋河逐渐宽阔,水流变缓,纯净碧翠,两岸林木茂盛,郁郁葱葱,真是一幅流动的山水长卷,令人赏心悦目。

林芝地区海拔较低,森林密布,满目青翠,山川秀美,景色宜人,氧气充裕,空气湿润,让人倍感清爽。几百公里的路途,山高水长,雪白树青,花繁叶茂,尤其是"柏树林海",广阔浩荡,柏涛阵阵,如激昂的音乐,气势磅礴。在八一镇附近,有一柏树王被称为活化石,真真伟岸,令人惊奇。它的胸围达18米,要10人以上才能牵手围住,树高近60米,树龄2 500多年,还生机勃勃,被称为神树,受当地人敬仰崇拜,树身上挂满了哈达和经幡。

在林芝地区八一镇东南19公里的地方是古老的林芝县城(林芝镇),经过该县城,汽车就开始爬色季拉山。沿着陡峭的峡谷盘山而上,但见群峰叠翠、千姿百态,密林森森,间有一线清泉飞泻而下,美不胜收,山回路转,颇有"跃上葱茏四百旋"之感。随着海拔升高,植被也逐渐稀少,在海拔4 728米的色季拉山口,可以清楚地看到植物的分带,山顶是白雪,其下是高山草甸,再下是灌木丛,再下是针叶林带,最下面是阔叶林带。

越过色季拉山口,汽车开始下坡,转眼间就到了鲁朗观景台。观景台地势险要,山雾弥漫,脚下便是莽莽林海,伫立其上如临深渊。"看,那就是南迦巴瓦峰!"大家不约而同地向东极目望去,在遥远的天际,漂浮在云海之上的连绵群山,簇拥着一座巍然耸立的高峰——南迦巴瓦峰(海拔7 782米)。山顶上皑皑白雪,像一顶巨大的银冠。它昂然挺立在群山之上,犹如横空出世的王者,其巍峨令人震撼!雅鲁藏布江围绕南迦巴瓦峰转了一个大弯,形成了著名的雅鲁藏布大峡谷,然后南下直奔印度洋。

一路上都能碰到骑自行车旅游者,男女老少都有,有些是外国人。我非常敬佩他们的勇敢顽强,他们都是勇士,尽管是沿着公路骑行,但因缺氧比在内地费劲多了,更何况山高路险,沿途少有村镇,吃饭住宿也困难。路上还有许多彩色标牌,上书"开发资源与保护环境同行""建设生态西藏,构建和谐社会""稳定团结是福,分裂动乱是祸"等。

有一段路叫"生死十四",长14公里,路窄弯急,一边是悬崖峭壁,一边是几十米深波涛汹涌的帕隆藏布江,令人望而生畏。以前该段路两头都有专人值守,安有电话,只能单向行车,一头放行的车数告诉另一头,等全部开过后,对方才能放行汽车,否则没法错车。现在情况好一些,补修了错车位,如对面来车倒车到错车位,就可以双向行驶了。

过了"生死十四",紧接就是过通麦大桥,该桥是老式吊桥,有武警值守,每次只让一辆车上桥,两边都有不少车在排队等候。过了桥就到了通麦镇,已是晚上9点,每人吃了一碗面条继续赶路。无星光的夜晚,车窗外漆黑一片,看不见景物,但涛声灌耳,我知道还是沿着帕隆藏布江而行。如果把车窗关上,只能听见呼呼的车声,我就闭目养神。两车距离保持在几百米内,走了一段,越野车又出毛病了,修修走走,后来干脆不动了,只好由皮卡车拖着走,下半夜2点多钟才到达波密县城。开车的和坐车的都很疲惫,住下后,已经3点了,多数人甚至不洗漱就上床了,大家很快进入了梦乡。

第二天

第二天上午修车,10点半离开波密县城,依然沿着帕隆藏布江左岸前行。行驶在高山峡谷中,两侧高耸的山链,有冰山雪岭,也有青山绿草。林木时密时疏,道道沟壑,千丈陡壁,常见瀑布悬挂,飞琼迸玉。其间路过著名的米堆冰川,在国道以南4 000米处,公路边竖立了一个大标牌,指明了去冰川的沟谷。我们为赶路没进沟观赏,可站在国道上遥望,冰川呈巨大的舌状,周围的雪山冰峰亭亭玉立,在明媚的阳光下银辉熠熠,蔚为壮观。

不久我们到了然乌湖风景区,这里海拔仅3 000多米,湖水清莹,倒映着蓝天白云,湖中的两座小岛绿树成荫,鸟禽成群;湖岸绿茵如毯,周围高山环抱,生长着高矮稀疏不同的林木,各种野花争奇斗艳。在湖畔然乌镇附近有一片农田,麦浪翻滚,菜花泛金,芳香四溢,景色如画。据说然乌湖是几十年前形成的堰塞湖,是山体滑坡或泥石流阻塞了帕隆藏布江的上游所致，江水就从湖中流出，因湖在山谷而成狭长状，长20多公里，宽窄不一，公路紧挨湖边。在然乌湖南边30多公里处还有来古冰川。

在新建的然乌镇吃了午饭，我们继续前行，出镇不久就开始翻越安久拉山。该山坡缓，旷野无垠，有天峻草原，水草丰美，森林成片，山顶宽平，碧草茵茵，生态环境独特，风光绚丽多彩，白云伸手可及，美不胜收。

过了安久拉山口（山口海拔4 468米）就到了怒江流域，沿着怒江支流八宿河依山而下。安久拉山北坡，山高坡陡，深沟窄涧，土地贫瘠，草木稀少。八宿县城建在山坡上，显得狭小寒酸，可能找不到低平宽广的地方。又行驶了一段到达怒江边，但见怒江峡谷断岩峭壁，山势笔直，高耸入云，江流滚滚，惊涛拍岸，涛声在峡谷回荡，如其名发怒的江，险要壮观，见者惊叹。怒江大桥也很雄伟，有武警值守，大桥附近还有一座高悬的老式吊桥随风摇晃。

跨过怒江就开始爬业拉山，它巍峨陡峻，从江面到山顶高差1 000多米，盘山公路蜿蜒曲折，虽然是沙土路，但路面还不错。快到山口时，因修路堵车，来往的车辆排起了长龙，等了一个多小时才疏通。在山口，玛尼石堆庞大，彩色经幡醒目，山风撩旗，大标牌上写着"业拉山，海拔4 618米"。站在这里看群山起伏，雪岭横亘，高天流云，气象万千，有壮志凌云之感，但风特别大，凉气袭人。

下了山就到了邦达镇，已是晚上8点多了，大家都已饥肠辘辘。我们经过了世界上海拔最高、跑道最长的邦达机场，它也是距离城市最远的机场（距离昌都市130公里），但我们只能看见它的几盏照明灯。天空下起了雨，车子在雨夜小心行驶，翻山越岭。不知过了多长时间，雨停了，出现了稀疏的星光，更显天空的深邃，除了汽车行驶声，大地静寂。我们翻越了浪拉山（山口海拔4 572米），走到了澜沧江畔的吉塘镇。沿着江左岸又走了一段，半夜12点我们到达昌都（地区），远远望去，昌都一片灯火辉煌。至此，我们走完了川藏公路的西半段。

第三天

第三天（8月4日）上午，我们游览了昌都城，买了些菜和其他物品。昌都位于昂曲和扎曲汇合处，这里以下的江段才称为澜沧江，同样水深流急，洪浪腾涌，水声轰鸣，大有一日千里之势。昌都城建于三岔口，依山临江，显得比较拥挤，是西藏第三大城市，藏东重镇，交通要道。以前的昌都真不像地区所在地，少有几栋像样的房子，现在已是高楼林立、街道繁华、人如潮涌，旧城区已经基本改造完毕，也建有气派的广场（天津广场）和具有藏族特色的步行街（昌庆街），并在南部建了新城区，在江上建了4座新大桥，改善了交通。城北山坡上古老的强巴林寺恢宏非凡，坐镇澜沧江。

下午走最后一段路,离开昌都,沿着214国道向西开进,当年我们到丁青也是走这条路。沿途碧水蓝天,地势千变万化,林木虽不及林芝地区茂盛,但也青山遍布,漫山森林间镶嵌着成片的草地,幽幽绿草,更觉赏心悦目。再往前山路崎岖,十分艰险,窄窄的土路,错车非常困难,如遇对面来车,要倒到路宽一点的地方才能错开,常有汽车掉下深渊。珠角拉山口海拔超过4 600米,空气稀薄,气候寒冷,可见群山苍莽,雪峰耸峙,我们不约而同地下车摄影留念。下山后,依坡而降,随着地势的降低,沟谷渐宽,河川平坦,草地绵延,片片青稞。村落多数是新建的藏房,家家飘扬着五星红旗,说明祖国在藏族同胞的心中,他们拥护党的领导,热爱祖国大家庭。

斜阳西下、炊烟袅袅时,我们终于到达目的地——类乌齐县城,大家笑逐颜开。三天长驱1 200公里。

这也是一条风景如画,充满神奇、激情的旅游观光之路,一路观赏,令人心旷神怡。还有悠悠的茶马古道经过邦达、吉塘、昌都、类乌齐和丁青等地,那是一条古老的小道,连接着内地与边疆,串起繁华与梦想。说真的,可能时间太长,以前一路的景色几乎没有印象了,只记得几个地名,这次就像第一次来旅游,也好,让我有新奇感,让我不虚此行,重拾时间流水冲淡的记忆。

一路所见,今非昔比,沧桑巨变。通过多年的发展和建设,西藏市政面貌大为改观,像林芝地区所在地八一镇等地建设得很漂亮,非常繁华热闹。例如安徽援助的浪卡子县、措美县和错那县县城建设得都不错。西藏经济的发展、社会的进步和人民生活的改善是不可否认的事实。

类乌齐县城(桑多镇)有点像我的江南故乡,一条大河波浪宽,两面青山对峙,绿荫覆盖,草木葱郁,松柏挺拔,柳丝飘荡,溪水潺潺,歌声在田地花丛间飘荡,萝卜青菜鲜嫩,田间小路曲折。河滩宽阔,县城就建在大河滩(一级阶地)上,河边有广场,引人注目的是新建的文化中心,具有藏式建筑的特色,比较高大气派。紫曲河是澜沧江的支流之一,碧水清流,微波逐浪。

城内几乎都是新建的楼房和藏式建筑,一般是两三层,学校等是四层,最高的是一家五层宾馆。没有破旧房屋,整洁的大街天天都有人清扫,琳琅满目的商品,熙熙攘攘的人流,成群结队的摩托骑士,往来奔驰的拖拉机,进进出出的大小汽车,热闹非凡,还可感受到西藏民族淳朴的风情,社会的变迁在这里演绎。我们将在这片阳光和风雨交织的天空下居住、生活和工作一段时间,我们要热爱这片土地和这片土地上的人们,热爱这里的山山水水和一草一木,默默地欣赏它们呈现的各种色彩。

作者系安徽省第三批援藏专业技术干部,时任西藏自治区地勘局区域地质调查大队副总工程师、安徽省地质调查院高级工程师。

西藏——我心中永远的香巴拉

叶学军

"香巴拉"是藏语的音译,又译为"香格里拉",其意为"极乐园",是佛教所说的神话世界、世外桃源、人间仙境。西藏——我心中的"香巴拉",魂牵梦萦的地方,今生注定和她有缘。

融入——初入山南,从不适应到热爱

2002年至2010年这八年间,我曾两度报名参加援藏,最终如愿踏上了这片向往已久的美丽、明朗、神秘、和谐的"净土"。2010年7月,肩负着黄山市委、市政府的重托和家乡父老乡亲的厚望,我怀着为西藏稳定繁荣贡献才智的豪情壮志,到西藏山南开展对口援助工作。

踏上这片神秘的土地,我对一切都感到陌生又好奇。这里的天空蔚蓝壮观,这里的流云伸手可及,满目所及的是苍茫的雪山。在这片神奇的土地上,那雄伟壮丽、历史悠久、世人瞩目的布达拉宫和朝圣者如云的大昭寺,风景秀丽的罗布林卡,以及朝圣者的宿营地,街头诵经的行者等,无一不令我惊愕。

从黄山来到山南工作,环境差异大,工作跨度大。进藏第三天,还未适应强烈的高原反应,就驱车500多公里,翻越两座5 000多米的雪山,从喜马拉雅山脉北坡穿越到南坡,深入中印边境门巴民族乡的乡村旅游点,调研乡村旅游发展现状。短短几个月时间,我和同事们一起深入全地区12个县,克服高寒缺氧、交通不便、语言不通等困难,对山南旅游资源、发展现状进行深入的调研了解。不来西藏不知道祖国的山河如此辽阔壮美,不来西藏不知道西藏的干部生活工作环境如此恶劣,不来西藏不知道藏族人民如此的坚韧质朴。

宣传——把山南的牌子打出去

2010年10月,在领队张健专员的领导下,我向安徽省旅游局、黄山市援藏办汇报"神奇西藏,藏源山南"安徽宣传推介周活动情况,盼望着山南的好景好物走出去,把山南的牌子打出去!省援藏办高度重视,时任省委常委、省委组织部部长段敦厚对办好活动

作了批示。在安徽5市巡回推介期间,山南旅游推介团一行受到5市党政主要领导的亲切接见,时任省委常委、合肥市委书记孙金龙还亲自参加了"神奇西藏,藏源山南"合肥推介会启动仪式。

推介期间山南地区旅游局和合肥、巢湖、马鞍山、芜湖、黄山5市旅游部门签订了皖藏两地旅游合作发展战略合作协议,安徽省五市1 000多家旅行社参加了推介会,有50多家中央、省、市、县的电视、广播、报刊、网络媒体100多次宣传报道山南旅游,在江淮大地第一次铺天盖地、立体式地宣传西藏山南,让更多的人知道了西藏山南,了解了山南。

合肥、黄山等市旅游部门还配套出台了本地旅行社组团到山南旅游奖励办法。在整个推介期间,安徽五市及相关区县累计投入山南旅游安徽推介周活动100多万元,为旅游援藏贡献了力量。

推介团团长、西藏自治区旅游局副局长邓珠说:"没想到安徽省、市领导对援藏工作如此的重视,没想到活动的规格是如此之高,也没想到效果是如此之好"。

交流——智力援藏,走出去研学

2011年初,我得知安徽省援藏办有一批智力援藏项目指标,立即向省援藏办汇报,山南地区12个县旅游局2011年由副科级建制升格为正科级,80%的县局局长都是新配备的,急需专业知识和管理培训。省援藏办得知后高度支持,我赶紧起草培训方案上报山南地委组织部,向有关领导汇报。这个项目最终被确定为2011年度安徽省两个智力援藏项目之一。

2011年11月,我带领山南各县旅游局局长及旅行社负责人等30人赴合肥进行为期两个月的培训,安徽省旅游局相关处室精心安排,聘请省内知名专家给学员授课,安排20天时间参与实践,学员被分批次安排到合肥市及区(县)旅游局、酒店、旅行社、周边景区实习,其间安排学员观摩盛大的安徽省旅游推介会开幕式。两个月精心的培训安排和细心周到的生活安排让学员们不仅系统地学习了旅游专业理论知识,同时还开阔了视野,工作能力和管理能力也得到了提高。临别时,学员们自费做了锦旗感谢省援藏办和省旅游局。

结业典礼上,省援藏办负责人说,这次培训和以往历次不同,专门安排了实践学习环节,是效果最好的一次培训。安徽省援藏办和省旅游局为这次培训共投入资金80余万元。

结亲——皖藏两地深情厚谊

我的对口支援工作得到了省、市领导和旅游部门的大力支持。2011年8月,黄山市党政代表团来山南看望慰问援藏干部。2012年8月安徽省旅游局主要负责人来山南考察指导,看望慰问援藏干部,并承诺由安徽省旅游局出资为山南市旅游局制定旅游发展规划,为山南培训导游和景区管理人才,将山南旅游宣传纳入安徽省对外宣传的一部分,参照援疆办法为山南地区旅游局提供旅游执法车。2012年9月黄山市委组织部和休宁县委县政府主要领导先后带队到山南看望慰问干部。

不仅如此,在山南旅游推介会黄山市推介期间,黄山市委书记亲切会见了山南旅游推介团一行。市援藏办周到细致地安排推介团成员在黄山风景区、西递等地考察学习。山南市旅游局巴珠书记带队对援藏干部派出地休宁县进行了回访。山南市旅游局和休宁县政府、黄山市旅游局结成友好单位,每到一处都受到了盛情的接待,洋溢着藏汉一家亲的深厚情谊。

来往的合作交流像无数条蚕丝,密密麻麻地编织着皖藏的情谊,温暖着皖藏干部和农牧民的心。

驻村——深入边境村为民办实事解民忧

2012年5月,我主动要求到山南地区旅游局包保的隆子县三安曲林乡边久林村担任"强基础,惠民生"活动的驻村工作队队长。由于西藏恶劣的自然和气候条件,驻村工作开展极其艰难。5月18日,我终止正在地区人民医院进行的理疗,克服左耳耳鸣还未完全治愈的困难到边久林村开展驻村工作。藏族师傅扎西开车翻越三座5 000多米的雪山,穿越滚石飞落的塌方险段,同行的县里同事说:"这段路特别险,几年前一辆军车不慎翻下悬崖,13名年轻士兵牺牲了。"经过5个多小时的跋涉终于到达目的地。

到村后我就住在村委会藏式铁皮石头房内,一日三餐,我和另两名队友自己动手做饭。住藏家房、睡藏家床、吃藏家饭,努力克服驻地水、电、网络通信、电视信号不正常、没有新鲜蔬菜吃等困难,忍受远离人群、喧嚣的孤独寂寞。每到夜深人静时,望着头顶的明月,我总是想起年逾古稀的父母和还在上学的孩子,但是脚下的土地、淳朴的藏族同胞又会让我全身心地投入驻村工作中。

三个月驻村期间,我和另两名队员一起先后完成三安曲林乡边久林村的县、乡人大代表选举工作,走访调查摸底贫困家庭,进行边久林村村委会新办公用房建设,推进农田引水工程施工,协调解决边久林村村民和驻军用水紧张困难问题,自筹资金慰问贫困村民等。深入边疆民族自治区一线,访民情、解民忧、谋民福,为西藏长治久安作出一些自己的贡献。

思念——相聚总有一别,雅砻我的第二故乡

三年援藏,我任劳任怨、积极并富有创新性地履行着自己的职责,不少别人唯恐避之

不及的急、难、险、重任务，我也是主动请缨，奋力为之。其间，我主动对接江浙旅行社，开通了第一班"冬游山南"江浙旅游专列。积极向时任山南地区行政公署副专员普布顿珠建言，举办山南旅游节活动，促进旅游宣传和扩大知名度、美誉度，这一建议后被采纳，一直到现在山南市每年都举办大型文化旅游节活动。

离开西藏已经近10年了，每每想起援藏时光，就像是在昨天。西藏俨然已成为我的第二故乡，那里的一草一木、蓝天白云、雪山草地，还有那博大精深的藏族文化，勤劳淳朴的藏族同胞，都已经植入心田，挥之不去。

可爱的西藏，我心中永远的香巴拉，我虽不能带走一片白云，也搬不走一寸雪山，但她永远铭刻在我心里，伴随我终身。三年援藏路，一生雪域情。

西藏，让我永远牵挂，情深离难。

作者系安徽省第四批援藏干部，时任西藏自治区山南地区旅游局副局长、安徽省黄山市休宁县委常委。

誓做格桑花　铿锵绽高原
——在措美县"老西藏精神"座谈会上的发言

王　萍

我对"老西藏精神"的认识,是有一个过程的。从进藏前的理性认识,到进藏后的感性认同;从空泛的理论,到真实的感受;从对故事画面的憧憬,到真人真事的体验。无数次的触动,无数次的共鸣,让我对"老西藏精神"有了深刻的理解。

首先在思想与精神层面,自己是否能做到与"老西藏精神"相一致呢？我想,答案是肯定的。记得3月19日在措美县"党的群众路线教育实践活动专题讲座"中,山南地委党校仓琼老师讲述"'老西藏精神'及其时代价值"时谈到,"老西藏精神"的灵魂就是爱党、爱国,这给我的触动很深,同时也让我产生了共鸣。因为我来援藏,是怀着对党的一片赤诚之心,是为了自己能像顶天立地的男儿一样报效祖国。也许有人觉得在物质丰富的今天谈理想、谈抱负很滑稽,很不可思议,但你们可记得"神十"问天,女航天员王亚平曾经说过:"80后"是敢于接受挑战的一代！这掷地有声的发声就是向全世界宣布:今天的中国不缺乏有志、有为青年。她的这番话也唤醒了我尘封已久的青春梦。2004年大学毕业时我曾想去参军,可惜只要男生;2008年汶川地震发生时,我曾想去救灾,可惜还是只要男士;2013年援藏报名时男女不限,我毫不犹豫报了名,最终经过层层选拔与严格体检,我光荣地成为安徽省第五批援藏工作队中的一员。

记得初到措美县的第二天,我随达瓦院长到定巴村去看望为农牧民进行健康体检的同事们,想看看这里的医务工作者是如何为老百姓服务的。那次的经历让我第一次体验到了"车在云中走,鹰在脚下飞"的险要山路,第一次感受到了当地医务工作者的艰辛与不易,也第一次见证了内地与西藏卫生条件的巨大差距。

由于西藏交通闭塞,地广人稀,农牧民居住比较分散,加上群众健康意识淡薄,我们的医疗队要驻村开展工作。每到一个村之前,院长都要召集农牧民,向他们讲解健康体检的重要性和必要性;每到达一个村,都要租用村小学或借用卫生院的房子,吃、住都在村里;每完成一个村的任务,都要租车把我们的队员以及他们的被褥、行李、医疗设备运送到另一个村庄。这样,一走就是两个多月。我问其中一位年龄最小的女医生:"你们觉得苦吗？"她笑着说:"我们习惯了。"这个简单的回答,让我对长期扎根高寒县的医务人员的敬佩之情油然而生。在工作环境艰苦、医疗设备落后、工作经费严重不足的情况下,他们依然长期坚守、默默付出,他们才是"老西藏精神"无声的诠释者,他们才是群众路线最忠实的践行者。

大爱无疆,大道至简。除了当地医务工作者,我还接触过很多领导干部。个人觉得,西藏的领导干部是最辛苦,也是最"接地气"的。他们驻村、包乡、结对认亲,与老百姓"同吃、同住、同劳动"。尤其是那些奋斗在维稳一线的领导干部,在其他干部可以外出学习、考察的时候,他们却只能坚守在自己的维稳岗位上;在维稳敏感期,他们忙了白天忙晚上,多少个日日夜夜都没有睡过一次安稳觉。他们身上那种坚韧不拔、以苦为乐的精神深深地感染了我。是他们让我更加热爱西藏这片神奇的土地,是他们让我更加热爱这里的同胞,我愿意与他们同呼吸、共命运、心连心。

"为什么我的眼里常含泪水?因为我对这片土地爱得深沉。"我作为安徽援藏历史上第一位3年支援高寒县的女同志,又是工作队中年龄最小的一位,受到组织的厚爱与关心。我把这份厚爱当责任,我把这份关心当动力。我时常告诫自己,我只是措美县广大干部中最普通的一员,一定要沉下心、多干事。

因为在我们措美,有太多为了工作不能和家人团聚的同志,有太多因为高原缺氧而身体不适但仍然坚守在工作岗位上的同志。所以,每当思念家乡、思念亲人的时候,我都会想起那些"长期建藏、边疆为家""献了青春献终身、献了终身献子孙"的老西藏;每当心肌缺血、吸氧吃药的时候,我都会想起那些做了心脏搭桥手术却仍然坚守在工作岗位上的援友们。

作为年轻的女性援藏干部,我一定要像盛开在高原上的格桑花那样,虽然普通、弱小,但也要顽强、坚韧地绽放。我一定要也一定会在"老西藏精神"的鼓舞与感召下,将措美作为第二故乡,视这里的同胞为亲人,尽我所能,为措美医疗卫生事业的发展贡献绵薄之力。

作者系安徽省第五批援藏干部,时任西藏自治区山南地区措美县卫生服务中心副主任、安徽省滁州市疾病预防控制中心办公室主任。

高原情怀

远水也能解近渴
——我的援藏手记

张 和

中国有句古话,叫作"远水解不了近渴"。在人们的印象中,三江起源的白雪皑皑的高原之上,应该是中华民族的天然水塔,谁曾想,阳春三月这里却无水可用。连日来,全国各地朋友携手帮助错那县曲卓木小学解决饮用水短缺问题的"爱心大放送",更是让我真切地感受了一次"远水也能解近渴",爱心之水汇成涓涓细流,从祖国各地涌入三江之源,涌入喜马拉雅褶地,涌入雅鲁藏布江畔,涌入祖国边境小城错那。

如果不是前来援藏,我不会对"阳春白雪"有如此"新奇"的理解:阳春三月,我的家乡安徽早已春暖花开,我的第二故乡错那依然天寒地冻。

扎西顿珠是错那县曲卓木小学的党支部书记,在曲卓木小学已经工作了19年,见证了这里的高寒,却一直没有见过这里有酷暑;聊起这所小学里的一点一滴,他如数家珍。本学期,学生3月9日开学返校。他对我说,每年这个时候,学校最担心的就是没有水。我知道,由于海拔高达4 280米,低压高寒,水资源本就特别匮乏,再加上天寒地冻,水源枯竭,水池无水可蓄。每年的春季开学,全校上下都为不能够喝上干净卫生的水而犯愁。今年的冬天格外寒冷,最低气温达到−31 ℃,接近错那历史上低温极值−37 ℃,而且今年低温持续时间特别长。因为担心水源的问题,学校管理人员于3月5日就早早返校,到水源点四处察看,发现今年的问题比往年更加严重:山上的10处泉眼,枯竭了8处,仅有的2处泉眼虽然还有少量的泉水涌出,但通过地表流淌下来,在−31 ℃的高原上立马就结成了冰,融化后可汲取的也是泥浆,沉淀两三天后才能饮用,根本无法满足全校400名师生的饮用需要。当前连饮用的水都只能"在泥浆中挤求",洗脚洗脸就更成了"奢望"。扎西书记说,这样的困难一直要持续到4月底。

如果不是在工作群里亲眼看到学校书记、校长带着老师们在高山上、冰雪中,穿着雨靴挖沟、赤着双脚引流的场景,我怎么也无法想象,在白雪皑皑的高原上,喝口水会有这么难!饥渴同源,心痛之余,我除了在群里为他们点赞致敬外,感觉必须要在第一时间为他们做点什么。

错那中学校长巴珠在微信上和我说,乡村寄宿制学校,教师除了教学以外,更多的是要承担非教学任务和对学生生活上的照顾任务，他们与学生亦师亦友亦父母，这样的工作往往更能体现一个教师的人品、素养和责任心。所以，在西藏农牧区评价一个教师的体系，是无法跟城市相提并论的。

由于县里的学生绝大多数是农牧民的子女，哪里有草，牛羊就到哪里，哪里有牛羊，帐篷就在哪里，哪里有帐篷，家就在哪里。所以，错那的学生长期无"家"可回，老师作为监护人，自然也就只能长期陪伴在学校了。

思量再三，我转发了朋友圈：请求支援——天寒地冻，西藏自治区山南市错那县曲卓木小学紧缺饮用水，亟待爱心支援！

半刻时间，电讯飞传。安徽、北京、上海、山西、江西、湖南、湖北、海南、广东、陕西、山东、河南、河北……全国各地的师友们，爱心相连、心手相牵，为的是民族血脉，同根同源！

马鞍山的李明是教育工作者，一直是我最好的兄弟。援藏两年半来，我餐桌上的家乡小菜，都是他以数倍于物价的邮费，给我寄来的。每每我思念家乡，心感孤苦寂寞时，都是他的暖言和家乡味道陪伴我度过漫漫长夜。这次，他给我汇来一万元，留言道：我现在能力有限，不然就为你多分担点了。我内心翻腾，回复道：我暂时不能收你这么多的爱心款，最多200元，因为承受不起！等以后有点对点的捐赠，再欢迎您加入！真是真兄弟，收到退回的爱心款，他直言：只要需要，我一直在！

河北雄安新区雄县原教师发展中心校长胡俊岭，我的恩师，也是我们含山县课堂教学改革的指导专家，年近退休。我来援藏，他是自始至终关注、关心、关爱我的人。收到信息，他第一时间给我捐出他的工资：1 000元聊表心意，你操心一下。我退还，告知：个人捐赠，不超过200元。几番推辞，我最后接收了他的200元转账。未及道谢，手机屏幕闪动：你替我做事，我应该感谢你。

含山二中的苏兴城老师，以前交往不多，却在雪域高原的这个极寒冬日结缘。他捐来善款200元委托我代购饮用水后，给我留言：张老师，后续跟进的话，我想继续尽我一点绵薄的力量。我回复道：厚爱无言，持续无疆！同在含山县的张保文校长，自己捐了钱不说，还发动女儿也捐了钱。像这样的"一个不能少"，还有许多。

周宏，近些年来主导"审辩式"教学的陕西名师，我俩此前无任何交往，只因"为师"情怀，他引导工作室的同仁们，捐款捐物，搭建平台，出智出力，忙前忙后援助雪域高原。深夜，他给我鼓励：不瞒你说，自从我们通电话之后，我心里也多了一份牵挂，为我在高原的兄弟，多保重。

2017年暑期，我曾带队去北京市昌平区燕丹学校参观学习，校长王涵睿智厚重的专业素养，给我们留下了终生难忘的印象，也促成了我们亦师亦友的结缘。援藏以来，她自始至终关注着我，关注着西藏，关注着教育。年前，我俩多次沟通，积极策划架起京藏教育、京藏文化、京藏友谊交流的平台桥梁。内地春暖花开，雪域冰天雪地，我返回西藏岗位，王校长又忙不迭地和我商量"学习雷锋做实事"的事宜：1万多元爱心款，不攀比，不盲从，只为"心中有你"，温暖错那的这个冬天。

收到了来自全国各地友朋的爱心，温暖之余，倍感立即行动的必要。为此，我一边做好代收爱心款的统计，一边询问学校的急需物品，然后再约请援友一起清点购买各项物资。既对捐赠人有个交代，同时也确保各项爱心善款落到实处。

自3月12日起，一周时间，我陆陆续续收到社会各界团体和爱心人士委托代办的爱心款共计61 189.67元（其中代收来自朋友圈、援藏暖小手微信群、周宏审辩式教学工作群的爱心款32 202.87元，代收北京市昌平区燕丹学校爱心款13 066.80元，代收芜湖市翟光军名班主任工作室各研修成员及班级师生爱心款9 920元，代收芜湖市育红小学黄亮老师和105班同学用压岁钱、零花钱募集的结对帮扶款6 000元），我和援友韩龙一边认真统计每一笔善款，一边协调购置物资，加紧运往错那。那些天，我一边代收各界爱心款，一边和错那学校的校长们选购教学和生活物资：从饮用水和饮水机，到学习办公用品等，我们精挑细选，在物美价廉的"网络"时空里，辗转腾挪，忙得不亦乐乎。

3月13日，第一批80桶爱心水应急送达曲卓木小学的时候，全体师生如同过年一样，唱起节日的欢歌，接力运输纯净水，洛桑党曲老师还抱着10斤重的桶装矿泉水，绕着圈儿，开心地跳起了锅庄舞。我给远方的朋友们分享道：能帮助别人幸福，就是自己最大的幸福。3月15日，我带着满满一车纯净水、食品和文具，送达曲卓木小学，老师们无一缺席，早早地就迎到了大门口。此行我还身负芜湖市育红小学黄亮老师开启皖藏连线同步教学的重托。黄亮老师是全国小学语文教师素养大赛一等奖的获得者，专业素养高、教学能力突出。这次通过安徽援藏牵线，架构了空中课堂，实现了他把汉文化和小语精品课堂送到雪域边疆的梦想。黄亮老师说，以前带领学生学习《藏戏》，只能通过文字、图片、音乐来想象神奇的藏族风情，这次通过连线，让孩子们亲眼看到了美丽的西藏，同时也感受到了高原小朋友们生活条件的艰苦，更加珍惜今天幸福生活的来之不易。借此契机，除了皖藏两地连线开启同步课堂教学外，黄亮老师还带领全班同学，结对帮扶曲卓木小学的12名女生，学生家长也非常支持这种"手牵手"活动，105班家委会成员纷纷表示，等疫情过去，一定争取在暑假带着孩子来雪域高原，走进西藏孩子们的家中，拥抱最美的蓝天白云，做最好的汉藏朋友。皖藏两地小朋友们通过连线视频，互致问候，笑靥如花，那一刻，援藏人甘之若饴。

"喝水不忘送水人。"曲卓木小学校长洛桑次仁感动地说道："我们每一位师生喝的每一滴水里，饱含着每一位爱心人士的炽热之心，我们坚信我们的老师会把这颗颗爱心，传递到每一个学生身上，我们也坚信我们的每一位学生在长大之后，都会接过爱心的接力棒,将爱心传递到所有需要爱心的地方。真心感谢每一位爱心人士!"

3月19日,安徽省第七批援藏工作队组织我们这批援藏干部和专业技术人才,为"雅江植树造林,共建绿色山南"贡献安徽援藏力量。我手抱肩扛,运输苗木,锹铲手挖,植下幼苗,虽然腰酸背痛,胸膛似着了火,脚步却不曾懈怠,因为我深知,这大约是我在藏工作期间,最后一次根植绿色的寄愿了。

很是让人感动,芜湖南瑞实验学校的翟光军老师,我俩未曾谋面,但是他从同学那里得知黄亮老师正在爱心连线西藏的学校和孩子们,就立刻发动他的名班主任工作室同人们,筹得善款9 920元,要为援藏事业添砖加瓦。我在植下第10棵树苗的间隙,收到了他的信息,委托我代购代捐学校紧缺的物资。同样未曾谋面的还有芜湖环城西路小学的陈平老师,个人捐完款,又积极联系学校,组织捐赠无尘粉笔和学生防疫口罩,邮寄到西藏……还有太多太多的远方友朋,这里无法一一列举。我在笔记本上详加记录,内心感慨万分:援藏人不仅仅是爱心的生产者,更是爱心的搬运工。虽然身在雪域高原,但是援藏人从来不孤单。

我告诉自己,"爱心水的搬运工"这份工作没有终点,即便是三年援藏工作结束以后,你、我、我们,依然要一棒一棒接力跑。遗憾的是,因为疫情,其他学习用品和生活物资,没有在第一时间送达边境学校,但是,援藏人对西藏的热爱,全社会对西藏的关爱,依然如水,绵延不断,潜滋万物!

作者系安徽省第七批援藏干部,时任西藏自治区山南市错那县教体局副局长、安徽省马鞍山市含山县教师进修学校副校长。

做新时代援藏的"徽骆驼"

曹文磊

习近平总书记指出:"援藏精神是中国共产党的一个崇高精神,是中国特色社会主义的一个显著优势。缺氧不缺精神,这个精神就是革命理想高于天。"带着这份革命激情,自 2019 年援藏以来,我一直努力践行"援藏精神",争做新时代援藏的"徽骆驼"。

我所工作的错那县海拔 4 380 米,属于高寒边境县,气压和含氧量只有平原地区的一半。初到错那的半年,头痛、失眠、厌食等问题时刻困扰着我,体重掉了 10 多斤,还出现了血压增高、心率加快、心脏反流等症状。我把这一切看成是自己对党性、对身体、对精神的一次次锤炼,而来自安徽省援藏工作队领导的关心、援友之间的帮助、在藏同志的友善,给了我顽强战斗下去的信心和勇气。

为了确保我们援藏期间的"政治安全、人身安全、工作安全",安徽省援藏工作队临时党委严管与厚爱相结合,把政治理论学习、红色警示教育等集体活动都放在周末休息日开展,让我们措美、错那、浪卡子 3 个高海拔县的同志能够回市里调整身体,并为我们配备了药品和监测仪器,定期安排体检。错那援藏工作组由马鞍山和黄山各 3 名同志组成,我作为组长,平时特别注重队员之间的沟通交流、互相帮助。记得刚到错那的第二个月,来自马鞍山的张和同志深夜忽然尿血,我们 5 人第一时间联系医院,顶着寒风陪着他检查治疗,马鞍山的裴含龙、黄山的汪舜荣两位同志一直看护到第二天,直到他症状消除。我常与队员共勉的一句话就是:"西藏的条件确实艰苦,我们既然来了,与其苦熬,不如苦干,让援藏的时光更充实、更有意义。"两年多的相处,我们 6 名同志已经是工作上的战友、生活中的兄弟,我们努力去适应和克服高原不良反应,援藏两年半来保持了较好的身体状态、精神状态和工作状态。

在错那,尽管面临高原反应、语言不通和风俗习惯差异等困难,但为了让援藏措施更精准、让援藏工作质量更高,我坚持"一线"工作法,3 个月遍访了全县 9 乡 1 镇 27 个村和县直相关部门,掌握了第一手资料。我忘不了,我们去有的村庄,早晨出发,深夜才能抵达,一个村只有十来户居民,他们扎根在祖国边境,为国戍边,如果不能让他们都过上好日子,怎么对得起他们的付出?我忘不了,很多藏族同胞辛勤劳作了一天,看到我们的到来,立马端上糌粑、酥油茶,用最热情的方式欢迎我们的到来,如果不能让他们都过上好日子，怎么对得起他们的真情？我告诫自己，援藏这三年不能当局外人、不能当旁观者，要把错那当第二故乡，把错那群众当亲人，扑下身子好好工作，真正为错那办一些好事、实事。

我们聚焦项目援藏，把高质量实施援藏项目作为保障和改善民生、补齐发展短板的重要抓手。我们聚焦产业援藏，把发展产业作为增强"造血"功能、积蓄发展后劲的重要方式。我们聚焦交往交融，把助推皖藏两地交流互动作为增进团结和友谊、筑牢中华民族共同体意识的重要手段。

两年来，我们共组织了错那县干部群众赴内地学习考察19批230人次；先后有28批次爱心人士和企业累计捐赠物资170万元。2020年6月以来，我们工作组每人结对一名品学兼优、家庭困难的学生，每学期都在学习、生活、思想各方面对其开展帮助。家属暑假到西藏探亲时，我带着妻儿坐了四个多小时汽车，去到我结对学生索朗加措的家，送去了新衣服、学习用品、牛奶水果和生活费。索朗加措比我儿子大一岁，两个小家伙刚开始还比较生分，没一会儿就说起各自学校的趣事、喜欢的游戏之类的话题，聊得热乎起来，临走时依依不舍。还有我结对帮扶的3户藏族困难群众，他们的淳朴也令我深受触动。去年端午节，我带着粽子到旺堆家与他们一起过传统节日，向他们讲述端午节的由来，在吃粽子的时候，旺堆70多岁的妻子桑姆说道："感谢援藏书记，我这辈子没去过内地，但今天尝到了内地的美食，粽子很好吃，我很开心。"这句话我到现在还记忆犹新。我觉得这些都是皖藏一家亲最生动的体现。

三年援藏即将期满，其间有对家人的愧疚。2020年12月，奶奶去世，我没能赶回去送老人家最后一程。孩子也在作文中写道："爸爸去西藏以后变得沉默了，更多时候是在工作，没空陪我了。"看到这些话，心里还是不免有些伤感，但我并不后悔。各级领导多次赴藏看望慰问援藏干部，援藏工作队领导在生活上嘘寒问暖、工作上帮助支持，家乡党委、政府和领导是我们在一线工作的援藏干部的坚强后盾，这些都让我感受到不是独自在战斗。我坚信，在新时代党的治藏方略的指引下，在"援藏精神"的激励下，援藏工作必将一茬接一茬、一代接一代地干下去，援藏干部与西藏干部群众共同奋斗，努力建设美丽幸福新西藏，共圆伟大复兴中国梦。

高原情怀

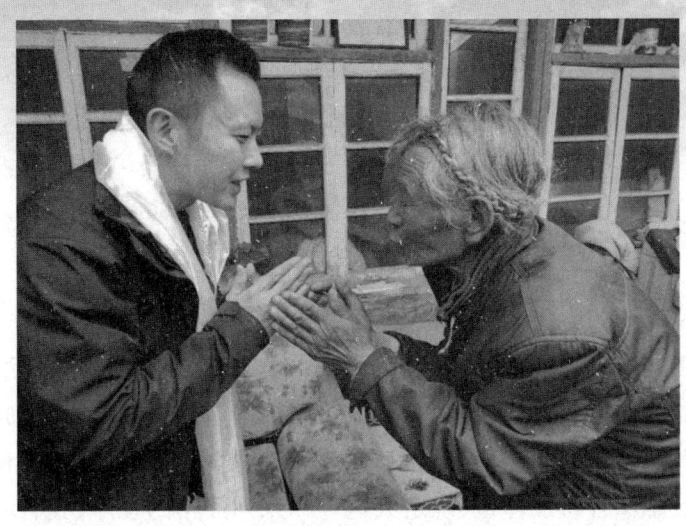

作者系安徽省第七批援藏干部,时任西藏自治区山南市错那县委常务副书记、安徽省黄山市歙县人民政府副县长。

我的援藏之行

张　裙

根据2021年6月安徽省公证协会《关于选派公证人员援助西藏自治区公证工作的通知》,安徽省拟选派6名公证人员赴西藏自治区山南市公证处执行援助任务,通过公证人员自愿报名、各地市公证协会联络组审核、安徽省司法厅法律服务处和省公证协会集中统一审核确认、志愿者参加体检、确定人选等一系列严格的程序,我有幸成为安徽省公证系统第一批援藏人员并于2021年7月进藏。能为西藏地区公证事业的发展尽自己的绵薄之力,学习传承"老西藏精神",是我的心愿和梦想。

援藏是光荣梦想,也是神圣使命

援助西藏工作,是党中央从全党全国发展大局的高度作出的一项重要战略决策。我的选择也得到了省厅领导的大力支持和鼓励。省厅领导特意给我们援藏人员开了一个简短的会议,首先表扬我们能够主动作出牺牲、排除困难选择进藏;其次嘱咐我们一定要注意身体,为进藏做好充分的准备;最后鼓励我们要传承"老西藏精神",践行新时代公证人员的光荣使命,圆满地完成援藏任务。我的选择也得到了单位领导、同事的支持和关心,他们关心我的身体情况与心理状态,提醒我进藏前要注意的事项。温暖的关怀让我感到,援藏不是一个人在战斗,我代表着众多有理想的援藏人的光荣与梦想。最后,我的选择得到了家人的理解与支持,他们说:"援藏是光荣而艰巨的任务,我们支持你的选择,你放心去工作,孩子虽然小,但是我们会用心去照顾,不用担心家里的事情,也不要有任何的心理负担。"领导的鼓励,同事的支持,家人的嘱托,让我感到援藏既是无限的光荣也是神圣的使命。

感受热情接待,坚定援藏信心

2021年7月17日,我依依不舍地告别家人,与安徽省其他地市的2名援藏公证员在省厅及公证协会领导的带领下,一起踏上了奔赴西藏的征途。当天晚上七点多到达西藏拉萨,刚出机场,山南市司法局的旦增局长、山南市公证处的次珍副主任早已在机场门口等待,并细心地为我们每人配备了一个轻便的氧气瓶。当他们为我们一行人分别献上洁白的哈达时,我深深地意识到自己现在已经身在几千公里之外的雪域高原了,即将开始我在山南市公证处的援藏工作。九点多到达山南市,我们受到了山南市司法局旦增局长、杨国福书记及公证处刘军主任、次珍副主任的热情款待,他们关切地询问我们有没有高原反应,叮嘱我们刚到西藏要注意的问题,并说前一个星期要多注意高反,有什么不适一定要及时报告,并告诉我们先休息几天适应一下再上班。

刚到的第二天是星期天,第三天上午我们与山南市司法局、公证处领导一起召开了"安徽省司法厅赴山南市司法局开展援助工作座谈会"。会议上,山南市司法局领导作了讲话,欢迎和感谢我们一行的到来,介绍了西藏自治区、山南市及山南市司法局、公证处的基本情况,并希望我们能把公证工作的先进方法及理念带到山南市公证处,指导他们办理一些新兴的公证业务,最终使公证质量更进一步。我们的带队领导介绍了援藏人员的基本情况及在藏期间的工作任务,并希望受援单位给予我们工作上、生活上的照顾。公证处领导着重介绍了公证业务主要类型、目前业务开展情况等。我们3名援藏人员也都表示一定严格遵守受援单位的规章制度,一定耐心、细心、有责任心地指导公证工作,发扬"特别能吃苦、特别能战斗、特别能忍耐、特别能团结、特别能奉献"的"老西藏精神",争取圆满完成这次光荣的历史使命。

细心交流指导,促公证质量再上新台阶

(一)快速了解并融入工作,开展针对性指导。

两天后,我们开始正常的工作。刚开始上班,我并没有急着去办证,而是在后面看着他们公证人员办证,及时给予业务上的指导。趁着没有当事人的时候,我和工作人员交谈,了解一下公证业务的情况、当事人的类型、公证的需求、公证系统的使用情况等,以便有针对性地给予指导。经了解得知:山南市公证处目前有三大业务类型,分别是继承权、委托(声明)、招投标的现场监督公证。继承权公证一般是房产继承和银行存款继承,房产继承大部分是市区和县城的当事人,而银行存款继承有一部分是农村的当事人。山南市面积为7.909万平方公里,全市下辖1个乃东区、11个县、82个乡(镇)、550个村居,有藏、汉、门巴、珞巴等14个民族。山南市只有一个公证处,下面的11个县都没有设立公证处,所以办理继承权公证相对要困难一些,当事人要跑很远的路才能办理公证,公证人员同样要跑很远的路才能核实相关材料。如果是村里的老百姓办理继承权公证,年龄稍大一些的人大部分不会说普通话,只能由会藏语的工作人员为其办理,而且老百姓又没有单位,没有人事档案可查,只能到村里找证人核实,所以核实人员也需要会说藏语才行,这对公证人员的要求还是挺高的。有的村离市区非常远,一天根本无法来回,核实成本很高。其实山南市公证处也在实行绿色继承公证,先行为当事人核实,没有问题后再受理、出证。但是卷宗里没有当事人委托核实的材料,所以,我就建议他们让当事人先填写委托核实申请表,这样我们才可以在没有受理的情况下进行核实,不会在程序上出现问题。

招投标的现场监督公证主要还是政府的一些招投标业务,但是现场公证地点不只在山南市,也会在拉萨市,而且每一项现场监督公证都是全程公证,所以公证人员在现场监督的时间非常长,特别辛苦,有一次竟然从上午开始到凌晨三点才结束。现场监督公证有一个特殊点就是出证时间的问题,需要现场宣读公证词的,公证书的出证时间就是宣读公证词的时间,而不能再以正常的不超过15个工作日的出证时间来定。

委托公证有很大一部分是涉及房产买卖的,而且大部分是内地人在西藏工作,需要在内地买卖房产,因为工作繁忙或者路途遥远,只能在当地办理委托公证,委托内地的亲戚、朋友代为办理。还有一些未成年人出生时父母为其临时取个名字,后来又由于各种原因,想重新改名,公安机关就要求未成年人的父母发表声明,自愿将孩子的名字更改,并到公证处办理声明公证。委托和声明都不再以签名类出证,所以有些公证还是要进行实体审查,涉及处分财产的还要核实当事人的婚姻及产权信息。

我还经常翻看他们以往办理的公证卷宗,将卷宗内存在的一些问题及好的做法都记录下来,过后会与公证人员交流,提醒他们注意一些细节问题。好的做法值得我们借鉴,在以后的办证过程中采用。

(二)指导制作模板,减少办证时间。

"坚持开拓创新,努力追求卓越"是"援藏精神"的时代内核。山南市公证处的办证系统与我处的系统不一样,经过他们的指引及我自己的摸索,我对他们的办证系统有了大概的了解,也基本会运用了,有时也会参与他们的办证。因为委托公证书一般在外地使用,公证处不能知晓所有地方的委托买卖房产的事项,所以公证处不提供代书,委托书都是当事人自己提供,他们很少有机会利用办证系统内的代书模板。更名声明书都是公证处代书的,但是系统内没有这个代书模板,每次受理都是在系统外更改,这样不仅慢而且容易出错,所以我就抽时间在系统内为他们制作了一些常用事项的代书模板,比如卖房委托书、全款买房委托书、贷款买房委托书、更名声明书,并在系统内制作了买房、卖房委托,更名声明,继承权的询问笔录及公证词。因为看到他们的继承权公证书中引用法律条文时,一律引用《中华人民共和国民法典》的相关规定,其实确切来说,应该按照被继承人的死亡时间来确定是引用《中华人民共和国民法典》还是引用《中华人民共和国继承法》,所以我在系统内分别制作了两个时间的继承权公证书。"授人以鱼,不如授人以渔",所以,我不但给他们制作了一些模板,还现场教会了其中两个助理怎样制作模板,以便以后有新的业务需要使用模板时可以独立制作。

(三)加强指导交流,旨在开拓公证新业务。

山南市公证处有拓展银行赋强公证业务的想法,所以我就关于赋强公证的文件、应注意的事项、各方的询问内容、告知事项以及将来需要出具执行证书时的注意事项及询问内容都与公证处领导进行了沟通、交流,并将材料的电子版本拷贝给他们。

山南市公证处一直没有办理过涉外公证,他们说之前有当事人来咨询,可能会有涉外的业务办理,但是从未做过,不知道从何下手。所以,我也针对常见的涉外公证类型办证时注意事项、当事人提供的材料及相应告知,与公证处领导进行了沟通,并将涉外公证材料的电子版本拷贝给了他们。

这次西藏之行,是我人生当中的一次丰富体验,更是我人生中最宝贵的精神财富。虽然刚来的一个星期有些高原反应,每天头昏脑涨,晚上失眠,心口发闷,但是我并没有被眼前的困难吓倒,而是想尽办法克服了这些困难,每天都以饱满的热情投入工作中去。"老西藏精神"在鼓舞着我,西藏人民的热情、淳朴、真诚在深深地感动着我,让我克服了最初的心理恐惧和身体不适。援藏,需要一种义无反顾的精神,需要一种坚韧不拔的毅力,需要承受大自然对生命的考验。援藏是任务,更是责任,援藏使我的心灵得到了净化和升华。

虽然我已经完成了援藏任务,但是在以后的工作中我仍然会发扬"老西藏精神",全身心投入自己的工作中,为公证事业的发展贡献自己的绵薄之力。

作者系安徽省公证系统第一批援藏干部,时任西藏自治区山南市公证处公证员、安徽省合肥市衡正公证处公证员。

站好援藏工作的每班岗

尹长林

"丁零零,丁零零!"晚上10时30分我接到科室的急救电话:"老师,病房来了一个急诊危重病人,请您赶紧过来一下。"放下电话,我赶紧换上衣服跑步来到病房,看到值班医生和护士正忙着抢救,病人四肢在不停地强直抽搐,口吐白沫,双眼上翻,呼吸急促,大汗淋漓。家属围在床边,手足无措,焦躁不安。有着多年临床工作经验的我,立即嘱咐护士拿来压舌板,亲自放置在患者口腔内,以防病人咬舌,一边让护士吸痰,保持病人呼吸道通畅,一边嘱咐医护人员立即予以地西泮静脉缓慢推注,病人四肢抽搐这才渐渐停止。但没到两分钟,病人四肢又开始抽搐。我再次给予氯硝西泮静脉缓慢推注,病人抽搐发作才停止。考虑病人反复发作,我予以丙戊酸钠(德巴金)静脉泵维持。此后不久,病人再次出现极度烦躁不安状况,大喊大叫,四个人都按不住。我告知值班医生不要慌,让护士立即予以苯巴比妥、右美托咪定镇静处理,严密观察呼吸及其他生命体征,最终患者病情逐渐稳定下来。

经过询问得知,患者是一名31岁的藏族男性,系"反复发作性抽搐10次伴意识不清一天"入院。患者入院前一天在家反复发作抽搐,每次2~3分钟不等;开始发作几次停止后,意识能恢复清楚,家人未及时送医,二次发作之后,呼之不应,意识不清,家人将其送到当地医院无法救治,症状控制不了,遂急诊转入山南市人民医院救治。

癫痫持续状态是神经科急诊危重症之一,如果抢救不及时,病人会因反复抽搐导致脑缺氧、脑水肿、高热、代谢性酸中毒、呼吸衰竭而死亡,或者出现严重的脑不可逆损伤致残,所以务必及时抢救处理。该患者目前症状已得到控制,下一步要积极寻找病因,明确疾病诊断。

患者入院头颅CT提示"考虑右侧颞叶软化灶,右侧颞叶占位,胶质瘤可能",于是进一步完善头颅磁共振检查,颅脑增强MRI显示"右侧额颞叶异常信号影"。经过反复追问病史,家属诉说患者一年前有一次类似抽搐发作,未予就诊。入院检查生化感染九项血清梅毒(+),结合患者年龄、既往病史、此次发病过程、相关检查及影像学特点和藏区梅毒发病率相对较高等因素,我初步诊断为"神经梅毒"。

为了进一步明确诊断,我组织全院多学科大会诊,听取神经外科、感染科、皮肤性病科以及磁共振影像科等相关科室的会诊意见,同时把该患者的头颅 CT/MRI 检查影像资料、病史资料发到我的派出单位安医大一附院进行协助诊断。经过多学科专家会诊讨论,颅内占位基本可以排除,炎性疾病可能性大,梅毒不能排除,需进一步完善血清梅毒确诊实验,以及脑脊液梅毒相关检查。安医大一附院磁共振专家及神经内科专家会诊后答复:"不是胶质瘤,应该考虑神经梅毒。"综合以上意见,我们在征求患者家属同意的情况下,予以患者梅毒脑脊液腰穿相关实验检查,并同时送检血清梅毒确诊实验。检验科检验结果及时返回,血清梅毒三项提示:梅毒初筛实验呈阳性,梅毒确诊实验呈阳性,梅毒甲苯胺红不加热血清学实验呈阳性 1∶64;脑脊液梅毒确诊实验呈阳性,梅毒甲苯胺红不加热实验呈阳性 1∶8。至此,该患者的诊断已经明确,被正式确诊为神经梅毒、梅毒性脑炎、症状性癫痫、癫痫持续状态。最后结合皮肤性病科诊治意见,予以大剂量青霉素治疗 14 天,并嘱出院后连续三周,每周一次肌注长效苄星青霉素,继续抗癫痫治疗。经过正规积极驱梅治疗和对症治疗,患者病情逐渐稳定好转,神志清楚,精神正常,四肢活动自如。出院时病人和家属非常激动,紧紧握住我的手,激动地说:"是援藏专家救了我的命,是共产党派来了这么好的医生,扎西德勒!扎西德勒!"

正是这第一例神经梅毒确诊病例的成功救治经验,让山南市人民医院神经内科倍增信心。内科余小华主任查房后说:"在今后的患者救治过程中,无论病人入院时病情多危重、病情多复杂,我们一定要多看、多听、多学,更要向援藏尹老师学习经验,通过多学科会诊,提高神经内科水平。"像这样的疑难重症病例,我在援藏的大半年时间,已见证了多例,如产后颅内静脉窦血栓形成、高颈段急性横贯性脊髓炎、颅内多发性转移瘤、颅内肉芽肿以及自身免疫性脑炎等。在与"组团式"援藏专家的通力合作下,再加上援藏单位强大后方的大力支持,像这些疑难危重病例在雪域高原基本得到及时诊治。这些事例凸显了医疗人才"组团式"援藏工作的强大优势,见证了西藏山南市人民医院神经内科在疑难重症诊疗能力方面的不断提升。

一年里,我通过"师带徒""传帮带"活动,逐渐培养了一批年轻骨干医师,完成了"大病不出藏,急病有所医"的任务。这支带不走的医疗队伍一定会为山南市人民医院医疗服务水平的提升作出更多的贡献。

一年援藏行,一生援藏情。一年的时间虽如此短暂,却成为我一生的牵挂。无论何时想起,总会触及心中最柔软的情感,我爱西藏,更爱这片热土上的同胞亲人。

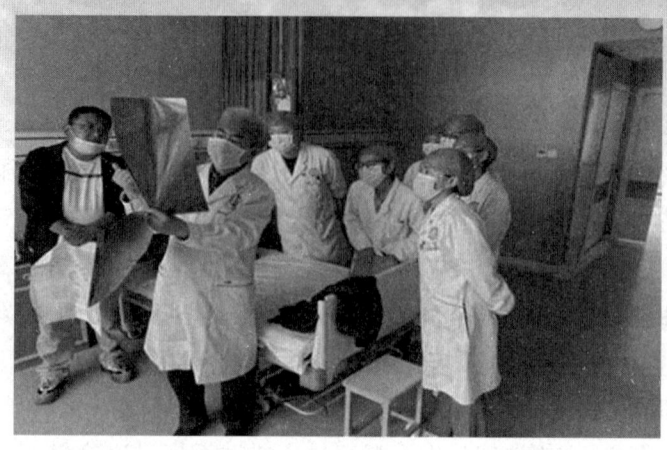

作者系安徽省第七批援藏医疗队队员,时任西藏自治区山南市人民医院心脑血管内科主任医师、安徽医科大学第一附属医院神经内科副主任医师。

我心中的"文成公主"

王 彦

我是在2019年成为一名光荣的安徽省医疗援藏队队员的,这一年是中华人民共和国成立70周年、西藏百万农奴解放60周年。

经过短暂的高原缺氧适应后,我有幸观看了《文成公主》大型实景剧演出,它以拉萨自然山川为背景,在高原圣域的璀璨星空下,讲述了大唐文成公主与吐蕃王松赞干布和亲的故事,在文成公主曾经扎营的拉萨慈觉林村,循着公主的足迹,叩响历史的回音,把我们带回到1 300多年前,再现了文成公主历经艰险的漫漫征途和曲折起伏的心路历程,演绎出大唐盛世的爱情传奇,传唱了汉藏和美的动人史诗。演出结束后我心潮澎湃、意犹未尽。

我这次医疗技术援藏的最主要任务就是帮助山南市人民医院儿科成立儿童纤维支气管镜室,开展儿童纤维支气管镜的检查和治疗,这在内地是成熟的技术,团队完善,对于做了成百上千例手术的我来说得心应手。我来之前觉得不会有太多困难,认为援藏任务的完成是水到渠成的。

来到山南市人民医院儿科和科室负责人达娃曲珍及其他医务人员沟通后,我才发现困难重重。首先,纤维支气管镜牵涉到洗、消、储存、检查等,需要一定规模的场所,整个院区医疗用房特别紧张,经过询问发现现有院区不可能有新的医疗用房,并且纤维支气管镜还在箱子里原封未动,机器能不能正常使用都不知道。其次,没有能够配合我操作气管镜的医护人员,洗消人员也需要培训,当地医护人员对纤维支气管镜的临床意义也不是很清楚,西藏兄弟单位儿童纤维支气管镜技术开展情况一概不知。

困难一个个扑面而来,我如坠深渊,感觉自己接手的是个不可能完成的任务,就是一个烫手山芋。我跨越千里带着必须完成任务的信念而来,远离家乡无助感尤其明显,随之而来的是退缩、畏惧心理。

这个时候想到"援藏家园"的墙上挂着的"老西藏精神",就是"特别能吃苦、特别能战斗、特别能忍耐、特别能团结、特别能奉献"的精神。"老西藏精神"是我党我军优良传统与西藏革命建设特殊实践相结合的产物,是驻藏部队几代官兵同西藏各族人民一道前仆后继、百折不挠、英勇奋斗凝结而成的宝贵财富,是我们援藏干部需要继承的传统。想到党的领导是我们开展工作的坚强后盾，援藏重担交给我们就是对我们的信任和考验，要"提起千斤重，放下二两轻"，但困难不会自己屈服，只能想办法去克服它。

冷静下来分析自己所处的环境后，在目前没有新场所的情况下，我首先借用成人纤维内镜室把技术先开展起来。在院领导的帮助下，经过一个多月与成人呼吸科主任反复沟通，动员了所有能够说上话的援友、同事、朋友，终于在 11 月初把纤维支气管镜开展起来，当完成第一例新生儿检查时，心中压着的石头终于落地。

纤维支气管镜技术是借用成人呼吸内镜室生了根，但怎样让它继续存活？怎样让它枝繁叶茂？怎样让它更好地为藏族同胞服务？为了更好地了解西藏自治区儿童纤维支气管镜技术的开展情况，一头雾水的我把眼光瞄准了拉萨市人民医院和西藏自治区医院。我只身一人来到拉萨市人民医院儿科找到玉珍主任，来到自治区医院儿科找到吴虹主任，自报家门告诉她们我是安徽省儿童医院的王彦医生，帮助山南市人民医院开展儿童纤维支气管镜技术，这次主要想参观学习上级医院技术开展情况。两位主任被我的真诚打动，很热情地给我介绍了目前西藏自治区及其科室该技术开展情况，并把我拉进西藏自治区儿科主任"雪域大雁"微信群里，我成了被西藏儿科同道接纳的一员，成了一名真正的西藏儿科医生。我重拾信心，知己知彼，百战不殆，我坚信我能顺利完成援藏任务。

2019 年 11 月 20 日，儿科病区收治了一个四岁右主支气管异物患儿。给患儿完善好术前准备，联系好成人内镜护士长，她给我的感觉是信心满满，可以配合我取出异物，我也找到大展拳脚的感觉了。患儿局部麻醉后进镜，右主开口异物（半粒花生米）堵塞，护士长配合我进行钳取，一次失败、两次失败……气管内因反复钳取管壁已经有出血，内镜下视野瞬间模糊了。我问："护士长，您以前取过异物吗？""没有。"我一阵眩晕，犹如五雷轰顶。

结束后我满怀愧疚地找到患儿父亲，和他沟通失败的原因。藏族同胞很宽容、内敛，他话语不多，但我还是感觉到他对我的失望，有转院的想法。基于前期我对西藏地区气管异物取出术的了解，我认为在这里是病人最好的选择，经过近两个小时的反复交流后，家属愿意再给我一次机会。

取异物从未失手的我拖着疲惫的身躯，心灰意冷，向一起援藏的安徽医科大学第二附属医院呼吸科高磊主任倾诉，纤维支气管镜异物取出术对团队协作要求非常高，助手的操作水平直接决定异物取出的成功与否。这次没能取出异物就是因为不能很好地配合。高磊主任很耐心地听我的牢骚，间断地对我进行劝导。突然我想到高磊主任是搞成人纤支镜的，我们是不是可以合作把这个异物取出呢？

2019 年 11 月 22 日，做好准备后，在高磊主任的配合下，我们在局麻状态下进行了可弯曲纤支镜异物取出术并顺利钳取异物，仔细检查后没有残留，手术成功了，我们完成了山南地区首例气管异物取出术,再次恢复自信。大家没有辜负藏族同胞对我们的信任,完成了党和国家交给我们的任务,很快我收到了队友的祝福,微山南官方、快搜西藏、山南电视台等众多媒体均予以报道。

此刻我想到了文成公主和亲的真正意义,才知道为什么西藏人民这么爱戴她。一千多年前文成公主在大唐盛世时带领5 500人,步行3 000多公里,历经千辛万苦、艰难险阻到达蛮荒之地。入藏的农夫把汉族先进的耕种技术传给了藏区人民,工匠把汉族的建筑、造纸、酿酒、冶金等先进生产技术传给了藏区人民,随从侍女以及公主本人把先进的纺织工艺、刺绣技艺都传授给了藏区的女性,因此从各方面对藏区的社会经济和文化水平起到了极大的促进作用。

千年后的我们是在祖国的号召下,来到松赞干布的家乡、藏文化的发祥地——雅砻,沿着千年前文成公主的足迹一步步向前,《文成公主》演出的落幕只是援藏凯歌的开始,一千多年来文成公主的援藏凯歌一直在被传唱,我们每一位援藏干部都是雅砻河里的一朵小小的浪花,正是因为有了千千万万援藏干部的朵朵浪花才有了雅鲁藏布江的滔滔江水,后面的援藏之路使我更加坚定了信念,明白了援藏的意义和使命所在。

作者系安徽省第五批援藏医疗队队员,时任西藏自治区山南市人民医院儿科副主任、安徽省儿童医院呼吸科主治医师。

安徽专技援藏行　终生难忘汉藏情

高久清

2019年,我受安徽省委组织部、省农业农村厅的选派到西藏洛扎县农牧综合服务中心开展技术援助工作,通过努力,圆满完成组织上交办的援藏工作任务。

初到西藏洛扎县,眺望巍峨的群山、洁白的云朵,接受圣洁的哈达,倾听婉转的吟唱,看着如画的景色、黝黑而淳朴的笑脸……感叹这里是眼睛的天堂,心灵的栖息地。然而,在这美好的背后却伴随着农业经济欠发达,农业生产条件相对落后等现状。对于援藏的人们来说,这里还有更深层次的含义:高寒、缺氧、莫名的孤独、深夜的思念和强烈刺眼的阳光。

6月10日下午,我告别了年迈患病的母亲和妻女,从舒城匆忙赶赴合肥参加集中培训与行前动员会,会议主要强调了进藏的安全与注意事项等。

经过一系列的准备,6月11日下午登机飞往拉萨。下了飞机,取了行李,前来迎接的山南市领导给我们一行四十多人一一献上了哈达,之后大家都高兴地拿出手机相互拍照,合影留念,见证这一难忘的时刻。

一下飞机,能明显感觉到空气的稀薄,呼吸和心跳明显加快了。这是我第一次来到高原,来到西藏。其实对于首次来到高原的人来说,贡嘎机场3600米的海拔还是很高的,个人的身体反应也是较明显的。确实,刚踏上这片土地,给我的就是不一样的感受。西藏本身的神秘感和自己的好奇心混合叠加,一股莫名的神奇力量在内心推动着我不断前行去了解这片神奇的土地。

当晚被接到山南市领导给我们安排的招待所里,主要是让我们休整一下,以尽快适应高原环境。第二天市领导来给我们上课培训,讲西藏的政策、风土人情、山南市概况和专技援藏工作要求等。在山南市休整了一天,6月13日我们洛扎分队的6名同志随同洛扎县委组织部领导乘车赶往洛扎县,从早上出发直到下午5点才到,中途在贡嘎县短暂停留小憩。

抵达洛扎县城,受到当地干部热情迎接,看着头顶的蓝天白云和四周巍巍的群山,我心情无比激动,决心在这里好好工作,也只有这样才能不辜负党和国家对自己的信任。然而,就在到达的当天晚上,我感到胸闷气喘、头疼、乏力、失眠,此时已是深夜2点,人却毫无睡意。接下来的日子里,强烈的高原反应一直伴随着左右,白天走平路都气喘吁吁,毫无食欲,心率超过了100次/分,血氧饱和度只有80%,在经历了一个星期的休息调养后才逐渐适应了高原生活。

初步克服高原反应并适应了高原生活之后,我终于正式开始了在洛扎县农牧综合服务中心的工作。上班的第一天,在实际调查了自己将要指导工作的当地蔬菜大棚和藏族群众之后,心中升起一股强烈的责任感,但又伴随着畏难情绪。这里大多是藏族群众,平时交流都是用藏语,我完全听不懂。恶劣的条件,不通的语言,让初入藏地的我感到了压力,甚至一度萌生了离开的念头。

经过家人的鼓励和自己几天的通盘考虑,我觉得自己作为一名党员,越在艰苦的环境中越不能辜负组织的信任,要牢记自己的使命,努力把工作做好,不能退缩。自此之后,我每天都会到生产一线,指导农业生产,同当地技术人员和农民交流,熟悉大棚蔬菜生产和当地农业其他方面情况,把握自己以后的工作方向,晚上抽时间跟当地干部学习藏语。通过实地走访调查,一周后,我根据自己的想法和当地的客观情况,制订了自己的工作计划,并获得了局领导的支持。

在洛扎县农业农村局,几乎清一色是藏族工作人员,相比于我们用汉语撰写文章、材料,藏族同胞运用汉语还是有一定困难的。但是他们每天坚持学习,积极准备考职称,不断进取。我作为一名内地来的技术人员,要把自己在安徽工作中总结的经验和先进理念与他们分享,互相学习,共同进步。工作之余,有时间我也去洛扎街上散散步。8月上旬洛扎县举办了一次物资交流盛会,周边县的群众带着货物到洛扎展销,有各种藏族土特产及工艺品。

洛扎县平均海拔3 820米,氧含量只有安徽的60%左右,稍微走快一点就气喘、胸闷。在藏区工作最大的困难就是缺氧,在安徽指导农业工作一天我都感觉不到累,但在洛扎县常常是走村到户指导就感觉很疲乏,不想吃饭。

当年6月我来到洛扎县农业农村局工作之后,在洛扎镇嘎波社区试种从安徽引进的"大红袍"山芋,经过近3个月的种植试验,9月叶杆采收期长势良好,11月收获山芋薯块。在种植过程中,我模仿藏族群众的习惯,采用粗放种植方式,通过观察发现,该品种山芋在高海拔地区表现出抗逆性强、产量高等特点,种植技术与操作规程相对简单,便于藏族群众掌握。据了解,该品种山芋适合藏族群众在温室大棚种植,每年八九月份可以采收叶杆,作为应季蔬菜食用,山芋藤可用于喂猪、羊、牛等牲畜,有较好的示范推广价值,应用前景较为广阔。

为了提高蔬菜品质,根据洛扎县洛扎镇嘎波社区农户棚室蔬菜生产实际、土壤条件及藏族群众蔬菜种植水平和种植习惯,通过探索研究,我创新种植方式,采用"二次开沟"

科学灌水种植法,取得了一定成效。"二次开沟"科学灌水种植法,主要应用于农户简易蔬菜大棚条播(点播)和移栽蔬菜。

同时,我翻山越岭到乡镇村户指导蔬菜生产技术,传授内地蔬菜种植先进理念和种植技术,培养技术能手,取得了很好的成效。途中翻越山头时,因严重缺氧感到头晕倒胃,极为难受;有次下乡路过转弯处差点与对面来车相撞,甚至出现过上山时车子动力不足突然后退,再有一两米就掉下悬崖的险情。在这里不得不说藏族师傅驾驶技术真棒,多次在危急关头反应迅速,果断化解险情。

年近半百的我从安徽来到西藏以后,克服高原反应,全身心地投入援藏工作中,不知疲倦地试种新品种、向藏族群众传授种植技术,向藏区人民展现了一个优秀共产党员应有的素质。援藏期间申报了发明专利和实用新型专利,为积极推动藏区农业科研发展作出了贡献。

援藏就是奉献,最艰苦的地方才能绽放最美丽的雪莲。习近平总书记曾说:"在高原上工作,最稀缺的是氧气,最宝贵的是精神。"不忘初心,方得始终。在和藏族干部群众友好相处过程中,藏区人民质朴、虔诚、对生命和自然怀有的敬畏之心深深地打动了我,在藏工作期间我与藏族人民建立了深厚的感情。

作者系安徽省短期援藏专业技术人才,时任西藏自治区山南市洛扎县农牧综合服务中心高级农艺师,安徽省六安市舒城县城关农综中心农技推广研究员、副主任。

一年援藏路　一生高原情

包满珍

"尽己所能,去帮助更多需要帮助的人,让他们因为我的帮助而受益。"这是我的工作信条,秉承着这样的信念,2016年我报名参加了援藏医疗工作。和大部分人一样,去西藏也是我心中的梦想,一直都有"西藏那么大,我想去看看"的想法,但没想到是以援藏的方式。援藏对我来说,是一次经历,更是一次人生的历练与修行。

使　命

朋友得知我报名去援藏,曾经问我:"你儿子才上小学二年级,正是需要妈妈陪伴照顾、培养良好学习习惯的关键时候,你怎么舍得去西藏一年?"但更熟悉我的朋友和家人则明白,我做出这样的选择完全不意外。于我而言,援藏工作是神圣的、高尚的,虽然困难重重但令我向往;更重要的是,援藏可以帮助更多需要帮助的人,可以让我发挥自己的护理管理经验,为当地群众造福。

欢送会上,院领导反复嘱咐我们在高原上要保重身体,常报平安,有困难时要及时求助,安医二附院永远是我们的大后方,关爱之情溢于言表,让我至今难忘。这也更让我感受到沉甸甸的使命感,意识到责任重大,顿时有了义不容辞、勇往向前的豪情,决心为院出征,不辱使命。

困　境

湛蓝的天、雪白的云、神山圣水以及广袤的大地……西藏的美,我领略到了,的确如此。西藏的高原反应更是真实可怕的,高反导致的脑水肿、肺水肿猝死发生率很高,失眠、头疼、胸闷、血压升高等只能算极为普遍的小不适。我到达西藏的第二天就领教了高原反应的厉害:失眠、气喘、头痛欲裂,还有空气干燥带来的嗓子疼、鼻腔每天充满血丝,加上饮食不适应,种种不适使我在短短一个多月体重就下降了近10斤。

早在去西藏前,我就已经了解到雪域高原自然环境恶劣、医疗基础薄弱,开展援藏医疗工作任务艰巨,并且做好了心理准备,然而一个意外情况还是让我受到了强烈的震撼和有了巨大的心理压力。我的队友赵炬医生在进藏的第五天猝然倒下,我们竭尽全力抢救，常委、政府各级领导极为重视，紧急调集顶级专家前来会诊，最终也没能挽救他的生命。当时我就在现场，参与了抢救，看着赵医生突然就变成那样，心情非常沉重，我怎么也不曾想到死神离我们如此的近，就这样悄无声息地突然降临到我的队友身上，我感到深深的惋惜和彻骨的痛心。

责 任

我们支援的山南地区，医疗护理技术与内地相比较为落后，百姓人均寿命短，婴幼儿、孕产妇的死亡率远远高于内地。由于地广人稀、交通不便，从病人就医时的病情严重程度就可以知道他们就医之路有多艰难。了解到这些情况后，我忘记了高原反应，更加深刻地理解了援藏的重大意义，明白了自己的职责所在。

我们很快投入援藏工作中，通过前期深入病房对全院护理状况进行认真细致的调研，根据调研结果和当地实际情况，针对存在的问题制订了详细的援助规划，并逐步实施：参照二附院的护理标准，先后完善修改各项护理制度、应急预案、工作流程、常见护理并发症的处理流程等；完善各种登记本，如增加各种药物皮试登记本、危重病人护理质量检查记录本、各级护士业务档案等。工作之余，我们还利用休息时间积极完成领导交代的临时任务，如雅砻文化节期间做好演员们的保健、送医下乡、参加义诊等。

2017年春节前夕，我跟随医疗队回到合肥休整，其间到医院补做了每年一次的职工常规体检。拿到报告时，我有些发蒙：左侧乳腺实性包块（性质待排）、宫颈上皮内肿瘤。经过短暂的思想斗争，我说服了家人，两周内连续接受了两次手术治疗。

前来探望我的同事、朋友中有人劝说："短期内连续做两次手术，身体元气大伤，为了安全起见，你还是申请中止援藏工作吧，相信领导会理解的。"但我觉得，手术后就没事了，我一定要完成援藏任务。于是，春节后不久，我又义无反顾地再次踏上雪域高原，和那里的同事、队友会合，投入援藏工作中。

收 获

经历过艰难，才知道自己有多勇敢；亲身实践，才知道弥足珍贵。援藏工作是艰辛的，但是只有这样的环境才最能锻炼人，这样的一段经历足以让我铭记一生。

一年来，我欣赏过西藏的美景，更经历过艰苦的磨砺，还承受了与队友的生死诀别。我想说，我是幸运的，因为我选择了这份担当，我成为国家援藏医疗人才队伍中的一员，虽然我的付出微不足道，但对我来说，却是光辉的一页。

一年来，我与那里的同事一起商讨如何为患者解除病痛，一起探讨如何最快地提高医疗护理质量，达到"三甲"的标准。我与他们，与同来援藏的队友们结下了革命般深厚的友谊,互帮互助,留下了美好的回忆。

在欢送会上,当地政府和医院领导对我们的付出与贡献以及取得的丰硕成果给予了极大的肯定与认可,同时也给予了我"优秀援藏干部""组团式援藏医疗人才贡献奖"等很多褒奖和荣誉。当领导、我的西藏同事、我的好姐妹们献上的圣洁的哈达几乎将我"淹没"时,我流下了激动、不舍的泪水,我们拥抱惜别,久久不愿分开。

感谢这次援藏的经历,它给我提供了一个用自己的专业知识及管理经验为藏族同胞、为更多人服务的机会;它拓宽了我的视野,丰富了我的人生,陶冶了我的情操,坚定了我的信念,增加了我生命的宽度与厚度。

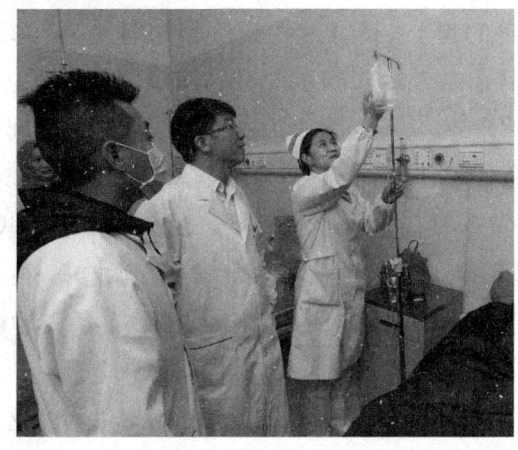

作者系安徽省第六批"组团式"援藏医疗队队员,时任西藏自治区山南市人民医院护理部主任、安徽医科大学第二附属医院门诊部护士长。

让藏族学生体验实验探究的乐趣

张 勇

都说教师是太阳底下最光荣的职业,是人类灵魂的工程师,毕业之初,我认为这些说法有点虚夸,但随着教龄的增长,我对这些说法越来越赞同,越来越有感悟。2005年7月,刚出学校大门,我就通过考编来到了安徽省当涂第一中学,这所百年历史的中学。我热爱自己的工作,兢兢业业,从不因为个人的私事耽误工作时间。我严格要求自己,工作实干,完成学校给予的各项任务,为提高自身的素质,我积极参加教研活动和各项培训,到各地听课学习,经常查阅有关的教学资料。在课外与学生联系,时时关心他们,多年承担班主任工作和理科实验班教学任务,辅导学生多次在奥林匹克竞赛中获省级和市级奖项。2013年获市优质课评比一等奖,2015年至2017年先后被评为县级骨干教师、文明教师和优秀教师。

就这样送走了一届又一届的学生,十几年过去了,原以为就这样一直从教下去,没想到今生做教师的我还能与西藏山南二高结下不解之缘。2018年7月,接到市教育局援藏支教的通知,我义无反顾,经过严格的体检程序,光荣地成为安徽省第三批"组团式"教育人才援藏队的一员。8月9日,告别了家人和领导们,担负着提高西藏山南高中教学质量的光荣使命,从合肥出发,当晚八点,我们安全抵达西藏山南第二高级中学。西藏,一个以其雄伟壮观、神奇瑰丽的自然风光闻名于世的地方。它地域辽阔、地貌壮观、资源丰富,自古以来,这片土地上的人们创造了丰富灿烂的民族文化,但时至当下,教育相比内地有些方面还有待提高,为此中央召开了几次援藏工作会议,而我们正是为此而来。

因为之前听说高原反应很可怕,所以刚下飞机的时候赶紧深呼吸几次,发现空气没什么变化。领队丹阳校长笑着说:"只是氧气稀薄些,又不是没有氧气。"紧张的心情立马舒缓了许多。山南市教体局的领导和安徽教育援藏队的领导为我们献上了洁白的哈达,这也是我第一次戴哈达,内心激动极了。在吃饭时,丹阳校长一再叮嘱我们,这两天少运动,多休息,多喝水,慢慢适应这里的环境。因为氧气比内地稀薄些,会加大心脏的负荷,所以动作一定要缓慢一些。现在进入冬季,更是缺氧,连嘴唇都是乌紫的。正如丹阳校长所说,在这里运动要缓一些,正常情况下在家里我负重50斤上5楼都不喘的,在这里上4楼就开始大口呼吸了,中间还要休息一会。还有,这里的空气比较干燥,鼻子里面干干的,容易出血。这些都是我们要慢慢适应的。既然选择援藏,就要做好吃苦的准备,所以心里也没有太多惧怕。

西藏山南市第二高级中学 2004 年才建校,是西藏自治区重点中学。这里的孩子基础很薄弱,但他们学习很努力。语文分为藏语文和汉语文,两者从小学一年级就同时学习了。他们当地人交流用藏语,用汉语与我们交流不是很轻松,但一些基本的交流还是没问题的。因为他们学的科目比内地孩子多了一个藏语文,并且平时的教学用语都是普通话,所以他们的学业压力还是很大的,尤其是理科方面,物理、化学、生物基础太差。以前只知道在西藏 300 多分就可以上一本院校,感觉很容易,却忽略了他们是用汉语在答题,因为藏语是他们的母语,而考试用的是汉语。这就像让内地的孩子都用英语来答题一样。所以,对藏族孩子们来说,考上大学尤其是考上本科院校还是很困难的。

在山南二高我被安排高二年级的生物教学工作,兼做生物实验员。刚进入实验室,我惊呆了。虽然有两个学生实验室和两个实验准备室,但都布满了灰尘,应该是很长时间没有使用了。我问学生:"你们做过生物实验吗?"学生们异口同声地回答:"没有!"我想在内地高中学生们都能做一些理化生的实验,为什么他们不能做,我一定要填补这个空白,让他们体验科学实验探究的乐趣。于是我和几位援藏老师协商,首先清扫实验室,整理好实验器材和药品。生物实验中显微镜使用得最频繁,实验室的显微镜比较陈旧,很多已经损坏无法使用了。我们利用几个晚上的时间对显微镜进行挑选检查和维修,终于拼凑出约 50 台可以正常使用的显微镜。接下来我根据课本内容整理出高中阶段必做的且在山南二高实验室可以完成的生物实验,然后准备器材和药品,联系学校总务处采购相关材料。

当一切准备妥当,我先把相应实验做一下,看看有没有什么问题,一些地方是否需要改进,然后对高一、高二的老师进行培训,让他们知道实验的注意事项,这样能更好地指导学生做实验。第一学期高一、高二年级各安排了三次实验。刚一开始同学们走进实验室异常兴奋,对很多东西非常好奇。我和本地老师向他们讲解示范,告诉他们显微镜的构造及如何使用显微镜,如何制作临时装片等,然后让他们自己分组动手操作,最后完成实验报告。从开始的生疏到后面的熟练,到第二学期的实验很多同学操作起来得心应手,我非常高兴,只要在一旁观看和适当地指导就可以了。2019 年 4 月,西藏自治区进行示范高中评估,实验室是重点评估项目,首先检查我们的实验室器材和药品之类,然后抽两个班同学进行实验测评,题目是用显微镜观察多种多样的细胞,高一(1)班和高二(8)班完成得非常好,专家组老师给予了很高的评价,生物实验室顺利通过评估验收。

在这一年的援藏支教生活中,我尽最大努力建设生物实验室,开展生物实验课,让藏族学生体验实验探究的乐趣,虽然环境恶劣、条件艰苦,但我一直努力坚持,不辱使命,为安徽教育援藏贡献自己的一份力量。

作者系安徽省第三批"组团式"教育人才援藏队队员,援藏时为西藏自治区山南市第二高级中学生物教师、安徽省马鞍山市当涂县第一中学生物教师。

忆山南 援藏行

王永贵

2018年7月,我响应党中央的号召,听从组织召唤,放弃内地优越的工作生活条件,报名参加中组部、卫健委、人力资源和社会保障部组织的"组团式"援藏医疗队,经过两轮严格体检,来到了平均海拔3 700米的山南市,开始了我的援藏之旅。

援藏期间,虽然高寒缺氧,但我在思想上从不松懈。当时我还不是党员,但始终坚持在思想上、政治上、行动上与党中央保持高度一致,并积极申请入党。充分理解习近平总书记提出的"治国必治边、治边先稳藏"的重要战略思想,大力发展医疗卫生事业,着力解决好西藏各族人民最关心、最直接、最现实的利益问题。始终牢记自己的使命:决心为山南市人民医院呼吸科培养一支带不走的医疗队。

2018年7月26日刚到山南,我还很不适应,缺氧头昏,心慌,心率快,血压偏高,医院呼吸内科的郁霞主任去内地深造学习了,科里一个主治医师都没有。许多问题需要解决,工作需要开展,7月31日我就带领着科里的几名医师开始了正常工作。除了完成日常的教学查房、阅片、疑难病例讨论、普通会诊、修改病历、指导正确使用抗生素、病案归档、医院会议,还有门诊、夜间急会诊、危重病人抢救。

顾不上高原反应,我深入病房了解实际情况,熟知科室现状,检查现有医疗设备使用情况及急危重症患者的治疗追踪。得知以往危重及疑难患者大部分都转往自治区医院,我坚持"艰苦不降标准,缺氧不缺精神"的信条,决定有条件上,没有条件创造条件也要上,坚信办法总比困难多。

首先,让呼吸内科的医疗设备充分发挥应有的作用。由于高海拔地区缺氧、呼吸衰竭的患者较多,动脉血气分析结果能更好地指导治疗。我刚来时,呼吸科血气分析仪出现故障,无创/有创呼吸机已经闲置一年未用。经过与护士长多次沟通和多方协调努力,从别的科室借来一台血气分析仪。我耐心地向科室医生和护士传授仪器操作以及动脉采血等技能;给他们讲解血气分析中各种参数的意义以及如何分析结果;针对呼吸性酸中毒的慢性阻塞性肺疾病患者,指导他们正确使用无创呼吸机,观察二氧化碳分压指标,让他们充分认识到血气分析的重要作用。到我援藏结束为止,血气分析检查超过500例,同时使用无创呼吸机治疗40余人,有创呼吸机治疗抢救5人次。

其次，填补空白，能开展医疗险项目的想尽办法去开展。科室肺功能仪于2017年7月安装，开展的肺功能检查不多，科室人员对机器操作也不太熟练，仅限于用力肺活量检查，最大分钟通气量和支气管舒张试验等均未开展，科室人员不会判断通气功能障碍类型及严重程度，无法形成完整的检查报告。经过演示和反复培训，让徒弟上手操作、撰写报告，3个月下来，徒弟们都学会了。除了完成我们科门诊及住院病人的检查，还可以帮助完成体检科、外科、儿科等其他科室患者的检查。2018年10月24日，外二科有一名患者骨折卧床，无法行走，因手术需要了解其肺功能情况，为方便患者，我科开展了山南市人民医院第一例床边肺功能检查，测出最大分钟通气量，对胸腹部手术患者术前风险评估非常重要。支气管舒张试验也顺利开展，使许多慢性咳嗽患者得以明确诊断。推广肺功能检查，除就诊病人能检查肺功能外，在藏企事业单位职工也能像了解血压一样了解自己的肺功能。

山南市人民医院呼吸科就诊的病人中，有很多结核菌感染患者，针对结核病诊断，除了检出阳性率极低的结核菌检查外，就没有其他检查项目，做PPD皮试还要去传染科（在5公里以外），一定程度上加重了病人的负担。为了方便患者，同时增加结核病诊断的准确性，我联系了传染科主任并征得她的同意，科室的病人可以直接由我们科的护士来做PPD皮试。我亲自观察测量红晕、硬结大小，同时传授给徒弟们。到我援藏结束时，累计完成肺功能检查300余例，床边肺功能检查20余例，支气管舒张试验50余例，PPD试验100余例。

再次，不懈努力，克服困难，积极普及推广新技术、新项目。我入科后不久，来了一位肺门占位患者，肿瘤不排除，需做气管镜检查，但呼吸内科没有气管镜，经多方打听得知，山南市人民医院ICU有电子支气管镜。当时医院现有的活检钳偏大（配备给胃镜用的），不能进入电子支气管镜活检孔道；呼吸内科护士都没有学习过洗消电子支气管镜，以及不知道如何配合。为解决这一系列的难题，我教一个徒弟学习洗消支气管镜，教另一个徒弟和护士如何配合。经过反复演示和练习，慢慢地我的徒弟也学会了气管镜的部分操作。

在高原上操作气管镜，要充分考虑高原因素影响，这对我们医生来说是个考验，所以每一个环节都要做好充分的准备。患者肺部的肿块已经使气管狭窄了，如果再插入气管镜，有可能会出现呼吸困难，使血氧饱和度下降，无法完成气管镜检查，必须解决缺氧这个难题。给这位肺门占位患者做好相关检查和准备后，在气管镜引导下，将一次性吸痰管插入气管内，通过吸痰管行气道内吹氧。待气管镜探查到这个患者主支气管病变时，再沿吸痰管尾端插入活检钳，用吸痰管代替气管镜的活检孔道，并成功取出组织，病理检查结果显示是鳞状细胞癌。因为没有气管镜工作站，我便自己用Word文档图文制作，成功打印出第一份气管镜报告。截至我援藏结束，累计完成电子支气管镜检查、肺泡灌洗、刷检、活检及镜下给药共20余人次，明确良性和恶性病变10余例。协助儿科、ICU完成气管镜检查两例。

我主动开展了CT引导下肺穿刺活检和B超引导下肺穿刺活检，确诊肺部恶性肿瘤

4例(肺腺癌一例,黏液腺癌一例,肺鳞状细胞癌一例,肺母细胞瘤一例),使山南市人民医院呼吸内科诊疗水平进一步得到提高。

援藏期间,我还完成了山南市指派的保健任务,如雅砻文化节安徽演出代表团演员的保健工作、中央脱贫攻坚专项巡视组为期一周的保健任务和国家卫健委考核评估组为期一周的保健工作,并作为山南市援藏医疗队代表,参加了西藏自治区"1+7"师带徒交流会,完成了医院安排的讲课及县乡医师带教任务。平时和队友们互帮互组,开展周末小厨房活动,和科室藏族同事过林卡节,使皖藏友谊进一步加深。

通过近一年的"一对一"帮带,科室所有医师业务能力均得到了提升,呼吸内科整体的诊疗水平明显提高,圆满完成援藏任务。通过后期多次联系回访得知,科室新开展的项目在后来援藏队员的继续努力下,都有序地进行着。回想到这里我有感而发赋诗一首:

> 不畏艰难赴高原,层峦叠嶂人迹罕。
> 缺氧低压有高反,克服万难把藏援。
> 牢记使命听指挥,非凡精神来鼓舞。
> 一腔热血洒雪域,不遗余力传技艺。
> 誓将藏胞疾苦除,情系雅砻山水间。
> 若能沙漠变绿洲,再援十年又何妨!

作者系安徽省短期援藏医疗技术人才,援藏时任西藏自治区山南市人民医院呼吸内科医生、安徽省滁州市第一人民医院呼吸与危重症医学科二病区科室副主任。

我在西藏进行"虫癌"之战的那些时光

余玲玲

西藏素有"天堂"美称,生活在那里的人们却被人畜共患的寄生虫"包虫"所折磨,其中泡型包虫病患者10年内死亡率近乎百分百,俗称"虫癌",严重威胁高原农牧区群众的生命健康,也是西藏民众因病致贫、因病返贫的重要原因之一。从2016年起,全国17个省份对口支援西藏自治区70个县开展包虫病流行情况调查工作,向有"虫癌"之称的包虫病宣战。2017年7月,我作为安庆血防人,有幸成为安徽省第六批援助西藏包虫病筛查医疗队成员之一,开始了为期两个月的对口支援山南市包虫病筛查工作。

西藏是个美丽而神秘的地方,也是我向往已久的圣地,但当7月17日接到援藏工作通知时,我内心激动的同时,更多的是忐忑。进藏前家人和同事们最关心的是高原反应、饮食习惯、身体状况等,成了大家每天谈论的话题。7月28日,在接受了为期一天的全省对口援藏包虫病筛查工作强化培训后,我和队友们于次日清晨登上了飞机。29日中午,飞机抵达拉萨贡嘎机场时,山南市卫计委张弛主任一行早已在机场大厅等候,并为援藏医疗队队员献上洁白的哈达,当听到藏区领导和同行说"扎西德勒"的那一刻,我此前对高原反应的担忧顿时消失。在乘车去山南的路上,藏区同行和我们有说有笑,热情讲解着西藏的地域特色、人文景观及如何预防高原反应,还特意为大家准备了红景天口服液,双方也就山南市包虫病流行现状展开了第一次热烈的交流与研讨。

援藏,意味着奉献,更意味着挑战。刚下车抵达山南宾馆时我就晕倒了,幸亏张弛主任准备了氧气、速效救心丸等应急物品,队友们紧急施救,我慢慢恢复了意识。突如其来的高原反应让我措手不及,但大家对我的悉心照料和帮助,给了我莫大的鼓舞。我们此次援藏医疗队主要负责山南市错那、措美、洛扎3个县的全人群包虫病筛查工作,在短暂休整后,8月3日医疗队从山南市出发前往错那县,行程约7小时。每年的夏天是西藏的雨季,也是自然灾害多发的季节,车辆越往前行,海拔越高,云层越低,山体植被越少,离雪山越近,真是一条天路啊!下雨了,暴雨夹着风声在耳边呼啸,我们在风雨中前行。有些山体寸草不生,岩石及泥沙松散地裸露着,随时有泥石流及塌方危险,行车时危机重重。一路上都能看见每家房顶飘扬着国旗,让我在边远的藏区深深体会到作为一个中国人的自豪。

在错那县,我第一次近距离接触藏族同胞,他们中不少人穿着漂亮的藏族服饰,他们喜欢微笑,憨厚而热情。我们的筛查对象是2周岁以上的农牧民,筛查任务较重,检查方法以血检和B超为主。作为一名B超医生,我接诊的第一位受检者是一个4岁左右的小男孩,极其乖巧,并没有因为我穿了白大褂和语言不通而害怕,在我的示意下,很配合我的工作,快速地完成了B超检查。村民们中的很多人在做检查之前表情都很凝重,看得出来他们很紧张,担心自己得了包虫病。我告诉他们很健康,他们脸上露出轻松的微笑,总会让我忘记颠簸的盘山公路和高反带来的不适,也更加鼓舞我忘我地工作。晚饭后,我和队友们闲暇时会加入当地村民的广场舞队伍,那是一个手拉手围成的圆形队伍。藏族同胞们热情地拉着我们的手一起跳、一起笑,让我们在千里之外的异乡感受到一种家的温暖。汉藏同胞一家亲,这种情谊不会因为距离的遥远而变淡,反而会随着时间的推移而加深。

结束错那县的工作后,医疗队回到山南市进行区域性的筛查工作汇总和短暂休整,于8月22日奔赴平均海拔4 500米的措美县,在与县相关部门做好沟通、衔接后,8月24日深入牧区开展筛查工作。这一次的盘山公路比之前的更加蜿蜒,有很多连续急转弯,车子一会急刹、一会急起步,队员们坐在车里前倾后仰,胃里更是翻江倒海,经常一下车就恶心呕吐,晕车加上高反,头更晕了,呼吸也更不畅了。每到一处,为了按时完成任务,大家顾不上调整不适的身体,迅速投入工作,经常忙到下午两三点才结束当天的工作。很多次放下手中的超声探头,站起来瞬间有要晕倒的感觉,才发现忘了吃午餐,赶紧捧起手边的餐点补充能量,才免于晕倒。当地卫生人员会在工作之余教我们说一些日常及做超声检查时会用上的藏语,渐渐地我们可以独立开展工作而不用藏语翻译帮忙了。9月是西藏收割青稞的季节,这给我们下乡开展包虫病筛查工作带来一定难度。9月1日是我们在措美县工作的最后一天,这天需要筛查的村民有170余人,一直到晚上八点多还有村民忙完收割赶来做检查。队员们虽然早已饥肠辘辘,但依然耐心认真地做B超,因为我们理解藏族同胞忙于收割的心情,深知他们收割后又赶路的辛苦。结束工作赶回县城早已夜幕降临,藏区天黑的时间在夜里10点多,队员们没有一人抱怨,反而为圆满完成了措美县的包虫病筛查工作深感欣慰。

9月7日下午,医疗队抵达洛扎县。这里邻近不丹国境,路程遥远,车子行驶了7个多小时,途中经过海拔5 500米的地区,包括我在内的很多队友都是靠吸氧坚持下来的。9月9日开展筛查工作,在这里我们有了在学校开展工作的经历。9月10日教师节当天我们来到了洛扎初中,该校有800多名学生,学校规模在当地比较大,一进大门,便看见一条长龙似的学生队伍有序地等候着。这里的师生汉语很流利,使我们工作起来更得心应手,这天超声检查做了400多人次,倍感欣慰的是这里尚未发现一例包虫病阳性。我们在下午一点多完成超声检查工作后,又协助开展血检工作,抽血时学生们表现得很勇敢,即使有点害怕甚至颤抖,也都伸直胳膊不退缩。队员之间配合得越来越默契,虽然大家很累,但疲惫感早在这和谐互助的工作氛围中烟消云散。9月11日清晨,安徽省卫计委领导率队赶到洛扎县慰问援藏医疗队队员,他们与队员们亲切交流,一边吸着氧气,一边关心地询问我们生活工作情况,大家深切体会到省卫计委的重视与关怀,更对圆满完成这次工作充满了信心!

经过2个月的艰苦工作,援藏医疗队于9月25日圆满完成任务。我们的足迹遍及山南市3个县10个乡镇44个村,共完成B超筛查8 777人,发现疑似和确诊病例100多例,除了包虫病之外,还发现了脂肪肝、胆结石、肾结石、肝血管瘤、胰腺病变、前列腺病变、子宫病变等近千例。我们克服了高原反应、山路崎岖、语言不通、生活设施简陋等困难,深入乡村一线,为全人群开展包虫病筛查及健康教育工作,我们敬业的工作状态、出色的工作表现深受藏族同胞赞扬,深受当地同行交口称赞和各级领导一致好评。所到各县,当地政府不仅以哈达致敬,还给予了"真诚援藏,大爱无疆"锦旗及"援藏包虫病防控杰出贡献"等荣誉。

援藏不仅开阔了我的视野、磨炼了我的意志,更净化了我的心灵,让我受益终身,人生因援藏而精彩。

作者系安徽省短期援藏医疗技术人才,援藏时在西藏自治区山南市卫计委包虫病筛查工作队,主要承担山南市包虫病筛查B超检查工作。

情系山南　无悔援藏

贾相洲

2010年7月，我有幸成为安徽省第四批援藏干部中的一员。三年的援藏生活，是我人生中难忘的经历和宝贵的财富，回首往事，历历在目，感触尤深。

勤学善思，在学习实践中寻找援藏的快乐

作为一名援藏干部，我始终牢记"融入藏区，奉献山南"的铮铮誓言，思想上主动融入进去，与当地干部群众拉近距离，积极投入工作，足迹踏遍雅砻大地。在维护稳定的严峻考验中，在促进发展的艰苦实践中，磨炼了意志，锻炼了心智，增长了才干，深化了对国情和边疆少数民族地区工作特点的认识，提高了在复杂环境中处理问题、统筹协调的能力。三年中，我注重向当地干部学习，发扬"老西藏精神"，学习他们坚韧不拔、积极向上、乐观豁达的生活态度。向藏族干部群众学习，了解西藏的历史、文化和民俗风情，与当地藏族群众一起唱藏歌、跳藏舞，和他们结下了深厚的友谊。三年的风雨历程，让我在学习实践中寻找到援藏的快乐，感受到生活的真谛。

真情融入，在为民服务中感受奉献的幸福

进藏以后，我视山南为第二故乡，坚守"身在藏区，心系藏胞"的信念。面对全新的工作和生活环境，迅速转变角色，深入开展调查研究，与当地干部群众打成一片。我先后走访了120多个乡镇和村居，深入基层一线，了解当地经济社会发展情况和群众所思所求所盼，共同磋商发展路径。2013年3月，我在扎囊县开展了为期1个月的督导检查工作，主动帮扶困难群众，为其解决实际困难。在吉汝乡扎西林村调研时，发现该村是扎囊县残疾人口比例最高的村，我们一行拿出身上所有2 890元，慰问了该村最困难的3户残疾家庭，并赶赴县卫生、民政、残联、人社部门，详细了解病情防治情况及残疾人照顾政策落实情况，协调跟踪地区相关部门落实对残疾人的惠民政策。在扎唐镇桑玉村调研时，发现村里存在缺水问题，积极帮助他们争取小型农田水利项目，解决农牧民生产生活用水难题。同时，我也通过实际行动关爱藏族同胞、奉献爱心。三年来，先后为青海玉树地震灾区、甘肃舟曲泥石流灾区、西藏亚东地震灾区和当地困难农牧民捐款5 000多元。

全策全力，在履职尽责中体会人生的价值

被任命为行署副秘书长后，我没把自己当成局外人，而是借助这一新的岗位，为当地多干好事、多做实事，把内地成功的经验、创新的做法、先进的理念带入西藏。经常深入分管联系的部门进行调研指导，帮助他们理工作思路、谋发展对策、解实际困难。参与研究制定了《山南地区工业和信息化发展"十二五"规划》《山南地区工业园区发展总体规划》《山南地区科学技术发展"十二五"规划》等文件。积极参与地区"十二五"规划的编制、雅砻文化大观源文化旅游产业项目的打造等会议讨论，有不少意见被采纳。同时，也倾力做好援藏工作队的管理服务工作，先后参与研究并制定印发了《安徽省第四批援藏干部内部管理规定》《关于做好宣传学习工作的实施意见》和《关于加强援藏项目建设管理的实施意见》。

倾心服务，在促进发展中享受成功的喜悦

项目是造福山南人民的重要载体，也是展示安徽形象的重要平台。我多次组织安排并参加了由地直部门和三县领导主持的专题会议，研究解决项目建设过程中存在的问题。为了确保工程质量、进度和安全生产，先后80余次深入项目工地一线，就援藏项目进展情况进行督查。及时协调地区受援办、财政局、设计院等相关部门和单位，帮助三县协调解决项目实施过程中遇到的立项报批、概算审查、用水用电、资金拨付及竣工验收、审计决算等问题。按照工作队确立的"三年援藏项目两年完成"的工作目标，至2012年年底，我省第四批58个援藏项目全部竣工。

援藏不能只援项目，更重要的是不断加强皖藏沟通，促进交流，努力实现援藏方式由输血到造血的转变，这是援藏干部们的共识和努力方向。我奋力推进皖藏两地合作交流，主动发挥穿针引线、桥梁纽带的作用，协调落实了内地爱心组织赴藏开展的爱心捐助等慈善活动。全力做好"圣地雅砻，藏源山南"旅游推介周活动的有关协调联络工作，先后协助做好在合肥、马鞍山等市举办的5次招商引资推介会，邀请了700多位企业家参加，签订3份合作框架协议。

"有志而来，有为而归。"带着这份承诺，艰苦拼搏，艰辛付出，换来沉甸甸的收获，我用行动诠释了援藏的真正意义。

三年援藏路，一生雪域情。回过头来，细品三年的援藏经历，让我回味无穷，那是一段火热的生活、难忘的岁月。有挫折，但更多的是坚强；有泪水，但更多的是欢笑；有痛苦，但更多的是开心；有付出，但更多的是收获。山南，我的第二故乡，不论我身处何处，心永远在这里，你的和谐安定是我真诚的心愿，你的繁荣昌盛是我永恒的期盼。

作者系安徽省第四批援藏干部,时任西藏自治区山南地区行署副秘书长、安徽省马鞍山市人力资源和社会保障局副局长。

三年援藏寄深情

彭观勤

2016年7月，我响应组织号召，报名参加安徽省第六批援藏工作队，踏上了援藏之路。转眼我结束援藏工作回到家乡已经三年多了，但是随着时间的推移，对西藏的思念却越来越深，援藏往事历历在目，永远抹不去。回忆这段岁月，虽然付出了超常的辛劳和汗水，但我心甘情愿、无怨无悔。

援藏三年，是奉献的三年，也是成长的三年，更是收获的三年。三年里，在皖藏两地党委政府的坚强领导下，在安徽援藏工作队的大力支持下，我始终传承"特别能吃苦、特别能战斗、特别能忍耐、特别能团结、特别能奉献"的"老西藏精神"，坚持"科学援藏、真情援藏、奉献援藏"的理念，发挥自身专业优势，克服困难，积极工作，践行着我的援藏誓言。

援藏三年，我在措美创造了农牧业"三个第一"，实现了措美县农牧业生产零的突破，载入了西藏措美农牧业发展史册，对西藏农牧业发展产生了深远的影响。2019年，我被西藏自治区党委政府授予"优秀援藏干部"称号，被山南市委市政府授予"优秀援藏干部人才"和"2019年山南市民族团结进步模范个人"称号，被措美县委县政府授予"民族团结进步模范"称号，被六安市文明办授予"六安好人"称号，被舒城县文明办授予舒城县首届"道德模范"称号。

援藏期间，我时刻铭记组织的重托，尽心尽力尽责。我的事迹分别被人民网、新华网、中国新闻网、新浪网、今日头条、中央统战部网站、大众网、中国西藏网、山南网、网信措美、舒城视听在线等国内20多家媒体相继宣传。

在措美的三年里，我走基层访农户，手把手指导农牧民开展温室蔬菜生产，让当地居民第一次吃上自产新鲜蔬菜；引品种推技术，建成了山南市乃至西藏自治区第一座高海拔、高寒地区现代农业科技示范园；育人才促交流，为当地农牧业长足发展打下坚实的基础。

发展农牧，实现蔬菜生产零突破

我在措美的工作单位是县农牧局，任农牧局副局长。

援藏期间，我紧紧围绕"百千万工程"，建立起5 400亩的现代农业青稞基地，通过科技投入，实现了每亩增产青稞 50 斤的目标任务。投入 150 万元实施了措美县藏系绵羊繁育与改良项目，帮助当许黑青稞糌粑合作社成功申报山南市科技三项经费项目 28 万元，引导福星种养殖公司申报山南市科技三项经费项目 35 万元。

措美县自然环境恶劣，温差极大，全县无法露地生产蔬菜瓜果，瓜果蔬菜一直靠从内地采购满足当地居民的生活需求，蔬菜价格高，也不新鲜。了解这些情况以后，我主动向县委县政府建言献策，建议大力发展措美本土的设施蔬菜产业。

2017 年，我从舒城县邀请 3 名农业专家进藏指导温室蔬菜生产，专家从内地带来了蔬菜新品种和新技术，开展蔬菜种植技术推广。我们引进蔬菜新品种 30 多个，手把手指导农牧民开展蔬菜种植，温室蔬菜生产取得了成功，措美县城居民第一次吃上自产新鲜蔬菜，实现了措美县蔬菜生产零的突破，不仅价格比外购下降了 40% 以上，而且将蔬菜种植发展成为全县脱贫产业，成功带动了 150 户近 500 人脱贫。

我还争取自治区科技计划项目资金 145 万元，在措美县当许社区增嘎、玉美村、雪热村真巴等地实施温室蔬菜生产技术示范项目，开展高海拔蔬菜栽培技术推广工作，示范带动全县蔬菜产业的发展。

2017 年，在雪热村、当许社区实施"百千万工程"项目 5 400 亩现代青稞基地时，看到当地农牧民群众渴望学习技术但苦于没有一个好的平台，我倡议筹建措美县农牧科技云平台服务站，这个平台极大地方便了向群众宣讲科学种植的知识。

也是在 2017 年，我带领县里的农牧技术骨干，从浪卡子县伦布雪乡购买了 50 只苏格种公羊，在雪热村次马龙组实施绵羊品种改良。品种改良非常成功，却遇到了饲草料不足的问题。这下可急死人了，我思来想去，辗转难眠几夜后，决定采购紫花苜蓿在水源较好、海拔相对低一点的几个村进行试种。功夫不负有心人，当年在乃西乡成功种植了 3 600 亩紫花苜蓿，取得了饲草大丰收，解决了群众的燃眉之急。

争取援助，建成现代农业科技园

刚到措美，我就开始引进多种蔬菜品种在温室大棚种植，并且自己整天待在温室大棚里，手把手教群众种植、施肥、管理。

两年后的 2018 年年底，安徽省六安市安排计划外援藏项目资金 1400 万元，在措美建成了西藏高寒县第一家现代农业科技示范园——六安·措美现代农业科技示范园。我开始思考在园内"种什么、怎么种"，经过两地专家反复论证，在短短的 4 个月时间里，我从内地引进多种园艺作物进行试验示范，最终示范种植了 150 多个品种的精品蔬菜、园艺花卉、水果等，很多品种都是在西藏第一次种植。每一个环节我都亲自动手，带领措美县农牧技术骨干和山南市职业技术学校的 16 名实习生穿梭在示范园里，现场传授种植技术，指导示范种植，经常是一身泥、一身汗、一身的疲惫，但我始终坚守在生产的第一线，有时连续十几天吃住在科技示范园，生怕错过了植物生长的最佳时期。

2019年，我带着措美县农牧综合中心的技术人员多布杰和达娃群宗到内地学习。"内地的技术和工作方式确实比我们先进，我学到了很多。这么多年来，我做梦都没想过在措美县会有一个这么好的跟内地一样的现代农业科技示范园。"从事26年农牧工作的多布杰感慨地说。

如今的六安·措美现代农业科技示范园，瓜果飘香、姹紫嫣红、生机盎然，集农业试验示范推广、新技术培训、休闲观光、产业脱贫等四大功能为一体，成为山南市乃至西藏自治区第一家高海拔现代农业科技示范园。西藏自治区、山南市等各级领导相继前往示范园视察观摩，错那县、隆子县、桑日县等兄弟县主要领导先后率队赴示范园参观学习。

科技攻关，创新牧业发展新高地

2017年，我协调从安徽省科技厅争取科技援藏资金110万元，实施了设施蔬菜、雪菊、绵羊改良等项目。

2018年，我从安徽引进3只澳寒种公羊，在措美县乃西乡具巴村绵羊短期育肥合作社进行藏系绵羊杂交改良试验，配种50只藏系绵羊，成功受孕46只，产羔羊47只，其中一只母羊生产一对双胞胎。

2019年增加配种量，共安排180只基础母羊进行杂交改良，子一代初生羔羊单体重量和体格指标达到当地藏系绵羊20日龄指标，杂交子一代初生羔羊单体重量达4公斤，而当地藏系绵羊初生羔羊单体重量只有2公斤左右。

2019年7月10日，措美县农牧技术骨干现场称重，最大的羔羊三个月龄单体重量达48斤，平均单体重量35.6斤，均龄两个半月；而当地次马龙羔羊四个月龄单体重量只有20余斤。10月份称重，最大的杂交子一代达53公斤，当年出栏约120斤；而当地藏系绵羊需要饲养三年才能出栏，商品羊单体重量只有60~70斤，饲养周期由三年缩短至一年，极大地增加农牧民的养殖效益，这是西藏措美县第一次从内地成功引进澳寒种公羊对藏系绵羊进行杂交改良，杂交改良的效果受到了各级专家、领导的肯定和广大农牧民的赞誉。

情系同胞，谱写藏汉友谊新篇章

在措美，因为长期缺氧、低气压、强辐射，我的身体受到了严重的伤害，血压升高、血红素升高、血尿酸偏高，睡眠也不好，嘴唇、手足干裂，流鼻血，食欲不振，全靠药物维持指标正常。

忘不了山南到措美那崎岖艰险的山路,从山南市 3 550 米海拔出发,一路爬升到海拔 4 898 米的鲁古拉山口,再到海拔 4600 米的哲古草原,然后再爬升到海拔 5 120 米的卡里拉山口,最后再下降到海拔 4 242 米的县城。那一路颠簸,海拔升降、气压变换,让人头晕目眩,有五脏六腑被摔出来的感觉,到了县城就像生了一场大病一样,浑身酸痛无力。

记得有一次我和孙建华书记从措美回山南,我们的车子走到琼结沟(峡谷地段),突遇泥石流,从山上流下来的泥石流堆积在路上,有一人多高。那次总共遇到了六处泥石流,我们的车就这样一处一处地从泥石流土石上翻过去,路下面就是悬崖。假如我们的车正好遇到泥石流,那后果不堪设想,现在回想起来仍然心有余悸⋯⋯

2016 年 7 月 14 日,与我们同机抵达山南的援藏医生赵炬因严重高原反应,颅内夹层动脉瘤突然破裂,被紧急送往西藏自治区人民医院,24 日被专机紧急送回安徽省立医院治疗。虽然国家卫计委调动国内一流专家治疗,仍无力回天,专家评估脑死亡,直至 9 月 29 日捐献器官后,结束平凡而伟大的一生。省委书记李锦斌作出批示,号召全体援藏干部向赵炬同志学习。多年来,赵炬同志的精神一直在鼓舞着我。

在措美,我有两个结对户,格桑拉珍户和加央户。

格桑拉珍家住在乃西乡乃西村,离县城 30 多公里,丈夫精神失常失踪,两个女儿还在上学。加央家住在哲古镇卡珠村,离县城有 110 多公里,丈夫巴珠是残疾人,家里有老母亲和一双正在上学的儿女。

我把结对户当成藏族亲戚,经常去他们家中看望,了解他们的家庭生产生活情况,送去大米、蔬菜、砖茶、食用油等生活必需品。帮助他们制订脱贫致富计划,在村里建设的温室大棚里,为他们分配地块,送去种子等各类生产资料,指导他们种植蔬菜,自给自足。同时指导他们养殖牦牛和绵羊,变输血为造血,实现产业脱贫。

离开西藏时,藏族同胞向我敬献哈达,赠送一套量身定做的藏装。回到内地后,我还经常与结对亲戚保持联系,每年订购结对户家养的牦牛肉等,培训他们营销理念,帮助他们提升生活品质,持续增强民族感情。

不畏艰辛,筑牢维稳工作新防线

作为援藏干部,我必须时刻保持高度的政治敏锐性和警惕性,提高政治站位,增强"四个意识",坚定"四个自信",做到"两个维护"。

在措美的三年里,我始终坚守维稳值班岗位第一线。措美县农牧局维稳值班室条件简陋,没有休息室,我就在局办公室打地铺。没有暖气、空调等取暖设备,就用牛粪取暖。2016 年 9 月 G20 杭州峰会期间,措美县维稳一级戒备,我连续在农牧局值班室带班

12天,因昼夜温差大,夜间受凉导致严重感冒,体温达39.3℃,仍然带病坚守岗位。

每年3月份是高原环境最恶劣,也是高原反应最严重的时候,我晚上通宵达旦值守,白天化解群众矛盾,靠吃药、吸氧维持,从不叫苦叫累,克服一切困难,圆满完成了维稳带班工作任务。

增进融合,做民族交往的使者

三年里,我主动为两地交流交往交融搭建平台。援藏期间,六安市党政代表团先后4批32人次进藏,争取计划外援藏资金2200万元;县级党政代表团6批50人次,争取援藏资金400万元;邀请安徽省、市、县各专家16批135人次进藏指导,涵盖农牧、交通、住建、医疗、教育、旅游等领域,共争取项目资金300万元,有力助推了措美的产业发展。

其间,最难忘的是2018年7月16日,安徽省省长李国英、西藏自治区主席齐扎拉、安徽省委副书记信长星等领导在山南市委市政府主要领导的陪同下视察了我在安徽援藏家园的宿舍,令我备受鼓舞、万分自豪,给我援藏工作增添了无尽的动力。

三年里,我邀请措美县党政代表团、优秀村书记(主任)、优秀农牧实用人才、招商引资团、优秀年轻干部、农牧技术干部等考察团先后10批171人次赴六安考察学习。2017年,措美县民间艺术团一行24人赴六安市四县三区成功开展文化交流和文艺汇演活动,六安、措美两地文艺工作者同台交流演出,拉近了距离,进一步促进了皖藏交流交往交融和民族团结。

援藏三年,收获了太多的美好,温暖着我的人生。藏族同胞的淳朴善良,给了我做人的启迪。措美县委县政府领导对援藏干部在工作生活上无微不至的关怀,给了我无尽的动力。六安市委市政府和舒城县委县政府高度重视援藏工作,给了我家庭生活的关心,解决了我的后顾之忧。

三年里,为了民族团结,我把增进措美群众福祉作为援藏的基本出发点和落脚点,通过自己的努力和实践,让措美群众更好地享受到改革发展的成果,我的付出也得到了措美县农牧民的高度认可。

三年很快就过去了,藏族同胞吃苦耐劳、知恩图报的精神一直深深感染着我。我把措美县乃西乡具巴绵羊短期育肥合作社旦增旺扎临别前向我赠送的"科技扶贫育成好羔羊、真情援藏恋藏汉情长"的锦旗悬挂在办公室的墙上。我忘不了我结对的贫困户阿妈临行前给我赠送的哈达、酥油砖和亲手缝制的藏装,忘不了和我并肩战斗三年的措美县农牧局的同志们临行前送别时那依依不舍的场面。

如今,赶上新时代,踏上新征程,我将倍加珍惜荣誉,继续发扬"老西藏精神"和"大别山精神",服从组织安排,发挥个人专长,不畏艰难险阻,在新的工作岗位上继续开拓进取,奋力拼搏,书写人生新的篇章。

作者系安徽省第六批援藏干部,时任西藏自治区山南市措美县农牧局副局长、安徽省六安市舒城县农业委员会高级农艺师。

雪域高原黄牛情

邬春华

艾青诗曰:"为什么我的眼里常含泪水?因为我对这土地爱得深沉……"我是祁门县畜牧兽医局的一名高级畜牧师。2013年6月29日,我第一次踏上西藏山南的土地,2014年5月12日,我再次来到山南,我魂牵梦萦的地方。

第一次援藏实属偶然。2013年安徽、湖南、湖北3省首次选派专业技术人才短期援藏,每个省选派50人支援山南地区。山南地区需要安徽省选派1名黄牛改良专家。省农委及省畜牧兽医局都特别重视黄牛改良专家的选派。正当他们为物色人选犯难时,恰巧我到省畜牧兽医局办事,省局领导见到我,眼睛一亮,问:"你是高级畜牧师,又是南农大动物遗传育种与繁殖专业的硕士,你是否愿意作为黄牛改良专家去援藏?"我问了一下情况,回答说:"我服从组织安排。"返回祁门后,我向县领导、县委组织部及有关部门报告了情况,得到同意后,报名参加了体检。在临行前几天,我才接到省委组织部批准援藏的通知。因为接到通知就要出发,我匆匆办理了工作移交手续,将照顾父母的事托付给了弟弟和妹妹。

我们乘飞机进藏。从合肥经成都飞拉萨,整个飞行途中,一片片云海奔腾起伏、一座座雪峰熠熠生辉,无比壮丽的奇景,都无法打消我对家人的思念。

一踏上山南的土地,还来不及出去欣赏山南的神奇美景,我就奔赴受援单位——山南地区畜牧兽医总站。黄牛产业是山南的主导产业。我的工作是人工授精、黄牛改良。我一到岗,就着手开展山南地区黄牛改良调研工作。尽管头痛、心悸、失眠等高原反应如影随形,但是忙碌的工作让我将高原反应置诸脑后了。在调研过程中,我和当地干部成了朋友,学会了喝酥油茶、嚼风干肉和吃糌粑,很快适应了高原生活方式,融入了藏族同胞的生活圈子。通过调研,我撰写了《山南地区黄牛改良的现状、问题与对策建议》,提出了推广先进繁殖技术、完善黄牛改良技术路线等一系列对策建议,之后也应邀参加了西藏自治区科协第四届学术年会;修订了《西藏山南地区"十二五"黄牛改良技术推广规划》,完善了"杂交改良与保种选育、冻精配种与横交固定相结合"的黄牛改良技术路线。

黄牛改良需要冻精,冻精保存需要液氮。山南地区唯一的液氮生产车间,仅有2台20世纪80年代购置的制液氮机。设备陈旧,时常维修,液氮产量满足不了需要。为了争取项目支持，我需要编写液氮生产基地建设项目可行性研究报告。为此，我查阅了大量的文献资料，夜以继日，潜心钻研，并向有关设备厂家的专业技术人员求教，当项目可行性研究报告在一个月内如期完成时，我已是鬓白如霜。

在黄牛人工授精技术应用方面，西藏和内地的差距还是挺大的。为了使直肠把握法输精技术得以在山南推广，我先编写了通俗易懂的《黄牛直肠把握法输精技术教程》供培训时采用，然后深入黄牛饲养场和改良站点开展宣传指导。针对黄牛改良点多面广、冻精解冻设备缺乏的实际困难，我利用废弃的兽用疫苗泡沫箱等简单材料组装成简易水浴箱，以水浴法取代手搓法，巧解冻精解冻难题，并建议在缺乏设备或者缺电的地方予以推广。

有人说，出国容易进藏难。西藏常常被人们称为"雪域"，这或许是它成为"禁区"的原因之一。在西藏，大雪纷飞、寒风刺骨，肃杀苍凉，常常令人望而却步。2013年10月30日，雅砻大地披上了银装。乃东县奶源中心有一头母牛发情需要早上配种，饲养员也同意采用直肠把握法输精，为了不错过配种时机，我带上一个新手，顶着凛冽的寒风，冒着纷飞的大雪，骑上电动车去指导配种员输精。这是黄牛直肠把握法授精技术在该地成功实施的第一个案例。为此我的膝关节冻伤了，至今遇冷就隐隐作痛。我启动了该法在山南的推广工作，也留下了关节炎这个终身"纪念"。

那时山南地区引进外来优良品种牛改良当地黄牛已有30多年历史，当地黄牛同荷斯坦牛级进杂交，大多数已经进入第四代，少数已经进入第五代。高代次母牛再继续杂交，其后代不仅没有杂交优势，而且适应性降低，解决高代次母牛配种问题已成当务之急。通过调研，我认为"利用第四代杂交种进行横交固定的时机已经成熟，且迫在眉睫"，此观点得到了山南地区农牧局领导的认可。我受命编制《山南地区黄牛改良横交固定实施方案》。由于现成资料少之又少，我不得不四处奔波，多方查找。为了赶时间，我废寝忘食地整理资料，在半个月的时间内完成了项目草案。为了核实资料，2013年11月15日天还没亮，我就带着项目草案到公路边等候愿意带人的货车赶往拉萨，在市内来来回回找人，傍晚搭乘最后一班客车返回泽当。晚上寒风凛冽，背阴的路面都结冰了，客车摇摇晃晃，乘客寥寥无几，一路颠簸，近十点钟才抵达山南车站。下车后，已找不到交通车了，我用双腿征服了3公里的路程，回到住处后已无力气烧杯开水、做碗稀饭，直接倒头就睡。

为了启动黄牛改良横交固定工作，2014年初山南地区农牧局决定邀请我再来山南。经组织部门安排，2014年5月12日，我作为第二批短期援藏专业技术人才，带着安徽人民的友谊和家乡亲人的牵挂，再次来到西藏山南，继续开展人工授精、黄牛改良工作，开始了第二次技术援藏工作。

遇到急难险重，我挺身而出。2014年5月一进藏，就遇山南地区某县一养殖场出现动物疫情。我不顾高原反应，立即和藏族同胞一道投入防疫灭病工作。深入疫点，调查了解动物发病情况，解剖病死动物，分析病因，预判疫情形势，在第一时间给地、县领导和农牧部门提供决策建议，同时迅速起草疫情应急处置技术方案，深入疫区指导采样送检、隔离扑杀、消毒灭源、追因溯源和紧急免疫等工作。当我的预判结果得到国家参考实验室确证时，我受到了地区行署专员、地区农牧局及县乡领导一致好评，因为领导采纳了我的建议，从容应对，避免了近百万元损失。

我重视理论与实践相结合，在2014年6月5日有100多人参加的黄牛改良技术培训班上，我不仅讲解了理论知识和技术要领，而且在现场播放了精心准备的直肠把握法输精纪录片，在释疑解惑之后，还带参训人员进行了示范实习。

防疫一结束，我就投入黄牛改良横交固定工作中。2014年6月，我先后走访了隆子县的两个乡镇1个奶牛场和5个行政村、乃东县的3个乡镇3个饲养场和6个行政村，整理了隆子县116头母牛的系谱资料，在乃东县寻访了第四代种公牛35头。在统计分析的基础上，提出了第四代种公牛选择利用和选点划区建群等建议。根据调研结果，我着手完善了《山南地区黄牛改良横交固定实施方案》，并送行署分管专员丹增审阅，受到好评。丹增专员指出，"山南黄牛改良横交固定工作是山南乃至西藏畜牧史上一项具有里程碑意义的事业，希望你明年再来山南"。为了争取上级有关部门的支持，我受命编写了《山南地区黄牛改良横交固定可行性研究报告》，并积极做好前期准备工作。

与此同时，我编写了《黄牛母牛发情鉴定技术教程》和《山南地区"三位一体"黄牛改良站点建设规范》，设计了"三位一体"黄牛改良站点建设图纸。2014年8月6日在黄牛改良点上，我向出席西藏农牧科技现场会的代表介绍了"三位一体"黄牛改良站点建设以及农牧技术人才援藏工作情况，请求与会领导和专家对山南地区黄牛改良横交固定项目在立项与实施上给予支持和帮助，受到自治区副主席坚参的夸奖和大会表扬。此时此刻，我再次感觉到西藏需要我，山南需要我，如同藏族同胞需要老黄牛一样。

那时候，孤单寂寞、关节疼痛以及高原缺氧引起的各种不适，对我来说都算不了什么，对亲人的愧疚和思念则时时刺痛我的心。我父亲因脑梗死半身不遂，母亲患癌症，岳父患肺源性心脏病，岳母患颈椎病，妻子患眩晕症，正当他们需要我照顾的时候，我却无能为力。我将思念埋在心底，将愧疚化作力量，最终我以顽强的精神圆满完成了援藏任务。

藏族同胞是重感情的人，尤其重视能为他们干实事的人。西藏山南地区农牧局2013年11月授予我"优秀援藏技术专家"称号，2014年10月授予我"农牧援藏先进个人"称号，并因我的出色表现给祁门县委组织部发送了感谢信。2015年3月安徽省对口支援西藏工作领导小组将"安徽省对口支援西藏先进个人"称号授予我,同样也温暖了我的心。山南地区农牧局2015年、2016年、2017年连续3年都与安徽省农委联系,希望能够协调我继续到山南地区作为黄牛改良专家帮助他们抓黄牛改良横交固定工作。从2015年到2020年,山南地区畜牧兽医总站的格桑加措站长每年都询问我何时能够再到山南给他们帮帮忙,2021年后,便杳无音信了。今年才得知他已于2021年因病去世了。我对2015年后没有能够再去山南给他们提供帮助深表遗憾。西藏的自然条件是恶劣的,给人的身体造成的损害是巨大的,既有明显的,也有潜在的,至今我的后脑勺每天都在隐隐作痛,在夜深人静时尤为剧烈。尽管如此,如果西藏还需要我,且有可能获准成行,那么我也在所不辞。两度援藏行,终身援藏情,我愿用行动诠释老黄牛精神——新时代的援藏精神,一如既往当好人民的老黄牛。

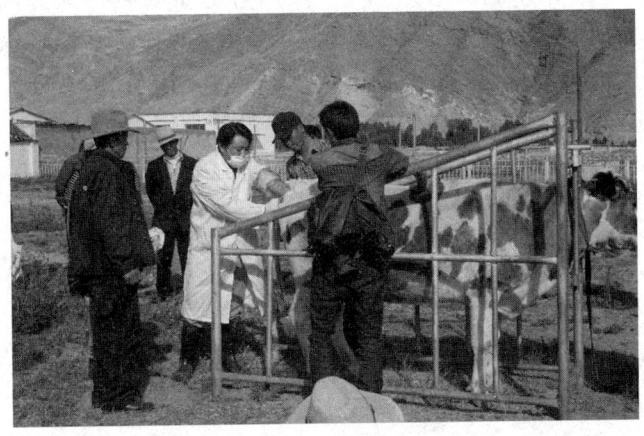

作者系安徽省短期援藏专业技术人才,分别于2013年和2014年两度援藏,时为西藏自治区山南地区畜牧兽医总站人工授精、黄牛改良专家。

云端上的第二故乡

吴晓莉

西藏自治区山南市古称雅砻,地处藏南谷地,属前藏地区,是藏民族起源地和藏文化发祥地,拥有西藏第一座宫殿、第一块农田、第一座寺庙等一大批具有厚重底蕴的历史文化古迹,城区海拔 3 600 米,蓝天纯净,日光灼灼,抬头即见城外连绵高洁的喜马拉雅山脉,而俯首间一脉清凉的雪水蜿蜒流淌,潺潺汇入不远处壮阔的雅鲁藏布江……而这样一块风景优美的"宝地",平均海拔约 4 000 米,海拔最高的乡镇达到 5 373 米,平均氧气含量和大气压仅约为平原的 60%,全市 7.9 万平方公里划分为 12 个县区共分布着 36 万人口,辖区内有 600 公里边境线,和印度、不丹、尼泊尔接壤。可以说是地广人稀,交通不便,气候条件恶劣,地理位置特殊。

2018 年 7 月,我被组织选派来到这里开展为期三年的医疗援藏工作。头痛、心悸、气喘、失眠……缺氧和低气压导致的痛苦感受不仅是对身体素质的一种考验,更是对心理素质的一种挑战。而面临人地两疏的工作和生活环境,作为安徽省医疗人才组团式援藏工作队的领队,同时肩负着市人民医院掌门人的重任,如何在雪域高原带好队伍、尽快融入当地并打开工作局面,好让家乡的领导放心,为家乡的父老争光,是横亘在我面前的又一道艰险的难关。

吃苦不怕苦,困难不畏难。在领导和同事们的帮助下,在"特别能吃苦、特别能战斗、特别能忍耐、特别能团结、特别能奉献"的"老西藏精神"的感召下,我得以在最短的适应时间内迅速调整好身心状态,团结带领来自安徽省各医疗机构精心选派的三批次共 85 名医疗队员们深深植根于广袤的雅砻大地,全身心投入到火热的医疗援藏工作中,用心、用情、用力为广大藏族同胞提供优质的医疗技术与服务。

援藏三年里,虽然身体上承受着缺氧和低气压带来的不可逆的慢性损伤,思想上担负着援建医院团结稳定、高质量发展、疫情防控等几重重任,但是,医学,是一份健康所系,性命相托的职业,为了成为当地百姓心目中最值得信赖的"安吉拉",我和医疗队员们来不得半点懈怠和彷徨,于是我始终用坚守的意志、乐观的精神和忙碌的身影时刻鼓励和感染着身边每一位援藏队员和本地同事。在我们的共同努力下,山南市人民医院学科建设及本地医疗人才培养取得显著成效,医疗综合服务水平得到快速提升,社会美誉度得到进一步提高,为山南医疗卫生事业工作增添了三道亮丽的风景线:

一、围绕急危重症救治能力建设筑牢危重山南"生命线"：成功创建西藏自治区第一个国家级胸痛中心和第一个国家级高级卒中中心，同时着力加强创伤中心、危重妇儿中心建设，使危重疾病抢救成功率大幅上升，医院综合实力得到快速提高，对提高西藏地区人口平均寿命具有重要意义。在2020年全国首次三级公立医院绩效考核监测评估中位列全国第562名，居西藏自治区地市级医院榜首。

二、围绕城乡居民健康管理建设守住山南"健康线"：针对西藏地区高原病易发多发，广大藏区百姓健康管理意识和医疗常识缺乏，尤其西藏是全国地最广人最稀的省（区），我和同事们以新院区建设为抓手，着力打造地市级健康管理中心，通过健康宣教、健康体检及建立居民疾病管理档案等手段积极干预治疗城乡居民"未病"，及时阻断重大疾病发生及发展，对保护山南地区人口宝贵的劳动能力，对健康西藏做出重要贡献。2020年医院荣获"全国人文关怀品牌医院"称号。

三、围绕民族团结进步牵起"连心线"：在我们眼里，医疗人才组团式援藏工作不仅是惠及藏区百姓的"民生工程"，更是联系广大藏区百姓的"民心工程"。为此，工作之余，我和我的队友们总是给自己布置一些"额外工作任务"，经常深入学校、军营、福利院、敬老院及高海拔偏远农牧区等场所为广大农牧民、干群师生、边防官兵开展医疗巡诊、疾病筛查、健康知识讲座等医疗活动，三年里走遍市辖12个县区和600公里边境线，行程逾一万里路，义诊逾一万人，免费发放药品及宣传手册价值11万余元，并对筛查出的病例及时进行有效的医疗跟踪干预，从医疗服务的独特角度为加强民族团结与进步、为治边稳藏贡献力量。我也因此荣幸地获得了"西藏自治区民族团结进步模范个人""西藏自治区脱贫攻坚先进个人""安徽省三八红旗手标兵""全国三八红旗手"等荣誉。

这三年里，我和队友们在工作辛苦、条件艰苦、生活清苦的状态中艰难而又忙碌地一路走来，但回首时却只记得太多温暖感人的片段：错那县的普通牧民的孩子5岁的小白珍是我们先心病筛查项目的获益者，通过筛查确诊后，我们及时制定了医疗救治方案，通过手术治疗，现在的小白珍口唇紫绀明显消失，生长发育明显改善，原先沉闷的性格也变得活泼起来，来我院复诊时总会双手合十弓起小小的身子向医生叔叔阿姨表达谢意。某县宗教界一名颇有名望的高僧，有年冬天因严寒得了感冒，自己用土方久治不愈，最后引发"肺心病"，紧急送往我院就诊，经过我们精心救治后康复出院。由于他年龄大，身体状况差，我们仍放心不下，定期对他进行电话随访或上门复查，询问他的身体状况，提醒他规范服药，适当锻炼与加强营养，顺便也在他身边的僧侣群体中开展医疗咨询和健康宣教，就这样一来二去大家都处成了好朋友。

一名国内某知名媒体的负责人是土生土长的山南人，在近期一次采访任务中来到山南市人民医院，看到医院的巨大变化，他连声惊叹，称和自己印象中的几年前的地区医院完全变了个样子，尤其是能够开展这么多高精尖的疑难重症诊疗技术更是超出了他的想象,他激动地说:"现在的山南人民真是好福气,再也不用奔波到外地去看病啦,在家门口就能享受到内地的优质医疗服务。今后我要给亲朋好友义务宣传你们医院!"

三年,也许只是人生长河中一朵晶莹的浪花,是漫漫人生驿站中一次短暂的停留,可是,这三年却又是那样的刻骨铭心那样的终生难忘。在这段日子里,经历了那样多的艰难困苦,见证了那样多的生死时速,还有体验到了那样多的善良纯朴,感受到了那样多的无私帮助……这三年,也许改变不了我人生的长度,但注定能开阔我人生的宽度,丰富我人生的厚度!

常听援藏前辈们讲"一次援藏行,一世援藏情",当初并不以为然。2021年8月,当我顺利完成了为期三年的医疗援藏任务即将踏上归途的时候,心中竟然交织着两种矛盾的心情:既归心似箭却又恋恋不舍。送行仪式上,透过美丽的鲜花,洁白的哈达,真诚的拥抱,婆婆的泪水,我才恍然明白原来在不知不觉中,我已经成为雪域高原的一员,成了一名西藏人……

如今,我回到了日思夜想的家乡,回到了日夜牵挂的一家老小和亲朋故友们的身旁,而对那片距离三千多公里之外,三千多米之巅的雪域的思念,却从此开启……

真诚祝福我云端之上的第二个故乡,祝福她更加繁荣美丽,更加祥和安宁!

作者系第安徽省第六批援藏干部人才,2018年7月至2021年7月任西藏自治区山南市人民医院党委副书记、院长。

愿为林芝献青春

张奇志

素有"西藏江南""鱼米之乡"美称的林芝地区（今林芝市）是我向往已久的地方。1995年6月下旬，我作为安徽援藏医疗队队员终于踏上了这片神奇的土地。

我们从合肥乘机飞上蓝天时，江淮大地已是热浪翻滚，而到达"世界屋脊"缓步走下飞机后，这里的天空竟是这般和悦、明朗、凉风习习、气候宜人。林芝地区卫生局领导特地从250公里之外的林芝赶到拉萨来迎接我们。按当地习俗，主人为我们献上了象征吉祥如意的哈达。虽是初次相见，却似久别重逢的老友，真诚的问候里融进了浓浓的亲情。

当温暖的阳光直射头顶，我们离开了机场，乘车朝林芝方向驶去。路在如梦的旷野中蜿蜒延伸，一座座隆起的高山宛如一位位饱经风霜的老者，叙说着古老遥远的故事，远处碧水滔滔，如诗如画；高原的蓝天贴近脸颊，朵朵白云在湛蓝的天空中悠然漫步，变幻万千；已经收割过的青稞地里，尽是漫步的牛羊，好奇和惊喜悄悄地揉搓着我的心扉；五彩经幡随风摇曳，诉说历史变迁，祈祷福运隆昌。

汽车在雪域高原上奔驰，主人热情地向我们介绍了风景如画的林芝。林芝地区古称"工布"，语音译为"尼池"，寓意为"太阳宝座"，位于西藏东南部，素有"西藏江南""雪域明珠"等称号，境内居住着藏族、珞巴族、门巴族、汉族等民族。它的面积为11.487万平方公里，平均海拔3 100米，雨量充沛，气候湿润，土地肥沃，物产丰富，是名副其实的"鱼米之乡"，拥有雅鲁藏布大峡谷、南迦巴瓦峰、巴松措等自然景观。雅鲁藏布江在林芝境内由西向东，奔泻而过，青山秀水，美景胜画图。

在林芝的机关、工厂、商店、医院、部队里到处都有我们安徽老乡的身影，多少江淮儿女用勤劳的双手建设着美丽的林芝。我们7位援藏医疗队员到达林芝后，很快投入了工作。我被林芝地区医院聘为总护士长，主要任务是落实护理管理和教学工作。首先建章立制，规范工作流程，把常用制度和流程挂到墙上，护士对照操作，准确掌握，形成习惯。其次每周组织一次集中业务学习和护理查房，把书本知识和护理前瞻新知识传授给当地医院，让护士理解"三分治疗，七分护理"的重要性，完成一整套护理管理体系，在"输血"的同时，也完成了"造血"，为医院今后发展打下良好的基础。我一定要把安徽人民对藏族同胞的一片深情厚谊落实到具体的工作中，愿为林芝献青春。

作者系安徽省援藏医疗队队员,1995年6月至1996年6月援藏,时任西藏自治区林芝地区医院总护士长。

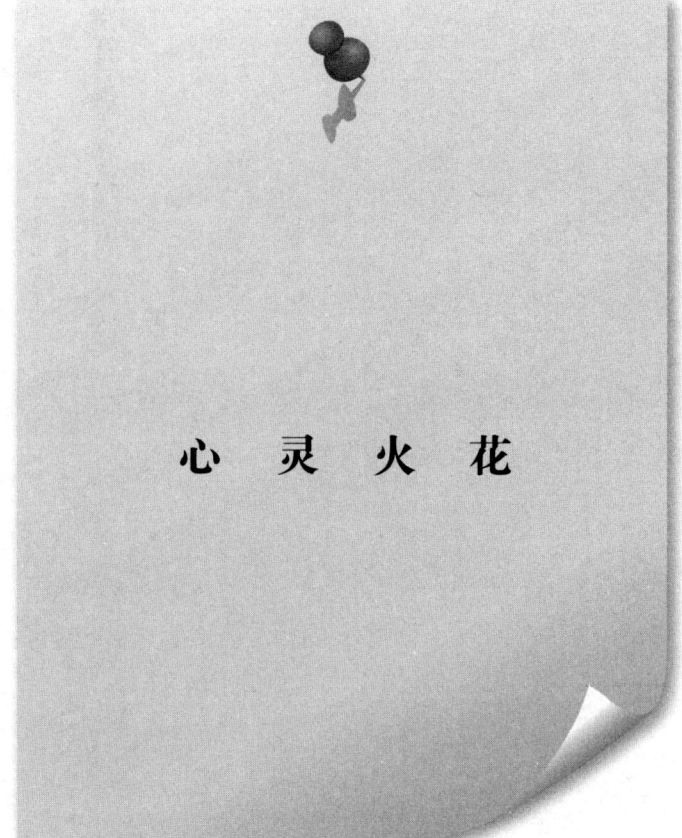

心灵火花

山之南　梦之源
——献给义务献血（一起战斗）的援友

汪华东

一步一步
呼吸着忠诚的信仰
雅江之畔藏之源
中印边境山之南
我走向你
没有什么可以阻挡

一米一米
攀登在皖藏一家亲的路上
有些高度
到过就不会遗忘
有些历程
半是艰苦半是花香
有些成长
努力扎根不负梦想
途中，我们有最丰盈的行囊

一杯一杯
伴着老阿妈手酿的青稞尼腔
和着雪域蓝天下的五彩经幡
舞着熊熊篝火旁的热情锅庄
听惯了黄梅飘香
也高歌一曲雪莲嘹亮

一滴一滴
汇成了一股红色暖流
就让我们的热血留在这里
托付它融进这片土地

这是红色基因
更是我们一代一代援藏儿郎
精神的传唱

作者系安徽省第七批援藏工作队领队，时任西藏自治区山南市委副书记、常务副市长，安徽省芜湖市委常委、政法委书记。

诗词四首

郑 重

蝶恋花·中华世纪坛甬道行
——中央第七次西藏工作座谈会召开之际在京有感

兰月熏风京府美。
云淡天高,信步登坛跬。
甬道千年旋日晷。
浮沉荣辱常思悔。
两战打赢佳绩累。
不忘初心,圣火相传委。
何惧波谲云又诡。
复兴精意植心髓。

蝶恋花·在藏思皖忧国
——在拉萨惊闻合肥日降水破极值

七月流金西藏妙。
万里晴空,心系庐州涝。
夜宿禄康宗角晓。
灵禽家畜相无扰。
苍狗白云堪悟道。
沧海桑田,林卡锅庄蹈。
君莫道时光静好。
前行负重家国葆。

七律·赴西藏山南
——写在西藏和平解放七十周年之际

开局进藏话新篇,雨雪霏霏只等闲。
无际青稞翻翠浪,高寒蔬果满郊园。
曲登户户经民宿,哲古家家通冷泉。
三大民生今渐进,山南区县换人间。

七律·进九夜观藏胞来皖文演
——记雅砻文化节安徽会场汉藏同台

古言冬至大如年,文艺汇融开盛筵。
庐剧黄梅腔婉转,阿嘎谐庆舞翩跹。
青衣水袖临风妩,虎带鸟冠击鼓虔。
汉藏齐心同所愿,中华同梦谱新篇。

作者系安徽省对口支援办工作人员。

站在世界之巅

黄庆华

西藏的风景独特,我在世界之巅
白云在我耳边倾诉
雪山在我脚下环绕
翱翔的雄鹰在召唤:
你要搏击长空,翱翔蓝天

辛勤的海螺人
他们披星戴月,不分昼夜
他们扎根高原,勇当先锋
辛勤的海螺人
他们的心灵烙上红色,担负精准扶贫职责
他们的青春留下汗水,带走荒凉留下繁华

美丽的八宿海螺
你在雪域高原
你在世界之巅
肩负着西部大开发的中国梦
承载了世界水泥看中国、中国水泥看海螺的荣耀
不辱使命!
砥砺前行!

作者系安徽海螺集团派驻西藏八宿海螺水泥有限责任公司工作人员。

因为援藏

吴立新

因为援藏，
我从神圣的向往，到真切的融入，
你从理性的认知，到炽烈的热爱，
他从曾经的渴望，到永久的眷恋。
因为援藏，
我感悟了"老西藏精神"的深刻内涵，
你秉承了"援藏精神"的全部精髓，
他秉持了"有志而来，有为而归"的崇高理念。
因为援藏，
我体味了缺氧的痛苦，但更有拥抱"第三极"的快乐，
你经历了高寒的考验，但更有战胜艰难困苦的微笑，
他忍受了思乡的孤寂，但更有播撒无疆之爱的欣慰。
因为援藏，
我品尝青稞酒，被邀共舞锅庄，
你畅饮酥油茶，仿佛这儿就是家乡，
他捧起甜奶渣，和藏族同胞拉起家常。
因为援藏，
我拓展领域抓项目，展现了风采，
你走村串户搞服务，倾注了真情，
他结对帮扶送温暖，诠释了奉献。
因为援藏，
我聆听奔腾的雅江，丰富了人生，
你挑战巍峨的珠峰，磨砺了意志，
他驰骋辽阔的草原，体现了价值。
因为援藏，

我更加充实——经历援藏,终生难忘;
你更加骄傲——能够援藏,光荣自豪;
他更加高尚——选择援藏,无怨无悔。
因为援藏,
　　我们有了三年的辉煌,
　　我们有了终生的记忆,
　　我们有了永远的骄傲!

作者系安徽省合肥市肥东县人大常委会党组书记、主任,时任西藏自治区山南地区错那县委常委、副县长。

羊卓雍措

夏远生

无数次
我徜徉在你的怀抱
默默地感受了
春的荡漾
夏的湛蓝
秋的恬静
冬的纯洁

群山在你的周围
鸟岛在你的深处
牛羊在你的左右
皮榷在你的湖面
甘洌的圣水从天而降
一道美丽的彩虹划过
清风朗月
白云千秋

岗巴拉为你站岗
宁金抗沙为你守望
桑顶寺为你祈福
珠穆朗玛
为你耸起巍峨的脊梁

鱼儿在嬉游
鸟儿在欢唱

云朵在抚摸
雪山在闪光
你,像一个情窦初开的少女
婀娜多姿
你,是一位风华绝代的圣母
慈祥善良
你让身边人如此坚强
你让朝圣者如此向往

你的美轮美奂
无数游客
为你倾倒
万千相机
为你聚焦

氆氇　哈达
干酥　糌粑
老阿爸的转经筒
老阿妈的切玛
悠闲
凝望

雄鹰　藏獒
果谐　锅庄
藏羚羊是你的儿女
格桑花是你的嫁妆
情深之处
泪盈双眸

啊,羊卓雍措
我心中的圣湖
一个梦想

一个天堂
永远的羊湖
永远的希望

作者系安徽省第四批援藏干部，全国援藏先进个人，时任西藏自治区山南地区浪卡子县委常委、副县长。

来或不来，您就在那里

詹海侠

曾经我对您
是那么向往
那么眷恋
眷恋您
伟岸的大山
水洗的蓝天
向往您
魔幻的云朵
猫眼绿的湖水
高海拔上的小花

如今我来了
看到了真实的您
变幻莫测的天气
一会儿
还是蓝天高悬
再过会儿
就是锅底黑的乌云压下
一会
是宁静安详
再一会
是狂风四起
吓得姑娘惊叫不已

我们措美的山

从我来到我走
几乎都是枯黄的草
不过山上
倒是有许多奇形怪状的鹅卵石

可纵然如此
我还是来了
带着
一颗赤子之心
带着爱
带着欢喜
来了

我
喜欢您的跌宕起伏
喜欢您的绵延不断
喜欢您的神秘文化
喜欢姑娘们小伙儿们的坦然
喜欢那儿的锅庄舞
喜欢那儿的歌的旋律
喜欢问山的那边是什么

我一边欣赏您的美
满足我内心的渴望
一边发誓要去帮助您
完善您的不完美

看吧
我知道您会在
我们无数人的努力下
变得美得不需任何粉饰

如今
我离开了
我不悲伤
因为我知道无论如何
您就在那里
等我

作者系安徽省2019年短期援藏专业技术人员,时任西藏自治区山南市措美县人民医院护士长、安徽理工大学第一附属医院(淮南市第一人民医院)护士长。

援藏有感

史图龙

半分忐忑,半分期待
我来到了,这片祖国西南的圣土;
半分煎熬,半分坚持
我适应了,这片低氧高海拔的环境;
半分理解,半分坦诚
我认识了,这片边陲县城里可爱的朋友;
半分担忧,半分自信
我接诊了,这片土地上纯朴善良却受疾病困扰的百姓;
半分犹豫,半分执着
我开展了,这所医院首例脊柱骨折及其他骨科的手术;
半分害怕,半分憧憬
我出发了,这片让人痴迷的鬼斧神工的自然美景;
半分伤感,半分期盼
我将离开了,这片挥洒我半载青春的土地,和阔别半年的家人相聚。
再见了,洛扎
心中不舍却到了离别的季节;
再见了,洛扎
这片让我梦中时时怀念的地方。

作者系安徽省第七批短期援藏专业技术人员,时任西藏自治区山南市洛扎县人民医院主治医师、安徽省黄山市人民医院主治医师。

致女儿的一封信

刘俊龙

亲爱的女儿：

你好！

不知不觉，爸爸援藏已经有五个多月了，爸爸从来没有离开你这么久，爸爸想你了！

亲爱的女儿，请原谅这段时间爸爸暂时缺席在你的成长路上。爸爸知道此时应该陪在你身边，分享你的快乐，分担你的难过，可爸爸是一名共产党员，是一名科研工作者，我必须在祖国边陲最需要支援的时候、在国家最需要我出征的时候勇敢站出来，为国家的建设事业作出贡献。

亲爱的女儿，爸爸在这边工作一切都好，请你和妈妈放心。在这里，有世界上最湛蓝的天，最洁白的云，最纯净的湖和最淳朴的人。记得刚到这里时，爸爸曾因高原反应彻夜失眠，氧气稀薄、头痛失眠成了爸爸援藏以来最难适应的事，很多时候爸爸都担心这样下去会有不好的结果。援藏就意味着吃苦，援藏就意味着奉献。坚持，坚持，再坚持，爸爸想尽一切办法克服生活中的困难，时常给自己加油、鼓劲，努力适应艰苦的环境。每天开始工作时，各种痛苦和烦恼都被抛在了脑后。爸爸想，这是一种独有的精神在不断鼓励着我，那就是"特别能吃苦、特别能战斗、特别能忍耐、特别能团结、特别能奉献"的"老西藏精神"。也是习爷爷的讲话不断激励着爸爸：在高原上工作，最稀缺的是氧气，最宝贵的是精神。"艰苦不怕吃苦，缺氧不缺精神"这就是那些和爸爸一起援藏的干部常说的一句话。爸爸深信它的力量源泉来自对党的忠诚，对事业、对人民的热爱，对责任的担当、对人生坚不可摧的理想信念。生活再艰苦爸爸都能挺过，条件再差也难不倒爸爸。

亲爱的女儿，你是一个聪明、漂亮、勇敢的孩子，同时你为人善良、慷慨，待人友爱。你喜欢把好的东西拿出来和大家一起分享。你虽然还小，却懂得很多。爸爸希望和你一起永远把这份爱他人之心传递下去，一辈子做个好人。

亲爱的女儿，你是一个懂得坚持的孩子。你喜欢跳舞、喜欢运动。你从小就开始跳舞，一直坚持到现在。无论风雨、生病，哪怕是身体受了伤，你都会坚持去上舞蹈课，也都会每天坚持练习。因为，这是你想做的事，你会把它做好，会一直坚持做下去，爸爸希望你也能把这种坚持和不放弃的精神用到学习上，做一个更加优秀的孩子。其实，爸爸想告诉你，学习也是一件非常有意义并且很有趣的事情：当你来到校园，见到那么多和蔼可亲的老师、热情友善的同学时，你就会感受到大家庭的温暖与关怀；当你做完作业或是突然做出一道很难的数学题时，你会感受到无比的轻松与喜悦；教室里琅琅书声、悠扬的歌声，操场上的欢呼声都是你生活、学习中最值得拥有、最有意义的一切。

亲爱的女儿，每个人都有责任。在国家和社会需要你的时候，只有拥有坚实的科学文化知识和真实本领的人，才能有机会站出来，为国家出一份力。也只有国家变得更好，我们的生活才会更加幸福。同时，爸爸也想给你做个榜样，不管是学习还是生活，任何时候都不能停止奋斗和努力，要时刻保持积极向上、充满力量、永不放弃的精神，做一个更自信、更坚强的女孩。

亲爱的女儿，短短的信，怎么也道不尽爸爸对你的思念之情。如果你想爸爸了，有什么心事，随时给爸爸打电话、写信、发视频……

亲爱的女儿，你永远是爸爸心头放不下的那份牵挂，爸爸也永远是那个能逗你笑、能把你扛在肩上的爸爸。

祝身体健康！学业进步！

最爱你的爸爸
2020 年 10 月 1 日深夜于西藏山南

作者系安徽省林业局第八批援藏队员，时为安徽省林业局副研究员、西藏自治区山南市林业和草原局生态修复科和市中心苗圃负责人。

跑着跑着就长大了

次仁措姆

我很喜欢一句话：跑起来就会有风。是啊，我跑过操场田野，跑过夕阳朝霞，跑过春夏秋冬，我在奔跑中慢慢长大。

从西藏山南到安徽合肥，横跨4 000公里的时空，我和阿爸阿妈仰望的星空也各有不同吧。虽然来这边已经快三年了，各方面都已经习惯，可我还是想念那蔚蓝到触手可及的天空。当然，我还要学习文化知识、训练身体素质，我要珍惜当下的时光，好好努力。

记得刚来时的我还很瘦弱，因为水土不服很长一段时间内身体机能很差，教练发现后一直盯着我吃饭休息，跟我讲运动员饮食和营养搭配的重要性，并教我怎么搭配自己的饮食。就这样过了几个月，我才慢慢恢复，从刚开始跑几圈就发飘到越来越能跑。因为接触体育的时间比较短，在山南体校那边练习得比较基础，来这边有很多体能训练的技术搞不懂，师哥师姐们会很耐心地一遍遍教我，可我一紧张就会忘，一个很简单的摇摆壶铃都学了好几堂课，有时我自己都被自己笨到了。俯卧撑和引体向上是我最害怕的，看着他们一个个标准又轻松的动作以为很简单，轮到自己刚往下放就起不来了，师哥说我像是被吊起来似的，差距真的太大了。只有深蹲和卧推我还能勉强做得有点模样，所以教练经常给我上小课，看着我加练这些体能训练项目。"核心收紧！""哪里是核心我不知道啊？""就是腰背臀腹！"教练一边告诉我发力部位一边用教鞭指给我看，略带颤抖的身躯努力又笨拙地做出体能训练动作来，汗水也慢慢渗透了我的衣服。"加油，再来三个，再坚持一下！三，二，一！""好了，结束后慢跑一会然后记得拉伸。"一天艰辛的训练课终于结束了，拖着些许疲惫的身体慢跑，心里却感觉很充实轻松，这大概就是运动带来的愉快吧。

就这样，早晨上课、下午训练这样简单略带枯燥的生活持续了两三年。在这些日子里，我认识了很多朋友、同学。我们会在休息时一起聊天，周末时一起出去玩，他们带我认识这边的公园景点和热闹的街道，我会跟他们讲美丽又神秘的西藏。同学们带我到逍遥津看玉带桥和玩大象滑滑梯，还有刺激的大摆锤和海盗船。当机器运转起来我们摇摆到法桐树梢时，身体里肾上腺素飙升的感觉真的是令人紧张又刺激，直到摇摆幅度越来越小时大家才渐渐平稳下来，结束后走路小腿依旧有点发抖，这可真是难忘的经历。大象滑滑梯作为逍遥津有名的"打卡点",已经存在了几十年,等待的队伍可比象鼻子长多了。还有美丽的玉带桥连接着湖中间的小岛,远远望去那波光粼粼的湖面真像是一位美女腰间束着嵌了颗颗宝石的玉腰带,让人在这座现代化城市里感受到温柔美丽。

课间休息时,同学们总会问我一些奇怪的问题:"听说拉萨的墙是用奶酪糊起来的,那我去了是不是就不用带吃的啦?""那是当地居民和朝圣的人在墙上泼的奶酪和白糖,抠一块尝尝也没人管你,可也不能当饭吃啊,而且我们当地的奶酪味道很重的,你也吃不下太多。""你家有没有大藏獒啊?""我家没有,多吉家有,刚好听说最近下崽了,你想要可以去问问他。"看着他们双眼放光直奔多吉去,我猜多吉待会不好解释了。老师对我俩很照顾,知道我俩学习成绩不是很好,就安排我们和成绩好一些的同学同桌,课后同学会给我俩讲解没画全的知识点和没听懂的地方。有一次我生病了没去上课,同桌还在我的课本上记好笔记,看着认真的字迹心里暖暖的,太幸运有那么好的同桌。我暗下决心要更加认真听讲,把落下的功课补回来,不让她失望。下午的训练耽误了我很多功课,没办法只能自己在网上找教学视频,一边看一边把不会的地方记录下来,等第二天到学校再问我的同桌"小老师"。虽然我成绩一直都不太理想,但是老师同学们没有因此区别对待,对我俩依旧那么好,这也让我更加坚定了要努力学习的决心。

因为在队里年龄最小,所以师哥师姐们处处照顾我。但有时候过度保护并不是好事,在大家面前我会很放松很活泼,一遇到陌生人就像是变了一个人,不会说话且浑身不自在,不过经历了上次军训后,我彻底改掉了这个毛病。

国庆假期结束后,我们被集中安排到水上训练基地进行为期六周的军训。之前有过军训经历,所以起初也没有特别紧张,但是教官突然给我安排了连队值班员的职务,这让我有些不知所措。先不说我们这次军训人员多,一个连队就有五六十人,而且还有很多都是我不熟悉甚至从来没见过的,一想到这我心里立马打起了退堂鼓。休息时我赶紧找到教官想推辞掉这个职务,可是被教官一口回绝了,一点商量的余地都没有。这可怎么办啊!值班员的任务是辅助教官完成训练任务,结果第一天我就出了洋相。在早操结束后汇报人数时,我太紧张导致说话磕磕巴巴,大家哄堂大笑,我立马羞愧地低下了头,余光瞥见连长都在憋笑,当时恨不得找个地缝钻进去。这时总教官喝令道:"有什么好笑的,谁都会有紧张的时候,但这不能成为你们嘲笑她的理由,各连队整队带回!"后面私下教官找到我教我那些军训口令,并告诉我这些是军人的职责任务,所以要感到光荣而不是害羞。慢慢地我摆脱了羞涩的模样,逐渐有了转变,跟教官之间的配合也越来越默契,各种口令也喊得越来越中气十足。大家都说我跟变了个人似的,我想有时候长大可能就在一瞬间吧。

2022年上半年,我们来到了足球训练基地集训,这里有翠绿辽阔的田野,波光粼粼的水塘,一望无际的荷花园。清晨我们踏着露珠奔跑在草地上,阳光洒在伙伴们的身体上映出金灿灿的光芒,我们就像这初升的阳光,充满了朝气与希望,将活力挥洒在这片大地上。周末我和师姐去田埂边的桑树下摘桑葚吃,酸酸甜甜味道很好,就是吃完舌头会黑黑的。师哥他们会去河边钓鱼,我喜欢在一旁看着略带涟漪的水面,不时有习习凉风吹过,让人舒服得直犯困。下午我们在健身房里挥汗如雨,酸痛的肌肉,急促的喘息声,这都是为了让自己变得更加强壮。每个月一次的体能测试我都会认真记录自己的各项数据,然后查漏补缺,力争在下次的测试中拿到更好的成绩。

感谢生命中遇到的那么多人,给予我不同的经历与感受,如同细雨朝阳滋润着花朵成长。未来的日子里,我会好好珍惜时间,和大家一起完成各自的目标与梦想,我不会忘记那段奔跑的记忆,它会像一盏灯照亮我前进的路。

作者系在安徽省体育局学习训练的西藏山南学员。

我的成长之路

赤列多吉

2019年11月19日,我从西藏来到安徽省田径游泳运动管理中心。不知不觉我来安徽已经三年多了,妈妈说我长高了很多,爸爸说我变成熟了一点,山南的教练说我跑快了不少。是啊,这几年的变化确实很大,我遇到了许许多多的人,经历了很多很多的事情,这些成长经历就像风和雨、阳光和露水滋润着我这棵小树苗茁壮成长。

在队里的生活简单且充实。早上六点半起床洗漱后,美姐送我和措姆去学校上课,上午的课程结束后接我们回体委食堂吃饭。午休结束后跟师哥师姐们一起训练,我俩大多都是慢跑和身体素质的训练。起初我谁都跟不上,看着师哥师姐他们跑得又快又远,我心里很着急,从小走山路导致脚着地时都是习惯偏着的,一下子跑多了就会脚底疼,跑起来一瘸一拐的,教练安慰我说:"你要慢慢来,不积小流无以至江海,不积跬步无以至千里,一天多半圈,一个月下来就可以跑六公里了。"每天就增加那么点真的可以吗?半疑半信下我开始了教练安排的训练,果然脚底不再疼痛,我也跑得越来越快,我开心极了。

2021年下半年,学校里要选拔运动员参加安徽省田径传统项目学校比赛,所以学校里组织了一次校运会作为选拔赛,我心里痒痒的,练了那么久,也很想看看自己现在到底是什么水平。我跟教练说明想法后,教练说:"以你现在的能力参加选拔赛肯定没问题,但是你要根据自己的特长来选择参赛项目,你的优点是耐力,所以距离越长对你越有优势。"在教练的建议下,我报了800米和1 500米,后面还针对比赛的项目特点制订了专属的训练计划。400米和1 000米的间歇跑刺激心肺功能,每一个练习结束后我都得大口喘气,酸麻的大腿刺激着脑神经。我快撑不住的时候,是教练和队友们的鼓励使我坚持了下来。

艰苦的训练使我顺利地通过了选拔赛。运动会中,能代表自己班级参加比赛,我心里既激动又紧张。临近出发的时候师哥借了我一双钉鞋,让我不要太紧张,就当是训练一样,放开了跑就行。我带着大家的勉励跟同学们出发了。最终的成绩定格在1 500米第一名,800米第二名,400米第三名,虽然略有遗憾但是也对得起自己这段时间的付出,我顺利地成为学校传统项目比赛的参赛运动员,教练也挺满意的。

心灵火花

　　距离省中学生田径传统项目比赛还有十几天时,教练让我报3 000米和1 500米这两个项目,教练跟我讲距离越长,对我来说越有优势。这次的比赛地点在淮南市,因为我们代表学校参加比赛,所以我觉得很荣幸和开心。对我来说,这场比赛很重要,因为这有可能是我代表合肥市四十二中的最后一场比赛,所以我要认真对待。比赛前我们坐着学校的大巴去淮南比赛,临近出发时教练来送我和措姆,教练特地嘱咐我们要注意安全,比赛时候不用紧张。跟教练告别以后,我们就开始出发了。最终的名次成绩出来了,没有我理想中的那么好,3 000米拿了第四名,1 500米拿了第六名,还有4×400米接力赛拿了第三名。虽然我们学校只拿到了第四名,但是我们都尽力了,我们都努力了。我们的张老师也很开心。在这次比赛中,我收获很多,也交到很多朋友。比完回来以后,我又回到正常学习和训练生活中。虽然重复着简单平凡,但也有许多小趣味:体能教练带我们学习新的功能性训练动作,大家笨手笨脚,做得歪歪扭扭的;下午慢跑结束后大家一起在草地上做游戏、踢足球、抛实心球。我最喜欢踢足球了,因为以前在山南的时候我参加过足球队,盘带颠球射门这些基本功都练过,所以踢球的时候师哥师姐都争着让我加入,让我有点不好意思了。

　　枝头的树叶渐渐染上些许淡黄,微风也带着一丝丝凉意。听说过几天我们要去军训了,我则一脸茫然,我要训练哪些内容,要练多久呢?带着一大堆问号和行李坐上了前往水上训练基地的大巴,车子从喧嚣热闹的城市逐渐驶上幽静冷清的湖边公路,心里对此行充满期待。刚到地方大家陆陆续续下车时,一声哨响引起我们的注意,一个穿着迷彩制服的教官冲我们喊道:"我给你们半个小时的时间找各自房间放置行李,然后到操场集合,迟到的人没有晚饭!"大家立马手忙脚乱地拖着行李箱奔向两栋住宿楼。集合完毕后我们分成四个连队,副总教官在前面交代这次军训的内容,有两三个教官则去我们的宿舍楼,不一会回来通报了房间检查结果,大部分都比较乱,就极个别的被表扬了。大家都很吃惊,没想到这么短的时间还要检查内务卫生,看来以后要格外注意了。虽然这不是我第一次参加军训,但这是最严格的一次军训,大家每天早上6点起床,然后出操跑步,结束后整理内务再整队吃早饭,除了早饭其余饭点还要比唱军歌,后面还通过游戏、竞赛来决定哪个连队优先进食堂吃饭。早饭过后就开始了紧张的军训,队列训练、分解式训练,还有各种军体拳、匕首操、军棍操等,所以15分钟的休息时间显得格外珍贵,中午休息半个小时就要起来继续训练,到5点左右还要进行各自的体能训练,一直持续到临近晚餐才会结束。到了晚上我们集体观看《新闻联播》,或者叠被子、学习手语操、观看红色电影等,等到完全结束躺在床上已经快11点了。每天过得那么充实,让我的睡眠质量提高了很多。令人印象最深刻的还是结束那天的会操结营仪式,没想到大家在正式场合能配合得那么好,整齐划一的队列动作和威武雄壮的口号,虎虎生威的操练阵型令人不得不动容。这些天大家虽然有很多抱怨的话,但是训练的任务都完成了,会操结果也不错,可见大家的变化是巨大的,而我在这次军训里也学会了如何团结队友,更好地和大家相处。

  新年假期结束后,我从家乡回到体委,领队通知说大家要搬到省体校,所以我也不能在四十二中上学了。我知道消息后心情有些低落,虽然跟老师、同学们相处的时间不是很长,但是我真的舍不得,到学校后我便跟老师们同学们一一道别,大家都安慰我不要难过,有机会常回来看看,好朋友也都鼓励我让我继续努力训练,我用力地对大家点了点头。

  我们搬到新宿舍了,安徽省田径游泳运动管理中心对我们西藏来的四个小孩特别地照顾,本来新宿舍是试训以上的运动员才能住,但是中心让我们西藏来的四个小孩也跟他们一起住新宿舍。几天后我们来丰乐训练了,后来由于疫情原因不能比赛,也不能出去,中心安排了一个月一次的体能测试,第一个月的体能测试我只拿到了72分,平板支撑3分半我就不行了,侧桥支撑3分40秒左右我实在撑不下去了,还有引体向上和卧推都很差,最后加起来只有72分。后来,我在心里定了一个小目标:下个月我肯定要拿到个85分左右。在这一个月里,我一直在努力地练体能,每天除了自己的项目还要加入这些内容,等到第二个月的测试我进步了很多,平板支撑从以前的3分钟到现在的6分钟,左侧桥和右侧桥从以前的3分40秒,到现在的5分钟,引体向上从以前的6个到现在的18个,卧推从68公斤到现在的74公斤。手掌上都是茧,虽然很疼,但是很高兴我上个月给自己定的小目标达到了!这个月拿到了92分,虽然还有几个项目丢分,但是下个月我会继续努力的!

  岁月荏苒,时光飞逝,我和措姆一块过来的这几年,有时候难免会想家,特别是节假日时万家灯火让我有一种独在异乡的感觉。有时候我会给家里打电话,问问阿妈最近的酥油茶是不是做得像以前一样香,有没有做青稞糌粑和奶酪干。有时候我会翻看一下以前的相册:刚来时的合影留念,我和措姆都很羞涩稚嫩;训练时教练拍下的我们认真且坚毅的神情;杰哥美姐还有爷爷奶奶他们送我俩上学的趣事留影;赛场上我们迎风奔跑的飒爽英姿……

  这些美好的回忆都让我不再觉得孤单,继续迎接明天的生活,希望未来我们能越跑越快,越跑越远!

心灵火花

作者系在安徽省体育局学习训练的西藏山南学员。

措美一日

汪红纲

三月的西藏,白雪皑皑,千里冰封,春的脚步似乎姗姗来迟,我们援藏干部此时早已返回受援单位,默默坚守在各自的工作岗位。

按照工作安排,我们黄山、芜湖第四批全体援藏干部将随领队——县委书记熊言松以及相关单位负责人一道到哲古镇和乃西乡慰问自治区"强基惠民"驻村工作组的同志。早上八点大家准时在县委县政府大院门口集合后就出发了。从县城到哲古镇翻越的第一个山口就是卡里拉山口,海拔5 130米,山口终年风力很大,气候恶劣。我们乘坐的越野车在盘旋的公路上行驶,随着海拔的升高,路上的积雪越来越厚,车辆不得不放慢了速度,光线也越来越刺眼,大家都纷纷戴上了墨镜防止"雪盲"。这条通往县城的柏油路有的地方出现了塌陷,所以汽车还得小心翼翼地行驶,走了近一个小时,我们的车队终于到达了山口的顶端,这时车内温度计显示室外温度零下15 ℃。大家不禁倒吸了一口凉气,下来活动一下的念头顿时被打消了。于是继续前行,我们的目的地是哲古镇,这是一片广阔的草原,平均海拔4 600米。镇政府驻地是西藏自治区最大的牧民定居点,有2 000多人口。渐渐映入我们眼帘的是蓝天白云下成群的牦牛和整片的羊群,煞是壮观。牦牛是高原之宝,即使是海拔高的地方它依旧能生存,与南极的企鹅、北极的北极熊并称世界三大没有受污染的动物。不知不觉我们就来到哲古镇的宗宗村,这里紧靠著名的哲古湖,有着优越的草场资源,人均占有草场1 000亩左右,可以想象这里的牦牛和绵羊的数量之多。工作组就住在村委会,他们是自治区工商局下派来的,共四人,大家都自带了生活用具、办公设备以及制氧机等。我们一行到了以后马上卸下慰问品。在随后的座谈交流中了解到即使是在西藏土生土长的他们来到海拔这么高的地方也非常难适应,有的人神情恍惚,有的人整夜处于失眠状态,有的人血压始终处于高位。他们状态还不错,虽然来了不到半个月,但已经深入农户家开展调研摸底,拿到了第一手资料,正在编制项目。想到他们还要在这工作一年才能与下批干部轮换,不禁使在座的一行人产生敬意。工作组组长彭措脸色不是太好,但是他汇报思路清晰,对村中的情况也如数家珍。由于时间紧张,我们做了短暂停留后又赶赴下一个村。汽车已脱离了柏油路在颠簸的沙石路上行驶,有时遇到一个大坑,人就被颠得很高,头经常碰到车顶,在4 600米的海拔折腾了三四个小时,我的头脑已是涨得很厉害,此时强烈的高原反应正向我袭来。这时已到下午两点钟,大家回到镇政府食堂午餐。身体不舒服让我的食欲早已没有了,但是想到下午的工作还是硬撑着吃了些。实际上午餐也很简单,桌上用饭盒盛了些米饭和几份卤菜。基层的同志非常纯朴,站在旁边,我们示意他们一起吃,可是他们一直坚持让我们先吃。

我们在镇政府休息片刻后就出发了,下午还要赶往乃西乡的几个村。乃西乡和哲古镇有很大不同,哲古镇处在草原上,是纯牧区,地势相对较平坦。而乃西乡海拔相对较低,3 800米左右,道路非常难走。汽车沿着蜿蜒的山道前进,一边是陡峭的山崖,一边是落差很大的河床。一位第二批援藏队的干部有诗云:"车在云中走,鸟在脚下飞。"随着时间的推移,我们渐渐感觉到云雾就在车边环绕,眼前的景物已模糊不清,此时我一边感叹驾驶员车技高超,一边为眼前的险境捏了一把汗。我干脆闭上眼睛,就这样行驶两个多小时,到达了目的地——当巴村。眼前的村庄使我眼前顿时一亮,这就是传说中的世外桃源吧!青青的柳树已抽出嫩条,潺潺的溪水欢快地从山上奔流而下。村庄不是很大,但是很干净。据随行的乡干部说,这里形成了一个特殊的小气候,海拔只有3 200米左右,一些绿色植物比较容易生长。在巍巍青藏高原能发现如此地方确实不易,唯一遗憾的是通往此地的道路很难走,这也正应了那句歌词:"不经历风雨,怎么见彩虹。"

忙碌了一天,当我们返回到县城时,夕阳早已落山。我们这时才发现已经过了九点。食堂早已没饭了,大家拿出了备好的方便面充饥,看样子所有人员都已忘记了难受的高原反应。

措美的一天很短暂,三年的援藏生活不就是由这点点滴滴的每一天组成的吗?

作者系安徽省第四批援藏干部,时任安徽省黄山市祁门县委常委,西藏自治区山南地区措美县委常委、县委办主任。

雪域中秋记感

甄大勇

中秋佳节，独居一隅。

援友各归，甚念亲人。

雪域情怀，特记一页。

——2012年9月28日西藏错那

西藏是一块圣土，是心灵的家园。

那是1995年的夏天，萌动了到西藏"游走"的念头——那时我还在教师岗位上，刚送走了第二届高中毕业生，陪同怀有身孕的妻子带学生到西安参加"中国精神"全国夏令营，古城西安到处都传唱着《回到拉萨》，歌手郑钧那阳光般的微笑、忧郁的眼神、苍凉的声音，完全把我带到了空灵的天界，让我仿佛看到了自己奔向遥远异域的身影，强烈的冲动召唤着我。2010年7月10日，我终于走进了神奇的西藏，但不是为了"游走"观光，而是响应号召参加神圣的援藏工作。

从梦想西藏到走进西藏，前后15年的跨度，这期间心境也发生了巨大的变化。最初只是想着能够有一次远足体验，不曾想能够担任西藏一个县的旅游局局长，每次春节后重返雪域还与藏族同胞欢度藏历新年，既实现了空间上身处其境的体验，又在时间上有了岁月的穿越和轮转！

日月如梭，光阴似箭。援藏时光在不知不觉中过去，回顾在藏期间的历程，既有付出，也有收获；既有辛劳，也有快乐；既有磨炼，也有成长……

援藏工作是短暂的，是难忘的，注定是一笔终身受用的精神财富，援藏的历程对我的工作和生活起到了巨大的激励作用。我为什么援藏呢？在组织部门动员号召时，大家跃跃欲试又顾虑重重。我曾经在日记中剖析过自己之所以报名援藏，首先是因为对西藏文化的无限神往；其次是因为我学习的是思想政治教育专业，接受过系统的政治教育，并且在校期间就加入了党组织；再次是因为长期从事党的宣传教育工作，在宣传引导群众的同时，勇于响应党的"支边"号召；最后是因为家庭不拖后腿，我和爱人的父母都是人民教师，爱人也是教师，他们为人师表，对我选择援藏给以有力的支持。正是有这样的动力源,在藏期间我在尽职履职完成工作任务的同时,才能够平和面对恶劣的自然环境,才能够领略别样风光,才能够倾心研读异域文化,才能够静静打发寒冷孤寂时光。

在这中秋团圆时刻,在藏的我记下感受。

个人与国家的联系如此密切

温家宝说过:"我有一个信念,就是事不避难、勇于担当、奋勇向前。"我的内心一直要求自己勇于承担社会责任,要关心身边的人,特别是要关心国家。那年春季到淮河蒙洼蓄洪库区参加大学生考察团调查,面对贫困的乡村和群众,我曾暗自立志要为百姓尽微薄之力。工作后我曾是中宣部的舆情信息直报员,写过很多调查报告,尤其是就三峡移民安置政策所提的六点建议受到有关部门高度重视。通过援藏,我的责任意识进一步增强,以前只是做本职事,来到西藏后才知道对口援助边疆的战略意义。西藏是国家安全的重要屏障,西藏是我国重要的生态安全屏障,西藏是国家战略资源储备地,西藏矗立着亚洲的水塔,保持西藏的安定和发展对保证国内安全和发展意义十分重大。党中央对口支援西藏的决策非常英明,多年来的援藏实践表明,做好援藏工作需要我们共产党人来担当,而能够成为安徽援藏工作者为国家做些事情,是我个人的骄傲,也是我家庭的荣耀。

面对艰苦环境必须乐观调适心态

我在来之后才切身体验到西藏的艰苦,就错那县来说,县城所在地的海拔为4 380米,在山南地区12个县中海拔排第二,大气压只有600帕斯卡,年平均气温在零摄氏度以下,最低气温零下37摄氏度,每天早晚温差都不小于16摄氏度,县城错那镇一棵树都不长,没有自来水,冬季水力发电不正常,人口只有4 000多人,可以想见工作地自然环境的恶劣程度。寒冷还可以设法抵御,缺氧实在无法抗拒,对我们这些长期生活在内地的人来说是一个巨大的挑战,而寒冷和孤独对人心理产生的负面影响也很难修复。好在自己的身体还是过硬的,当年报名去参军身体条件虽过关却入伍不成,支边援藏总算补上了"好儿男当兵去"的缺憾!选择了援藏,就得有充分的心理准备,"老西藏精神"就是在恶劣环境下打造出来的,其中"特别能忍耐",就是强调要调试自己的心态乐观面对艰苦。

无法顾及亲人是内心不能排解的隐痛

古人云:"父母在,不远游,游必有方。"我援藏时,父母都已经70多岁了,长期瘫痪卧床的外祖父在我援藏期间去世,母亲既要照顾经常生病住院的父亲,还要照顾90多岁的外祖母。每当想起妈妈的辛苦,做儿的就特别难受,更让人难受的是他们老人家还总是牵挂着儿的安危。有天深夜我忽然接到妈妈电话，原来是妈妈被梦吓醒，担心我遭到意外。其实天下儿女的心情都是一样的，有天早上起床后我到许华书记的房间，看得出他晚上又没有休息好，他反复嘟囔着"昨晚做了个梦""昨晚做了个梦""妈姨抱着我不停地喊我的小名"……当天下午从遥远的老家传来噩耗——许华书记的老母亲过世了！

援藏在外也不能照顾自己的小家庭，以前都是我自己每天接送女儿上学，援藏后女儿的学习和生活全部由她妈妈一人承担，我只能在遥远的地方给她精神鼓励。

感恩是一种发自内心的朴素情怀

藏族同胞很尊崇感恩，农牧民家里供奉的佛像旁都挂着毛主席的画像，他们认为毛主席是世间最大的"活佛"，这是一种朴素的情感——在他们眼里毛主席才是拯救他们的"菩萨"。人啊，要有感恩之心，感恩父母把我带到人间——孝敬父母不能等！感恩组织的培养、领导的关爱和同事的支持！在西藏的苦、累、难，组织上是掌握的，我们首次进藏一个多月合肥市委就前来慰问，两个月后本人的派出单位赴藏进行中秋节慰问，返回内地后省、市、区组织部门以及以前工作的基层单位先后对家属进行慰问，组织、领导和同志的关爱之情让我身在高寒却觉得温暖，他们的关爱是我做好援藏工作的不懈动力。西藏这片高天厚土，她使我开阔了视野，提升了境界，平添了胆识，丰富了感情——感恩西藏。

援藏，是我崇高的人生使命，是坚定信念、磨炼意志、净化心灵的难得机遇，是独特的历练过程。

作者系安徽省第四批援藏干部，时任西藏自治区山南地区错那县旅游局局长、安徽省合肥市瑶海区委办公室副主任。

感恩西藏
——我的付出与收获

石 磊

在留学回国后的第二天就参加了援藏体检，周围的人都在问我，你去西藏的目的是什么？那一刻我并不是特别清楚自己追求什么。到达西藏之前，从文献中我了解到，由于特殊的地理环境，西藏的白内障发病率比内地高很多，发病年龄也明显提前。真正成为这里的眼科医生之后，面对双目失明多年晶体发育异常的患者、严重驼背无法平卧手术台的独眼患者、心梗术后长期服药高出血风险的患者……我更感受到这些患者都是带着对光明的渴望在等待着手术，等待着希望。进藏第一个月，因为没有适应缺氧环境，在密闭的手术室中，不吸氧的我完全无法集中精神做手术。在每天给我准备氧气的藏族护士的关心下，在科室所有同事的配合下，我度过了最艰难的高反期，和我的团队共同解决了一个个难题，让每个患者都能笑着离开。渐渐地，也有些怀揣着希望的外地患者慕名而来。在这里我觉得自己的价值得到了体现，因为自己带给了他们光明，我也得到了内心的满足。半年的时间里我们完成了数百例的复明手术，但仍然有太多患者因为经济条件的限制不能及时得到诊治，于是我们积极联系了"援助西藏发展基金会"，开展免费手术，第一期100例完成后，因为效果良好，无一例不良事件发生，基金会又追加了二期150例。

"留下一支带不走的医疗队"是所有医疗援藏人的追求，所以，我毅然决然地化压力为动力，积极进行手术带教，希望山南市能早日培养出自己的白内障手术医生。手术带教的难点在于放手不放眼，既保证手术质量又要让学生有真正的动手机会。经过一天天的传授经验，一天天地打磨细节，索朗央宗医生的操作技术也在一天天进步，每个手术步骤都日趋完美，看到她成为西藏自治区独立完成白内障超声乳化手术的藏族医生，我感到无比自豪与满足，这些手术技术与理念会一直在这里被传承，并为藏族同胞服务。在教学中，我学会了责任与担当，也感受了成功的自豪，不仅成就了自己，也成全了他人。

白内障术后视力的恢复程度会受很多因素的影响。比如有一位老人家，除白内障外，还有角膜白斑，有眼底病变，这种手术即便在内地具有顶级设备的医院也是难度极高的，而且术后视力恢复率不会明显提高。但老人家坚持要接受手术，她说这是自己的一个念想，如果手术后看不见东西，那就是老天给自己这样的命运。我怀着忐忑的心情给她做了手术，手术过程很顺利，但术后第二天与预期的一样，视力没有提高，老人家平静地接受了这个结果。她对我说："医生，我知道你尽力了，手术那么快，一定很顺利，非常感谢!"从这位老人家身上我感悟到"但行好事，莫问前程"，自己去尽力，去完成所有的梦想，不留遗憾，把结果交给时间。在西藏有很多像这位老人家一样的患者，他们对医生无条件地信任，这令我十分感动。"医生"在藏语中的发音类似于英语中"天使"的发音，在这里我真正地感受到自己像一个白衣天使一样，被患者无条件信任着，这更鞭策着我加倍地努力和不懈地坚持。他们信任每一位医生的付出，无论结局如何，他们都会献上洁白的哈达、赞誉满满的锦旗。送哈达的过程有着隆重的仪式感，他们会对我用尊称，会对我做出手心向上的手势表示感谢，于我而言那是金钱无法取代的满足。这里的生活在许多人看来有些艰苦，但这并没有影响生活在这里的人对生命的尊重、理解和深刻的热爱。

  我感恩西藏，援藏是经历也是财富，是洗涤心灵的良药，更是成长路上的风景。一切在这里都会变得极为渺小，生命在这里也变得简单而透彻。我明白了所谓神山、圣湖，皆因知行者心中有爱，懂得敬畏和融入。行走云端，知行合一，就会看到不一样的风景。援藏历程终将结束，经历已然印在心间，刻入骨髓。生活依然在继续，困难依然重重，而我学会了与自己相处，与未来和解。这段经历给我留下了不可磨灭的印象，会让我在今后的工作和生活中，心之所向、无所畏惧。

作者系安徽省第七批援藏干部，时任西藏自治区山南市人民医院眼科主任。

留下的不只是记忆

佘海舟

返程的时间越近,心里的留恋越深。当队友们沉浸于团圆的渴望时,不舍与牵挂却充斥着我的内心。一直没有写完这篇稿子,是因为在走与留之间徘徊了很久,特别是收到一位书法家朋友给我写的"愿得此身长报国,何须生入玉门关"的横幅时,无限感慨一起涌上心头。回望这看似平常的三年,很多美好的瞬间已然变成永久的记忆,或许已经不是记忆,而是与这片土地血脉相连的情感,牵引着我未来的人生。

我在山南的工作很简单,就是3个"三分之一":作为工作队临时党委副书记,负责工作队的日常管理;作为市政府副秘书长,协助副市长联系住建、文化、旅游、城市综合执法、便民服务局5个部门;作为政府办党组成员,分管秘书三科、秘书五科、综合科、信息科、信息技术中心5个科室。2019年办公厅体检结束后,我曾经问过女儿我要不要去西藏。女儿说如果我喜欢西藏,如果我身体好的话就去,但是要保护好自己。但三年下来,心脏已经出现增厚和反流,双眼视力明显下降,记忆力也衰退了很多;每天上班第一件事就是把一天的工作内容写在便利贴上,怕自己忙起来后把某件事忘记了。另外,多血症、尿酸高等问题也出现了。三年援藏,人变壮了,也变黑了,很多藏族同胞都说我是藏族人,见面跟我说藏语——虽然听不懂,但我知道是这片土地上的人对我的信任,也正是这份信任让我在援藏的路上勇毅前行。

当然这三年也有过委屈。我坚信,前进的道路上不会一帆风顺,生活的美好总会照亮黑暗的角落。三年里我遇到更多的还是让我感动的人和事,让我真正体会到中华民族大家庭的不易,真正体会到援藏不仅是一项工作,更是一种追求和信仰,真正体会到西藏干部群众为国家安全和统一作出的奉献。

有几个故事让我印象深刻。

第一个故事,关于我和我的3个藏族女儿。工作队每逢节日都会跟藏族同胞一起过,2021年中秋节我们去了山南市特殊学校。活动是在操场上举办的,我们和残疾儿童围坐在一起,唱歌、跳舞、吃月饼。当时坐在我身边的是一个患有脑瘫的孩子和一个患有帕金森综合征的孩子,我给她们喂月饼,她们给我唱歌。临走时两个小女孩拽着我的手,用渴望的眼神望着我,让我下次还来看她们,我当时答应了。回来以后,我跟特校老师联系，让她把两个女孩的信息给我，希望能认她们当女儿。特校老师不仅把她们两个人的信息给了我，又向我推荐了一个父母双亡的脑瘫小孩。就这样，我有了3个藏族女儿。周末如果没有工作安排，我就会联系她们，先去林卡玩，然后去超市购物，最后吃一顿肯德基。每次分别的时候，她们都会问我下次见面的时间，每次都会说："叔叔，今天是我最开心的一天。""叔叔，你是最帅的。"虽然，我知道自己长得不帅，但在她们眼里，懂得陪伴、愿意付出，真心把她们当女儿的援藏叔叔就是最帅的。为了让更多小孩得到尊重和陪伴，工作队里的很多同志都认领了藏族子女，第二故乡——西藏真正成了我们的家。2021年，经过工作队的积极争取，我们为150多名残疾儿童定做了羽绒服和棉鞋。去特校送衣服的时候，3个女儿拉着我的手在同学面前炫耀着，因为他们有一个最帅的援藏叔叔。

第二个故事发生在我和山南的网民朋友之间。我在政府办分管信息科，网民留言办理的第一个环节就在我这里。以前留言办理都是直接签到相关部门，由部门负责办理和答复，后来我发现这种方式效率低、效果差，很难让群众满意。为了提高办理效果，特别是一些涉及农牧民的留言，我都会安排科室同志全程跟踪，确保办一件成一件。2021年7月20日，信息科同事跟我说，一个村的农牧民施工队因为被拖欠工资问题一直没有得到解决，准备向自治区政府反映。我当时就让同事拨通当事人的电话，当事人告诉我，之前人社局、交通运输局协调过很多次，但是欠薪企业今天拖明天、明天拖后天，半年多都没有兑现，现在十几个家庭就靠着这份收入养家糊口，市里办事效率这么低，再也不相信市政府和市政府干部了。我当时告诉他，我是安徽的援藏干部，给我一周时间，之前没有解决的事情由我来解决，一周之后如果没有解决，你再向自治区政府反映。第二天，我就把企业负责人找来办公室，但是他的答复还是企业资金周转困难，后面慢慢想办法解决。当时我就跟他说，欠债还钱天经地义，特别是欠老百姓的钱，如果你们一周之内不解决问题，我就通知市人社局、住建局和交通运输局把企业列入黑名单，而且还会向自治区相关部门反映情况。经过一个多小时的引导和告诫，企业负责人才答应一周之内解决问题。四五天之后的一个中午，我收到施工队群众给我发来的短信："您好，政府领导，西藏永丰公司浪卡子工程项目施工费20万元已于今天结清，感谢政府领导！"我立马给他回了短信："相信政府，相信党的干部。希望你们的日子越过越好！"像这样的短信我收到过很多条，每次都很感动，它让我相信，只要真心为群众付出，就一定会收获群众的信任。两年多来，经过我批办的网民留言就有500多条，每一条都亲自批办、亲自过问、亲自跟踪督促。我只是希望通过我的努力，让更多群众的困难得到解决，让更多藏族同胞知道党和政府就是他们的主心骨，也让山南干部群众知道安徽援藏干部的真心付出。

第三个故事发生在我和可爱的援藏队友之间。援藏队员之间的感情是真挚的、纯粹的,是经历过生死才有的托付。每年进藏的第一个月,我都会到队友宿舍里,一个一个地谈心,了解他们的工作、家庭、思想状况。在一次次交流中,愈加对身边的队友充满敬意。他们中有父母病重需要陪护的,有自己身体不好需要住院的,有子女年幼需要照顾的,但是他们没有退缩,就像歌曲《援藏好儿郎》里面写的那样——也曾流泪,绝不后退。他们在离家八千里的高原,牺牲自我,奉献山南。有这么3个队友给我的印象最深。第一个是援藏教师王小兵,那时我们刚进藏,来自安徽工业大学附中的王小兵老师突发肺水肿,情况非常严重。工作队立即协调山南市人民医院,先稳定他的病情再转移到内地救治,经过半个多月的治疗才算脱离危险。接到王小兵老师电话是在半个月以后,他一上来就问:"秘书长,我还能不能再去援藏?这是我的梦想,我不想这么放弃。"经与主治医生沟通,像他这样的情况进藏,如果再发生肺水肿的话就非常危险。经过工作队党委再三权衡,最后由我通知他终止援藏。当他得知不能进藏后,电话那头沉默了很久,然后他问我三年后还能不能再援藏。我没回答他,希望他能如愿。第二个是援藏干部裴含龙。他进藏时身高160厘米、体重160斤,外表粗犷但内心细腻。援藏开始到现在,他哭过4次。第一次是在援藏出发前,本以为援藏一年的他,在省委组织部动员大会上得知援藏要三年,在回和县的路上哭了。他一直在县里工作,没有离开过家,父母年事已高,女儿马上要参加高考,爱人一个人在家伺候老人、照顾女儿,我理解这次哭是因为牵挂。第二次是刚进藏时,他在错那县工作,第一个月就瘦了20多斤,每天只吃一顿饭,晚上几乎睡不着,身体状况很不好。第一次下乡去勒布沟的麻麻乡,从县城出来经过的波拉山口海拔5 300多米,半个小时到沟底的麻麻乡,海拔只有2 800多米,几乎是直线下降的,路况也不好,很多同志都晕车,把车门把手攥得紧紧的。老裴就是在路上哭的,我理解这次哭是因为担心。第三次是2021年休假前,他那天喝了点酒到我宿舍聊天,说组织上对他很关心:没有工作的爱人被安排到县图书馆工作,自己也从乡镇农技员提拔为县农业农村局总农艺师,还当选为马鞍山市人大代表。但自己还有很多任务没有完成:觉拉乡的蔬菜大棚再利用还没启动,贡日乡的茶苗才刚刚试种,还有马上要跟自己的藏族亲人分别,心里非常难受。我理解这次哭是因为不舍。第四次是2022年正月十六,那天晚上11点多他给我打电话,说他的父亲检查出肺癌晚期,医生说情况不容乐观。他在电话里一直责怪自己,说这些年没能好好陪自己的父亲,如果自己一直在家肯定不会出现这种情况,然后就号啕大哭。我理解这次哭是因为愧疚,这是一个男人对事业的忠诚、对第二故乡的眷念、对家人深深的爱。第三个是短期援藏的张理华,她是1974年出生的女同志,2020年短期援藏半年后毅然选择了留在山南。2021年雅砻物资交流会的时候,我在现场见到了她。我在维稳带班,她在现场拍摄,手拿麦克风解说着物资交流会的情况,感觉比刚进藏的时候更瘦弱,也更精干。我常想,是什么力量支撑着这个瘦弱的女人,用并不宽厚的肩膀扛起这么大的梦想？我想这可能就是情怀、是境界。

第四个故事是关于我的藏族同胞们。他们是最淳朴的人，用生命守护着每一寸国土。刚到山南时，工作队给离单位较远的队员买电动车，我们准备买锁的时候，藏族同胞告诉我们不用买，车子可以到处骑、到处停，不会有人偷。当时我还有点担心，但当看到同事们经常把钥匙挂在门上就走了，漫山遍野的牦牛也都没人看管的时候，我感到了自己的渺小。但他们也是计较的，山南市的边境线上，每个地方都有藏族同胞的印记，他们世世代代为国守边，不退让一寸土地，不苛求一分回报。山南市隆子县玉麦乡有一户人家，父女三人守护着1 900多平方公里的土地，父亲带着女儿提着油漆桶在边境画国旗，即使与印度士兵正面相对也不甘示弱。父亲去世后女儿接着上，"三人乡"一寸土地都没有丢失。习近平总书记亲自给他们写信，勉励他们做神圣国土的守护者、幸福家园的建设者。现在，这个乡已经移民50多户200多人。像这样的藏族同胞、藏族家庭还有很多。藏族群众说，这是中国的土地，不管发生什么都不会离开。所以我跟同事们聊天的时候说，要抱着感恩的心来援藏，不要把自己当救世主，要学习西藏、感恩西藏，还要奉献西藏、建设西藏。

离援藏结束只有一个月，我很珍惜在藏的时间，如果组织需要，我会继续自己的援藏工作，甚至留在西藏工作。生命的轮回，不是以时间计长短的，它创造的奇迹在于人的精神永恒。援藏，更多是人的心灵创造！在高高的高原上俯瞰家乡江淮的千里平畴时，云端里的深情令我久久回味。

作者系安徽省第七批援藏工作队干部，时任西藏自治区山南市政府副秘书长、市政府机关党组成员，安徽省政府督查室正处级督查专员。

走了那么远　只为温暖一瞬间

欧阳鸣

离开高速,天刚刚亮,西藏的清晨仿佛会引发人们对生命的一种开悟。远处群山峰峦叠嶂,巍峨的高山裸露着青灰色的岩层,如同一尊尊叱咤的天神,静默中透射出高原独有的肃穆庄严。

因为一早要去机场送内地的客人,所以我前一晚上便住在了机场边。清晨从机场出来,匆匆搭了一辆车,去参加单位组织的到驻点村"看亲戚"的活动。司机将我放在了高速的服务区里,从这里去驻村点还有十几公里。

天刚亮,本着对方位熟悉的自信,我不假思索便扎进这曾经走过的路,随性地边走边拍照,不觉渐行渐远。回首之际,服务区已在遥远的天边,静静地躺在群山的怀抱中。

山脚下,刚露头的小草恰好给这一片肃穆编织了绚丽华美的罗带,我却发现不知从何时起,去村里的路被一条无法跨越的水渠分隔开来。我沿着水渠走了很久,依然没找到可以跨越的地方,背后的路已经湮没在一片浩瀚的小草之中,村子近在咫尺,却无法到达,心里不由得有些焦躁。茫然四顾,一片寂静,天光还不是特别亮,莫名的恐慌瞬间充斥了全身,唯有头顶上的天空,才稍许给予我一点微薄的安全感。

就在我茫然之际,远处的水渠边突然来了一位藏族大叔。这样的状况让我不免有些紧张,不料他却向我这边跑来,我愈加慌张,一时间不知所措,而他却在离我不远处停了下来,焦急地用生硬的汉语喊:"前面、前面……"

我瞬间福至心灵,猜想一定是这位在远处山坡上劳作的藏族大叔看到我四处徘徊,绕不出这片草地,特意走过来给我指路的。我忙向他手指的方向仔细看去,果然,隐约看见一块斑驳的青石板横跨在水渠的拐弯处……

回到公路边,大叔向我挥手道别,转身离去。那渐渐消失在沙棘林中的宽厚身影,给了我莫大的宽慰,亦成了我一次难忘的记忆。

来藏工作已近一年,如今夜晚无眠,清灯下夜读之余,常常回顾起一段又一段的旅程,让我刻骨铭心的,往往不是出发时向往的风景,而是这样偶然的经历。或许是寒夜投宿时一碗热汤的关切,暴雨降临时陌生人的半边伞沿;或许是一只陪我跑了很远不肯离去的小狗,路途中擦肩而过的陌生人的笑脸……流光飞羽,片刻的温度,却深深地烙印在记忆的底片上。

　　因为援藏的经历，我也许会对朋友描述高原的壮观绮丽，会发很多藏区的风景照片，却常常不知该如何讲述这心底最温暖的一瞬间。

　　时光荏苒，记忆总会模糊，但那个瞬间却清晰如初，想到它的时候嘴角总是微微向上翘起，想到它的时候很想回到老地方看看。

　　每个人对旅行的定义不一样，有人收集阳光、星辰、彩虹的颜色，有人追逐昆虫、鸟儿、美丽的花朵还有人记录下每一个触动人心的时刻。也许它短得构不成故事，甚至朦胧得难以言说。

　　其实人生宛若旅行，不停地相遇、离开，不停地得到、失去，最终沉淀心底的，往往是这个世界与你温柔相待的美好记忆。

　　我始终认为旅行的意义，不在于奢华刺激，而是有一份情怀在你后来的回忆里不可抹去。每年我都会去几次部里的驻点村，金黄的菜花已落，辽阔的土地上长满青稞，风吹过，泛起阵阵波浪，仿佛记忆里无言的歌。

　　以后，我依然会常常走在旅行的路上，我会更珍惜每一次相逢，记得最初的美好。也许，这才是旅行的真谛，甚至是我们生命旅程的真谛。我也会更乐于伸出我的手，传递指尖上的温度，在古老斑驳的寺庙，在熙熙攘攘的老街，在天高云淡的湖畔……愿我也能把温暖的回忆留在你的心田。

作者系安徽省第七批援藏干部，时任西藏自治区山南市委组织部副部长。

措美援藏两三事

张亚东

扎西的背水桶

那天下午,我去哲古镇调研。从放牧点回来的扎西站在路边拦车,旁边是他骑坏了的摩托车。我们让他上了车,问他才知道,他是急着回家背水。扎西怕再迟一些,背水台的水管被冻住,到时候就得去镇区外的山上水洼取水了。

哲古镇海拔 4 600 米,面朝着雪山环绕的哲古湖和大草原,这里还没有通自来水。镇区倒是有个足球场大的湖,可惜污水充斥其中,变成了一汪黑水。我们的车把扎西送到家门口,扎西邀我进去喝茶。我也想看看扎西的生活,就跟着他进屋。扎西拿了热水瓶,里面还有早上打的酥油茶。我接过来,让扎西先去背水。扎西拿起绿色的背水桶,匆忙出门,我起身跟着他。背水台离扎西家走路不到十分钟,有引水管从山上水洼引来的水。打开水龙头,肉眼可见水的浑浊。扎西说,过去连背水台都没有,要去山上取水,来回 40 分钟,好多年纪大的阿妈路上要歇几次,援藏队要是帮助哲古修条像城里那样的自来水管道该多好!扎西笑着说这些的时候,眼里闪着光。

带着更多像扎西一样的牧民的心愿,2019 年 11 月,我们协调组织措美县党政代表团赴合肥参观考察汇报,共商对口支援工作。合肥市委、市政府高度重视措美人民的需求,立即安排调研组进藏调研。调研组经过认真研究论证,形成了以哲古镇人居环境整治为重点,突出"两治理(治脏治乱)、一加强(加强基础设施建设)、一引导(引导建设旅游公服)",形成生产、生态、生活高度融合的援建项目整体思路,梳理出生活垃圾治理、供排水一体化、厕所改造、旅游设施配套、生态保护修复等方面 15 个工程类项目,援建项目总投资 9 500 万元。与此同时,我们积极推进安徽"十四五"援藏项目——哲古游客服务中心项目的建设,引入合肥一流设计团队和先进乡村文旅发展理念,精心设计策划,推广哲古旅游,努力把游客服务中心项目打造成推动高原特色旅游产业发展,帮助农牧民持续增收,促进当地社会稳定发展的精品工程,让项目成为措美县、山南市乃至西藏旅游体系中璀璨夺目、具有示范意义的标杆工程。在援建项目的基础上,措美县自力更生,在财政收入紧缺的情况下,拿出 2 000 万元资金保障配套援建项目实施。整合中央和自治区、山南市环保建设资金、旅游发展资金、安居房建设项目资金等数亿元资金集中投入,以生态保护优先,着力把措美县哲古镇打造成人与自然和谐共生的高原小镇。如今,项目已陆续建成,哲古通了自来水,昔日的污水湖也变得波光粼粼、清澈见底,扎西满怀喜悦地收起了背水桶。哲古牧民的生活幸福感不断增强,雪山、草原、湖泊旅游承载力得到提升。项目也成为改善民生福祉、促进民族团结、维护社会稳定的暖心工程、示范工程。

益西拉姆的合肥梦

益西拉姆是个20多岁的哲古姑娘,她之前去过的最大城市是拉萨。她在那里读完大专后回到措美,加入了措美县艺术团。我第一次见到益西拉姆,是在哲古牧人节上。精彩的开幕演出结束后,大家围坐在草地上吃午饭。益西拉姆先是问我:"书记,你们在家乡午饭是吃糌粑还是馒头?牛肉也炖土豆吗?"我笑着告诉她:"我们喜欢吃炒土豆丝,冬天的时候也吃牛肉和羊肉火锅。"益西拉姆说:"我在网上看了,合肥是科技创新之城,很漂亮。合肥应该有大舞台吧,我们艺术团要是能去演出该多好!"益西拉姆的话让我想起了天鹅湖畔的合肥大剧院。

加强西藏措美与安徽合肥的交往交流交融,是筑牢中华民族共同体意识的重要工作。在合肥市委的高度重视下,市委宣传部专项安排工作经费,组织措美县文化交流团一行30人,赴合肥市开展基层文化交流活动。措美县文化交流团在合肥大剧院和庐江县、长丰县、巢湖市、包河区,共开展了6场以"皖藏一家亲,舞动高原情"为主题的皖藏基层文化交流巡回演出,在乡镇街道村居和合肥群众中开展广场文化交流活动8场。益西拉姆和措美艺术团的伙伴们在合肥的舞台上载歌载舞,给合肥人民呈现了一场来自西藏的充满草原风情的文化盛宴。

三年来,合肥、措美两地互访22批400多人次,依托合肥市委党校等培训机构,举办农牧民党员发展能手等培训班7批200多人次。合肥市委组织部从党费中拨出专项经费用于开展措美县基层组织建设、干部教育培训、人才对口支援等方面交流项目。援藏工作组积极协调汇报争取,组织措美县党政代表团、人大代表团、政协委员代表团等各类型代表团赴合肥参观考察交流,让西藏各界同胞了解合肥的经济社会发展情况,让藏族干部和农牧民群众感受祖国的繁荣强大,增进两地人民感情,加强民族团结。

德吉阿妈的孩子

德吉阿妈是乃西村的孤寡老人。60岁后,按照县里的统一安排,村里把德吉阿妈送到了县城的集中供养中心生活。集中供养中心的条件非常好,有洗衣房、医疗室、活动室。老人们一人一个房间,食堂干净卫生,菜谱一周一换,餐食丰盛且又营养。但我去的时候,德吉老人坐在房间里闷闷不乐。我让同去的阿旺问问老人怎么不出去聊天晒太阳。老人先是沉默不语,我喊了几声才转头面向我。阿旺帮我翻译,我和德吉阿妈聊起了天。原来老人心脏不是很好,虽然在县城供养中心生活条件优越,但总觉得海拔太高。是的,县城供养中心的位置比德吉阿妈乃西老屋的海拔高了400米。在内地,400米只是一座小山的高度,但在西藏,相差400米地方可能有天壤之别。年轻人对相差400米的海拔也许感觉不是十分明显,但心脏不好的老人应该十分不适。我去找了集中供养中心的主任,她说可以把老人的生活费打卡发放,但老人回家住需要有人时时照料。我和阿旺去了乃西村,村支书带我们去了老屋。德吉阿妈的邻居普桑看到我们,得知老人想回来,主动说可以照顾她。普桑原本在拉萨打工,后来村里发展产业,建起了藏柳苗圃,便回来务工。我们和普桑商量一起照顾德吉阿妈。我从工作经费中挤出2万元,村支书招呼邻居们维修了老屋。我们把德吉阿妈接回了乃西,村里又有了老人散步的身影。后来,市里民政的同志来走访老人,关心地问德吉阿妈一个人住行不行。德吉阿妈说:"我不是一个人,这里很多人都非常照顾我!"

三年来,援藏工作组全体干部人才,分别与15户藏族建档立卡贫困家庭结成了"亲戚"。坚持每月走访至少1次,帮助群众解决日常生活、农牧生产困难。坚持每年开展藏汉一家,共度藏汉传统端午、中秋、望果节活动,促进了中华民族共同文化相融相亲。三年来捐款捐物合计近13万元,提供就业岗位7人次,帮助解决就医入学等事项28人次。援藏干部人才与藏族群众结下了深厚感情,被农牧民群众亲切地称为合肥来的"金珠玛米"(菩萨兵、解放军)。

作者系安徽省第七批援藏干部,时任西藏自治区山南市措美县委常务副书记、安徽省合肥市庐江县委常委、汤池镇党委书记。

润物细无声

李 鹭

> 曾经幻想：有一天，我能飞上雪域高原，带着虔诚与梦想，播种智慧和希望。
>
> ——题记

最初吸引我的，是青藏高原美丽的雪山和伸手可及的云彩、淳朴善良的藏族同胞。这愿望，在2019年的秋季，终于成为现实。

记得接到援藏正式通知的那天，我欣喜而又惶恐——梦想就要实现了，可我准备好了吗？这个秋季女儿刚升入初中，儿子才四岁，父亲、母亲年迈多病，丈夫平时工作繁忙。这一切都是摆在我面前的实际困难，但是时间紧迫，无暇多想。小家必须服从大家，援藏是大事，也是我的梦想。这是我"日夜遥望的蓝天"；这是我"渴望永久的梦幻"；这是我"还有赞美的歌"。于是我给父母请了个保姆，又叮嘱姐姐平时多多照顾他们；儿子上幼儿园的接送任务可以暂时交给父亲；女儿吃住在她爷爷奶奶家里，她的学习则请三中的同事适当关照。安顿好家里的一切，便义无反顾地踏上了援藏之路。

2019年9月3日，我怀着无比激动又忐忑不安的心情，只身踏上了奔赴雪域高原支援山南教育的征程。坐在飞往雪域高原的飞机上，我无心欣赏舷窗外美丽的天空，俯瞰机身下缓缓向后移动的山川大地，心不禁又回到了刚才出发的地方，耳畔不时响起儿子分别时的哭声——自打出生以来，儿子还从没离开过他的母亲。又想到女儿昨夜稚嫩的叮嘱、父母担心的眼神，不觉间，我已是泪水潸然。自古忠孝难以两全，我只能放弃小家的安适。

刚到山南二高那几天，强烈的高原反应让我头痛欲裂，胃里翻江倒海，有时甚至想呕吐。整夜整夜睡不着觉，只能听见自己咚咚的心跳，加上对儿女的思念，对老人们的牵挂和焦虑，这些更加重了我的失眠。刚开始，我不适应这边的饮食，在高原低气压环境下又做不熟饭菜，这些都给带来了不小的打击。

但是困难毕竟是暂时的，我必须要让自己很快适应山南的高原气候，适应这里的环境，这样才有精力尽快投入工作之中。所以我注意吸氧，服用红景天，注意适度的锻炼，保证充足的休息。渐渐地，我的体能得到恢复，也开始融入山南二高这个温暖的集体。

白天,在课堂上看到那些孩子渴望知识的目光时,我就忘记了一切,全身心地投入到教学中去。可是每到晚上和家人视频聊天时,年幼的儿子哭喊要妈妈的声音,一次又一次撕痛了我的心——其实我也想他们呀。而我只能把思念化作对学生的热情,更加努力地工作。

转眼到了11月份,家里打来电话:爸爸的心脏病情加重,医生建议尽快手术。我心中忐忑不安,于是赶紧利用期中考试阅卷的间隙回到父亲身边。我知道此时这种状况,他老人家一定最希望我能陪在身边,我咨询了医生,医生说我爸的肾出现慢性衰竭现象,需要住院做造影,进行肾透析,待身体各项指数达标才能进行心脏搭桥手术。而且这种开胸手术,整个住院时间至少需要两个月,怎么办呢?虽然他老人家此时更需要我,但西藏的那些孩子也离不开我,他们求知若渴的眼神已深深地映在我的心里,我哪有两个月的时间陪着我生病的老爸呢?作为一名援藏老师,我必须回到西藏给孩子们传道授业解惑。苦思冥想之下,我做了一个大胆的决定:让老妈陪爸爸在医院治疗,我带着儿子回山南二高。

儿子初到山南的那几天,我的心异常纠结,看着他发紫的小嘴,我无比担心他的健康,生怕出现意外。好在,谢天谢地,一切顺利。年幼的儿子也很快适应了山南的高原气候。

在学校,我备课上课改作业,一点时间都不敢耽搁。回到家,我做饭洗衣匆匆忙忙。但即使再累再辛苦,我也从来不迟到、不早退,从没影响教学工作。

带着儿子来援藏,我在辛苦中,也在快乐着。我知道,我的援藏工作刚刚有了起色,我会继续以自己的汗水,争取把全国各族人民齐心培育的汉藏友谊之花,浇灌得更加美丽。

教育中不能没有爱,就像池塘里不能没有水一样。平时教育管理学生,我最大的感受就是对学生要有爱,没有爱就没有真正的教育。我用一颗真挚的爱心,从事着我热爱的教育事业。我以真诚滋润着这一片稚嫩的红土地;以爱心感染这一棵棵天真的幼苗;以热情浇灌这群活泼的生命体。面对这样一群可爱的藏族孩子,生活也变得五彩斑斓起来。每天早晨巡视教室,我都会先看看学生有没有到齐;遇到天冷或天热的时候,也会观察同学们衣服穿得是否厚薄适宜;我会关注孩子们早上是否都吃过了早餐,各种学习用具是否带了,集体活动前安排好同学们必备的用品……这些看起来稀松平常的点点滴滴,汇成了我日常工作的泉水滴答。

辛勤的努力终于赢得了收获:在这三年里,我带的两个普通班多次在考试质量测评中获全校第一名、第二名的优异成绩。2020年,我获同课异构高中数学组一等奖,获山南市级优质课大赛一等奖。这时我把可以继续去自治区参赛的机会让给了本地老师,后受山南市教育局邀请担任当年优质课复赛评委会组长,受到好评。我于2021年获"安徽省最美教师"称号。三年里,我的多篇学术论文在刊物上发表,教学之余,我每季度掏出自己一部分工资用来捐赠。这些是付出也是收获,让我乐享其中。

一个人徜徉在校园的小道上,感受着午后的和煦阳光和孩子们蓬勃的青春朝气,看着孩子们清澈的眼眸里自己祥和的身影,我想,生活就是绽放在高原上的洁白和火红……

作者系安徽省第七批组团式援藏干部,时任西藏自治区山南市第二高级中学数学教师、安徽省马鞍山市和县第三中学数学教师。

一次难忘的劳动

陈海洋

下午,办公室通知全体员工明天上午9点半在贡布路回族养殖基地集合,开展一天卫生大扫除活动,要求每人自带编织袋,自行前往。

刚接到通知时,好奇。学生时代大扫除是常态,工作后就鲜有此类活动了。同事说,山南市在开展全国卫生城市创建活动,定点包干卫生是各单位每年的必修课。恍然想起,初来山南第一感觉便是清澈,天是湛蓝的,云是洁白的,视线是通透的。行走在山南的大街小巷,整洁而干净。垃圾箱和公共卫生间有序设置,扫地机、洒水车总会不经意间从你身边欢唱而过。这些是每一个人的努力成果。

第二天,匆匆吃完早餐后,约同事一起向目的地进发。早上8点,行走在贡布路上,身着羊毛衫和外套,能明显感到后背的灼热。贡布路的东段算是山南市的郊外了,柏油路还没有修好,风起时卷起一阵尘沙;右侧是绵延的山峦,山石与黄土融为一体,枯黄的野草薄薄地覆盖在山体上,在烈日下安静地呼吸。

循着导航,不知不觉已来到回族养殖基地,时间还不到9点。这是一个即将搬迁的回民养殖场,是山南市牛羊肉主要供应基地。养殖场约1 000平方米,沿马路的围墙已经倒塌,残留的山石墙基清晰可见。院内两排低矮、破旧的仓库已改成了牛舍,几头牦牛咀嚼着草料。院内的空地上,商户们随意搭建的敞开式羊棚内有十多头绵羊低着头吃草。同事们陆续到场。突然发现,除我们单位外,还有公安局、卫健委、环保局、城投公司等近10家单位约200人。有的单位统一着装,有的单位打着条幅。大家三五成群,分头在荫凉处集结,手握铁锹扫把,严阵以待。

推土机和垃圾车轰鸣而来,看样子今天要进行一场"恶战"了。太阳也更加炙热了,在平均海拔3 700米的山南市,紫外线的穿透力能让人明显地感知到。10点钟,劳动开始了,大家就真正开始忙碌起来。我们单位的片区是墙基前的垃圾堆,这里的牛粪和饲草叠加成厚厚的垃圾层,明显高出地面许多。局领导带头撸起袖子,我们二十几人自由组合,一人用铁锹挖掘,两个人配合着用编织袋运送,大家欢声笑语,身边认识的、不认识的,都是那么友好,热火朝天,一派繁忙景象。

下午3点,大家如约在现场集合,养殖场内明显干净明亮了许多。下午的工作内容是全员"啃硬骨头",即全员集中填埋一处牛粪大坑。大坑在养殖场的拐角处,需穿过两墙之间10多米长的夹道才能到达。粪坑内尚有污水,散发出阵阵恶臭,蚊蝇嗡嗡乱飞,令人作呕,无法靠近。因夹道太窄,手推车无法进出,垃圾车和推土机也鞭长莫及。两辆垃圾车满装沙土在外候场,有人指挥垃圾车在夹道就近卸载,再由人力用编织袋转运沙土。粪坑的臭气随风吹来,大家掩鼻息气,你看着我、我看着你,不知道怎么办才好。突然,有位公安干警扛起沙袋,径直穿过污水巷道向粪坑走去,蚊蝇把干警团团围住,轰然遮掩了他的脸!一个又一个干警背起沙袋向粪坑走去……大家纷纷拿起工具,争先恐后地劳作。

　　下午7时许,一天的环卫工作终于结束了。每一张面孔都因炙热而通红,回望整个大院变得干净起来,我感到无比的自豪。回来的路上,大家七嘴八舌议论着今天的劳动,更多的是对公安干警的由衷赞叹。风渐起,山峦与斜阳紧紧融合在一起,永远定格在我的视线里,似一幅美丽的画。路边"做神圣国土守护者、幸福家园建设者"的标语赫然在目。我想,创建全国性卫生城市,外在的生态环境固然重要,提高全民素质、根植环卫理念才是创建工作的初衷和精髓。今天的活动是市委和市政府给大家上的一次生动党课,这让我有理由相信:山南市的明天一定会更美好!

　　作者系安徽省第八批短期技术援藏干部,时任西藏自治区山南市经济和信息化局企业改革科四级调研员、安徽省经济和信息化厅四级调研员。

感谢 感动 感恩

王 振

山南的六月,天空蓝得像深不见底的大海,白云围着远处的山调皮地跳起舞,空气散发出淡淡的槐花香气。正值家乡火热的季节,受安徽省委组织部的重托我们一行来到山南市,在这里感受到组织的温暖,感受到家的温馨,感受到藏区人民的热情。能来援藏是人生的历练和打磨,感谢所有关心支持我的人,于我而言,山南工作也是我毕生难得而又难忘的经历。

感 谢

感谢父母,给我强健的体魄,使我很快克服高海拔、低气压、低含氧的高原环境;感谢妻儿,给我毫无怨言的支持和理解,使我安心地去完成为期六个月的短期援藏使命;感谢领导同事,对我工作生活上的关心和照顾,使我感受到自己不是一个人在外,还有整个单位在背后默默支持;感谢山南市交通运输局领导、同事帮我们解决衣食住行问题,为我们提供贴心关怀和无微不至的爱护;感谢安徽援藏工作队、山南市委组织部为我们提供制氧机、加湿器、血氧仪等物资保障,帮助我们战胜高海拔、低气压、低含氧、强紫外线的高原环境。

感 动

一出贡嘎机场,山南市委组织部欧阳鸣副部长就带队迎接我们,为每人敬献一条代表着最真诚的感情,寄托着最美好的祝愿,标志着最崇高的敬意的洁白哈达,感受到那就是藏区人民对我们寄予的厚望。

一到山南市,就有长期援藏的韦局和王部长来到房间看望我们,为我们介绍高原生活注意事项,讲授援藏的亲身体验,帮助我们缓解心理压力、抛下思想包袱,给我们吃下一颗定心丸。

第二天,百忙之中的市委汪华东副书记抽出时间召开座谈会,从扎实开局到全面认识山南,从来时精神抖擞到走时红光焕发,从珍惜机遇到再创业绩,从严守规矩到遵章守纪，从亲身援藏体会到扎根建设山南，从做神圣国土的守护者到做幸福家园的建设者，给我们上了一堂生动的思想政治课。

感　恩

　　西藏是信仰的高地，感恩老一辈为我们铺垫了信仰之路。因为有信仰，一批又一批援藏队伍前仆后继来到西藏，不畏艰辛；因为有信仰，老一辈敢上冰山敢闯雪海，毫无畏惧；因为有信仰，孔繁森为高原事业鞠躬尽瘁；因为有信仰，"两路"建设者不怕苦、不怕累、顽强拼搏；因为有信仰，党带领藏区人民，从饥寒交迫走向繁荣富强。靠的就是信仰的绿洲，为的就是到达理想的彼岸。

　　西藏是精神的高地，感恩老一辈给我们留下"老西藏精神"；感恩老一辈给我们留下敢让高山俯首、敢叫河水让路的"两路精神"；感恩老一辈给我们留下代代传承的"孔繁森精神"，为未来治藏、兴藏、建藏奠定坚实的思想阵地。

　　西藏是理想的高地，感恩新时代援藏人筑梦理想的高地，为我们树立时代的风向标，让我们朝着目标奋勇前进；感恩老一辈在物资匮乏的年代里前仆后继、照亮前程，为我们甘作理想的引路人，让我们朝着光明大道勇往直前；感恩老一辈在艰苦卓绝的筑路岁月里顽强拼搏，为中华民族复兴甘当平凡的铺路石，我们将沿着新时代中国特色社会主义道路砥砺前行。

　　短暂的六个月任务，是省委组织部的重托，是西藏人民殷切期待，更是党对我们的考验，我将为西藏交通运输事业作出自己的贡献、为藏族同胞安全畅通出行尽到应尽的责任。援藏是我们一生无悔的选择！它将是我们人生重要的经历，是对我们意志的磨炼，是组织给我们的一次政治大考，更是我们人生的宝贵的财富。我们将牢记习总书记"在高原上工作，最稀缺的是氧气，最宝贵的是精神"的谆谆教导，不忘初心、牢记使命，做忠诚、有担当、干净的援藏人，完成党和人民交给我们的任务。

作者系安徽省第八批短期援藏专业技术人才,时任西藏自治区山南市交通运输局运输科高级经济师,安徽省亳州市交通运输局科长、高级经济师。

痼疾一朝去　汉藏永同心
——记一例罕见上肢巨大肿瘤切除手术

王　波

"主任，请您看下这位患者，他的手臂长了个大瘤子！"2022年4月的一天，山南市人民医院重症监护室的达瓦群丹老师和浪卡子县卫生局的同志一起，陪同着一位身着藏装的男性患者，来到我的门诊。看到患者时，即便是已经从医二十年，见惯了无数疾患，我也被惊呆了。患者艰难地脱下外衣，一点点褪去红色的贴身衣服，只见右前臂一个大如篮球，表面布满怒张静脉的肿瘤。肿瘤从前臂近端一直延伸到腕部掌侧，表面布满不规则散在隆起皮丘。

患者名叫边巴赤桑，57岁，是个牧民，来自山南市浪卡子县普玛江塘。询问病史，肿瘤生长已经快11年了，最开始发现的时候也就拇指大小；开始时也没在意，瘤子逐渐长大，造成患者行动不便，开始影响患者日常生活。五年前在拉萨的一家医院穿刺活检时，肿瘤部位大量出血。当时医生和他谈及手术风险，因为害怕就没有继续治疗。此后，肿瘤疯狂生长，如今局部疼痛明显。

因为肿瘤巨大，很重，患者右上肢活动极为不便，就像常年绑着一块铁疙瘩在手臂上。

怎么办？望着患者期望的眼神，我为难了。

这么多年的从医经验告诉我，这病不好治啊。能保肢吗？能保住患者手臂的功能吗？术后创面怎么修复？——手术风险巨大！

患者经济条件不宽裕，常年一个人生活，一旦失去右手怎么办？检查看看吧，哪怕只有一线希望，我也要尽最大的努力。

听闻我是援藏医生，朴实憨厚的边巴赤桑，眼神基本就没离开过我——性命相托，如何能负？检查，会诊——我当机立断，有了大概想法。我首先联系了影像科的邵世虎主任，马上做了核磁检查；通过核磁报告，初步诊断为间叶组织来源肿瘤，深达骨质，多房，和前臂的重要肌腱、神经、血管粘连紧密，而且不能排除为恶性肿瘤。

我随即先切取患者一块组织请病理科的王素芬主任会诊。如果为恶性，可能需要截肢处理。看着这个黝黑的汉子,我的心揪在了一起。

很是幸运,几天后的病理分析报告显示,活检组织内未发现恶性细胞成分,可能为软骨来源肿瘤。于是我立刻让患者办理住院手续,完善各项常规检查;又在邵世虎主任的主持下进行了上肢CTA检查,发现肿瘤和桡动脉紧密包绕无法保留,幸运的是尺动脉还好,有希望保肢,保全手臂的功能。

太好了！我赶紧做好详细的术前计划,组织多科室会诊。影像科、病理科、麻醉科,各科室专家齐聚讨论,反复商讨手术方案,和患者仔细沟通,准备术中意外处理预案……

2022年5月6日上午11时,整洁干净的手术室里,随着手术灯打开,墙面上的手术时钟跳动着,患者平静地躺在手术床上。陈珂主任主麻,神经阻滞加全麻插管麻醉,我和张积森主任、索朗格桑医生、江白医生依次到位,邵世虎主任在旁边摄像(保留病例资料)。万事俱备,手术开始了。

设计好皮肤切口,一点一点小心游离、保护和肿瘤粘连紧密的重要神经和血管,游离切除肿瘤,如履薄冰。失之毫厘差之千里,一旦损伤神经血管,后果不堪设想。历时两小时,肿瘤终于被完整切下了。松开止血带,手臂的血供情况良好,不用做血管移植接驳切掉的桡动脉,而且保护了重要的血管和神经,重建了切掉的肌腱,术前设计的皮瓣也能完全覆盖创面。那一刻,我们悬着的心终于放下了。手术圆满成功！参与这场手术的医生护士们无不欢欣鼓舞。

切除肿瘤称重近5公斤——这可是山南市人民医院有史以来,手术切除的最大肢体肿瘤。

第二天查房,康复中的边巴赤桑满面笑容,用不太熟练的汉语告诉我们,他轻松多啦。说话间,他还高兴地和我们轻松挥手。借着换药的机会,我仔细检查了伤口——很好,没问题,看来患者手臂的功能完全可以保留,活动自如。那一刻,我从边巴赤桑投向我的感激眼神里,读懂了作为一名医生、一名援藏医务工作者的幸福。那一刻我心中充满了无比的自豪和光荣。我不由得想起了歌词里唱的"党的光辉照边疆,我是援藏好儿郎"。我们由党和国家选拔派来援藏,支援边疆建设,怀着一颗赤胆忠心,不忘使命初心！能够得到藏族同胞兄弟的认可,给患者以帮助,再多的艰辛付出都值得。我们没有虚度青春,对得起这身白衣。我们将永远记住这段美好的援藏时光,这将是我们一生的荣耀和无尽的精神财富。

作者系安徽省第七批组团式援藏医疗队队员,时任西藏自治区山南市人民医院骨科主任、淮南新华医疗集团新华医院手足外科主任。

山南雅砻情

王引德

　　一年的援藏工作早已结束,但这一年里的每一天经常在脑海里重演,重温每一个细节是那么令人激动和心驰神往。初入高原的兴奋与紧张、惶恐与不安仍历历在目;半夜醒来睡不着,口干舌燥,昏昏沉沉的高原反应现在却变得有些亲切;有困难时得到援藏工作队领导与其他援友的支持和帮助,再看看西藏特有的蓝天与白云,顿感浑身轻松,心境也开阔许多……然而,让我最难忘的是与西藏学生们一年的相伴时光,与西藏同行们共同教学教研的时刻。每每念及于此心中便充满愧疚与惆怅,没有和他们一起走完一个教学周期是我此次援藏的最大遗憾。如若再有机会,我将毫不犹豫地再回山南。

　　2017年8月18日,安徽省组团式援藏队第一批第二小队于合肥相聚,带着省厅领导的殷切教导,带着安徽人民的叮咛嘱托,我们即将坐飞机去西藏。飞机在贡嘎机场徐徐降落,怀着无比激动的心情和强烈的好奇心,我们出了机场。丹阳校长和提前到达的援友们早已在机场外等候。每个人都披上了洁白的哈达,合影留念。大家虽然才刚刚认识,但在离家乡遥远的地方,有共同乡音的我们彼此相见就像见了亲人一样格外亲切。到了山南,有关领导又为我们举行了一个简短而又温馨的欢迎仪式,并安排我们住在校外的雅砻家园,此刻大家倍感温暖,高原反应似乎也不那么明显了。我们每个人都有一个单间宿舍,有独立的厨房和卫生间,设施完备,床单被套都是新的。这真的要感谢援藏队第一小队的留任老师们,他们提前一周来藏,一边吸着氧一边为我们准备好这些生活用品。

　　山南海拔3 600米左右,我们在一天之内上高原,几乎没有适应过程,第二天大家都出现了不同程度的高原反应,因此喝水、睡觉、深呼吸是当下最好的选择。经过两天的休息和调整,在楼长和领导们的帮助下,大家克服困难,以最快的速度适应环境。我们虽然行动很慢,但还是忍不住在晚饭后结伴,喘着大气步行,去近两公里的山南二高——我们即将工作的地方看一看,那里将是我们人生留下浓墨重彩的地方。一学期后,校内援藏楼建好了,我们可以住在校内了,感谢后方的大力支持。

　　通过山南雅砻,我认识了西藏,也完全改变了我对西藏的看法,现实远比想象中要好得多。西藏在党和国家的领导下,在西藏人民的努力下,发生了很大变化。周末,大家结伴逛逛山南市及周边，了解雅砻历史和雅砻文化；在雅江沙滩上嬉戏，看雅江杨树林风情，看蓝天白云；工作之余参观过西藏第一寺桑耶寺，西藏民主改革第一村尼克村，西藏第一座宫殿雍布拉康；下午放学后经常去山南市体育馆散步，看山南的老老少少们在落日余晖下尽情地转着圈跳锅庄，感受山南雅砻的激情与魅力。

山南市第二高级中学，与我工作的学校定位差不多。学校有近2 500名学生，全住宿，基本来自藏区各个地方，当然山南籍学生是主要的生源。有学生和我说，他家离学校有1 000多千米，回去一趟转多次火车和汽车要两天两夜，因而他们是学期结束才回家的，这有点超出我的想象了。西藏孩子真不容易，十五六岁独自一人在外求学，这种求学体验是身在内地的学生无法想象的。我像他们这个年纪也独自一人在外上学，有一定的感同身受，因而在内心里要求自己以后在各方面尽可能对他们多关心。

二高是一所和我们内地一样的现代化学校，各种场馆设施与内地学校相差无几，尤其是体育馆。我们年级组的办公室就是体育馆器材室临时改建的，稍显简陋，但是办公不用爬楼，这就很好，要知道在西藏上楼比在内地上山还累，上一层楼喘半天气。学校体育馆非常重要，它承担了校内外多种赛事，尤其是篮球赛。山南市各机关单位经常举办篮球赛，二高是比赛场地之一，所以观看校内外的各种赛事是我的快乐时光，这真是一种别样的体验。我喜欢运动，但不敢大运动量地打球，也只能在空余时间投投篮而已，平时基本是慢跑，偶尔在隔壁房间打打乒乓球，保持低运动量。由于室外体育场在重建，学校的各项活动基本上在室内体育馆进行，教师节活动、元旦会演、校园文体节、毕业生大会、月考、期末考、各种赛事等，场面都是如此壮观，新奇且难忘。

我所带的班级是1609和1613两个理科班，都是藏族学生，两个班的班主任也是藏族老师，分别是索朗欧珠老师和巴桑老师，他们俩都和我说过"学生要是不听话，和你皮，你就跟我说"。这一说，让我充满了好奇与不安。

初次接触两班学生，有种似曾相识的感觉，觉得和内地学生没什么差异，最大的特点就是他们到哪儿都戴着遮阳棒球帽，这也是高原防紫外线的基本措施。孩子们平时交流的时候都是用藏语，我只能傻听着。事实上我说普通话，他们基本上能听懂，也有极个别学生听不懂，后来了解到这些孩子是从较偏远的藏区过来的，他们小学、初中都是藏语教学，上高中只会简单的汉语，现在也是在汉语学习中。我萌生出向他们学习藏语的想法，让他们平时教我，但发现于我而言，这是一个不小的挑战，最后不了了之。

一周后学生们对我的新鲜劲过去了，开始了各种调皮，有时让我哭笑不得。但我上课时，他们很听话，恭恭敬敬地老实得很，这样我们师生之间更多了一份亲近。我很少告他们状，大多是两位班主任逮他们现行。当班主任训斥他们时，他们都眼巴巴地看着我，希望我给求个情，那样子真是让我忍俊不禁。

心灵火花

　　山南二高是自治区示范高中,在教学成绩上有一定的要求,学校有月考,而且月考要排名。我带的9班月考数学最好成绩为年级第六名(共18个班),13班略差点。其实我更看重的是教学过程和师生平时的交流。他们取得较好的成绩时会开心地缠着我问各种问题,我也经常自费买些文具作为奖品奖励他们,每每看到他们拿着奖品手舞足蹈的样子,我就觉得这些孩子是那么可爱,因此我在早自习和晚自习都早早地去班级,这样就有更多机会和他们沟通交流。学校会经常给学生发牛奶和各种水果,我来上课的时候,讲台上就会经常出现这些吃的东西,学生们说是给我的,说好东西要大家分享,这让我感动不已。也许我经常给他们以仁慈的一面,有几个学生就喊我"老爸",一开始我不大明白,后来才知道,他们都是一个学期回去一次。不在父母身边的孩子在外学习,那种情感我是懂的,以至他们后来得知我一年期结束将要回内地不再回来的消息后,很沮丧,集体到我宿舍来为我送行。那一晚我们聊到很晚,我都不忍心让他们回宿舍。那夜,我无眠泪沾巾,心中充满愧意,没带他们到毕业,太遗憾了。不过我们加了微信好友,建了群,在群里看他们快乐地交流,我也很开心。

　　最开心和最难忘的是校园文体节期间,两班的节目都是藏族特色舞和现代舞的串烧。通过活动我真正地体会到藏族真是一个多才多艺的民族。两班的节目无老师指导,他们之间相互配合、相互学习,音乐、服装、道具、节奏编排等,两周之内全部搞定,还在文体节中获奖,让我惊叹不已。晚自习第二节课就是他们排练的时间,看到他们那么认真地相互协调做好一件事的劲儿,我唯一能做的就是拍照与摄像。回内地后,经常翻看手机,这会带我回到那些快乐的时光,他们的传统舞蹈真的让我叹为观止。

　　德庆央吉,她是9班的数学课代表。她本来不是,原来的课代表是她的好友,但好友胆儿小,每次来我办公室都是央吉陪着,而且都是央吉和我说话,我就让她们俩都当我的课代表了。她们是那种没开口就笑的淳朴的藏族卓玛形象。藏族姑娘的笑是那么天真无邪,一口白牙,太讨喜了。我总是记不住藏族学生的名字,重名和近乎重名的太多,央吉也不例外。我老是喊她们:"喂,喂。"她们就笑。后来德庆央吉就说:"老师,你就喊我小绵羊好了。"这个好记,上课时我每次在班级喊小绵羊同学时,班级同学都笑成一团,我至今都不明白为什么。

　　虽然她们的数学成绩不是很突出,但是她们对待生活、对待学习、对待自己的职责都是很让人放心的。在与央吉的交流中,我得知她住在扎囊县的一个较偏的地方,家里有50头牦牛,还有一群羊,父母都是农民。她有个妹妹在山南市某初中读初三,姐妹俩平时都寄住在各自学校,周末一起去山南的一个亲戚家。想想西藏孩子这么小就离家外出求学,我不由得想起自己的求学经历,也经常给她们讲我的过往,勉励他们上进。现在央吉已经从湖北某卫校毕业,在山南市某医院当一名护士。我们之间一直保持联系,每到重要节日时,都会收到她的祝福,我答应她,一定会再去西藏的,去看看她。

且增,是13班的一个帅气阳光的高个子男孩。上课的时候,他听得很专注,开心的时候就冲我搞怪,有时候真拿他没办法,我反其道而行之,不批评反而表扬他。他数学成绩进步很快,自然就和我亲近很多。在上课之前,我们老师经常在教学楼下的长椅上休息。他总是偷偷地跑过来坐在我身边不作声,我忍不住问他:"有问题吗?"他就是嘿嘿地傻笑着说:"没有,陪陪你。"我有时候被他们这些不经意的表现感动。虽然他们不善于用言语表达,但那种真情却化解了我的思乡之情、思儿之苦。他经常带一帮同学在我的宿舍楼下的篮球场打球,就是想让我看到他,让我下来和他们玩,如果我没有回应,还会偷偷让同学上来敲门,喊我和他们一起投篮。在他们眼里,几乎就没有师生隔阂,快乐式教育何尝不是如此。

回到内地后,他经常在他闲暇之时找我聊天,有时候半夜了还呼我。就是他经常激起我的西藏情结,让我时时忘不了他,忘不了山南二高,忘不了西藏。他考上了西藏大学,学的是经济学专业,前不久和我说快毕业了,问我他毕业后该干什么,让我给他参谋参谋。

在二高的日子里,我们45个来自安徽各地的同事就像一家人一样,互帮互助。我们始终秉持着为什么来西藏、来西藏干什么、离藏时留下什么的信念组织自己的教学,结合自己的专业发挥特长,克服自身的困难兢兢业业,任劳任怨,充分发扬"老西藏精神",不给安徽援藏队拖后腿,在教育援藏上树旗帜。

普布扎西老师是我们年级组的组长,为人和善。我们在教学上有困难时,他总会想我们所想,急我们所急。记得年级组打印机坏了,我们要打印试卷,他就在晚上帮我们解决问题,不耽误我们第二天的教学。他也是一个慈父型的藏族汉子,藏族学生既怕他又爱他。他是藏族人,和藏族学生沟通比我们容易,经常看见他深夜查房,就像一个家长查看自己的子女一样。他教语文,在他的朋友圈里能学到很多东西,有汉学的感悟更有藏学的精髓。

达桑卓嘎是我们数学组的一位藏族女老师,典型的藏族女性形象,高原红遮盖了她俊秀的脸庞,笑起来一口白牙煞是好看。她有两个孩子都在上小学,每天接来送往的,忙忙碌碌,但是就算这么辛苦,也从没耽误过教学。她在我们面前总是显得那么谦虚,在教学上有不清楚的地方会第一时间请教,我们都积极地互帮互学。多媒体影音系统的使用在二高开展时间不长,课件的制作和应用对她来说有点难度。她看见我们熟练地应用PPT时,羡慕不已。我在课余时间给她讲解PPT制作方法和技巧,她学得那么认真,有时候都忘记了接孩子。在离藏时,我把电脑里的部分资料留给了她。很高兴在离藏后的一年里,她还经常在微信里问我一些问题。相信卓嘎老师会进一步提高自己的现代化教学水平。

援藏刚结束回内地的那段时间,我时常分不清自己是在西藏还是在家,梦想自己再上高原,听听二高和附近实验学校的广播里播放的藏族舞曲。虽然一年的援藏工作很短,但这一年的经历让我获得了另外一种感动,也让我开阔了自己的心界。

人们都说人这一生必须去一次西藏,去看看那里的蓝天白云。我在西藏工作生活了一年,也很满足了,只是我的心中还有某种割舍不了的情结,那就是我还想回去看看让我魂牵梦绕的西藏同事和学生、看看我工作过的山南二高、看看我生活过的雅砻家园。

作者系安徽省第一批组团式教育援藏工作队队员,时为西藏自治区山南市第二高级中学教师。

援藏是我今生无悔的选择

谢国琴

2013年5月下旬,通过自愿报名、组织筛选、体检等程序,我作为一名有着丰富临床经验的妇产科主治医生,最终有幸成为滁州市派出的四名专业医疗援藏人员之一,参加了安徽省委组织部组织的第一批短期技术援藏工作,赴西藏山南市措美县人民医院进行对口支援。6月28日,在领导、同事的声声祝福,亲朋好友的殷殷关怀和家人依依不舍的牵挂中,我告别了家乡,告别了亲朋和同事,同安徽省各类援藏技术人员50人一道,踏上了援藏的征途。

措美县属于高寒县,平均海拔4 200米,地广人稀,全县人口不足1.4万人,长年寒风凛冽、山顶积雪不化、空气稀薄。一条小街,长不过1 000米,县城人口两三千人。措美县人民医院,在职职工30余人,妇产科只有两名医生。虽然硬件设备很好,但平时只能看看门诊、接接平产,从没有做过妇科手术,由于消毒设备相对不全、无菌概念知识相对缺乏,很多基本的操作程序相对不够规范,技术力量亟待加强。

到达措美后,我和同事们克服了高原反应、生活的种种不便,迅速投入援藏工作之中。我们从最基本的规范医疗做起,列出常规消毒所需的物品,和当地医生一起规范操作。

措美县城离山南有近200公里的山路,一旦有了急诊患者需要转诊非常不方便。看着崭新的手术室、从没拆封的麻醉机,作为一名妇产科医生,我第一个想法就是要把手术室建立起来。我把想法告诉了院长,他十分渴望我们能把医院的技术带起来。没有麻醉药,一道援藏的滁州市一院蒋晓琼争取院领导的支持,从内地寄来麻醉药品;没有手术包,请拉萨藏医院的下乡医师从单位带来手术包、麻醉包;来自天长市人民医院的钟元林医师指导建立起消毒室……

当我们一切准备就绪时,病房里住进了一个高危产妇,脐带绕颈、前两胎新生儿不明原因死亡,当此次产程停滞之时,为保障母子的安全,我们决定做剖宫产手术。剖宫产在内地是再平常不过的手术,可在这里,却没有开展过。没有经验丰富的手术医师,也没有好的助手和护师,最主要的是没有血源……心里的压力可想而知。

当产妇麻醉成功后,我们有条不紊地给产妇实施手术,取出新生儿、探查宫腔、缝合子宫、关闭腹腔……作为主刀医生,我心里一再地告诫自己,细心、细心、再细心,绝不能有任何差错发生。手术很成功,当产妇家属真诚地感谢我们时,当大家都在祝贺措美县剖宫产手术实现零突破时,我和我的援藏队友们只是相视一笑,因为我们明白,援藏任重道远,这只是开始。

措美县历史上首例剖宫产手术的成功实施,极大地鼓舞了士气,也改变了当地群众对援藏医生的看法,更激发了援藏同事们的工作热情。随后数月的援藏时间,我们不停地进行下乡体检、牧人节义诊,举办医疗知识讲座和培训班。希望利用短暂的援藏时间,通过有效的措施为当地培养一批带不走的医疗队伍,为提高当地医疗水平、造福当地百姓奉献我们的一分力量。

半年的援藏经历深深地刻入我的脑海。在离开家乡的一百多个日日夜夜里,虽然因为每分钟120次以上的心率而步履蹒跚,虽然因为缺氧而常常半夜闷醒,虽然因为干燥的气候而满身皮肤抓痕累累,虽然不分白天黑夜呼啸的北风都在吹着,虽然饮食不习惯瘦了十多斤,虽然想念家乡的亲朋而常常泪湿了枕巾……但看到我们的努力正一点点改变着措美县人民医院,看到我们的培训正一点点提高医务人员的技术,看到农牧民们真诚的微笑和孩子们清澈的眼神,看到越来越好的措美县,我内心充满了骄傲,因为我为措美县的明天付出了努力。

援藏,今生无悔的选择。措美,今生难忘的地方。

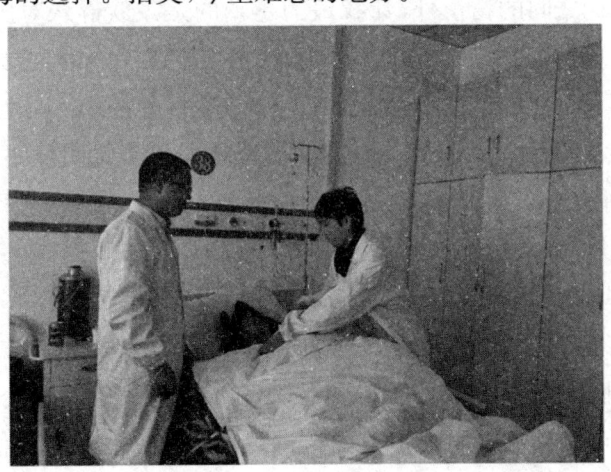

作者系安徽省委组织部组织的第一批短期援藏技术人才,时任西藏自治区山南市措美县人民医院妇产科主治医师、安徽省滁州市全椒县妇幼保健所妇产科主治医师。

圣洁蓝天下　浓浓皖藏情

方冬冬

2021年是建党100周年,也是西藏和平解放70周年,作为一名普通的口腔颌面外科医生,我很荣幸能成为第七批组团式医疗援藏队伍中的一员。

进藏工作后,我勤奋工作并克服高原反应,努力做好临床和带教工作,通过言传身教把自己的工作经验及手术技能毫无保留地传授给山南市人民医院口腔科的医务人员。我在科室开展了形式多样的教学工作,带教本地学徒一名,并签订了组团式援藏医疗人才帮扶协议书,按照确定的总体培养目标和阶段性培养目标,制定具体帮带措施,抓好实施落实,取得了良好的教学效果,达到了教学的目的。帮助和指导学徒参加了2021年全国爱牙日口腔健康科普创意大赛,并取得优异成绩,获得中国牙病防治基金会邀请,还参与了2021年9月20日"全国爱牙日多城联动"宣传活动。

除了浓浓的师徒之间的情谊外,让我最为感动的是藏族群众对医者的信任及敬意,让自己能够全身心地投入医疗援藏的工作中,对自己援藏工作的重要性产生了新的认知及满满的使命感。

46岁的次仁发现右侧耳后有一鸡蛋大小的包块,起初无明显不适,2022年3月开始,包块生长加速并伴有疼痛,次仁于是来到山南市人民医院就诊。我详细检查后诊断,考虑为右侧腮腺肿瘤,需进行手术治疗。次仁入住山南市人民医院,完善术前相关检查,排除手术禁忌后,我亲自担任主刀,将患者右腮腺肿瘤完整切除。术中面神经等重要组织结构得到保护,手术顺利完成。术后,在全体医护人员的精心治疗护理下,患者次仁恢复良好,未出现面瘫、涎瘘等症状,于术后一周顺利出院。出院那天次仁及家属给我和我的同事送来了洁白的哈达表达自己诚挚的祝福与感谢,在那一刻我们也觉得自己是幸福和被肯定的。

白玛洛桑,52岁,一个中年女性,左上第一磨牙缺失多年,影响到自己口腔的美观与咀嚼功能,在儿子陪同下来到我的诊室,开口第一句话是:"援藏老师,您能帮我做牙齿种植吗?我们相信您。"我被患者的真诚及信任所感动。我们科室之前受条件的制约缺少做牙种植的设备及工具,无法开展种植类的修复手术。2021年10月,安徽省广德市阳光口腔医院的杨光院长无偿捐赠了我科一台口腔锥形束CT,这让开展牙种植有了基础的条件。为此我和科室的琼达主任沟通后决定为这位患者开展牙种植手术,在患者及家属的信任与配合下,我们为她种了一颗牙种植体,并在种植体上修复了烤瓷牙,看着患者幸福及喜悦的表情,我和我的同事心中充满了自豪感及成就感。

　　这样和谐、简单又单纯的援藏小故事每天都在上演,良好的医患关系让医者能够幸福与愉快地度过援藏的时光。

　　一年时间过得飞快,进藏前后,无论是在皖还是在藏的领导和同事们,对我都是无微不至地关怀和照顾,让我深切地感受到大家庭的温暖。在西藏这一年,藏族同事的热情,藏族患者的朴实及信任,让我深深感受到皖藏一家亲,援藏医疗,不负此行。

　　爱这里的山,巍峨耸立;爱这里的水,清澈透明;爱这里的天,蔚蓝深邃;爱这里的人,美丽善良。以心为灯,愿做生命的守护卫士;以爱为光,愿做援藏的坚强战士。我们用赤诚之心完成党交给医疗援藏队的光荣任务。

　　未来的工作中我将继续严格要求自己,不断努力,提高自身素质和业务水平,不忘初心、牢记使命,发扬"老西藏精神"。我唯有不畏艰辛,勇往直前,做好自身的医疗工作,才不辜负大家的厚爱。

作者系安徽省第七批组团式医疗援藏队队员,时任西藏自治区山南市人民医院口腔科主任、安徽医科大学第二附属医院口腔颌面外科副主任医师。

心中的故乡

顾 炯

　　夜静得都感受不到风的流动，还有十天，我们的援藏工作就正好满一年。在离开西藏时，市领导起得很早来送行，原本想象中那种热闹的离别场面并没有出现，更多的是大家无声地拥抱，紧紧地握手，夜色中的哈达看起来更加洁白耀眼。大巴车缓慢行驶在高速公路上，借前车一闪一闪的车灯，看到了雅鲁藏布江静静地卧在高速公路旁，似乎在默默注视着一批批被迎来送往的援藏干部。西藏的八大神山之一——雅拉香波雪山静静地耸立在雅鲁藏布江旁边，千百万年来，它就一直矗立在那里，任雅鲁藏布江水涨水消，不喜不悲。也就是去年今天的稍晚时候，我们作为安徽省第四批援藏专家踏上了西藏山南这片神圣壮美的土地。

　　刚来之时，每天交完班后都能看到医院后方的半山腰有个云层，仿佛它也交班，无论寒暑交替，春秋轮回，它就一直在那里，不增不减。山南的景色是无与伦比的壮美，一尘不染的蓝天，碧蓝如洗的羊湖，广袤无垠的哲古草原。美丽的景色让大家也不那么想家了，每天都能以饱满的工作热情投入工作中去。我所在的科室是西藏自治区第一个成立的肝胆外科，科室手术量占了全院手术量一半以上。科室的两位主任都是藏族的兄弟，他们都是热情、豪爽之人。科里的医生们也不错，尤其是罗布顿珠，他是我母校藏族班的，也算是我的师弟。与他们的关系就这样慢慢地在工作与生活中日渐亲密起来。我也像其他普通人一样，带着到新环境的激情，去过好每一天。其间利用休息的时间，进行了两次不错的山南旅游，西藏的壮美着实让人惊叹。冬天也在这样日复一日中来到了。山南的冬天比内地来得更早，也来得更冷一些，温度可以到达零下20摄氏度。让人难过的不是寒冷，而是冬季来时氧含量的下降。夜晚对于我们来说不仅是黑暗的开始，还是焦虑的开始。大部分人都在夜里三四点才能睡着，而且睡得很浅、醒得很早，实在睡不着了，才考虑去吃安眠药。这也是一种常见的高原反应。伴随着长年累月的缺氧，高血压、高尿酸、高血红蛋白等情况都出现了。有时，我们也期盼着雅江的水干枯，因为去年来时，上一批援友告诉我们，明年雅江的水干枯之时，就是我们返回之日，没想到雅江因为下雨并没有如期干枯，而我们却提前返回了。没想到，真到返回之时，却对这片土地异常不舍了。

这一年最大的感受是什么？是感动。最大的收获是什么？是心灵的升华。最大的变化是什么？是内心对西藏这片土地的热爱。最后，祝福外一科欣欣向荣，祝福山南市人民医院发展蒸蒸日上。

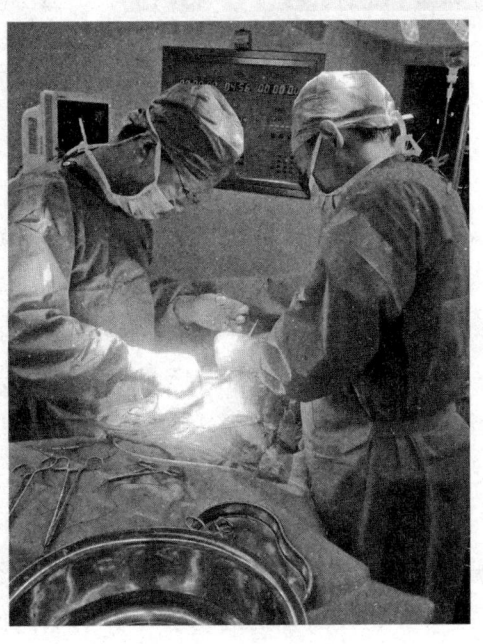

作者系安徽省第四批组团式医疗援藏队队员，时任西藏自治区山南市人民医院肝胆外科主任。

山南情结　缘伴一生

侯　辉

海拔3 700米的西藏山南市人民医院,是我省组团式援藏定点医院。2017年6月,在第三批组团式医疗援藏队组建之际,我了解到藏区是肝包虫病高发地区,急需肝胆外科医生援助,作为一名肝胆外科医生,我毫不犹豫地报名参加了第三批组团式援藏队。体检符合要求后,我光荣地成为一名援藏医疗队队员。

2017年7月20日,第一次踏上西藏这块土地,我便被这里蓝天白云深深打动。但高原反应也如期而至:失眠、气喘、头痛……还有这里环境异常干燥,鼻腔经常出血。努力克服高反后,我们所有医疗队员都投入到紧张的工作中。

山南市人民医院的普外科是一个比较年轻的团队,平均年龄不到40岁,肝胆外科的经验比较少,仅做过左肝外叶等比较简单的肝切除术。手术器械除了血管钳和剪刀,没有一件特殊器械。在这里流行着一种被称为"肝包虫病"的人畜共患传染病,在我国西藏和新疆等畜牧业地区常见,严重者包囊破裂可导致迅速死亡,儿童一旦感染会影响发育。手术是有效的治疗方法。手术的方式可分为内囊摘除和外囊摘除。内囊摘除的手术方式即把包囊打开,清除包囊里面的内容物,方法比较简单。但术后易复发,甚至腹腔广泛种植,严重者还可能产生过敏性休克而导致死亡。外囊摘除就是将肝切除的方法,完整切除肝包虫的包囊。手术治疗彻底,缺点是操作复杂,要有肝切除的经验。山南市当地医院限于技术条件,以往治疗肝包虫病的手术方式主要是内囊摘除手术。

经过初步考查及病例研究,我为自己的援藏医疗工作制定了第一个目标——更多地开展外囊摘除手术,用自己多年开展肝切除手术的技术和经验,为广大藏区肝包虫病患者服务。两个月内,在仅有最普通手术器械的条件下,我做了30台肝包虫病外囊摘除术,彻底解除了这些病人的病痛,赢得了患者和当地医院同事的信任和好评。

由于肝包虫病在西藏发病率很高,国家对此非常重视,开展了肝包虫病的免费普查和防治工作,随着普查的深入,有更多的肝包虫病患者被发现。针对这一现状,我建议山南市人民医院成立肝胆外科,发展肝胆外科亚专业,为肝包虫病患者进行更专业的治疗。2017年9月,山南市人民医院肝胆外科正式揭牌成立,这也是西藏自治区第一个肝胆外科,我有幸受聘担任西藏自治区的肝胆外科首席专家。

在这里，我要特别感谢山南市人民医院领导和藏区患者的支持和信任。到2017年年底，山南市人民医院肝胆外科共开展肝包虫病手术167例，67%为外囊摘除，远远高于自治区要求的肝包虫病手术150例，外囊摘除率不低于30%的目标。截至2018年7月初，又完成了肝包虫病手术120例。

在内心深处，每一个援藏医疗队队员都非常清楚，我们肩上的责任不仅仅是治愈患者，为藏族同胞送去健康、送去福音，更重要的是和当地医生相互交流相互学习，改善医疗理念和管理模式，帮助当地医疗机构不断提升诊疗技术和服务水平。最终的目的就是将先进的技术传授给当地医生，提高当地医院治疗水平，造福当地百姓，从输血式的援藏变为造血式的援藏，给当地留下一支带不走的医疗队。

援藏一年的时间里，我开展了七项新技术、新项目：腹腔镜肝切除治疗肝包虫病；腹腔镜完全腹膜外腹股沟疝修补术；腹腔镜腹腔内腹股沟斜疝修补术；腹腔镜胆囊切除，胆总管探查，纤维胆道镜取石，T管引流或免T管术；全胃切除术；直肠癌经腹会阴联合根治术；先天性胆总管囊肿切除，肝总管空肠Roux-en-Y吻合术。在全院和科室内组织了多次业务学习和讲座，提高了全科的业务理论水平。指导两名学员完成了两篇论文的写作，其中一篇已经发表，一篇待发表。本人也申请了自治区自然科学基金课题"腹腔镜肝切除在肝包虫病治疗中的应用"，获批准立项，这也是自治区的新技术项目，填补了当地的空白。

我们这一批援藏队员，正好赶上了山南市人民医院"创三甲"工作。全科室同事上下齐心协力，不分白天黑夜，放弃节假日的休息时间，付出了辛勤的劳动，经过不懈的努力，顺利完成了"三甲"的初评和终评。2018年7月，山南市人民医院"三甲"正式挂牌。

一年援藏行，终生西藏情。援藏期间，我与藏族同事共同学习，相互促进，尤其是在创"三甲"的日日夜夜，我们同呼吸、共命运，圆满地完成了创"三甲"的任务，为提升山南市人民医院的外科水平作出了自己最大的努力。为此，山南市卫计委授予我"援藏先进个人"荣誉称号，这是对我最大的鼓励。在以后的工作中，我还将与山南市人民医院同行保持密切联系，希望他们方便时来我们医院参观和学习，我们二附院肝胆外科是他们的坚强后盾。在医学的道路上，我们将带着诚挚和热情继续与藏族同胞携手共进。

作者系安徽省第三批组团式医疗援藏队队员,时任西藏自治区山南市人民医院外一科主任。

梦回雪域　情定山南

冯小凤

时光荏苒,转眼间六年过去了,回想起六年前的那个夏天,一幕幕清晰地呈现在我的眼前。

2015年8月15日下午4点,接到自己要援藏一年的通知时,内心既期待又忐忑。期待是终于有机会可以一睹雪域高原的秀美景色;忐忑的是自己能否适应高原的环境,能否顺利开展工作。纵然有许多顾虑,还是开始了各项准备工作,三天后全省20名队员在合肥集结进行了一天的集中培训。2015年8月19日,作为一名首批组团式援藏队的队员,带着亲人的牵挂和领导的关心,我开始了援藏之旅。当飞机抵达贡嘎机场时,首先映入眼帘的是头顶的蓝天白云还有当地卫计委和医院领导手中洁白的哈达,内心充满了紧张和兴奋。

虽然进藏之前对高原反应有了充分的心理准备,但是当一系列的高反症状如期而至的时候,还是那么地措手不及。高原反应带来失眠、头痛,干燥导致每天嘴唇干裂,以及鼻黏膜出血、血压升高、记忆力减退、胸闷、气喘等不适如影随形,让我对西藏和生活工作在这里的人们充满了敬畏之心,也让我对自己的这次援藏工作有了新的目标和要求。

入藏后经过短暂的休整,虽然仍有一些不适,但是在队长的带领下迅速投入到工作中。

我是一名妇产科医生,最注重的莫过于保障孕产妇的生命安全,队长提出要把山南市人民医院妇产科作为重点科室来建设,更好地为西藏广大妇女服务。作为一名妇产科医生,我知道担子有多重。工作的第一步,我们进行了半个多月的调研,了解了妇产科的现状,如医护人员不足、医疗设备不足、病种单一等。针对当时的现状,我们制定了一系列的措施以提升妇产科的整体服务水平。至今我仍清晰地记得那个叫洛桑卓嘎的孕妇,瘦弱的身躯走路喘得厉害,每走一步似乎都耗尽了全身的力气,躺在病床上都得用口费力地呼吸,口腔和鼻孔血迹斑斑,看到她的时候满眼都是痛苦的表情。经过详细的检查,孕妇诊断为孕32周,重度子痫前期并发HELLP综合征、心功能不全、低蛋白血症、重度贫血、胎儿宫内发育迟缓。于是,我们立即成立抢救小组,血库没有备用血源,我们医护人员就自己去献血,没有药物,药剂科孙主任就安排人从拉萨送过来,新生儿科主任也做好了抢救孩子的准备。虽然做好了各项术前准备，术中还是无可避免地出现了大出血，当一袋袋早已备好的血快速输入患者体内时，我们在场的每一个人都感受到了血脉相连的激动。付出总会有回报，一个星期后母子平安出院，当孕产妇家人虔诚地将一条红色哈达献给我们的时候，我才知道红色哈达的含义是"空间护法神"。

这样一个病例的成功抢救，也给全科医护人员打了一针兴奋剂，让大家对未来科室的发展更有信心、更有动力。为了给病人提供更优质的服务，科室床位实行分组管理，对病人采取精细化管理，开展全科业务学习、教学查房及危急重症救治演练，提高医护人员的理论知识水平、临床操作能力及团队配合能力，提高整体救治能力，保障孕产妇的安全，降低孕产妇及婴幼儿死亡率。经过共同努力，未发生一例孕产妇死亡。由于设备和技术原因，之前90%妇科疾病转诊至拉萨，留下来的病人最多的就是宫外孕患者。而且手术室的麻醉师和护士都特别害怕妇科手术，因为一台妇科手术通常需要6~7个小时才能完成。通过一对一、手把手教学，一年下来，她们都可以独立熟练完成部分腹腔镜手术，巨大子宫肌瘤、宫颈肌瘤的子宫全切术，部分腹腔镜下复杂手术，复杂的子宫切除术、阴式子宫切除＋阴道前后壁修补术，阴式子宫肌瘤剔除术。

妇科手术时间大幅度缩短，由原来的6~7个小时到现在2个小时左右，大幅度降低了麻醉和手术风险，保障了患者的安全。这也得到了手术室医护的高度赞扬，从此他们再也不惧怕任何妇科手术了。根据调查，当地发生异常子宫出血的患者比较多，开展宫腔镜手术可以避免很多患者因为出血切除子宫。为此，医院领导开专题会议研究，购置了宫腔镜设备，为妇产科微创中心的成立打下了坚实的基础，同时也改变了妇科微创手术需要转拉萨或内地的局面，得到了当地老百姓的一致好评。由于新技术的开展，设备的完善，妇科手术量及手术级别有了质的飞跃，为妇科与产科的分科独立打下坚实的基础。妇产科医护也形成了一个年轻、有活力、积极上进，让山南地区患者认可、信任的团队，她们的进步是我这一年最大的收获。

工作之余，我们深入基层，首次在山南地区开展了宫颈癌筛查项目——TCT，为山南地区近2 000人进行了筛查，做到了宫颈疾病的早期发现、早期诊断、早期治疗。利用节假日和周末时间，我参加医院和医疗队组织的健康宣传与义诊活动，并与山南市民政局和残联前往错那和隆子县，为近千人进行了疾病诊治、伤残鉴定和失能老人鉴定。

为了进一步提升山南地区医疗服务能力，降低孕产妇及婴幼儿死亡率，我们申办了山南市围生期疾病诊治与护理培训班，有近百人参加。

一年的时间飞逝而过，山南市人民医院已经培养了一批业务技术骨干，打造了一支带不走的医疗队伍，让医疗新技术真正扎根雪域高原，为山南地区的老百姓服务。虽然我已经离开那里，但我愿永远做他们最坚强的后盾，为山南市人民医院妇产科的发展贡献自己的力量。

从此山南也成为我生命中难以割舍的地方。我自豪,曾经我是一名援藏人;我珍惜,因为那段刻骨铭心的永恒岁月。

作者系安徽省第五批组团式医疗援藏队队员,时任西藏自治区山南市人民医院妇产科主任、安徽省滁州市第一人民医院妇产科主任。

飘在西藏的一粒种子

方友林

随着国家西部大开发的春风,搭着安徽援藏的列车,我来到西藏,就像一粒种子,在春风中飘荡,最终落在了西藏的大地上。时间飞快,在西藏已经快三年了,这是国家政策、公司规划的一部分,也是我个人生命里重要的一段经历。

来到西藏,最先映入眼帘的,就是这里的蓝天白云,白云居然能这么白,蓝天好像伸手就能触摸得到。这里的蓝天白云,怎么都看不腻。

刚到八宿的时候,我们公司(海螺集团西藏八宿海螺水泥公司)还处于基建时期,没有后来平整的水泥路,也没有成片的绿茵。那时候,每到春天的下午就会刮大风,风沙很大,人走在路上都睁不开眼睛。就在这样的环境里,厂区盖起来了,宿舍楼盖起来了,设备一台台装起来了,绿绿的草一片一片地多了起来。公司逐步进入生产期。

八宿县城不大,公司离县城不算远,那时候,我们会经常坐车到县城里逛逛。第一次见到武钢广场的藏族锅庄,两三百人,穿着各种各样的衣服,在广场的中间围成一个大圈跳舞,身后的喷泉在彩色的灯光里,伴着震撼的藏歌,此情此景让人心生感触,大概这就是藏区生活最本来的样子吧,大概这就是幸福吧。

随着公司的建设发展,厂里的藏族员工也越发多了起来。还记得基建时期,公司的藏族工人每天下午四点准时在现场围着喝下午茶,第一次见还真是让我大开眼界。现在公司的藏族同事们变得越来越成熟,越来越可靠,在各个岗位上发挥着越来越重要的作用。

2022年春天,厂里一个汉族员工娶了附近村子的藏族姑娘。一个汉族,一个藏族,就这样神奇地相遇了,结为一生的伴侣。说起来,"海螺"可以算作他们的媒人了,民族团结在这一刻走进了现实,让他们成为一家人。

西部大开发的春风吹进了西藏,"海螺"在这里扎下了根,带来了先进的生产理念和生活方式,给附近的人们提供了大量的就业岗位,销售的路线像蛛网一般铺向四面八方,同时也为西藏的建设贡献着自己的力量。而我这粒种子,也在这个过程中贡献了一份微薄的力量。虽然我个人的力量是微不足道的,但是,像我这样的种子,又何止一粒呢?

心灵火花

作者系安徽海螺集团派驻西藏八宿海螺水泥有限责任公司工作人员,2019年9月23日,响应集团号召,由枞阳海螺(国投印尼巴布亚水泥有限公司2016年4月7日—2019年6月8日)主动申请调入八宿海螺。

青春正当时　愿为援藏人

王恩萍

"援藏精神是中国共产党的一个崇高精神,是中国特色社会主义的一个显著优势。缺氧不缺精神,这个精神就是革命理想高于天。你们在高原上,精神是高于高原的。这个事情必须一茬接一茬、一代接一代干下去。一方面支援了西藏,集中力量办大事;一方面锻炼了干部、成长了队伍。援藏应该是你们一生中最宝贵的经历之一。"这是习近平总书记在考察西藏时的重要讲话。我对这段话记忆尤深,因为我参加援藏工作就深受援藏精神的影响。

"一次援藏行,一生援藏情。"这是儿时总听在拉萨当兵的小舅说起的一句话。

妈妈说小舅当兵那年我才两岁,她再次见小舅时,我都上初中了。当时的我对这个第一次见面的小舅充满了好奇,因为他说,西藏有最壮观的山川河流,有最多彩的民族文化;西藏是圣洁的,是人人向往的天堂圣地。作为援藏干部的小舅,说起藏区的事,总是滔滔不绝,使得小小的我对那片神奇的土地充满向往,暗暗发誓总有一天我也要去小舅口中的第二故乡。

2020年7月,我自愿申请调入西藏八宿海螺水泥公司工作,如愿来到了西藏,来到了这片离小舅更近的地方,我还是挺开心的。

来藏那天,邦达机场下着小雨,室外温度只有7摄氏度。因为雨季,通往公司的318国道发生泥石流,多个地方滑坡导致公司接机的车辆无法过来。后来我们历经7个多小时才到达公司。这是现实中的"人在囧途",但阻挡不住入藏后的美好心情。初到八宿,正赶上公司大窑点火投产前设备调试关键时期,我迅速进入工作状态,为大窑点火准备工作贡献自己的力量。

援藏,就要与高原恶劣环境战斗。春有风沙走石,夏有烈日骄阳,秋有寒风萧瑟,冬有冰冻暴雪。不论工作还是生活,条件都无比艰苦。"缺氧不缺精神、艰苦不怕吃苦、海拔高境界更高。"我认为这正是锻炼自己的好机会。

援藏是一种缘分,更是一份责任;是一次历练,更是一生的财富。我很快融入了当地的生活,跳锅庄、吃藏面、喝酥油茶、过林卡节等成为我的日常,而我也时常向藏族同事介绍家乡的风土人情。民族间的风俗习惯总能在中华民族一家亲的大背景下引起共鸣与天然的亲切感。

"我到底能在这留下什么？"这是我在八宿海螺工作期间思考最多的问题。我必须用心、用情、用力工作：党支部标准化建设、"两路精神"党建品牌创建、发展党员、组织各类员工喜闻乐见的活动，作为一名基层党务工作者，我努力贡献一份光和热。

2021年是西藏和平解放70周年。国庆节期间，我去了拉萨，作为老西藏的小舅带着我，打卡八廓街、哲蚌寺、布达拉宫广场，游玩了纳木错，观看了《文成公主》大型实景剧。鉴往知今，方可领悟"西藏历史是各民族共同书写的"精髓所在；以史为镜，才能开创未来。短短几天，我明白了只有各民族在理想、信念、情感、文化上团结统一、守望相助、手足情深，增进对中华民族的自觉认同，才能建设美丽幸福西藏、共圆伟大复兴梦想。

援藏，将是我一生无悔的选择。历经援藏，使我对这片土地的爱更加深沉。

作者系安徽海螺集团派驻西藏八宿海螺水泥有限责任公司工作人员，2020年7月从四川广元海螺调入八宿海螺。

让青春盛开在雪域高原

杨罗聪

时光荏苒,岁月如梭。至西藏昌都已两年,两年时光,在人生长河中只是弹指一挥间,但我相信,这是我青春中最为难忘的一笔。

习近平总书记考察西藏时指出:"援藏精神是中国共产党的一个崇高精神,是中国特色社会主义的一个显著优势。缺氧不缺精神,这个精神就是革命理想高于天。你们在高原上,精神是高于高原的。这个事情必须一茬接一茬、一代接一代干下去。"

援藏是项伟大工程,责任重大、使命光荣,把个人命运与国家命运紧密相连,这是所有援藏人一生的骄傲。一代人有一代人的长征,而援藏工作就是我成长路上的新长征。

2020年5月15日,我从重庆江北机场出发,飞行两小时,穿过云层,毅然奔赴雪域高原。挥手告别蜀南地,激情满怀赴雪域,神奇而美丽的西藏在等着我探寻,然而激动的心情很快不复存在。邦达机场海拔4 300米,对比重庆4 000米海拔落差,胸闷、头晕情况频发,且机场离八宿县城尚有130多公里,中途还需经过七十二道拐,现在回想,翻江倒海便是唯一的记忆。

西藏昌都,地处三江流域,位于西藏东部,东与四川省隔江相望,东南与缅甸及云南接壤。昌都平均海拔3 400米,历史悠久,文化灿烂,风景秀丽。我本是云南人,小时候便多次听及亲属述说西藏这片圣地的神秘。时光流转,十多年后,没想到我自己的进藏经历毫无准备地在这里开始了。

是红色。沿着台阶一路而上,行进间,天边已悄悄挂上了一抹暖阳,朱红色的光芒四溢,照射大地,温暖耀眼的光彩成了此刻昌都的新面纱。挺腰、吐气、呼气,向前看,强巴林寺映入眼帘。建筑宏伟,棱角分明,特有的风格令人耳目一新。丰富的色彩,红白相映间又带来了强烈的视觉冲击,原始又张扬,细腻又内敛。寺院内摆放了繁多的各类佛像、古老的壁画以及众多精美的唐卡,可谓让我眼界大开。向外,顷刻间已经是人潮涌动,藏族人民穿着红色的服饰,拿着转经筒,不停地转,不停地念。苦闷烦心事向佛主诉说,好坏皆由天定,做好分内事,不想苦事,诵念真经,吐故纳新,虔诚而真挚,令我震撼。而迎面相对,对方都会给你质朴的微笑,淳朴的面庞上全是真和善。

是风声。汽车在广阔的高原上行进。抬头,天是纯净的蓝,不掺杂任何杂质,天际的浅蓝延伸到头顶上方宝石般深邃的深蓝色，增加了别样的层次感和渐变感，是如此迷人。而云是善变的，时时刻刻都在变换着模样，层出不穷，一会如疾驰的飞马，一会又像静坐的卓玛，时静时动，甚是变幻莫测。行驶至安全位置，下车，远眺。空旷辽阔无边的大草原像是一块天工织就的黄绿色巨毯，远处连绵的山峰更是为其点缀上别样的空间感，而绿草与蓝天相接处，星星落落，如点墨般成百上千的牦牛或相互追逐，或静坐，或相互凝视，让人觉得心情愉悦。兴奋之情难以抑制，汹涌澎湃的情感喷涌而出。

是挑战。来到八宿后，按照八宿海螺的管理要求，我与同事被分配至昌都卡若区，开展市场跑动与客户储备工作，进行水泥需求调研。挑战随之而来。西藏昌都整体交通不便利，很多地方往往都是有车进去，待这边事情办完，已是无车返回。而销售最重要的是与客户面对面沟通，因交通问题，我们刚至昌都开展客户拜访工作的时候，费时费力，效率低下。也因与藏族同胞语言沟通不畅，市场跑动收效甚微。加之高原低压缺氧带来的各种高原反应，经常头痛，伴有失眠，心情也更加焦虑急躁。

但我们没有向困难低头，没有条件就创造条件，缺少信心就树立信心，市场不够就开拓市场。在公司的支持下，大家团结一心，群策群力，积极开发客户，做足品牌宣传工作，深挖客户群体，最终圆满完成了各阶段的销售任务。

时光雕琢记忆，追逐芳华，所有的依恋恰似雪峰上的一道霞光，闪耀着奋斗者的亮丽光芒。时代各有不同，青春一脉相承，我们的青春在这片雪域高原得到淬炼和升华。能够在这个伟大的时代践行习近平总书记的指示和"老西藏精神"，能够参与绘就幸福家园的美好蓝图，在祖国的边陲挥洒青春，这样的青春是光彩照人、彪悍飞扬的青春，是无怨无悔、毕生怀念的青春。

作者系安徽海螺集团派驻西藏八宿海螺水泥有限责任公司工作人员。

我的援藏故事
——以梦为马，搏律通冠，"心"动高原

孔祥勇

2022年7月9日,《安徽新闻联播》"安徽援藏工作巡礼·走进山南"报道了安徽组团式医疗援藏工作。

在西藏山南市人民医院，我正在进行冠状动脉造影手术。手术一结束，我就开始向我在当地医院招收的徒弟余小华，讲解手术过程和诊疗要点，手把手教学、讲课培训、领台手术……安徽援藏医生就是以这种方式，将医疗技术和丰富经验毫无保留地传授给西藏本地医生。山南市人民医院现在已经可以独立开展一些心脏血管闭塞支架的植入手术。

西藏山南市人民医院心血管内科医生余小华介绍说："以前我们心血管内科所有的治疗，仅仅靠药物，组团式援藏老师来了以后，在资金、人才、设备上给予我们很大的支持，我也没有梦想过作为一个女医生能在高原上自己独立开展心脏介入手术，这是我觉得很自豪的事情。"

2021年7月21日，我作为安徽省第七批组团式援藏医疗人才，对口支援西藏山南市人民医院心血管内科。近一年的时间里，我扎根高原，带领山南市人民医院心内科团队开展了200多台心脏介入手术，我们以梦为马，搏律通冠，"心"动高原。

当确定为第七批援藏医疗队队员时，我内心无比激动，作为一名共产党员，我深知援藏工作的重要性，也明白援藏工作的艰辛，我向往去拼搏一番，也期待西藏成为我的第二故乡。

如今，我来到雪域高原工作生活将近一年，亲身体验了在这里工作的不易，深深感受了藏族同胞的真诚与淳朴。此时此刻，我对"援藏为什么、在藏干什么、离藏留什么"有了更新、更多的认识。有幸成为一名国家战略的践行者，这是组织的信任，也是一种责任，更是无上的荣耀。

作为一名心内科医生，我充分认识到高原地区藏族同胞的心血管疾病发病率并不比内地低，但是由于医疗水平有限，很多患者没有得到及时、有效的救治，严重者出现明显的致残和致死。因此，我先后前往山南市七个县域参加大型义诊活动，看过无数个藏族患者，我深知不可能为每一位藏族同胞提供医疗服务，但是我想通过义诊和科普教育的方式让更多的人了解心血管疾病，让更多的心血管疾病患者早发现早诊治。

一年来，数百位心衰和心律失常患者入住山南市人民医院心内科，我们提高了他们的心脏动力，搏正了他们的心脏节律，每一位治疗后的患者，病情均得到了积极有效的控制，出院时他们都露出了满意的微笑。

作为一名心内科介入医生，我 24 小时待命，争分夺秒地救治急性心肌梗死患者是我的天职。山南市人民医院作为该地区唯一一家胸痛中心，背负着重要的使命。在这里，为支撑胸痛中心建设，我感到巨大压力，但我更为自己能在第一时间救治多个急性心肌梗死患者而感到自豪。

还记得，2022 年 4 月 1 日，山南市人民医院急诊科接收了一位 52 岁男性患者，因突发晕厥、伴呕吐咖啡色液体数小时由县医院急诊送入我院，急诊心电图提示 Ⅱ、Ⅲ、AVF 导联 ST 段抬高，Ⅰ、AVL 导联 ST 段压低，明确诊断急性心肌梗死合并心源性休克、肝肾功能不全、糖尿病酮症、上消化道出血。我接到电话后飞奔到急诊科，发现患者病情十分危重，已经心源性休克、多脏器功能不全，如不立即开通闭塞血管，死亡风险极高。为患者检查后，我要求立即启用导管室，第一时间披上我的"铅衣铠甲"。术中患者持续低血压、反复室速，在医护全力配合抢救的情况下，我们迅速进行了介入手术，闭塞的血管被开通，患者的心律、血压渐渐趋于稳定，我们把病人从死亡线上拉了回来。那一刻，汗流浃背的我们无比欣慰。

"搏律通冠"，一年来，这样的回忆太多，已无法一一记清，但每一次成功的抢救，都让我深刻体会到援藏工作的价值，每一位患者病情好转后的微笑和真诚的谢意都让我体会到无比的自豪与温暖。

"心"动高原，是我作为一名心内科援藏医务工作者的使命和初心。如果有机会，我愿继续挥洒汗水，努力为自己的援藏工作画上完美的句号，服务更多的高原百姓。

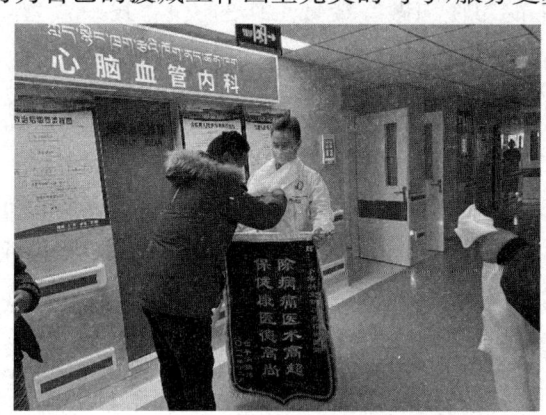

作者系安徽省第七批组团式援藏医疗队队员，时任西藏自治区山南市人民医院心血管内科副主任。

青春在雪域高原闪耀

许 皓

从安徽合肥出发,一直向西飞越4 000公里,就来到了西藏自治区山南市。这片圣洁美丽的土地,就是藏文化的发源地之一。按照党中央和国务院的统一部署,安徽省对口支援西藏山南市及其所辖的错那、措美、浪卡子三县。从2002年首批援藏干部入藏工作以来,一批又一批的援藏干部艰辛努力、无私奉献,把对党的忠诚和对藏区群众的大爱,写在了广袤的雪域高原上。

薪火相传,接力出发。2018年,省委组织部面向全省选派短期援藏专业技术人才。得知这个消息,我的心中犹如升腾起一团熊熊燃烧的火焰,仿佛听到有个声音在对自己呼喊:我要去西藏,我要用自己的水利专业知识,为藏族同胞们实实在在做点事情。在排灌总站领导的支持下,我顺利通过水利厅党组的选拔,前往山南市措美县水利局参与援藏工作。

带着激动不已的心情,我飞越了4 000公里,第一次踏上了雪域高原。

初到措美县,伴随激动心情而来的,是身体上难以适应的高原反应,有的同志心跳加速、心慌不能自制,有的同志头痛欲裂、不能入睡,有的同志甚至晕倒在房间,我也无法幸免。靠着多年坚持锻炼的习惯和做好援藏工作的决心,我一直为自己加油打气,不断给自己心理暗示:我是来自基层建设管理一线的年轻人,我是曾经在防汛抢险一线战斗过的水利人,这点困难一定能够克服。在随队医生的帮助下,在队友们的鼓励下,我渡过了高原反应第一关。

然而,更大的考验还在后面。措美,藏语意思为"湖下"或是"湖的下游",这里属于高海拔地区,平均海拔4 500多米。全县共有大小河流18条、大小湖泊38个,巍峨壮丽的雪山在湛蓝的天空下分外壮观,美丽璀璨的哲古湖像是一颗宝石镶嵌在大地上。我们感受到了高原上大美壮丽的景观,也感受到了人类在大自然面前的渺小无奈。措美县常年低温,当地俗话说,全年只有两个季节,一个是冬季,一个是大约在冬季。宿舍内没有空调、暖气等取暖设备,有时气温甚至达到零下十几摄氏度,室内脸盆里的水都会结冰,毛巾也冻得硬邦邦的。在江南长大的我,从未体会过这样的寒冷,我不得不和衣而卧,盖上厚厚的被子。在艰苦的生活条件下,我本来就偏瘦的身体,又减轻了十多斤。双手十指大面积起皱脱皮,嘴角长时间溃烂不能愈合,头上甚至长出了丝丝缕缕的白发……

大部分水利工地处于高海拔高寒地区,当地交通极其不便,很多工地都需要先乘车,再步行数公里才能到达。记得在玉美村的一处工地,接近4 800米的海拔,我和同事们一起步行爬了2公里的山坡。要是在平地上这费不了什么劲,可是高原上每走几十米就会气喘吁吁、满头大汗。在这样的情形下,我努力克服了心理障碍和生理反应,跑遍措美县的四个高海拔乡镇,行程上千公里。

印象最深刻的那次,是在海拔5 200米的工地现场,这是我所到过的海拔最高处,相当于珠峰北坡登山大本营的高度。因身体极度缺氧而休克,我被送往医院急救。等到醒来恢复意识时,家人焦急地给我打来电话,让我向组织申请提前结束援藏。单位领导和朋友们也十分关心我的身体,让我千万保重。我独自躺在陌生的医院里,说不害怕是不可能的,说不担心也是骗人的。我想到了临行之前厅党组对援藏干部的嘱托,想到了我出发之前的豪情壮志。经过激烈的思想斗争,我力排来自亲人和朋友的好意劝阻,在身体休养恢复之后,义无反顾地回到了岗位工作。因为我知道,不忘初心,方得始终。我参与了小型农田水利专项验收工作,验收项目达到27个,对于每个项目,我都到实地认真核查检验,不敢有丝毫的懈怠。因为人手紧缺,援藏干部们都是身兼多职,我也边干边学,负责防汛抗旱代储点等多个项目建设管理,整日奔波在建设工地和现场一线。

半年的援藏工作艰苦却又充实,在身体接受高原缺氧的折磨、心理承受孤独煎熬的同时,我极大程度上磨砺了坚强意志,无形中有了一种肩负伟大使命的自豪和经历风雨历练的成长体会。这些对我后来的工作、生活和人生观、价值观的升华,都有极大帮助。我记得,习近平总书记说过,援藏工作是治边稳藏事业的重要组成部分,援藏干部人才是对西藏干部队伍的有力补充。我有幸投身于对口援藏这个重要的政治任务中,我以亲身参与山南市措美县的跨越发展为荣。我没有辜负水利厅党组的信任,一张张红色的荣誉证书,见证了我作为一名安徽水利人在援藏工作中作出的点滴贡献。我欣喜地看到,小型农田水利工程极大地改善了农牧业生产条件,为措美县农业结构调整、农业增产和提高农牧民生活水平打下了坚实的基础。

援藏结束之后,我返回排灌总站继续工作,但是我的心中依然不能放下那片土地,特别是刚刚回到合肥的那段时间,只要看到有关西藏的字眼,我就不由自主地热泪盈眶,情不自禁地回想镌刻在高原上的青春岁月。

故事讲述到这里,我想跟大家分享一个青藏高原独有的景象:每当天气晴朗时,在珠穆朗玛峰的山顶上,经常飘浮着一种形似旗帜的白色烟云,这就是著名的珠峰旗云,被称为"世界上最高的云彩"。在我的心中,同样也有一片旗云飞扬,引领我不断向上攀登,用一颗赤诚的心去践行初心使命。

作者系安徽省短期援藏专业技术人才,时任西藏自治区山南市措美县水利局工程师。

在藏那半年

方习勇

　　光阴如白驹过隙，一晃眼，我离开雪域高原已经四年半了，但那里的山山水水和默默战斗的错那县交通运输局的同行们，已永远地刻在了我的脑海中。每每回想起来，那一幅幅画面仿佛还在昨天。

　　经过前期多项身体健康检测合格后，2017年6月3日，我搭上合肥去拉萨的航班，刚到贡嘎机场下了飞机，藏族同胞就献上洁白的哈达并带来了预防高原反应的药物和专职医生。辗转来到西藏自治区山南市，作了短短三天的中高海拔适应后就去了海拔4380多米的错那县交通运输局，开始了为期半年的交通技术援藏生活。在那里，我看到了西藏特有的蓝天白云，在山坡上悠闲吃草的成群牦牛，淳朴的牧民真诚的微笑；在那里，我看到了六月里成片雪山傲然耸立，沿途五色的经幡在风中飘扬。在这圣洁之地贡献自己的绵薄之力，是我这一生中最有意义的经历。

　　在这半年里，我坚持勤奋工作。作为一名援藏技术人员，我时刻牢记着，要以高度的责任心和强烈使命感认真执行援藏任务，尽可能就自己所学的知识多与藏族同胞交流。在此期间，我克服了工作和生活中的重重困难，和雪域高原交通同人一起工作，一起学习，一起生活。

　　在这半年里，我的心常被触动。错那县是一个以藏族同胞为主的少数民族聚居地区，海拔从18米到7060米，县城所在地海拔4380米，面积达35120平方公里，人口约16000人，居住分散，山体滑坡、泥石流等自然灾害经常发生。但是生活在那里的人们都十分乐观，他们憨厚淳朴、热情好客。每逢客人到访，他们都会穿上艳丽的藏族服饰，献上洁白的哈达，拿出上好的青稞酒、酥油茶和牦牛肉，载歌载舞，真让人盛情难却。在错那县交通运输局，大部分职工面部黝黑，看起来比实际年龄大很多，但这丝毫不影响他们的工作热情，我从未听到任何人的抱怨和牢骚。早期那里偏远乡村的孩子们很难受到良好的教育，家长们想送孩子去学校读书，却因种种条件的限制，只好让孩子们放羊、放牛或者去寺庙出家，延续着祖辈的生活方式，无力摆脱贫困的现状，但随着西藏的繁荣发展，也包含着援藏工作的持续推进，这种现状有了根本好转。

　　在这半年里，我经常被感动。错那县是边境县，交通条件有限，到处是山，深山常年积雪，只有一条崎岖公路通向市区，每天只有两班客车通勤，每班车只卖几十张票，从不超载。有时想去一趟市里却买不到票，大雪或者泥石流等恶劣情况下还会封山，在那想多吃点青菜和水果都比较困难。当地政府担心我们饮食不习惯，把我们一行援助错那的七人安排在县医院食堂就餐。食堂经常专门为我们采买一些饭菜，周末食堂工作人员还得放弃休息。刚到那，我就感到了夜不闭户、路不拾遗的氛围。我看到同事漂亮的自行车随便往路边一停，也不上锁，我还以为他忘了锁，他说他们每次都这样，没有人偷。后来我发现他们办公室也很少锁门，即使锁了也把钥匙放在旁边。闲暇时我在错那往山南的公路上散步，经常有当地农牧民停车，热情招呼我是否需要捎带一程或有什么需要帮忙的，让人心倍感温暖。

我到错那时，开始身体还不是很适应，晚上经常睡不着觉，白天昏昏沉沉的。局长让我不要下工地，但他自己却每天很早下乡，很晚回来，有时甚至住在乡下。我在办公室待了一两天就坚持要跟局长一起下乡。在下乡的时间里，我跟着局长见识到了许多东西，也学到了许多东西。

远在错那的半年里，我常常想起家人，暗暗流泪。想到我父亲去世多年，母亲有病长年需要人照顾，想到我妻子勤俭持家，全力支持我的援藏工作，一个人陪着孩子和有病的老人。每次电话另一端的他们都说"放心吧，家里没事，一切都好"，我心里都倍感酸楚。家人的全力支持和"老西藏精神"的激励，让我没有理由退缩。

一次援藏行，一段雪域情。这半年的所见、所思、所悟将使我受益终身。那蓝天、白云，那草地、牛羊，那雪山、圣湖，都成为我一生最美好的回忆，特别是藏族同胞和安徽援藏工作者们，他们携手唱响"皖藏同心筑梦山南"，以身作则、深入边陲、扎根高原的无私奉献精神不断鞭策着我，在以后的工作中我会更加努力，忠诚尽责，超越自我，为中华民族伟大复兴贡献自己的力量。

作者系安徽省第五批短期援藏专业技术人才，时任西藏自治区山南市错那县交通运输局工作人员、安徽省交通控股集团有限公司六安管理处养护部部长。

心灵火花

我心中的山南

许愿愿

魏峨的喜马拉雅山，奔腾的雅鲁藏布江。西藏，这片祥云之下的人间净土让无数人神往。山南是西藏古文明的发祥地之一，平均海拔3 700米，历史悠久，文化灿烂。2018年7月30日，这是令我终生难忘的一天。这一天，我作为安徽省第四批组团式援藏医疗队队员正式援藏，开始了援藏医疗工作，植根于西藏山南这片深情呼唤的大地。

老一辈援藏人员说过，每一个进藏工作的同志，不论在藏的时间长短，都应以主人翁的姿态与西藏各族人民并肩努力战斗和生活。作为一名共产党员，身为医生，我深知援藏医务工作者肩负的神圣使命，我们不仅是在雪域高原播撒医学的种子，还是皖藏一家亲的纽带。出发往西藏之前，面对家中的老人和年仅三岁的孩子，我也有过犹豫和不舍，但是一想到医院领导的嘱咐、雪域高原的召唤，我依依惜别家人，毅然飞赴遥远的西藏山南。飞机降落在贡嘎机场，一眼望去，天是那么近、那么蓝，我双手虔诚地接过洁白的哈达，感到无比亲近，无上光荣。在勤劳善良的藏族同胞的心目中，我们医护人员是生命的天使，是受到尊敬的人。我满腔热情，一心想尽快进入工作状态，努力闯过绕不过去的高原反应关，经过短短几天的休整，我头痛、胸闷、心悸、彻夜难眠等症状逐渐消失，于是马上就投身到山南市人民医院儿科的医疗工作中。

在山南的日日夜夜，"特别能吃苦、特别能战斗、特别能忍耐、特别能团结、特别能奉献"的"老西藏精神"时刻鼓舞着我们，"缺氧不缺精神，艰苦不怕吃苦，海拔高境界更高"的豪言壮语是我们的坚强信念，"敬佑生命，救死扶伤，甘于奉献，大爱无疆"是我们组团式援藏医疗队员的工作目标。我所从事的儿科专业被人们称为"哑科"，儿童患者不会和医生交流，给诊疗工作带来不少难题，山南市当地患者又以藏族同胞居多，难免碰到语言不通的情况，增加了治疗过程中的难度。我尽自己所能，尽力消除语言交流障碍，主动邀请本地医护人员和前来门诊的藏族同胞帮助翻译，尽快地适应工作环境，提升自身的医疗水平和服务能力。2018年9月28日，我在儿科门诊时接诊了一名两个月大的小患者，家属手执一大叠检验单要求住院进行蓝光治疗。原来，这名小患者因黄疸消退延迟在山南多家医院就诊，给予退黄药物口服后，始终未见黄疸消退，家属十分焦急。我一边安抚家属，一边仔细询问病史、体格检查和查看检验单，发现小病人极有可能患了婴儿肝炎综合征。在向家属耐心解释病情后，我指导了患儿的下一步检查和治疗，明确诊断为婴儿肝炎综合征、巨细胞病毒感染，经过更昔洛韦抗巨细胞病毒、保肝治疗，小患者最终痊愈，家属特地赠送锦旗表达感谢之意。我结束援藏工作、返回安徽后，还一直和孩子的妈妈保持联系。现在，小家伙已经快四岁了，可爱、帅气，给家庭带来无尽的欢乐。

援藏期间，山南市人民医院的领导安排我担任医院儿科主任。为挑好这付沉甸甸的担子，我深刻领会组团式援藏工作对国家治边稳藏战略的重要意义，认真理解医疗人才组团式援藏并"以院包科"建强重点科室的长远工作思路。我们儿科医生关爱每个孩子，深知各民族儿童是祖国盛开的花朵，对患病儿童进行及时、有效的治疗，关系到每个家庭的幸福。为克服我们每位援藏医生只在山南工作一年的局限，采用"师傅带徒弟"的形式，培养当地医疗人才。打造一支当地医院留得住、长期稳定的高水平医护队伍，才是组团式援藏任务的重中之重。我默默耕耘，期待收获。我成功申请了2019年安徽省科技厅援藏科研课题，指导藏族医生完成2019年西藏山南市科技局科研课题的申报和论文撰写，努力促进医院儿科医疗技能与科研水平的进一步提升。我手把手地带教当地医生，在2018年12月雅砻物交节假期，带教学员曾传文收治一例低血容量性休克、代谢性酸中毒、电解质紊乱、急性腹泻病的患儿，并将该名患儿救治成功。在治疗中，一旦低血容量性休克没有得到及时纠正，患儿可能从肾前性肾功能衰竭发展到肾性肾功能衰竭，后果不堪设想。在临床实践中，我从休克的评估、补液的速度、液体的张力着手，经过液体复苏、纠正内环境紊乱，使带教学员切实体会到如何进行危重儿童的液体管理。仅相隔一周，一例呼吸窘迫的新生儿夜间在呼吸机支持下突发紫绀，尽管无法床边摄片评估肺部病变，我仍然迅速、正确地判断为气胸，和本地医生进行急诊胸腔穿刺减压，缓解了气胸造成的梗阻性休克，进而避免心包填塞所致心脏骤停的发生。四个月大的小旦增在2019年4月16日前来门诊复查，外婆激动地对我说"我们来看救命恩人"时，我深刻地体会到"传帮带"的重要意义。

组团式援藏开创了援藏新局面，凝聚起西藏与内地省份一道实现全面小康的"中国力量"。西藏将关心人民身体健康作为一项重要的政治任务来抓，紧紧围绕让各族人民群众"有地方看病，有医生看病，有制度保障看病"等各项工作，加快提升医疗服务能力。在山南，我与领导和同事一起，多次深入浪卡子、洛扎、措美、错那四县的医院和边境乡村，给先心病患儿做好筛查，为应治尽治提供医疗条件。我在山南市福利院参加义诊，热情为藏族儿童服务，温暖孩子们的心。我到山南市小学、幼儿园进行保健宣传，用通俗易懂的科学道理和身边事例传播卫生健康知识。在山南工作期间，我和很多患儿家长结为好友，在微信上答疑解惑，为患儿治疗排忧解难，为孩子争取更好的医疗条件。2019年3月，在山南市人民医院降生的小岗组，因患骶尾部畸胎瘤，出生几天后家人就四处求医。

为急患儿所急，为替父母分忧，为给小岗组提供更好的医疗条件，依托安徽医疗组团援藏"以院包科"帮扶政策，我主动向安徽省儿童医院领导和援藏医疗队领队汇报，得到了领导和临床科室主任的重视和支持。在小岗组出生13天时，我陪护她平安抵达安徽省儿童医院，新生儿外科医生顺利对小岗组的畸胎瘤做了切除手术。小岗组的手术非常成功，痊愈出院回到扎囊县的家中后，小岗组的父母带着她专程到山南市人民医院给我献上圣洁的哈达。看着孩子顺利康复，我为她流下了激动的热泪。

今天，我深情回望青藏高原的蓝天白云，终生难忘收获的援藏队友情、医院同事情、山南医患情。我热爱雪域山南，那里有我的美好回忆。虽然一年时间如白驹过隙，但是，此情已经化成永恒。三年前，我依依惜别山南，情不自禁吟诗一首，以志留念："雪域山南寄深情，终生难忘援藏行。组团医疗洒汗水，藏汉团结手足亲。扎根高原传帮带，医护协力更同心。深入乡镇到边境，走村串户查病情。精湛医术治病患，救死扶伤献仁心。倾心尽力为藏胞，党的宗旨永牢记。千里迢迢赴雅砻，一年白驹过缝隙。泽当遥看珠峰近，雅江水流记情谊。"

深情暖雪域，大爱撒高原。我心中的山南，有我们援藏医疗队队员执着的追求，有我们医护人员书写的篇章。习近平总书记关心人民健康，在2021年提出殷切期望："广大医务工作者要恪守医德医风医道，修医德、行仁术，怀救苦之心、做苍生大医，努力为人民群众提供更加优质高效的健康服务。"习近平总书记的关怀，鼓舞着我们要向更高目标笃定前行，激励我们要时刻响应新的召唤。坚信在以习近平同志为核心的党中央坚强领导下，有党的治藏方略光辉引领，山南的明天必将更加灿烂辉煌！

作者系安徽省第四批组团式援藏医疗队队员，时任西藏自治区山南市人民医院儿科主任。

救治援友

陈海燕

2021年5月15日星期六上午10时许,休息日。西藏自治区山南市人民医院急诊科值班医师第一时间打电话给我,说话很急促,讲述急诊科现有一位情况很危急的病人。接到电话就是接到任务,我深知时间就是生命。我立即驾驶电动摩托车去了急诊科,接触病人后发现其是湖南省的援藏队员,来藏区工作才两个月。短时间询问病史得知:患者2小时前在无明显诱因下突发胸痛不适,由于需要急诊,来到山南市人民医院急诊科。

值班医师第一时间通知我,我4分钟到达急诊科,结合患者病史特点及心电图异常,诊断为急性下壁ST段抬高型心肌梗死,需要行急诊PCI术开通罪犯血管,打开生命通道,挽救心肌,挽救患者的生命。

援藏导管室护士长戴正宏及导管室带教本院护士及时到位,在湖南省援藏队队长袁主任及患者本人的信任下,同时在安徽省援藏山南市人民医院的吴晓莉院长等领导的支持下,我和山南市人民医院其他同事,一起为援藏患者行急诊CAG术,提示患者右管中段血管急性闭塞,故"急性下壁ST段抬高型心肌梗死"的诊断是明确的。

需立即为患者开通血管,恢复血流,挽救患者生命。和患者及相关领导简单沟通后,准备行急诊PCI术。但患者造影提示右管血管迂曲严重,难度系数较大,同时患者又是我们的援友,心理压力之大,是普通人所不能体会的,要知道在藏区缺医、缺药、缺设备是比较常见的,只能成功不能失败。凭借自己多年的临床理论知识及扎实而出色的冠脉介入动手能力,我立即开通患者的右侧冠状动脉的罪犯血管,5分钟内成功植入支架,恢复右冠血流TIMI血流3级。患者胸痛症状明显缓解,血压及心率等生命体征平稳。

同时做好相关的准备工作,未出现缺血再灌注的损失引起的恶性心律失常及无复流现象。患者安全回病房,心电图提示下壁导联ST段恢复正常,胸痛症状缓解。术后复查心电图提示:窦性心律,下壁导联抬高的ST段回落到正常水平。

术后我们积极支持对症处理,患者七日后平安出院,出院后我们密切随诊。这次突发、危重的医疗救治,拯救了援友,拯救了一个家庭,使援友更好地继续服务于藏区人民,出色完成了国家交给我们的任务。

这仅仅是普通的一例,类似于这样的急性心肌梗死,我在山南市人民医院开展急诊

30多例,没有一个急诊 PCI 术死亡病例。

在担任心内科主任的时候,我扎实做好"传帮带"工作,把成熟技术和管理经验"带着泥土移栽"到西藏,促进当地医务人员提高能力和水平。

为了抢救生命,我不分工作日和节假日、不分昼夜、不分春夏秋冬,随叫随到。为了最大限度地争取时间,我们住在医院里,用实际行动来践行"时间就是心肌、时间就是生命"的理念。

援藏期间,我始终对自己高标准、严要求,努力以"全心全意为人民服务"为宗旨做好各项工作,把党的事业作为自己最大的职责和最高的使命,为对口援助的农牧民提供优质高效的医疗服务而不懈努力奋斗。

作者系安徽省第六批组团式援藏医疗队队员,时任西藏自治区山南市人民医院心脑血管内科副主任。

倾"心"共建山南医院

伍万仕

2018年初，在春寒料峭、大地复苏，一切都刚刚萌动的季节，省、市卫计委通知：援藏，解决对口支援医院新技术、新项目解决瓶颈问题，确保三甲医院评审通过，切实提高当地应急医疗技术水平。时间紧、任务重，在高原地区，医疗条件有限，刚刚装备大型设备，他们尚无工作经验及管理经验，物资储备等都是迫切需要解决的问题。省、市卫计委对此非常重视，任务具有挑战性，需要有开创性工作经验，并能确保完成西藏人民交付的任务。

经医院和市卫计委的推荐，我作为开展心脏介入工作20余年的高年资医生、主任医师，担当作为，冲在一线，党旗所指，理当冲锋陷阵。同时出征的还有有着丰富介入诊疗经验的洪丽萍护士长，她主要配合我的工作，并指导当地医护人员开展介入护理工作。一切准备就绪后，我们直飞拉萨。

一路上，我们对高原工作、生活充满好奇，想到语言不通、缺氧及生活上的不便等困难，有些忐忑不安，但在下飞机的那一刻，我们释然了。

我们受到西藏山南市人民医院的相关领导及内地援藏工作人员的热烈欢迎，一下拉近了情感的距离，洁白的哈达，充满情感的"扎西德勒"，让我们有回家的感觉。高原上，天高云淡、白云朵朵，映衬着蓝天的广阔，机场上空红旗飘飘，国旗迎风招展，这是一处洁净的天上人间，温情而浪漫，让我们的援藏最初体验充满新奇与感动。汽车行驶在茫茫高原，沿途的河流冰水缓缓流淌，蜿蜒曲折流向远方，带走我们对家的思念，植被刚刚突出绿芽，充满了生机，一切都欣欣向荣。

刚到医院，接待我们的当地医疗专家就简短介绍了目前临床科室的情况、面临的问题以及当天将要接诊的一位重症患者。我们一下车，还没有来得及换上当地的工作服，就进入了工作状态，来到ICU（重症监护）病房，会诊这位特殊的病人，他心肌梗死已经超过24小时了，因为没有开展急诊PCI（血管成形及支架）手术，患者的病情日益加重，心衰、房室传导阻滞、浮肿、少尿，慢慢地不能平卧，病人危在旦夕。

经查房，我们积极讨论并制订诊疗方案，给予规范化抗凝、抗血小板、调脂、稳定斑块、利尿、改善心功能等综合治疗，病情一度有所缓解，但之后心功能持续恶化，完全性房室传导阻滞,给予植入临时起搏、运用有创呼吸机等治疗仍无能为力,最终患者因心脏电机械分离、全身脏器功能衰竭而离世。参加完抢救才发现我们还没有适应高原缺氧,紫绀、乏力,伴有全身酸胀不适,这才意识到高原作业的艰苦。

这件事给我们的触动很大,心梗患者在内地常规上是走绿色通道,快速就诊,及时手术,死亡率很低。而在高原地区,因技术、人员等限制,部分危、急、重症患者得不到及时救治。由此可见,以创建三甲医院为契机,依托内地共建单位的专家"传帮带",共建平台,提高医院心内科整体医疗水平,提高广大藏区人民的生活水平、生活质量至关重要,这也体现党的政策关怀,切实为西藏人民服务。

在随后的工作中,我们秉承汉藏人民的共同愿望,在心导管室的建设和病房管理上双管齐下,并积极培养能上台手术合作的医务人员以及台下配合的护理及技术人员,为开展介入治疗作准备,每天查房,了解病情,制定诊疗规范,开办小讲座,制定介入诊疗操作流程,让医护及患者熟识整个心血管疾病的诊疗过程。

半个月后,我们如期开展了山南市首例CAG(冠脉造影)+PCI手术。这是一位老年男性患者,"反复活动后胸闷、胸痛三年",最近明显发作频繁,发作时间延长,随时有心梗可能。入院后我们给予其全面评估,医护合作制定完善的诊疗流程,向家属充分告知手术风险及介入手术诊疗的必要性,取得患者及家属的理解后,他们对我们远道而来并为其做手术,表示由衷的感谢和信任,让我们这些援藏医护人员备受鼓舞。

在充分准备的情况下,我们这台手术开展得非常顺利,一小时后病人在家属陪同下自行走回病房,愈后如获新生,患者及家属情不自禁露出笑容。出院前老人家真诚地献上哈达及锦旗,并与医护人员合影留念。

该病例也是山南市首个血管造影及介入治疗病例,一经报道即受到当地广泛关注,代表山南市人民医院医疗水平上了一个新的台阶,同内地医疗水平缩短了距离,意味着以后类似病患不用再转诊成都等内地医院了,也为急症患者提供生死时刻的最佳选择。

在临床工作中我们更注重"传帮带"的教学,手把手带教当地医护人员介入诊疗技术,此后我们陆陆续续开展十余台诊疗手术,均获得成功,在让山南人民获益的同时,也将介入诊疗技术留在山南市人民医院,植入山南的红色沃土,开遍美丽山南。我们由此还荣获了"优秀援藏干部"荣誉称号。

在业余生活中,我们穿着火红的冲锋衣走遍山南。家家户户门前五星红旗迎风飘扬是藏族人民的居家特色之一,当地老人的口头禅就是"共产党好、毛主席好",让我们援藏人员倍感自豪,清冽的青稞酒、浓浓的酥油茶,红色西藏让我们难以忘怀。

在三个月的共同奋斗中,我们与山南人民风雨同舟,并肩奋战,情谊深长。山南市人民医院顺利通过三甲评审,我们也告别了这个终生难忘的西藏高原,洁白的哈达传递着藏族人民的情感，挥手告别时，藏族同胞的热情让我们潸然泪下。望着医院门口随风飞舞的红旗，我们心潮澎湃。

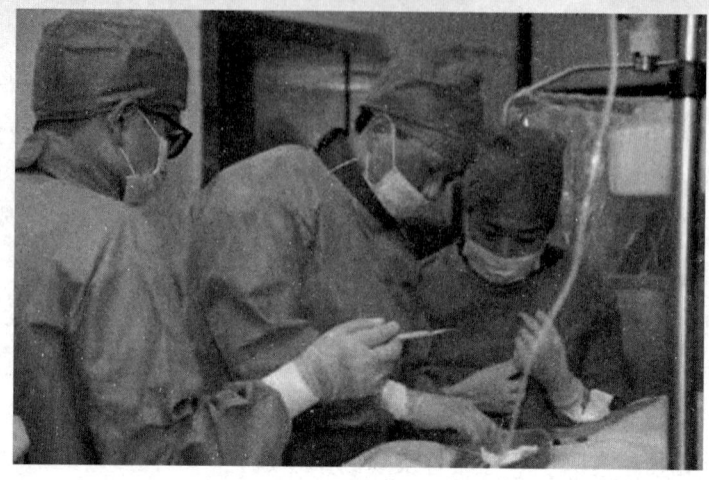

作者系安徽省短期援藏医疗技术人才，时任西藏自治区山南市人民医院心内科技术主任。

我的援藏时光

王 宏

每年七月,是雪域高原最宜人的季节,也是安徽援藏队队员进藏的日子,这时节格桑花开满整个雅鲁藏布江河谷,每一朵格桑花似乎都在默默述说着援藏队队员无尽的情怀。时光飞逝,援藏归来已近一年,但每每念及援藏的那段时光,心中仍旧感慨万千。

2020年7月,带着各级领导的殷殷重托,背负着亲人的不舍,我从生长、工作40余年的温暖湿润的长江小城来到雪域高原,开启了为期一年的医疗援藏时光。湛蓝的天空、洁白的云朵、巍峨的群山,这是我对山南的第一印象,也是我憧憬中的模样;这里也有我未曾经历过的高原严寒、缺氧及对家人的无尽的思念。但无论是凛冽的冷风、无常的天气还是强烈的紫外线,都不能抑制一代又一代的援藏人"缺氧不缺精神、艰苦不怕吃苦"的豪迈情怀。"万里写入胸怀间",来吧,放开脚步、带上心中的希望与信念,融化在这美丽的雪域高原。在山南市人民医院度过的一年是我人生中意义非凡的一年,在这短暂的时光里,有付出,也有收获;有汗水,也有欢笑;有遗憾,更有豪情。这一切将深深铭刻在我的生命中。

在山南与梦想相遇,在高原与情怀相依,援藏路上以初心相守。经过一段时间的交接,我被安排到组织援藏办公室,同时负责药学专业技术的相关指导工作,我的内心既期待又忐忑。这对我来说是一个全新的岗位,一方面要扎实做好"传帮带"工作,把我们内地医院的技术和管理经验"带着泥土移栽"到西藏,促进当地医务人员提高能力和水平;另一方面要做好组织宣传工作,要传援藏先进经验、宣援藏专家风采、讲援藏动人故事。在那里我感受到了亲切与关怀,艰苦与辛劳。

援藏的许多经历,至今使人难以忘怀,而其中烙印最深的要算深入某边防连队为广大官兵进行义诊,那是令人魂牵梦绕的一段经历。那日一早,援藏医疗队队员一行20余人携带相关医疗设备及药品,沿着雪域高原一路前行。临冬之际,海拔5 000多米,冰天雪地,气温低至零下十几摄氏度。翻山越岭,一路崎岖颠簸,再加上高海拔缺氧,许多同事出现了胸闷、头痛、恶心。历经六个多小时的路程终于到达了某边防驻所。大家尽管筋疲力尽,但稍作休整后就投入义诊活动中。我一边做好义诊组织、宣传工作,一边发挥自己的专业特长,为广大官兵开展合理用药知识宣传、健康用药指导咨询服务等。对一些慢病长期用药的官兵,主动留下联系方式,做起他们的"家庭药师",让他们能够更放心、更安心、更踏实守好祖国的"大门"。这次巡边义诊虽然行程艰苦,但能为祖国最可爱的人做些力所能及的事,帮助他们解除病痛,所有的辛苦都是值得的。这次义诊既是去送医送健康,更是去接受爱国主义教育,我感受到边防的苦与险,感受到西藏山川的壮美,更感受到祖国的强大和军民的团结一心。错那县曲卓木乡、琼嘎顶社区等藏区也留下了我们援藏队队员义诊的身影。定格在记忆相册的是当地农牧民朋友看到我们援藏医疗队队员时露出的纯净的笑脸,是那么朴实、纯真。最让人感动的是当地农牧民们的热情,他们用最干净的茶碗、最甜美的奶茶招待来自安徽的医疗专家。

读万卷书,行万里路,援藏也要了解当地的风土人情,领略高原的壮美风光。山南作为藏文化的发源地之一,不但有闻名于世的圣女之湖——羊卓雍措,还有着西藏历史上众多的"第一":第一座宫殿——雍布拉康,第一座寺庙——桑耶寺……无论在山南哪一个"第一"驻足,都可望见西藏源远流长的历史长河和岁月在这片土地上留下的痕迹。布达拉宫——西藏的地标,游览布达拉宫自然是每位援藏队队员的心愿。拉萨离山南仅仅100公里的车程。记得那一天,夕阳流淌,在高原的天空之下布达拉宫被染成金色,蜿蜒逶迤的城垛与亘古静穆的高墙,在流转的大朵白云映衬之下,显得格外灿烂、壮丽,仪容万方。高原阳光亮烈奔放,云絮汹涌舒卷,闭上眼睛听转经筒的铜铃声,闻空气里的藏香,似乎经年流淌的光阴从未存在。

一年的援藏时光,我感受了高山雪原的壮美,领悟了思乡的忧伤,体会了浓厚的家国情怀,结交了可爱的藏族朋友。对我而言,这里已然是第二个故乡,是心中的信念所在。这一年认识了来自安徽兄弟医院的援友,我们建立了深厚的感情,我们用知识技能体现了作为医者的价值,传递了安徽人民对山南人民的深情厚谊。这一年我还有幸见证了西藏第一条高铁的建成通车,当绿巨人从山南市人民医院旁呼啸而过时,不由得感叹祖国之强大,深切地体会到美丽的西藏离不开祖国各族人民的援建。

有人说,每一个还没有去过西藏的人,都深信有一天会踏上那一片土地;每一个离开西藏的人,都深信自己还会回去,因为将魂留在了那里。西藏对我而言不再遥远,她将永远成为我美好的回忆。援藏工作,不仅是一次丰富的人生经历,一份沉甸甸的责任,更是一种不断进取的精神和一笔厚重的人生财富,它丰盈了我的人生。一年的援藏经历犹如一朵盛开的格桑花,镌刻在我的记忆深处,永远点亮着生命的旅程。援藏是一种缘分,更是一种责任;是一次历练,更是一种财富。

心灵火花

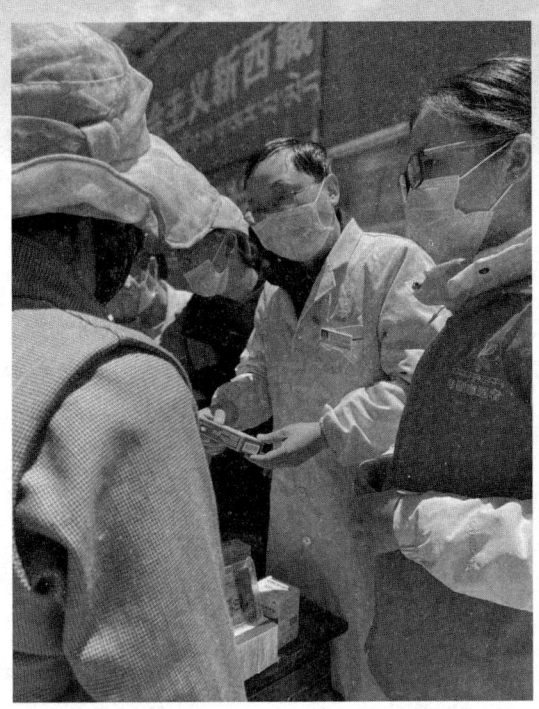

作者系安徽省第六批组团式医疗援藏工作队队员,时任西藏自治区山南市人民医院组援办主任、安徽省安庆市立医院副主任药师。

致平凡而厚重的援藏岁月

杨忠诚

蔚蓝的天空、洁白的云朵、巍峨的群山、漫山的牛羊、清澈的湖水、黝黑的面容、淳朴的笑脸……这是进藏前,我心中西藏的模样。进藏后,这一切对于我来说,却有着更深层次的含义:高寒、缺氧、干燥、低气压、莫名的孤独、无尽的思念、刺眼的阳光、冰冷的湖水,在这里走同样的路需要付出更多的体力……

一边吸氧一边做好"传帮带"

一切要从2021年6月说起。在中国共产党成立100周年及西藏和平解放70周年之际,接到医院通知后,作为一名党员,我第一时间报名参加援藏。经过报名、筛选、体检等一系列程序后,我有幸成为安徽省第九批短期援藏工作队的一员。怀着对藏区无限的想象,带着各级领导的殷殷重托,背负着亲人的叮嘱,我同援藏队伍抵达山南,被分配到了洛扎县人民医院开展医疗援助工作。

洛扎县地处喜马拉雅山脉南麓,与不丹接壤,县城坐落在一条大峡谷中,洛扎县平均海拔3 820米,离山南市区约8小时车程,全程多半是盘山路,其间有多个海拔5 000多米的山口。

一下车我就感受到高原反应带来的痛苦,头痛、呼吸困难、恶心想吐,每前行一步都十分艰难,正常的沟通说话都让我气喘吁吁。当地接待人员十分细心,为我们准备了氧气罐,安排了住所,详细地介绍了当地的环境,也告知了当地目前的医疗水平和需求。经过短暂的调整,我逐渐地适应了这里的环境。

身体上和工作上的挑战,都让我不断地思考"进藏为什么、在藏干什么、离藏留什么",每次想到这三个问题,我深感肩上责任重大。

为此,我对自己的援藏工作作了详细的安排。首先是平时的工作。我会严格要求自己,详细询问病史,仔细进行体格检查;规范诊疗、操作流程。因为诊疗操作在关键时刻关系着病人的生死。其次是对病人方面。在平时的工作中,我会抽出时间来给患儿家长进行儿童预防保健方面的科普。我希望能给患儿家长灌输更多现代化的、科学的医疗理念和卫生理念,从源头来抓病根。再次是"传帮带"的工作。在平时的工作中注重对当地医生的帮扶,每两周我们会共同学习一个疾病的诊疗规范。因为只有"传帮带"才能达到援藏的真正目的,让先进技术和理念在雪域高原开花结果,留下一支带不走的医疗队。

与死神赛跑的生命抢救

半年来,我负责科室二线班,手机总是24小时开机,遇到疑难危重病人抢救时,不管是白天还是黑夜,总是随叫随到。记得有次下班后,我正在食堂排队等候吃饭,医院急诊科医生桑布突然打来电话:"杨老师,有个六个月大的小孩在家中睡觉时突发呼吸困难,您能出趟120吗?"接到电话后,我立马奔向急诊科。前往医院的途中,我与急诊科医生电话沟通,让其准备抢救的器械与药品,特别交代气管导管的型号,在120车上等候。

健康儿童熟睡中突发呼吸困难,原因极有可能是胃内未消化的食物反流引起气管内异物,与家长联通电话,我仔细询问小儿情况,确认了气管内异物,并提前通过电话指导患儿家长使用海姆立克急救法抢救。为进一步观察患儿生命体征,孩子被带回医院急诊抢救室留观48小时,随后家人带着孩子平安离开医院。

因洛扎县条件有限,没有血气分析仪,多数危重新生儿都需要转院。半年来,我几乎主动"承包"了科室所有的转院任务。最凶险的是国庆节前一天,一新生儿被诊断为胎粪吸入综合征,随时有窒息危险。

我在进行一系列对症治疗后,将患儿血氧饱和度稳定在95%~99%,可呼吸困难未见好转。我再次向院领导汇报、与家属沟通,建议转上级医院治疗。

转院过程也是一波三折。从洛扎县人民医院到300多公里外的山南市人民医院谈何容易。途中有多个海拔5 000米以上的山口,而且路况复杂,道路崎岖,落石、塌方等险情难以预料,再加上没有足够的医疗设施保障,转院途中极有可能出现突发病情,甚至危及新生儿生命。为交接好生命接力棒,我主动请缨护送患儿。

为顺利实现转院,我在转院前为患儿进行了气管插管,利用呼吸球囊辅助通气,待患儿病情暂时稳定后,将患儿安全移至救护车。一支由我和县医院的急诊科护士、120车司机组成的转院团队,在雪域高原上上演了一场艰难的生死接力赛。

高原的盘山路上,救护车小心前行。车载儿童呼吸机在洛扎县、山南市堪比奢侈品,转院团队队员们只能轮番用手一直按压呼吸球囊为患儿持续通气,并随时监测着患儿的各项生命指征。刚路过离县医院最近的海拔5 000多米的蒙达拉山口,患儿突然出现心率、血氧饱和度下降情况,转院团队迅速对患儿进行紧急抢救。患儿气管插管内吸出了大量粉红色液体,"坏了,肺水肿、肺出血",当时车上的气氛瞬间紧张起来。这种病在雪域高原死亡率是极高的,车上就我一名医生,我必须冷静下来,才能救人。随后,我继续组织人员对症处理,患儿病情逐渐稳定,所有人都松了一口气。

而这时，我再也无法忍受胃里的翻涌，开始剧烈呕吐。由于高原反应，我吐得特别厉害，胆汁都吐了出来。及时吸氧缓解症状后，团队再次启程。转院途中，一大半的路程海拔在 4 000 米以上，患儿曾再次出现突发症状，幸化险为夷。经历了艰难的七个小时后，当天下午五点半左右，转院团队终于将患儿安全护送至山南市人民医院，为患儿的后续治疗赢得了宝贵时间。

10 月 25 日，山南市人民医院传来了好消息，这名患儿经过积极治疗，病情得到了有效控制，已经治愈出院了。很激动也很欣慰，咱们的努力没有白费，是大家的爱心接力守护了这个孩子。回忆至此，我依然激动万分。

一个人的援藏背后是一支队伍的援藏

入藏以来，习近平总书记"治国必治边、治边先稳藏"的重要战略思想和"加强民族团结、建设美丽西藏"的重要指示如同一面指引方向的旗帜，给予我们援藏人员坚持的勇气与力量。医院领导和同事也非常尊重援藏技术人员，包括院长在内，无论职位高低，对我们均以"老师"相称，工作中更是给予我们充分的自主决断权，让我们能够更加自如地施展拳脚。半年来，我们与当地的领导和同事建立了深厚的情谊，我们相信这种情谊会一直长存下去。

我们还积极参加安徽援藏队开展的"学思践悟守初心，勇毅笃行担使命""诊疗服务及爱国守边学习教育"主题党日活动，参观了西藏百万农奴解放纪念馆、玉麦桑杰曲巴老人旧居，我们对"老西藏精神""两路精神""援藏精神""玉麦爱国守边精神"有了更加深刻的理解，助力边疆建设，做神圣国土的守护者、幸福家园的建设者，我们将不负使命，全心全力完成援藏任务——缺氧不缺精神、艰苦不怕吃苦、海拔高境界更高。

一个人的援藏，身后是一支队伍的援藏。援藏期间，不时会遇到本专业或是自己专业之外不懂的问题，把握不准的时候，我会向自己医院的老师取经。也感谢各位老师一次次地热心解答，让我在工作中能够得心应手地应对各种疑难问题。可以说，我一个人的援藏，更是蚌埠市卫健委、蚌埠市第一人民医院这支团结坚强的队伍的援藏，我的援藏，离不开这个集体。

一次援藏行，一生援藏情。这短暂的半年中，有付出，也有收获；有汗水，也有欢笑；有遗憾，更有成功。既收获了领导无微不至的关心，也收获了同事们温暖的鼓励；既收获了淳朴的藏汉情谊，也收获了深厚的援藏情谊，这种情谊不会随着时间而消逝，只会像酒一样，愈久愈浓。对于我们援藏人员来说，西藏是山长水阔的路途、是心中的信念所在、是第二个故乡。如果有机会，我愿再去支援西藏，把我的热情献给那片神奇的土地。

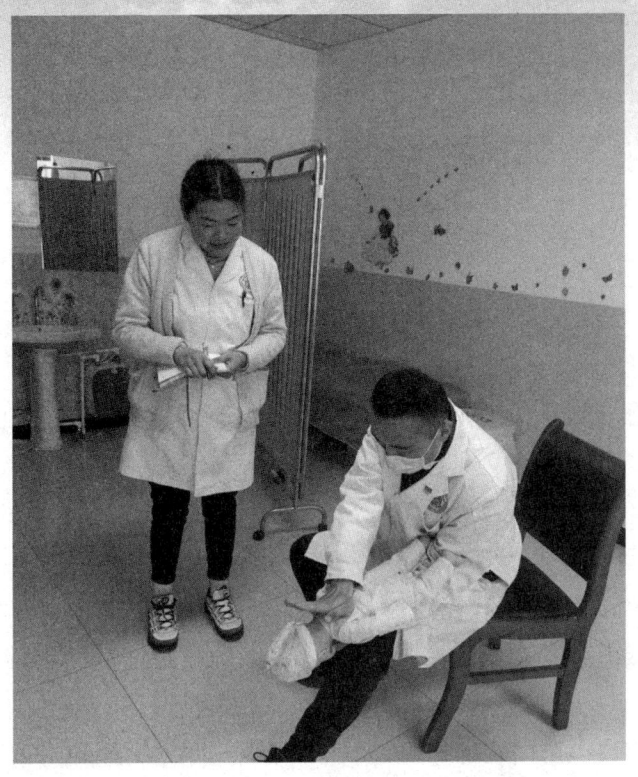

作者系安徽省第九批短期援藏医疗技术人才,时任西藏自治区山南市洛扎县人民医院儿内科主治医师。

从南山到山南

郭世翔

我曾经在淮北市南山村工作了四年,对那片土地和百姓有着深厚的感情。2020年5月,当得知去西藏援助的城市是山南市时,我就笑了。南山和山南,"山"和"南"这两个字和我真是太有缘了。

2010年3月2日,我在淮北市物价局办公室副主任的职位上,被选派到南山村担任党总支第一书记。

那年,我35岁,南山村的村民们都亲切地称呼我"小郭书记"。

南山村地处城市边缘,山地较多,土壤贫瘠,农业发展滞后。百姓的致富路在哪里?经过多方调研,并广泛听取干部群众的意见和建议,确定了利用荒山发展种植业,带动村民致富的方向。很快,黄杏、核桃等6万多棵优良果树在荒山里扎下了根。

南山村山窝里种的红薯,瓤红、味甜、口感糯,在当地小有名气,但一家一户的小农经济,严重制约了红薯的生产和销售。经过研究,统一思想后,我决定依托农民专业合作社,统一种植及销售。先后多次奔走山东、江苏等地,利用选派干部专项资金投资盈余,购买了12万株改良紫薯苗,在村里推广种植紫薯,并与市区真棒、苏果等大型超市建立了合作关系,打通销售渠道。一年后,村里注册的"香娃"牌紫薯,成为当地农民增收致富的"主力军"。2013年,南山村农民人均收入9 925元,已位居矿山集街道办东部山区首位。

在南山村的那几年,我带领群众种植杂果林3 000多亩,发展以"寿"文化为主题的乡村旅游业,先后建成汉文化馆、汉韵水街、长寿广场、观景台等景点,以及六个观光采摘园;结合美丽乡村建设,组织群众大力开展村庄整治,绿化后的环山路、村内主干道两侧已绿意浓浓;改装饮用水管道1 290米,幼儿园、自来水厂、垃圾中转站等公共配套设施顺利建成并投入使用,村民的人居环境明显改善。另外,多方争取资金整修水渠、桥涵和深水井,让村里2 000余亩耕地旱可浇、涝可排,从根本上改变了靠天吃饭的局面。

那里有乡情,有责任,有牵挂。说起南山村,我嘴角忍不住地往上扬。那几年,我只是在发展思路上多想了一点,为打造南山的村域经济起了个穿针引线的作用。环山路的建成彻底解决了车辆进山难的问题,南山村成为全市乡村观光旅游胜地,村域经济发展得越来越好。

农村是大有可为的天地,是希望的田野。在南山村的四年时间,我带领干群在建设社会主义新农村的征途上,一直奋力前行。

西藏,离天最近的地方;西藏,有志男儿的诗和远方。

2020年5月14日,我与全省其他49名援友一起,飞越万里蓝天,奔赴西藏山南市。

我去援藏,许多人不解。

45岁,淮北俗话里"属驴"的年纪。家里老人步入年迈,孩子面临升学,这一去不仅要在特别艰苦的全新环境下生活,还要接受从未接触过的新工作的考验,图个啥?

我说:"习近平总书记'治国必治边、治边先稳藏'的重要论述有着非同寻常的战略意义。开展支援西藏工作,是党中央、国务院着眼党和国家工作全局作出的一项重大战略决策,作为一名共产党员,我责无旁贷。"

当初,我率先报名参加援藏,就是想继续发扬在南山村时吃苦耐劳、务实创新的工作作风,为山南市的发展贡献力量。能在新时代西藏发展中谱写下自己的"诗篇",让自己在走向远方的路上获得锤炼,值!

可现实,并不那么有诗意。

刚下飞机,我立刻感受到了高原给的下马威:走路好像踩在棉花上,使不上劲儿,也不敢使劲儿。

我被安排在山南市幸福家园建设管理局,承担着推动极高海拔生态搬迁居民布局产业发展的重大任务。头疼、失眠、呼吸急促、鼻黏膜出血等高原反应接踵而来。同时,对家人的牵挂,新岗位、新工作的新要求,也越发沉重地压在心头。

困难,在强者面前也是纸老虎。有高反,保持乐观情绪找治疗办法;睡不着,就利用大把时间看书充实自己;工作压力大,就多问、勤学、深思、苦干,快速提高综合能力。

为了尽快熟悉社情民意,身体稍稍适应后我就揣着氧气罐,开始项目实地调研。

雪域高原上的道路很难走。呼吸困难,脚下无力,肺部如炸裂一般……项目调研中,我要求自己仔细认真,没有搞清情况、摸清底数绝不罢休;撰写文稿时,因为晚上睡眠不好,头晕目眩时有发生,我一边吸着氧气,一边用风油精提神,反复推敲论证;执行维稳任务时,没有睡觉的地方,我就自带被褥,两张椅子拼起来当床,连续数天坚守在工作岗位上……

责任就是使命、使命就是动力。一步一个脚印砥砺前行,这是一份光荣,更是一份责任。

雪域高原,也是精神高地。

"在高原上工作,最稀缺的是氧气,最宝贵的是精神。"作为援藏干部,我始终将其牢记心头,传承和发扬"特别能吃苦、特别能战斗、特别能忍耐、特别能团结、特别能奉献"的"老西藏精神",克服了种种困难,战胜了一次次考验。

一个人的价值不在于他得到了什么,而在于他奉献了什么。

在援藏的日子里，根据幸福家园建设管理局所辖森布日农畜产业园、经开区、桑耶文创园、昌果新型产业集聚区的实际情况，我与当地工作人员一起谋划产业项目发展规划，梳理产业发展重点项目。按照西藏自治区发展规划，拟定项目 32 个，积极联系安徽农产品加工业、畜牧业、乳制品业等与山南园区发展规划相契合的企业 6 家，给当地园区企业发展牵线搭桥，为当地招商工作打下了坚实基础。

我会同相关部门多次到森布日农畜产业园实地调研，实地对接落地项目，解决项目落地过程中产生的各种问题，力促项目尽早开工。每周我都会深入现场与经果林基地项目、林芝毛纺厂恢复重建项目、拉萨皮革厂迁建项目、现代牧场项目等业主方对接，了解掌握项目进度，及时协调解决他们在运营建设过程中的问题。

在西藏的每一天，我没有忘记过自己的初心，特别注重"传帮带"，将先进的管理经验和专业技术传授给当地干部。

援藏，是我人生中最难忘的信念之旅、使命之旅、历练之旅。

2020 年年底，援藏工作结束。山南，那个平均海拔 3 700 米的地方，已成为我一生的牵挂。在山南工作的每一分收获和付出，也是我在这片土地上写下的最美的诗行。

作者系安徽省第八批短期援藏人才，时任西藏自治区山南市幸福家园建设管理局、安徽省淮北市发展和改革委员会主任科员。

我的援藏总结

郑玉才

时光荏苒,日月如梭。从西藏返回已过三周年,回顾在藏工作的日子,有千言万语涌上心头。一路走来,经历了风雨,留下了欢笑,更多的是心灵净化后对事业、对人生的感悟。这一段难忘的人生经历,将永远铭记在我心中。援藏是舍与得的结合体。舍弃熟悉的环境,得到宝贵的经历;舍弃舒适的条件,得到意志的磨炼;舍弃小家的温暖,得到大家的安康。面对高寒缺氧的考验,我们对健康是福有了更深认识,对美好生活更加珍惜;行走在西藏大地,看到了最蓝的天空、最白的云朵、壮丽的山川河流;深入条件艰苦的农牧区,与藏族群众同吃同住同劳动,感受到沧桑巨变,收获了深厚情谊,丰富了人生体验。作为短期援藏专业技术人才,自2019年6月份到山南市畜牧兽医总站以来,我勇于担当,主动作为,积极投身于山南市畜牧业创新发展等各项事业中,始终坚持"科学援藏、真情援藏、奉献援藏"的理念,积极利用自身优势,深入开展调查研究,用自己的实际行动履行着援藏誓言。为加快推进雅砻高原牛培育进程,在完善选育方案、建立健全雅砻牛选育系谱档案等方面,我提出了一些意见和建议。先后到扎囊、贡嘎、桑日等县开展技术培训,通过传授激素控制技术,解决母牛发情迟缓问题。我充分发挥专业技术岗位优势,做好"传帮带"工作,积极主动传授内地的先进理念和专业技术,为山南市畜牧兽医总站培养了一批业务骨干和本土人才。具体工作总结如下:

一是积极参加单位党支部"不忘初心、牢记使命"主题教育活动,用党的创新理论武装头脑,充分发挥专业技术岗位优势,积极主动传授内地的先进理念和专业技术,为山南市畜牧兽医总站培养业务骨干和本土人才。

二是加快推进雅砻高原牛培育进程,完善选育方案,建立健全雅砻牛选育系谱档案。通过级进杂交和横交固定选育,培育高产优质的雅砻高原牛新品种;通过9月6日在扎囊县开展的最美雅砻牛评选活动,评选出16头产奶量超4 000公斤的最美高产雅砻牛。

三是积极推广犏牛经济杂交技术。通过引进安格斯肉牛与当地母犏牛进行三元杂交,生产中高端优质肉牛;建立"专业合作社+基地+农户"的模式;先后到扎囊、贡嘎、桑日等县开展技术培训,培训农牧民45人;通过激素控制解决母牛发情迟缓问题。

四是指导规模养殖场做好重大动物疫病综合防控。到乃东区巴山农牧实业有限公司指导生猪标准化养殖,切实做好非洲猪瘟等重大动物疫病综合防控。

五是积极推广畜禽粪污资源化利用技术。按照资源化、无害化、减量化和综合利用的基本原则,实现畜牧养殖和绿色种植农业之间的良性循环,增加农牧民收入。

六是取得一些科技成果。在藏期间先后撰写了《浅析西藏山南市地方土种高原黄牛资源保护》《西藏山南市雅砻高原牛培育现状及存在问题和对策建议》两篇学术论文,并改进研发了一种新型养殖清粪设备,取得国家新型实用专利授权。

祥云轻飘,雪峰高耸,流水潺潺,炊烟袅袅,飘扬的风马经幡,跳动的酥油灯火,长明不灭的酥油灯,亘古呢喃的诵经声,写满六字真言的转经筒,刻遍梵文密语的玛尼堆。藏区生活始终萦绕在我的脑海中。回首半年援藏经历犹如一朵盛开的格桑花,铭刻在我记忆的深处,永远点亮我生命的旅程。

作者系安徽省2019年短期援藏专业技术人才,时任西藏自治区山南市畜牧兽医总站、安徽省阜阳市颍东区动物疫病预防与控制中心主任。

一次援藏行　一世西藏情

肖明礼

说起西藏,没有去过的人大多数就知道它属于高寒地带、青藏高原。西藏素有"天上西藏、人间天堂"的美誉,还有"亚洲水塔"的称号。西藏自古以来就是中国领土神圣不可分割的一部分。援藏是国家战略,是强国固边的国家行为,不是个人行为。我作为一个出生在20世纪60年代的人,生在红旗下,所接受的教育都是爱国主义教育。一个人的命运与国家的命运息息相关,我们每个人都应该有家国情怀。很早以前我就有一个梦想,就是去援藏。

自2006年青藏铁路通车,一首《坐上火车去拉萨》和一首《青藏高原》唱遍大江南北。在2019年7月10日至7月19日,我们一家三口有了一次西藏之旅,真真切切地了解了西藏,实实在在地感受了西藏,内地去西藏的许多人都有高原反应,而我们一家三口没有高原反应。当你踏上西藏那片热土,你能看到巨幅标语"党的光辉照边疆,边疆人民心向党";当你走进村庄,你会看到"听党话,跟党走,感党恩"标语。看到西藏那些可爱的藏族孩子和善良淳朴的藏族人民,当时我就说,如果有机会,西藏若需要教师,我一定会报名援藏。因为援藏是一件非常有意义的事,我从不奢求功名和利益,只希望短短的生命有意义、有价值。能为国效力,我深感责任重大,也觉得无上光荣。

安徽省第七批援藏队的工作是从2019年8月开始至2022年7月结束,2020年暑假的时候安徽省援藏队有几名教师,因为身体不适应高原环境,如低气压、缺氧、强紫外线、大风等,不能继续援藏工作,在安徽省援藏队征招下,我报名援藏,到西藏从事援藏工作。从报名到成行,需要经历两个重要环节:一个环节是经过三级甲等医院的严格体检,我是8月18日下午去合肥,8月19日至8月20日在省立医院进行两天严格的体检;另一个环节是政审。在此我感谢宁国中学校党委、校领导,还有教体局领导的关心,让我的援藏顺利成行。

我于8月29日下午接到教体局通知,让我8月30日上午买好保险就出发,8月30日上午我在买保险的时候,接到安徽省教育厅教育援藏领队张英明的电话,让我尽快赶去西藏山南完中报到,因为西藏山南完中在8月10日已经开学了,缺教师。我买了8月30日晚上10点的机票,从南京禄口机场出发经四川成都去拉萨。但是那天成都下大雨,能见度很低,飞机无法起降。坐在南京禄口机场的候机厅等到了半夜2点,飞机还是无法起飞,人也无法休息,我只好改签8月31日上午经西宁飞拉萨的航班。8月31日傍晚到拉萨贡嘎机场,从贡嘎机场到山南有101.5公里路程,到山南已经是晚上9点。对于一名援藏人员来说,进藏后会有三至五天调整身体的时间。我去的山南完全中学是安徽省援建的新学校,2019年才建成招生,缺少教师。我去的时候,第一届学生从高一升到高二,有14个班,另外还有初中班;高二14个班只有3名数学教师,而且是一年前招的大学生,他们是刘向阳、光显明、周秋菊,每班每周9节数学课。在我们到达之前,他们每个人不是带5个班就是带4个班,不是每周45节课就是每周36节课。我和铜陵中学的徐东升是刚刚到达的援藏教师,我是9月1日报到,9月2日正常上班,没有时间休息。之后,我们每人带3个班,每周27节课。在高原上说话耗氧量大,上课特别费劲,初中的内容还得补,每周上6天,周六正常上班。

到了10月份,高一学生报到军训后,学校从下面县里初中招来几位数学教师。由于数学学科只有我和徐东升两位援藏教师是有经验的教师,学校领导给我们的任务除教学之外,还有一项是"传帮带",就是把他们招来的初中教师和刚刚大学毕业参加工作的新教师培养成可胜任教学工作的数学教师,我被调去高一带他们。正如我们一行的援藏英语教师王璎说的那样,我是革命的一块砖,哪里需要哪里搬,到了高一第一学期还是3个班,每周共30节课,后来第二学期学校又招来教师。承蒙领导照顾,我带两个班,每周20节课,到了2021年下半年高一升高二,我继续跟班带高二两个班数学,2022年上半年由于高一两名女数学教师请产假,我又被从高二调去高一。

说句实话,确实很累,在那缺氧、低气压的高原环境里,说话时间长一点,会气喘吁吁、上气不接下气,感到很累,但看着那些孩子一张张可爱的面孔,累也值得。感谢宁国中学汪校长的关怀,在第一学期寒假时给我配备了教学用的电脑和小喇叭,这样上课稍微轻松些。

除教学工作,还有"传帮带"工作,我得抽时间去听年轻教师的课,给他们必要的指导和帮助,我给他们提出以下几点:

一是自强。作为一名教师,要给学生一瓢水自己得有一桶水。要使自己强大起来,利用教学之外多做高考题、名校考题,把握高考考点,把握教学目标,在教学工作中做到心中有数,有的放矢,让高考的目标在教学中充分体现。

二是备课。认真备课,备课不仅仅备那一节的教学内容和例题,还有练习题、复习题,我要求他们都要自己动手做一做,使上课内容在自己头脑中体系化、条理化。同时也要充分考虑学生的实际情况。

三是上课。认真上课,反复讲解,透彻分析。年轻教师都会使用电脑,利用多媒体电子白板准备教学课件都会,但对于西藏孩子们来说,PPT太多没意思,就像放电影一放而过,会适得其反。因为有些学生基础不好,要慢慢地、耐心地、仔细地、反复地诱导,甚至有时还得帮助学生补习他们初中没有学好的数学知识。

四是作业批阅和反馈。从作业中能发现问题,能发现上课的教学效果,及时纠正、弥补、提高。多给学生鼓励和激励的评语,让他们有信心、想进步,让他们从学习中找到快乐。

五是测试与总结。试卷的制作要学着来,命题要符合学习内容和学生实际,单元测试要能反映一节课的教学效果,每一节课的测试都是大家轮流出卷,考后要认真批阅、注意总结。讲评不仅仅是说解题的过程,还得总结出题目中包含的知识点和方法技巧,让学生看到自己失分和不足之处,弥补不足,取得进步。

六是听课。听课是教师工作的一个重要环节,听别的老师的课能取长补短。评课是听课后不可缺少的环节,别的老师对一节课的看法、分析也许对你很有用。

七是上公开课。如何上好公开课?要精心准备好课件,设计好教学思路,考虑到学生基础,还得有备用方案。

八是写教学计划、教学总结、教学论文,做课题研究。这些都是一个学习的过程。

总之,做一名好老师,特别是"四有"好老师,很不容易,得有理想信念、有道德情操、有扎实学识、有仁爱之心。每天都应该反省自己,在工作中修正自己。

作为一名援藏教师,除教学工作之外,还有一项任务是值班。值班分两种,一是维稳值班,要24小时在门口坚守岗位,值班前得安排好自己的教学工作,还得自己准备晚上盖的被子,早晨9点交接班,填好值班记录。二是值周,每天早晨6点到学校学生寝室叫学生起床,检查学生早晨跑操情况、早自习情况,早中晚三餐在食堂维持学生就餐秩序,监督学生不得浪费粮食,同时上好自己的课,没课时还得检查教师上课到堂情况、学生午休情况、晚自习情况,直到学生晚自习结束回寝室后,寝室门上锁,才能回到离山南完中3公里的万人小区休息,值周期间天天如此。

作为一名援藏教师,每年还有送教下乡活动,这也是援藏任务之一。2021年上半年,我去的是安徽省对口帮扶的措美县。安徽省对口帮扶县有浪卡子县、措美县、错那县、洛扎县。这几个县都是高海拔县,气压低、氧气稀薄。除浪卡子县外其他三个县都是边境县,县里只有初中没有高中,它们的硬件设施在国家的帮扶下近几年都达到了要求。我们去上示范课,还举办讲座,传播先进的教育教学理念。到措美的路很远,车在路上要跑半天。措美是高海拔县,海拔4 170米,气压比山南更低,感谢党和国家的帮扶政策,去措美的路现在都变好了,都是柏油路,但是来回得翻越三座海拔5 000米以上的高山。同行的李为峰和马媛媛在翻山时都说头很痛,因为山高气压低,氧气更少,人体的血压会上升。我们5月19日到措美,内地已经是夏天了,而措美街道上树叶刚刚冒芽,天气还冷得很。我在措美中学九年级上了一节示范课。本来2022年还有送教下乡的任务，但我由于生病提前回内地了。

另外，学校还有下乡扶贫帮扶任务，山南完中的帮扶对象是隆子县苯扎乡苯扎村，每年我们都会捐钱，还会派人下去，由于我的课很多，下乡扶贫的任务都交给课少的老师了。

援藏队是一个集体，也是一个大家庭，大大小小的集体活动不少。2021年安徽省援藏队承办山南市雅砻文化节活动，2021年8月28日举行安徽省援藏大会，在山南二高举办皖藏一家亲共筑中国梦活动，到雅鲁藏布江岸边举办共建绿色长廊的植树活动，举办两次错那县边境边界巡边活动，举办献爱心捐款活动，还举办援藏队趣味运动会活动。

2022年3月24日，开教研会时我身体还没有出问题，但后来几天感到身体不适，总是口渴难忍，每天几瓶开水，吃饭没胃口、反胃。那几天很忙，本打算忙过那一阵去医院看看，但4月4日我有一个维稳值班任务，4月5日晚上才去医院，去的时候李为峰和周旭陪着我，医生怀疑我患有糖尿病，因为血糖指标已经无法用血糖仪测出来了。在山南市人民医院住了几天，援友们轮流去医院照顾我，我非常感谢他们，住院第三天我要求做一个胃镜，是我们援藏医生蚌医的李大鹏做的，当结果出来的时候，李医生直接上报安徽省援藏队领导，我们安徽省援藏队总领队汪华东书记非常担心和着急。他们不想让我知道，怕我有心理负担，他们安排好安医大附属医院最好的专家，让我们安徽省教育援藏队领队省教育厅张英明于4月13日送我回合肥治疗，还没来得及说再见我就告别了山南。得知病情的宁国中学校长汪庭斌派校医护送我爱人到合肥，在此，我非常感谢汪校长给予我的无微不至的关怀。我在安医大附属医院经过徐阿曼院长和胃肠外科的医生护士等医务人员精心治疗，于4月29日返回宁国家中疗养，汪庭斌校长和陈乐义副校长、工会蔡虹主席、李鸣晓主任等在百忙之中于5月6日到我家看望慰问给予关心。6月中旬，宁国市教体局雷明东副局长、工会周文敏主席、人事科谢忠于科长、葛敏老师等来家中慰问。9月9日上午，汪校长和宁国市副市长叶磊、教体局王泽银局长到我家看望慰问。2023年1月17日上午，安徽省建藏援藏工作者协会驻宣城办事处的杨光主任一行专程赴宁国市来看望慰问，让我深切感受到组织的温暖和领导的关心。

在过去的两年援藏生涯中，西藏条件艰苦，高原环境缺氧，但我们每位援藏队队员却从不计较个人得失，时刻用习近平总书记的话"缺氧不缺精神，艰苦不怕吃苦，海拔高境界更高"鞭策自己，时刻用"特别能吃苦，特别能战斗，特别能忍耐，特别能团结，特别能奉献"的"老西藏精神"激励自己，从点滴做起，做好本职工作，搞好民族团结，把爱国主义思想播撒到藏族孩子们的心里，在教学工作中争做"四有"好老师，帮助山南完中年轻数学老师们成长。在这批援藏队工作结束时自治区教育厅给每位援藏教师一个有唐卡彩绘的盘子，上面有一段习近平总书记的话："援藏精神是中国共产党的一个崇高精神，是中国特色社会主义的一个显著优势。缺氧不缺精神,这个精神就是革命理想高于天。你们在高原上,精神是高于高原的。这个事情必须一茬接一茬、一代接一代干下去。""教育是最大的民生工程,是面向未来的事业。"虽然我的援藏工作告一段落,但我在未来的日子里会继续关注西藏教育的发展,争做汉藏一家亲的友好使者。

最后,我真诚地感谢各级领导和同期的援友在我援藏期间给予我的大力支持和帮助,特别是在我生病期间给予我的关心照顾!特别感谢宁国中学汪庭斌校长给予我的无微不至的关心和帮助!

作者系安徽省第七批援藏干部,时任安徽省宁国中学高中数学教师、西藏自治区山南市完全中学高中数学教师。

后 记

《情系雅砻——安徽援藏工作纪实(2011—2022)》忠实记录了安徽最近十几年来,特别是新时代对口支援西藏山南经济社会发展,实施教育援藏、医疗援藏、产业援藏和就业援藏所取得的成就,全面展现了安徽援藏干部人才的精神风貌。他们在雪域高原上艰苦不怕吃苦,缺氧不缺精神,他们视西藏为第二故乡,视西藏同胞为亲人,扎根西藏,奉献高原,用坚定的信念和不断拼搏进取的意志托起了西藏人民的幸福梦,谱写了皖藏交流发展的新篇章,不断为"老西藏精神"注入新时代的丰富内涵。

滚滚雅江,见证着西藏雪域高原的沧桑巨变;巍巍黄山,镌刻着安徽援藏干部人才的无悔誓言。本书的出版发行,得到了各级领导和社会各界的关心重视。西藏自治区党委原第一书记阴法唐已百岁高龄,欣然为本书题词"弘扬'老西藏精神',谱写皖藏友谊新篇章";西藏自治区政府原副主席、安徽省政府原副省长、安徽省人大常委会原副主任吴昌期亲自为本书作序并题词"全面贯彻新时代党的治藏方略",使我们备受感动和鼓舞。本书的出版得到了省委组织部、省委宣传部、省发改委、省卫健委、省教育厅、省新闻出版局、安徽教育出版社的大力支持和帮助;特别是第四至第八批援藏工作队以及广大援藏干部人才积极撰稿、荐稿、组稿,为本书的出版奠定了坚实的基础;本书的出版也凝聚着作者、编审、编辑人员的心路、心血和情结、情怀,对此我们表示衷心感谢!

本书在编审辑录过程中,因时间跨度大、涉及范围广、工作人员少,加之水平有限,难免有错漏之处,我们在此表示歉意,并恳请得到作者、读者谅解。

编委会

2022 年 10 月 15 日